Christine Kabus

INSEL DER BLAUEN GLETSCHER

Norwegenroman

BASTEI LÜBBE
TASCHENBUCH

BASTEI LÜBBE TASCHENBUCH
Band 17 154

1. Auflage: Januar 2015

Dieser Titel ist auch als E-Book erschienen

MIX
Papier aus verantwortungsvollen Quellen
FSC® C014496
FSC
www.fsc.org

Originalausgabe

Textredaktion: Ulrike Brandt-Schwarze, Bonn
Titelillustration: © shutterstock/Rigamondis;
© shutterstock/BMJ; © Johannes Wiebel | punchdesign
unter Verwendung von shutterstock
Umschlaggestaltung: © Johannes Wiebel | punchdesign
Satz: Urban SatzKonzept, Düsseldorf
Gesetzt aus der Garamond
Druck und Verarbeitung: GGP Media GmbH, Pößneck
Printed in Germany
ISBN 978-3-404-17154-5

BASTEI
LÜBBE
TASCHENBUCH

Weitere Titel der Autorin:

Im Land der weiten Fjorde
Töchter des Nordlichts

Titel in der Regel auch als E-Book erhältlich

Über die Autorin:

Christine Kabus, 1964 in Würzburg geboren, arbeitete nach ihrem Studium der Germanistik und Geschichte als Dramaturgin und Lektorin bei verschiedenen Film- und Theaterproduktionen, bevor sie sich 2003 als Drehbuchautorin selbstständig machte.
Schon als Kind zog sie der hohe Norden, den sie zunächst durch die Bücher von Astrid Lindgren und Selma Lagerlöf kennenlernte, in seinen Bann. Vor allem die ursprüngliche, mythische Landschaft Norwegens beflügelte ihre Fantasie. Sie begann, die Sprache zu lernen und sich intensiv mit der Geschichte Norwegens zu beschäftigen. Nach *Im Land der weiten Fjorde* und *Töchter des Nordlichts* ist *Insel der blauen Gletscher* ihr dritter Roman.

Für Traute

»Eigentlich sollte ein Jahr in der Arktis für jedermann
obligatorisch sein! Dort würde jeder erfahren,
was in der Welt wichtig ist und was nicht.
Was zählt und worauf es im Leben ankommt.
Jeder würde auf sein natürliches Maß reduziert werden!«

(Christiane Ritter, Autorin von
Eine Frau erlebt die Polarnacht, 1938)

»Selbst einem gottbegnadeten Dichter fehlen die Worte,
diese Natur zu schildern. Denn über dem Ganzen ruht etwas,
was sich durch die Sprache nicht vermitteln läßt.«

(aus: Adolf Miethe, *Mit Zeppelin nach Spitzbergen*, 1911)

Personen

1907

Familie Berghoff

Gustav Berghoff (59) ∞ Irmhild (48) geb. Hardenrath
Emilie (21)
Friedrich (26) verheiratet mit Klothilde (23)
Maximilian (Max) (19)
Tante Franziska (Fanny) (52), geb. Hardenrath ∞ Adrian (Addy) von Spilow (55)
Großmutter Hedwig Hardenrath (73)

Teilnehmer der Spitzbergen-Expedition

Beat Späni (50), Geologe aus Basel
Antonio Lancetta (40), Meteorologe aus Bologna
William Lewis (25), Ornithologe aus Newcastle
Leonid (52), ein schweigsamer Russe
Ottokar Poske (30), ein deutscher Leutnant
Feldwebel Kuhn (45)

Arne Koldvik (27), Trapper auf Spitzbergen

2013

FAMILIE KELLER

Hanna (45), geb. Vogel, Reisereporterin
Mia (20), ihre Tochter, Studentin
Lukas (18), ihr Sohn, Abiturient
Thorsten (48), ihr Ehemann, Manager

Kåre Nybol (54), Polarforscher
Leif (60) und Line (58), Geobiologen; ihr Sohn Bengt (30), Meteorologe und Pilot

Spitzbergen (Hauptinsel des Archipels *Svalbard*)

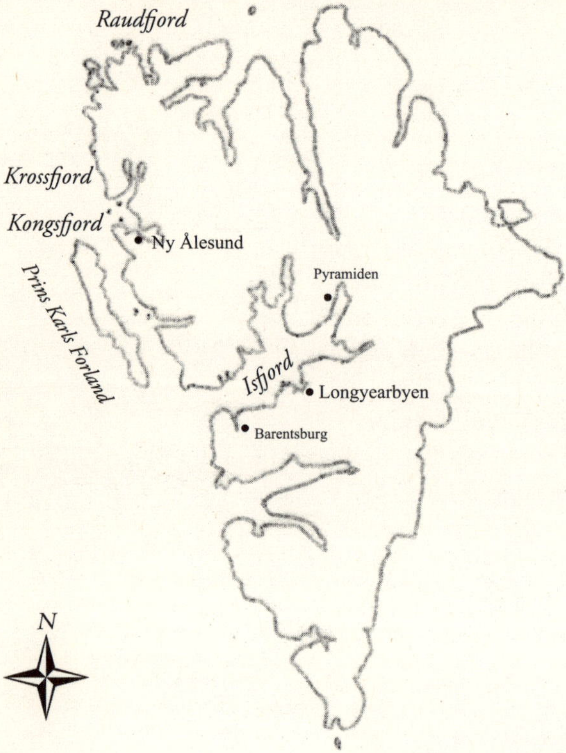

Alternative Bezeichnungen

Krossfjord - *Cross Bay* - *Kreuzbai*
Kongsfjord - *Kings Bay*
Isfjord - *Eisfjord*

Svalbard
Bäreninsel
Tromsø
N o r d a t l a n t i k
nördl. Polarkreis
Oslo
N
Berlin

Prolog

Der Vorhang hob sich und gab den Blick frei auf mehrere Paare, die zu den Klängen eines Walzers unter einem riesigen Kristallkronleuchter tanzten. Dem Bühnenbildner war es gelungen, mit sparsamsten Mitteln die festliche Stimmung eines Ballsaals des *Fin de Siècle* heraufzubeschwören. Im warmen, an Kerzenschein erinnernden Licht leuchteten goldfarbene Wandverzierungen und die Kordeln der schweren Samtvorhänge, die die großen Fenster im Hintergrund einrahmten. Die Tänzer trugen Fräcke und Zylinder, ihre Partnerinnen stark taillierte Kleider, lange Handschuhe und mit Federn und Blumen verzierte Hüte auf hochtoupierten Frisuren. Fasziniert betrachtete Hanna, die im ersten Rang des Nürnberger Staatstheaters saß, die eleganten Bewegungen, schwerelosen Sprünge und Pirouetten der Paare, die den Boden kaum zu berühren schienen.

Nach einer Weile mischten sich die Schläge eines Metronoms in die Musik, was den abgezirkelten Schrittfolgen eine statische Note verlieh und in Hanna ein vages Gefühl der Beklemmung hervorrief. Auch eine Tänzerin in einem hellblauen Kleid schien genug von der zeremoniellen Choreografie zu haben, denn sie löste sich von ihrem Partner, befreite sich von Hut und Handschuhen, öffnete ihren Dutt und schüttelte ihre langen Locken. Anmutig schwebte sie auf den Zehenspitzen kreuz und quer durch den Raum, versuchte hüpfend die geschliffenen Glasscheiben des Leuchters zu berühren und imitierte neckend das förmliche Gebaren der anderen Tänzer.

Die Bühne drehte sich, und der Platz vor dem Gebäude mit dem Ballsaal war zu sehen. Hinter hell erleuchteten Fenstern zeichneten sich wie Schattenrisse die Silhouetten der tanzenden Paare ab. Die Szenerie davor war in ein dämmriges Blau getaucht. In die spätromantische Musik, die gedämpft aus dem Festsaal drang, mischten sich expressionistische Klänge und eigenwillige Rhythmen. Ein zierlicher Tänzer in einem eng anliegenden dunklen Trikot und einer Kappe, die seine Haare verbarg, erschien. Er wirbelte so intensiv und dynamisch umher, dass Hanna sich unwillkürlich straffte und aufrecht auf der Kante ihres Sessels sitzend seine ausdrucksstarken Bewegungen und raumgreifenden Sprünge verfolgte. Er strahlte eine Lebensfreude und Sinnlichkeit aus, die sie in ihren Bann zogen und eine Sehnsucht in ihr erweckten, die sie nicht in Worte fassen konnte.

Erneut drehte sich die Bühne – zurück zum Ball, wo die Paare nun zu einem Gesellschaftstanz Aufstellung genommen hatten. Der warme Lichtton war einem fast unerträglichen Gleißen gewichen, das jeden Winkel erhellte. Wieder büxte die lockige Tänzerin aus, doch dieses Mal wurde sie von ihrem Partner eingefangen und an ihren Platz zurückgezwungen. Auch die anderen Tänzer achteten nun darauf, dass sie sich nicht aus der Reihe entfernte. Die zunehmende Panik, mit der sie sich freikämpfen und zu den Fenstern fliehen wollte, ging Hanna ans Herz. Sie musste an die Amsel denken, die sich einmal in ihr Schlafzimmer verirrt hatte und auf der Suche nach einem Ausweg aufgeregt herumgeflattert war, bis es Hanna endlich gelang, sie zum offenen Fenster zu dirigieren.

Während Hanna noch mit der Tänzerin litt und ihr das Gelingen ihrer Flucht wünschte, wendete sich die Bühne wieder zum blauen Platz, auf dem sich die Stimmung ebenfalls änderte. Das Licht wurde kälter und erzeugte eine unwirtliche, bedrohliche Atmosphäre. Der zierliche Tänzer wirkte zunehmend verloren und schutzlos. Dissonante Töne und abrupte Tempiwechsel verstärkten diesen Eindruck und sorgten dafür, dass sich Hannas Herzschlag beschleunigte. Die Einsamkeit des

Tänzers, der immer wieder sehnsüchtige Blicke in den Ballsaal warf, rührte sie unmittelbar an.

Wieder drehte sich die Bühne zurück ins Innere des Gebäudes. Auf dem Fest hatten die Paare aufgehört zu tanzen und sich wie eine Mauer vor die Fenster gestellt, um die lockige Ballerina von ihnen fernzuhalten. Wie bei einem Spießrutenlauf trieben sie sie einander in die Arme.

Ein letzter Szenenwechsel führte auf den Platz, auf dem der Tänzer der Ballerina zu Hilfe kommen wollte und begann, die Hausfassade zu erklimmen. Sie war zu glatt. Er rutschte ab, ging zu Boden, rappelte sich wieder auf und versuchte mit immer waghalsigeren Sprüngen, die Fenstersimse zu erreichen. Mit angehaltenem Atem verfolgte Hanna seine wachsende Verzweiflung, die sie körperlich nachempfand.

Schließlich griff er nach einem großen Stein und warf ihn in eine Scheibe. Es klirrte. Die Bühne wurde schlagartig dunkel. Die Musik setzte ein paar Takte lang aus. Auch im Zuschauerraum herrschte atemlose Stille.

Zaghaft fragend erklang eine Violine. Ein Lichtkegel glomm auf, irrte suchend über den Boden und verharrte auf einem hellblauen Kleid. Der zierliche Tänzer eilte aus dem Dunkel herbei und hob es auf, drückte es an seine Brust und drehte sich mit glücklichem Lächeln um sich selbst. Das Orchester setzte ein, eine Melodie voll lyrischer Poesie schwoll an. Der Tänzer fand zu seinen kraftvollen Bewegungen zurück. Immer schneller wirbelte er um seine Achse und riss sich schließlich mit einem triumphierenden Lachen die Kappe vom Kopf. Lange Locken wallten über seinen Rücken.

Hanna sog scharf die Luft ein und blinzelte verdutzt. Erst in diesem Augenblick begriff sie, dass die beiden Rollen von ein und derselben Ballerina getanzt worden waren. Noch ganz benommen von der aufwühlenden Darbietung fiel sie in den aufbrandenden Applaus ein, in den sich viele Bravo-Rufe mischten.

1

Elberfeld, Mai 1907

Das erste Ständchen an ihrem einundzwanzigsten Geburtstag bekam Emilie frühmorgens von der Mönchsgrasmücke, die ihr Nest auch in diesem Jahr wieder in der Fliederbuschlaube hinterm Haus gebaut hatte. Sie öffnete die Augen und lauschte ein paar Atemzüge lang der fröhlichen Melodie, die von den Glockenschlägen einer Kirche unten in der Nordstadt untermalt wurde. Sechs Uhr. Emilie schlug die Daunendecke zurück und schwang die Beine über den Bettrand. Mit zwei Schritten war sie am Fenster, zog die schweren Samtvorhänge zurück und beugte sich hinaus.

Der Garten unter ihr lag noch im Dämmer, während die aufgehende Sonne den Himmel erhellte und die Knospen an den oberen Ästen des Magnolienbaums, der inmitten eines Rasenrondells wuchs, rosig aufleuchten ließ. Über Nacht hatte es geregnet. In der kühlen Luft lag der Geruch nasser Erde, in den sich ein Hauch von Fliederduft und das würzige Raucharoma eines Holzfeuers mischten, das vermutlich gerade vom Küchenmädchen angeschürt worden war.

Emilie wandte sich vom Fenster ab, zog das Nachthemd aus, streifte sich das Hauskleid aus hellgrauem Kattun über, das sie sich vor dem Schlafengehen zurechtgelegt hatte, und schlüpfte in ein Paar ausgetretene Halbschuhe. Die Morgentoilette musste warten. Sie fuhr sich mit beiden Händen durch die dunkelbraunen Haare, die ihr bis zur Mitte des Rückens reichten, und band sie mit einer Schleife zu einem lockeren Pferdeschwanz. Auf dem Weg zur Tür warf sie einen flüchtigen Blick in den Spiegel der Frisierkommode, die an der Wand gegenüber dem Bett stand. Wie alle Möbel in ihrem Zimmer war sie weiß gestrichen und mit einem blassblauen Blumenmuster verziert – ein Dekor, das sie vor zehn Jahren wunderschön gefunden hatte. Ebenso wie die mit Schmetterlingen bemalte Tapete, mit der auch die Zimmer in dem Puppenhaus beklebt waren, das in einer Ecke stand und samt seinen kleinen Bewohnern seit Jahren vergeblich darauf wartete, dass jemand mit ihm spielte.

Für eine junge Frau, die an diesem Tag volljährig wurde, war die Einrichtung entschieden zu kindlich. Emilies Vater, dem sie deswegen seit Wochen in den Ohren lag, war derselben Meinung. Eine angemessene Neumöblierung wollte er allerdings nicht in Angriff nehmen. Wenn es nach Gustav Berghoff ginge, würde seine Tochter in Kürze heiraten, selbst einen Hausstand gründen und ausreichend Gelegenheit haben, sich nach ihrem Geschmack einzurichten.

Emilie zog bei dem Gedanken die Brauen zusammen, die sich zum Leidwesen ihrer Mutter nicht in feinen Bögen wölbten, sondern gerade und buschig über den Augen wuchsen. Auch die roten Wangen, die ebenmäßigen, ein wenig kantigen Gesichtszüge und die sportlich-muskulöse Statur Emilies entsprachen nicht gerade dem Idealbild einer höheren Tochter, das Irmhild Berghoff vorschwebte: einem anmutigen Geschöpf mit zierlicher Figur, herzförmigem Gesichtchen und blassem Teint. Einzig die seelenvollen Augen, die goldbraun schimmerten, und die dichten, glänzenden Haare versöhnten die Mutter mit dem Aussehen ihrer Tochter. Emilie streckte ihrem Spiegelbild die Zunge heraus, griff nach einem wollenen Schultertuch, öffnete vorsichtig die Tür und schaute in den Gang.

Zu dieser frühen Stunde herrschte in der ersten Etage der Berghoffschen Villa Ruhe. Ihr Vater, dessen Schlafzimmer am Ende des Flurs lag, würde gegen sieben Uhr aufstehen und sich nach einem kurzen Frühstück direkt in seine Fabrik kutschieren lassen. Mit ihrer Mutter war nicht vor neun Uhr zu rechnen.

Emilie war dennoch auf der Hut. Es brauchte niemand zu wissen, dass sie nicht in ihrem Bett lag. Sie huschte zur Treppe, die in einem Halbbogen an einer Wand entlang nach unten in die Halle führte, und hielt am unteren Absatz inne, um erneut zu lauschen. Leises Geklapper aus dem Haushaltstrakt rechts neben der Eingangstür verriet ihr, dass die Vorbereitungen für das Frühstück im Gange waren. Der Duft frisch gemahlenen Bohnenkaffees stieg ihr in die Nase. Einen Moment lang war sie versucht, sich in der Küche eine Tasse zu genehmigen und sich von Else, der Köchin, eine dicke Scheibe *Blatz*, Hefezopf mit Rosinen, geben zu lassen. Nein, besser nicht. Die Gefahr, dabei dem Kammerdiener ihres Vaters oder – schlimmer noch – der Zofe ihrer Mutter zu begegnen, war zu groß. Während Else und das Küchenmädchen dichthalten und der Herrschaft nichts vom morgendlichen Ausflug des gnädigen Fräuleins verraten würden, war Emilies Geheimnis bei den beiden anderen nicht gut aufgehoben. Zumindest die Kammerfrau würde es sich nicht nehmen lassen, Irmhild Berghoff die neueste Eskapade ihrer unbotmäßigen Tochter zusammen mit dem Frühstück, das sie ihr unter der Woche ans Bett brachte, brühwarm zu servieren – begleitet von Naserümpfen und missbilligendem Kopfschütteln. Ihre Vorstellung, wie sich eine junge Dame aus besseren Kreisen zu verhalten habe, war noch strenger und dünkelhafter als die ihrer Arbeitgeberin.

Emilie durchquerte die Halle und öffnete die Tür zum Raucherkabinett, dessen Fenster wie die des benachbarten Speisezimmers zum Garten hinausging, während der große Salon zur Straßenseite hin gelegen war. Die Bibliothek, wie ihre Mutter das kleine Zimmer mit den holzvertäfelten Wänden gern nannte – wegen des Regals mit Klassikern der deutschen Literatur, die dort ihr unbeachtetes Dasein fristeten –, wurde selten genutzt. Seiner eigentlichen Bestimmung diente dieser Raum nur an Abenden, an denen die Berghoffs Gäste hatten. Aus Rücksicht auf seine Frau, der der Geruch kalten Zigarrenrauchs Kopfschmerzen bescherte, genoss Gustav seine Havannas außer Haus – in seinem Büro am Ende eines langen Arbeitstages oder bei Gesprächen mit Geschäftsleuten, die er gern im Restaurant vom Hotel Kaiserhof führte, der ersten Adresse Elberfelds, einer prosperierenden Industriemetropole im Bergischen Land. Emilie war die Einzige, die die Bibliothek regelmäßig aufsuchte. Nicht, weil sie eine ausgesprochene Leseratte gewesen wäre. Sondern wegen des Schiebefensters, das ihr bereits als Kind die unbemerkte Flucht in den Garten und den angrenzenden Park ermöglicht hatte.

Bevor sie nach draußen kletterte, umrundete Emilie die Ledersessel in der Mitte des Raums, um zu dem Vitrinenschrank zu gelangen, der dem Regal gegenüber an einer Wand stand. Hinter den blank geputzten Scheiben der oberen Hälfte funkelten geschliffene Gläser und Karaffen, in denen der Hausherr seinen Gästen nach festlichen Diners Portwein, Sherry oder Cognac servieren ließ. Emilie zog eine Schublade im Unterschrank auf und entnahm einer Holzkiste eine dicke Zigarre, die sie in die Tasche ihres Kleides steckte. Einen Augenblick später rannte sie durch den Garten zu den Rhododendronbüschen, die im hinteren Teil wuchsen. Sie bog ein paar Zweige beiseite und schlüpfte hinter die Blätterwand. Ein kaum wahrnehmbarer Trampelpfad führte zu einem mannshohen Bretterzaun, mit dem das Grundstück umgeben war. Vor vielen Jahren hatte Emilie beim Spielen im Schutz der immergrünen Sträucher eine lose Latte entdeckt und damit die Möglichkeit, sich heimlich aus dem Garten zu entfernen. Sie schob das Brett beiseite, zwängte sich durch den Spalt auf die andere Seite und lief in den lichten Wald hinein, der sich vor ihr erstreckte.

Die Berghoffsche Villa lag am oberen Rand des Briller Viertels direkt am Stadtpark, der die Kuppe des knapp dreihundert Meter hohen Nützenbergs bedeckte. An dessen östlichem

Hang hatten in den letzten Jahrzehnten zahlreiche Industrielle ihre Domizile errichtet, nachdem das dicht besiedelte Flusstal der Wupper keinen Raum mehr für großzügig geschnittene Privathäuser samt Gartengrundstücken bot. Das Bedürfnis, den Abgasen der unzähligen Fabrikschlote zu entfliehen, und der Wunsch nach Ruhe hatten die Stadtväter veranlasst, ein neues Wohnquartier für das Elberfelder Großbürgertum zu schaffen. Die Lage am Nützenberg erwies sich als ideal: Hier befand man sich sowohl in der Nähe einer großen Grünanlage als auch im Schatten des Westwindes, der die Ausdünstungen der großen chemischen Industrieanlagen und Textilfabriken transportierte.

Gustav Berghoff hatte seine Villa, die mit ihren Türmchen, Erkern und Balkonen an eine mittelalterliche Burg erinnerte, kurz nach Emilies Geburt erbauen lassen. An das alte Haus unten im Tal, in dem sie ihr erstes Lebensjahr verbracht hatte, konnte sie sich nicht mehr erinnern. Es hatte neben der Maschinenbaufirma gestanden, in der ihr Vater als Lehrling angefangen hatte, als sie noch eine kleine Werkzeugmanufaktur gewesen war. Zehn Jahre später hatte Gustav den Betrieb übernommen und binnen weniger Jahre zu einem florierenden Unternehmen ausgebaut. Das alte Wohnhaus hatte längst neuen Werkshallen weichen müssen.

Das Morgenkonzert unzähliger Meisen, Rotkehlchen, Dompfaffen und anderer Singvögel begleitete Emilie auf ihrem Weg zum Gipfel des Nützenberges. Bald wichen die Bäume des Waldes zurück und machten einer Parkanlage Platz, die der Elberfelder Verschönerungsverein in den 1870er Jahren angelegt hatte. In den Zweigen einer mächtigen Buche jagten sich zwei Eichhörnchen, im welken Laub des Vorjahres raschelte eine Spitzmaus, und hoch über den Baumkronen kreisten zwei Bussarde, deren Schreie Emilie mit einer unbestimmten Sehnsucht erfüllten. Sie raffte den Rock ihres Kleides hoch und rannte los. Sie genoss die schnelle Bewegung, die sie ihren Körper spüren ließ und ihren Kreislauf in Schwung brachte. Sie verließ den gekiesten Weg und überquerte eine Wiese. Der Tau an den Gräsern durchnässte ihre Schuhe. Übermütig sprang sie über die niedrige Hecke am Ende der Rasenfläche und erreichte wenige Momente später ihr Ziel: die Kaiserhöhe, auf der sich ein Aussichtsturm erhob. Ihm gegenüber stand ein kleines Haus, auf das Emilie zuhielt.

Kurz bevor sie es erreichte, wurde die Tür geöffnet, und ein Mann mittleren Alters mit Schiebermütze und langer Schürze trat heraus. Als er Emilie entdeckte, breitete sich ein Lächeln auf seinem Gesicht aus, das von einem gewaltigen Backenbart eingerahmt wurde. Sie winkte ihm zu, froh, den Parkgärtner noch erwischt zu haben, bevor er zu seinem morgendlichen Rundgang aufbrach, Abfälle einsammelte, Hecken beschnitt, die Kieswege fegte und andere Arbeiten erledigte. Später würde er Schürze und Schiebermütze gegen eine schlichte Dienstuniform tauschen und in seiner zweiten Funktion als Turmwächter seinen Dienst versehen.

»Mo'n, Mo'n, Frollein Emilie«, sagte er in breitem Elberfelder Platt und lüftete seine Mütze.

»Guten Morgen, Anton«, antwortete sie. »Wie geht's?«

Er brummte etwas Unverständliches. Seinem entspannten Gesicht und der Tonlage entnahm sie, dass er zufrieden war. Anton war kein Mann der großen Worte. Er deutete auf den Turm und sah Emilie fragend an. Sie nickte, holte die Zigarre hervor und überreichte sie ihm. Antons Augen leuchteten auf. Er schnupperte mit einem genießerischen Lächeln daran, bevor er sie in die Tasche seiner Arbeitsschürze steckte. Als er die Hand wieder herauszog, lag ein Schlüssel darin, den er Emilie hinhielt.

»Vielen Dank. Ich leg ihn nachher unter den mittleren Blumentopf«, sagte sie und zeigte auf ein Fensterbrett, auf dem einige Tonschalen standen.

Anton zwinkerte ihr mit einem verschwörerischen Lächeln zu, schulterte einen Rechen, der an der Hauswand lehnte, griff nach einem Eimer und stapfte davon.

Emilie lief zu dem aus grauem Stein gemauerten Turm und sprang die Stufen der Treppe hinauf, die in einem Bogen zum Eingang auf der Rückseite führten. Im Vorbeigehen warf sie einen Blick auf das aus rotem Sandstein gefertigte Stadtwappen Elberfelds mit dem zweischwänzigen Löwen, das über der Inschrift des Stifters thronte. Zehn Jahre zuvor hatte der Knopffabrikant Emil Weyerbusch, der wie Gustav Berghoff im Stadtrat saß, seinen Mitbürgern diesen Aussichtsturm errichten lassen. Die frühere Version aus Holz war baufällig gewesen und abgerissen worden. Wegen ihres schaurigen Geklappers in stürmischen Nächten hatte man ihr den Namen »Teufelsturm« gegeben, und nur wenige hatten sich getraut, sie zu besteigen.

Emilie war als Kind fest davon überzeugt gewesen, dass er von Werwölfen bewohnt war. Mit wohligem Gruseln hatte sie an den Lippen ihrer Oma, der Mutter ihres Vaters, gehangen, wenn diese ihr Legenden und Sagen aus der Gegend erzählte und die Welt ihrer Enkelin mit allerlei Kobolden, weißen Frauen, Zwergen und Ungeheuern bevölkerte. Sehr zum Unbehagen von Gustav und Irmhild Berghoff, die es nicht gern sahen, dass die ohnehin ausgeprägte Fantasie ihrer Tochter noch mehr angeregt wurde. Am meisten hatten Emilie die Werwölfe fasziniert. Die Vorstellung, sich in ein Tier zu verwandeln, war verlockend.

Der steinerne Nachfolger des Spukturms hingegen erfreute sich bei den Bürgern und Ausflüglern großer Beliebtheit – ebenso wie sein Stifter, der sich damit ein dauerhaftes Denkmal gesetzt hatte. Emilie erinnerte sich noch gut an das verkniffene Gesicht ihrer Mutter, mit der diese der Eröffnungsfeier beigewohnt hatte. Wenn es nach ihr gegangen wäre, hätten die feierlichen Reden der Großzügigkeit ihres Mannes gegolten. Nachdem sie ihn vergeblich gebeten hatte, sich mit einer ähnlichen

Spende zu verewigen, hatte sie ihn tagelang mit vorwurfsvollen Blicken und eisigem Schweigen für seine Weigerung bestraft – zunehmend irritiert, Gustav nicht zum Einlenken bewegen zu können.

Eine Erfahrung, die Irmhild nur selten machen musste. Die Tochter eines angesehenen Kölner Kaufmanns war es gewohnt, ihren Willen durchzusetzen – notfalls mithilfe schwerer Migräneanfälle. Emilie verfolgte immer wieder mit einer Mischung aus ungläubigem Staunen und Faszination, wie ihr Vater sich dadurch weichklopfen ließ. Sie hatte bislang nicht herausgefunden, ob er tatsächlich an die Kopfschmerzen seiner Frau glaubte – die sie regelmäßig heimsuchten, wenn sie mit ihrer Überredungskunst an ihre Grenzen stieß – oder nachgab, um den häuslichen Frieden wiederherzustellen. Umso bemerkenswerter waren die seltenen Gelegenheiten, bei denen Irmhilds Leiden nicht zum Ziel führten. Ein – in seinen Augen – nutzloses Bauwerk zu stiften, nur um seinen Namen zu verewigen, kam für Gustav Berghoff nicht in Frage. Er zog es vor, sein Geld, sofern er es nicht in seine Firma reinvestierte, in gut ausgestattete Wohnungen für seine Arbeiter zu stecken oder sozialen Einrichtungen zu spenden. Er hielt es für seine Pflicht, Benachteiligten zu helfen oder seinen Untergebenen ein gutes Leben zu ermöglichen. Sich dafür öffentlich ehren zu lassen widerstrebte ihm zutiefst.

Emilie schloss die Tür auf und stieg im Innern die Wendeltreppe hinauf zur Turmstube und weiter zur Aussichtsplattform, über der sich ein schlankes, rundes Türmchen mit Kupferdach erhob. So hatte sie sich als Kind das Gemäuer vorgestellt, in dem Rapunzel auf ihren Prinzen wartete, und sich ausgemalt, wie es sich wohl mutterseelenallein lebte, hoch über den anderen Menschen, umgeben nur von Bäumen und dem Himmel. An manchen Tagen war ihr diese Vorstellung verlockend erschienen – wenn sie wieder einmal gescholten wurde, weil sie sich beim Bäumeklettern einen Strumpf zerrissen hatte, die Liste der deutschen Könige und Kaiser seit Karl dem Großen nicht fehlerfrei hersagen konnte oder dabei ertappt worden war, wie sie Else in der Küche half und dabei das verpönte Platt sprach.

Emilie setzte sich auf die Brüstung zwischen zwei Zinnen und schaute hinunter. An klaren Tagen konnte man bis zum Rhein sehen, dessen Tal heute jedoch im Dunst lag. Sie atmete tief durch. Der vertraute Anblick der Höhenzüge, von denen ihre Heimatstadt umgeben war, ließ sie zur Ruhe kommen. Während sie ihre Augen in die Ferne schweifen ließ, kreisten ihre Gedanken um die Frage, die sie in den letzten Wochen immer wieder beschäftigt hatte: Wie würde sich ihr weiteres Leben gestalten? Nach dem Ende ihrer Schulzeit hatte sie die letzten Jahre wie in einen Kokon versponnen zu Hause verbracht – zu weitgehender Untätigkeit verdonnert, da es sich in den Augen ihrer Eltern für sie nicht ziemte, eine Berufsausbildung zu machen oder eine höhere Bildung zu erwerben. Ihr ganzes Dasein war darauf ausgerichtet, eine gute Partie zu machen und in den Hafen einer soliden Ehe zu steuern.

Als ihr jüngerer Bruder Maximilian vor einigen Wochen Elberfeld verlassen hatte, um in Berlin zu studieren, war Emilie bewusst geworden, dass auch ihre Tage im elterlichen Nest gezählt waren. Nicht, weil man sie daraus hätte vertreiben wollen. Besonders ihrer Mutter lag nichts ferner. Die Vorstellung, nach ihren beiden Söhnen auch ihre Tochter gehen zu lassen, war Irmhild unerträglich. Sie war nicht der Meinung, dass es bereits an der Zeit war, Emilie unter die Haube zu bekommen. Dementsprechende Andeutungen ihres Mannes überhörte sie geflissentlich. Für sie stand es zwar auch außer Frage, dass Emilie heiraten sollte – aber doch nicht so bald. In ihren Augen war sie dafür noch zu kindlich und unreif. Emilie ärgerte sich einerseits über diese Einschätzung, war andererseits aber dankbar für die Haltung ihrer Mutter. Bislang hatte sie Gustav daran gehindert, sich ernsthaft nach einem Schwiegersohn umzusehen. Emilie ahnte, dass mit Beginn ihrer Volljährigkeit die Schonzeit ihrem Ende entgegenging. Ihr Vater würde sie gewiss nicht auf Biegen und Brechen in eine Ehe zwingen. Dass er aber nicht lockerlassen würde, bis sie einem geeigneten Mann das Ja-Wort gab, stand ebenso fest.

Und was willst du?, fragte eine leise Stimme in ihr. Du bist jetzt erwachsen. Ist es nicht dein gutes Recht, selbst zu bestimmen, wie dein Leben aussehen soll? Es gibt doch genug junge Frauen, die auf eigenen Beinen stehen. Die eine Ausbildung machen oder gar studieren. Emilies Gedanken wanderten zu Paula, einer ihrer Mitschülerinnen, die nach Karlsruhe auf eines der wenigen Mädchengymnasien gewechselt hatte, um dort Abitur zu machen und anschließend an der Freiburger Universität Medizin zu studieren, die als eine der ersten Hochschulen im Kaiserreich Frauen zuließ. Emilie hatte Paula beneidet. Sie stellte es sich herrlich vor, fern der Familie in einer anderen Stadt zu wohnen, selbst zu bestimmen, wie sie ihre Tage verbrachte, und vor allem etwas zu tun, das ihr Freude bereitete und sie zugleich in die Lage versetzen würde, ihren Lebensunterhalt selbst zu verdienen.

»Emilie hat ein Talent, das man meiner Meinung nach unbedingt fördern sollte. Ich lege Ihnen sehr ans Herz, sie auf die hiesige Kunstgewerbeschule, besser noch auf eine Akademie zu schicken.«

Die Worte ihrer Lehrerin, die sie tief in sich begraben hatte, klangen ihr in den Ohren, als stünde Fräulein Otterbruch neben ihr und wiederholte ihren Appell, den sie auf der Abschlussfeier von Emilies Schulklasse vor drei Jahren an ihren Vater gerichtet hatte. Gustav Berghoff hatte ihr höflich zugehört, unverbindlich gelächelt, seiner Tochter die Wange getätschelt und gesagt:

»Ich danke Ihnen für Ihr freundliches Urteil. Emilie kann in der Tat ganz hübsch zeichnen. Aber Flausen sollte man dem Kind deswegen nicht in den Kopf setzen.«

Mit einer leichten Verbeugung hatte er Fräulein Otterbruchs Versuch, weiter in ihn zu dringen, beendet und sich empfohlen. Emilies Hoffnung, ihre Lehrerin könnte erreichen, was ihr selbst nicht gelungen war, hatte sich nicht erfüllt. Ganz im Gegenteil. Der zusammengepresste Mund, mit dem ihr Vater der Lehrerin den Rücken kehrte, hatte ihr gezeigt, dass für ihn allein das Ansinnen, seiner Tochter den Weg in ein Dasein als Künstlerin zu ermöglichen, einen Affront darstellte.

Die Erinnerung daran ließ Emilie die Augen schließen. Sie biss sich auf die Zungenspitze. Denk nicht mehr dran, befahl sie sich. Was bringt es, einem Traum nachzuhängen, der sich nie erfüllen wird? Zumindest nicht, wenn sie nicht mit ihren Eltern brechen und sich von der Familie lossagen wollte.

2

Sulzbach-Rosenberg in der Oberpfalz, Juli 2013

Hanna sah ihrem Sohn nach, der eben die Sicherheitskontrolle verlassen und sich ein letztes Mal zum Winken zu ihr umgedreht hatte, bevor er zum Abflugterminal lief und ihren Blicken entschwand. Sie unterdrückte den Impuls, ihm hinterherzurennen, seinen Namen zu rufen, ihn zurückzuholen. Die Zweifel, die sie ihm gegenüber verschwiegen hatte, um ihn nicht zu verunsichern, übermannten sie: Wie soll er allein zurechtkommen? Tausende Kilometer von daheim entfernt? Unter lauter Fremden? In einem Land, in dem Entführungen und Raubüberfälle an der Tagesordnung sind, jederzeit soziale Unruhen ausbrechen können und gefährliche Krankheiten grassieren? Wie konnte ich nur zulassen, dass er sich auf dieses Abenteuer einlässt? Er ist doch mein Kleiner. Sie verschränkte die Unterarme, umfasste ihre Ellenbogen und presste sie an sich. Ist er nicht, wies sie sich zurecht. Schon lange nicht mehr. Und er wird bestens klarkommen. Die Frage ist doch eher, wie das bei dir aussieht.

Als Lukas Anfang des Jahres den Wunsch geäußert hatte, nach dem Abitur ins Ausland zu gehen und sich bei einem Kinderhilfsprojekt zu engagieren, war sie stolz gewesen. Die Zielstrebigkeit und Umsicht, mit der Lukas seinen Plan verfolgte, hatte sie beeindruckt. Tagelang hatte er im Internet nach einer passenden Organisation gesucht, Erfahrungsberichte und Blogs von anderen Freiwilligen gelesen und sich Unterlagen schicken lassen. Nachdem seine Wahl auf ein bolivianisches Waisenhaus gefallen war, das dringend Helfer benötigte, hatte er eine Bewerbung geschrieben, die notwendigen Bescheinigungen beschafft, ein Visum beantragt, sich gegen Gelbfieber impfen lassen und an vorbereitenden Seminaren teilgenommen. Mit einer Mischung aus Aufregung und Abenteuerlust hatte er seiner Abreise entgegengefiebert.

Hanna hatte sich mit ihm gefreut und sich gleichzeitig gegrämt, dass ihm der Abschied scheinbar so leichtfiel. Als ihn am Abend vor seinem Abflug nach Cochabamba doch noch die Angst vor der eigenen Courage packte, war sie – so sehr sie sich schämte, das zuzugeben – ein wenig erleichtert. Als er mit hängenden Schultern in seinem Zimmer vor seinem Koffer und dem Trekkingrucksack gestanden, sie mit geröteten Augen angesehen und gemurmelt hatte: »Was, wenn ich das nicht packe?«, war er mit einem Mal wieder der kleine Junge gewesen, der bei ihr Trost suchte und ihr das Gefühl gab, gebraucht zu werden. Sie hatte der Versuchung widerstanden und ihm nicht vorgeschlagen, das Ganze abzublasen. In jenem Moment wäre es ihr ein Leichtes gewesen, ihn dazu zu bewegen. Stattdessen hatte sie ihn kurz an sich gedrückt und ihm versichert, dass sie an ihn glaube und er diese einmalige Chance unbedingt wahrnehmen solle. Und dass sie ihm jederzeit helfen würde, falls er doch vorzeitig nach Deutschland zurückkehren wolle. Als er sie mit einem heiseren »Danke, Mama« fest umarmte, wusste sie, dass sie das Richtige getan hatte.

Hanna atmete tief aus und machte sich auf den Weg zu den Parkdecks des Nürnberger Flughafens. Sie fischte ihr Mobiltelefon aus der Handtasche. Es war ein älteres Gerät mit Tasten – nach Meinung ihrer Kinder ein Relikt aus dem Pleistozän, das schon lange gegen ein Smartphone ausgetauscht gehörte. Deren Bedürfnis, sich jederzeit und überall ins Internet einloggen zu können, war Hanna fremd. Ihr reichte es aus, zu Hause einen Zugang dazu zu haben. Sie drückte die Kurzwahltaste, unter der sie die Nummer ihres Mannes gespeichert hatte. Wenn sie seinen Terminplan richtig im Kopf hatte, war er jetzt auf dem

Rückweg von einem Kunden. Das Freizeichen ertönte, gefolgt von der Ansage, dass der Teilnehmer derzeit nicht erreichbar sei. Hanna runzelte die Stirn. Normalerweise wurden Anrufe, die Thorsten nicht entgegennehmen konnte, auf die Mailbox umgeleitet. Vielleicht steckte er ja in einem Funkloch? Mit einem Achselzucken steckte sie das Telefon zurück in die Tasche.

Zwanzig Minuten später steuerte sie die Familienkutsche, einen geräumigen Combi, auf die A3 Richtung Oberpfalz. Nachdem der Juni in diesem Jahr mit Dauerregen und kalten Temperaturen aufgewartet hatte, schien der Juli endlich den ersehnten Sommer zu bringen. Die gewittrigen Schauer, die die Besucher des Altstadtfestes von Sulzbach am Wochenende fröstelnd Schutz unter den Schirmen der Würstelbuden und Imbissstände hatten suchen lassen, waren weitergezogen, und es wurde täglich wärmer und sonniger.

Hanna blinzelte und fischte mit einer Hand nach ihrer Sonnenbrille, die leicht angestaubt auf der Ablage neben dem Fahrersitz lag. Das Durcheinander aus Bonbonpapieren, leeren Getränkedosen und Chipstüten, einer zerbrochenen CD-Hülle und zerknüllten Taschentüchern, das den Boden vor dem Beifahrersitz, die Rückbank und die Ablageflächen bedeckte, ließ sie innerlich seufzen. Hatte sie den Wagen nicht erst zwei Wochen zuvor entrümpelt und durchgesaugt? Seitdem hatte Lukas ihn in Beschlag genommen, um die diversen privaten Abiturfeiern und Abschiedsfeste in seinem Bekanntenkreis mit Getränken und Essen zu beliefern, Ausflüge mit seinem besten Freund zu unternehmen und seine Schwester zu besuchen, die in Weihenstephan bei Freising studierte.

Hanna nutzte das Auto selten. Es war ihr zu sperrig. Sie war froh, die meisten Einkäufe mit dem Fahrrad erledigen zu können. Von Gallmünz, einem ruhigen Wohnviertel im Norden von Sulzbach-Rosenberg, brauchte sie eine Viertelstunde ins Zentrum. Mit dem Zug gelangte man von dort – zumal in den

Stoßzeiten – schneller nach Nürnberg, Regensburg oder München als mit dem Wagen. Hanna hasste es, sich von Rasern drängeln zu lassen oder im Stau zu stehen, stundenlang auf der Suche nach einer Parklücke herumzukurven oder den Combi durch enge Gassen zu manövrieren. Wenn es nach ihr gegangen wäre, hätten sie sich schon längst ein kleineres Auto angeschafft. Die Zeit der wöchentlichen Großeinkäufe und gepäckreichen Familienausflüge war längst vorbei. Diesbezügliche Diskussionen hatten bislang jedoch immer damit geendet, dass ihr Mann Thorsten, der mit einem schnittigen Coupé zur Arbeit fuhr, den Verbleib des Zweitwagens durchsetzte. Dessen Stauraum war in seinen Augen unverzichtbar für den Transport seiner Einkäufe in Baumärkten und Gartencentern, die er regelmäßig aufsuchte, um ihr Heim zu verschönern.

Hanna beschloss, die Autobahn zu verlassen und über die B14 durch die Hersbrucker Alb nach Hause zu fahren. Die bewaldeten Hügel, aus denen immer wieder steile Kalksteinfelsen aufragten, wechselten sich mit den Äckern und Wiesen der Gehöfte ab, die versprengt in der Landschaft lagen. Sie schaltete die Stereoanlage ein und zuckte zusammen, als ihr der ohrenbetäubende Sound einer Metal-Band entgegenschallte, die ihr Sohn zuletzt gehört hatte. Rasch drehte sie die Lautstärke leiser, wechselte vom CD-Player zum Radio und suchte nach ihrem Lieblingssender, der vorwiegend Songs aus den achtziger und neunziger Jahren spielte. Sie öffnete das Seitenfenster und genoss die laue Brise, die den Duft frisch gemähten Heus hereinwehte und ihr durch die schulterlangen Haare fuhr. Sie strich sich eine rotbraune Strähne hinters Ohr und lauschte dem Cat-Stevens-Song, der gerade anmoderiert worden war. Die beschwingte Melodie vertrieb die trübe Stimmung, in die der Abschied am Flughafen sie versetzt hatte. Sie umfasste das Lenkrad fester und sang das Lied laut mit:

»Well, if you want to sing out, sing out
And if you want to be free, be free,
'Cause there's a million things to be,
You know that there are ...«

Nach sechzig Kilometern Fahrt erreichte Hanna am späten Nachmittag Sulzbach-Rosenberg. Schon von Weitem grüßte die imposante Schlossanlage, die auf einer Anhöhe über dem historischen Stadtkern thronte. In früheren Jahrhunderten hatten die Burgherren an diesem wichtigen Verkehrsknotenpunkt die Handelswege von Würzburg nach Regensburg und ins ferne Böhmen kontrolliert und ihren Wohlstand mit den Wegezöllen vermehrt. Hanna parkte den Wagen an der Bayreuther Straße, schnappte sich ihre Handtasche, zog einen Einkaufszettel heraus und lief in die verwinkelten Straßen und Gassen der Altstadt.

Beladen mit zwei Anzügen, die sie von einer Reinigung für Thorsten abgeholt hatte, diversen Drogerieartikeln, Prospekten aus einem Reisebüro, einigen Lebensmitteln und einer Flasche Rotwein erreichte sie eine Stunde später den Luitpoldplatz. Das Zentrum der bereits im neunten Jahrhundert gegründeten Stadt wurde im Norden von einer gotischen Pfarrkirche, im Westen von der Frontseite der Burg und dem lang gestreckten Bau eines Klosters und im Osten von der leuchtendroten Fassade des Rathauses eingerahmt.

Die Sonne stand hoch am Himmel. Hanna hielt auf Thorstens und ihr Lieblingscafé in der Nähe des Löwenbrunnens zu. Unter den aufgespannten Sonnenschirmen erspähte sie ein freies Tischchen, an dem sie sich mit einem Aufatmen niederließ. Sie verstaute ihre Einkäufe auf und unter dem Stuhl gegenüber und warf einen Blick auf die Tafel mit der Spezialität des Tages: Eistee mit Limettensaft und frischem Ingwer.

Genau das Richtige zum Abkühlen. Dazu einen kleinen Becher gemischtes Eis, das im Sommer täglich von der Besitzerin des Cafés aus frischen Zutaten hergestellt wurde. Hoffentlich war das dunkle Schokoladeneis mit siebzig Prozent Kakaoanteil noch nicht ausverkauft. Dazu eine Kugel Walnusseis … Die Vorstellung ließ Hanna unwillkürlich schlucken. Nach der ganzen Hetzerei hatte sie sich eine Belohnung verdient. Und deine Hüften freuen sich über Zuwachs, lästerte die strenge Stimme in ihr, die sich immer meldete, wenn Hanna im Begriff war, sich etwas zu gönnen oder etwas Unvernünftiges zu tun. Halt die Klappe, alte Miesmacherin, brachte sie die interne Kritik zum Schweigen. Ein wenig Polsterung schadet nicht. Ich bin schließlich kein zwanzigjähriges Magermodel, sondern eine zweifache Mutter von fast fünfundvierzig Jahren. Laut ihrer Frauenärztin waren ein paar zusätzliche Pfunde sogar gesund. Und da Hanna sich gern und viel bewegte, war ihre etwas untersetzte Figur bislang nicht aus dem Leim gegangen.

Als Teenager hatte sie darunter gelitten, dass ihre Beine in den modischen Röhrenjeans nicht die gleiche Wirkung entfalteten wie bei einigen ihrer Klassenkameradinnen, denen die Jungs nachschauten und bewundernd von »Beinen bis zum Hals« sprachen. Im Vergleich mit ihnen war sie sich stämmig vorgekommen. Auch über ihren kleinen Busen war sie unglücklich gewesen. Ganz zu schweigen von den Augen, die einen Tick zu weit auseinanderstanden, und den Sommersprossen auf ihrem Nasenrücken. Nein, sie hatte sich lange schwer damit getan, ihr Äußeres zu akzeptieren. Als Thorsten bei ihrem ersten Date von ihren grau-grünen Augen schwärmte, hatte sie geglaubt, er nehme sie auf den Arm. Der Ernst, mit dem er ihr das Gegenteil versicherte, hatte sie in ihn verliebt gemacht. Zum ersten Mal hatte sie sich mit ihrem Aussehen versöhnt gefühlt.

Nachdem Hanna bestellt hatte, holte sie ihr Mobiltelefon aus der Handtasche und wählte Thorstens Nummer. Erneut war er nicht erreichbar. Sie verzog enttäuscht das Gesicht und tippte rasch eine *SMS*.

Freu mich auf heut Abend. Lass uns Urlaubspläne schmieden. Hab eine Flasche Roten geholt. Bringst du Antipasti von Da Gianni mit? Kuss, Hanna

Während sie auf ihren Tee und das Eis wartete, las Hanna in den Prospekten aus dem Reisebüro. Die Seiten mit den Zielen in Asien und Südamerika überblätterte sie rasch. Der Traum von einer langen Tour durch ein fernes Land, den sie und ihr Mann seit Ewigkeiten hatten, würde sich auch in diesem Jahr nicht erfüllen. Thorsten hatte erst vor Kurzem als leitender Ingenieur eine neue Abteilung in seinem Betrieb übernommen. An eine längere Abwesenheit des frischgebackenen Chefs war nicht zu denken. Aber ein Kurztrip sollte, nein, musste möglich sein. Thorsten schuftete viel zu viel. Hanna hatte aufgehört, die Überstunden zu zählen, die er angehäuft hatte. Abends kam er selten vor sieben Uhr aus dem Büro. Wenn er nicht aufpasste, endete er noch so wie einer seiner Kollegen, der mitten in einem Meeting kollabiert und noch auf dem Weg ins Krankenhaus an einem schweren Herzinfarkt gestorben war. Hanna schüttelte sich und starrte auf die aufgeschlagene Seite, auf der drei- bis viertägige Reisen angeboten wurden. Vielleicht konnten sie ein paar Tage ins Elsass fahren. Wandern, das Straßburger Münster besichtigen, Weingüter besuchen, eine Dampferfahrt auf dem Rhein machen …

»Ah, so ist es richtig. Ein Tapetenwechsel ist in Ihrer Situation das einzig Wahre.«

Hanna sah auf. Vor ihr stand nicht die junge Bedienung, bei der sie bestellt hatte, sondern Frau Schrader, die Eigentümerin des Cafés. Wie sie selbst war sie keine gebürtige Oberpfälzerin.

Obwohl sie bereits doppelt so lange wie Hanna hier lebte, war sie nach fünfunddreißig Jahren noch immer die *Zougrouste.* Ein Etikett, das auch Hanna und ihrem Mann anhaftete. Ihre Kinder dagegen, die mühelos zwischen dem Hochdeutschen und dem Dialekt der Gegend wechselten und mit ihren Freunden nur oberpfälzisch sprachen, wurden nicht als Zugereiste wahrgenommen.

Frau Schrader stellte das Glas mit dem Tee und den Eisbecher auf das Tischchen und fuhr fort:

»Sie machen das richtig. Sich nicht zu Hause vergraben, sondern sich etwas Gutes tun. Das haben Sie sich mehr als verdient nach all den Jahren, die Sie für ihn geopfert haben.«

Hanna runzelte die Stirn. »Geopfert? Ich würde es nicht so nennen. Ich habe es gern getan und würde es jederzeit wieder ...«

»Sicher«, fiel ihr Frau Schrader ins Wort. Sie sah sie forschend an. »Ich finde es wirklich bewundernswert, wie Sie damit umgehen, dass er nun weg ist.«

Hanna hob die Schultern. »Naja, ehrlich gesagt, ist es mir schon ziemlich schwergefallen, ihn gehen zu lassen. Aber es war ja abzusehen. Und für ihn ist es wichtig, seinen eigenen Weg zu finden. Es wäre doch sehr egoistisch von mir gewesen, ihn daran zu hindern.«

Frau Schrader schluckte eine Bemerkung, die ihr offensichtlich auf der Zunge lag, herunter, nickte Hanna zu und entfernte sich Richtung Café, wobei sie etwas murmelte, das sich anhörte wie: »So tapfer ...«

Hanna sah ihr irritiert nach. Schließlich wurden Kinder irgendwann flügge. Sie hätte nicht vermutet, dass Frau Schrader, deren beiden Töchter schon vor vielen Jahren von zu Hause ausgezogen waren, das Thema so an die Nieren gehen würde. Auf sie hatte die gebürtige Bremerin bisher einen eher unterkühlten Eindruck gemacht. Da sah man mal wieder, wie man sich täuschen konnte.

Hanna legte den Reiseprospekt zur Seite und begann das Eis zu löffeln, das cremig auf der Zunge zerging. Die Vorstellung, bald mit Thorsten in einem dieser malerischen Dörfchen im Elsass zu sitzen, Flammkuchen zu essen und sich treiben zu lassen ohne Zeitdruck und Verpflichtungen, ließ sie lächeln. Hoffentlich kann er spontan Urlaub nehmen, dachte sie. Dann könnten wir eigentlich in den nächsten Tagen losfahren. Sie warf einen Blick auf ihr Telefon. Keine neue SMS. Ein mulmiges Gefühl keimte in ihr auf. Es war nicht Thorstens Art, sich nicht zurückzumelden. Ob ihm etwas zugestoßen war?

3

Elberfeld, Mai 1907

Emilies Geburtstag wurde am Nachmittag in kleinstem Kreis gefeiert. Abends war der Besuch einer Operette im Thalia Theater am Wupperufer geplant, das erst im Dezember des Vorjahres eröffnet worden war. Friedrich, ihr fünf Jahre älterer Bruder, und seine Frau Klothilde, die vor einigen Monaten ein paar Straßen weiter im Briller Viertel eine Villa im neubarocken Stil bezogen hatten, wollten zu Fuß herüberspazieren. Die Großmutter aus Köln reiste mit der Eisenbahn an und wurde von Gustavs Kutscher vom Bahnhof abgeholt. Ihr Mann ließ sich wegen dringender Geschäfte entschuldigen, die seine Anwesenheit in seinem Handelskontor unverzichtbar machten. Emilie vermutete, dass eher die Aussicht auf eine kurze Zeit als Strohwitwer der Grund war, und er die Gelegenheit nutzte, sich dem strengen Regiment seiner Gattin zu entziehen. Sie nahm ihm die Ausrede nicht übel. Sie hätte gern auf den Besuch ihrer Großmutter verzichtet. Ihr hatte sie es zu verdanken, dass Irmhild ihre Zofe Agathe beauftragte, ihrer Tochter bei der Toilette behilflich zu sein und ihr Korsett ordentlich zu schnüren. Emilie ließ die Prozedur klaglos über sich ergehen. Eine Lehre aus der Vergangenheit. Agathe pflegte Bitten, die Bänder nicht allzu stramm festzuzurren, mit besonders energischem Ziehen zu beantworten, um den Oberkörper ihres Opfers in die erwünschte S-förmige Haltung zu zwingen. Emilie hasste diese in ihren Augen unnatürliche Verbiegung, bei der der Busen nach vorn geschoben, der Bauch nach hinten gepresst und das Gesäß mithilfe eines starken Hohlkreuzes betont wurde. Nachdem die Zofe ihr geholfen hatte, die bestickte langärmelige Bluse und den bodenlangen Rock aus blaugrün changierender Seide anzuziehen, traktierte sie Emilies glattes Haar mit einer Brennschere, steckte die Locken zu einem weichen Knoten hoch und verließ mit einem zufriedenen Gesichtsausdruck das Zimmer.

Emilie folgte ihr wenig später. Sie kam sich vor wie eine Puppe. Vorsichtig tippelte sie die Treppe hinunter. Schnelle Bewegungen verboten sich, nicht nur, weil tiefes Luftholen durch die enge Schnürung unmöglich war. Emilie ging in dieser Bekleidung ihr Körpergefühl abhanden, sie befürchtete, das Gleichgewicht zu verlieren, über den Rocksaum zu stolpern oder mit der langen Schleppe irgendwo hängen zu bleiben.

Pünktlich um drei Uhr betrat sie das Speisezimmer. Der ovale Tisch mit den gedrechselten Beinen, die auf Löwentatzen ruhten, war mit weißem Leinen und dem Meißner Porzellanservice mit dem Gestreute-Blümchen-Dekor eingedeckt, das nur zu besonderen Gelegenheiten aus dem Buffetschrank geholt wurde, der dem Fenster gegenüber an der Wand stand. Zwei Porzellanfigurinen – Blumenmädchen mit Körbchen voller Blüten – standen neben einer Platte mit einer Buttercremetorte, auf der mit winzigen roten Marzipanherzchen die Zahl einundzwanzig gebildet war. Eine dreistöckige Etagere präsentierte eine Auswahl an Petit Fours, Eclairs und feinem Teegebäck, die nicht aus Bertas Küche stammte, sondern zur Feier des Tages von der besten Konditorei der Stadt geliefert worden war. Kleine Eier-, Schinken- und Käse-Sandwiches für herzhaftere Gelüste waren auf zwei weiteren Platten angerichtet. Alles vom Feinsten. Wie es sich für einen gehobenen Haushalt, der auf sich hielt, gehörte.

Wäre es nach Emilie gegangen, hätte man ihren Geburtstag mit einer traditionellen Kaffeetafel *met allem dröm on draan* gefeiert. So wie früher bei ihrer Großmutter väterlicherseits, die mit den einfachsten Mitteln eine heimelige Atmosphäre schaffen konnte, in der man sich willkommen fühlte. Und der das leibliche Wohl ihrer Gäste und insbesondere ihrer Enkel am Herzen gelegen hatte. Die Erinnerung regte Emilies Appetit an. Den Beginn hätte eine dicke Schnitte Hefeblatz gemacht, bestrichen mit Butter und selbst eingekochtem Apfelkraut. Dazu sämigen Milchreis mit Zimt und Zucker. Danach eine Wurst- oder Käsestulle, Kräuterquark und Rührei. Zwischendurch frische Waffeln mit eingemachten Kirschen und zum Schluss Sandkuchen und Gusszwieback. Dazu Bohnenkaffee aus der *Dröppelminna*, einer bauchigen Zinnkanne mit Zapfkränchen, die auf drei Füßchen in der Mitte des Tisches stand und Oma Berghoffs ganzer Stolz gewesen war.

Wo das gute Stück wohl gelandet war? Vermutlich beim Trödelhändler wie der Rest des bescheidenen Haushalts. Emilie unterdrückte ein Seufzen bei dem Gedanken an ihre Großmutter, die kurz nach dem Tod ihres geliebten Mannes vor drei Jahren gestorben war. Die beiden hatten Emilie immer an Philemon und Baucis erinnert, jenes arme Paar aus der griechischen Sage, dessen Gastfreundlichkeit ihnen von den Göttern mit der Erfüllung ihres Herzenswunsches vergolten worden war: dass am Ende ihres gemeinsamen Lebens keiner des anderen Grab sehen musste.

Eben traten Emilies Vater und ihr Bruder ins Gespräch vertieft durch die Tür des benachbarten Raucherkabinetts. Beide trugen einen schwarzen Gehrock und eine hellgraue Weste, die sich bei Gustav Berghoff über einen stattlichen Bauch spannte, während Friedrich seine athletische Figur mit einer taillierten Version betonte. Abgesehen von seinen kurz geschorenen Haaren, dem geraden Mittelscheitel und dem schmalen Oberlippenbart war er seinem Vater, der fast kahl war, wie aus dem Gesicht geschnitten: runder Kopf, zur Röte neigende Wangen und eine markante Nase. Bei Gustav wucherte ein buschiger Schnauzbart um die vollen Lippen – wie bei seinem Idol, dem ehemaligen Reichskanzler Otto von Bismarck.

Friedrich bemerkte seine Schwester und nickte ihr förmlich zu. Bereits als Junge hatte er auf Emilie nie kindlich gewirkt, sondern wie ein zu klein geratener Erwachsener. Undenkbar, mit ihm durch den Park zu toben, Streiche auszuhecken oder sich eine Leckerei aus der Vorratskammer zu stibitzen. Der Berghoffsche Stammhalter hatte seine verantwortungsvolle Position von Kindesbeinen an verinnerlicht und keinen Sinn für die Faxen und fantasievollen Spiele seiner beiden jüngeren Geschwister, auf die er mit einer Mischung aus Herablassung und Unmut herabgeblickt hatte, sofern er sie nicht einfach ignorierte.

Emilies Mutter stand mit ihrer Schwiegertochter, einer schmächtigen Blondine mit durchscheinendem Teint und sorgfältig gezupften Augenbrauen, vor dem Buffetschrank und zeigte ihr ein kürzlich erworbenes silbernes Ensemble aus Salz- und Pfefferstreuern und Fingerschälchen. Emilies Augen wanderten zu einem kleinen Tisch, der in einer Ecke des Zimmers aufgestellt worden war. Unter einem Strauß mit Fliederzweigen aus dem Garten waren die Geschenke verteilt. Gerade hatte ihre Großmutter ein rechteckiges Paket dazugelegt. Emilie ging zu ihr und begrüßte sie mit einem Knicks.

»Ah, da ist ja unser Geburtstagskind.«

Hedwig Hardenrath kniff die dunkelgrauen Augen leicht zusammen und musterte ihre Enkelin, die sie um einen halben Kopf überragte. Ihre hochtoupierten Haare ließen ihre hagere Gestalt noch größer wirken, ihre aufrechte Haltung tat ein Übriges, ihr einschüchterndes Wesen zu verstärken. Emilie sah zu Boden und fühlte sich in Kindertage zurückversetzt. Es hätte sie nicht gewundert, im nächsten Moment ein Gedicht aufsagen oder ihre aktuelle Handarbeit herzeigen zu müssen. Es fiel ihr schwer, dem prüfenden Blick standzuhalten, der sie wie die vor einigen Jahren entdeckten X-Strahlen des Physikers Wilhelm Carl Röntgen zu durchleuchten schien. Die Tatsache, dass sie nicht die Einzige war, der es so ging, war ein schwacher Trost. In Hedwig Hardenraths Gegenwart erstarb jegliche Leichtigkeit und machte ängstlicher Sorge um das richtige Betragen, die Vermeidung heikler Themen und anstößiger Bemerkungen Platz. Die kommenden Stunden würden ein Spießrutenlauf. Emilie hatte ihre Großmutter im Verdacht, sich erst dann wohlzufühlen, wenn alle in ihrer Umgebung starr vor Befangenheit waren.

»Nun scheint ja doch noch halbwegs eine Dame aus ihr zu werden«, stellte diese fest und nickte ihrer Tochter zu, die die Musterung Emilies mit angehaltenem Atem verfolgt hatte. Irmhild Berghoff, die mit ihren weichen Gesichtszügen, der ins Mollige tendierenden Figur und den blassblauen Augen nach ihrem Vater kam, verzog das Gesicht zu einem gezwungenen Lächeln.

»Möchten Sie sich nicht setzen, Mutter?«, fragte sie. »Sie sind sicher erschöpft nach der langen ...«

»Ich bitte dich!«, unterbrach Hedwig sie. »Ich bin doch nicht von Pappe.« Mit einem strengen Blick zu den männlichen Familienmitgliedern fuhr sie fort: »Aber da nun endlich alle anwesend sind, können wir Platz nehmen.«

Emilie beeilte sich, ihr den Stuhl am Kopfende des Tisches, auf dem gewöhnlich ihre Mutter saß, zurechtzurücken, bevor sie sich zu ihrem Platz in der Mitte einer der Längsseiten begab. Ihre Mutter nahm den Stuhl neben ihr ein. Vis-à-vis setzten sich Friedrich und Klothilde, der Herr des Hauses am anderen Ende der Tafel unter dem Porträt des Kaisers. Emilies Blick verweilte auf dem freien Platz direkt ihr gegenüber. Wo Max jetzt wohl gerade sein mochte? Vermutlich in einer Vorlesung an der Universität. Oder über ein Buch gebeugt in der Bibliothek. Oder er frönte dem Nichtstun, streifte durch die Berliner Straßen und erkundete ein ihm noch unbekanntes Viertel. Wie gern hätte sie mit ihm getauscht.

»Was hört ihr denn von eurem Jüngsten?«, fragte die Großmutter und bekräftigte Emilies Vermutung, sie könne Gedanken lesen. »Ich bin ja nach wie vor der Ansicht, dass es gerade für Maximilian wichtig gewesen wäre, an die Kandare genommen zu werden.« Sie nickte Friedrich zu. »Man sieht ja, wie günstig sich das auf die Entwicklung auswirkt.«

Emilie beobachtete, wie ihr älterer Bruder sich eine Handbreit von seinem Stuhl erhob und sich knapp verbeugte, um sich für das Kompliment zu bedanken. Ein leises Klacken verriet ihr, dass er dabei die Hacken zusammenschlug. Friedrich zeigte gern, wie sehr ihm das Soldatische in Fleisch und Blut übergegangen war, auch wenn seine Militärzeit einige Jahre zurücklag. Um sich in Form zu halten, ertüchtigte er sich jeden Morgen mit Leibesübungen und betonte bei jeder sich bietenden Gelegenheit seine Bereitschaft, als Reserveoffizier für Kaiser und Reich zur Verfügung zu stehen, sollten es die Umstände erfordern.

Seine Frau Klothilde himmelte ihn von der Seite an. Sie legte eine Hand auf seinen Unterarm und drückte ihn kurz. Das Gesicht von Gustav Berghoff verdüsterte sich, Irmhild schaute unbehaglich auf ihren Teller. Das Versagen ihres Jüngsten, der dem Drill und dem rauen Ton in der Kadettenschule nicht standgehalten hatte und von seinen Vorgesetzten nach wenigen Monaten wegen schwacher Nerven als untauglich entlassen worden war, war ein wunder Punkt, in dem die Großmutter immer wieder genüsslich herumbohrte.

Emilie biss sich auf die Lippe. Nicht auszudenken, wie Hedwigs selbstgerechte Tiraden ausgefallen wären, wenn sie die ganze Wahrheit gewusst hätte: dass Max versucht hatte, sich das Leben zu nehmen aus lauter Verzweiflung. Ihr Vater hatte die Familie zu eisernem Schweigen verpflichtet. Die Schmach der Entlassung seines Jüngsten lastete auch so schon schwer genug auf ihm, er empfand sie als persönliche Demütigung, die er seiner Frau zu verdanken hatte. Seiner Meinung nach hatte sie Maximilian verzärtelt, anstatt dessen verträumte Veranlagung mit der gebotenen Strenge zu korrigieren. Dass ihm dies selbst ebenso wenig gelungen war, machte die Sache nicht besser.

»Max hat sich in Berlin und an der Universität sehr gut eingelebt«, antwortete Emilie auf die Frage ihrer Großmutter. »Obwohl er erst im zweiten Semester ist, hält sein Biologieprofessor schon große Stücke auf ihn.«

Hedwig hob eine Augenbraue und öffnete den Mund. Bevor sie etwas sagen konnte, fuhr Emilie fort:

»Stellen Sie sich vor, er will Max in den Sommerferien als einzigen seiner Studenten auf eine Expedition von Forschern aus verschiedenen Ländern ins Polarmeer mitschicken, damit er dort für ihn Studien treibt.«

Hedwig versteifte sich und presste ihre Lippen zusammen.

Emilie verkniff sich ein Lächeln und dachte: Mit dieser Antwort hast du wohl nicht gerechnet, du alter Drachen. Sie fing einen Blick ihres Vaters auf, der ihr unmerklich zunickte. Für dieses Mal war die Klippe umschifft. Hedwig nahm sich mit einer Kuchenzange ein mit Moccacreme gefülltes Eclair von der Etagere und stach mit ihrer Gabel in das zarte Gebäck, als wolle sie es erlegen.

»Unser Max nimmt an einer Expedition teil? Davon weiß ich ja gar nichts«, sagte Friedrich zu seinem Vater. In seiner Stimme schwang ein vorwurfsvoller Unterton. Seit er als Juniorpartner in die Firma eingestiegen war, erwartete er – in seinem Selbstverständnis als zukünftiges Familienoberhaupt –, über alles Geschäftliche und Private umgehend in Kenntnis gesetzt zu werden.

»Er hat es Emilie in seinem Geburtstagsbrief geschrieben«, sagte Irmhild. »Dein Vater hat auch erst heute Mittag davon erfahren.«

Friedrichs Miene entspannte sich. »Verstehe. Nun, es wird

Max guttun, ein paar Wochen ohne die Annehmlichkeiten der Zivilisation in der Gesellschaft erfahrener Männer zu verbringen und eine verantwortungsvolle Aufgabe zu haben. Das wird ihn stählen.«

Emilie bemerkte, wie ihre Mutter neben ihr unruhig auf ihrem Stuhl nach vorn rutschte. Vermutlich befürchtete sie, das heikle Thema könnte erneut auf den Tisch kommen.

»Darf ich meine Geschenke auspacken?«

Emilie beugte sich zu ihrer Großmutter. »Ich bin sooo gespannt, was in Ihrem Paket steckt.«

Sie schlug mit gespielter Verlegenheit die Augen nieder. Die Röte, die ihr vor Anstrengung, ein Prusten zu unterdrücken, in die Wangen stieg, verfehlte ihre Wirkung nicht. Hedwig lächelte geschmeichelt und gab mit einem Kopfnicken ihre Einwilligung.

Klothilde musterte ihre Schwägerin mit einem blasierten Gesichtsausdruck und sagte halblaut zu Friedrich: »Kaum zu glauben, dass deine Schwester volljährig ist. Sie benimmt sich wie ein unreifer Backfisch.«

Sie schüttelte den Kopf und knabberte weiter an einem winzigen Sandwich, das Emilie mit zwei Bissen vertilgt hätte. Diese tat so, als hätte sie nichts gehört, stand auf und ging zu dem Gabentisch. Mit der Frau ihres Bruders, die nur wenig älter war als sie selbst, wurde sie nicht warm. Zu unterschiedlich waren ihre Temperamente und Interessen. In den zwei Jahren, die Klothilde nun zur Familie gehörte, war es Emilie nicht gelungen herauszufinden, was diese bewegte, was für Träume sie hatte und ob sie glücklich war. Sie könnte die große Schwester der beiden Blumenmädchen sein, schoss es ihr durch den Kopf. Sie ist ebenso blass, zierlich und adrett wie diese Porzellanfigürchen. Obwohl, so ganz stimmt das nicht. Die zwei sehen viel fröhlicher aus. Einen Augenblick lang stellte sie sich vor, wie die beiden zum Leben erwachten und auf dem Tisch

Fangen spielten oder sich hinter Kannen und Kuchen voreinander versteckten.

Emilie griff nach dem Geschenk ihrer Großmutter. Es war kantig und schwer. Sie widerstand der Versuchung, das Papier einfach aufzureißen. Langsam zog sie die Schleife auf und wickelte sie auf, bevor sie den Inhalt auspackte: ein in goldenes Leinen gebundener Wälzer mit marmoriertem Schnitt und einer rotgeprägten Zeichnung, die eine Hand darstellte, die einen runden Spiegel hielt. Darunter standen der Titel: *Das goldene Buch der Sitte* und der Name des Verlegers: W. Spemann. Emilie kannte die Reihe. In der Bibliothek nebenan standen weitere Werke des Herausgebers, der zu verschiedenen Bereichen aus Kultur und Gesellschaft *Hauskunden für Jedermann* veröffentlicht hatte. Sie schlug den Deckel auf und blätterte zum Inhaltsverzeichnis. Auf achthundert Seiten konnte man alles Wissenswerte über sittlich einwandfreies Verhalten in allen Lebenslagen erfahren – vom perfekten Führen des eigenen Haushaltes und die angemessene Bekleidung zu verschiedenen Anlässen über das einwandfreie Benehmen in Gesellschaften aller Art, bei Besuchen, Einladungen, auf Reisen und kulturellen Veranstaltungen, bei Festen und Familienfeiern bis hin zu Ratschlägen für das korrekte Verhalten bei Ehrenhändeln und bei Hofe.

Emilie verdrehte die Augen. Ihre Hoffnung, einen weiteren Band von *Brehms Tierleben* zu erhalten, hatte sich nicht erfüllt. Dabei war es seit zwei Jahren der einzige Wunsch, den sie regelmäßig äußerte. Noch fehlte ihr die Hälfte der zehnbändigen *Allgemeinen Kunde des Tierreichs.*

Sie holte tief Luft, was ihre Rippen schmerzhaft gegen das enge Mieder drückte, und drehte sich zu den anderen. Sie zwang sich zu einem Lächeln, hielt das Buch hoch und verneigte sich leicht gegen ihre Großmutter.

»Vielen Dank!«

Gustav nickte seiner Schwiegermutter zu.

»Ein sehr sinniges Präsent. Es wird unserer Emilie sehr hilfreich sein. Nicht zuletzt, wenn sie als Ehefrau und Mutter in einem eigenen Haushalt mehr Verantwortung tragen und gesellschaftliche Pflichten haben wird.«

Klothilde zog die Stirn kraus und schob die Unterlippe ihres kleinen Mundes vor. Bevor sich Emilie fragen konnte, was ihre Schwägerin verärgerte, hatte sich diese wieder gefasst. Sie straffte sich und wandte sich an Hedwig.

»Oh, der Gedanke lag wohl in der Luft. Wir hatten nämlich eine ähnliche Idee. Ihr Geschenk ist natürlich viel umfassender und grundlegender.«

Sie deutete auf ein Päckchen, das in blaues Seidenpapier eingeschlagen war, und machte Emilie gegenüber eine auffordernde Bewegung.

Emilie griff danach und wickelte ein kleines Buch mit dem Titel *Der gute Ton* aus. Auf der ersten Seite las sie, dass es sich um ein Handbuch der feinen Lebensart und guten Sitte handelte, das nach den neuesten Anstandsregeln von Emma Kallmann geschrieben war.

Hedwig lächelte Klothilde wohlwollend zu.

»Eine hervorragende Wahl. Emilie wird es bald gebrauchen können. Für unterwegs ist mein Buch denn doch zu unhandlich. Da ist die Kallmann eine vorzügliche Ergänzung.«

Sie drehte sich zu Emilie, die gerade ein paar Satinhandschuhe und ein dazu passendes Täschchen auspackte.

»Klothildes Büchlein wird dir in Berlin gute Dienste leisten.«

Emilie zog die Augenbrauen hoch.

»In Berlin?«

»Ja, bei deiner Tante Franziska.«

»Entschuldigung, aber ich verstehe nicht ...«

»Soll das heißen, dass meine Schwester wieder in Deutschland ist?«, fragte Irmhild.

Hedwig runzelte die Stirn. »Hat sie sich denn nicht bei euch gemeldet? Ihr Mann wurde ins Reichskolonialamt berufen. Die beiden werden nun in der Hauptstadt leben. Ich habe ihr vorgeschlagen, dass Emilie ein paar Wochen bei ihnen verbringt. Eine wunderbare Gelegenheit, sie in die große Gesellschaft einzuführen. Dort wird sie den letzten Schliff erhalten. Und in Franziskas Kreisen dürfte es ein Leichtes sein, eine gute Partie für sie zu finden.«

Emilies Magen zog sich zusammen. Die Aussicht, mehrere Wochen bei ihrer Tante verbringen zu müssen, war beängstigend. Franziska kam nicht nur äußerlich nach ihrer Mutter Hedwig, sondern teilte auch deren Wertvorstellungen, die sie womöglich noch rigider auslegte als diese. Emilie hatte sie vor neun Jahren zum letzten Mal gesehen und sich mit einer Mischung aus Faszination und Befremden gefragt, wie man so steif und streng sein konnte. Anschließend hatten sie und Max tagelang ›Tante Franziska kommt zu Besuch‹ gespielt und sich gegenseitig darin überboten, deren gestelzte Sprache, abgezirkelten Bewegungen und strafenden Blicke nachzuahmen.

Emilie stieß unterm Tisch ihre Mutter leicht mit dem Fuß an und raunte ihr zu: »Muss ich dahin?«

Irmhild senkte die Augen und strich ihr über die Hand. Eine Geste des Mitleids. Ein Hüsteln am Ende der Tafel ließ sie zusammenzucken, die Hand wurde zurückgezogen. Emilie hob den Kopf und begegnete dem eisigen Blick ihrer Großmutter.

4

Sulzbach-Rosenberg in der Oberpfalz, Juli 2013

Kurz nach sieben Uhr abends bog Hanna in die einseitig bebaute Straße am Rand des Wohnviertels ein, in dem Einfamilienhäuser in großzügig geschnittenen Gärten standen. Ihr Grundstück lag am Ende des Sträßchens und grenzte direkt an eine Wiese und ein Waldstück. Das dunkelblaue Coupé von Thorsten stand in der Einfahrt. Hanna lächelte. Was für eine schöne Überraschung. Er war bereits zu Hause. Sie parkte den Combi auf dem Gehweg vor dem Gartenzaun und beeilte sich, mit ihren Einkäufen ins Haus zu gelangen. Sie stutzte, als sie den Schlüssel ins Schloss steckte und zweimal umdrehen musste, bevor die Tür aufging.

»Thorsten? Bist du da?«, rief sie und lauschte in die Stille.

Keine Antwort. Vermutlich war er direkt in den Garten gegangen. Hanna stellte die Tüten ab, legte die Anzüge über das Geländer der Treppe, die ins obere Stockwerk führte, stellte den Wein in die Küche und lief in den hinteren Teil des Erdgeschosses, in dem sich der offene Wohn-Ess-Bereich befand. Bevor sie die Fensterfront mit der Glastür erreichte, die auf die Terrasse und in den Garten führte, wurde ihr Blick auf den niedrigen Tisch abgelenkt, der linker Hand inmitten einer Sitzgruppe aus zwei Sofas und mehreren Sesseln stand. Ein weißes Briefkuvert lag in seiner Mitte. Hanna hielt inne, beugte sich hinunter und las ihren Namen. Sie runzelte die Stirn, riss den Umschlag auf und entnahm ihm ein Blatt Papier, das mit Thorstens Handschrift bedeckt war.

Liebe Hanna,

ich weiß, dass ich es Dir persönlich hätte sagen müssen. Aber ich befürchte, dass ich es dann nicht durchziehen könnte. Und das würde ich mir – und letztendlich auch Dir – nie verzeihen.

Mir ist klar geworden, dass ich hier feststecke und dringend etwas ändern muss. Biggi hat mir die Augen geöffnet. Ich habe es lange nicht wahrhaben wollen. Aber meine Liebe zu ihr war dann doch stärker als mein Pflichtgefühl Dir und den Kindern gegenüber.

Es wäre außerdem verlogen, wenn ich weiterhin so tun würde, als sei ich in meinem Leben hier glücklich oder auch nur zufrieden. Gerade auch Dir gegenüber, die Du so großen Wert auf Ehrlichkeit und offene Worte legst.

Eines ist mir sehr wichtig, das musst Du mir bitte glauben: Ich bereue die Jahre mit Dir keine Sekunde! Aber jetzt ist es an der Zeit, neue Wege zu gehen. Ich muss mir diese Chance geben.

Es tut mir leid, Dich so vor den Kopf zu stoßen. Ich kann verstehen, dass Du verletzt bist und eine Welt für Dich zusammenbricht. Aber bitte versetze Dich auch in meine Lage. Für mich ist das nämlich auch nicht leicht. Ich habe lange mit mir gehadert. Aber Du sagst ja selbst immer – und hast damit Recht, wie so oft: Man soll die Dinge, die einem wichtig sind, nicht ständig aufschieben. Sonst ist es irgendwann zu spät, und man verbittert. Und Du hast außerdem sicher schon länger gemerkt, dass es bei uns nicht mehr rundläuft und ich unzufrieden war.

Ich werde jetzt erst mal eine Weile offline sein und mich melden, wenn ich klarer sehe, wie es für mich weitergehen soll.

Alles Gute,

Thorsten

P.S. Ich habe mir etwas von unserem Konto abgehoben, aber natürlich nur meinen Anteil.

Hanna starrte auf die Zeilen. Sie rang nach Luft wie nach einem harten Schlag gegen den Solarplexus. In ihren Ohren setzte ein Rauschen ein, schwarze Flecken tanzten vor ihren Augen. Alle Kraft schien aus ihr herauszufließen. Der Brief segelte zu Boden. Sie ließ sich auf die Armlehne eines Sessels sinken und befahl sich, tief ein- und auszuatmen. Ihr Körper hatte Thorstens Botschaft bereits erfasst, in ihren Verstand sickerte sie mit Verzögerung: Er war weg, hatte sich einfach davongemacht. Auch wenn er das nicht ausdrücklich geschrieben hatte.

Hanna rieb sich die Stirn. Nein, sie musste sich täuschen. Das konnte nicht sein. Nicht Thorsten, dem Sicherheit und Beständigkeit so wichtig waren. Der noch vor wenigen Tagen laut überlegt hatte, ob er einen Wintergarten anbauen sollte und zwei bequeme Korbsessel für die Terrasse bestellen wollte, damit sie es an lauen Sommerabenden gemütlich hätten. Hatte er ihr Theater vorgespielt und sie absichtlich getäuscht? Aber warum, wenn er doch gleichzeitig annahm, sie wüsste um seine Unzufriedenheit? Nichts hatte ihr ferner gelegen. Nicht im Traum wäre sie auf die Idee gekommen, dass er sich mit Fluchtgedanken trug. Ganz im Gegenteil, sie hatte in den letzten Wochen den Eindruck gehabt, dass er trotz der vielen Arbeit entspannter und zugänglicher war und oft gute Laune hatte.

Biggi hat mir die Augen geöffnet. Wer zum Teufel war Biggi? Seine Geliebte natürlich. Und ich dumme Gans habe geglaubt, seine fröhliche Stimmung hätte was mit mir zu tun. Mit seiner Freude darüber, bald wieder ungestört zu zweit zu sein und mehr Zeit für uns zu haben – jetzt, wo beide Kinder aus dem Haus sind. So wie am Anfang unserer Beziehung.

Hanna spürte, wie sich ihr Magen zusammenkrampfte. Warum hatte er nicht mit ihr gesprochen? Ihr gesagt, was ihm fehlte? Ihr eine Chance gegeben? Weil er schon immer offene Konflikte gemieden hat. Und weil es so viel einfacher ist, gab sie sich im selben Moment zur Antwort. Oder hatte sie etwas übersehen? Sie bückte sich, hob Thorstens Brief auf und zwang sich, ihn noch einmal zu lesen. Langsam. Wort für Wort.

Woher kannte er diese Biggi? Und warum nahm er an, sie könnte mit dem Namen etwas anfangen? In ihrem Freundeskreis und in der Nachbarschaft gab es keine Biggi. Also handelte es sich wahrscheinlich um jemanden aus seiner Arbeit. Hanna schloss die Augen und ging Thorstens Kolleginnen durch. Es gab in dem Unternehmen, das auf die Herstellung nahtloser Stahlrohre spezialisiert war, nicht viele Frauen. Die meisten waren in den klassischen weiblichen Positionen als Sekretärinnen, in der Buchhaltung und anderen administrativen Tätigkeiten zu finden. Hanna versuchte, sich zu erinnern, was Thorsten über seine Mitarbeiter in der von ihm kürzlich übernommenen Abteilung erzählt hatte. Bis auf seine altgediente Vorzimmerdame Ilona Huber, die kurz vor der Pensionierung stand, waren es nur Männer.

Hanna öffnete die Augen, stand auf und ging in den Eingangsbereich. Sie ging zu der Abstellkammer unter der Treppe und warf einen Blick hinein. Thorstens Rollkoffer und eine Reisetasche fehlten. Sie schlug die Tür zu und stürmte die Treppe nach oben ins Schlafzimmer. In seinem Schrank hingen nur noch die Anzüge, Hemden und Krawatten, im Bad war seine Seite des Spiegelschränkchens leer geräumt. Sie rannte wieder nach unten und griff nach dem schnurlosen Telefon, das in der Basisstation auf einer kleinen Kommode neben der Garderobe stand. Während sie zurück ins Wohnzimmer ging, wählte sie die Nummer von Thorstens bestem Freund Martin. Ihr Anruf wurde weggedrückt. Sie verzog grimmig das Gesicht, änderte die Einstellung ihres Telefons auf anonym und probierte es erneut. Nach einer Sekunde meldete sich Martin.

»Hallo Martin, hier ist Hanna.«

»Oh, verda... Hanna, grüß dich, du, es ist grad ganz ungünstig. Ich meld mich später«, stieß er hastig hervor und legte auf.

»Feigling!«, sagte Hanna und drückte die Kurzwahltaste mit Thorstens Büroanschluss. Kurz darauf hörte sie die vertraute Stimme seiner Sekretärin Frau Huber.

»Hallo, hier ist Hanna Keller.«

»Oh!« Es klang erschrocken.

»Frau Huber, entschuldigen Sie bitte die Störung, aber ich brauche Ihre Hilfe. Können Sie mir sagen, wer Biggi ist? Und wo mein Mann steckt?«

»Äh ... also, ich weiß nicht, ob ich Ihnen das ...«

Hanna unterdrückte einen empörten Aufschrei und zwang sich, ruhig zu sprechen.

»Frau Huber, Ihre Loyalität in allen Ehren. Aber es kann doch nicht sein, dass ich nach Hause komme, einen Brief vorfinde, in dem mir Thorsten lapidar mitteilt, dass er mich verlässt, und dann feststellen muss, dass alle bereits davon wissen, mir aber nichts sagen wollen? Finden Sie das okay?«

»Frau Keller, Sie haben Recht«, sagte Ilona Huber nach kurzem Schweigen. Ihre Stimme war fest. »Das ist nicht in Ordnung! Außerdem müssen wir Frauen zusammenhalten.«

Hanna verzog das Gesicht. Sie kam sich vor wie die Protagonistin einer dieser TV-Schmonzetten, in denen die Ehefrau die Letzte ist, die vom Seitensprung ihres Mannes erfährt. Ein demütigendes Gefühl.

»Danke. Also, wer ist Biggi?«

Frau Huber hüstelte. »Äh, Sie meinen vermutlich Birgit Schulz.«

»Vermutlich.«

»Frau Schulz war ein paar Wochen bei uns. Im Zuge eines gemeinsamen Entwicklungsprojektes, das unsere Abteilung mit einem Wälzlager-Hersteller durchgeführt hat.«

Hanna erinnerte sich dunkel, dass Thorsten vor einigen Monaten davon erzählt hatte. Sicher hatte er auch diese Biggi erwähnt. Doch Hanna konnte sich Namen, zu denen sie keine Gesichter kannte, nur schwer merken.

»Wissen Sie, wo sie wohnt? Können Sie mir ihre Adresse geben?«

»Ihre Adresse?«, fragte Frau Huber. In ihrer Stimme schwang Erstaunen. »Nein, die kenne ich nicht. Ich weiß nur, dass sie damals für eine hessische Firma gearbeitet hat. Aber dort ist sie ja nicht mehr, weil ...«

»Verstehe«, fiel Hanna ihr ungeduldig ins Wort. Sie umfasste den Telefonhörer fester.

»Frau Huber, haben Sie vielleicht eine Ahnung, was mein Mann vorhat?«

Sie hörte, wie am anderen Ende der Leitung scharf die Luft eingesogen wurde.

»Um Himmels willen! Soll das heißen, dass Sie gar nichts ... Wie furchtbar ... Ich dachte, Sie ...«

»Bitte, sagen Sie mir einfach, was Sie wissen.«

Nach kurzem Schweigen sagte Frau Huber:

»Also, er hat sich für ein Jahr freistellen lassen, um so ein ... Sabbatical nennt man es, glaube ich, zu nehmen. Wir waren alle etwas überrascht, schließlich ist er ja erst kürzlich Abteilungsleiter geworden. Andererseits, wann ist schon der richtige Zeitpunkt? ... Äh, nun ja, wie dem auch sei ... jedenfalls bin ich zumindest bis heute Morgen davon ausgegangen, dass er diese Auszeit zusammen mit Ihnen verbringen wollte. Doch Herr Schrader vom Vertrieb, der heute früh von einem Kundenbesuch in Polen zurückgekommen ist, hat Ihren Mann zufällig auf dem Münchner Flughafen gesehen. Beim Einschecken für einen Flug nach Santa Cruz de La Palma.«

Frau Huber verstummte.

»In Begleitung von Birgit Schulz«, stellte Hanna mehr fest, als dass sie fragte.

»Ja«, antwortete Frau Huber leise. »Es tut mir so leid.«

»Vielen Dank für Ihre Offenheit.«

»Wenn ich Ihnen sonst irgendwie behilflich ... oder Sie

einfach nur jemanden zum Reden …«, begann Frau Huber.

»Das ist sehr nett von Ihnen. Vielen Dank«, presste Hanna hervor und verabschiedete sich rasch. Ihr Hals wurde eng. Die Anteilnahme dieser freundlichen Frau berührte sie unangenehm. Sie war noch nicht bereit, sich ihren Gefühlen zu stellen. Wie bei einem Schock nach einem Unfall stand sie neben sich, analysierte ihre Lage, ohne etwas zu spüren. Der Zustand würde bald vorbei sein. Sie musste ihn ausnutzen, solange sie noch klar denken konnte.

Hanna brachte das Telefon zurück zur Basisstation und ging ins Arbeitszimmer, das direkt neben der Haustür lag. Der schmale Raum wurde von einem Schrank beherrscht, der mit Aktenordnern und Schubern vollgestellt war, in denen Rechnungen, Bank- und Steuerunterlagen, Versicherungspapiere und andere geschäftliche Dokumente abgeheftet waren. Vor dem Fenster standen ein Schreibtisch und ein Drehstuhl, auf den sich Hanna setzte. Sie schaltete den Computer vor sich ein. Im Gegensatz zu ihr tätigte Thorsten so gut wie all seine Bestellungen, Überweisungen, Anfragen und geschäftliche wie private Korrespondenz übers Internet. Hanna war zuversichtlich, schnell herauszufinden, wo genau er auf La Palma war und wie lange er dort zu bleiben gedachte.

Hanna ging auf die Seite von Thorstens E-Mail-Anbieter. Noch vor wenigen Stunden wäre ihr der Gedanke, die privaten Daten und Unterlagen ihres Mannes zu durchwühlen, in höchstem Maße verwerflich erschienen. Eine Missachtung seiner Grenzen, die sie niemals begehen würde. Die strenge Stimme in ihr, die befand, dass sie auch jetzt kein Recht dazu hatte, überhörte sie.

»Selber schuld!«, sagte sie laut. »Hättest mir einfach ins Gesicht sagen müssen, was du vorhast. Dann wäre das hier nicht nötig.«

Sie starrte auf das Feld, in das man das Passwort eingeben musste. Nachdem sie es vergeblich mit ihrem Namen und dem seiner Geliebten versucht hatte, öffnete sich sein E-Mail-Account, als sie die Namen der Kinder ohne Leerzeichen eintippte: MiaLukas.

Sein digitales Postfach war – wie bei einem ordentlichen Menschen wie Thorsten nicht anders zu erwarten – aufgeräumt und übersichtlich strukturiert. Im Ordner »Freizeit« fand sie das Gesuchte. Eine Bestellbestätigung einer Fluggesellschaft über zwei einfache Flüge auf die kanarische Insel. Hanna stutzte. Thorsten und diese Biggi hatten offenbar nicht vor, von dort nach Deutschland zurückzukehren. Oder sich länger in der Region aufzuhalten. Es gab zumindest keine Hotelbuchung oder einen Hinweis, dass sie eine Ferienwohnung mieten wollten. Sie stöberte weiter und las wenig später eine E-Mail, in der es um die Charter einer Doppelkabine auf einer großen Segeljacht ging.

Hanna ließ sich gegen die Lehne des Stuhls sinken und starrte auf den Monitor. Thorsten plante eine Weltumsegelung. Ein Jahr hatte er für sich und seine Begleiterin fest gebucht. Kostenpunkt: dreißigtausend Euro. Bei einer Verlängerung um ein weiteres Jahr würden »nur« noch fünfundzwanzigtausend Euro fällig. Wie ferngesteuert klickte Hanna auf den Link ihrer Bank, auf der Thorsten und sie ein Girokonto für die laufenden Ausgaben und ein gemeinschaftliches Spardepot hatten. Vor drei Wochen hatte er dort vierzigtausend Euro abgehoben. Exakt die Hälfte des Guthabens, das sie im Lauf der Jahre angesammelt und zurückgelegt hatten. Für eine größere Anschaffung. Oder eine lange Reise.

Hanna massierte sich die Stirn. Das Gefühl, sich in einer verkehrten Welt zu befinden, verstärkte sich. Das konnte alles nicht wahr sein. Unwillkürlich drehte sie sich zur Tür in der Erwartung, Thorsten würde dort stehen, sie beobachten und sich diebisch freuen, sie so gekonnt an der Nase herumgeführt zu haben. Der leere Rahmen und die Stille des Hauses, in der nur das leise Surren des Monitors zu hören war, ließen ihr Herz schneller schlagen. Binnen weniger Sekunden beschleunigte sich ihr Puls wie bei einem Sprint. Gleichzeitig breitete sich eine Kälte in ihr aus, als befände sie sich in einem Kühlraum. Hanna umfasste ihre Ellenbogen und presste sie an sich. Sie war allein. Verlassen. Sitzengelassen. Der Schutzschild, den der Schock über Thorstens Brief um sie errichtet hatte, bekam Risse. Sie krümmte sich zusammen. Ein wimmernder Laut drang an ihr Ohr. Es dauerte einen Augenblick, bis sie begriff, dass er aus ihr kam.

Sie sprang auf. Nein! Sie ließ sich von Thorsten nicht zu einem Wurm machen, der zertreten zurückblieb, während er sich austobte und neue Wege suchte. Und vermutlich dachte, er könnte hierher zurückkehren, wenn sich diese Biggi doch nicht als die Traumfrau entpuppen und der erste Lack vom Liebesglück blättern würde. Wenn er glaubte, sie würde sich vor Kummer in diesem Haus verkriechen, warten und ihn freudestrahlend wieder bei sich aufnehmen, hatte er sich geschnitten.

»Nicht mit mir!«, rief Hanna. Es klang wie ein Schwur.

5

Berlin, Mai 1907

Auf der Reise

Eine Dame, die allein reist, soll nicht in einem Rauchabteil fahren.

Herren, die mit Damen in einem Abteil fahren, müssen diesen beim Einsteigen, beim Fortlegen des Handgepäckes behilflich sein, ihnen gewünschte Erfrischungen auf den Zwischenstationen zureichen, überhaupt in jeder Weise zuvorkommend und höflich sein. (...)

Ist das Abteil völlig besetzt, so soll man sich nicht zu breit machen.

Merkt man, daß einem Mitreisenden eine Unterhaltung nicht angenehm ist, so schweige man.

Ein Herr soll eine ihm unbekannte Dame im Abteil nicht durch Blicke und sonstige Annäherungen belästigen.

Man hüte sich, im Eisenbahnzuge mit Fremden allzu schnell Bekanntschaft anzuknüpfen. (...)

Damen sollen auf der Reise ihre Ansprüche an Bequemlichkeit nicht in launenhafter Weise geltend machen.

Es ist gegen den guten Ton, unterwegs fortwährend zu essen.

Man soll seinen Mitreisenden von seinen Reiseeßvorräten nur anbieten, wenn vorher eine lebhaftere Anknüpfung stattgefunden hat und nach einmaliger Ablehnung keinen zweiten diesbezüglichen Versuch machen.

Man soll keinem der Mitreisenden anbieten, aus dem Glase zu trinken, welches man bereits benutzte.

Man soll bei der Wahl seines Reiseproviants derartig vorsichtig sein, daß ein diesbezüglicher Geruch nicht die Luft auf unangenehme Weise zu beeinträchtigen imstande ist, wie scharfe Käsegerüche usw.

Emilies Augen wanderten über die aufgeschlagene Seite des Anstandsbüchleins, hinter dem sie sich verschanzt hatte. Sie traute sich nicht, es zuzuklappen und aus dem Fenster zu schauen. Am liebsten hätte sie es dem mittelalten Herrn ihr gegenüber vor die Nase gehalten und ihn aufgefordert, die Regeln zu lesen. Seit seine Frau kurz nach der Ausfahrt aus dem Hannoverschen Bahnhof in ihrem Sessel eingenickt war, starrte er Emilie unverwandt an. Da sah man mal wieder, dass gediegene Kleidung und ein Billett für die erste Klasse kein Garant dafür waren, es mit einem gut erzogenen Menschen zu tun zu haben. Während seine Gattin leise neben ihm schnarchte, lauerte er auf eine Gelegenheit, Emilie anzusprechen. Dabei aß er mit hörbarem Appetit eine gewaltige Wurststulle. Emilie erwartete jeden Moment, dass er sich zu ihr beugen und ihr anbieten würde, davon abzubeißen.

Der Kontrast zwischen den Verboten und Anweisungen im Namen des guten Tons und der Szenerie, in der sie sich befand, strapazierte ihre Selbstbeherrschung. Es fiel ihr schwer, das Kichern zu unterdrücken, das in ihr hochstieg. Wenn Großmutter Hedwig das sehen könnte, dachte sie. Die Vorstellung, wie diese den aufdringlichen Starrer mit einem eisigen Blick in seine Schranken weisen und ihm den Genuss seines Brotes vergällen würde, verstärkte Emilies Heiterkeit. Sie kaschierte ein Prusten, das sie nicht länger zurückhalten konnte, mit einem Husten, steckte das Buch in ihre Handtasche, stand auf und schob die Tür auf.

Sie war froh, sich in einem D-Zug zu befinden, wie die modernen Durchgangszüge bezeichnet wurden, in denen die Abteile innen über einen Seitengang erreichbar waren und die mit Faltenbälgen geschützten Verbindungen der Wagenenden die Durchquerung des gesamten Zuges ermöglichten. Bis Hannover war sie mit einem der älteren sogenannten Hunderttürer gefahren, dessen Coupés man nur an den Bahnhöfen von außen betreten und verlassen konnte. Rasch lief sie Richtung Speisewagen, der um diese nachmittägliche Stunde kaum besucht war, und nahm an einem Tisch für zwei Personen Platz. Nachdem ihr ein Kellner ein Kännchen Kaffee und ein Stück Marmorkuchen serviert hatte, betrachtete sie die vorbeiziehende Heidelandschaft, durch die sie gerade fuhren, und hing ihren Gedanken nach.

Zum ersten Mal in ihrem Leben reiste Emilie allein. Ein aufregendes Gefühl, das ihr Fernweh entfachte. Wie es wohl wäre, nicht nur ein paar Stunden ohne Begleitung unterwegs zu sein, sondern mehrere Tage oder gar Wochen? Was, wenn sie in Berlin in den legendären Orientexpress umsteigen und über Budapest nach Konstantinopel fahren würde und von dort weiter nach Osten ins Morgenland? Oder wenn sie Kontinente wie Afrika oder Australien erkunden, vom Menschen unberührte Landstriche durchstreifen und exotische Tiere beobachten könnte … Emilie stützte den Kopf in ihre Hand und beschwor die Bilder der Reiseberichte, die regelmäßig in der *Gartenlaube* erschienen, dem *Illustrierten Familienblatt*, das ihre Eltern abonniert hatten.

Emilie hatte ihre Heimatstadt selten verlassen. Im Sommer pflegte Familie Berghoff einige Wochen im ostfriesischen Seebad Norderney zu verbringen, ab und zu besuchte man die Großeltern in Köln oder unternahm Ausflüge an den Rhein oder ins Bergische Land. Im vergangenen Sommer hatte Emilie ihre Mutter in ein Kurbad im Fränkischen begleitet und sich dort fast zu Tode gelangweilt – eingeengt von den strengen Regeln, die einem Mädchen aus gutem Hause alles untersagten, was Spaß machte. Emilie unterdrückte ein Seufzen. Im Hause ihrer Tante Franziska würde es ihr vermutlich ähnlich ergehen.

Die ältere Schwester ihrer Mutter war zunächst mit einem angesehenen Kaufmann und Geschäftspartner ihres Vaters Johann Hardenrath verheiratet gewesen, der nach fünfzehn kinderlosen Ehejahren starb und sie als wohlhabende Witwe zurückließ. Kurz nachdem Emilie sie das letzte Mal vor neun Jahren gesehen hatte, war Franziska zu einer Freundin gereist, die in Paris lebte. Wenig später überraschte sie ihre Familie mit der Nachricht, dass sie dort dem Werben eines gewissen Adrian von Spilow nachgegeben, ihn geheiratet und mit ihm nach Buenos Aires gezogen war. Die besorgten Nachforschungen ihres Vaters ergaben, dass Adrian einem preußischen Adelsgeschlecht entstammte und im gehobenen diplomatischen Dienst tätig war. Die finanzielle Lage seiner Familie war zwar bescheiden, ihr Ruf – und insbesondere der des neuen Schwiegersohns – jedoch makellos und über jeden Zweifel erhaben. Da Franziska ein beträchtliches Vermögen in die Ehe brachte und Adrian genug verdiente, um seiner Frau ein angenehmes Leben zu ermöglichen, machte dessen gesellschaftliche Stellung in den Augen von Johann Hardenrath das Fehlen eines repräsentativen Schlosses oder Herrensitzes mit ausgedehnten Ländereien wett. Ein Adelstitel nahm sich im Familienbuch gut aus.

»Haben Sie noch einen Wunsch?«

Emilie schreckte hoch. Der Kellner stand vor ihrem Tisch und deutete auf ihren leeren Teller. Sie schüttelte den Kopf, bezahlte und lief zurück zu ihrem Abteil. Der Zug rollte mittlerweile durch den Drömling, ein dünn besiedeltes Niedermoorgebiet zwischen Niedersachsen und Sachsen-Anhalt. Als Emilie ihr Abteil erreichte, stellte sie erleichtert fest, dass der aufdringliche Starrer und seine Frau an einer der letzten Stationen ausgestiegen waren. Ihre Plätze sowie zwei weitere hatte eine vierköpfige Familie eingenommen. Die beiden kleinen Söhne grüßten artig und vertieften sich anschließend in ein Kartenspiel, während ihre Eltern sich halblaut unterhielten und Emilie sich selbst überließen.

Zwei Stunden später erreichte der Zug sein Ziel und kam schnaufend im westlichen Seitenflügel des Lehrter Bahnhofs zum Stehen, der 1886 in der Nähe des Humboldthafens am Spreebogen eröffnet worden war. Emilie ließ sich von dem Familienvater ihre Reisetasche aus dem Gepäcknetz heben, verabschiedete sich und stieg aus. Ihr großer Koffer war ihr bereits am Vortag vorausgereist und zur Wohnung ihrer Tante geliefert worden. Am Eingang der westlichen Halle, vor dem sich die Anfahrt für die Mietdroschken befand, hielt Emilie inne und holte den Zettel mit der Adresse aus der Manteltasche. Franziska und Adrian von Spilow hatten sich am Belle-Alliance-Platz in der südlichen Friedrichstadt eingemietet. Nicht weit von der Arbeitsstelle des Grafen im neu gegründeten Reichskolonialamt, der ehemaligen Kolonialabteilung des Auswärtigen Amtes, die Mitte Mai in eine eigenständige Behörde umgewandelt worden war. Davor war er in der deutschen Kolonie Togoland stationiert gewesen.

Am liebsten hätte Emilie sich in die Straße in der Nähe des Zoologischen Gartens kutschieren lassen, in der Max wohnte. Sei nicht kindisch, wies sie sich zurecht. Erstens ist er jetzt gar nicht dort, sondern übers Wochenende mit ein paar Kameraden unterwegs. In einem Brief, den sie zwei Tage vor ihrer Abfahrt erhalten hatte, berichtete ihr Bruder begeistert von einer Gruppe junger Leute, denen er sich vor Kurzem angeschlossen hatte. *Wandervögel* nannten sie sich. Emilie konnte gut verstehen, was Max so zu ihnen hinzog. Wie er konnten sie wenig mit den gesellschaftlichen Forderungen anfangen, die von Eltern und anderen Autoritätspersonen an sie gestellt wurden: Die Vorbereitung auf unternehmerische Erfolge und fieberhaften Gelderwerb, verbunden mit der Übernahme einer militärisch geprägten Werteordnung, die auf preußisch-aristokratische Vorstellungen von Treue und Gehorsam gegenüber Kaiser und Reich ausgerichtet war. Auf ihren Ausflügen entrannen die Wandervögel den alltäglichen Zwängen und Kontrollen und genossen das Gefühl persönlicher Freiheit. Ihr Leitbild war der mittelalterliche Scholar, der durch die Lande zog. Gekocht wurde im Freien, übernachtet in Scheunen von Bauern oder in einfachen Dorfgasthöfen. Immer mit dabei eine Gitarre, zu deren Begleitung sie Volksweisen und Landsknechtslieder sangen.

Max hatte seinen Brief mit den Worten beendet:

Liebes Schwesterherz, es tut mir wirklich leid, dass ich Dich am Freitag nicht am Bahnhof in Empfang nehmen und zu unserer Tante begleiten kann. Ich würde mich freuen, wenn Du mich am Montagabend nach meinen Vorlesungen abholst. (Am besten treffen wir uns gegen fünf Uhr vor dem Haupteingang bei der Statue von Wilhelm von Humboldt – der mit dem aufgeschlagenen Buch.) Dann zeige ich Dir die Uni, und anschließend können wir gemeinsam zum Belle-Alliance-Platz fahren, wenn es unserer Tante recht ist. Mein Antrittsbesuch im Hause von Spilow ist ohnehin mehr als überfällig ... Ich freue mich auf unser Wiedersehen und darauf, Dir »mein« Berlin zu zeigen. Bis bald, Dein Max

P.S. Denkst Du bitte an die beiden Zeichnungen?

Emilie lächelte unwillkürlich bei der Erinnerung an seine Zeilen. Ihr Bruder war so leicht zu durchschauen. Sie war sicher, dass er es bislang bewusst vermieden hatte, Tante Franziska und ihrem Mann seine Aufwartung zu machen. Und jetzt heilfroh war, sie im Beisein seiner älteren Schwester besuchen und auf deren Schützenhilfe zählen zu können. So sehr sie Max liebte, der Mutigste war er nicht. Das war der zweite Grund, warum es undenkbar war, bei ihm unterzukommen. Sie würde nicht nur sich, sondern auch ihn in höllische Schwierigkeiten bringen.

»Es schickt sich nicht«, hörte sie die entsetzte Stimme ihrer Mutter, mit der diese Emilies Frage einige Tage vorher zurückgewiesen und dabei den Kopf über dieses Ansinnen ihrer Tochter geschüttelt hatte. »Eine junge Frau unter lauter Männern!«

Emilies Einwand, dass ihr Bruder keineswegs in einem Burschenschaftshaus lebte, in dem Damenbesuche allenfalls zu besonderen Anlässen erlaubt waren, sondern zur Untermiete bei einer ehrbaren Witwe, die einige Studenten bei sich beherbergte, hatte Irmhild mit einer Handbewegung fortgewedelt.

»Was denkst du dir nur? Du kannst die Einladung deiner Tante unmöglich ablehnen. Wie stünde ich denn da?«, hatte sie die Diskussion beendet und damit Emilies Vermutung bestätigt, dass ihre Mutter großen Respekt, um nicht zu sagen eine Heidenangst vor ihrer älteren Schwester hatte, die ihr seit ihrer Kindheit von ihrer Mutter Hedwig als leuchtendes und kaum erreichbares Vorbild tadellosen Verhaltens angepriesen wurde.

Emilie steckte den Zettel zurück in die Tasche, lief zur ersten Droschke in der Reihe, einem geschlossenen Landauer, nannte dem Kutscher die Adresse und stieg ein. In flottem Trab ging es über eine Spreebrücke und hinein in den Tiergarten, dessen Bäume und Sträucher sich mit erstem zarten Grün schmückten. Emilie schob das Seitenfenster hinunter und hielt ihr Gesicht in den Fahrtwind. Genüsslich sog sie die frische Luft ein, die nicht länger von Kohlenstaub und Rauch geschwängert war wie in der Bahnhofshalle. Die Sonne stand tief am westlichen Horizont und ließ die vereinzelt am blauen Himmel dahintreibenden Wolken erstrahlen. Mauersegler jagten sich mit hellen Schreien über den Baumwipfeln. Es waren nur wenige Fußgänger unterwegs. Emilie sah einige Kindermädchen mit ihren Schützlingen und Hundebesitzer, die ihre vierbeinigen Freunde ausführten. Ab und zu kamen ihnen andere Kutschen entgegen, und ein Grüppchen Reiter überholte sie im Galopp. Nach einer Weile überquerten sie eine breite Straße – die Charlottenburger Chaussee. Linkerhand sah Emilie ein großes Tor mit fünf Durchfahrten und einem vierspännigen Pferdewagen auf dem Giebel, rechter Hand in größerer Entfernung eine hohe Säule mit einer vergoldeten Figur. Das Brandenburger Tor und die »Goldelse«, wie die Berliner laut ihrem Bruder Max die Siegesgöttin spöttisch nannten – nach der Hauptfigur einer beliebten Fortsetzungsgeschichte in der *Gartenlaube*.

Emilies Herzschlag beschleunigte sich. Erst in diesem Augenblick wurde ihr bewusst, dass sie sich im Herzen der Reichshauptstadt befand. Hier wurde über die Geschicke Deutschlands bestimmt, hier befanden sich die mächtigsten Männer des Landes. Sie atmete die gleiche Luft wie der Kaiser und seine Familie!

Nachdem sie den Park verlassen hatten, schlug der Kutscher den Weg zum Landwehrkanal ein, an dessen Ufer sie gut drei Kilometer entlangfuhren, bevor sie nach links auf einen runden Platz abbogen, der von vier- bis fünfgeschossigen Wohnhäusern mit prunkvollen Fassaden eingerahmt wurde. Vor einem von ihnen hielten sie an. Der Kutscher öffnete den Wagenschlag, half Emilie beim Aussteigen, bedankte sich für das Fahrgeld und verabschiedete sich mit einem Lüpfen seines Zylinders. Emilie straffte sich, ging zur Haustür und betätigte den Klingelknopf neben dem Messingschild, in das *von Spilow* eingraviert war. Wenige Augenblicke später stand sie in der Beletage im ersten Obergeschoss einem Diener gegenüber, der ihr nach einer leichten Verbeugung ihren Mantel abnahm, ihn an einen Garderobenständer hängte und anschließend nach ihrer Reisetasche griff. Er trug eine dunkelgraue Livree, mochte um die vierzig Jahre alt sein und erinnerte Emilie mit seinen gemessenen Bewegungen an einen englischen Butler. So stellte sie sich diese zumindest vor – angeregt von den britischen Detektivromanen, die sie am liebsten las. Eine Leidenschaft, die sie sorgfältig vor ihren Eltern geheim hielt. Aufwühlende Lektüre, die sich hauptsächlich um Verbrechen und andere menschliche Abgründe drehte, war in deren Augen nichts für ihre Tochter, die sich die Reinheit ihres Herzens bewahren sollte.

»Wenn das gnädige Fräulein mir bitte folgen wollen«, sagte der Diener und ging ihr voraus in die Wohnung.

Hinter der zweiflügeligen Eingangstür, die im oberen Drittel aus bunten Glasscheiben mit floralen Mustern bestand, führte ein breiter Flur zu den Wohn- und Schlafzimmern. Aus den Augenwinkeln nahm Emilie einen schmaleren Gang wahr, der in den hinteren Teil der Wohnung führte, wo sie die Küche und weitere Wirtschaftsräumen vermutete. Der Diener blieb stehen, öffnete eine Tür und trat einen Schritt beiseite, um Emilie vorbeizulassen.

»Wenn ich bitten darf: Ihr Zimmer.«

»Danke«, sagte Emilie. »Entschuldigen Sie, wo ist meine Tante ... äh ... ich meine, ist die Gräfin zu Hause?«

Der Diener runzelte kurz die Stirn. Empfand er die Frage als unziemlich?

»Wir erwarten den Grafen und seine Gemahlin jeden Augenblick zurück«, antwortete er. Seine Stimme klang reserviert.

Nein, es war wohl eher die Verspätung seiner Herrschaft, die sein Missfallen erregte.

»Sie empfangen ab halb acht Uhr. Wenn Sie sich dann bitte im Salon einfinden wollen«, fuhr er fort und deutete auf eine Tür im vorderen Bereich des Flurs.

Emilie nickte ihm zu und betrat das Zimmer, das für die nächsten Wochen ihr Refugium sein würde. Sie fühlte sich auf Anhieb wohl darin. Die Atmosphäre war luftig und anheimelnd zugleich. Die hohen Wände und der Stuck an der Decke waren mit einem Hauch Rosé gestrichen. Vor dem Fenster hingen Gardinen aus weißer Spitze, mit denen auch der Baldachin, der das Bett überwölbte, behängt war. Wie die übrigen Möbel – eine Frisierkommode, ein schmaler Schrank und ein gepolsterter Sessel – war es aus hellem, poliertem Holz, auf das eine Stehlampe einen warmen Schimmer warf.

Emilie öffnete ihren Koffer, der neben dem Schrank stand,

und begann, ihre Kleider einzuräumen. Ein Blick auf ihre Armbanduhr sagte ihr, dass sie noch eine knappe Stunde hatte, um sich umzuziehen und frisch zu machen. Welche Garderobe wurde wohl zum Abendessen erwartet? Formell oder durfte es ein wenig legerer sein? Emilie grinste schief. Den Ausdruck leger mit Tante Franziska in Verbindung zu bringen, war kurios. Sie legte ein dunkelblaues Kleid mit Stehkragen und engen Ärmeln aufs Bett, zog das Schnürmieder aus dem Koffer und verzog das Gesicht. Wie sollte sie da ohne Hilfe hineinkommen?

Ein Klopfen unterbrach sie. Ein Zimmermädchen steckte den Kopf herein und sagte:

»Guten Tag, gnädiges Fräulein. Ich bin Belinda. Die Gräfin meinte, dass ich Ihnen zur Hand gehen soll, falls Sie das wünschen.«

Emilie lächelte die junge Frau an, die sie auf Mitte zwanzig schätzte.

»Sie kommen wie gerufen.«

Sie zeigte auf das Korsett. »Könnten Sie mir wohl behilflich sein?«

Belinda trat näher, betrachtete das Kleid und hob die Augenbrauen.

»Sind Sie sicher, dass Sie sich das ant…?«, begann sie.

Emilie warf ihr einen irritierten Blick zu. Was bildete die sich ein? Wie kam sie dazu, sie infrage zu stellen?

Belinda sah zur Seite und schluckte den Rest der Bemerkung herunter. Sie räusperte sich und sagte:

»Entschuldigen Sie bitte. Selbstverständlich helfe ich Ihnen beim Ankleiden.«

Emilie nickte steif und bemühte sich, ihre Verunsicherung zu verbergen. Entsprach selbst dieses schlichte, hochgeschlossene Kleid im Hause ihrer Tante nicht deren strengen Vorstellungen von Anstand und gutem Ton? Das konnte ja heiter werden …

6

Sulzbach-Rosenberg in der Oberpfalz, Juli 2013

Das Läuten der Türglocke ließ Hanna zusammenzucken. Wer mochte das sein? Sie erwartete keinen Besuch, und für Postlieferungen war es zu spät. Auf Zehenspitzen lief sie aus dem Arbeitszimmer zur Eingangstür, hielt die Luft an und warf einen Blick durch den Spion. Frau Ellermann, die Vorsitzende des Gartenvereins, in dem Thorsten seit Jahren Mitglied war, stand vor ihrem Haus. Hanna zog die Stirn kraus. Was die wohl wollte? Während sie noch mit sich rang, ob sie öffnen sollte, klingelte das Telefon. Hanna erstarrte und wartete das Anspringen des Anrufbeantworters ab. Durch das Guckloch sah sie, dass Frau Ellermann ihr Ohr an die Tür presste.

Nach einem Piepton ertönte eine weibliche Stimme, die betont deutlich sprach und hörbar nach hochdeutschen Worten rang:

»Servus Hanna! Hier is d' Annemarie. Bist dahoam? … Äh, also, ich hoab's grad g'hört … es tut mir sakrisch … äh, sehr leid! So a Hundling … äh, Mistkerl! … Du, wennst jemand zum Reden brauchst … ich schaug gern vorbei … oder wennst liaba zu uns kommen mogst … oiwei … jeder Zeit! I bin do! Meld di bittschön! Bis bald. Pfiadi!«

Hanna schloss kurz die Augen. Die Neuigkeit von Thorstens Verschwinden hatte bereits die Runde gemacht. Es war nicht schwer, ihren Weg nachzuvollziehen: Annemarie, die Mutter eines alten Kindergartenfreundes von Lukas, war wie Frau Ellermann im Gartenverein. Beide verkehrten gern im Café von Frau Schrader. Und diese war die Frau von Herrn Schrader, den Thorstens Sekretärin erwähnt hatte:

»Herr Schrader vom Vertrieb hat ihn zufällig auf dem Münchner Flughafen gesehen.«

Hanna riss ihre Augen auf. Frau Schrader hatte mit ihren Bemerkungen nachmittags im Café gar nicht auf Lukas und seinen Auszug von Zuhause angespielt. Die wusste, dass Thorsten mich verlässt, dachte Hanna. Und jetzt erzählt sie vermutlich überall herum, wie abgeklärt und cool ich damit umgehe. Sie verzog den Mund zu einem schiefen Grinsen. Im Nachhinein erschien ihr die Unterhaltung wie eine filmreife Szene aus einer Komödie, in der die Darsteller aneinander vorbeiredeten und die köstlichsten Missverständnisse erzeugten. Leider befand sie sich nicht in einem Film, der nach neunzig Minuten in ein Happy End mündete. Oder den man einfach ausschalten konnte, weil er einem nicht gefiel.

Das Klackern von Absätzen ließ sie durchs Guckloch spähen. Frau Ellermann entfernte sich vom Haus und stieg in ihr Auto, das sie davor geparkt hatte. Sie würde wiederkommen. Thorsten hatte sich oft über die neugierige *Ratschkathl* aufgeregt, die ihre Nase in alles steckte, das sie nichts anging, und die nicht eher ruhte, bis sie ihre Informationen überall herumgetratscht hatte – nicht ohne sie mit Spekulationen und pikanten Andeutungen gewürzt und bereichert zu haben.

Hanna schüttelte sich bei dem Gedanken, in den nächsten Tagen und Wochen keinen Schritt machen zu können, ohne mit mitleidigen oder hämischen Blicken bedacht zu werden. Die Vorstellung, peinlich berührtes Schweigen zu verursachen, wenn sie beim Einkaufen, im Friseursalon, im Waldbad oder sonst wo auf Bekannte stieß, die sich gerade über sie das Maul zerrissen oder nicht wussten, wie sie sich ihr gegenüber verhalten sollten, war schauderhaft.

Hanna sah sich um. Die vertrauten Möbel und Gegenstände wirkten mit einem Mal fremd. Das Haus war nicht länger ein Ort, der Geborgenheit und Schutz bot. Es war eine Falle. Die

Stille und die einsetzende Dämmerung, die alles in ein diffuses Grau tauchte, verstärkten den Eindruck, legten sich wie Gewichte auf ihre Brust. Das Atmen fiel ihr schwer. Sie musste raus hier, musste mit jemandem reden. Sie sah zum Telefon und der blinkenden Eins, die den Anruf von Annemarie anzeigte. Eine nette Bekannte, deren direkte Art sie schätzte, und mit der sie gern ab und zu ins Kino ging oder sich zum Schwimmen verabredete. Aber eben nur eine Bekannte.

Hanna verschränkte die Unterarme, umfasste ihre Ellenbogen und presste sie an sich. In Sulzbach-Rosenberg gab es niemanden, mit dem sie eine enge Freundschaft verband. In den letzten Jahren war sie fast ausschließlich um ihre Familie gekreist, hatte sich nicht bemüht, oberflächliche Kontakte zu vertiefen. Sie hatte diese Stadt, in der sie wegen Thorstens Arbeit gelandet waren, als mittelfristige Episode angesehen, niemals als endgültigen Wohnort, in dem sie ihren Lebensabend verbringen wollte – was Thorsten zu ihrem Befremden anders gesehen hatte. Bis vor Kurzem zumindest. Bis diese Biggi ihm die Augen geöffnet hatte. Hanna biss sich auf die Unterlippe. Eine Welle der Wut durchflutete sie. Was für eine Ironie, dass Thorsten das Weite suchte und sie hier zurückließ, ausgerechnet hier, wo sie nie hingewollt hatte.

Vielleicht wäre unsere Ehe nicht am Ende, wenn wir in München geblieben wären?, überlegte Hanna. Wenn nicht ich, sondern Thorsten sich um die Kinder und den Haushalt gekümmert hätte? Wenn ich damals Helmut Finkenbohners Angebot angenommen und fest angestellte Redakteurin der Reisesparte geworden wäre? Das Gehalt hätte gereicht, um die Familie zu ernähren – erst recht, wenn ich nach ein paar Jahren die Ressortleitung übernommen hätte ... Hör sofort auf mit diesem Was-wäre-wenn-hätte-ich-doch-Gejammer, schalt sie sich und ballte die Hände.

Noch während Hanna mit sich schimpfte, liefen ihr Tränen

über die Wangen. Sie öffnete die Fäuste und wischte sich die Augen. Sie fühlte sich so kraftlos. Es bringt doch nichts, wenn du dich selber fertigmachst, redete sie sich zu. Dadurch wird es auch nicht besser. Wenn du kein Mitleid mit dir hast, wer dann? Sie hielt inne. Diese Frage und die Erinnerung an München hatten das Gesicht ihres besten Freundes heraufbeschworen. Sie stieß sich mit den Schultern von der Tür ab und griff nach dem Telefon. Dass sie nicht früher darauf gekommen war, ihn anzurufen. Heiko war im Augenblick der einzige Mensch, dem sie sich anvertrauen und zumuten wollte.

Während ihrer Ausbildung an der Münchner Journalistenschule hatte sie sich mit ihm und zwei weiteren Studenten eine Wohnung geteilt. Die beiden anderen WG-Genossen hatte Hanna im Lauf der Jahre aus den Augen verloren, die Freundschaft zu Heiko hatte gehalten und war immer intensiver geworden. Sie telefonierten regelmäßig und nahmen so am Leben des anderen teil. Zu persönlichen Treffen gab es zu Hannas Bedauern selten Gelegenheiten. Heiko war kurz nach der Wende nach Berlin gezogen, wo er mit seinem Lebensgefährten, einem Buchbinder, ein Antiquariat betrieb. Nach einem steinigen Beginn hatten sich die beiden in der Branche gut etabliert. Heikos Leidenschaft für Bücher und seine Gabe, seltene Handschriften, Drucke und Ausgaben aufzuspüren, gepaart mit dem handwerklichen Geschick seines Freundes, der keinen seiner Patienten, wie er die beschädigten Exemplare nannte, aufgab und nicht ruhte, bis er ihn gerettet hatte, verschafften ihrem Geschäft einen soliden Stand und zahlreiche treue Kunden.

Hanna holte sich ein Glas Wasser aus der Küche und setzte sich damit auf die Holzbank, die auf der Terrasse direkt am Haus stand. Ein leichter Wind wehte den süßen Duft der blühenden Alyssumkissen zu ihr, die Thorsten in einem Steingärtchen neben dem Miniseerosenteich am Ende des Grundstücks gepflanzt hatte. Der Himmel leuchtete hell, die Sonne war erst vor wenigen Minuten untergegangen. Hanna folgte mit den Augen einem Flugzeug hoch über ihr, dessen Kondensstreifen rosig schimmerte. Es würde eine sternklare Nacht werden. Die Wand hinter ihr hatte die Wärme des Tages gespeichert und strahlte sie in ihren Rücken ab. In der dichten Hainbuchenhecke, die den Garten umgab, tschilpte eine Schar Spatzen. Der Wind drehte und trug die Klänge eines Schlagers und Gelächter herüber. Hanna stieg ein brenzlig-würziger Geruch in die Nase. Irgendwo in der Nachbarschaft wurde gegrillt. Eine Szenerie wie aus einer der Heim- und Gartenzeitschriften, die Thorsten gern las, um sich Anregungen zur Verschönerung ihres Zuhauses zu holen. Er war seinem Ziel, ein perfektes Idyll zu schaffen, sehr nahe gekommen.

Hanna schnaubte und wählte die Berliner Nummer. Unwillkürlich hielt sie den Atem an. Bitte, sei da!, beschwor sie Heiko im Stillen und lauschte dem Freizeichen.

»Hallo Hanna«, meldete sich die vertraute Stimme. »Du bist mir um ein paar Minuten zuvorgekommen. Ich hab heute sehr an dich gedacht. Wie war der Abschied von Lukas?«

Hanna schluckte. Sie brauchte einen Moment, um Heikos Frage zu begreifen. Sie hatte gar nicht mehr an ihren Sohn gedacht, der sich in diesem Augenblick vermutlich über dem Atlantik befand.

»Ach, es war nicht einfach ... aber deswegen habe ich nicht ...«, antwortete sie stockend.

»Hanna! Was ist passiert?«, unterbrach Heiko sie. »Du klingst furchtbar.«

»Thorsten ist weg«, stieß Hanna hervor.

»Weg? Was soll das heißen?«

»Na, fort! Auf und davon!«

Schweigen am anderen Ende der Leitung. Hanna hörte, wie Heiko tief Luft holte.

»Du meinst ... er hat dich verlassen?«, fragte er stockend.

»Genau. Wegen einer anderen!«

Heiko atmete zischend aus. »Oh, nein! Das ist wirklich furchtbar!«

Hannas Hals wurde eng. Die Anteilnahme in Heikos Stimme machte es ihr unmöglich, die Verzweiflung über Thorstens Verschwinden länger zu unterdrücken.

»Er hat sich einfach aus dem Staub gemacht«, schluchzte sie. »Nach all den Jahren, in denen ich alles für ihn und die Kinder ... Und jetzt bin ich ihm plötzlich nicht mehr gut ge...«

Sie konnte nicht weitersprechen. Weinend tastete sie in ihrer Jackentasche nach einem Papiertaschentuch und zog ein zerknülltes Exemplar hervor, das sie sich gegen die Augen presste.

»Ach, Hanna, ich würd dich jetzt so gern in den Arm nehmen«, sagte Heiko leise.

Die Vorstellung, sich an seiner Schulter ausweinen zu können, verstärkte Hannas Tränenstrom. Heiko hatte sie schon immer am besten trösten können. Bei ihm durfte sie sich ohne Wenn und Aber ausheulen, fühlte keine Scham, hatte nicht das Bedürfnis, sich zu entschuldigen oder sich krampfhaft zusammenzureißen. Allein dieses Bewusstsein bewirkte, dass der Schmerz ein wenig nachließ.

Nachdem sie Heiko von ihren Nachforschungen und den ersten Reaktionen der Gerüchteköchinnen berichtet hatte, kehrte sie ins Haus zurück, setzte sich auf eins der beiden Sofas und las ihm Thorstens Brief vor.

»So, jetzt weißt du alles«, sagte sie schließlich.

Heiko, der ihr schweigend zugehört hatte, gab einen empörten Laut von sich.

»Das ist wirklich schofelig!« Er klang wütend. »Aber leider nicht sehr originell. Sozusagen der Klassiker bei Männern in der Sinnkrise.«

Hanna musste grinsen. »Naja, ich weiß nicht, ob ich mit einem originelleren Abgang besser klarkommen würde.«

»’tschuldige, natürlich nicht«, sagte Heiko. »Ich bin nur immer wieder fassungslos, wie zutreffend die Klischees sind.«

»Stimmt«, antwortete Hanna. »Mich macht es vor allem kirre, dass ich nichts gemerkt habe. Ich hätte es nie für möglich gehalten, dass ausgerechnet mir das passieren würde.«

Heiko räusperte sich. »Nimm’s mir bitte nicht übel, Hanna. Aber so ganz überraschend kam das doch nicht. Ich meine, zwischen euch hat’s zwar nicht gekracht, aber viel geteilt habt ihr auch nicht mehr, oder?«

Hanna setzte zu einer Entgegnung an. Die Erkenntnis, dass Heiko ins Schwarze getroffen hatte, ließ sie verstummen. Thorsten und sie hatten sich in einem friedlichen Nebeneinander eingerichtet, hatten kaum noch miteinander geschlafen und waren dabei weiter auseinandergedriftet, als sie es hatte wahrhaben wollen.

»Das stimmt schon«, sagte sie leise. »Aber ich hab gedacht, dass wir jetzt wieder mehr Zeit miteinander verbringen würden.«

»Weil beide Kinder aus dem Haus sind?«

»Genau. Ich bin einfach davon ausgegangen, dass Thorsten das genauso sieht. Wir hatten doch so viele Pläne. Wollten große Reisen machen …«

»Ich sag’s nicht gerne«, sagte Heiko. »Aber diese ständige Aufschieberei ist echt ein Fluch.«

Hanna seufzte. »Ich weiß. Du hast es mir oft genug ans Herz gelegt. Aber Thorsten hatte immer tausend Gründe, warum wir uns hier nicht für längere Zeit loseisen konnten. Allein schon wegen des Gartens.«

Heiko lachte trocken auf.

»Wer etwas will, findet Wege. Wer etwas nicht will, findet Gründe.«

Hanna lehnte sich zurück und nahm das Telefon in die andere Hand.

»Ach, Heiko. Was soll ich denn jetzt machen? Ich komme mir so überflüssig vor. Alle haben ihre Ziele und Aufgaben. Nur ich ...«

»Hanna, red doch nicht solchen Unsinn«, fiel Heiko ihr ins Wort. »Ich kann absolut verstehen, dass du im Moment alles schwarz siehst. Aber nur, weil Lukas und Mia jetzt ihre eigenen Leben führen und Thorsten sich verdünnisiert hat, bist du doch nicht überflüssig! Das wäre ja noch schöner. Nein, meine Liebe, du musst das ganz anders sehen: Jetzt bist du endlich an der Reihe. Jetzt kannst du endlich das tun, was *du* willst. Ohne schlechtes Gewissen. Ohne Rücksicht auf die Familie. Ohne immer nur zu schauen, was die anderen brauchen. Das hast du meiner Meinung nach ohnehin viel zu lange getan.«

»Mmmmh«, brummte Hanna und biss sich auf die Unterlippe.

»Ich meine das ernst, Hanna. Mach jetzt bitte nicht den Fehler und grüble darüber nach, wo du versagt hast oder was du hättest tun können oder müssen, um Thorsten zu halten. Er wollte weg. Ohne sich mit dir auseinanderzusetzen. Ohne um eure Beziehung zu kämpfen. So bitter das ist – je eher du dich damit abfindest, umso schneller kannst du nach vorn schauen und ...« Heiko unterbrach sich. »Aber das brauch ich dir ja nicht erklären.«

Nach einer kurzen Pause sagte er: »Weißt du was? Lass uns zusammen auf deine neue Freiheit anstoßen. Ich würd zwar lieber mit dir an einem Tisch sitzen, aber so geht's auch. Du hast doch einen Wein greifbar?«

Hanna lächelte. »Ja, ich hab zufällig vorhin einen guten Roten gekauft.«

»Prima! Dann hören wir uns in fünf Minuten wieder«, sagte Heiko und legte auf.

Hanna ging in die Küche, öffnete die Weinflasche und kehrte mit ihr und einem bauchigen Glas ins Wohnzimmer zurück. Sie schenkte sich ein, setzte sich aufs Sofa und nahm einen ersten Schluck. Samtig rann die Flüssigkeit ihre Kehle hinunter und wärmte ihren Magen. Sie ließ den Wein im Glas kreisen und horchte Heikos Worten nach, während sie darauf wartete, dass er zurückrief. Ihre Verzweiflung fühlte sich nicht mehr so bodenlos an. Ein heller Ton hatte sich darunter gemischt. Er hatte Recht: Sie konnte Thorstens Verschwinden aus ihrem Leben als Chance für einen Neubeginn für sich selbst sehen. Ohne Heiko hätte sie viel länger gebraucht, das zu erkennen. Das Telefon läutete. Hanna nahm ab und sagte:

»Danke! Du bist wirklich der beste Freund, den ich mir denken kann.«

7

Berlin, Mai 1907

Pünktlich um halb acht warf Emilie einen letzten prüfenden Blick in den Spiegel der Frisierkommode und verließ ihr Zimmer. In den vergangenen zehn Minuten hatte sie mehrfach die Türglocke gehört. Ihre Vermutung, dass ihre Tante Gäste empfing, bestätigte sich, als sie sich dem Salon näherte, aus dem Stimmengewirr und Gelächter drangen. Sie blieb auf der Schwelle stehen und spähte in den quadratischen Raum, von dem rechts und links zweiflügelige Schiebetüren in die angrenzenden Zimmer führten. Das dunkel gebeizte Holz des Mobiliars bildete einen reizvollen Kontrast zu den zarten Pastelltönen der Samtbezüge auf Sesseln und Sofas und dem cremefarbenen Seidensatin, mit dem die Wände bespannt waren. Bis auf ein großes Ölgemälde, das eine exotische Landschaft darstellte, waren sie leer, was dem Raum eine helle Atmosphäre verlieh. Von der hohen Decke hing in der Mitte einer Stuckrosette ein filigraner Lüster aus Muranoglas, dessen Licht sich in den Fenstern spiegelte.

Emilie trat zwei Schritte in den Salon und ließ ihre Augen über die ungefähr fünfzehn Personen wandern, die in kleinen Gruppen zusammenstanden und sich unterhielten. Einige Herren trugen Offiziersuniformen, deren goldene Sterne, Schnüre, farbenfrohe Schulterstücke und Orden zwischen dem vorherrschenden Schwarz-Weiß der Frackträger hervorstachen.

Emilie erstarrte, als sie bemerkte, dass alle Damen in helle Farben gekleidet und tief dekolletiert waren. Sie fasste sich mit einer Hand an den Hals, der von dem hohen Kragen mit den gestärkten Rüschen eingezwängt war. Sie war die Einzige, die sich so feierlich herausgeputzt hatte. Und so altjüngferlich. Als sei sie zu einer Beerdigung geladen. Oder zu einem Festakt einer besonders traditionsbewussten Institution. Sie spürte, wie ihr das Blut ins Gesicht schoss. Selten hatte sie sich so fehl am Platze gefühlt. Um sie herum raschelten Seidenstoffe, und Wolken aus Tüll, Federn- und Blumenapplikationen ließen an Frühlingssträuße denken – eine Anmutung, die durch die von zarten Parfumdüften geschwängerte Luft verstärkt wurde. Emilie spielte kurz mit dem Gedanken, in ihr Zimmer zurückzukehren, um sich ein anderes Kleid anzuziehen. Aber welches? Ihre Garderobe enthielt nichts, was auch nur entfernt an die hier vorherrschende Mode erinnerte. Außerdem war es zu spät. Man hatte sie bereits bemerkt. Emilie stellte sich neben die Tür und wünschte sich, mit der Tapete verschmelzen zu können. Sie senkte den Kopf, tat so, als suchte sie etwas in ihrem Handtäschchen, und lauschte dabei den Gesprächen.

Drei ältere Herren diskutierten hitzig über die Forderung des sozialdemokratischen Reichstagsabgeordneten August Bebel, die Wehrdienstzeit zu verkürzen. Eine Dame fragte eine andere, ob sie sie nicht zu einem eigens für Frauen angebotenen Seminar begleiten wollte, um sich mit den Verhältnissen des Bank- und Geldverkehrs bekannt zu machen. Eine dritte Gruppe tauschte sich über die Darbietung der amerikanischen Ausdruckstänzerin Isadora Duncan aus, die kürzlich mit ihren Schülerinnen im Neuen Schauspielhaus aufgetreten war. Emilie schnappte auch französische und englische Satzfetzen auf, in denen es um die Physikerin Marie Curie ging, die im Vorjahr an der Sorbonne ihre erste Vorlesung gehalten und damit als erste Frau eine Professur an der berühmten Pariser Universität angetreten hatte.

Es herrschte eine entspannte Stimmung – woraus Emilie schloss, dass die Gastgeber nicht anwesend waren. Zumindest ihre Tante nicht, die größten Wert auf die Einhaltung der Etikette legte und sich laute Stimmen und Gelächter verboten hätte. Wo sie wohl steckte? Vermutlich gab sie in der Küche letzte Anweisungen.

Die Ankunft weiterer Besucher, die hinter Emilie in den Raum drängten, erregte die Aufmerksamkeit einer hochgewachsenen Frau in einem schmal geschnittenen Kleid aus einem fließenden blauen Stoff, dessen Rock direkt unterhalb des Busens ansetzte und gerade bis zum Boden fiel. Sie hatte mit dem Rücken zur Tür gestanden und sich mit einem südländisch aussehenden Herrn über die Eröffnung der Saison auf der Galopprennbahn Hoppegarten unterhalten. Als sie sich umdrehte, fiel ihr Blick auf Emilie. Ihr Gesicht verzog sich zu einem strahlenden Lächeln. Mit ausgestreckten Armen ging sie auf sie zu, fasste nach ihren Händen und drückte sie.

»Emilie! Welch eine Freude! Entschuldige, dass ich dich nicht eher bemerkt habe. Du siehst ja, was hier los ist.«

Emilie starrte die Dame an. Das konnte unmöglich Tante Franziska sein! Niemals hätte diese ein Kleid ohne Korsett getragen! Von hinten hatte sie mit ihrer schlanken Gestalt und dem vollen, dunklen Haar wie eine junge Frau auf sie gewirkt. Nun sah Emilie, dass sie die Fünfzig überschritten hatte. In die zu einem lockeren Knoten gefasste Frisur mischten sich weiße Fäden, und Falten durchzogen die Stirn des sonnengebräunten Gesichts, das die in gehobenen Kreisen übliche »vornehme Blässe« vermissen ließ. Emilie stutzte, als sich ihre Blicke trafen. Diese grauen Augen kannte sie – es waren die ihrer Großmutter Hedwig. Das war aber auch das Einzige, was ihr vertraut vorkam.

»Tante Franziska?«, fragte sie unsicher und sah zu ihr auf.

»Das hört sie gar nicht gern«, sagte eine tiefe Stimme neben Emilie.

Sie wandte sich um und sah sich einem Herrn von ihrer Größe gegenüber, der sie mit wachen Augen anblickte. Seine gelichteten Haare waren zerzaust, als sei er in einen starken

Wind geraten. Sein Frack war von guter Qualität und makellos sauber. Der typische Geruch von neuen Stoffen und Bügelstärke, den sie aus der Werkstatt des Elberfelder Schneidermeisters kannte, verriet Emilie, dass der Anzug an diesem Abend zum ersten Mal getragen wurde.

Der Herr legte einen Arm um Franziska, die ihn um einen Kopf überragte. Emilie hoffte, dass man ihr ihre Überraschung nicht anmerkte. Sie hatte sich – wie alle in ihrer Familie – den zweiten Mann ihrer Tante als klassische Verkörperung eines preußischen Aristokraten vorgestellt: hochgewachsen, zackig und arrogant.

»Das stimmt. Bitte nenn' mich Fanny«, sagte diese. »Tante Franziska klingt so förmlich. Da fühle ich mich gleich dreimal so alt.« Sie lächelte und zwinkerte ihr zu. »Und das ist Addy«, fuhr sie fort.

Emilie machte einen Knicks und reichte dem Grafen die Hand. Er nahm sie, neigte sich darüber und deutete einen Kuss an.

»Ich freue mich, endlich jemanden aus Fannys Familie kennenzulernen.«

Seine Frau beugte sich zu ihm und raunte ihm mit Blick auf die neu eingetroffenen Gäste etwas ins Ohr.

»Oh, gut, dass du mich darauf hinweist, meine Liebe«, sagte er und verbeugte sich erneut vor Emilie. »Bitte entschuldige mich. Die Pflicht ruft. Aber wir werden ja noch genug Zeit haben, uns ausgiebig zu beschnuppern.«

Während er zu einem älteren, distinguiert aussehenden Paar hinüberging, sagte Fanny halblaut:

»Der arme Addy. Mit diesen hohen Tieren vom Auswärtigen Amt hat er seine liebe Not. Er muss sich gut mit ihnen stellen, weil sie nun mal wichtig sind. Ohne ihr Wohlwollen könnte er auf seinem neuen Posten wenig ausrichten. Aber bei manchen tut er sich doch recht schwer, sie ernst zu nehmen.«

Emilie sah sie fragend an, während sie gleichzeitig versuchte, Ordnung in ihr Gedankenchaos zu bringen. Je länger sie dieser Fanny zuhörte, umso überzeugter war sie, dass hier etwas ganz und gar nicht stimmte.

»Nun ja, die wenigsten haben eine Ahnung von den Gebieten, Menschen und Kulturen, über deren Wohl und Wehe sie hier, tausende Kilometer entfernt, entscheiden«, erklärte Fanny. »Aber damit befinden sie sich leider in guter Gesellschaft. Oder kennst du viele Leute in sogenannten gehobenen Positionen, die auch nur den Hauch einer Ahnung haben, was ihre Untergegebenen umtreibt, was sie denken oder gar fühlen?«

Emilie schwirrte der Kopf. Noch nie hatte sie jemanden in der Öffentlichkeit oder auf einer Gesellschaft so unverblümt seine kritische Meinung kundtun hören – schon gar nicht eine Frau. Und am allerwenigsten Tante Franziska, die sich eher die Zunge abgebissen hätte, als sich derart danebenzubenehmen. Das war einfach undenkbar! Ein Verdacht, der ihren Herzschlag beschleunigte, keimte in ihr auf: Dieses seltsame Paar – das waren Hochstapler, die sich in Afrika der Identitäten von Franziska und Adrian von Spilow bemächtigt hatten! Ihre Tante und ihr Mann wären nicht die Ersten, die einem Tropenfieber oder einer anderen Seuche erlegen waren, die in den Kolonien wüteten und zahllose Opfer dahinrafften. Emilie hielt die Luft an. Oder waren sie gar ermordet worden?

»Emilie, ist dir nicht wohl?«, fragte Fanny. »Du siehst aus, als würdest du gleich ohnmächtig.«

Emilie schüttelte den Kopf und bemühte sich um ein Lächeln.

»Naja, wundern würde es mich nicht«, fuhr Fanny fort. »Du bist viel zu eng geschnürt.«

Sie hakte Emilie unter und zog sie aus dem Salon. »Komm, ich leih dir etwas Bequemeres. Dann kannst du auch vernünftig essen. In diesen Korsetts ist das ja unmöglich, wenn einem der Magen so zusammengedrückt wird.«

Benommen lief Emilie neben der Frau her, die behauptete ihre Tante zu sein.

»Ich bin schon so gespannt, wie es euch allen in den letzten Jahren ergangen ist«, sprach diese weiter. »Ich kann gar nicht glauben, dass ich euch so lange nicht gesehen habe. Ich bin sehr neugierig, was du mir berichten wirst. Du musst mir alles haarklein erzählen! Es wird nämlich sicher noch eine Weile dauern, bis ich nach Köln oder zu deinen Eltern fahren werde.«

Es klang nicht so, als würde sie das bedauern. Emilie rang nach Luft. Aha, dachte sie. Daher weht der Wind. Jetzt verstehe ich, warum du mich eingeladen hast. Du willst mich aushorchen, um ausreichend über unsere Familie Bescheid zu wissen. Damit du nicht auffliegst, wenn du irgendwann den anderen begegnest. Wahrscheinlich gehst du davon aus, dass ich mich kaum noch an dich erinnern kann. Weil ich noch ein Kind war. Aber da hast du die Rechnung ohne den Wirt gemacht.

Emilie zuckte zusammen, als sie den prüfenden Blick bemerkte, mit dem ihre Begleiterin sie bedachte. Ihr Magen zog sich zusammen. Ob sie Verdacht geschöpft hat und ahnt, dass ich ihr auf die Schliche gekommen bin? Wenn sie so skrupellos ist, wie ich befürchte, dann bin ich hier meines Lebens nicht mehr ...

Emilie blieb stehen und platzte heraus: »Sind Sie wirklich Franziska von Spilow?«

Die Frau zog die Augenbrauen hoch. »Wie bitte?«

»Sie ... Sie sind so ganz anders, als ich Sie in Erinnerung ...«

»Naja, immerhin sind fast zehn Jahre vergangen, seit ich Deutschland verlassen habe. Seither habe ich viel erlebt. Das hat natürlich seine Spuren hinterlassen und ...«

Emilie fiel ihr ins Wort: »Was hat meine Mutter als Kind am liebsten gegessen? Und welchen Spitznamen haben Sie ihr gegeben?«

»Du meinst das ernst? Du zweifelst wirklich daran, dass ich deine Tante bin?«

Die Gesichtszüge der Frau versteinerten. Eine steile Falte grub sich in ihre Stirn. Die grauen Augen bohrten sich in Emilies.

»Sei nicht töricht! Wie kannst du es wagen, einen solch ungeheuerlichen Verdacht nicht nur zu hegen, sondern auch noch laut auszusprechen? Haben dir deine Eltern denn gar keinen Anstand beigebracht?«, fragte sie streng.

Emilie war fast erleichtert, die vertraute Stimme ihrer Großmutter zu hören, mit der diese ein unbotmäßiges Verhalten zu tadeln pflegte.

»Entschuldigen Sie bitte«, stammelte sie. »Sie müssen mich für einen unverschämten Trampel halten ...«

In den grauen Augen blitzte es auf. Emilie blinzelte verunsichert. Bildete sie sich das nur ein, oder unterdrückte die Frau tatsächlich nur mit Mühe ein Lachen? Machte sie sich lustig über sie? Oder hatte sie ihre Strenge nur gespielt und freute sich nun, dass sie sie aufs Glatteis geführt hatte?

»*Schnüssche*, hab ich meine Schwester genannt. Mäulchen. Weil sie so gern genascht hat. Sie hat sich oft in die Küche geschlichen und unsere Köchin so lange angebettelt, bis diese ihr *Rievekoche met Klatschkies* gemacht hat, also Kartoffelreibekuchen mit Quark. Wehe, wenn unsere Mutter das mitbekam. Dann musste die arme Irmhild ohne Essen ins Bett.«

Emilie biss sich auf die Lippe und senkte den Kopf. Das konnte wirklich nur die echte Franziska wissen. Wie peinlich! Am liebsten wäre sie wortlos aus der Wohnung gerannt.

»Es ist mir so unangenehm ... ich weiß nicht, was in mich gefahren ...«, sagte sie stockend. »Aber Sie haben sich wirklich sehr verändert.«

»Das will ich doch hoffen!« Fanny berührte Emilie am Arm. »Jetzt mach dir bitte keine Vorwürfe. Mir tut es leid, dass ich dich so verunsichert habe. Du konntest ja nicht ahnen, dass ich nicht mehr dieselbe wie vor zehn Jahren bin.«

»Darf ich fragen, warum?«

»Ach, die alte Franziska ist mir irgendwo im unwegsamen Hinterland von Togo abhandengekommen. Da nützen einem tadellose Tischmanieren, gestärkte Krägen und die Überzeugung, die Welt sei dem Untergang geweiht, wenn eine Dame flucht, nämlich nicht viel.«

»Hinterland? Ich dachte, Sie haben in der Hauptstadt an der Küste gelebt?«

»Ja, in Lomé hatten wir ein Haus. Aber da waren wir nur selten. Addy wollte die Kolonie richtig kennenlernen. Darum sind wir häufig monatelang herumgereist.«

Emilie schüttelte den Kopf. »Und wir dachten immer, dass Sie in einer herrschaftlichen Villa wohnten, mit einer Schar Dienstboten und allem Komfort.«

Ein verschmitztes Lächeln umspielte Franziskas Lippen. »Ich hab euch gern in dem Glauben gelassen. Meine Mutter wäre vermutlich höchstpersönlich angereist, um mich an den Haaren in die Zivilisation zurückzuschleifen und meine verwahrlosten Manieren auf Vordermann zu bringen, wenn sie geahnt hätte, wie Addy und ich lebten.«

Emilie kicherte. »Oh, ja, das hätte sie, da bin ich mir sicher.« Sie sah ihrer Tante in die Augen. »Ach, Tante Franziska, ich bin so froh, dass Sie Ihren Mann auf seinen Expeditionen begleitet haben und nicht mehr so ...«

Fanny zog eine Augenbraue hoch. Emilie hielt den Atem an. War sie zu weit gegangen?

»Und nicht mehr so steif bin?«, beendete Fanny den Satz.

Emilie senkte den Kopf.

»Du gefällst mir!«, hörte sie ihre Tante sagen. »Du bist mutig und geradeheraus. Und du hast viel Fantasie.« Sie hielt inne. »Nur eins stört mich gewaltig.«

Emilie blickte auf. Was kam jetzt?

»Dass du mich Tante Franziska nennst und siezt!«, fuhr Fanny fort. »Ich weiß, dass meine Mutter darauf besteht, weil das eben in unseren Kreisen so üblich ist. Aber darum brauchen wir uns nicht zu scheren, was meinst du?«

Emilie strahlte und schüttelte den Kopf.

Für die folgenden Tage hatte Tante Fanny ihrer Nichte und sich ein umfangreiches Besichtigungsprogramm verordnet. Sie freute sich, gemeinsam mit Emilie die Umgebung ihres neuen Zuhauses durchstreifen und kennenlernen zu können, während ihr Mann die obligatorischen Antrittsbesuche bei seinen künftigen Mitarbeitern, Vorgesetzten und Angehörigen anderer Ministerien absolvieren musste, bevor er am Montag seinen Dienst offiziell antreten würde. Addy ließ keinen Zweifel daran, dass er sich viel lieber den beiden Frauen angeschlossen hätte.

Belustigt stellte Emilie fest, dass ihre Tante ihre Berliner Erkundungstour wie eine wissenschaftliche Expedition organisierte. Am Samstagmorgen schlug sie vor, eine Fahrt mit der Ringlinie zu machen.

»Damit wir uns einen ersten Überblick über das zu erforschende Gebiet verschaffen können«, erklärte sie. Mit einem entschuldigenden Lächeln fügte sie hinzu: »Du siehst, so ganz kann ich nicht aus meiner alten Haut.«

Nach einem ausgiebigen Frühstück brachen sie auf. Vom Anhalter Bahnhof, dessen gigantische Halle im Neorenaissancestil nur wenige Gehminuten vom Belle-Alliance-Platz entfernt war, nahmen sie zunächst die Stadtbahn, die die zahlreichen Kopfbahnhöfe Berlins miteinander verband. In der Papestraße stiegen sie um. Knapp vierzig Kilometer ging es nun in weitem Bogen um die Innenstadt herum. Von den Hochgleisen hatten sie eine gute Aussicht auf die einstigen Dörfer am Stadtrand, die in den vergangenen Jahrzehnten im Südosten, Osten und Norden zu trostlos anmutenden Mietskasernen-Siedlungen rund um riesige Industrieanlagen herangewachsen waren. Im Südwesten und Westen – in Richtung der Residenz Potsdam – bot sich ein anderes Bild. Zwischen Feldern und kleinen Waldstücken sahen sie großzügig geschnittene Grundstücke von Villen, Heilanstalten und Lehrgütern, die näher zur Innenstadt hin von mehrstöckigen großbürgerlichen Wohnhäusern abgelöst wurden.

Nach einer knappen Stunde stiegen Emilie und ihre Tante an der Station Stralau-Rummelsburg wieder in die Stadtbahn um. Von dort stießen sie – gemäß Fannys Devise, eine Stadt begreife man ebenso wie einen Menschen am besten, wenn man ihre Geschichte und Entwicklung kenne – in den historischen Kern vor: Alt-Berlin zwischen der Spree und dem gemauerten Viadukt der Stadtbahn, das in den 1880-er Jahren auf dem Verlauf der ehemaligen Befestigungsmauern errichtet worden war. Zu Fuß durchstreiften sie die mittelalterlichen Viertel rund um Nikolaikirche, Heilig-Geist-Stift und Marienkirche, bevor sie zum Stadtschloss und dem Dom am Lustgarten liefen. Emilie war froh, dass sie ihren Ausflug mit einer Besichtigung des imposanten Kirchenbauwerks für diesen Tag beendeten. Sie hätte keine weiteren Eindrücke verarbeiten können.

Berlin mit seinen über zwei Millionen Einwohnern erschien ihr unfassbar groß, laut und hektisch. Anfangs ein wenig eingeschüchtert, schnell jedoch fasziniert und voller Begeisterung, war sie an Fannys Seite in diese quirlige Welt eingetaucht und hatte die auf sie einstürmenden Gerüche, Bilder und Geräusche in sich aufgesogen. Für die Erklärungen ihrer Tante, die immer wieder in einem *Baedeker* geschichtliche Daten und bauhistorische Besonderheiten nachschlug, hatte sie kaum ein Ohr. Das Treiben um sie herum forderte ihre ganze Konzentration.

Auf den Geschäftsstraßen und zentralen Plätzen fuhren dicht

an dicht Kutschen, Automobile, Pferdeomnibusse, Fahrräder, elektrische Straßenbahnen, Lastwagen und andere Vehikel. Dazwischen und auf den Gehwegen drängten Fußgänger jeden Alters und Standes, deren ziellos wirkendes Gewimmel Emilie an Ameisen denken ließ. Handkarren, Kinder- und Bollerwagen wurden geschoben, Säcke und Kisten geschleppt, Fässer gerollt und Kohlen und Briketts auf Rutschen in Kellerluken gefüllt. Zeitungsjungen riefen den Passanten die neuesten Schlagzeilen zu, Marktschreier priesen Waren an, und Schuhputzer wiesen lautstark auf ihre Dienste hin. Schaufensterauslagen, Theaterplakate und riesige Reklametafeln auf Litfaßsäulen und Wänden heischten nach Aufmerksamkeit. Der Lärmteppich aus dem Geklapper der Pferdehufe und dem Rasseln der Fuhrwerke auf dem Pflaster, dem Motorengebrumm, Hupen, Quietschen, Klingeln und den Flüchen der Kutscher, sorgte dafür, dass man an manchen Stellen sein eigenes Wort kaum verstand.

»Es erstaunt mich doch jedes Mal von Neuem, wie anstrengend so eine Großstadt sein kann«, sagte Tante Fanny, als sie sich aufatmend auf die Bank einer offenen Droschke fallen ließ. Nachdem sie dem Kutscher ihre Adresse genannt hatte, zog sie die Schuhe aus und massierte ihre Zehen.

»Ein Marsch durch die Savanne ist dagegen ein erholsamer Spaziergang.«

»In welchen großen Städten bist du denn schon gewesen?«, fragte Emilie und nahm Fanny gegenüber Platz.

»Hm, lass mich nachdenken«, antwortete diese. »Im ersten Jahr unserer Ehe haben Addy und ich in Buenos Aires gelebt. Danach war er ein halbes Jahr an der Botschaft in Washington, bevor man ihn in die Kolonialabteilung versetzt hat, die damals noch kein eigenständiges Ministerium war. Unsere erste Station in den Schutzgebieten war Herbertshöhe. Das ist die Hauptstadt und und der Gouverneurssitz von Deutsch-Neuguinea. Wobei Hauptstadt ein sehr hochtrabender Begriff für dieses winzige Kaff ist. Und vor vier Jahren ging's dann nach Togo, wo wir ja viel im Hinterland unterwegs waren. Aber unsere Ferien haben wir eigentlich immer entweder in Paris, Rom oder London verbracht.« Sie lächelte verschmitzt. »Gewissermaßen als Gegenprogramm. Um Kultur zu tanken, uns mit gebildeten Leuten auszutauschen, den neuesten Gesellschaftsklatsch zu hören und die Modegeschäfte zu plündern.«

»Hattest du denn nie Heimweh?«, fragte Emilie.

Fanny schüttelte den Kopf. »Nein, keine Sekunde. Zumindest nicht nach meinem alten Zuhause in Köln.«

Sie sah Emilie nachdenklich an. »Verrückt, erst jetzt, wo du fragst, wird mir das so richtig bewusst. Sicher, es gab Momente, in denen ich mich nach einem kühlen Kölsch und einem saftigen Sauerbraten gesehnt habe. Und auch unser gutes Brot habe ich vermisst. Aber Heimweh im Sinne von schmerzlicher Sehnsucht? Wirklich nicht!«

»Oh, dann ist es dir vermutlich schwergefallen, jetzt nach Berlin zu ziehen, oder?«, fragte Emilie.

Fanny lachte auf. »Aber nein, das ist was anderes. Berlin ist schließlich eine der aufregendsten Städte der Welt. Und es ist ja nicht in Stein gemeißelt, dass wir für immer hierbleiben.«

Sie lehnte sich zurück und lächelte versonnen.

»Im Grunde ist es mir egal, wo ich lebe. Hauptsache, ich bin mit Addy zusammen.«

Emilie sah sie mit großen Augen an.

Fanny zwinkerte ihr zu. »Hättest du deiner alten Tante wohl nicht zugetraut, dass sie so rührselig ist? Aber im Ernst: Dass ich Addy getroffen habe, ist das größte Glück meines Lebens.«

Sie beugte sich nach vorn und legte eine Hand auf Emilies Knie.

»Ich wünsche dir von ganzem Herzen, dass du auch einmal so eine Liebe findest.«

8

Sulzbach-Rosenberg in der Oberpfalz, Juli 2013

Kurz vor vier Uhr wachte Hanna auf, weil sie auf die Toilette musste. Wie gewohnt bemühte sie sich, geräuschlos aufzustehen, um Thorsten nicht zu wecken. Ihr Blick fiel auf seine Hälfte des Bettes. Das Kopfkissen schimmerte glatt und unberührt im fahlen Licht des Mondes, der durch das geöffnete Fenster schien. Mit einer kurzen Verzögerung kehrte die Erinnerung an die Ereignisse des Vortages zurück. Und mit ihr der Schmerz. Nach dem Telefonat mit Heiko, bei dem sie der Flasche Wein den Garaus gemacht hatte, war sie ohne nachzudenken ins Schlafzimmer gegangen, hatte sich hingelegt und war sofort eingeschlafen. Wie dumm von ihr. Warum hatte sie nicht eins der Kinderzimmer gewählt oder die Couch im Arbeitszimmer, die für Gäste vorgesehen war? Hanna stand zitternd vor dem Doppelbett, das eine ihrer ersten Anschaffungen nach der Hochzeit gewesen war. Jede Maserung des Kirschholzrahmens, jede Falte der mit Satinwäsche bezogenen Decken und Kissen atmete Erinnerungen, die auf sie einstürmten und sie buchstäblich in die Knie zwangen. Sie krümmte sich zusammen, schlug die Hände vors Gesicht und weinte.

Nach einer Weile versiegten die Tränen. Hanna richtete sich auf und verließ das Zimmer. Sie würde es nicht mehr benutzen. Sie überlegte kurz, wo sie den Rest der Nacht verbringen konnte. Die Erkenntnis, dass es im ganzen Gebäude keinen Raum gab, der nur ihr gehörte, gab ihr einen Stich. Thorstens Argument, dass sie schließlich tagsüber alleinige Herrin im Hause war, kam ihr nicht mehr plausibel, sondern abschätzig vor. Hanna biss sich auf die Lippe. Selber schuld. Sie hätte darauf bestehen und das Arbeitszimmer für sich reklamieren können. Zum ersten Mal stellte sie sich die Frage, wozu Thorsten daheim ein Büro brauchte, wo er doch hauptsächlich in der Firma arbeitete. Gearbeitet hat, korrigierte sie sich.

An Schlaf war nicht mehr zu denken. Hanna ging ins Bad, stellte sich in die verglaste Duschkabine und ließ heißes Wasser auf ihren Rücken prasseln. Die Vorstellung, dass sie von nun an tatsächlich im Haus schalten und walten konnte, wie sie wollte, hatte nichts Verlockendes. Im Gegenteil, sie war beklemmend und bestärkte sie in ihrem Entschluss, den sie während ihres Gesprächs mit Heiko gefasst hatte: Sie würde noch an diesem Tag Sulzbach-Rosenberg verlassen. Zum einem, um Nachbarn, Bekannten und Thorstens Kollegen aus dem Weg zu gehen, bis ein anderes Thema die Gemüter der Klatschsüchtigen erregte. Zum anderen, um Abstand zu gewinnen, den Kopf freizubekommen und in Ruhe zu überlegen, wie es weitergehen sollte. Heikos Angebot, ihn in Berlin zu besuchen, war verlockend. Sie hatte es abgelehnt, zumindest vorläufig. Sie wusste, dass sie sich dort – in der Geborgenheit seiner Freundschaft – schwerer aufraffen würde, den Sprung ins kalte Wasser zu wagen und die Rückkehr in ihren alten Beruf zügig anzugehen. Wie aufs Stichwort drehte Hanna den Regler der Dusche auf kalt, brauste sich ab und rubbelte sich mit einem Frottiertuch trocken.

Eine Stunde später stellte sie einen großen Pappkarton auf dem orientalischen Teppich im Wohnzimmer ab, der den Boden zwischen der Sitzecke und der Fensterfront bedeckte. Eine Erinnerung an ihren ersten Auftrag als Reisejournalistin, der sie nach Marokko geführt hatte. Das Frauenmagazin hatte den Anspruch, seinen Leserinnen jenseits der üblichen Urlaubstipps und Berichte auch bei weniger exotischen Reisezielen »Das Besondere« zu bieten – gemäß dem von Chefredakteur Helmut Finkenbohner formulierten Motto: »Folgen Sie uns abseits der Touristentrampelpfade ins Herz von …«

Hanna hatte einen Beitrag über marokkanische Souks liefern

sollen, jene orientalischen Markt- und Handwerkerviertel, die in der Nähe der Hauptmoschee der jeweiligen Stadt lagen. In Marrakesch, der *Perle des Südens*, hatte sie ihre Rundreise begonnen. Der zentrale Marktplatz mit seinen Märchenerzählern, Wahrsagerinnen, Musikanten, Schlangenbeschwörern, Zahnziehern und Gauklern und die angrenzenden Verkaufsstraßen waren schon vor über zwanzig Jahren beliebte Attraktionen gewesen, zu denen die Pauschalreisenden in Bussen gekarrt wurden. Auch Hanna war dem Zauber des fiebrigen Treibens erlegen, das trotz der Menschenmassen seine Wirkung entfaltete. Von dort war sie zu kleineren, unbekannten Städtchen und Marktflecken aufgebrochen und hatte deren Basare durchstreift, immer aufs Neue begeistert von den intensiven Farben und Gerüchen, von dem bunten Nebeneinander der Stände, auf denen Lebensmittel wie Brot, Fleisch, vor Honig triefende Kuchenstückchen, Gemüse, Datteln, Feigen, dicke Büschel frischer Minze und zu Pyramiden geschichtete Gewürze feilgeboten wurden. Dazwischen winzige Ladengeschäfte mit Silberschmuck, Stoffen, Lederwaren, Geschirr und Teppichen und Werkstätten, in denen geschnitzt, gedrechselt, Wolle gefärbt, Messing geschmiedet, getöpfert und Schuhe geflickt wurden.

Hannas Befürchtung, als allein reisende Frau in abgelegeneren Regionen angefeindet oder belästigt zu werden, war rasch verflogen. Man begegnete ihr mit Neugier und Respekt, vor allem aber mit einer Gastfreundschaft, die sie schlicht überwältigte. Fast überall war sie in kürzester Zeit von einem der Händler oder Handwerker in sein Geschäft gebeten und mit Tee bewirtet worden, auch wenn sie ihnen zu verstehen gab, dass sie nichts kaufen wollte. Schnell hatte sie begriffen, dass ihre Fremdartigkeit und ihre Geschichte für ihre Gastgeber ebenso interessant waren wie umgekehrt.

Mit mehreren prall gefüllten Notizbüchern war Hanna nach München zurückgekehrt – und mit einem handgewebten Kelim, der sie in seiner Farbenpracht an die Souks erinnerte. Sie hatte ihn bei einem Teppichhändler erworben, der sie in die hohe Kunst des Feilschens eingeführt und ihr geduldig die Tricks und Spielregeln erklärt hatte. Hanna kniete sich neben den Karton und strich über das dicke Wollgewebe, das im Licht der aufgehenden Sonne warm leuchtete. Sie konnte kaum glauben, dass seit jener ersten Reportagereise so viel Zeit vergangen war. In den darauf folgenden Jahren hatte sie noch oft ihre Koffer gepackt und für Helmut Finkenbohners Zeitschrift Städte und Landstriche in Afrika und Asien erkundet, in denen sie teilweise viel spektakulärere und aufregendere Erlebnisse und Eindrücke als in Marokko gehabt hatte. Das nordafrikanische Königreich behielt dennoch einen besonderen Platz in ihrer Erinnerung. Damals hatte sie ihre Leidenschaft für das Alleinreisen entdeckt und ihre Begabung, Menschen dazu zu bringen, sich ihr zu öffnen. Ihr Chef hatte diese Fähigkeit zu schätzen gewusst und es sehr bedauert, als Hanna sich nach der Geburt von Lukas ganz aus dem Berufsleben zurückzog.

Sie klappte den Deckel der Schachtel auf, in der sie ihre Zeugnisse, Studienscheine, Arbeitsproben und andere berufliche Dokumente aufbewahrte. Nacheinander nahm sie sie heraus und prüfte, was sie davon für eine Bewerbung verwenden konnte. Ihren Lebenslauf würde sie später am Computer aktualisieren. Neue Porträtfotos waren auch notwendig. Ein altes Schulheft erregte ihre Aufmerksamkeit. Auf dem Etikett stand:

Bestandsaufnahmen von Hanna ~~Vogel~~ Keller

»Hier bist du gelandet«, murmelte sie und nahm das Heft in die Hand, das sie vor über dreißig Jahren beschriftet und nach ihrer Hochzeit aktualisiert hatte. Sie schlug es auf. Den ersten Eintrag hatte sie am Tag ihrer Konfirmation gemacht, weitere waren nach dem Abitur, gegen Ende des Studiums, kurz vor ihrer Hochzeit und zur Geburt ihrer Kinder gefolgt. Die letzte Bestandsaufnahme war vor dem Umzug von München in die Oberpfalz entstanden.

Hanna hatte nie ein Tagebuch geführt. Der Wunsch, sich regelmäßig schriftlich mit sich auseinanderzusetzen oder Ereignisse ihres Lebens festzuhalten, war ihr fremd. Ab und an innezuhalten, einen Schritt beiseitezutreten und sich ihre Situation anzusehen, war ihr dagegen an wichtigen Wendepunkten ihres Lebens ein Bedürfnis gewesen. Die stichwortartigen Bestandsaufnahmen hatten ihr dabei als Gerüst gedient. Seit dem ersten Eintrag hatte Hanna die Fragen an sich selbst kaum verändert:

1. ***Datum und Grund des Eintrags***
2. ***Wo stehe ich?***
   a) privat
   b) Schule/Studium/Beruf
3. ***Zufriedenheitsgrad auf einer Skala von 0 bis 10?***
4. ***Möchte ich etwas ändern?***
   a) Nein
   b) Ja:
   Wenn ja, was genau?
5. ***Was kann ich tun, um das zu erreichen?***
   Wo sehe ich mich in fünf Jahren?

Hanna ging mit dem Heft in die Küche. Aus einer Schublade kramte sie einen Kugelschreiber, setzte sich auf ihren Stuhl mit Blick zum Fenster und schenkte sich aus der Thermoskanne, in die sie nach dem Duschen frisch gebrühten Kaffee gefüllt hatte, eine Tasse voll. Nachdem sie einen Schluck getrunken hatte, begann sie, die fünf Fragen zu beantworten.

1. ***Datum und Grund des Eintrags***
   Mittwoch, 3. Juli 2013;
   Thorsten hat mich verlassen.
2. ***Wo stehe ich?***
   a) privat:
   am Ende meiner Ehe;
   Kinder aus dem Haus;
   lebe in einem Ort, an dem ich mich isoliert und eingeengt fühle.
   b) Schule/Studium/Beruf:
   Hausfrau
3. ***Zufriedenheitsgrad auf einer Skala von 0 bis 10?:*** *0*
4. ***Möchte ich etwas ändern?***
   a) Nein
   b) Ja: *√ Unbedingt!!!*
   Wenn ja, was genau?
   Wiedereinstieg in den Beruf;
   herausfinden, wo ich künftig leben will;
   möglichst rasch klare Verhältnisse mit Thorsten schaffen.
5. ***Was kann ich tun, um das zu erreichen?***
   Bewerbungen schreiben, eventuell Berufsberatung geben lassen; prüfen, ob Fortbildung sinnvoll ist.
   Scheidung einreichen und Haus verkau…

Hanna hielt inne. Überstürze jetzt nichts, hatte Heiko ihr am Ende ihres Telefonats ans Herz gelegt. Und eine Frage gestellt, auf die Hanna keine Antwort gehabt hatte: Wie geht es eigentlich den Kindern mit der ganzen Sache? Erst in jenem Augenblick war ihr klar geworden, dass Mia und Lukas wahrscheinlich noch gar nichts vom Verschwinden ihres Vaters wussten. Hanna warf den Stift auf die Tischplatte. Das sah Thorsten ähnlich. Sich dünnemachen und es ihr überlassen, den Kindern Bescheid zu geben. Und ich dumme Gans hab ihn noch bedauert, dass er Lukas nicht mit zum Flughafen begleiten konnte, dachte Hanna und schnaubte. Dieser Feigling! Sein Timing war wirklich perfekt. Vermutlich hofft er, dass sich die erste Aufregung gelegt hat, wenn er das nächste Mal zu den Kindern Kontakt aufnimmt. Wann auch immer er das zu tun gedenkt.

Sie sah auf die Uhr. Kurz vor sechs. Viel zu früh, um Mia anzurufen. Und Lukas würde sie vermutlich erst am Abend erreichen – wenn er hoffentlich gut an seinem Ziel angekommen war und dort eine Internetverbindung hatte … Sollte sie ihm überhaupt schon von den Plänen seines Vaters erzählen? Wäre es nicht besser, ihm Zeit zu lassen, sich in der neuen Umgebung einzugewöhnen? Er würde noch früh genug damit konfrontiert, dass es sein Zuhause nach seiner Rückkehr in einem Jahr nicht mehr geben würde. Zumindest nicht so, wie er es verlassen hatte.

Sie würde das mit Mia besprechen. Die beiden Geschwister standen einander sehr nah. Hanna seufzte. Auch für ihre Tochter würde es nicht leicht, die Nachricht zu verdauen. Am besten, ich fahre nachher zu ihr und sage es ihr persönlich, beschloss Hanna. Die Aussicht, die Stadt noch an diesem Tag mit einem konkreten Ziel zu verlassen, war eine Erleichterung. Und warum nicht im Anschluss nach München weiterfahren und in ihrer alten Redaktion bei dem Frauenmagazin vorbeischauen? Helmut Finkenbohner war zwar seit drei Jahren im Ruhestand, aber die ein oder andere Kollegin von früher würde sie gewiss treffen. Es war auf jeden Fall nicht verkehrt, sich auf den neuesten Stand in der Branche zu bringen und herauszufinden, wie ihre Chancen standen.

Eine Bewegung am Fenster lenkte Hanna von ihren Grübeleien ab. Der grau getigerte Kater von gegenüber saß auf dem Sims und leckte sich eine Vorderpfote. Hanna stand auf und öffnete das Fenster. Der Kater richtete sich auf und sah sie wachsam an.

»Keine Angst, du Schöner«, sagte Hanna leise. »Ab heute wirst du nicht mehr verscheucht.«

Langsam streckte sie eine Hand aus. Der Kater schnupperte daran und ließ es zu, dass Hanna ihn streichelte. Er schloss die Augen, drückte seinen Kopf gegen ihre Hand und schnurrte, bevor er sich von ihr löste und federnd vom Fensterbrett sprang. Hanna sah ihm nach und atmete tief die kühle Luft ein, die nach feuchter Erde und frisch gemähtem Gras roch. Schon als Kind hatte sie davon geträumt, eine Katze zu haben. Als sie nach Sulzbach-Rosenberg umzogen, hatte sie geglaubt, sich diesen Wunsch endlich erfüllen zu können. Die Voraussetzungen waren ideal: ein geräumiges Haus, viel Auslauf im Garten und den angrenzenden Feldern und kaum Gefahren durch Autoverkehr auf den wenig befahrenen Straßen der Siedlung.

Thorsten hatte ihr Ansinnen kategorisch abgewiesen, ihr eröffnet, gegen Katzen allergisch zu sein, und sie gebeten, nicht mit den von ihr so geliebten Tieren in Kontakt zu kommen. Angeblich genügten bereits ein paar eingeschleppte Haare, um ihm Kopfschmerzen und Atemnot zu bescheren. Hanna hatte den Verdacht, dass seine Allergie nicht so heftig war, wie er behauptete. Wenn sie nicht überhaupt nur ein Vorwand war. Thorsten hatte auch die Bitten der Kinder nach einem Hund, Kaninchen oder Wellensittichen immer wieder abgeschlagen, da diese nur Dreck und Umstände verursachten, gefährliche Krankheiten übertragen konnten und seiner Meinung nach generell in Wohnhäusern nichts verloren hatten.

Hanna wandte sich vom Fenster ab. Ihr Blick fiel auf die letzte unbeantwortete Frage der Bestandsaufnahme:

Wo sehe ich mich in fünf Jahren?

Sie griff nach dem Kugelschreiber und schrieb:

Auf dem Balkon einer Mansardenwohnung in München sitzend, mit einem Kater auf dem Schoß. Gebräunt von der Sonne eines exotischen Landes, aus dem ich gerade von einer Reportagereise zurückgekehrt bin.

9

Berlin, Mai 1907

Am Montagnachmittag lief Emilie kurz vor fünf Uhr auf dem Opernplatz an der Alten Bibliothek vorbei, überquerte den breiten Boulevard Unter den Linden und hielt auf das ehemalige Palais eines preußischen Prinzen zu, das König Friedrich Wilhelm III. vor knapp hundert Jahren der neugegründeten Universität gestiftet hatte. Mit einer Hand prüfte sie den Sitz des Hütchens, das Tante Fanny einige Stunden zuvor im Kaufhaus Wertheim am Leipziger Platz für sie erstanden hatte.

»Wenn du erlaubst«, hatte sie gesagt und die Schleife gelöst, mit der das unförmige dunkelgraue Monstrum auf Emilies Kopf befestigt und tief in die Stirn gezogen war, das diese tagsüber zum Ausgehen aufsetzte. Einen Augenblick später hatte Fanny ihre Nichte vor einen großen Spiegel gezogen und gesagt:

»Jetzt sieht man endlich dein Gesicht, und deine schönen Augen kommen viel besser zur Geltung.«

Emilie hatte sich kaum wiedererkannt. Der keck auf ihrem Haarknoten sitzende Hut mit einer Seidenrose an der Seite, den ihre Tante für sie ausgesucht hatte, verlieh ihr ein damenhaftes Aussehen.

»*Très chic*, meine Liebe«, hatte Fanny gerufen, in die Hände geklatscht und in einem Ton, der keine Widerrede duldete, verkündet: »Und morgen kaufen wir dir ein paar schöne und vor allem bequeme Kleider.«

Schon von Weitem erkannte Emilie die Denkmäler der Humboldt-Brüder, die zu beiden Seiten des Tors vor dem eingezäunten Hauptgebäude auf hohen Marmorsockeln thronten. Emilie wandte sich nach links und stellte sich in die Einbuchtung neben die Statue des Sprachgelehrten Wilhelm von Humboldt, der mit übereinandergeschlagenen Beinen und einem Buch auf den Knien über ihr saß und nachdenklich auf die an ihm vorbeilaufenden Fußgänger herabschaute. Flüchtig fragte sie sich, warum ihr Bruder Max als Treffpunkt nicht dessen jüngeren Bruder Alexander gewählt hatte, der ihm als Naturwissenschaftler und Teilnehmer zahlreicher Forschungsreisen doch viel näher sein musste.

»So pünktlich zur Sekunde
Trifft keine Uhr wohl ein,
Als ich zur Abendstunde
Beim edlen Schwesterlein«,

erklang die erste Strophe eines beliebten Trinkliedes in Emilies Rücken.

Sie drehte sich um und sah sich ihrem Bruder gegenüber, dessen Kommen sie nicht bemerkt hatte. Er trug einen leichten Staubmantel aus gewachster Baumwolle, hatte eine Schiebermütze schief in die Stirn gezogen und eine Ledermappe unter einen Arm geklemmt.

»Max!«, rief sie, fiel ihm um den Hals und drückte ihn fest an sich.

»Nicht so stürmisch«, lachte er und fuhr gespielt streng fort: »Was sollen denn die Leute denken.«

»Das sagt der Richtige! Wer hat mich denn auf offener Straße angesungen?«, erwiderte Emilie. Sie kicherte und drohte Max mit dem Finger. »So schnell wird aus edlem Gerstenwein ein edles Schwesterlein und ...«

Sie unterbrach sich und musterte ihren Bruder, der nur eine Handbreit größer war als sie. Er wirkte verändert. Es war nicht so sehr die lässige Kleidung, die für diesen Eindruck sorgte, es war seine Ausstrahlung. Seine Haare, die er früher gemäß dem Wunsch seines Vaters militärisch kurz geschoren getragen hatte, waren gewachsen und umrahmten sein Gesicht in weichen Locken. Sein Teint war blass bis auf die von der Sonne gerötete Stirn und Nase. Bläuliche Schatten lagen unter seinen Augen, die wie ihre eigenen goldbraun schimmerten. Sie kamen ihr trüb vor, als lägen sie hinter einem Schleier oder Nebel.

»Du siehst müde aus. Und bedrückt«, stellte sie fest. »Und ich dachte, du kommst erholt und guter Dinge von eurem Ausflug zurück. War es denn nicht schön?«

»Doch, doch, natürlich«, antwortete er.

»Begeisterung klingt anders«, sagte Emilie. »Also, raus mit der Sprache. Welche Laus ist dir über die Leber gelaufen?«

»Ach, nichts ...«, antwortete Max und sah zur Seite. Er druckste herum. »Es ist nur ... ich habe ...« Er unterbrach sich und fuhr rasch fort: »Ich hab nur gemerkt, dass ich nicht so fürs Wanderleben geschaffen bin.«

Angesichts seines zerknirschten Gesichtsausdrucks verbiss Emilie sich ein Lachen. Es überraschte sie nicht, dass Max' theoretische Schwärmerei für das Schweifen in der freien Natur fernab vom Getriebe der Stadt in der Wirklichkeit rasch einen Dämpfer erhalten hatte. Für ihn, der wenig für körperliche Ertüchtigung übrig hatte und großen Wert auf Komfort legte, musste das stundenlange Marschieren mit einem schweren Rucksack eine Qual gewesen sein. Vermutlich hatte er Blasen an den Füßen, Muskelkater und einen schmerzenden Rücken vom ungewohnten Liegen auf Strohballen in einer Scheune. Auch frühes Aufstehen, Katzenwäsche mit kaltem Wasser und das Benutzen von Plumpsklos waren seine Sache nicht. Im Gegensatz zu ihr hatte er die Großeltern im Bergischen Land nicht gern besucht. Nicht, weil sie ihm gleichgültig gewesen wären oder er sie nicht geliebt hätte. Die einfachen

Verhältnisse, in denen diese lebten, hatten ihm Unbehagen bereitet.

Max bot ihr seinen Arm und sagte:

»Komm, ich zeig dir jetzt meinen Lieblingsort. Die Kommode.«

Emilie zog die Augenbrauen in die Höhe. »Die Kommode?«

Max deutete auf die geschwungene Fassade des Gebäudes gegenüber. »Die Bibliothek.«

Emilie lächelte. »Stimmt, die sieht tatsächlich aus wie ein barockes Möbelstück.«

»Da verbringe ich viel Zeit. Man hat dort seine Ruhe, kann ungestört nachdenken und stundenlang in Büchern, Lexika und Zeitschriften schmökern«, sagte Max.

Emilie hakte sich bei ihm ein. »Ehrlich gesagt interessieren mich eure Laboratorien viel mehr. Und die naturwissenschaftlichen Sammlungen. Ich bin schon so neugierig auf all die Präparate von seltenen Pflanzen und Tieren. Ich kenne die meisten ja nur von Abbildungen.«

Max zuckte leicht mit den Schultern. »Wenn es dir Freude macht. Sooo spannend ist das auch wieder nicht. Und heute sind wir ohnehin schon zu spät dran.«

Emilie runzelte die Stirn. »Ich versteh dich nicht. In deinen Briefen hast du immer so davon geschwärmt und mich ganz neidisch gemacht.«

Max wich Emilies Blick aus, murmelte etwas Unverständliches und trat ihr versehentlich auf den Fuß, ohne sich zu entschuldigen. Emilie zog die Brauen zusammen. So unaufmerksam und fahrig kannte sie ihren Bruder nicht. Sie blieb stehen, stellte sich direkt vor ihn und zwang ihn, ihr in die Augen zu sehen.

»Maximilian Berghoff!«, sagte sie und imitierte den strengen Ton ihres Vaters, mit dem dieser seine Kinder oder Dienstboten zurechtzuweisen pflegte. »Du sagst mir jetzt sofort, was los ist!«

Max verdrehte die Augen. »Dir kann man wirklich nichts vormachen.«

Emilie nickte und sagte: »Lass uns ein ruhiges Plätzchen suchen, wo du mir alles erzählen kannst.«

Max verzog das Gesicht.

»Keine Widerrede!« Emilie sah auf ihre Armbanduhr. »Tante Fanny erwartet uns erst in einer Stunde. Genug Zeit also, dich auszusprechen.«

»Na gut, bringen wir es hinter uns. Du gibst ja doch keine Ruhe«, sagte Max und deutete auf eine der Bänke, die in der Grünanlage zwischen Opernhaus und Bibliothek aufgestellt waren.

Sobald sie sich hingesetzt hatten, platzte Emilie mit der Vermutung heraus, die sie für den wahrscheinlichsten Grund für die Aufgewühltheit ihres Bruders hielt:

»Du hast dich verliebt. Und zwar in ein Mädchen, das unsere Eltern niemals als Schwiegertochter akzeptieren würden.«

Bilder von Max, der für eine junge Frau aus einer Arbeiterfamilie entbrannt war, erschienen vor ihrem inneren Auge: wie er die Angebetete in der Bibliothek traf, wo sie gemeinsam die Köpfe in ein Buch steckten und sich dabei zärtliche Worte ins Ohr flüsterten, wie er verstohlen Händchen haltend im Tiergarten mit ihr spazieren ging, auf einem der Seen oder Flussarme Berlins in einem Ruderboot kostbare Augenblicke der Zweisamkeit suchte oder ihr im Dunkel des Zuschauerraums eines Theaters oder Varietés einen Kuss raubte. Vielleicht war sie auch bei den Wandervögeln? Soviel Emilie wusste, wurden in manchen Gruppen auch Mädchen geduldet. Ja, genau, so musste es sein. Und an diesem Wochenende hatten sie sich heimlich verlobt, und nun wusste Max nicht, wie er dieses Versprechen jemals einlösen sollte, ohne den Zorn seines Vaters auf sich zu ziehen und enterbt zu …

»Äh, nein ... wie kommst du denn *darauf*?«, unterbrach Max ihre Spekulationen und sah sie verblüfft an.

Die Bilder von Max im Liebesglück zerstoben. Emilie spürte, wie ihr das Blut in die Wangen schoss. »Äh, ich dachte halt ...«, begann sie.

Max schüttelte lächelnd den Kopf. »Du hast wirklich eine blühende Fantasie.«

Ernster fuhr er fort: »Aber so ganz falsch liegst du nicht. Das befürchte ich zumindest.«

»Was unsere Eltern betrifft?«, fragte Emilie.

Max nickte. Emilie sah ihn gespannt an. Er holte tief Luft.

»Mir ist klar geworden, was ich wirklich werden will.«

»Also nicht Naturwissenschaftler?«

Max schüttelte heftig den Kopf.

»Nein, das hab ich im Grunde nie gewollt. Aber da ich nicht wusste, was ich sonst studieren sollte ...«

»... und unser Vater es gutheißt, hast du damit angefangen«, beendete Emilie seinen Satz.

Max nickte. »Nicht sehr mutig, ich weiß.«

Emilie drückte seinen Oberarm. »Ich kann dich verstehen. Nach allem, was zwischen euch vorgefallen ist. Da hätte ich mich auch nicht getraut, mich seinen Wünschen zu widersetzen.«

»Danke, du bist lieb«, sagte Max. »Aber du lässt dich nicht so leicht unterkriegen wie ich.«

»Naja, ich weiß nicht ...«, brummte Emilie und zuckte mit den Schultern. »Jetzt spann mich bitte nicht länger auf die Folter. Was willst du denn nun tun?«

»Schreiben!«, verkündete Max.

Emilie schluckte. »Wie bitte? Willst du etwa ... Schriftsteller werden?«

Sie zog die Stirn kraus. Kein Wunder, dass ihr Bruder zögerte, diese Neuigkeit zu Hause zu verkünden. Sogenannte

Schöngeister waren ihrem Vater suspekt. Die Vorstellung, dass man seine Brötchen nicht mit produktiver Arbeit verdiente und nützliche Dinge schuf, behagte ihm nicht. Abgesehen davon las er selbst hauptsächlich die Tagespresse. Er hatte die *Elberfelder Zeitung* abonniert und die *Deutsche Allgemeine Zeitung*, ein besonders regierungstreues Blatt, um sich über Neuigkeiten seiner Stadt, das politische Tagesgeschehen im In- und Ausland und die aktuellen Börsenkurse auf dem Laufenden zu halten. Darüber hinaus bezog die Familie *Die Gartenlaube*, deren Fortsetzungsgeschichten sich nicht nur bei den weiblichen Dienstboten großer Beliebtheit erfreuten, sondern auch von der Herrin des Hauses regelrecht verschlungen wurden.

Von Romanen oder gar Lyrik hielt Gustav Berghoff wenig. In seinen Augen war es allenfalls akzeptabel, wenn Frauen sich mit der Lektüre solcher erfundener Geschichten und poetischer Ergüsse zerstreuten. Ausnahmen machte er bei Autoren, die des Kaisers Wohlwollen fanden, allen voran Ludwig Ganghofer und Walter Bloem. Letzteren kannte Gustav persönlich. Der studierte Jurist stammte aus Elberfeld und hatte im benachbarten Barmen jahrelang in einer Kanzlei gearbeitet, bevor er 1904 seine Karriere als Rechtsanwalt an den Nagel hängte, nach Berlin zog und dort mit seinen national gefärbten Romanen ein gutes Auskommen hatte. Diesen Werdegang konnte Emilies Vater gutheißen, zumal er die Gesinnung des Autors teilte. Seinem eigenen Sohn zu gestatten, auf eine solide Ausbildung zu verzichten, um sich fortan als Schreiberling zu versuchen, würde ihm dagegen nie im Leben einfallen.

Max verzog das Gesicht. »Ich kann dich förmlich denken hören. Keine Angst, ich werde nichts überstürzen. Natürlich träume ich davon, einmal als Theaterautor oder Romancier meinen Lebensunterhalt zu bestreiten. Aber erst einmal versuche ich mich als Journalist.«

Er öffnete seine Ledermappe und zog eine zusammengefaltete Zeitung heraus. Er schlug sie auf und deutete auf einen Artikel, der im Feuilleton stand. Der Name des Verfassers sagte Emilie nichts. Fragend sah sie ihren Bruder an.

»Wer ist Konrad Kormoran?«

Max zwinkerte ihr zu. Emilies Augen weiteten sich.

»Du?«

Max nickte.

»Warum schreibst du nicht unter deinem Namen?«

»Lies, dann verstehst du es«, forderte Max sie auf.

Emilie beugte sich über die Zeitung und überflog den einspaltigen Text. Es war ein Kommentar zum aktuellen Roman von Gustav Frenssen, einem Schriftsteller mit einem ausgeprägten nationalkonservativen Weltbild, das dem seiner zahlreichen Leser entsprach. In *Peter Moors Fahrt nach Südwest* beschrieb er den Kampf der deutschen Kolonialherren gegen die Aufstände der Herero und Nama, die er als ungebildete, blutrünstige Wilde darstellte. Pointiert und scharfzüngig nahm Max diese Haltung aufs Korn und griff damit nicht nur den beliebten Autor an, sondern kritisierte auch die weitverbreitete Meinung, die im Kaiserreich in Bezug auf die Eingeborenen der Kolonien herrschte.

Emilie ließ die Zeitung auf ihren Schoß sinken und strahlte Max an, der sie angespannt beim Lesen beobachtet hatte.

»Das ist brillant! Ich wusste gar nicht, dass du so gut schreibst.«

Max atmete aus, griff nach Emilies Hand und drückte sie.

»Danke! Deine Meinung ist mir sehr wichtig.«

Emilie warf einen Blick auf die Kopfzeile der Zeitung.

»Du wirst dich prima mit Tante Fanny und ihrem Mann verstehen«, sagte sie. »Addy ist ein begeisterter Leser des *Berliner Tageblatts*, seit es diesen neuen Chefredakteur hat.«

»Du meinst Theodor Wolff«, sagte Max. Seine Augen leuchteten auf. »Ja, das ist ein ganz besonderer Mann. Er war früher der Pariser Korrespondent des Tageblatts und hat letztes Jahr die Leitung übernommen. Seither wird es mehr und mehr zum Sprachrohr gegen Großmachtpolitik und Militarismus. Außerdem setzt sich Wolff sehr für die Stärkung der Bürgerrechte und des Parlaments ein und …«

»… und vertritt damit eine Meinung, die in unserer Familie niemals geduldet würde«, fiel Emilie ihm ins Wort.

Max ließ die Schultern hängen und sagte leise: »Ganz genau. Ich mag mir gar nicht ausmalen, wie Vater und erst recht Großmutter Hedwig toben würden, wenn sie wüssten, dass ich …« Er rieb sich die Stirn. »Ach, Emilie. Was soll ich denn bloß tun? Ich getrau mich einfach nicht, mich mit Vater anzulegen und meinen Weg zu gehen. Egal, was passiert.«

Emilie unterdrückte den Impuls, Max in den Arm zu nehmen und tröstend hin und her zu wiegen, wie sie es früher getan hatte, wenn sich ihr kleiner Bruder beim Spielen das Knie aufgeschlagen hatte oder wegen eines Vergehens gescholten worden war.

»Das musst du gar nicht. Jedenfalls nicht sofort. Es ist doch nicht verkehrt, das Studium zu beenden und nebenher Erfahrungen als Journalist zu sammeln. Wenn du da erst einmal ein solides Standbein hast und Vater sieht, dass du dich davon ernähren kannst, dann …«

»Ja, das wäre sicher vernünftig und würde vielleicht funktionieren …« unterbrach Max sie.

Emilie sah ihn forschend an. »Aber?«

»Aber daraus wird nichts. Ich meine aus dem Studium. Zumindest nicht aus dem der Biologie.«

»Warum? Sooo langweilig kann das doch nicht sein.«

»Natürlich nicht. Es ist nur …«, Max holte tief Luft und stieß hervor: »Ich weiß nicht, wie ich die Fahrt in die Arktis überstehen soll. Das ist mir an diesem Wochenende endgültig klar geworden. Allein der Gedanke, wochenlang in diese Eiswüste zu müssen, verursacht mir Magenschmerzen. Wie soll ich das denn schaffen, wenn ich schon nach einer zweitägigen Wanderung durch den Spreewald fix und fertig bin? Und dabei nehme ich ja noch nicht einmal an der eigentlichen Expedition teil, bei der die Forscher tagelang ohne ein festes Dach überm Kopf unterwegs sein werden.« Er sah verlegen zur Seite und murmelte: »Ich weiß, das klingt furchtbar wehleidig. Du musst mich für eine Memme halten.«

»Aber nein«, sagte Emilie. »Du bist nun mal kein robuster Naturbursche. Ich kann gut verstehen, dass du Manschetten davor hast. Früher hast du dich schon erkältet, wenn du nur ein wenig Zugluft abbekommen hast oder vom Regen durchnässt worden bist.« Sie überlegte kurz, bevor sie fortfuhr: »Kannst du nicht mit deinem Professor reden und ihn bitten, einen anderen Studenten auszuwählen? Ich bin mir sicher, dass er Rücksicht auf deine fragile Gesundheit nehmen und ...«

Max schüttelte heftig den Kopf. »Eben nicht! Vorhin hat er mich nach der Vorlesung beiseitegenommen und mir erzählt, dass Vater ihm letzte Woche einen Brief geschickt hat. Darin dankt er ihm ausdrücklich dafür, dass er mich für diese Unternehmung auserkoren hat und mir die Chance gibt, mich zu bewähren. Was auch immer er damit meint. Jedenfalls kann ich jetzt unmöglich verkünden, dass ich es mir anders überlegt habe. Außerdem geht es ja schon in ein paar Tagen los.« Er stöhnte. »Das wird eine Katastrophe. Wenn ich mitfahre, fliegt noch dazu auf, dass ich überhaupt nicht zeichnen kann. Ich kann dich schließlich nicht in mein Gepäck schmuggeln und mitnehmen, damit du das wie bisher für mich erledigst.«

Emilie schloss kurz die Augen. Sie sah sich in einen Schrankkoffer gepfercht die Reise in den hohen Norden antreten. In unbeobachteten Momenten würde Max sie herauslassen, damit sie die von ihm gesammelten Pflanzen und Insekten zeichnen konnte. Aber wochenlang eingesperrt sein? Nein, das war keine sehr verlockende Vorstellung. Schade, dass die Exkursion nicht in einem Land stattfand, in dem sich die Frauen verschleierten. Dann hätte sie sich als Einheimische tarnen können. Auf Spitzbergen konnte sie sich ja als Eisbär verkleiden und hätte es schön warm. Allerdings lief sie in dem Fall Gefahr, von einem Jäger erlegt zu werden. Der würde Augen machen, wenn er dem vermeintlichen Bären das Fell abzog. Emilie kicherte.

Max' Miene verfinsterte sich. »Was gibt es da zu lachen?«

»Nichts, entschuldige. Es war nur die Vorstellung, dass ich heimlich mit dir …«

Sie unterbrach sich und hielt den Atem an. Aufgeregt griff sie nach Max' Arm.

»Ich hab's! Ich weiß jetzt, wie wir es anstellen!«

10

München, Juli 2013

Zu Hannas Zeiten als festangestellte Journalistin hatte die Redaktion des Frauenmagazins ihren Sitz südlich des Münchner Stadtzentrums in Sendling. Von ihrer Wohnung in der Au war sie täglich an der Isar entlang in knapp zwanzig Minuten zu dem Hinterhaus in einem ruhigen Innenhof geradelt, dessen lebendiges Umfeld mit seinen kleinen Geschäften, Werkstätten, Eckkneipen und Cafés sie sehr geschätzt hatte. In ihren Augen machte diese Lage die Tatsache, dass man mit den schlichten Räumlichkeiten keinen Staat machen konnte, mehr als wett. Die Stimmen derer, die auf einen Umzug in eine repräsentablere Gegend drängten, waren aber schon damals immer lauter geworden. Nach der Pensionierung von Helmut Finkenbohner hatten sie sich durchgesetzt. Wie Hanna vor ihrem Aufbruch nach München der Internetseite des Verlags entnommen hatte, arbeiteten seine Nachfolgerin und deren Mitarbeiter seither im Arabella Park im Osten der Stadt, wo seit den sechziger Jahren große Flächen als Gewerbegebiete ausgewiesen worden waren.

Nachdem Hanna ihre Tochter am Morgen telefonisch nicht erreicht hatte, war sie mit dem Zug direkt nach München gefahren. Per *SMS* hätte, sie angefragt, ob Mia am Nachmittag Zeit für ein Treffen hätte und wenig später eine positive Antwort erhalten: Ihre Tochter freute sich, sie in einer längeren Pause zwischen zwei Vorlesungen zu sehen.

Vom Hauptbahnhof nahm Hanna die U 4 und stieg eine Station vor der Endhaltestelle an der Richard-Strauss-Straße aus. Wenig später beförderte eine Rolltreppe sie ans obere Ende des U-Bahn-Schachts. Hanna blinzelte ins helle Licht der Sonne, die von einem wolkenlosen Himmel brannte. Es war schwül, der Wetterbericht hatte für den Abend starke Regenfälle und vereinzelt Gewitter vorhergesagt. Hanna sah sich um. Neben ihr rauschte der Verkehr auf dem Mittleren Ring, schräg gegenüber stand das imposante Verwaltungsgebäude der Hypo Vereinsbank, das 1981 als erstes Hochhaus in München die Einhundert-Meter-Grenze überschritten hatte und mittlerweile unter Denkmalschutz stand. Hanna holte den Zettel aus der Handtasche, auf den sie sich eine Wegbeschreibung notiert hatte, und machte sich auf die Suche nach der Verlagsadresse.

Wenn man sie in diese Gegend gebracht hätte, ohne ihr zu sagen, in welcher Stadt sie sich befand, hätte sie nie und nimmer auf München getippt. Die ringsum aufragenden Bürotürme mit ihren riesigen verspiegelten Glasflächen und glänzenden Stahlkonstruktionen erinnerten sie an Kulissen eines Science-Fiction-Films. Der Eindruck, sich in einem futuristischen Szenario zu bewegen, verstärkte sich angesichts der leeren Gehsteige, auf denen um diese späte vormittägliche Stunde kein Mensch zu sehen war. Es hätte Hanna nicht erstaunt, wenn ihr stattdessen Roboter begegnet wären. Trotz der Hitze lief ihr ein kalter Schauer den Rücken hinunter.

Nach knapp zehn Minuten erreichte sie ihr Ziel und war erleichtert, dass ihr eine Empfangsdame hinter einem Tresen in der Eingangshalle entgegenlächelte. Hanna nannte ihr den Namen der Leiterin des Ressorts Design und Einrichtung, mit der sie verabredet war, und stand wenige Augenblicke später und fünf Etagen höher in der offenen Tür zum Büro ihrer ehemaligen Kollegin Sophia Möller. Diese saß an einem Schreibtisch mit dem Rücken zu einem Panoramafenster, das einen weiten Blick über die Stadt und das dahinterliegende Umland bot. Bei Föhn kann man sicher die Alpen sehen, schoss es Hanna durch den Kopf. An diesem Tag lag eine diesige Wand hinter der Stadt und begrenzte die Sicht.

Hanna klopfte an den Türrahmen. Sophia hob den Kopf. Sie trug eine Lesebrille und hatte ihre ehemals langen Haare auf Schulterlänge gekürzt und hell getönt. Abgesehen davon hatte sie sich kaum verändert. Ihr offenes Gesicht strahlte wie früher eine Wärme aus, die nicht aufgesetzt war, sondern von Herzen kam. Während ihrer gemeinsamen Zeit im Verlag hatte Hanna, wenn sie in der Stadt war, oft die Mittagspausen mit ihr verbracht. Sophia, die nebenher ihre kranke Mutter pflegte und kaum je aus München herauskam, ließ sich gern von Hannas Reisen berichten. Diese holte sich von ihrer Kollegin Anregungen zur Verschönerung ihrer kleinen Wohnung, die sie und Thorsten, der zu jener Zeit noch studierte, sich mit Ach und Krach von ihrem Gehalt hatten leisten können. Dank Sophias Tipps wurde aus dem Zweizimmerapartment, das nach der Geburt ihrer Tochter aus allen Nähten platzte, ein zweckmäßig eingerichtetes und zugleich behagliches Heim.

Hanna hatte es immer bedauert, dass sie sich nach ihrem Umzug in die Oberpfalz weitgehend aus den Augen verloren hatten. Zu Weihnachten hatten sie sich regelmäßig Kartengrüße geschickt und sich jedes Mal für das neue Jahr vorgenommen, sich endlich mal wieder zu treffen. Es war bei den guten Vorsätzen geblieben. Umso mehr hatte sich Hanna gefreut, dass Sophia am Telefon auf die Ankündigung ihres Besuchs mit aufrichtiger Begeisterung reagiert hatte.

Sophia nahm die Brille ab und lächelte.

»Hanna, wie schön, dich zu sehen!«, rief sie und sprang von ihrem Stuhl auf. Sie umrundete den Tisch und umarmte Hanna.

»Ich kann nicht glauben, dass so viele Jahre vergangen sind.« Sie schüttelte den Kopf. »Du bist ganz die Alte. Vielleicht ein wenig blass um die Nase. Aber sonst …«

»Das Gleiche hab ich gedacht, als ich hier reinkam«, antwortete Hanna und drückte Sophia. »Danke, dass du so spontan Zeit für mich hast.«

»Ich bitte dich. Das ist doch selbstverständlich.« Sie warf einen Blick auf ihre Armbanduhr. »Komm, lass uns einen Happen essen gehen. Ums Eck gibt es einen guten koreanischen Imbiss mit einem kleinen Biergarten. Da können wir uns in Ruhe unterhalten.«

»Störe ich dich auch wirklich nicht?«, hakte Hanna nach und deutete auf den Schreibtisch, der mit Papierstapeln, Fotos und Büchern bedeckt war, in denen bunte Papierzettel als Markierungen steckten. »Das sieht nach einem Haufen Arbeit aus.«

Sophia nickte. »Wenn's danach ginge, dürfte ich das Büro nie verlassen. Das alte Problem: zu wenig Personal ... Aber Pausen müssen sein. Außerdem bin ich um jede Minute froh, die ich nicht hier drin verbringen muss.«

Hanna zog die Augenbrauen hoch. »Warum? Das ist doch ein schöner Raum. Viel Platz und eine traumhafte Aussicht.«

»Albtraumhaft trifft es besser«, sagte Sophia und verdrehte die Augen. »Ich leide unter Höhenangst.«

Eine Stunde später begleitete Hanna ihre ehemalige Kollegin wieder ins Verlagsgebäude. Die Zeit hatte kaum ausgereicht, um sich auf den neuesten Stand zu bringen. Wobei Sophia ihrer eigenen Meinung nach wenig Erzählenswertes erlebt hatte. Abgesehen vom Tod ihrer Mutter zwei Jahren zuvor, war die Beförderung zur Leiterin ihres Ressorts das einschneidendste Ereignis gewesen. Sie lebte nach wie vor allein. Schon als Hanna sie kennengelernt hatte, war Sophia überzeugte Single-Frau gewesen. Männer spielten in ihrem Leben ab und zu wichtige Nebenrollen – einem von ihnen dauerhaft einen Platz an ihrer Seite einzuräumen hatte sie nie in Betracht gezogen. Hannas Frage, ob sie nicht manchmal von einer eigenen Familie träumte und sich nach einer festen Beziehung sehnte, hatte Sophia ohne zu zögern mit einem Nein beantwortet.

»Eine Weile hab ich mir einreden lassen, dass mit mir etwas nicht stimmt«, hatte sie hinzugefügt und schief gelächelt. »Aber als ich in all den Jahren gemerkt habe, dass ich so, wie ich lebe, wirklich zufrieden bin, habe ich mir nichts mehr daraus gemacht, als beziehungsunfähig oder männerfeindlich zu gelten.«

Hanna hatte sich ertappt gefühlt. Auch sie war lange der Überzeugung gewesen, dass es nicht normal war, wenn ein Mensch – zumal ein so aufgeschlossener und herzlicher wie Sophia – nicht den Wunsch hatte, sich ernsthaft zu verlieben und das Leben mit einem anderen zu teilen. Mittlerweile war sie nicht mehr so sicher, ob dieses gängige Modell nicht mehr Nachteile als Vorzüge bot.

»Schon verrückt«, sagte Sophia, als sie in der Empfangshalle auf den Aufzug warteten. »Es fühlt sich so an, als wärst du nie weg gewesen.«

»Geht mir ähnlich«, antwortete Hanna und drückte Sophias Arm. »Es gibt nicht viele Menschen, bei denen mir das passiert. Und gerade jetzt tut es mir gut, dass einige sich nicht verändern und dass man sich auf sie verlassen kann.«

Sophia verzog das Gesicht. »Ich habe Thorsten ja nicht oft gesehen, aber ich hatte immer den Eindruck, dass er sehr zuverlässig und beständig ist.«

»Ja, das dachte ich auch. Bis gestern«, murmelte Hanna und ließ die Schultern hängen.

Sophia sah sie mitfühlend an. »Ich find's toll, wie du damit umgehst. Ich kenne genug Frauen, die in deiner Situation ewig in Selbstmitleid versinken oder sich in Rachefantasien verlieren.«

»Naja, bringt ja nichts«, sagte Hanna.

Die Tür des Aufzugs öffnete sich.

»Meine Rede!«, sagte Sophia und und ließ Hanna mit einer Handbewegung den Vortritt in die Kabine des Fahrstuhls. »Bereit für die Höhle des Löwen?«, fragte sie.

Hanna verschränkte ihre Unterarme, umfasste ihre Ellenbogen und presste sie an sich. »Nicht wirklich. Vielleicht sollte ich später ... besser vorbereitet ...«

»Ach was, das war ein Scherz«, sagte Sophia. »Die Manu ist sehr nett. Sie freut sich schon, dich kennenzulernen. Und selbst wenn sie momentan keinen Auftrag für dich hat, ist es gut, wenn sie dich mal gesehen hat.«

»Stimmt«, sagte Hanna und zuckte die Schultern. »Für einen Rückzieher ist es ohnehin zu spät. Mir ist nur klar geworden, dass ich echt lange weg vom Fenster war und jetzt zum alten Eisen gehöre.«

»Dafür hast du Erfahrungen, die dir niemand nehmen kann. Und die sind unbezahlbar.«

»Du bist so lieb.« Hanna lächelte Sophia an.

Der Aufzug hielt in der vierten Etage, in der das Büro von Manuela Kastner lag. Sophia breitete die Arme aus, um sich zu verabschieden.

»Also, abgemacht, wir sehen uns bald wieder?«

Hanna nickte. »Auf jeden Fall. Und vielen Dank für alles.«

Sie winkte Sophia zu, verließ den Fahrstuhl und lief den Gang hinunter. An den Wänden hingen großformatige Bilder mit Landschaften und Städten aus allen Kontinenten. In der Tür zum Zimmer der Chefredakteurin stand eine große Frau, die Hanna etwa zehn Jahre jünger schätzte, als sie selbst war. Sie war schlank, trug einen figurbetonten Hosenanzug und hatte lange dunkelblonde Haare. Über die Schulter gab sie einer unsichtbaren Person eine Anweisung und prallte fast mit Hanna zusammen, als sie sich abrupt umdrehte und in den Flur trat.

»Oh, 'tschuldigung«, sagte sie.

»Sind Sie Frau Kastner?«, fragte Hanna. »Ich bin Hanna Keller. Ich glaube, Frau Möller hat mit Ihnen gesprochen und mich angekündigt?«

Die Frau stutzte und zog die Augenbrauen zusammen. Nach einem Moment schlug sie sich mit der Hand vor die Stirn.

»Natürlich!« Sie hielt Hanna die Hand hin. »Tut mir leid. Hier ist grad so viel los, da hab ich das ganz vergessen.«

»Wenn ich ungelegen ...«, begann Hanna.

»Aber nein, ganz im Gegenteil. Sie kommen wie gerufen. Wenn es Ihnen nichts ausmacht, einen Augenblick zu warten. Ich muss noch rasch was erledigen.«

Manu Kastner deutete auf die Tür gegenüber ihrem Büro, hinter der sich laut dem Schild daneben ein Konferenzraum befand.

»Ich bin gleich bei Ihnen«, sagte sie und eilte davon.

Hanna betrat das Besprechungszimmer, in dessen Mitte ein ovaler Glastisch mit acht lederbezogenen Sesseln stand. Eine breite Fensterfront ging nach Norden, die Wand gegenüber war von einer riesigen Weltkarte bedeckt, in der zahlreiche bunte Fähnchen steckten. Hanna stellte sich davor und suchte nach den Orten, die sie einst bereist hatte. Von einem Moment zum anderen wurde sie von Fernweh gepackt. Der Anblick der Karte spülte Bilder und Erinnerungen in ihr hoch und überschwemmten sie mit einer Wucht, die sie schwindelig machte. Hanna schloss die Augen.

Sie glaubte, den trockenen Wüstenwind der Kalahari zu spüren und das Knirschen des feinen roten Sandes zwischen den Zähnen; sie hatte den Duft der Räucherstäbchen in der Nase, die in den buddhistischen Tempeln Indiens abgebrannt wurden, und das süßsaure Aroma einer frisch gepflückten Guavenfrucht auf der Zunge; sie sah den tiefblauen Himmel über der Altiplano-Hochebene in den Anden und das aufgewühlte Meer während eines Hurrikans in der Karibik. Sie hörte das Kreischen einer aufgeschreckten Makakenkolonie auf Formosa, das rhythmische Klatschen, mit dem die Massaifrauen den Sprungtanz ihrer Männer begleiteten, und das Geknatter der Mopeds in den überfüllten Straßen von Hanoi.

»Sie kommen wie gerufen«, hatte Manu Kastner gesagt. Konnte es wirklich sein, dass sie einen Auftrag für sie hatte? Die

Aussicht, vielleicht bald ein Flugzeug zu besteigen und es viele Stunden später in einem fernen Land zu verlassen, um dort im Auftrag der Zeitschrift zu recherchieren, mit welchen Geheimtipps man die Leserinnen überraschen und ihnen den Mund wässrig machen konnte, löste ein Kribbeln in Hannas Magen aus. Wohin sie mich wohl schicken wird?, fragte sie sich. Sie umschloss den Daumen ihrer rechten Hand mit den Fingern und presste sie fest zusammen. Hoffentlich ist es eine Gegend, die ich noch nicht kenne. Obwohl, vieles würde ich wohl ganz neu entdecken. Gerade in Asien ändert sich alles so rasend schnell, da würde ich mich in manchen Städten wohl gar nicht mehr zurechtfinden.

»So, da bin ich wieder.«

Hanna zuckte zusammen und drehte sich zu Manu Kastner um, die den Raum betreten hatte. Sie wirkte atemlos, ließ sich schwer in einen Sessel fallen und machte eine einladende Geste zu dem Platz ihr gegenüber.

»Möchten Sie etwas trinken?«

Hanna schüttelte den Kopf, setzte sich und sah die Chefredakteurin an. Wenn es nach Finkenbohner gegangen wäre, säße ich jetzt auf ihrem Stuhl, kam es ihr in den Sinn. Der kurze Anflug von Neid verging. In dieser Position hatte man einen Haufen Stress und keine Gelegenheit mehr, die Welt als Reisereporterin zu erkunden.

»Also, um es kurz zu machen«, begann Manu Kastner und beugte sich zu Hanna. »Mir sind binnen weniger Tage zwei meiner freien Mitarbeiterinnen weggebrochen. Eine liegt mit einem angeknacksten Knöchel flach. Keine Ahnung, wann sie wieder auf den Beinen sein wird. Und die andere haben wir wohl für immer verloren. Sie hat sich verliebt und spontan beschlossen, an der Seite ihres Freundes ein neues Leben auf einer australischen Straußenfarm zu beginnen.« Sie rollte mit den Augen. »Eine Katastrophe!«

Hanna bemühte sich um einen neutralen Gesichtsausdruck. Sie war sich nicht sicher, was Manu Kastner als die eigentliche Katastrophe empfand – den Ausfall dieser Journalistin oder den Grund dafür.

»Jedenfalls konnte ich mein Glück kaum fassen, als mir Sophia heute früh sagte, dass Sie vorbeikommen.«

Hanna zog die Augenbrauen hoch. So viel Begeisterung war ihr suspekt. Manu Kastner bemerkte ihre Irritation und lächelte. »Nein, im Ernst. Sie sind hier fast so etwas wie eine Legende. Finkenbohner hat immer in den höchsten Tönen von Ihnen und Ihren hervorragenden Reportagen gesprochen. Ich muss gestehen, dass ich manchmal direkt eifersüchtig war.«

Hanna spürte, wie ihr das Blut in die Wangen stieg. Verlegen sah sie auf die Tischplatte.

»Also, wenn Sie wieder in den Beruf einsteigen und für unser Blatt losziehen wollen: Jetzt wäre der perfekte Zeitpunkt dafür.«

Hanna schluckte und fragte heiser: »Wo soll's denn hingehen?«

Manu Kastner strahlte. »Super, schnell entschlossen und für alles bereit. Ich seh schon, wir werden gut miteinander auskommen.«

Sie drehte sich zu der Weltkarte, holte einen Laserpointer aus ihrer Jackentasche und schaltete ihn ein. Hanna hielt den Atem an. Der leuchtende Punkt schwenkte über Europa nach Norden, überquerte die gestrichelte Linie des Polarkreises und verharrte auf einem großen weißen Flecken im arktischen Meer.

Die Chefredakteurin drehte den Kopf zu Hanna und verkündete:

»Nach Spitzbergen.«

11

Berlin, Mai 1907

Max zog die Augenbrauen hoch. »Wie wir was anstellen?«, fragte er.

Emilie hielt es nicht länger auf der Bank. Sie sprang auf. »Wie du nicht an dieser Expedition teilnehmen musst und trotzdem alle Erwartungen erfüllst.« Sie holte tief Luft und verkündete: »Ich werde an deiner Stelle in die Arktis reisen!«

Max riss die Augen auf. »Entschuldige, aber das ist ... verrückt!« Er runzelte die Stirn. »Wie soll das denn gehen? Weder mein Professor noch die Expeditionsteilnehmer und nie im Leben unser Vater werden zulassen, dass du an meiner Stelle ...«

Emilie lachte auf und rief. »Doch nicht ich als Emilie! Ich als du. Als Maximilian Berghoff!«

Sie setzte sich wieder neben ihn.

»Hör mir bitte erst mal zu. Nein sagen kannst du dann immer noch.«

Max schloss den Mund, den er zu einer Entgegnung geöffnet hatte, und forderte sie mit einem Nicken zum Sprechen auf.

»Also, wenn ich dich richtig verstanden habe, kennst du niemanden von den anderen Wissenschaftlern?«, fragte Emilie.

»Nein, ich bin der Einzige aus Berlin. Die anderen sehe ich in Norwegen zum ersten Mal«, antwortete Max.

»Und sie erwarten einen neunzehnjährigen Studenten, der noch mehr Junge als Mann ist«, fuhr Emilie fort und strich ihrem Bruder leicht übers Kinn, auf dem sich zu seinem Leidwesen noch kein Barthaar blicken ließ.

»Wenn ich mir die Haare kurz schneide und Männerkleidung anziehe, wird man mich genau dafür halten.«

Max verzog skeptisch das Gesicht. Emilie hob die Hand.

»Wir sind fast gleich groß, haben eine ähnliche Statur, meine Stimme ist nicht allzu hoch und – entschuldige, wenn ich das so offen sage: Körperlich bin ich besser in Form als du.«

Max ließ sich gegen die Lehne der Bank sinken. »Du meinst das wirklich ernst.«

Emilie lächelte. »Ich finde, wir sollten zumindest ernsthaft darüber nachdenken.«

Max schüttelte den Kopf. »Ich find's wirklich knorke, dass du mir helfen willst. Aber deine Idee ist vollkommen irrsinnig.«

Emilie setzte zu einer Erwiderung an.

Max straffte sich und fuhr fort. »Nein, jetzt hörst du mir zu! Überleg doch mal. Selbst wenn du es schaffst, dich als Mann auszugeben, und keiner der Expeditionsteilnehmer Verdacht schöpft: Da lauern so viele Gefahren auf dich – mal abgesehen von den Strapazen, dem extremen Klima und anderen Unwägbarkeiten. Du wärst ganz auf dich allein gestellt, müsstest ständig Angst haben, entlarvt zu werden. Und was, wenn das tatsächlich passieren würde? Ich mag mir gar nicht ausmalen, was geschieht, wenn eine Horde von Männern, die wochenlang keine Frau hatten, plötzlich merken, dass ...« Er verstummte und schüttelte sich.

Emilie schluckte. An so etwas hatte sie in ihrer Begeisterung nicht gedacht. Nach kurzem Schweigen streckte sie ihr Kinn vor und sagte: »Ich weiß, dass es nicht einfach wird. Aber ich wäre nicht die erste Frau, die lange Zeit unentdeckt als Mann lebte, denk nur an ...«

»Diesen Anastasius Rosenstengel?«, fiel Max ihr ins Wort. »Der nach seiner Enttarnung zum Tode verurteilt und hingerichtet wurde?«

Emilie wusste, worauf er anspielte. Sehr lebhaft war ihr noch jener Nachmittag in Erinnerung, an dem sie und ihr Bruder mit wohligem Grausen einige Jahre zuvor auf einem Jahrmarkt der Darbietung eines Moritatensängers gelauscht hatten. Begleitet von einer Drehorgel hatte dieser die Geschichte der Catharina Margaretha Linck vorgetragen und dabei mit einem langen Stock auf eine neben ihm stehende Bildtafel gezeigt, auf der die wichtigsten Stationen ihres Lebens zu sehen waren. Sie hatte im achtzehnten Jahrhundert fast zwanzig Jahre lang unentdeckt als Mann gelebt. Nachdem sie in der preußischen Armee als Musketier gedient und an mehreren Kriegen teilgenommen hatte, ließ sie sich in Halberstadt nieder und war unter dem Namen Anastasius Lagrantinus Rosenstengel eine Ehe mit einer anderen Frau eingegangen. Niemand hatte Verdacht geschöpft – bis auf ihre Schwiegermutter, die sie schließlich enttarnte und verriet. Catharina Linck, die sich der in der damaligen Zeit verpönten Unzucht unter Frauen schuldig gemacht hatte, wurde der Prozess gemacht – unter besonderer Würdigung des Corpus delicti, ein *von Leder gemachtes ausgestopftes männliches Glied.* Der preußische König Friedrich Wilhelm I. verurteilte die Angeklagte zum Tode und ließ sie öffentlich enthaupten.

Emilie verzog das Gesicht. »Nein, die meinte ich natürlich nicht. Ich hatte eher Frauen wie Eleonore Prochaska, Anna Lühring oder Friederike Krüger im Sinn, die in den Freiheitskriegen gegen Napoleon als Männer mitgekämpft haben und selbst nach ihrer Enttarnung nicht in Ungnade gefallen sind, sondern ganz im Gegenteil Ruhm und Ehre geerntet haben. Oder denk an das Buch *Die Nonne als Fähnrich,* in dem die baskische Adlige Catalina de Erauso über ihr abenteuerliches Leben als Mann schreibt. Wenn ich mich recht erinnere, hast du es regelrecht verschlungen und warst sehr beeindruckt von dieser mutigen Frau.«

»Mag ja sein«, brummte Max. »Aber du übersiehst etwas sehr Wichtiges. Hast du auch nur einen Moment lang darüber nachgedacht, was unsere Eltern dazu sagen würden?«

»Nein, hab ich nicht!«, stieß Emilie hervor. »Warum auch? Sie werden es ja niemals erfahren.«

Max schaute Emilie direkt in die Augen.

»Und wenn doch? Unser Vater reißt mir den Kopf ab, wenn er herausfindet, dass ich meine eigene Schwester einer solchen Gefahr ausgesetzt habe. Noch dazu, um mich selbst vor der Reise zu drücken. Und da wäre ich ausnahmsweise mal seiner Meinung. Ich kann dein Angebot unmöglich annehmen. Also, vergiss das Ganze!«

Emilie senkte den Kopf. Max' Tonfall zeigte ihr, dass es keinen Zweck hatte, weiter mit ihm zu diskutieren. Das Thema war für ihn beendet.

Wenn er es doch nur schaffen würde, unserem Vater gegenüber genauso resolut und selbstbewusst aufzutreten, dachte sie. Es ist ja schön und gut, dass er glaubt, sich als mein Beschützer aufführen zu müssen. Aber das brauche ich nicht. Ich will das auch gar nicht. Warum denken immer alle, dass Frauen beschützt werden wollen? In den meisten Fällen ist es doch eher ein Bevormunden.

»Sollten wir nicht langsam aufbrechen?«, fragte Max und erhob sich von der Bank. »Unsere Tante macht sich sonst womöglich Sorgen, wo wir bleiben.«

Emilie nickte, zwang sich zu einem Lächeln und stand auf.

Drei Tage später begleitete sie ihren Bruder gemeinsam mit Fanny zum Stettiner Bahnhof an der Invalidenstraße, wo er den Zug über Stralsund nach Saßnitz nehmen wollte. Das Seebad auf Rügen bot die kürzeste Schiffsverbindung nach Skandinavien. In vier Stunden setzte man mit einem Postdampfer nach Trelleborg in Schweden über und hatte direkten Anschluss zur Eisenbahn, die über Malmö und Göteborg bis hinauf zur norwegischen Hauptstadt Kristiania fuhr, wo man sechzehn Stunden später eintraf. Von dort wollte Max mit der Bergenbahn über das Hardangergebirge zur Westküste fahren und in der alten Hansestadt in ein Hurtigrutenschiff nach Tromsø umsteigen, dem Treffpunkt der Expeditionsteilnehmer.

Nachdem Fanny und Emilie Bahnsteigkarten gelöst hatten, folgten die drei einem Gepäckträger, der Max' Koffertruhe auf einer Sackkarre vor ihnen herschob.

»Hast du auch wirklich an alles gedacht?«, fragte Emilie. »Reisepass? Hoteladressen? Verbandszeug? Arznei gegen Durchfall? Skizzenblöcke und …«

Max fiel ihr ins Wort. »Wie oft denn noch: Ich hab alles eingepackt.« Er verdrehte die Augen. »Also ehrlich, du bist ja schlimmer als unsere Mutter.«

»'tschuldige, aber ich bin so aufgeregt«, sagte Emilie. »Mein kleiner Bruder geht auf große Fahrt.«

»Na, na, so klein nun auch wieder nicht«, brummte Max.

Belustigt stellte Emilie fest, dass er die Schultern zurücknahm und den Hals reckte. Sie umfasste seinen Oberarm und drückte ihn.

»Ich wollte dich nicht kränken.«

»Schon gut, ich weiß ja, dass du es nicht bös meinst. Aber du brauchst dir wirklich keine Sorgen um mich zu machen«, sagte Max. Er blieb vor einem Waggon stehen. »Hier ist mein Abteil.«

»Ach, wie ich dich beneide«, sagte Tante Fanny und umarmte Max. »Ich war noch nie so hoch im Norden. Und da du weite Strecken mit dem Zug fährst, wirst du viel von Schweden und Norwegen sehen. Eine kluge Wahl!«

Emilie sah, wie ihr Bruder rot wurde und verlegen zu Boden blickte. Sie ahnte, dass sein Entschluss, den größten Teil der Reise auf Schienen zurückzulegen, weniger der schönen Aussicht auf die Landschaft geschuldet war als vielmehr dem Wunsch, möglichst wenig Zeit auf Schiffen zu verbringen. Vermutlich befürchtete er, seekrank zu werden. Als Kind war ihm bereits auf den kurzen Ausflugsfahrten übel geworden, die die Familie gelegentlich auf Rhein und Mosel unternommen hatte. Hoffentlich hatte sich das in der Zwischenzeit ausgewachsen. Die Fahrt mit dem Postdampfer von Bergen nach Tromsø würde viele Tage dauern. Und später, auf dem Forschungsschiff im Polarmeer, gab es mindestens eine Woche keine Möglichkeit, zwischendurch von Bord zu gehen und festen Boden unter den Füßen zu spüren.

»Du musst einsteigen«, sagte Emilie und deutete auf einen Schaffner, der seine Kelle hob, um dem Lokomotivführer das Zeichen zur Abfahrt zu geben. Max drückte sie kurz an sich und sprang die drei Stufen zur Wagentür hinauf.

»Schreib mir, sobald du in Kristiania angekommen bist«, rief Emilie, bevor sich die Tür hinter ihrem Bruder schloss. Wenige Augenblicke später verließ der Zug die Halle des Kopfbahnhofs.

»Das ging jetzt so schnell«, murmelte Emilie und spürte, wie ihr Hals eng wurde. Eine bange Vorahnung verdunkelte ihr Gemüt. Ihr Herzschlag setzte einen Augenblick aus.

»Ihr steht euch sehr nah, nicht wahr?«, fragte Fanny und sah sie aufmerksam an. »Du machst dir Sorgen um ihn.«

Emilie zuckte die Achseln und bemühte sich um einen unbefangenen Ton. »Ich weiß, es ist dämlich. Schließlich ist er kein Kind mehr und …«

»Natürlich. Aber du bist nun mal die ältere Schwester. Das steckt einem tief in den Knochen.« Fanny zwinkerte ihr zu. »Mir geht's doch nicht anders. Für mich ist deine Mutter immer noch ›die Kleine‹. Obwohl sie das sicher nicht gerne hören würde.«

Emilie hakte sich bei ihrer Tante unter. »Ach, Fanny, ich bin so froh, dich zu haben. Bei dir habe ich das Gefühl, dass du mich vollkommen verstehst.«

Nach ihrer Rückkehr vom Bahnhof ließen sie sich im Salon Tee und einen Imbiss servieren und warteten auf Addy, mit dem sie am Abend eine Operette im Theater des Westens besuchen wollten. Während Emilie den Darjeeling einschenkte, sichtete Fanny die Nachmittagspost, die das Hausmädchen auf ein Tischchen neben ihrem Sessel gelegt hatte.

»Kann es sein, dass dein Vater es eilig hat, dich unter die Haube zu bekommen?«, fragte sie und wedelte mit einem Brief.

Emilie runzelte die Stirn und sah ihre Tante fragend an.

»Lies selbst«, sagte diese und hielt ihr ein Blatt aus schwerem Büttenpapier hin, auf dem Emilie die eckige Handschrift ihres Vaters erkannte. Sie überflog den ersten Absatz, in dem er sich umständlich nach dem Befinden seiner werten Schwägerin und ihres Gatten erkundigte, sich überschwänglich für die Gastfreundschaft bedankte, die sie seiner Tochter gewährten, und seiner Hoffnung Ausdruck verlieh, dass deren Verhalten tadellos war und sie ihren Eltern keine Schande bereitete. Im nächsten Absatz kam er zum eigentlichen Grund seines Schreibens:

Sie erlauben, dass ich mir die Freiheit nehme, Ihnen Ottokar Poske anzukündigen. Er wird in Kürze auf der Durchreise in Berlin weilen. Er möchte Ihnen gern seine Aufwartung machen und bei der Gelegenheit Emilie kennenlernen – eine Absicht, die mein vollstes Einverständnis genießt. Der junge Mann ist Reserveoffizier und von vielversprechendem Ehrgeiz beseelt. Er wird voraussichtlich Ende der Woche in Ihrem Hause vorsprechen. Da ich große Stücke auf Ihr menschliches Urteilsvermögen und gesellschaftliches Gespür halte, möchte ich Sie bitten, seinen Besuch zu nutzen, um ihm ein wenig auf den Zahn zu fühlen und einzuschätzen, ob er von Temperament und Charakter her zu unserer Emilie passen würde.

Emilie stieß die Luft, die sie angehalten hatte, mit einem Zischen aus. Was fiel ihrem Vater ein, ihr Schicksal in die Hände einer Person zu legen, die er das letzte Mal vor knapp zehn Jahren gesehen hatte und die er kaum kannte? Die Entscheidung, wer ein geeigneter Ehemann für seine Tochter wäre, über ihren Kopf hinweg mit anderen zu fällen? Sie wie ein unmündiges Kind zu behandeln, das kein Recht auf eine eigene Meinung hatte? Tränen der Wut schossen ihr in die Augen.

Sie zwinkerte sie weg und las den Brief zu Ende. Nachdem ihr Vater in wenigen Zeilen das Neueste aus der Familie in Elberfeld und Köln berichtet hatte, schloss er mit den Worten:

Ihnen, sehr geehrte Schwägerin, die ausgesprochene Bitte nochmals dringlich ans Herz legend, zeichne ich
mit vorzüglicher Hochachtung
Ihr
ganz ergebener
Gustav Berghoff

Emilie widerstand der Versuchung, das Blatt zusammenzuknüllen und auf den Boden zu werfen. Sie zwang sich, ruhig ein- und auszuatmen. Sie hob den Kopf und sah direkt in die Augen ihrer Tante, die sie offenbar während ihrer Lektüre beobachtet hatte. Sie nahm ihr den Brief aus der Hand und legte ihn auf das Beistelltischchen.

»Ich kann mir denken, was in dir vorgeht. Kein schönes Gefühl, als Objekt ohne eigene Wünsche gesehen zu werden. Wobei dein Vater offenbar ernsthaft darum bemüht ist, einen Mann für dich zu finden, der zu dir passt.«

Emilie verzog den Mund. Fanny tätschelte ihr Knie.

»Ich weiß. Das macht die Sache nicht wirklich besser.«

»Ach, Fanny, warum ist die Welt so ungerecht? Warum darf

ich nicht selbst entscheiden, wie und mit wem ich leben will?«, stieß Emilie hervor. »Warum ist es verkehrt, selbst seinen Weg zu suchen? Warum gilt man gleich als ungehorsam und dickköpfig, wenn man nicht brav alles tut, was von einem erwartet wird? Und wozu sind all diese Regeln und Vorschriften gut, wenn sie doch kaum jemanden glücklich machen?«

Fanny stützte einen Arm auf die Lehne ihres Sessels und legte den Kopf in die Handfläche.

»Nun, ich denke, die meisten klammern sich an diese Regeln, um sich sicher zu fühlen«, sagte sie nach kurzem Schweigen. »Nichts macht den Leuten mehr Angst, als echte Freiheit. Dein Vater, der dich zweifellos sehr liebt, versucht vermutlich, dich vor dem zu beschützen, was er selber fürchtet. Und da du davor zurückschreckst, ihn zu enttäuschen oder gar seinen Unmut zu erregen, kommst du dir vor wie in einer Falle und siehst keinen Ausweg.«

Emilie starrte sie an. Sie hatte damit gerechnet, dass ihre Tante sie mit nichtssagenden Floskeln trösten und anschließend darauf hinweisen würde, dass sie ihren Eltern Gehorsam schuldete und sich wohl oder übel ihrem Willen beugen musste. Sie hatte nicht erwartet, dass sie ihre Gedanken so treffsicher auf den Punkt brachte.

Fanny lächelte ihr zu. »Du bist nicht die Einzige, die sich diese Fragen stellt. Im Gegenteil, es werden zum Glück immer mehr.«

Bevor Emilie fragen konnte, was sie damit meinte, richtete sich Fanny auf, deutete auf den Brief. »Nun, ich fürchte, dieser wackere junge Mann wird vergebens hier aufkreuzen.«

Emilie hob fragend die Augenbrauen. Fanny blinzelte verschwörerisch.

»Würdest du nicht gern deinem Bruder am Hafen winken, wenn er seine große Fahrt in den Norden antritt?«

»Äh, ich … wir haben uns doch gerade am Bahnhof …«, stotterte Emilie.

»Aber das war doch kein richtiger Abschied, das war doch viel zu hektisch. Und er würde sich sicher freuen, vor seiner Abfahrt noch mal ein vertrautes Gesicht zu sehen, was meinst du?«

Emilie begann zu strahlen. »Oh, ja, das glaube ich unbedingt!«

Fanny erwiderte ihr Lächeln. »Damit wir ihn noch rechtzeitig erwischen, müssen wir natürlich so schnell wie möglich aufbrechen …«

»… und können leider keine Rücksicht auf junge Herren nehmen, die uns hier ihre Aufwartung machen wollen«, beendete Emilie den Satz.

Fanny nickte. »Genau! Wenn ich es mir recht überlege, schlagen wir dabei sogar zwei Fliegen mit einer Klappe. Wir bereiten Max einen gebührenden Abschied. Und ich kann bei der Gelegenheit auch gleich Zimmer für Addy und mich für den Sommer buchen. An eine längere Reise ist dieses Jahr leider nicht zu denken, sein Dienst lässt das nicht zu. Aber ein, zwei Wochen in einem Seebad sind wohl möglich.«

In ihrer Stimme schwang Bedauern. Nach einer kurzen Pause rutschte sie auf ihrem Sessel nach vorn und rief:

»Emilie, was hältst du davon, wenn wir von Saßnitz aus nicht nach Berlin zurückfahren, sondern eine kleine Bildungstour unternehmen? Wir könnten uns auf die Spuren der alten Ordensritter begeben und in den Osten …«

Emilies Augen weiteten sich. »Wir beide? Eine Reise?«, rief sie.

»Ja, nach Breslau, Danzig, Stettin, Königsberg und wie sie alle heißen«, sagte Fanny und klatschte in die Hände. »Du wirst es kaum glauben, aber all diese Städte kenne ich nicht. Dabei sind wahre Perlen darunter, die ich schon lange besuchen möchte.«

»Was höre ich da, meine Liebe«, ließ sich Addys Stimme vernehmen, der eben aus dem Ministerium zurückgekehrt war und noch im Mantel in der Tür zum Salon stand.

»Du willst schon wieder auf Reisen gehen?«

Fanny sprang auf, eilte zu ihrem Mann und schmiegte sich an ihn.

»Du hast doch nichts dagegen?«

»Aber nein. Im Gegenteil«, sagte Addy und zog Fanny an sich. »Ich hatte schon ein ganz schlechtes Gewissen, weil ich in den nächsten Wochen kaum Zeit für dich haben werde. Umso mehr freue ich mich, wenn du in so netter Begleitung eine kleine Städtetour unternimmst. Obwohl ich dich natürlich sehr vermissen werde.«

Fanny küsste ihn stürmisch auf die Wange und drehte sich zu Emilie, die die beiden mit klopfendem Herzen beobachtete.

»Also, dann nichts wie ran an die Koffer!«, rief Fanny. »Der nächste Zug nach Stralsund geht in vier Stunden.«

12

München, Juli 2013

Hanna starrte auf die Weltkarte und schluckte. Die Inselgruppe Spitzbergen war wie die übrige Arktis für sie genau das, was dort dargestellt war: ein großer weißer Fleck. Es fiel ihr schwer, sie sich als verlockendes Reiseziel vorzustellen und sie ihren Leserinnen schmackhaft machen zu können. Dunkel kam ihr die Erinnerung an ein Buch, das sie als Jugendliche gelesen hatte. *Eine Frau erlebt die Polarnacht.* Darin beschrieb die Autorin ihre Erlebnisse während ihres einjährigen Aufenthalts 1934/1935 in der eisigen Einöde Spitzbergens. Hanna hatte den Mut der jungen Deutschen bewundert, die sich mehr oder weniger unvorbereitet in dieses Abenteuer gestürzt und fern jeder Zivilisation den arktischen Winter in einer winzigen Hütte verlebt hatte.

»Also, am besten bringe ich Sie jetzt gleich zu unserer Reiseabteilung. Dort kann Ihnen die Assistentin die Unterlagen geben«, drang Manu Kastners Stimme in Hannas Gedanken.

Hanna biss sich in die Lippe und bemühte sich, den Sinn ihrer Worte zu erfassen.

»Unser Honorarsatz für freie Mitarbeiter ist leider nicht so hoch, wie ich es mir wünschen würde. Aber wenn sich die Gelegenheit ergibt, könnte ich mir gut vorstellen, Sie fest in unser Team einzubinden.«

Hanna sah die Chefredakteurin benommen an und nickte mechanisch. Diese stand auf, hielt ihr die Hand hin.

»Auf gute Zusammenarbeit! Und nochmals vielen Dank, dass Sie so kurzfristig einspringen«, sagte sie mit einem herzlichen Lächeln.

Hanna folgte ihr auf den Gang. Manu Kastner drehte sich zu ihr um.

»Ach ja, haben Sie eine Digitalkamera?«

»Äh, ja, wieso?«, antwortete Hanna.

»Nun, es wäre wichtig, dass Sie schöne Fotos machen, mit denen wir Ihren Artikel illustrieren können.«

»Ach so, natürlich«, sagte Hanna und schluckte die Frage hinunter, seit wann Reisereporter ohne spezielle Fotografenausbildung für die Bebilderung ihrer Texte sorgen mussten. Es schien sich wirklich so einiges verändert zu haben in den letzten Jahren.

Die Chefredakteurin lächelte sie an. »Keine Sorge, niemand erwartet Profiaufnahmen von Ihnen. Es geht in erster Linie um aktuelle Bilder und Impressionen.«

Vor einem Büro, in dem eine junge Frau mit einer kompliziert aussehenden Flechtfrisur hinter einem großen Monitor saß, blieb sie stehen, und klopfte an den Türrahmen.

»Hallo, entschuldige die Störung. Das ist Frau Keller. Sie übernimmt den Spitzbergen-Job. Könntest du bitte das Flugticket auf ihren Namen umbuchen und ihr den Reiseplan geben?«

Die Assistentin zog die Augenbrauen hoch und musterte Hanna. Sie wirkte überrascht und öffnete den Mund. Manu Kastner nickte Hanna zu und eilte zu ihrem nächsten Termin, ohne eine Antwort abzuwarten.

Die junge Frau lächelte entschuldigend und sagte: »Ts, ts, immer im Stress.« Sie deutete auf einen Stuhl vor ihrem Schreibtisch. »Bitte, setzen Sie sich doch.«

Sie rückte ihre Brille zurecht und wandte sich dem Bildschirm zu. Während ihre Finger über die Tasten flogen, fügte sie beiläufig hinzu:

»Frau Kastner kann sich glücklich schätzen. Ich hätte nicht gedacht, dass sich noch jemand findet, der da hinfährt.«

»Naja, die Kollegin ist ja sehr überraschend ausgefallen, da ist es natürlich nicht einfach, auf die Schnelle Ersatz zu finden«, sagte Hanna.

Die Assistentin runzelte die Stirn. »Überraschend?«

»Ihre Chefin meinte, dass sie sich vor Kurzem den Knöchel gebrochen hat.«

»Oh, äh … ich hatte etwas anderes gehö…«, stammelte die junge Frau und wich Hannas Blick aus.

»Was denn?«, fragte Hanna.

Ihr Gegenüber biss sich auf die Lippe. Nach kurzem Schweigen sagte sie:

»Nun ja, ich glaube, dass die Knöchelverletzung nur eine Ausrede ist. Die Kollegin hat nämlich durchblicken lassen, dass sie keine große Lust auf den Auftrag hat. Und die anderen, die Frau Kastner gefragt hat, auch nicht.« Sie zuckte mit den Achseln. »Ist halt nicht jedermanns Sache, ins Polarmeer zu reisen und …« Sie unterbrach sich und biss sich erneut auf die Lippe. Nach einem Räuspern fuhr sie betont munter fort: »Aber interessant ist es sicher. Mal was anderes als der übliche Kram.«

Sie übergab Hanna einen Schnellhefter mit Informationsmaterialien und den Flugdaten.

»Ich wünsche Ihnen jedenfalls viel Erfolg und eine gute Reise!«

Als Hanna auf der S-Bahnfahrt nach Freising die Unterlagen durchlas, wurde ihr klar, warum Manu Kastner Schwierigkeiten gehabt hatte, jemanden für den Spitzbergen-Job zu finden. Ein Grund war sicher das geringe Honorar. Schwerer wogen jedoch die ungünstigen Rahmenbedingungen. Der Beitrag war für ein Heft mit dem Themenschwerpunkt Norwegen gedacht. Neben Berichten über lohnende Reiseziele und sportliche Aktivitäten waren Hinweise auf besondere Veranstaltungen wie Film- und

Musikfestivals, Ausstellungen und Wikingerspektakel geplant sowie Artikel zu landestypischen Gebräuchen, Festen und Speisen.

Laut dem Reiseplan, den sie erhalten hatte, waren gerade einmal zwei Tage auf Spitzbergen vorgesehen. Wie sie in so kurzer Zeit interessante Geheimtipps aufspüren sollte, war Hanna ein Rätsel. Zumal die bewilligten Spesen keine großen Sprünge erlauben würden. Hanna überflog einen Bericht, den das Magazin vor einigen Jahren publiziert hatte. Damals hatte eine Reporterin an einer Kreuzfahrt durchs Polarmeer teilgenommen und während eines Landgangs die Hauptstadt der Insel besichtigt. Dabei hatte sie festgestellt, dass es zwei Arten von Touristen gab, die hierherkamen: Die einen besuchten Longyearbyen für ein paar Stunden, machten Fotos und kauften die Souvenirstände leer, bevor sie wieder an Bord ihrer Kreuzfahrtschiffe gingen. Für die anderen war die Stadt der Ausgangspunkt für Gletscher-, Schlitten- oder Trekkingtouren, für Kajakfahrten und Naturfotosafaris oder für die Suche nach Fossilien. Beide Arten von Besuchern hatten eines gemeinsam: Sie waren gut betucht oder hatten lange auf die Reise gespart, denn das Leben auf Spitzbergen war noch teurer als im Rest von Norwegen.

Der Hinweis, dass Exkursionen nur mit ortskundigen Führern möglich waren und jeder, der sich außerhalb der menschlichen Siedlungen auf der Insel bewegen wollte, eine amtliche Genehmigung und eine kostspielige Rückholversicherung brauchte, ließ Hanna aufseufzen. Auf was hatte sie sich da bloß eingelassen? Ihr Comeback als Reisejournalistin hatte sie sich anders vorgestellt.

Ach, was hast du denn erwartet?, meldete sich ihr innerer Kritiker zu Wort. Dass sie dich mit einem dicken Spesenkonto ausgestattet in die Südsee schicken, wo du ein, zwei Wochen einen Traumurlaub verbringst? Wenn du das wirklich für möglich gehalten hast, bist du weltfremder, als gut für dich ist. Bei deinem Alter und der langen Berufspause kannst du froh sein, dass man dich nicht hohnlachend weggeschickt hat. Also, mach das Beste draus! Hanna kniff die Augen zusammen und setzte sich aufrechter hin. Stimmt, dachte sie. Das wäre doch gelacht. Ich hab schon ganz andere Herausforderungen gebacken gekriegt. Außerdem ist es einfach toll, endlich wieder auf Tour zu gehen. Das ist die Hauptsache.

Die Durchsage des Zugführers, der die Ankunft der S-Bahn in Freising ankündigte, riss sie aus ihrem inneren Dialog. Sie verstaute den Schnellhefter mit den Unterlagen in ihrer Tasche, stand auf und ging zur Tür. Vom Bahnhof, der zu Füßen des Dombergs mit der bischöflichen Residenz lag, nahm sie einen Bus, der sie in wenigen Minuten zum Campusgelände brachte. An der Haltestelle »Am Staudengarten« stieg sie aus. Zwischen den Lehr- und Versuchsgärten der Hochschule lag das verglaste Gebäude der ehemaligen Orangerie. Erst wenige Wochen zuvor hatte darin ein italienisches Bistro eröffnet, in dem sie mit ihrer Tochter verabredet war.

Hanna sah auf ihre Uhr. Sie war zu früh, Mias Vorlesung würde erst in einer halben Stunde enden. Sie beschloss, einen Spaziergang zu machen. Ihre Füße schlugen wie von selbst den Weg zum Kleingarten ein. Sie hielt inne. Nein, heute wollte sie nicht dorthin, er erinnerte sie zu sehr an Thorsten. Hobbygärtner fanden hier zahlreiche Anregungen zur optimalen Düngung und Sortenwahl, zum Anbau von Gemüse und Kräutern sowie zum Einsatz automatischer Bewässerungssysteme. Nach seinem letzten Besuch bei Mia hatte Thorsten tagelang davon geschwärmt und sich überlegt, welche Methode für seinen Garten die sinnvollste wäre. Hannas Frage, wozu er eine automatische Bewässerung brauchte, wo er doch nie länger von zu Hause weg war und regelmäßig selbst seine geliebten Pflanzen gießen konnte, hatte er mit einem ungeduldigen »Das verstehst du nicht, es geht ums Prinzip!«, abgetan. Sie hatte darauf verzichtet nachzuhaken, welches Prinzip er meinte.

Hanna runzelte die Stirn. Ob er erwartete, dass sie sich um den Garten kümmerte, während er mit seiner Geliebten in der Weltgeschichte herumgondelte? Sie schnaubte, machte kehrt und lief in die andere Richtung auf den Weihenstephaner Berg. Einst hatte hier eine Benediktinerabtei gestanden, die 1803 aufgelöst und weitgehend abgerissen worden war. An ihrer Stelle wurde eine Landwirtschaftsschule eingerichtet, die Vorläuferin der heutigen Universität.

Hanna umrundete die weite Rasenfläche des ehemaligen Klostergartens und bewunderte die alten Blutbuchen, Silberahorne und den ausladenden Ginkgo, die darauf wuchsen. Etwas versteckt hinter Büschen entdeckte sie eine Treppe, die hinunter zu einem umfriedeten Areal führte. Mit seinem symmetrischen Grundriss und den von niedrigen Hecken eingefassten Beeten erinnerte es Hanna an die Parkanlagen barocker Schlösser. Sie setzte sich auf eine weiß gestrichene Holzbank, die an der ehemaligen Klostermauer stand. Rechts und links gewährten zwei dichte, kugelförmig geschnittene Buchsbäume Sichtschutz und vermittelten ein Gefühl der Geborgenheit.

Hanna atmete mehrmals tief ein und aus und ließ den Anblick der Sommerblumen auf sich wirken, mit denen die Beete bepflanzt waren. Das Summen unzähliger Bienen und das Plätschern eines Brunnens waren neben dem entfernten Rauschen der Autobahn die einzigen Geräusche, die sie wahrnahm. Die hochstehende Sonne ließ die Luft flirren und verstärkte den Duft der Blüten. Hanna tupfte sich mit einem Taschentuch die Stirn trocken. Bei der schwülen Hitze fiel es ihr schwer, sich vorzustellen, in wenigen Tagen eine Region zu besuchen, in der selbst im Hochsommer winterliche Temperaturen herrschten.

Auf dem Rückweg zur Orangerie entdeckte Hanna ihre Tochter, die aus einem Universitätsgebäude kam. Der Anblick der hochgewachsenen Gestalt mit den langen dunklen Locken gab ihr einen Stich. Mia kam ganz nach ihrem Vater, von dem sie auch die braunen Augen hatte. Ihr Bruder dagegen hatte die etwas untersetzte Statur und die Neigung zu Sommersprossen von Hanna geerbt.

»Hallo Mama!«, rief Mia, die sie bemerkt hatte und zu ihr lief.

Hanna breitete die Arme aus und drückte ihre Tochter an sich.

»Mein Schatz, wie schön, dich zu sehen!«

»Ja, ich freue mich auch.«

Mia strahlte sie an. Sie wirkte unbefangen und gut gelaunt. Sie weiß es noch nicht, dachte Hanna. Ihr Verdacht, dass Thorsten den Kindern nichts gesagt hatte, bestätigte sich.

»Was hast du in München gemacht? Warst du shoppen?«, fragte Mia.

»Nein, ich hab bei meinem alten Verlag vorbeigeschaut. Ich möchte gern wieder arbeiten.«

Mia nickte. »Kann ich gut verstehen. Jetzt, wo Lukas auch weg ist.« Sie sah Hanna prüfend an. »Wird aber sicher nicht so leicht, oder?«

»Das dachte ich auch. Aber stell dir vor, ich habe sofort einen Auftrag für eine kleine Reisereportage bekommen.«

»Echt? Das ist ja der Hammer!«, rief Mia und umarmte Hanna. »Komm, das müssen wir feiern.«

Hanna wich Mias Blick aus und nickte vage. »Ja, lass uns zusehen, dass wir einen schönen Platz ergattern«, antwortete sie und hielt auf das Bistro zu.

»Was sagt denn Papa dazu?«, fragte Mia und fuhr ohne eine Antwort abzuwarten fort: »Schade, dass er nicht hier ist. Ich hätte ihm so gern den frisch gepflanzten Berghauswurz in unserem Alpinum gezeigt. Ich glaube, der wäre was für seinen Steingarten.«

Hanna presste die Lippen aufeinander. Sie hatte auf eine kleine Schonfrist gehofft, auf ein paar Minuten unbefangener Unterhaltung mit Mia, bevor sie ihr eröffnete, dass Thorsten im Augenblick alles Mögliche im Kopf hatte, aber ganz sicher nicht die Gestaltung seines Gartens. Sie unterdrückte ein Seufzen.

»Mama? Hörst du mir überhaupt zu?«

Hanna zuckte zusammen. Den letzten Satz ihrer Tochter hatte sie nicht mitbekommen. »Entschuldige, was hast du gesagt?«

Mia blieb stehen. »Was ist los? Du wirkst so angespannt.«

»Wollen wir uns nicht erst mal setzen?«, fragte Hanna und deutete auf einen freien Tisch vor der Orangerie, die sie mittlerweile erreicht hatten.

»Okay«, sagte Mia, hängte ihre Schultertasche über die Lehne eines Stuhls, nahm Platz und griff nach der Getränkekarte.

Nachdem sie bei einem Kellner Eiskaffee bestellt hatten, stützte Mia ihre Ellbogen auf den Tisch, legte ihren Kopf auf die Fäuste und sah Hanna direkt in die Augen.

»Also? Wo drückt der Schuh? Hast du Bammel vor dem Job?«

Hanna schüttelte den Kopf und räusperte sich. »Wann hast du das letzte Mal mit deinem Vater gesprochen?«

»Vor drei Tagen, wieso?«

»Und da hat er nicht erwähnt, dass ...«

Mia runzelte die Stirn. »Mama! Was ist mit Papa? Ist er krank?« Sie klang alarmiert.

»Nein, nein, er ist gesund und munter. Jedenfalls gehe ich davon aus.«

»Wie, du gehst davon aus?«

Hanna atmete tief durch. Sie öffnete ihre Tasche, zog den Zettel mit Thorstens Abschiedszeilen heraus und reichte ihn ihrer Tochter. »Dein Vater hat mich verlassen.«

Mia starrte auf das Papier.

»Aber ... wieso? ... Das kann doch nicht ... ich verstehe das nicht«, stammelte sie, nachdem sie es gelesen hatte.

Hanna beugte sich über den Tisch und nahm Mias Hand in ihre. »Für mich kam es auch völlig überraschend. Ich hätte das nie für möglich gehalten.«

Mia ließ sich in ihren Stuhl zurückfallen und sah sie ausdruckslos an.

Es fiel Hanna schwer zu erkennen, was in ihrer Tochter vorging. Vermutlich stand sie unter Schock.

»Es tut mir leid, dass ich dich so damit überfallen habe. Aber ich wollte es dir lieber gleich sagen.«

Mia nickte. »Schon gut, war sicher nicht leicht für dich.«

»Naja, ich hätte es schon besser gefunden, wenn euer Vater es dir und Lukas selber mitgeteilt hätte, anstatt das mir zu überlassen«, sagte Hanna.

»Was wirst du jetzt tun?«, fragte Mia.

»Nun, erst mal ein bisschen Abstand gewinnen und die Reisereportage machen. Übermorgen geht mein Flug.«

»Wohin eigentlich?«

»Nach Norwegen. Erst nach Tromsø, dann weiter nach Spitzbergen.«

»Und danach? Wie soll das mit dir und Papa weitergehen? Lasst ihr euch scheiden?«

Hanna zuckte mit den Schultern. »Ich weiß nicht, was er vorhat. Er zieht es ja vor, seine Entscheidungen im Alleingang zu fällen und mich und auch euch vor vollendete Tatsachen zu stellen. Ich hatte wirklich keine Ahnung, dass er eine andere hat und mit dieser Biggi ein neues Leben beginnen will. Er hat bis zum Schluss so getan, als ob alles in Ordnung wäre.«

Mia richtete sich auf. »Ich kann ja nachvollziehen, dass du sauer auf Papa bist«, sagte sie. »Aber vielleicht solltest du dich auch mal in ihn hineinversetzen und versuchen, ihn zu verstehen.«

»Ach Mia, ich wünschte, er hätte mir eine Chance dazu gegeben und mir früher gesagt, was ihm fehlt. Das kannst du mir glauben! Leider hatte er schon immer die Neigung, Konflikten aus dem Weg zu gehen.«

»Siehst du, du tust es schon wieder. Wahrscheinlich merkst du das gar nicht.«

»Äh, wie bitte? Was meinst du damit?«, fragte Hanna.

Mia schob ihren Stuhl zurück und stand auf. Sie sah auf Hanna herab und sagte: »Schon mal darüber nachgedacht, warum Papa es nicht länger mit dir ausgehalten hat? Dass du ihn mit deinem ständigen Gemecker und deiner Selbstgerechtigkeit vergrault hast?«

Sie drehte sich um und ging weg.

Hanna spürte, wie sich ihr Magen zu einem kalten Klumpen zusammenballte. Sie rang nach Luft und starrte ihrer Tochter hinterher.

13

Saßnitz auf Rügen, Mai 1907

Das Passagierschiff *Odin* der Stettiner Dampfschiffgesellschaft verließ den Saßnitzer Hafen pünktlich um acht Uhr morgens. Hinter der Außenmole, die seit 1889 im Bau befindlich war und nach ihrer Fertigstellung mit knapp anderthalb Kilometern die längste Kaimauer Europas sein würde, lag die Ostsee glatt und reglos unter einem wolkenlosen Himmel. Eine laue Brise ließ die schwarz-weiß-rote Fahne am Heck flattern und wehte die Schreie der Möwen, die darüber kreisten, ans Ufer.

Emilie stand neben Fanny und winkte mit einem weißen Taschentuch ihrem Bruder zu, der an der Reling des Dampfers stand und fröhlich seine Schiebermütze schwenkte. Das unverhoffte Auftauchen seiner Schwester und Tante, die mit dem Nachtzug aus Berlin zwei Stunden vor dem Auslaufen des Schiffes angekommen und ihn in seinem Hotel zum Frühstücken abgeholt hatten, war eine ebenso gelungene wie erfreuliche Überraschung für Max gewesen. Seine Dankbarkeit über diese zweite Verabschiedung erfüllte Emilie mit einem tiefen Glücksgefühl. Vor allem aber war sie erleichtert, dass er seine Befürchtung, den bevorstehenden Herausforderungen nicht gewachsen zu sein, überwunden hatte. Aufgekratzt hatte er die kommenden Abenteuer als Quelle der Inspiration für künftige Zeitungsartikel gepriesen und mit dem Gedanken gespielt, einen Roman über seine Erlebnisse zu schreiben. Zu ihrer eigenen Verwunderung war das vage Unbehagen, das Emilie seit seiner Abfahrt aus Berlin gefangen hielt, dennoch nicht verflogen.

Als hätte sie ihre Gedanken gelesen, sagte Fanny:

»Ich bin mir sicher, dass dein Bruder gesund und erfolgreich von dieser Exkursion zurückkehren wird. Es wird sein Selbstbewusstsein enorm stärken.«

»Ja, das hoffe ich auch«, antwortete Emilie.

Hör auf, dir Sorgen zu machen, befahl sie sich. Fanny hat Recht. Max wird diese Expedition mit Bravour meistern. Sie warf einen letzten Blick auf das Schiff, das mittlerweile aufs offene Meer hinausfuhr. Am liebsten wäre sie sofort an Bord eines Dampfers gegangen, um zu ihrer ersten großen Reise aufzubrechen. Sie konnte es kaum erwarten, all die Städte und Landschaften zu sehen, von denen Fanny ihr vorgeschwärmt hatte. Sie drehte sich zu ihrer Tante, gab ihr einen Kuss auf die Wange und rief:

»Vielen Dank, dass du diesen wunderbaren Einfall hattest!«

»Oh, ich bitte dich«, sagte Fanny gerührt. »Ich bin dankbar, dass du bereit bist, mit deiner alten Tante zu verreisen.« Sie räusperte sich. »So, und nun lass uns zusehen, dass wir ein schönes Hotel finden.«

Sie hakte Emilie unter und steuerte auf die Strandpromenade zu, die die Hafenmole mit dem Kurplatz verband.

»Warum nehmen wir nicht einfach im Hotel von Max zwei Zimmer?«, fragte Emilie. »Das wäre doch praktisch, dann haben wir es morgen nicht weit zu unserem Schiff.«

Sie deutete auf ein schlichtes Gebäude nicht weit vom Hafen.

»Praktisch durchaus, aber nicht schön«, antwortete Fanny. »Wenn wir schon mal hier sind, sollten wir es uns gut gehen lassen und richtig nobel absteigen.«

»Ich weiß nicht, ob ich das annehmen ...«, begann Emilie.

»Papperlapapp«, unterbrach Fanny sie. »Ich werde doch meine einzige Nichte ein wenig verwöhnen dürfen.«

Emilie lächelte unsicher. Sie hörte die Stimme ihres Vaters, der unnötigen Pomp als unziemliche Aufschneiderei verachtete und nichts davon hielt, sein Vermögen durch protziges Auftreten zu demonstrieren. Das ostfriesische Norderney, in dem Familie Berghoff in den vergangenen Jahren regelmäßig einige Wochen im Sommer verbracht hatte, galt zwar als »Bad höherer Klasse« und erfreute sich großer Beliebtheit bei illustren Personen aus Politik, Kultur und gehobener Gesellschaft. Emilies Vater quartierte sich und die Seinen aber nicht in einem der mondänen Hotels an der Kaiserpromenade oder in der Nähe des Kurhauses ein, sondern abseits der Prachtstraßen in einer einfachen Pension. Die ruhige Lage, der gediegene Komfort und nicht zuletzt die bodenständige Küche der Wirtin waren alles, was in seinen Augen für einen erholsamen Urlaub an der See nötig war.

Wenige Minuten später betrat Emilie an Fannys Seite das *Hotel Fürstenhof*, das direkt an der Strandpromenade lag. Das vierstöckige Gebäude war erst 1901 im sogenannten Bäderstil erbaut worden, der verschiedene architektonische Elemente vereinte. Die mit Schnitzereien verzierten Geländer und Säulen der überdachten Balkone an der Frontseite erstrahlten in makellosem Weiß. Laut dem Reiseführer, den Fanny bei ihrer Suche nach einer angemessenen Unterkunft zurate gezogen hatte, handelte es sich um ein *Haus ersten Ranges in vornehmer Lage zwischen Hafen und Kurplatz unweit der neuen Seebadestellen. Ausgestattet mit 50 komfortablen Zimmern mit Balkons zum Meer sowie mit Schreib-, Lese- und Musiksalon, Restaurationen und herrlich gelegenen Terrassen.*

Nachdem Fanny zwei nebeneinanderliegende Zimmer gebucht und einen Hotelpagen beauftragt hatte, ihr Gepäck vom Bahnhof zu holen, wo sie es nach ihrer Ankunft zur Aufbewahrung abgegeben hatten, schlug sie Emilie vor, einen Rundgang durch den Ort zu machen. Sie streiften durch die verwinkelten, zum Ufer stark abfallenden Gassen und Treppen des Städtchens, dem die hell getünchten Fassaden der Fischer- und Bauernhäuschen und die mit Säulen, Erkern und Türmchen bestückten herrschaftlichen Villen und Hotels, von denen sich viele noch im Bau befanden, eine mediterrane Anmutung verliehen. Hoch über dem Hafen legten sie eine Verschnaufpause ein und setzten sich auf eine Bank vor dem Haus des Hafenmeisters, in dessen Turm sich eine Lotsenstation befand. Mithilfe eines Flaggen- und Signalmastes wurden die Kapitäne, die die Prorer Wiek ansteuerten, über Windrichtung und Windstärke informiert und vor Stürmen gewarnt.

Emilie ließ ihren Blick über die Bucht zu ihren Füßen und weiter hinaus auf die Ostsee schweifen. Wie von selbst wanderten ihre Gedanken zu Max. Es beunruhigte sie, dass sie die vage Vorahnung, er könnte sich in Gefahr befinden, nicht loswurde. Wie ein sirrender Ton vibrierte sie in ihrem Bauch. Oder war es die Aufregung über die eigene bevorstehende Reise? Nein, die fühlte sich anders an. Sie wandte sich vom Meer ab und konzentrierte sich auf ihre Tante, die in ihrem Reiseführer blätterte und ein paar Eckpunkte der Saßnitzer Geschichte zitierte.

Jahrhundertelang hatte das Fischerdörfchen ein weitgehend unbeachtetes Dasein gefristet, bis es als Ferienziel entdeckt worden war. Die Fischerei war neben dem Kreideabbau nach wie vor eine wichtige Erwerbsquelle der Einheimischen, seit der Jahrhundertwende spielte in den Sommermonaten zudem die Unterbringung und Bewirtung der wachsenden Flut Erholungssuchender aus den Großstädten eine wichtige Rolle. Obgleich Saßnitz nie zum Ostseebad ernannt worden war, da sein Strand im Gegensatz zu Binz oder Bergen nicht mit feinem Sand, sondern mit Geröll und großen Steinblöcken bedeckt war, war der Ort mit über zwanzigtausend Gästen jährlich beliebter als die anderen Seebäder der Insel.

Fanny sah von dem Buch auf und sagte:

»Diese Auflage ist nicht mehr auf dem neuesten Stand. Letztes Jahr ist nämlich das Bauerndorf Crampas eingemeindet worden, nachdem die beiden Orte immer mehr zusammengewachsen sind.«

»Crampas … der Name kommt mir irgendwie bekannt vor«, sagte Emilie.

Fanny nickte. »Kennst du *Effi Briest* von Theodor Fontane?«

Emilie stutzte kurz. »Ja, warum? … Ah, natürlich! Major Crampas, so hieß doch der Geliebte von Effi!«

»Genau, Fontane hat ihn nach dem Dorf genannt. Er mochte die Gegend hier sehr.«

»Ich erinnere mich«, sagte Emilie. »Sagt in dem Roman nicht auch jemand: ›Nach Rügen reisen, heißt nach Saßnitz reisen.‹?«

»Effis Ehemann war das«, antwortete Fanny.

Emilie verzog das Gesicht.

»Ein grässlicher Mensch. Ich habe nie verstanden, warum er so stur auf seinen Prinzipien herumreiten musste, von denen ja nicht einmal er selbst überzeugt war. Warum konnte er seiner Frau nicht einfach vergeben? Stattdessen hat er alle unglücklich gemacht. Auch sich selber.«

Fanny zuckte die Schultern. »Schon wahr. Ich habe mich aber auch über Effi aufgeregt. Nicht wegen ihrer Liebesaffäre. Sondern weil sie so leichtsinnig war und die Briefe von Crampas aufgehoben hat. Das war dumm!«

Emilie zog die Augenbrauen hoch. So hatte sie die Romanfigur noch nie betrachtet. Sie hatte Effi als bedauernswerten Spielball der Interessen ihrer Mutter gesehen, von der sie mit siebzehn Jahren in eine Ehe mit deren einstigem Verehrer gedrängt wurde, ohne nur im Entferntesten zu ahnen, was Liebe war. Ihr Mann hatte sie ebenfalls wie ein Kind behandelt, sie mit Gruselgeschichten eingeschüchtert und zugunsten seiner politischen Ambitionen vernachlässigt. Da war es in Emilies Augen kein Wunder, dass Effi dem charmanten Werben des schnittigen Majors Crampas erlegen war. Und sie konnte gut verstehen, dass sie sich nicht von den Erinnerungen an diese kostbaren Momente der Leidenschaft und an die Wertschätzung eines

Mannes trennen wollte, die sie in ihrer Ehe mit dem steifen Baron nie erlebt hatte.

Fanny lächelte leicht. »Nicht, dass du mich jetzt für abgebrüht hältst. Aber das Ganze war doch nur eine flüchtige Angelegenheit ohne Folgen. Als die Briefe gefunden wurden, hatte Effi die Liebelei schon fast vergessen. Aber sie ist nicht die Einzige, die ein Opfer ihrer Gefühlsduselei wurde.« Sie steckte das Buch zurück in ihre Handtasche, stand auf und sagte abschließend: »Ich finde, wenn man schon ein Geheimnis hat, dann sollte man alles vermeiden, was zu seiner Aufdeckung führen kann und sich solche Sentimentalitäten verkneifen.«

Ihr Stadtbummel endete am Kurplatz. Fanny deutete auf ein schmuckes Haus, das direkt über ihnen am Steilufer thronte.

»Das wäre eine angemessene Unterkunft für deinen Vater.«

»Wie kommst du darauf? Er mag es doch eher schlicht und nicht so pom…«

»Oh, ich habe nicht das Haus an sich gemeint. Sondern die Tatsache, dass unsere Kaiserin die *Villa Martha* auserkor, als sie vor Jahren ihren Sommerurlaub mit den beiden kleinen Prinzen auf Rügen verbracht hat.«

Emilie kicherte. »Aha, du meinst, die Villa ist nun gewissermaßen kaiserlich geweiht. Ja, das würde Vater sicher gefallen… Das bringt mich auf eine Idee: Ich werde ihm eine Postkarte mit einer Ansicht von diesem Hotel schicken. Das stimmt ihn vielleicht ein wenig milde.«

Bei dem Gedanken, wie ihr Vater wohl auf die Nachricht von ihrem überstürzten Aufbruch zu einer Reise mit ihrer Tante reagiert hatte, zog sich ihr Magen zusammen. Fanny hatte ihm unmittelbar vor der Abfahrt ihres Zuges von Berlin aus ein Telegramm geschickt, in dem sie ihr Bedauern darüber ausdrückte, den angekündigten Besuch von Ottokar Poske zu verpassen, und einen längeren Brief in Aussicht gestellt.

Fanny tätschelte Emilies Wange. »Mach dir keine Sorgen. Ich

bin nicht umsonst mit einem Diplomaten verheiratet. Dein Vater wird überzeugt sein, dass diese Reise ganz in seinem Sinne ist. Denk nur an die gehobenen Kreise, in denen wir uns bewegen werden.« Sie zwinkerte verschwörerisch. »Wer weiß, vielleicht angeln wir dir ja auch einen Adelsspross wie meinen Addy oder einen betuchten Junker mit einem Herrengut.«

Emilie verdrehte die Augen. »Ja, das wäre wirklich in seinem Sinne. Und Mama wäre auch überglücklich, wenn ich eine Von-und-zu würde.«

Am frühen Abend sagte Fanny: »Was hältst du von einem Spaziergang und einer Jause im Wald? Ich denke, es kann nicht schaden, wenn wir uns vor der langen Schiffsfahrt morgen noch ein wenig die Füße vertreten.«

»Das ist eine famose Idee«, antwortete Emilie, der Fanny mit ihrem Vorschlag aus dem Herzen sprach.

Es war ihr bereits auf den Zugfahrten schwergefallen, stundenlang still zu sitzen und kaum eine Möglichkeit zu haben, ihrem Bewegungsdrang nachzugeben. Auch auf dem Schiff würde sie wenig Gelegenheit dazu bekommen. Ein weiterer Grund waren die unheilvollen Vorahnungen, die den ganzen Tag wie ein düsterer Schatten über ihr gelegen hatten und die sie nicht abschütteln konnte, so sehr sie sich auch bemühte. Vielleicht konnte ein Spaziergang sie davon befreien.

Fanny sah sie prüfend an. »Ist alles in Ordnung? Du wirkst schon die ganze Zeit so angespannt.«

Emilie setzte zu einer abwiegelnden Entgegnung an, überlegte es sich anders und sagte: »Ich weiß auch nicht, ich habe seit heute früh so ein ungutes Gefühl. Kennst du das, wenn man von einer grundlosen Angst beschlichen wird? Wenn man glaubt, dass irgendetwas Schreckliches passieren wird, obwohl es nicht die geringsten Anzeichen dafür gibt?«

Fanny legte den Kopf schief. »Hm … nein, eigentlich nicht. Aber ich weiß, was du meinst. Addy wird manchmal von solchen Anwandlungen geplagt … seit heute früh, sagst du? Geht es um deinen Bruder?«

Emilie nickte. »Ich kann mir nicht helfen, aber ich … es ist nur, weil … er kommt nicht so gut klar mit Druck und Erwartungen und …«

»Du meinst, wie damals in der Kadettenschule?«

Emilie zuckte zusammen. Fanny berührte sie leicht am Arm.

»Keine Sorge, ich persönlich finde nichts Ehrenrühriges daran. Ich weiß übrigens nicht, was genau damals vorgefallen ist. Deine Mutter hat nur sehr verschwommene Andeutungen gemacht und irgendetwas von einem neurasthenischen Leiden gefaselt, das zu seiner Entlassung geführt hat. Ich gehe davon aus, dass es handfestere Gründe gab.«

»Max spricht nie von dieser Zeit. Ich weiß nur, dass er sehr gelitten hat, zutiefst verzweifelt war und … und …« Emilie stockte. Bevor sie überlegen konnte, ob sie Fanny das streng gehütete Geheimnis anvertrauen sollte, vollendete diese den Satz für sie.

»… und versucht hat, sich das Leben zu nehmen.«

Emilie erstarrte. »Woher weißt du das?«, flüsterte sie.

»Ich wusste es nicht. Aber dein Bruder wäre nicht der Erste, dem der unerbittliche Drill, der in unseren Kasernen herrscht, und die Schikanen der Ausbilder so zugesetzt hätten, dass er nur diesen Ausweg für sich sah.«

»Ja, ich hatte so etwas auch immer vermutet«, sagte Emilie. »Man liest ja oft in den Zeitungen von den Entgleisungen mancher Offiziere, die ihre Soldaten drakonisch bestrafen und richtiggehend misshandeln.«

»Es ist eine Schande, dass sie ihre Macht so missbrauchen. Noch schlimmer finde ich allerdings, dass sie selten dafür zur Rechenschaft gezogen werden und ihre Opfer als Weichlinge diffamiert werden«, antwortete Fanny. »Das ist der eigentliche Skandal!«

Emilie nickte. Sie war froh, so offen mit ihrer Tante über dieses heikle Thema sprechen zu können.

Fanny lächelte ihr zu. »Ich verstehe, dass du dir Sorgen machst. Dein Bruder ist ein sehr feinfühliger Mensch. Aber seine jetzige Situation lässt sich doch in keiner Weise mit den Zuständen beim Militär vergleichen. Er wird von kultivierten Wissenschaftlern umgeben sein und muss gewiss keine Drangsalierungen befürchten.«

Emilie zog die Schultern hoch. »Du hast ja Recht. Ich weiß auch nicht, warum ich so nervös bin.«

Fanny hakte sie unter. »Dann wird dir unser kleiner Ausflug auf jeden Fall guttun und dich auf andere Gedanken bringen.«

Ihr Ziel war die *Waldhalle*, laut Fannys Reiseführer ein Gasthaus, *mitten im Walde, zwei Minuten vom See-Ufer ab, an einem idyllischen Plätzchen gelegen. Hier vereinigen sich alle Wege, die von Saßnitz und Crampas aus nach Stubbenkammer führen, da von hier aus nur ein Fußsteig weitergeht. Speisen und Getränke sind hier recht gut und preiswert, die Bedienung zuvorkommend.*

Am Ende der Strandpromenade liefen sie unterhalb des Steilufers am Wasser entlang. Die Brise vom Vormittag hatte sich zu einem starken Wind entwickelt, der kleine Wellen gegen das Ufer trieb, wo sie die Kiesel hin und her rollten. Dabei entstand ein scheuerndes Geräusch, das Emilie an das Zischen scharf angebratenen Specks erinnerte. In der Luft lag der Geruch von Seetang und Rauch, der aus einer Fischerkate quoll, an der sie vorüberkamen. Laut einem handgemalten Schild konnte man dort frisch geräucherte Heringe kaufen.

»Vielleicht haben wir Glück und finden Bernstein«, sagte Fanny und ließ ihre Augen über den Boden wandern. Emilie tat es ihr nach. Nach einer Weile erregte ein knollenartig geformter dunkler Kiesel ihre Aufmerksamkeit. In der Mitte hatte er ein kreisrundes Loch. Sie bückte sich, hob ihn auf und zeigte ihn ihrer Tante.

»Sieh mal, wie wohl das Loch da hineingekommen ist?«

»Oh, du hast einen Hühnergott gefunden«, rief Fanny.

»Hühnergott? Komischer Name für einen Stein«, sagte Emilie. »Warum heißt er so?«

»Nun, die alten Slawen verwendeten solche durchlöcherten Feuersteine als Talismane. Sie glaubten, dass sie ihr Federvieh vor der Göttin Kikimora beschützen konnten, die gern Hühner stahl oder diese beim Eierlegen störte. Deshalb hängten sie Lochsteine bei den Ställen auf. Und auch heute sind viele Menschen überzeugt, dass sie Glück bringen.«

Emilie zuckte die Schultern. »Naja, wenn man an so etwas glaubt. Aber hübsch ist er. Ich werde ihn als Andenken behalten.«

Wenig später passierten sie einen riesigen flachen Findling, der wie eine kleine Insel im seichten Wasser lag, und erreichten kurz darauf die Wissower Klinken. Emilie legte den Kopf in den Nacken, um die steil über ihr aufragenden Kreidefelsen zu bewundern. Geblendet von den in der Sonne glänzenden weißen Zacken, beschattete sie die Augen mit einer Hand.

»Ich kann gut verstehen, dass sich Caspar David Friedrich von diesem Anblick hat inspirieren lassen. Mich würde es auch sehr reizen, sie zu malen. Schade, dass ich meinen Skizzenblock nicht dabeihabe.«

Fanny nickte. »Ja, das sind imposante Formationen. Möchtest du hier schon hinauf? Irgendwo muss ein Weg sein.«

Emilie suchte die Felsen ab und entdeckte eine lange Holzleiter, die nach oben führte.

»Oh weh, ich fürchte, das wird eine wackelige Angelegenheit.« Sie drehte sich zu ihrer Tante um und fragte: »Bist du schwindelfrei?«

»Das Gleiche wollte ich dich gerade fragen«, antwortete Fanny. »Also, wegen mir brauchst du dir keine Gedanken zu machen. Ich war schon in sehr viel unwegsamerem Gelände unterwegs. Einmal mussten wir eine tiefe Schlucht auf einer Hängebrücke überqueren, die sich schon beim Hinsehen in ihre Bestandteile aufzulösen schien.« Sie schüttelte sich. »*Das* war eine echte Wackelpartie! Ich habe drei Kreuze geschlagen, als wir heil auf der anderen Seite ankamen.« Sie lächelte. »Aber lass uns doch noch ein Stück gehen zum Königsstuhl. Das ist die höchste und berühmteste Klippe der Gegend.«

Ein paar hundert Meter weiter führte eine schmale Holztreppe durch den Wald steil hinauf. Hintereinander erklommen sie die über vierhundert Stufen und standen bald darauf schwer atmend auf einer kleinen Plattform. Schweigend ließen sie die Aussicht über die Ostsee auf sich wirken. Nach ein paar Minuten drehte sich Fanny zu Emilie und deutete auf den Weg, der Richtung Saßnitz teils durch den Wald, teils an dessen Rand oberhalb des Hochufers entlangführte.

»Auf zur *Waldhalle*. Die frische Luft macht mich hungrig. Ich habe großen Appetit auf Schmorkohl mit Knackwurst. Oder vielleicht haben sie auch Senfeier, die sollen hier in der Gegend besonders gut sein. Und dazu frisch gebrutzelte Bratkartoffeln … die hab ich schon ewig nicht mehr gegessen.«

Emilie musste schlucken und glaubte, den würzigen Duft angebratener Zwiebeln in der Nase zu haben.

»Oh, ja, das wäre jetzt genau das Richtige«, antwortete sie.

Emilie folgte Fanny ein paar Schritte in den Wald, hielt inne und sah sich um. Unter den uralten Buchen, deren Blätterdach im Sommer so dicht sein würde, dass kaum ein Sonnenstrahl durchdringen konnte, wuchs wenig Unterholz. Bis auf das feine Sausen des Windes und das Rauschen der Brandung war es still. Emilie hielt unwillkürlich den Atem an. Eine feierliche Stimmung breitete sich in ihr aus.

»Ich komme mir vor wie in einer Kirche«, flüsterte sie.

»Stimmt, diese hohen Stämme erinnern an die Säulen von Kathedralen«, sagte Fanny und lief weiter.

Als Emilie ihr folgen wollte, wurde sie von einem Schwindel erfasst. Sie schwankte, begann zu zittern und rang nach Luft.

Fanny drehte sich zu ihr und rief: »Emilie, ist dir nicht wohl? Du bist ganz blass!«

Emilie starrte sie an.

»Max! Ich muss sofort zu ihm!«, sagte sie tonlos.

»Aber Kind, er ist doch längst in Schweden und …«

»Nein, er ist hier!«, fiel Emilie ihr ins Wort. »Ich spüre es. Er braucht mich. Ich muss ihn suchen!«

Ihr Herz schlug hart gegen ihre Rippen. Die Angst, die den ganzen Tag über in ihr rumort hatte, durchflutete sie, füllte sie aus, machte sie taub. Sie sah, dass Fanny ihre Lippen bewegte und die Hand nach ihr ausstreckte. Emilie wich ihr aus und rannte los.

14

München, Juli 2013

Am fünften Juli, einem Freitag, stand Hanna morgens im Abfertigungsbereich im Terminal 1 des Münchner Flughafens vor dem Schalter der Norwegian Airline. Eine dunkle Sonnenbrille schützte ihre Augen vor dem Licht, das ihr unerträglich grell vorkam. Auch ihre Ohren waren empfindlich, nahmen die Geräusche intensiver wahr als gewöhnlich. Gleichzeitig hatte Hanna das Gefühl, hinter einer Wand zu stehen, nicht dieselbe Luft wie die anderen Passagiere zu atmen, die vor und hinter ihr in der Schlange warteten. Die letzten vierzig Stunden hatte sie in einem tranceähnlichen Zustand verbracht – ausgelöst durch den überraschenden Angriff ihrer Tochter. Er hatte sie tiefer getroffen als Thorstens Verschwinden.

Zunächst war Zorn in Hanna hochgekocht. Was fiel Mia ein, sie so anzugehen? Auf der Rückfahrt von Freising in die Oberpfalz hatte Hanna innere Dialoge mit ihr geführt, in denen sie sie scharf zurechtwies und ihr vorwarf, sich, ohne nachzudenken, immer auf die Seite ihres Vaters zu stellen. Es erschreckte sie, wie tief ihre Tochter sie verletzen konnte. Nicht so sehr, weil sie ihr Rechthaberei und ständiges Gemecker vorgehalten hatte, sondern weil sie ihr die Vorwürfe so unvermittelt und eiskalt an den Kopf geworfen hatte. Wie hatte sie nur glauben können, ein inniges Verhältnis zu Mia zu haben? Blind war sie davon ausgegangen, auf Verständnis und Mitgefühl zu stoßen, wenn sie ihr von Thorstens Verhalten erzählte. Zum zweiten Mal binnen kurzer Zeit hatte sich Hanna radikal in einem Menschen, der ihr nahestand, getäuscht. Was kam als Nächstes? Welche weitere Gewissheit in ihrem Leben würde ins Wanken geraten?

In Sulzbach-Rosenberg angekommen hatte sie versucht, Mia anzurufen. Sie war weder ans Telefon gegangen, noch hatte sie den Anrufbeantworter eingeschaltet. Ihren Frust, sich nicht sofort mit ihr aussprechen zu können, hatte Hanna wortwörtlich abgearbeitet, indem sie das Haus vom Keller bis zum Dachboden schrubbte und entstaubte, als gälte es, einen Wettbewerb zu gewinnen. Spätnachts war sie völlig erschöpft auf einem der Sofas im Wohnzimmer eingeschlafen und erst am nächsten Mittag wieder aufgewacht.

Der Tatendrang des Vortages war verflogen gewesen und hatte einer lähmenden Lethargie Platz gemacht. Es war, als sei ein Schutzmechanismus in Hanna aktiviert worden, der den Schmerz über Mias Verhalten dämpfte. Gegen Abend war sie durch einen Anruf von Lukas aus ihrer apathischen Stimmung gerissen worden. Er hatte sofort gemerkt, dass etwas nicht stimmte. Hanna hatte zunächst versucht, ihm vorzugaukeln, dass sie nur etwas müde war. Sie wollte nicht, dass er tausende Kilometer von zu Hause entfernt am Telefon erfuhr, dass dort gerade alles zusammenbrach. Doch als Lukas nach seinem Vater verlangte, hatte sie es nicht über sich gebracht, ihn direkt anzulügen. Um einen entspannten Ton bemüht, hatte sie eingeräumt, dass es grade ein bisschen zwischen ihr und Thorsten kriselte und er daher allein verreist sei, um ein wenig Abstand zu gewinnen. Nichts Dramatisches, nichts, was sich nicht wieder einrenken ließ. Hanna hatte sich für diese Lüge gehasst. Lukas' alarmierte Reaktion und die Furcht in seiner Stimme hatten sie aber darin bestärkt, ihn vorerst mit der ganzen Wahrheit zu verschonen.

Das Gespräch hatte sie aufgewühlt und ihr die Kraft gegeben, sich aufzurappeln und einen Koffer für die Reise nach Spitzbergen zu packen. Es strengte sie ungeheuer an zu entscheiden, was sie mitnehmen sollte, zu überlegen, welche Unterlagen und Dokumente sie benötigte und die Sachen ordentlich zu verstauen. Am liebsten hätte sie den Auftrag sausen lassen. Allein die Einsicht, dass die Reise nach Norwegen im Vergleich zum Zuhausebleiben bei Weitem das kleinere Übel war, hatte ihr die Kraft gegeben, pünktlich aufzubrechen.

»Ihr Ticket, bitte!«

Die Stimme der jungen Frau hinter dem Tresen ließ Hanna zusammenzucken. Ohne es zu merken, war sie in der Warteschlange nach vorn gerückt und stand nun direkt vor der Angestellten der Airline. Hanna entschuldigte sich, gab ihr den Flugschein und stellte ihren Koffer auf die Waage. Nachdem sie einen Fensterplatz reserviert hatte, lief sie zur Passkontrolle. Rennende Schritte in ihrem Rücken und laute Rufe ließen sie innehalten.

»Mama! Mama!«

Hanna drehte sich um. Einige Meter von ihr entfernt entdeckte sie Mia, die auf sie zulief. Ihr Gesicht war gerötet. Sie keuchte wie nach einem Wettlauf.

»Gott sei Dank erwische ich dich noch«, rief sie, als sie Hanna erreicht hatte.

Sie stützte die Hände auf die Oberschenkel, rang nach Luft und richtete sich nach ein paar Atemzügen wieder auf. Hanna widerstand dem Impuls, ihre Tochter zu berühren und zu überprüfen, ob sie tatsächlich vor ihr stand. Ihr war schwindelig, das wattige Gefühl in ihrem Kopf wurde stärker.

»Mama, du bist ja ganz blass! Kipp mir jetzt bloß nicht um«, sagte Mia und griff nach Hannas Arm.

»Komm, setz dich«, fuhr sie fort und führte Hanna zu einer der Bänke, die am Rand der Halle standen.

Hanna schüttelte Mias Arm ab und blieb stehen.

»Was willst du?«

»Dich um Entschuldigung bitten«, antwortete Mia.

Sie stockte, biss sich auf die Lippe und zupfte an ihrem Ohrläppchen.

»Ich ... also ... das gestern war echt nicht in Ordnung«, platzte sie schließlich heraus.

»Woher der plötzliche Sinneswandel?«, fragte Hanna. Ihre Stimme hörte sich fremd an. Kühl und abweisend.

Mia senkte den Kopf. Sie zog ihr Smartphone aus der Jackentasche, wischte über den Touchscreen und reichte es Hanna.

»Die hat mir Papa vorhin geschickt.«

Hanna nahm das Gerät und las die kurze E-Mail.

Mia, meine Große,

Mama hat dir ja bestimmt schon gesagt, dass ich gerade eine Auszeit nehme. Ich bin sicher, Du verstehst, dass Dein alter Pa auch noch mal das Leben spüren und etwas von der Welt sehen will. Ich bin gerade auf dem Weg nach Südafrika zur Jeffreys Bay und werde den August dort verbringen. Es gibt da nämlich tolle Wellen zum Surfen – das wär doch auch was für Dich, oder? Magst Du in den Semesterferien für eine Woche zu uns stoßen? Dann lernst Du auch gleich Biggi kennen. Ich zahle natürlich den Flug. Gib mir bald Bescheid, ich freu mich auf Dich, Dein Pa

»Das ist alles?«, fragte Hanna und gab Mia das Smartphone zurück. »Sonst hat er nichts geschrieben?«

Mia schüttelte den Kopf.

»Du hattest vollkommen Recht. Er zieht einfach sein Ding durch ohne Rücksicht auf Verluste.«

»Es wundert mich ja schon ein bisschen, dass er dir gar nicht erklärt, warum er gegangen ist«, sagte Hanna. »Naja, vielleicht will er das lieber persönlich tun.«

»Keine Ahnung, wahrscheinlich ist es ihm vollkommen schnuppe, ob ich ihn verstehe oder nicht.« Mia zog die Augenbrauen zusammen. »Was denkt er sich eigentlich? Wie kommt er darauf, dass ich Lust habe, mich mit ihm und dieser Biggi zu treffen? Glaubt er, dass ich mit der einen auf Busenfreundin mache? Oder sie als Zweitmutter sehe?« Sie schnaubte angewidert.

Hanna zuckte die Achseln. »Nun, vermutlich wünscht er sich das. Wäre ja die einfachste Lösung.«

»Ha, ohne mich!«, rief Mia und verschränkte die Arme. »Da kann er lange warten! Für mich ist er gestorben!«

Hanna unterdrückte ein Schmunzeln. Vor das Bild ihrer erwachsenen Tochter schob sich das der fünfjährigen, deren theatralischen Wutausbrüchen sie als junge Mutter hilflos und gleichzeitig amüsiert gegenübergestanden hatte. Es hätte sie nicht erstaunt, wenn Mia mit dem Fuß aufgestampft oder vor Wut ihre Tasche auf den Boden geschmissen hätte. Hanna wusste, dass es in dieser Situation keinen Zweck hatte zu versuchen, sie zu beruhigen und zu einer gemäßigteren Sichtweise zu bewegen. Sie sah auf die Uhr. In einer halben Stunde ging ihr Flug.

»Du musst los«, stellte Mia fest. Die Zornesfalte verschwand. Sie schaute Hanna unsicher an. »Kannst du mir verzeihen?«

Hanna schluckte die Worte, die ihr auf der Zunge lagen – aber natürlich, du weißt doch, dass ich dir nie lange böse sein kann – herunter und sagte:

»Es hat mir schon sehr wehgetan, wie du mich siehst. Und wie schroff du warst.«

Mia nickte. »Ich wollte dich verletzen. Das war gemein von mir. Ich weiß auch nicht, was manchmal in mich fährt.«

Hanna holte tief Luft. »Ich bin froh, dass du gekommen bist.«

Mia lächelte schüchtern. »Ich hatte schon befürchtet, dass du total sauer bist und nicht mehr mit mir sprichst.«

Sie zwinkerte eine Träne weg und holte eine kleine Schachtel aus ihrer Tasche. »Hier, für dich.« Sie öffnete den Deckel und hielt Hanna die Schachtel hin.

»Du hast mir ein Smartphone gekauft? Was soll ich denn damit? Mein Handy reicht mir völlig.«

Mia schüttelte den Kopf. »Nein, mit dem ollen Teil kannst du keine E-Mails schreiben. Das ist im Ausland viel günstiger als telefonieren. Und außerdem ist so ein Smartphone irre praktisch, wenn du schnell mal was im Internet recherchieren willst. Bisher war das für dich vielleicht nicht notwendig, aber jetzt, wo du jobmäßig viel unterwegs sein wirst ...«

»Gekauft«, unterbrach Hanna sie. »Ich hab mich sicher viel zu lange dagegen gesträubt. Aber jetzt ist es wirklich höchste Zeit, dass ich mir ein angemessenes Equipment zulege.« Sie deutete auf die Schachtel. »Das war doch bestimmt schrecklich teuer, das kann ich unmöglich anneh...«

Mia schüttelte den Kopf. »Nein, passt schon. Sieh es einfach als vorzeitiges Geburtstagsgeschenk. Du brauchst bloß die *SIM*-Karte von deinem Handy reinstecken und in Norwegen darauf achten, dass du einen kostenlosen oder zumindest einen günstigen *WLAN*-Zugang bekommst. Sonst zahlst du dich tot mit den Roaminggebühren.«

»*WLAN?*«, hakte Hanna nach. »Du meinst drahtlosen Zugang ins Internet?«

»Genau. Die meisten Hotels und viele Cafés bieten das als Service an. Du musst dir nur den Code geben lassen. Und telefonieren musst du doch vermutlich eher nicht, oder?«

Hanna schüttelte den Kopf. »Nein, ich wüsste nicht, mit wem.«

»Na, siehst du, dann ist doch alles paletti.«

Hanna zog die Schultern hoch und sah skeptisch auf das Gerät.

»Ich weiß nicht ... Ob ich wohl damit zurechtkomme?«

»Aber klar doch! Außerdem hab ich dir das Wichtigste für die Bedienung aufgeschrieben«, sagte Mia, kramte erneut in ihrer Tasche und zog ein zusammengefaltetes *DIN*-A4-Blatt heraus.

»Ist wirklich easy.« Sie hielt Hanna die Schachtel hin. »Bitte, Mama.«

Hanna sah ihr in die Augen und sah das Flehen darin. Sie breitete die Arme aus. Mia fiel ihr um den Hals und drückte sie fest an sich.

»Danke!«

Hanna spürte, wie sich der Knoten in ihrem Magen löste und das wattige Gefühl in ihrem Kopf verschwand. Tränen schossen ihr in die Augen. Als sie sich von Mia löste, sah sie, dass sie ebenfalls weinte.

»Ach, Mama, ich bin so froh, dass wir wieder gut sind.«

Hanna nickte, wischte sich mit einer Hand über die Augen und streichelte mit der anderen über die feuchte Wange ihrer Tochter.

»So, jetzt muss ich aber los.«

»Melde dich, wenn du in Tromsø gelandet bist«, bat Mia.

»Wird gemacht«, sagte Hanna, drehte sich um und lief zur Passkontrolle.

15

Saßnitz auf Rügen, Mai 1907

Emilie rannte, so schnell sie konnte. Sie verfluchte den langen, schmal geschnittenen Rock und die Unterkleider, die sie daran hinderten, größere Schritte zu machen. Mit beiden Händen raffte sie die Stoffmassen hoch und hastete weiter. Der Hochuferweg lag verlassen vor ihr. Nach ein paar Metern lichteten sich die Bäume zu ihrer linken Seite und gaben den Blick frei auf die See und die Kreidefelsen. Ein kleiner Balkon aus Eisen ragte über dem Steilufer hervor. Das musste die *Victoria-Sicht* sein, ein Aussichtspunkt, der 1865 anlässlich eines Besuchs des damaligen Königs von Preußen mit der Kronprinzessin Victoria so benannt worden war. Von hier aus konnte man den Königsstuhl besonders gut sehen.

Emilie nahm nichts davon wahr. Sie hatte nur Augen für den Mann, der eben ein Bein über die Brüstung schwang. Keine Frage, es war Max, der mit dem Rücken zu ihr rittlings über dem Abgrund saß und gebannt in die Tiefe starrte. Emilie zweifelte keine Sekunde daran, dass er sich hinunterstürzen wollte. Sie unterdrückte einen Aufschrei, hielt den Atem an und näherte sich ihm, so behutsam sie konnte. Die Angst, er könnte durch ihr unvermutetes Auftauchen erschrecken und das Gleichgewicht verlieren, schnürte ihr die Kehle zu. Als sie zwei Schritte von ihm entfernt war, zog er das zweite Bein nach und richtete sich auf. Seine Hände lösten sich vom Geländer.

»Max! Nein!«

Mit diesem Ruf warf sich Emilie nach vorn, umfasste seine Schultern und zerrte ihn zurück auf den Boden hinter dem Balkon. Sein Körper prallte gegen ihren und brachte sie zu Fall. Ihr

Kopf stieß gegen etwas Hartes. Der Schmerz ließ sie aufstöhnen. Max lag schwer auf ihr und rührte sich nicht.

»Max? Hörst du mich?«

Keine Reaktion. Emilie versuchte vergebens, sich unter ihm hervorzuschieben oder ihn von sich wegzudrücken. Sie rüttelte an einem seiner Arme.

»Max, bitte, komm zu dir!«

Der Körper über ihr erbebte und rollte zur Seite. Erleichtert atmete Emilie aus, setzte sich auf und beugte sich über ihren Bruder, der auf dem Rücken lag. Seine Augen waren geschlossen, sein Teint war fahl, und seine Stirn war von einem feinen Schweißfilm bedeckt. Emilie berührte vorsichtig seine Wange und streichelte sie. In seinem Gesicht zuckte es, er blinzelte, öffnete die Augen und schaute sie an, als sei sie eine Fremde.

»Max, ich bin es. Emilie.«

»Emilie?« Er zog die Stirn kraus, richtete den Oberkörper auf und stützte sich mit den Ellbogen ab.

»Deine Schwester«, schob Emilie nach. »Erkennst du mich denn nicht?«

Max massierte sich die Stirn und starrte sie an.

»Was machst du denn hier?«

»Was *ich* hier mache? Die Frage ist doch, was *du* hier machst«, antwortete Emilie. »Was ist bloß in dich gefahren?«, fragte sie und deutete auf den Balkon.

Als habe ihre Geste seine Erinnerung zurückgeholt, stöhnte Max auf. Er sank in sich zusammen.

»Warum hast du mich zurückgehalten?«

»Wie bitte? Wie kannst du das ernsthaft fragen? Soll ich es etwa zulassen, dass sich mein Bruder in den Tod stürzt?«

Zu Emilies eigenem Erstaunen klang ihre Stimme entrüstet. Erst jetzt wurde ihr bewusst, wie wütend sie war. Um ein Haar hätte sie hilflos zusehen müssen, wie Max auf dem felsigen Ufer zerschmettert wurde.

»Besser tot als ein Leben in Schande«, rief Max außer sich.

So verzweifelt hatte Emilie ihren Bruder noch nie gesehen. Ihr Zorn ebbte ab. Sie fasste Max am Kinn und zwang ihn, ihr in die Augen zu sehen.

»Max, was ist passiert? Warum willst du nicht mehr leben? Heute Morgen war doch noch alles in Ordnung?«

»Nichts war jemals in Ordnung!«

Max drehte sich weg und schlug die Hände vors Gesicht.

Emilie streichelte seine Schulter. Max schüttelte sie ab.

»Lass mich!«

»Max bitte, ich will dir doch helfen. Aber dazu muss ich wissen, was los ist.«

»Mir kann niemand helfen«, sagte er tonlos.

Emilie stand auf und griff nach seiner Hand. »Bitte Max, sprich mit mir.«

Sie nickte zu einem Bänkchen hin, das hinter ihnen unter einer ausladenden Buche stand.

»Setzen wir uns. Dann erzählst du mir alles.«

Max entzog ihr seine Hand. »Das hat keinen Sinn mehr!«

Emilie biss sich auf die Zunge und zwang sich, ruhig zu sprechen.

»Glaub mir, es wird dich erleichtern. Und gemeinsam finden wir eine Lösung. Alles wird gut! Das verspreche ich dir.«

Unwillkürlich verfiel Emilie in den Ton, den sie früher angeschlagen hatte, wenn Max als kleiner Junge bei ihr Trost suchte. Mitfühlend und zugleich forsch-zuversichtlich. Die Mischung verfehlte auch jetzt ihre Wirkung nicht. Max ließ die Hände sinken, stand auf und schleppte sich zu der Bank. Emilie folgte ihm, setzte sich neben ihn und legte einen Arm um seine Schultern.

»Also, was bedrückt dich?«

»Vater und die anderen liegen ganz richtig. Ich tauge nichts.«

»Aber wieso denn?«

»Auf dem Schiff war ich plötzlich wie gelähmt. Ich konnte mich buchstäblich nicht rühren. Ich konnte nichts dagegen tun, es war wie Schüttelfrost oder ein epileptischer Anfall. Jedenfalls denke ich mir, dass man da genauso ausgeliefert ist und nichts tun kann, damit es aufhört.«

Emilie stellte sich vor, wie Max stundenlang bewegungslos an der Reling stand, wo sie ihn zuletzt gesehen hatte, und von den anderen Passagieren wie eine Skulptur neugierig betrachtet wurde.

»Hattest du so etwas schon einmal?«, fragte sie.

Max nickte. »In der Kadettenschule. Oft sogar. Fast jede Nacht.«

»Weißt du, warum?«

Max sah ihr in die Augen. »Ich habe mich gefürchtet. Vor dem stundenlangen Marschieren und Exerzieren, aber mehr noch vor der Willkür der Vorgesetzten, den Schikanen, der Schreierei ...«

Emilie hatte nie ganz begriffen, was es mit den »schwachen Nerven« auf sich hatte, die angeblich der Grund für den Selbstmordversuch und die Entlassung ihres Bruders gewesen waren. In der Familie hatte man aus Scham über das Versagen des jüngsten Sohnes darüber geschwiegen, und sie selbst hatte sich nie getraut, Max danach zu fragen. Erst in diesem Augenblick wurde ihr klar, dass es pure Angst gewesen war. Fanny hatte also mit ihrer Vermutung richtiggelegen.

»Das verstehe ich gut«, sagte sie. »Aber ich kann nicht ganz nachvollziehen, wovor du dich auf dem Schiff dermaßen gefürchtet hast.«

»Dass ich es nicht kann!«, sagte Max.

»Was nicht kannst?«, hakte Emilie nach.

»Ich schaff es einfach nicht!«, rief Max. In seiner Stimme schwang wieder die schrille Note der Panik.

Emilie zog ihn fester an sich. »Ganz ruhig. Was schaffst du nicht? Meinst du die Expedition?«

»Das stehe ich nie im Leben durch! Und wenn ich schon bei so was versage ...« Seine Stimme brach.

»Aber das weißt du doch gar ...«, widersprach Emilie.

»Doch!«, rief Max. »Ich bin nicht gemacht für dieses Leben. Ich kann das alles nicht. Ich will es auch gar nicht. Und komm mir jetzt nicht damit, dass alles nur halb so schlimm wird!«

Emilie schloss den Mund, den sie zu genau dieser Entgegnung geöffnet hatte, und streichelte ihm über den Kopf. Max presste seine Stirn gegen ihr Brustbein und schluchzte. Während sie ihn hielt und ein wenig hin- und herwiegte, fragte sich Emilie, was sie als Nächstes unternehmen sollte. Wie konnte sie ihren Bruder beruhigen? Wie zu ihm durchdringen? Sie konnten schließlich nicht ewig hier sitzen. Und was, wenn er nur auf eine Gelegenheit lauerte, seinen Plan doch noch durchzuführen? Emilie gestand sich ein, sich der Aufgabe, Max vor sich selber zu beschützen, nicht gewachsen zu fühlen.

»Gott sei Dank! Ich hatte schon das Schlimmste befürchtet.«

Emilie wandte den Kopf und sah ihre Tante, die ihr auf dem Hochuferweg gefolgt war. Fanny ließ ihren Blick von Max, der keine Notiz von ihr nahm, zu Emilie wandern. Diese nickte ihr zu und spürte, wie sich Erleichterung in ihr ausbreitete. In der Aufregung hatte sie ganz vergessen, dass sie nicht allein war. Fanny schien zu spüren, in welcher Stimmung sich Max befand. Sie verzichtete darauf, ihn zu fragen, warum er nicht auf dem Weg nach Norwegen war oder warum er weinte.

»Kommt, eine Stärkung tut uns jetzt allen gut«, sagte sie stattdessen.

Sie trat auf die Bank zu, fasste Max unter den einen Arm und gab Emilie ein stummes Zeichen, es ihr auf seiner anderen Seite gleichzutun. Zu dritt liefen sie den Weg weiter zu der Stelle über den Wissower Klinken, an der es zur *Waldhalle* in den Wald hineinging, und erreichten wenige Minuten später das Ausflugslokal. Vor dem zweistöckigen Haus mit Reetdach und

Fachwerk standen mehrere Tische unter den Bäumen. Eine überdachte Laubenveranda mit Holzsäulen bot weitere Sitzgelegenheiten an der frischen Luft. In der Hauptsaison würde es hier vor Gästen wimmeln. An diesem Abend waren nur wenige Wanderer gekommen.

Apathisch ließ sich Max von Emilie und Fanny zu einem Tisch am Rand führen und sank schwer auf den Stuhl, den Emilie ihm zurechtrückte. Noch im Stehen winkte Fanny einem Kellner, der in der Tür des Lokals stand. Sein beflissenes Lächeln, als er herbeieilte, um sich nach ihren Wünschen zu erkundigen, erstarrte, als sie drei doppelte *Kööm* bestellte, wie der Kümmelkorn auf Rügen genannt wurde. Er musterte sie mit einer Mischung aus Misstrauen und Herablassung, offenbar unschlüssig, wie er dieses Trio einordnen sollte. Emilie bemerkte, wie sein Blick auf ihr verharrte, und sah an sich herunter. Kein Wunder, dass er irritiert war. Der Stoff ihres Rockes war mit Erde und altem Laub bedeckt und zerknittert, der Saum ihres Unterkleides war halb abgerissen und schleifte am Boden, und ihre Frisur hatte sich weitgehend aufgelöst. Max' heller Anzug war ebenfalls verdreckt und faltig, seine Haare waren verstrubbelt, und seine Augen wirkten glasig. Einzig ihre Tante sah wie aus dem Ei gepellt aus. Emilie schielte zu ihr und sah, dass es um ihre Mundwinkel zuckte. Fanny setzte eine würdevolle Miene auf, nahm am Tisch neben Max Platz, drückte das Rückgrat durch, zupfte ihre Handschuhe zurecht und fragte:

»Was empfiehlt der *chef de cuisine* denn heute?«

»Äh … also … wir haben nur …« Der Kellner räusperte sich. »Wenn die Herrschaften vielleicht Fisch? … Wir haben frischen Dorsch und Bücklinge und äh …«, stotterte er und verstummte.

Fanny runzelte die Stirn und wandte sich an Emilie. »Meine Liebe, ich fürchte, wir werden uns hier ein wenig bescheiden müssen. Ich hoffe, es inkommodiert dich nicht allzu sehr?«

Emilie bemühte sich um einen angemessen blasierten Gesichtsausdruck und signalisierte mit einem Augenaufschlag ihr Einverständnis. Der Kellner schrumpfte sichtlich und wurde rot.

»Nun denn, dann versuchen wir unser Glück mit dem Dorsch«, sagte Fanny.

»Sehr gern, gnädige Frau«, stieß der Kellner hervor, entfernte sich im Laufschritt und kehrte wenige Augenblicke später mit drei Schnapsgläsern zurück, in denen eine gelbliche Flüssigkeit schwappte.

»So, runter damit«, befahl Fanny, sobald der Kellner außer Hörweite war.

Sie verteilte die Gläser und prostete Emilie und Max zu. Gehorsam nahm Emilie einen großen Schluck und fasste sich an den Hals. Das scharfe Brennen trieb ihr Tränen in die Augen. Sie hustete und rang nach Luft. Max keuchte ebenfalls. In sein Gesicht kehrte Farbe zurück, und der apathische Ausdruck verschwand. Fanny lächelte zufrieden und legte eine Hand auf seinen Unterarm.

»Verrätst du mir, warum du zurückgekommen bist?«

Max stieß einen tiefen Seufzer aus.

»Es ist mir unsagbar peinlich. Aber ich ... ich war wie gelähmt bei dem Gedanken, dass ... ich konnte mich nicht rühren, habe wie wild gezittert und wollte einfach nur noch weg ...«

»Du hattest Angst«, stellte Fanny fest. »Das klingt nach einer waschechten Panikattacke.«

Max schauderte. »Ich hätte mich nie auf diese Reise einlassen dürfen. Deshalb bin ich in Trelleborg gar nicht erst von Bord gegangen, sondern direkt wieder zurückgefahren.« Er zuckte mit den Schultern. »Klingt ziemlich dumm, ich weiß. Ich hatte wohl gehofft, dass ihr noch am Hafen steht ... erst als ich ankam, dämmerte mir, dass ich keine Ahnung habe, wo ich euch finden kann. Und dann … dann … wurde mir klar, dass ihr mir auch nicht helfen könnt … und dann …«

»Dann habe ich dich ja gefunden«, fiel Emilie ihm rasch ins Wort.

Max verzog zerknirscht das Gesicht und kippte den Rest seines Glases hinunter.

Emilie wandte sich an ihre Tante und fuhr fort: »Und jetzt traut er sich nicht, seinem Professor oder unserem Vater unter die Augen zu treten. Vor allem unserem Vater nicht. Der ist ohnehin schon sehr schlecht auf Max zu sprechen, weil er nicht wie von ihm gewünscht die Offizierslaufbahn eingeschlagen hat.«

»Oh, ja, das passt zu ihm«, sagte Fanny. »Und wie ich meine Mutter kenne, stößt sie, was das betrifft, ins gleiche Horn.«

»Nicht zu vergessen mein Bruder«, sagte Max. »Für sie alle wäre ich ein für alle Mal unten durch.« Er wandte sich an Emilie. »Ich hab's dir bislang nicht gesagt. Aber Vater hat mir unmissverständlich klargemacht, dass ich von ihm keinerlei Unterstützung mehr zu erwarten habe, wenn ich ihn noch einmal enttäusche. Er hat sogar von Enterben gesprochen.«

Emilie sog scharf die Luft ein und hob eine Hand vor den Mund.

»Au weia, das ist in der Tat keine einfache Situation«, sagte Fanny.

»Katastrophe trifft es besser«, murmelte Max und ließ den Kopf hängen.

Fanny sah ihn besorgt an. Emilie war froh, dass ihre Tante ohne Weiteres begriff, was für ihn auf dem Spiel stand. Und dass Sprüche wie ›Reiß dich zusammen, du wirst das schon schaffen‹ in seinem Fall wenig hilfreich waren, sondern seine desolate Gemütsverfassung verstärken würden. Fanny legte ihre Stirn in Falten, setzte mehrfach zu einer Bemerkung an, schüttelte den Kopf und versank in Schweigen. Emilie straffte sich und beugte sich näher zu ihr.

»Es gibt durchaus eine Lösung. Nicht ganz einfach, aber machbar«, verkündete sie.

Max machte eine abwehrende Handbewegung.

Emilie fuhr unbeirrt fort: »Ich hatte es Max bereits in Berlin angeboten: Ich könnte an seiner Stelle an der Expedition teilnehmen.«

Ihre Tante zog die Augenbrauen hoch und forderte sie mit einem Nicken auf, sich zu erklären. Nachdem Emilie ihr die Idee, sich als Mann zu verkleiden und für ihren Bruder auszugeben, erläutert hatte, entfuhr Fanny ein »Oha!«.

Die von Emilie erwartete prompte Ablehnung blieb jedoch aus.

»Das ist ein verwegener Gedanke«, sagte Fanny nach kurzem Schweigen. »Ist dir wirklich bewusst, was das heißen würde? Es geht hier ja nicht um eine kurzzeitige Verkleidung für einen Maskenball. Du müsstest mit Haut und Haar in eine andere Rolle schlüpfen und sie wochenlang überzeugend durchhalten. Und wenn du erst einmal auf dem Forscherschiff bist, gibt es keine Möglichkeit mehr, die Sache abzubrechen.«

Max wandte sich an Fanny. »Meine Rede! Und denk nur an die Gefahren, denen Emilie ausgesetzt wäre, wenn sie auffliegt. Eine junge Frau in der Wildnis, umgeben von Männern, die vielleicht ihre guten Manieren vergessen – so weit entfernt von der Zivilisation. Ganz zu schweigen von dem Eklat, den das Ganze auslösen würde.«

»Hast du einen besseren Vorschlag?«, fragte Emilie. »Ich meine, außer dich von den Klippen zu stürzen.«

Max wich ihrem Blick aus. Fanny sah Emilie in die Augen.

»Gehe in dich und prüfe dich ganz ehrlich. Es hat keinen Sinn, sich in ein Abenteuer zu stürzen, dem man nicht gewachsen ist. Mag das Motiv dafür auch noch so ehrenhaft und nachvollziehbar sein. Aber es wäre niemandem geholfen, wenn du dir eine Aufgabe zumutest, die dich überfordert, nur um deinem Bruder zu helfen.«

Emilie atmete tief ein und aus. Sie gestand sich ein, dass ein Teil von ihr, der Angst vor der eigenen Courage hatte, insgeheim gewünscht hatte, Fanny würde ihr ihre Idee ausreden. Jetzt, wo aus dem Gedankenspiel ein konkreter Plan wurde. Gleichzeitig wusste sie tief in ihrem Inneren, dass sie es sich nie verzeihen würde, wenn Max sich etwas antat, weil sie ihn im Stich gelassen hatte. Damit würde sie nicht leben können.

Sie setzte sich aufrechter und sagte mit fester Stimme: »Ich bin mir ganz sicher.«

Fanny nickte. In ihren Augen blitzte Anerkennung auf. »Gut, dann lasst uns überlegen, wie wir es einfädeln.«

»Das ist nicht dein Ernst«, sagte Max fassungslos. »Das kann doch nie und nimmer gelingen!«

»Wenn wir drei zusammenhalten, kriegen wir das hin«, entgegnete Fanny energisch. Sie wandte sich an Emilie. »Ich werde mit Max die geplante Städtetour machen. Er wird unterwegs immer wieder Kartengrüße nach Hause schicken – mit deiner Handschrift.« Sie lächelte ihr zu. »Du schreibst ein paar Texte, die er dann nur kopieren braucht. Auf so eine Karte passt ja zum Glück nicht so viel.«

Max sah auf. »Du meinst, unsere Eltern werden keinen Verdacht schöpfen, weil sie Emilie auf Reisen mir dir wähnen?«

»Ganz genau. Wenn ich euch richtig verstanden habe, wirst du, also Emilie, ja bereits Ende Juni wieder nach Deutschland zurückkehren. Wir werden es so einrichten, dass wir zur selben Zeit in Berlin eintreffen. Dort wird sie dir«, Fanny nickte Max zu, »die Zeichnungen, Präparate und Notizen übergeben, die du für deinen Professor anfertigen sollst. Und anschließend wird sie nach Elberfeld zurückkehren – mit einem Haufen Souvenirs, Mitbringseln und Ansichtskarten unserer verschiedenen Reiseetappen im Gepäck. *Et voilà* – alle sind zufrieden und glücklich!«

Fanny strahlte die Geschwister an. Emilie schluckte. Aus dem Mund ihrer Tante klang das alles wie ein Spaziergang. Ganz so einfach würde es wohl nicht werden. Sie sah zu Max. In seinen Augen blitzte Hoffnung auf. Emilie biss sich auf die Lippe. Sei kein Frosch!, ermahnte sie sich. Du selbst hast schließlich als Erste diese verrückte Idee gehabt.

»Also, abgemacht?«, sagte Emilie und hielt Max ihre Rechte hin. Er legte seine darauf – so wie früher, wenn sie als Kinder einen Pakt besiegelten. Fanny umschloss die Hände der beiden mit ihren und drückte sie.

»Abgemacht!«

16

Tromsø, Juli 2013

Kurz nach halb vier landete die Maschine der Norwegian Airline in Langnes, dem Flughafen von Tromsø. Hanna warf einen Blick aus dem Fenster, an dem Regentropfen perlten. Auf dem zweistündigen Flug von Oslo, wo sie umgestiegen war, hatte sich das Wetter zunehmend verschlechtert. Von den atemberaubenden Gebirgszügen, die Tromsøya – die Hauptinsel des ausgedehnten Stadtgebietes von Tromsø – laut ihrem Reiseführer umgaben, hatte sie nur verschwommene Silhouetten erahnen können. Hanna fühlte sich an die Nebelreiche erinnert, die in den alten Sagen von Riesen, Feen, Zwergen, Drachen und anderen mythischen Wesen bevölkert waren. Willkommen in der Heimat der Trolle, schoss ihr der Slogan eines Anbieters für Reisen nach Skandinavien durch den Kopf. Während sie ihr Handgepäck aus dem Fach über ihrem Sitz holte, ihre Jacke anzog und sich in die Schlange zum Ausgang einreihte, gestand sich Hanna ein, kaum etwas über Norwegen zu wissen – bis auf die üblichen Klischees:

Das Land der Mitternachtssonne und endloser dunkler Winter, tiefblauer Fjorde und Seen voller Fische, mit von Gletschern bedeckten Gebirgszügen und Wäldern, in denen Elche, Bären und Wölfe hausten. Dazwischen einsame Gehöfte und malerische Städtchen mit bunten Holzhäusern, in denen große blonde Menschen wohnten, die sich Fremden gegenüber verschlossen zeigten, Jazz und Heavy Metal liebten, melancholische Anwandlungen in überteuertem Alkohol ertränkten, Walfleisch und gegorenen Fisch als besondere Leckerbissen genossen, jede freie Minute mit Wandern oder Skilaufen verbrachten und eine Wochenendhütte in den Bergen oder an der Küste besaßen.

Auch wenn ihr eigentliches Reiseziel weit entfernt vom Festland lag und Spitzbergen erst seit 1920 offiziell unter norwegischer Verwaltung stand, war es Hanna unangenehm, so ahnungslos über diesen Staat und seine Bewohner zu sein. Sie hatte immer den Anspruch an sich selbst gehabt, ihre Reportagereisen gut informiert und vorbereitet anzutreten. Dieses Mal hatte sie kaum Zeit gehabt, sich vorab kundig zu machen. Die aufwühlenden Erlebnisse in den vergangenen Tagen hatten ein Übriges dazu beigetragen, dass sie erst am Münchner Flughafen auf die Idee gekommen war, sich einen Norwegen-Reiseführer zu kaufen.

Wozu hab ich dir denn das Smartphone geschenkt? Wer braucht denn so altmodisches Zeugs wie Bücher? Du kannst das doch jetzt alles ganz easy im Internet recherchieren. Hanna glaubte fast, die Stimme ihrer Tochter zu hören, die sie mit liebevollem Spott zur Rede stellte. Sie lächelte in sich hinein und beschloss, Mias Rat zu folgen und sich mit ihrem neuen Spielzeug – wie sie das Smartphone bei sich nannte – mehr Informationen zu verschaffen. Das nasskalte Wetter lud ohnehin nicht zu ausgedehnten Besichtigungstouren ein.

Mit einem Mal fühlte Hanna sich ernüchtert. Vor ein paar Tagen bin ich noch davon ausgegangen, heute mit Thorsten durch irgendein schnuckeliges Städtchen im Elsass zu flanieren, dachte sie und versuchte vergeblich, die ungebetenen Bilder, die vor ihrem geistigen Auge auftauchten, zu verscheuchen: sie und Thorsten Arm in Arm, bei schönstem Sonnenschein, vielleicht auf der Suche nach einem guten Restaurant, in dem sie es sich zwei Tage später an ihrem Geburtstag gut gehen lassen konnten. Stattdessen bin ich an diesem unwirtlichen Ort gelandet, werde meinen Fünfundvierzigsten auf einer Gletscherinsel mutterseelenallein verbringen und … Hör sofort auf damit, wies sie sich selbst zurecht. Du bist schließlich nicht zum Vergnügen hier. Außerdem wäre es noch schlimmer, jetzt einsam zu Hause zu sitzen. Sieh lieber zu, dass du eine anständige Reportage hinkriegst, dann bekommst du sicher bald interessantere Aufträge und kannst wärmere Gefilde erkunden. Es sind doch nur ein paar Tage, den Geburtstag kannst du immer noch nachfeiern. Vielleicht mit Heiko in Berlin.

Von dieser Aussicht aufgemuntert, strebte Hanna zügig zum Ausgang des Flughafengebäudes und nahm einen Bus in die Stadt. Das Hotel, in dem die Reisestelle des Frauenmagazins ein Zimmer für sie gebucht hatte, lag mitten im Zentrum in einer Parallelstraße der Storgata. Es war erst im April eröffnet worden und gehörte zu einer Kette, die für ihre Häuser mit gemäßigten Preisen, modernem Komfort und kurzen Distanzen zu den wichtigsten Sehenswürdigkeiten der jeweiligen Stadt warb. Auf die dunkle Wand hinter dem Rezeptionstresen war mit weißer Farbe ein riesiger Rentierkopf gemalt, der Hanna auch auf dem Schrank ihres Zimmerchens neben dem Bett begrüßte. Offenbar das Wappentier Tromsøs, das ihr bereits auf einem Gullideckel vor dem Hotel aufgefallen war. Sie stellte ihren Koffer ab, holte ein wasserdichtes Cape heraus und brach wenige Augenblicke später auf, um sich ein gemütliches Plätzchen zu suchen, wo sie in Ruhe im Internet surfen konnte. Der Regen hatte sich in ein feines Nieseln verwandelt, es war kühl und windig. Hanna zog die Kapuze tief ins Gesicht und eilte mit gesenktem Kopf die Vestregata entlang, bog in die Rathusgata ab, passierte das moderne Rathausgebäude mit seinen riesigen Glasfassaden und erreichte kurz darauf den Stortorget, der an den Hafen grenzte.

Vor einer kleinen katholischen Kirche, die am Rand des rechteckigen Marktplatzes neben einem Einkaufszentrum stand, blieb sie kurz stehen und sah sich um. In der Mitte des Platzes stand eine große Bronze-Skulptur, die einen mit einem Speer bewaffneten Waljäger in einem Boot bei heftigem Seegang darstellte. Auf dem Steinsockel zeigten Reliefs Szenen aus dem Alltag der Fischer. Das Denkmal war den vielen verschollenen Seefahrern gewidmet, die in den Weiten des Polarmeeres ihr nasses Grab gefunden hatten. Jenseits des Hafenbeckens schwang sich eine Brücke hinüber zum Festland. An ihrem Ende ragte ein weißes Gebäude auf, das Hanna an ein riesiges Zelt denken ließ oder an Eisschollen, die sich ineinandergeschoben und verkeilt hatten. Das musste die Eismeerkathedrale sein, ein Wahrzeichen der Stadt.

Der Wind, der ungehindert über die freie Fläche fegte, bauschte ihr Regencape auf und ließ Hanna frösteln. Sie beeilte sich, den Platz zu überqueren. An der Ecke zur Havngata bemerkte sie ein Café, das einen einladenden Eindruck machte. Sie öffnete die Tür und betrat den Gastraum, der mit dunkel gebeizten Tischen und Stühlen möbliert war. Behagliche Wärme schlug ihr entgegen und ein Geräuschteppich aus Stimmengewirr, Geschirrklappern und dem Zischen der Milchaufschäumer. Der Duft nach frisch gemahlenem Kaffee und ofenwarmem Brot mischte sich mit dem Geruch nach nassen Stoffen. Das *Kaffebønna* war von einem bunt gemischten Publikum bevölkert, das sich verführerisch aussehende Kuchen, Gebäckstücke und herzhafte Snacks schmecken ließ. An den Tischen, die vor der langen Theke standen, fand Hanna keinen Platz. An der Fensterfront, an der ein durchgehendes Abstellbrett montiert war, ergatterte sie einen freien Barhocker, hängte ihr Regencape an einen Garderobenständer, belegte ihren Platz mit ihrer Jacke und ging zum Tresen, um sich den *WLAN*-Code geben zu lassen. Nachdem eine der jungen Bedienungen ihr eine große Tasse Kaffee gebracht hatte, zog Hanna das Smartphone heraus und begann, Informationen über Tromsø zu googeln.

Im Stillen dankte sie ihrer Tochter. Der Spruch »jemanden zu seinem Glück zwingen« passte in ihrem Fall wie die Faust aufs

Auge. Hanna konnte nicht mehr verstehen, warum sie sich jahrelang gegen die Anschaffung eines solchen Geräts gesträubt und sich der Möglichkeit beraubt hatte, unterwegs jederzeit ins Internet gehen zu können. Zunächst überflog sie die offiziellen Tourismusseiten der Stadt und einiger Reiseanbieter. Der Bericht des Journalisten Stephan Maus, der zehn Jahre vor ihr Norwegens Norden bereist hatte, fesselte ihre Aufmerksamkeit. Sein humorvoll-ironischer Schreibstil, mit dem er die Eigenheiten der Gegend und ihrer Bewohner aufs Korn nahm, gefiel ihr. Schmunzelnd nippte sie an ihrem Kaffee und las:

Tromsø liegt so weit im Norden, daß Kälte, Wind, Schnee und Eis alle Idylle im Lauf der Jahrhunderte weggefegt haben. Wer diesem Ort gerecht werden will, muß seinen Wortschatz lange ins Freie stellen, bis er ausreichend erodiert ist, ausgewaschen und moosbewachsen. All die tausend Kilometer haben sich gelohnt: Endlich greift das Wort »malerisch« nicht mehr. Hier ist es nur noch wuchtig. Der Bewuchs in dieser Landschaft ist so karg, daß die Stadt eine tolerante Unkrautpolitik betreibt. Die mannshohe und sehr raumgreifende Herkulesstaude wurde mit trotzigem Exotismus kurzerhand in Tromsøpalme umgetauft und schmückt nun jeden unversiegelten Winkel der Stadt. So entsteht in der kurzen Sommerzeit das kuriose Bild einer dschungelartig verwucherten, ewig taghellen Stadt inmitten einer nackten Felslandschaft. (...) Im Norwegischen spricht man die Stadt Trummsö aus, und dieses geologische Klangbild kommt dem Landschaftsbild sehr nahe: Die Sicht ist verstellt mit riesigen Felstrummen.

Außer Polarlichtforscher haben noch folgende Berufe ausgezeichnete Anstellungschancen in Tromsø: Motorschlittenmechaniker, Möwenkundler, Schneeschuhmacher, Angelhakenschmied und Trampolinhersteller. In den Gärten stehen unzählige Trampolins, die vielleicht eine gute Erklärung für das ausgeglichene

Gemüt der Norweger sind. Hat der Vater mal einen furiosen Adrenalinschub, geht er eine halbe Stunde hüpfen, hat die Mutter Kopfschmerzen, hopst sie sich die Migräne weg. Das sorgt für harmonische Familien und bewundernswert freundliches Gesellschaftsklima.

(...) Jeden Sommer werden die Touristen von psychotischen Möwen angegriffen, die entweder zu viel Hitchcock geguckt haben oder denen die ungewohnte Wärme ins arktische Gehirn steigt, um sie in saisonale Paranoia zu treiben. Von Einheimischen hört man, daß es den Möwenhirnen ab 5 Grad durchschnittlicher Tagestemperatur wieder besser gehe.

Hanna kopierte den Link zu diesem Bericht und schickte ihn in einer kurzen E-Mail an Mia und Lukas.

Meine beiden Lieben,

damit ihr eine Vorstellung davon bekommt, wohin es Eure Mutter verschlagen hat:).

Hanna hielt inne und sah auf die Uhr. Kurz vor halb sechs. Ausreichend Zeit für einen Besuch des Polarmuseums, das im Sommer bis neunzehn Uhr geöffnet hatte und sich nicht weit von ihrem Café im historischen Schanzenviertel auf dem Gelände eines denkmalgeschützten alten Zollhauses befand. Rasch tippte sie weiter:

Und jetzt stimme ich mich mit dem Besuch des Polarmuseums ein wenig auf Spitzbergen ein. Ich melde mich bald ausführlicher. Bis dahin alles Liebe und regennasse Grüße aus der Stadt der nördlichsten Superlative: Hier gibt es nämlich nicht nur die nördlichste Domkirche, das nördlichste Symphonieorchester und die nördlichste Universität, sondern auch die nördlichste Brauerei, das nördlichste Rockcafe, die nördlichste Glasbläserei und den nördlichsten botanischen Garten.

Nördlichste Küsse, Mama

Wenige Minuten später betrat Hanna in der Søndre Tollbodgata, der südlichen Zollamtstraße, ein rot gestrichenes Holzhaus. Um diese Stunde war das Museum kaum besucht. Hanna streifte weitgehend allein durch die Räume, die verschiedenen Themen rund um die Erkundung der Arktis und das Leben in der Polarregion gewidmet waren. Viele Exponate waren zweisprachig auf Norwegisch und Englisch erläutert. Wo das nicht der Fall war, half die deutsche Broschüre weiter, die sich Hanna an der Kasse hatte geben lassen.

Zunächst erfuhr sie, wie Tromsø zum »Tor zum Eismeer« geworden war. Lange Zeit waren es vor allem die Kirche und der Marktplatz gewesen, die die Fischer und Bauern aus den umliegenden Dörfern und Gehöften zu Gottesdiensten und Tauschgeschäften angelockt hatten. Die wenigen ansässigen Kaufleute hatten ihre Waren weniger aus Südnorwegen als aus dem benachbarten Russland bezogen. Die sogenannten Pomoren, die sich im Mittelalter an den Küsten des Weißen Meeres angesiedelt hatten, brachten Getreide und andere Nahrungsmittel im Austausch gegen Fisch und Tran. Erst die Entdeckung des Eismeeres als Jagdgebiet für Robben, Walrosse und Eisbären, und die Erfindung der Harpunenkanone, die den Walfang effektiver machte, brachten im neunzehnten Jahrhundert den entscheidenden wirtschaftlichen Aufschwung. Damals wurde Tromsø außerdem der Ausgangspunkt zahlreicher Expeditionen nach Spitzbergen und zum Nordpol.

Zunehmend fasziniert tauchte Hanna in die Welt der Walfänger, Trapper und Polarforscher ein. In einem Raum, der sich der

Jagd in der Arktis widmete, stand eine Hütte, die 1910 an einem Fjord auf Spitzbergen aus sibirischem Treibholz errichtet worden war. Fünfundzwanzig Jahre lang war sie regelmäßig benutzt worden, bevor man sie zunächst im Osloer Seefahrtsmuseum und später in Tromsø ausstellte. Mit leichtem Schaudern las Hanna, dass einer der ersten Jäger, der darin überwintert hatte, an Skorbut gestorben war. Das Diorama machte auf sie einen sehr wirklichkeitsnahen Eindruck. Die Hütte, deren Fugen mit Moos abgedichtet waren, war mit Fuchsfellen, erlegten Schneehühnern, Rentiergeweihen, Werkzeugen, Gewehren und anderem Gerät behängt, auf dem Dach standen Schlitten und Vorratsfässer. Vor einer Wand saßen zwei lebensgroße Männerfiguren. Der eine Mann hackte Holz, der andere nahm ein kleines Tier aus. Ihre Gesichter waren verschlossen, fast grimmig. Hanna ging an ihnen vorbei zur niedrigen Tür, durchquerte den kleinen Vorraum und spähte in das einzige Zimmer, das zum Schlafen, Kochen und Arbeiten gedient hatte.

Ihrer Meinung nach war es den Museumsleuten überzeugend gelungen, die drangvolle Enge der Behausung fühlbar zu machen, die für insgesamt fünf Bewohner gedacht gewesen war. Jedes freie Eckchen war mit Kleidungsstücken, Ausrüstungsgegenständen und Kochutensilien vollgestopft, die doppelstöckigen Betten waren ungemacht und dienten ebenfalls als Ablageflächen. Hanna ertappte sich bei dem Gedanken, dass hier ordentlich aufgeräumt und durchgeputzt gehörte. An einer Wand stand ein Eisenofen, der gleichzeitig als Herd diente. In der Ecke daneben nahm Hanna hinter ein paar zum Trocknen aufgehängten Hemden die Silhouette einer männlichen Figur wahr, die mit dem Rücken zu ihr über einen Waschzuber gebeugt war. Eine vierte saß an einem Tisch unter dem einzigen winzigen Fenster und las in einem Buch. Es fiel Hanna schwer sich vorzustellen, zu fünft auf so engem Raum den arktischen Winter zu verbringen, ohne die Möglichkeit, sich aus dem Weg zu gehen, in ewiger Dunkelheit, umtost von Schneestürmen, abgeschnitten vom Rest der Welt.

Lautes Scheppern ließ sie zusammenfahren. Der Deckel eines Blechtopfes rollte vor ihre Füße.

»Forbannet!«, fluchte eine tiefe Stimme.

Hanna drehte sich zum Ofen und hielt die Luft an. Das konnte nicht sein! Die Figur hinter der Wäscheleine war zum Leben erwacht, hatte sich aufgerichtet und mit erhobener Hand zu ihr umgedreht. Hanna sah etwas darin metallisch aufblitzen. Ein Messer? Sie taumelte rückwärts, stieß gegen einen Hocker und verlor das Gleichgewicht. Der Mann machte einen Satz auf sie zu. Hanna schrie auf, kniff die Lider zusammen, erwartete den Angriff. Im nächsten Moment spürte sie, wie ein Arm ihre Taille umfasste und ihren Sturz verhinderte. Sie blinzelte vorsichtig und sah in zwei hellblaue Augen, die direkt in ihre blickten.

17

HAPAG Passagierdampfer Komet, *Juni 1907*

Gedämpftes Stampfen und mehrfaches Tuten drangen in Emilies Bewusstsein. Ihre Lider fühlten sich schwer an. War sie im Zug eingenickt? Nein, das Rattern der Eisenbahn klang anders. Ach ja, richtig, sie war auf Rügen. Mit ihrer Tante Fanny. Im Hotel Fürstenhof an der Saßnitzer Strandpromenade. Vermutlich fuhr gerade ein Schiff vorbei. Emilie drehte sich um und stieß mit dem Knie gegen etwas Hartes. Sie stutzte. Das Hotelbett stand doch mit der Kopfseite an der Wand? Und war es nicht viel breiter? Sie öffnete die Augen und erstarrte. Wo war sie? Wo befand sich dieser kleine Raum? Durch die Vorhänge eines runden Fensters drang Licht und ließ auf Hochglanz polierte Mahagonimöbel schimmern, die sich von der helleren Holzvertäfelung der Wände abhoben. »Klein, aber dein«, kam ihr Fannys Bemerkung vom Vorabend in den Sinn. Natürlich! Sie lag in einer Kabine der *Komet,* eines Passagierdampfers der Hamburg-Amerikanischen Packetfahrt-Actien-Gesellschaft.

Emilie angelte nach dem Reisewecker, der neben dem Bett auf einem Hängeregal stand, und warf einen Blick darauf. Kurz nach sieben Uhr. Sie hatte fast zwölf Stunden geschlafen. Mit einem Gähnen stand sie auf, tappte zu dem winzigen Waschkabinett neben dem Einbauschrank und fuhr mit einem erstickten Gurgeln zurück. In ihrem Bad stand ein Fremder! Er hatte zerstrubbelte kurze Haare und starrte sie aus geweiteten Augen an. Sie streckte abwehrend die Hand aus – der Fremde tat es ihr nach. Ihr Blick fiel auf sein Hemd. Sie stutzte. Warum trug er ein Nachtgewand ihres Bruders? Ihre Finger stießen gegen seine. Die Berührung des kalten Glases des Spiegels, der über dem Waschbecken angebracht war, vertrieb ihre Benommenheit. Mit einem Schlag war die Erinnerung an die vergangenen vierundzwanzig Stunden wieder da – und mit ihr ein Anflug von Panik. Sie war tatsächlich auf dem Weg nach Norwegen! Allein! Als Max Berghoff.

Die Generalprobe – wie Fanny die ersten Schritte ihrer Nichte als Mann in der Öffentlichkeit bezeichnet hatte – war reibungslos über die Bühne gegangen. Emilies Befürchtung, dass der Steward, der sie am Vorabend zu ihrer Kabine geführt und sie mit den wichtigsten Regeln an Bord vertraut gemacht hatte, sofort Verdacht schöpfen würde – spätestens wenn sie den Mund aufmachte –, hatte sich nicht erfüllt. Kein misstrauischer Blick hatte sie gestreift, keine zweideutige Anspielung hatte sie verunsichert. Nachdem er gegangen war, hatte Fanny sie angestrahlt und gesagt: »Ich bin ganz begeistert, wie natürlich du auftrittst. Und wegen deiner Stimme brauchst du dir wirklich keine Sorgen zu machen. Dieser junge Mann zum Beispiel hat eine viel hellere als du.«

Während sie sich das Gesicht mit kaltem Wasser wusch, dankte Emilie ihrer Tante im Stillen für ihre Umsicht. Ohne Fannys Hilfe wäre ihr Abenteuer vermutlich zu Ende gewesen, bevor es überhaupt richtig begonnen hatte. Nicht nur wegen ihrer Ratschläge, sondern vor allem, weil sie sie daran gehindert hatte, sich kopfüber in dieses Abenteuer zu stürzen. Die lange Bahnfahrt von Rügen nach Hamburg hatten sie dazu genutzt, Emilie auf ihre Verwandlung in Max Berghoff vorzubereiten und ihre kleine Verschwörung, wie Fanny den Rollentausch der Geschwister nannte, hieb- und stichfest zu machen. Wobei Max selbstverständlich nicht als Emilie an der Seite seiner Tante die geplante Bildungsreise antreten sollte, sondern nur im Namen seiner Schwester ab und zu aus den verschiedenen Städten Kartengrüße an die Eltern und andere Familienmitglieder senden sollte, um ihr ein Alibi zu geben. Emilie hatte entsprechende

Formulierungen notiert, um ihm das Nachahmen ihrer Schrift zu erleichtern.

Fanny hatte darauf bestanden, dass Emilie die Reise nach Tromsø mit einem Passagierdampfer unternahm. »So bist du nicht gezwungen, von Anfang an permanent unter Menschen zu sein, wie es der Fall wäre, wenn du die ursprünglich vorgesehene Reiseroute von Max nehmen würdest. Auf dem Schiff hast du die Möglichkeit, dich in deine Kabine zurückzuziehen, kannst dort ungestört Körperhaltung und Gesten einüben und ein paar Fachartikel lesen, um glaubhaft als Student der Biologie durchzugehen. Es ist wichtig, dass du dich so gut wie möglich in deine neue Identität eingewöhnst und dich sicher fühlst. Dann wirst du überzeugend auftreten.«

Bevor Emilie an Bord ging, hatte sich in dem Hotel, in dem ihr Bruder und Fanny Zimmer genommen hatten, ihre Metamorphose in den jungen Mann vollzogen, der ihr nun aus dem Spiegel entgegenschaute. Ihre Tante hatte ihr geholfen, ihre Brust mit einem dünnen Tuch zu bandagieren und ihr anschließend die Haare gekürzt. Mit Herzklopfen hatte Emilie im Spiegel der Frisierkommode verfolgt, wie Fanny ihre langen Flechten eine nach der anderen in die linke Hand nahm, mit der rechten abschnitt und ordentlich in eine Schachtel legte. Das erwartete Bedauern blieb aus. Emilie fühlte sich buchstäblich leichter und war gespannt, das neue Ich, das da zum Vorschein kam, kennenzulernen.

»Am besten suchst du bald den Barbier des Schiffes auf und lässt dir einen ordentlichen Schnitt verpassen«, hatte Fanny mit einem entschuldigenden Lächeln gemeint, als sie sich das Ergebnis ihrer Künste besah. »Als richtige Frisur kann man das nun eher nicht bezeichnen. Aber mit ein wenig Pomade in Form gebracht, sollte es fürs Erste genügen.«

Emilie trocknete sich das Gesicht ab, öffnete den Einbauschrank, in dem sie ihre Kleidung verstaut hatte, und musterte ihre Garderobe. Sie war überschaubar:

Für den Aufenthalt auf dem Forscherschiff und später auf Spitzbergen hatte sich Max einen grauen Anzug aus strapazierfähiger Cheviotwolle schneidern lassen, der ihr gut passte. Zum ersten Mal in ihrem Leben hatte sie ein Kompliment für ihre burschikose Statur bekommen. Fanny war sehr angetan von ihrem »neuen Neffen«, und auch Max hatte festgestellt, dass seine Schwester mit ihrer sportlichen Figur, den ein wenig kantigen Gesichtszügen und den geraden Augenbrauen in seinen Kleidern fast männlicher wirkte als er selbst. »Wenn du es jetzt noch schaffst, nicht ständig albern zu kichern und rot zu werden, ist alles tadellos«, hatte er gesagt und ihr anerkennend auf die Schulter geklopft.

Auch der helle Leinenanzug für tagsüber und der elegante Smoking für die Diners, Konzerte und die anderen gesellschaftlichen Anlässe während der Seereise bedurften nur kleiner Änderungen, die Fanny mit ihrem Reisenähzeug vornahm. Ein halbes Dutzend weiße Hemden und einen Staubmantel konnte Emilie ebenfalls von ihrem Bruder übernehmen, seine Schuhe, Hut und Handschuhe waren ihr dagegen zu groß. Der Besuch eines gediegenen Herrenausstatters am Gänsemarkt hatte die Lücke geschlossen. Ihre Tante komplettierte die Ausrüstung mit dem Erwerb einer wasserdichten Pelerine und eines stabilen Schirms – »So bist du nicht nur gegen Regen geschützt, sondern auch gegen Sonne, und zur Not kannst du ihn sogar als Gebirgsstock benutzen« – und einer kleinen Reiseapotheke mit Verbandsmaterial, Mittel gegen Durchfall und Sodbrennen, Vaseline für Massagen bei Verstauchungen und Hirschtalg für wund gelaufene Füße.

Außerdem hatte Fanny peinlich darauf geachtet, dass Emilie nichts mitnahm, was ihre wahre Identität verraten konnte. »Denk an Effi Briest!«, hatte sie gemahnt und ihr das goldene Halskettchen abgenommen, das Emilie einst zur Konfirmation geschenkt bekommen hatte und seither jeden Tag trug. »Sentimentalitäten kannst du dir nicht leisten.« Aus dem gleichen Grund waren der zierliche Füllfederhalter und die bestickte Geldbörse in Fannys Koffer gewandert.

Emilie schloss die steifen Manschetten ihres Hemdes mit silbernen Manschettenknöpfen, streifte die Jacke des Leinenanzugs über, setzte den runden Panamahut aus geflochtenen Palmenblättern auf, nickte ihrem Spiegelbild zu und flüsterte: »Auf in den Kampf, Torero!«

Bevor sie ihre Kabine zweiter Klasse verließ, überflog sie den ersten Absatz der Schiffsordnung, die eingerahmt an der Tür hing.

ZUR GEFÄLLIGEN BEACHTUNG

Mahlzeiten

Das erste Frühstück wird von 8–10 Uhr morgens verabreicht, das zweite Frühstück um 12.30 Uhr mittags und die Hauptmahlzeit um 6.30 Uhr abends. Während des Aufenthaltes in Häfen müssen diese Zeiten der Landausflüge wegen zuweilen verschoben werden. Entsprechende Bekanntmachungen werden stets rechtzeitig gegeben. Für jede Mahlzeit werden besondere Speisekarten gedruckt. Tischplätze werden vom Obersteward angewiesen. 15 Minuten vor Beginn der Mahlzeiten wird ein Signal gegeben; ein zweites Signal zeigt den Beginn der Mahlzeiten an.

Bis zum Frühstück blieb noch ausreichend Zeit für einen ersten Erkundungsgang. Bislang hatte Emilie kaum etwas von dem schwimmenden Hotel, auf dem sie die nächsten Tage verbringen würde, kennengelernt. Unmittelbar nachdem sie als einer der letzten Passagiere an Bord gegangen war, hatte sie sich in ihre Kabine zurückgezogen und ins Bett gelegt. Die vorangegangene schlaflose Nacht und der ereignisreiche Tag hatten ihren Tribut gefordert. Emilie hatte sowohl das Ablegemanöver des riesigen

Dampfers und die Fahrt auf der Elbe nach Cuxhaven verschlafen als auch das Galadiner zum Auftakt der Nordlandreise und das Konzert der zwanzigköpfigen Schiffskapelle.

Bereits nach wenigen Schritten bemerkte Emilie, dass sie die Orientierung in dem Labyrinth von Kreuz- und Quergängen und schmalen Korridoren verloren hatte. Um sich einen Überblick zu verschaffen, beschloss sie, das Schiff zunächst von oben zu betrachten, und nahm die nächste der steilen Treppen, die die verschiedenen Decks miteinander verbanden. Nachdem sie eine Eisentür passiert hatte, hinter der sie aufgrund der stampfenden Geräusche die Maschinenräume vermutete, gelangte sie auf das Oberdeck. Neugierig spähte sie auf dem Weg zur nächsten Treppe durch die zum Lüften offen stehenden Türen der hier befindlichen Versorgungsräume. Duftschwaden von frisch gebackenem Brot, kräftiger Fleischbouillon, angebratenem Speck und anderen Speisen hüllten sie ein und regten ihren Appetit an. Dutzende Köche, Bäcker, Konditoren und ihre Gehilfen werkelten an Herden, Öfen und Arbeitstischen, wuchteten mächtige Kessel und Bleche herum, gossen Kaffee und Tee in Porzellankannen, brieten Rührei und Spiegeleier in wagenradgroßen Pfannen und bestückten Tabletts mit Marmeladen- und Honiggläsern, Butterschalen, Käse- und Wurstplatten und Schüsseln mit Obstsalat.

Emilie stieg weiter hinauf aufs Promenadendeck, das um diese frühe Stunde verlassen vor ihr lag. Nur zwei Schiffsjungen schrubbten die Planken vor der langen Reihe der Liegestühle, die unter einem Vordach auf ihren Einsatz harrten. Emilie erklomm die letzte Treppe hinauf zum Bootsdeck. Vor der Kapitänskajüte lag das Navigationszimmer mit Kartentischen und nautischen Apparaten, darüber thronte die Kommandobrücke. Emilie vermutete, dass der Mann, der dort oben auf und ab ging und mit einem Fernrohr den Horizont betrachtete, ein Lotse war. Sie legte den Kopf in den Nacken und entdeckte im Mastkorb einen Matrosen, der ebenfalls Ausschau hielt. Sie folgte den Blicken der beiden, konnte jedoch mit bloßem Auge nichts erkennen. Die Nordsee lag glatt und leer vor ihnen, leichter Dunst verwischte den Übergang von der Wasserlinie zum Himmel und verhüllte die Küste des dänischen Festlandes, an dem sie entlangfuhren. Emilie schaute zurück und sah das sich entfernende Heck eines Frachtschiffes. Ihm hatte das Tuten der Dampfpfeife gegolten, das sie aus dem Schlaf gerissen hatte.

Sie wandte sich wieder nach vorn, lief ein paar Schritte zur Reling, umfasste das Geländer und sog tief die Luft ein, die eine metallische Note hatte und leicht nach Tang roch. Der Anblick der schwarz-weiß-roten Flagge und der zahlreichen Wimpel, die an den Masten flatterten, beschwingte Emilie. Sie schloss die Augen und summte die erste Strophe eines Piratenliedes, das bei den Wandervögeln beliebt war und dessen Text Max ihr in einem seiner Briefe notiert hatte:

Wir lieben die Stürme, die brausenden Wogen,
der eiskalten Winde rauhes Gesicht.
Wir sind schon der Meere so viele gezogen,
und dennoch sank uns're Fahne nicht.

Wenn Großmutter Hedwig mich jetzt sehen könnte, schoss es ihr durch den Kopf. In diesem Aufzug, allein unter wildfremden Menschen, ohne Anstandsdame. Emilie grinste und stellte sich noch ein wenig breitbeiniger hin. Es war ein herrliches Gefühl, einfach gehen zu können, wohin man wollte, sich nicht ständig ängstlich fragen zu müssen, ob sich das wohl schickte, obendrein in bequemer Kleidung, die ihre Bewegungen nicht behinderte, sie frei atmen ließ und sie nirgends einengte.

Der Klang einer Trompete ließ Emilie aufhorchen. Das musste das Signal für das bevorstehende Frühstück sein. Jetzt wird es ernst, sagte sie sich und spürte ein Ziehen im Bauch. Kurz spielte sie mit dem Gedanken, sich das Essen auf der Kabine servieren zu lassen. Sei nicht albern. Was nützt es, sich zu verkriechen? Du musst jede Gelegenheit nutzen, dich unter Menschen zu begeben, Männer zu beobachten und so viel wie möglich über ihre Verhaltensweisen zu lernen.

Emilie verließ das Bootsdeck und machte sich auf die Suche nach dem weißen Salon, in dem sie laut des Stewards, der sie am Vorabend eingewiesen hatte, in den nächsten Tagen die Hauptmahlzeiten einnehmen würde. Die Seitengänge belebten sich mit Passagieren, die demselben Ziel zustrebten. Vor der zweiflügeligen Eingangstür blieb Emilie stehen und erwartete, dass der vor ihr gehende Mann ihr dieselbe aufhielt. Das Räuspern einer elegant gekleideten alten Dame, die sich am Arm einer Gesellschafterin – erkenntlich an der bescheideneren Aufmachung – dem Speisesaal näherte, brachte Emilie zur Besinnung. Der Schreck über ihren Fehler schoss ihr heiß in die Glieder. Jetzt nur nicht rot werden! Sie bemühte sich, ruhig zu atmen, trat einen Schritt beiseite, lüpfte mit der einen Hand ihren Hut und öffnete mit der anderen die Tür. Mit einer Verbeugung ließ sie den beiden Frauen den Vortritt und folgte ihnen in den Saal.

Nachdem sie dem Obersteward, der an einem Stehpult neben dem Eingang den Raum überwachte und seine Untergebenen mit unauffälligen Gesten dirigierte, ihren Namen und ihre Kabinennummer genannt hatte, übergab sie einem herbeieilenden Tischsteward ihren Hut und folgte ihm zu ihrem Platz an einem der ovalen Tische, die jeweils für sechs Personen eingedeckt waren. Bei dem Gedanken, von nun an mit fünf Fremden täglich mehrere Stunden zu verbringen und sich dabei keine Blöße geben zu dürfen, beschleunigte sich ihr Puls. Das letzte Mal hatte sie solches Lampenfieber gehabt, als sie mit ihren Klassenkameradinnen anlässlich ihrer Abschlussfeier ein Theaterstück aufgeführt hatte. Ganz ruhig, redete sie sich zu und rief sich

Fannys Ratschläge ins Gedächtnis, die sie ihr für ein überzeugendes männliches Auftreten gegeben hatte:

»Schau den Leuten direkt in die Augen, lächle nicht ohne Grund, verstecke dein Gesicht nicht hinter den Händen und bewege dich stets mit der inneren Haltung: Das ist mein Platz, mein Weg, mein Stuhl und so weiter.«

Emilie drückte das Kreuz durch und nickte grüßend in die Runde, die aus einem steif wirkenden Ehepaar mit zwei halbwüchsigen Kindern und einem Herrn um die fünfzig bestand. Sie räusperte sich und bemühte sich, ruhig und mit tiefer Stimme zu sprechen:

»Guten Morgen. Ich bin Maximilian Berghoff aus Berlin.«

Während sie sich zwischen den Familienvater und den anderen Herrn setzte, neigte die Dame grüßend den Kopf. Ihre Tochter, die sechzehn Jahre alt sein mochte, lächelte ihr schüchtern zu, lief rot an und senkte unter dem strengen Blick des Vaters hastig den Kopf.

»Ah, der Studiosus. *Grüezi!* Ich freue mich, Sie kennenzulernen«, rief der andere Mann, dessen kehlige, gedehnte Aussprache sich in Emilies Ohren eigenartig ausnahm. »Gestatten: Beat Späni. Geologe aus Basel.«

Er strahlte über das ganze Gesicht.

»Wir haben Sie gestern Abend vermisst an unsrer Tafel.«

Er zwinkerte dem Mädchen zu.

»Nicht wahr, Fräulein Bühring? Wir haben uns Sorgen gemacht, ob den jungen Herrn vielleicht die Seekrankheit plagt.«

Verlegenes Kichern und erneutes Erröten vonseiten des Fräuleins, ein ungnädiger Blick von Spänis Tischnachbarin, der Mutter des Mädchens. Der Schweizer ließ sich davon nicht beirren. Munter fuhr er an Emilie gewandt fort:

»Darf ich vorstellen: Zu Ihrer Rechten finden Sie Kommerzienrat Bühring, seines Zeichens Seidenwarenfabrikant aus Schwerin. Und ich habe die Ehre, neben seiner Gemahlin und treu sorgender Mutter seiner Kinder Erna und Fridolin zu sitzen. Ich schätze mich sehr glücklich, die Reise in ihrer Gesellschaft verbringen zu dürfen.«

Die solcherart Gelobte machte einen spitzen Mund. Emilie nahm zugleich ein geschmeicheltes Glitzern in ihren Augen wahr.

»Was studieren Sie denn?«, fragte der Kommerzienrat.

»Biologie«, antwortete Emilie. »Im zweiten Semester.«

»Ist es nicht ein wenig ... nun ja ... ungewöhnlich, dass ein Student allein auf eine Kreuzfahrt geht?«, mischte sich die Kommerzienrätin ins Gespräch.

»Ich reise nicht zum Vergnügen«, erklärte Emilie. »Ich bin im Auftrag meines Professors unterwegs und soll in der Arktis Pflanzen, Insekten und Fossilien für ihn sammeln und Zeichnungen von den dort brütenden Seevögeln anfertigen.«

»Oh, wie aufregend!«, hauchte das Mädchen.

Ihr Bruder, den Emilie für ungefähr drei Jahre jünger hielt, sah sie mit großen Augen an. »In der Arktis? Werden Sie auch zum Nordpol vorstoßen?«

Beat Späni lächelte Emilie zu. »Fridolin ist ein großer Verehrer von Nansen, Scott und Amundsen.«

»Ich fürchte, ich muss dich enttäuschen«, sagte Emilie. »Bis zum Nordpol werde ich es wohl nicht ganz schaffen.«

Der Schweizer beugte sich zu dem Jungen. »Soll ich dir ein Geheimnis über unseren neuen Tischgenossen verraten?«

Emilie erstarrte. Sie spürte ihre Hände feucht werden und biss sich auf die Zungenspitze. Wie hatte er sie so schnell durchschaut? Was hatte sie falsch gemacht?

Sie unterdrückte den Impuls, aufzuspringen und aus dem Saal zu laufen.

18

Tromsø, Juli 2013

»*Alt i orden?*«, fragte der Mann, legte den Schraubenzieher, den er in der Hand hielt, auf den Herd und stellte Hanna vorsichtig auf ihre Füße. »*Du er ganske blek!*« Er musterte sie besorgt.

»Sorry«, sagte Hanna und lächelte verlegen. »*I don't speak Norwegian.*«

Der Mann erwiderte ihr Lächeln und fragte zu ihrer Überraschung auf Deutsch. »Ist alles in Ordnung? Du bist ganz blass.«

Es klang melodiös und erinnerte Hanna an den singenden Tonfall des ehemaligen Bundeskanzlers Willy Brandt. Sie hatte mal gelesen, dass dessen charakteristische Sprechweise ein Relikt aus der Zeit war, die er während des Dritten Reichs im norwegischen und später schwedischen Exil verbracht hatte. Diese skandinavischen Jahre hatten ihn nicht nur politisch stark geprägt, sondern auch in seiner Sprache Spuren hinterlassen.

Hanna nickte. »Alles okay. Ich bin nur furchtbar erschrocken. Ich habe Sie für eine Diorama-Figur gehalten.«

»Oh, das tut mir leid.«

Der Mann, der ungefähr so groß war wie sie und den sie auf Anfang fünfzig schätzte, machte eine Kopfbewegung zu der Ecke neben dem Herd. »Ich habe eine neue Lampe befestigt. Ist verdammt eng dahinten. Ich hatte dich gar nicht reinkommen sehen.«

Hanna versteifte sich ein wenig. Sie war es nicht gewohnt, von einem Wildfremden geduzt zu werden, und fühlte sich in Studentenzeiten versetzt. Als hätte er ihre Gedanken erraten, fuhr er fort:

»Entschuldige, dass ich einfach du sage. Ich vergesse immer wieder, dass sich in Deutschland nicht jedermann duzt. Bei uns in Norwegen werden heutzutage nur noch die Mitglieder des Königshauses gesiezt.«

Hanna lächelte betreten. Wie dumm von ihr. Sie hatte das schon mehrfach gelesen und war in Fernsehkrimis, die in Skandinavien spielten, darauf gestoßen – verinnerlicht hatte sie es allerdings nicht. Sie überspielte ihre Verlegenheit und zeigte auf den Schraubenzieher.

»Ich dachte einen Augenblick lang, du würdest mit einem Messer auf mich losgehen.« Sie grinste. »Ich sah schon die Schlagzeile vor mir: Deutsche Touristin von ausgestopftem Trapper in Tromsøer Museum erstochen.«

Der Mann schaute sie an. »Unterzeile: Deutsche Botschaft gibt Reisewarnung für Nordnorwegen aus.«

Er begann zu lachen. Es hatte nichts Verletzendes, sondern klang herzlich und unverkrampft. Hanna ließ sich davon anstecken. Prustend malte sie sich aus, wie verunsicherte Touristen ängstlich durch norwegische Museen schlichen, immer auf der Hut vor Ausstellungsgegenständen, die auf einmal zum Leben erwachten und sich auf sie stürzten.

»Darf ich dich auf den Schreck zu einem Glas Bier einladen?«, fragte der Mann.

Hanna blinzelte und zögerte einen Moment. Konnte sie das annehmen? Ach, was soll's, brachte sie ihre innere Bedenkenstimme zum Schweigen. Das ist doch eine prima Gelegenheit, einen Einheimischen kennenzulernen. Sozusagen Recherche am lebenden Objekt. Außerdem tut dir ein wenig Gesellschaft gut. Sie nickte.

»Sehr gern.«

Seine Augen leuchteten auf. »Fein«, sagte er und hielt ihr seine Hand hin. »Ich bin Kåre Nybol.«

Sein Händedruck war fest und warm.

»Hanna Keller«, erwiderte sie und musterte ihn erstaunt. Von wegen, Norweger wären verschlossen und Fremden gegenüber zurückhaltend. Dieser hier entsprach mit seinen hellblonden Haaren und den blauen Augen zwar äußerlich dem Bild, das sie von den Skandinaviern hatte, seine offene Art und sein Humor passten jedoch nicht ins Klischee.

»Na, dann los. Oder wolltest du dir hier noch etwas ansehen?«, fragte er.

Hanna schüttelte den Kopf. »Das alles ist sehr interessant, aber momentan kann ich keine neuen Infos mehr aufnehmen.«

Er drehte sich zur Tür. Hanna griff nach dem Schraubenzieher.

»Herr Nybol ... äh, 'tschuldige, ich meine Kåre ... den brauchst du sicher noch, oder?«, sagte sie und hielt ihm das Werkzeug hin.

»Oh, danke! Den hätte ich glatt vergessen.«

Kåre nahm den Schraubenzieher und steckte ihn in seine Tasche. Hanna folgte ihm aus der Hütte und hinaus ins Freie. Während ihres Museumsbesuchs hatte der Regen aufgehört, und die Wolkendecke war aufgerissen. Die Sonne glänzte auf den nassen Holzschindeln der alten Häuser und auf den Walharpunen, die wie kleine Kanonen in einer Reihe am Ufer aufgestellt waren und die Entwicklung dieser Jagdwaffen dokumentierten. Die modernen Geräte erinnerten Hanna an futuristische Laserkanonen aus den Science-Fiction-Filmen, die ihr Sohn Lukas so liebte. Ihr Blick schweifte weiter. Unwillkürlich hielt sie die Luft an, als sie schneebedeckte Gipfel hinter den Hügeln auf dem gegenüberliegenden Festland aufragen sah.

»Ist das schön«, sagte sie leise.

Kåre folgte ihrem Blick.

»Als ich heute ankam, habe ich kaum etwas von der Gegend gesehen«, erklärte Hanna.

»Ja, in den letzten Tagen war die Sicht schlecht. Aber jetzt bekommen wir besseres Wetter«, sagte Kåre. Er deutete auf den Gebirgszug. »Das da sind die Lyngener Alpen.«

Hanna lächelte. »Da bekomme ich direkt heimatliche Gefühle.«

Kåre sah sie fragend an.

»Bei uns haben wir auch viele Berge.«

»Woher kommst du? Aus Bayern?«

Hanna nickte und fuhr fort: »Da, wo ich wohne, sind die Berge nicht so hoch, aber etwas weiter südlich beginnen die Alpen. Als ich noch in München gelebt habe, bin ich dort oft wandern gegangen.«

»Du wanderst gern?«, fragte Kåre. »Dann bist du hier genau richtig. Wir befinden uns mitten in einem Wanderparadies. Und im Winter kann man wunderbare Skitouren machen oder Hundeschlittenfahrten oder ...« Er unterbrach sich. »Entschuldige, ich klinge ja wie ein Mitarbeiter des Tourismusbüros.«

Hanna schüttelte den Kopf. »Nein, du klingst einfach nur begeistert.«

Kåre lächelte. »Lass uns ein nettes Plätzchen für unser Bier suchen. Ich würde dir ja gern eine unserer Attraktionen zeigen. *Macks Ølhallen*. Die gibt es seit den zwanziger Jahren des letzten Jahrhunderts. Aber leider ist die jetzt schon geschlossen.«

»Ölhallen?«, hakte Hanna nach. »Klingt seltsam.«

Kåre lachte auf. »Nicht Öl im Sinne von Erdöl oder Olivenöl. *Øl* bedeutet Bier auf Norwegisch.«

»Ach so«, sagte Hanna und sah auf die Uhr. Kurz vor halb sieben. Sie schüttelte den Kopf. »Eine Bierhalle, die so früh am Abend schließt – das wäre in Bayern völlig undenkbar.«

»Dafür schenken sie schon vormittags aus – das wiederum ist für Norwegen sehr ungewöhnlich«, erwiderte Kåre und zwinkerte ihr zu. Er überlegte kurz und fuhr fort: »Hast du vielleicht auch Hunger? Dann könnten wir zum *Skarven* am Hafen gehen. Da kann man draußen sitzen und arktische Seemannskost probieren, also vor allem Fisch. Und sie haben *Mack-Øl* vom Fass.«

»Klingt gut«, sagte Hanna. »Ich liebe Fisch. Und etwas zu essen kann ich jetzt gut vertragen.«

Auf dem Weg zum Strandtorget kamen sie am Anlegekai der Hurtigruten vorbei. Mit lautem Tuten legte eben die *MS Trollfjord* ab, ein mehrstöckiger Dampfer, der Hanna mit seinem verglasten Panoramadeck an die luxuriösen Kreuzfahrtschiffe erinnerte, die die Weltmeere befuhren. Sie blieb stehen, beschattete die Augen mit einer Hand und betrachtete das riesige Ungetüm, das mit den traditionellen Farben der Postlinie gestrichen war: unten schwarz, in der Mitte rot und die Oberdecks weiß.

»Irgendwie hatte ich mir unter einem Postdampfer etwas Kleineres vorgestellt«, sagte sie.

Kåre lachte. »Als Post- und Warentransport dient die Hurtigruten ja heutzutage nur noch nebenbei. Die Zeiten, in denen ihre Schiffe die einzige Verbindung mancher Orte und Städte zum übrigen Land waren, sind längst Vergangenheit. Es gab und gibt sogar immer wieder Überlegungen, die staatlichen Subventionen zu streichen und die Fahrten einzustellen, weil Flugzeuge und Lastwagen längst die ursprünglichen Funktionen übernommen haben.«

»Das wäre aber jammerschade«, sagte Hanna. »Ich habe schon oft gehört, dass eine Fahrt mit der Hurtigruten ein unvergleichliches Erlebnis ist.«

»Der Ansicht sind zum Glück sehr viele«, erwiderte Kåre. »Außerdem ist sie ja so etwas wie ein nationales Symbol. Um sie vor der Pleite zu bewahren, hat man sie nach modernsten Standards aufgerüstet und befördert nun in erster Linie Touristen. Im Winter allerdings kommen die älteren Schiffe zum Zug, weil die Riesendampfer dann Kreuzfahrten in die Karibik oder andere warme Gegenden unternehmen.«

Er deutete auf ein Schiff, das in einem anderen Teil des Hafenbeckens vertäut war.

»Dahinten liegt die *Sjøkurs*, das ehemalige Postschiff *Ragnvald Jarl*. Es wurde 1956 vom Stapel gelassen. Heute dient es als Schulschiff, deshalb trägt es nicht mehr die Farben der Hurtigruten.«

»Neben dem Dampfer wirkt es wie ein Boot für Zwerge«, meinte Hanna.

»Dabei hat es knapp zweitausendzweihundert Bruttoregistertonnen«, sagte Kåre.

»Und wie viele hat die *Trollfjord?*«

»Etwas über sechzehntausend.«

Hanna sah ihn an und zog die Augenbrauen hoch. »Vielleicht solltest du doch Fremdenführer werden.«

»Weil ich so viel über die Hurtigruten weiß?«

Hanna nickte.

Kåre grinste. »Wäre bei dir nicht anders, wenn dein Vater ein Hurtigruten-Kapitän gewesen wäre. Da geht einem das zwangsläufig in Fleisch und Blut über.«

»Aber selber zur See fahren wolltest du nicht?«, fragte Hanna.

Kåre runzelte die Stirn. »Wie kommst du darauf?«

Hanna biss sich in die Innenseite ihrer Backe. War sie zu neugierig? Sie kannte den Mann doch erst wenige Minuten. Es fühlt sich aber nicht so an, stellte sie überrascht fest.

»Entschuldige, ich dachte nur, weil du im Museum arbeitest und …«

»Ach so!«, sagte Kåre. »Nein, das ist ein Missverständnis. Ich arbeite nicht im Museum. Ich hab vorhin nur kurz die Pläne für eine neue Sonderausstellung vorbeigebracht. Und da hat mich Inger, die Frau an der Kasse, gebeten, die kaputte Lampe zu richten.«

Hanna nickte und ging schweigend weiter. Kåre war also

Hausmeister oder eine Art Bote. Sie traute sich nicht nachzufragen und schalt sich gleichzeitig für ihre bornierte Haltung. Wie kam sie dazu, solche Tätigkeiten automatisch als anspruchslos abzuwerten und davon auszugehen, dass man damit kein erfülltes Leben führen konnte? Wie überheblich. Und ausgerechnet sie bildete sich etwas darauf ein, den Menschen im Blick zu haben – unabhängig von gesellschaftlicher Stellung, Bildungsniveau oder Beruf. Es war erschreckend, wie tief manche Vorurteile saßen.

»So, da wären wir«, unterbrach Kåre ihre Gedanken und blieb vor einem weißen Haus stehen. »Was meinst du, wollen wir uns draußen hinsetzen, oder ist es dir zu kühl?« Er lächelte verschmitzt. »Wir Norweger sind ja beim kleinsten Sonnenstrahl nicht mehr in den Häusern zu halten. Auch wenn man sich dafür in mehrere Decken und dicke Daunenjacken hüllen muss.«

»Von mir aus gern draußen«, antwortete Hanna. Sie deutete auf die mannshohen Glasplatten, mit denen die Terrasse eingefasst war. »Windgeschützt ist es ja, und allzu verfroren bin ich zum Glück nicht.«

Sie folgte Kåre, der auf einen freien Tisch zusteuerte. Nachdem sie sich gesetzt hatten, blätterte sie in der Speisekarte, die auf Norwegisch und Englisch abgefasst war.

»Was kannst du denn besonders empfehlen?«, fragte sie.

»Hm, also die Gerichte mit frischem Fisch oder Meeresfrüchten sind alle gut«, antwortete Kåre. »Aber wenn du etwas Typisches für unsere Gegend probieren möchtest, könntest du etwas mit sogenanntem reifem Fisch nehmen, zum Beispiel den gegrillten Stockfisch mit geschmorten Karotten, Speck und Kartoffeln. Das ist hier sehr beliebt.«

Er machte eine kleine Pause und setzte nach: »Sehr schmackhaft ist auch der Barentsschinken.«

Hanna verzog fragend das Gesicht.

»Schinken vom Seehund«, erklärte er. »Und natürlich bekommt man hier hervorragende Walfischsteaks.«

Hanna versteifte sich ein wenig. Mit Mühe unterdrückte sie ein empörtes Schnauben. In Kåres Augen blitzte es belustigt auf.

»Ich nehme an, du teilst die Abneigung der meisten Nichtnorweger gegen solche Genüsse?«

»Ertappt!«, sagte Hanna und wich seinem Blick aus. »Ich weiß, dass die Jagd auf Robben und Wale seit Jahrtausenden Tradition in Norwegen und Teil eurer Kultur ist. Aber die Bilder von erschlagenen Seehundbabys oder abgeschlachteten Walen sind so abschreckend und ... äh ...«, sie geriet ins Stottern und merkte, dass sie rot wurde. »Wobei das irgendwie auch heuchlerisch ist, schließlich ist es keinen Deut besser, andere Tiere zu tö...«

Kåre beugte sich zu ihr. »Bitte entschuldige. Ich hab dich nur ein wenig auf den Arm genommen. Ich wollte dich nicht in Verlegenheit bringen. Ganz im Gegenteil, ich kann dich gut verstehen.«

Hanna sah auf, entspannte sich und wurde ruhig. Ein warmes Gefühl durchströmte sie. Selten hatte sie jemanden getroffen, der so aufrichtig wirkte. Der unverstellt und geradeheraus sagte, was er meinte.

»Traditionen hin oder her«, fuhr Kåre fort. »Tatsache ist, dass auch bei uns ein massives Umdenken im Gange ist und den Norwegern zunehmend der Appetit auf diese Spezialitäten vergeht. Unsere Regierung versucht zwar, die Waljagd weiterhin am Leben zu erhalten, indem sie die Fischer subventioniert und ständig die Fangquoten erhöht. In den letzten Jahren wurden diese aber immer weiter unterschritten.«

»Woran liegt das?«, fragte Hanna.

»Naja, die Fischer verlieren schlicht das Interesse an der Jagd, weil Walfleisch und erst recht der Blubber, also der Walspeck, wie Blei in den Lagern liegen und jedes Jahr tonnenweise vernichtet werden. Und das nicht nur, weil die Argumente der Tierschützer greifen. Sondern auch, weil man immer wieder alarmierend hohe Giftstoffmengen im Fleisch der Tiere findet.«

Eine Kellnerin trat an ihren Tisch und fragte nach ihren Wünschen. Kåre bestellte zwei Bier und wandte sich anschließend an Hanna:

»Was hältst du davon, wenn wir erst einmal gemeinsam einen gemischten Vorspeisenteller nehmen? Mit Heringshäppchen, Königskrabbensuppe, Rentiercarpaccio, Ziegenkäse und anderen Leckereien. Da bekommst du einen ganz guten ersten Eindruck von unseren Spezialitäten.«

»Das ist eine wunderbare Idee«, antwortete Hanna.

Die Kellnerin entfernte sich. Kåre stand auf, nickte zum Haus hin und sagte: »Entschuldige mich kurz, ich bin gleich wieder da.«

Hanna sah ihm nach und ertappte sich dabei, wie sie seinen muskulösen Körper und seinen dynamischen Gang mit Wohlgefallen registrierte. Rasch wandte sie den Kopf ab und kramte ihr Smartphone aus der Tasche. Ein Briefsymbol auf dem Display zeigte ihr, dass sie eine neue Nachricht hatte. Mia hatte ihr eine Stunde zuvor geschrieben.

Liebe Mama,

vielen Dank für Deine Mail mit Deinen ersten Impressionen aus Tromsø und dem Link zu dem lustigen Bericht. Vorhin habe ich kurz mit Lukas geskypt. Wir fänden es super, wenn Du auf Facebook eine Art Reisetagebuch schreiben würdest. Da kannst Du auch ganz einfach Fotos hochladen. Das wäre doch eine toll e Möglichkeit, uns und alle Deine Freunde und Bekannten, die dort angemeldet sind, an Deinen Erlebnissen teilhaben zu lassen.

Außerdem ist es wichtig, dass Du Dich im Internet vernetzt und potenzielle Leser gewinnst. Wenn Du Dich als freie Journa-

listin etablieren willst, darfst Du diese Form der Vermarktung auf keinen Fall vernachlässigen. Auf Dauer brauchst Du natürlich auch eine eigene Homepage. Schau Dir doch mal ein paar Blogger-Seiten auf Wordpress an. Da kann man sich ganz easy einen Account anlegen.

»Schlechte Nachrichten?«

Hanna hatte nicht bemerkt, dass Kåre zurückgekehrt war. Er setzte sich und sah sie aufmerksam an.

»Ich möchte nicht neugierig sein, aber du hast gerade sehr ernst geschaut.«

Hanna schüttelte den Kopf und steckte das Smartphone in die Tasche.

»Nein, es ist nichts passiert. Ich bin nur ein bisschen genervt. Meine Tochter will unbedingt, dass ich mich endlich im Internet sichtbar machen soll und mir ein Profil auf diesem Facebook anlege. Sie und ihr Bruder halten mich nämlich für hoffnungslos rückständig, was die modernen Medien angeht.« Hanna grinste schief. »Das Schlimme ist, sie liegen vollkommen richtig damit.«

»Früher hatte ich es auch nicht so mit dieser Art der Kommunikation«, sagte Kåre. »Aber mittlerweile kann ich sie mir gar nicht mehr aus meinem Leben wegdenken.«

»Wie kam's dazu?«, fragte Hanna.

»Ich brauchte auch einen Anstoß von außen. Bei mir war es meine Nichte Nora. Zusammen mit ihrer Cousine hatte sie die Idee, unserer Familie, die sehr weit verstreut ist, im Internet eine private Gruppe einzurichten, zu der nur eingeladene Mitglieder Zugang haben. Dort tauschen wir uns über Neuigkeiten aus, vereinbaren Treffen, stellen Fotos rein und so weiter.« Kåre lächelte. »Ich glaube, ich finde es vor allem deshalb so toll, weil ich jahrzehntelang so gut wie keine Verwandten hatte. Das heißt, es gab sie natürlich schon, ich wusste nur nichts von ihnen.«

Das Erscheinen der Kellnerin, die ihnen das Bier brachte, unterbrach ihr Gespräch. Kåre hob sein Glas und prostete Hanna zu. Sie stieß mit ihm an und sagte mit einem Augenzwinkern:

»Nun denn, auf die virtuellen Welten!«

»Und auf die gute alte reale Welt. Wenn du bereits vom Internetvirus infiziert wärst, hättest du unser Museum vielleicht nur online besucht. Dann wären wir uns nie begegnet.«

Kåres blaue Augen versenkten sich in ihre. Wie lange war es her, dass ein fremder Mann sie so angesehen hatte? So aufmerksam und interessiert? Wann hatte das überhaupt ein Mann das letzte Mal getan? Vermutlich Heiko bei ihrem Treffen in Berlin im vorigen Jahr. Thorsten jedenfalls seit Ewigkeiten nicht mehr. Hanna spürte ein sanftes Kribbeln im Bauch. Ein verschollen geglaubtes Gefühl – diese Mischung aus Aufregung, freudiger Vorahnung und Ängstlichkeit. Sie nahm einen tiefen Schluck und erwiderte Kåres Lächeln.

19

HAPAG Passagierdampfer Komet, *Juni 1907*

»Ein Geheimnis?«, fragte Fridolin und rutschte auf seinem Stuhl nach vorn. Sein Vater, Kommerzienrat Bühring, zog die Augenbrauen hoch, die Tochter starrte Emilie an, ohne sich um die gezischelte Zurechtweisung ihrer Mutter zu kümmern. Beat Späni lehnte sich zurück, strich sich über den Bauch und genoss sichtlich die Aufmerksamkeit, die seine Ankündigung erregt hatte.

Der Ausdruck »jemanden auf die Folter spannen« drängte sich Emilie als treffende Beschreibung ihrer Lage auf – auch wenn sie nicht körperlich gepeinigt wurde. Das Warten auf die nächste Drehung des Rades, mit dem die Glieder des Delinquenten vom Folterknecht gestreckt wurden, die Gewissheit, im nächsten Augenblick unerträgliche Schmerzen zu verspüren, das Ausgeliefertsein. In ihren Ohren rauschte es. Sie sah, wie sich die Lippen des Schweizers bewegten, sie vernahm seine Worte, ohne sie zu verstehen. Sie zwang sich, ihm zuzuhören.

»... weiß ich, wo und mit wem er die nächsten Wochen verbringen wird.«

Er drehte sich zu Emilie.

»Sie sind auf dem Weg nach Tromsø und werden dort zu den Teilnehmern einer Spitzbergen-Expedition stoßen, nicht wahr?«

Emilie sah ihn an und nickte mechanisch. Wozu die umständliche Einleitung? Warum sagte er nicht einfach, dass er sie durchschaut hatte? Beat Späni streckte ihr seine Rechte hin.

»Wir haben das gleiche Ziel.«

»Wie bitte?«, fragte Emilie. Sie musste sich verhört haben.

»Nun, ich bin ebenfalls mit von der Partie«, erklärte er und schüttelte ihre Hand. Die Berührung brachte Emilie zu sich. Sie hatte ihn falsch verstanden! Vor Erleichterung wurde ihr flau. Sie bemühte sich um ein Lächeln.

»Sie fahren auch nach Spitzbergen?«

»Ganz genau! Ist das nicht ein wunderbarer Zufall? Jetzt kenne ich schon einen meiner künftigen Reisegefährten. Und – wie ich gern gestehe – einen besonders sympathischen«, fügte Beat Späni hinzu und zwinkerte dem Mädchen zu, das die Hand vor den Mund hob und kicherte.

Emilie deutete eine Verneigung an. »Danke, Sie sind zu freundlich.«

»Was ist denn das Ziel dieser Polarexkursion?«, fragte der Kommerzienrat.

»Nun, die Teilnehmer haben unterschiedliche Interessen«, antwortete der Schweizer und lehnte sich in seinem Stuhl zurück.

»Das Meteorologische Observatorium Lindenberg hat diese Fahrt angeregt. Es handelt sich um eine erste Sondierung. Man will die Erforschung der noch weitgehend unbekannten klimatischen Verhältnisse der Arktis vorantreiben und verschiedene Messgeräte testen und weiterentwickeln. Das wiederum stößt auf großes Interesse von Leuten, die den Nordpol künftig mit Luftschiffen oder Fesselballons erreichen wollen. Denn dafür brauchen sie Informationen über Temperaturen, Strömungen und Luftfeuchtigkeit in höheren Schichten der Atmosphäre.«

»Verstehe«, sagte Herr Bühring. »Darf ich fragen, aus welchem Grund Sie mitfahren? Als Geologe sind sie doch vermutlich nicht so sehr auf solche Erkenntnisse erpicht.«

»Wie ich bereits angedeutet habe, befindet sich das Forschungsprojekt noch in seiner Anfangsphase. Um es auf solide Füße zu stellen, bedarf es enormer Geldmittel. Daher gibt man auch Wissenschaftlern, die nicht unmittelbar mit dem eigentlichen Zweck der Reise zu tun haben, gegen Bezahlung die Gelegenheit, an derselben teilzunehmen«, erklärte Beat Späni. Mit einer Handbewegung zu Emilie hin fuhr er fort:

»Wie wir eben gehört haben, wurde unser junger Freund von seinem Professor geschickt, damit er biologische Studien treibt. Meine Wenigkeit ist an den Felsformationen des Archipels interessiert. Spitzbergen ist nämlich ein Eldorado für Geologen. Es gibt kaum Vegetation, und im Sommer schwindet auch der Schnee und gibt den Blick auf Gesteine aus fast allen Zeiten frei.«

Das Erscheinen eines Stewards, der eine riesige Platte mit Rührei, Würstchen, gebratenem Speck und anderen warmen Gerichten trug, unterbrach die Unterhaltung. Während sich ihre Tischnachbarn die angebotenen Speisen auf ihre Teller häuften, atmete Emilie tief durch. So musste sich ein gejagter Hase fühlen, der bereits die Fangzähne des Fuchses in seinem Fleisch zu spüren glaubte und unverhofft in letzter Sekunde seinem Verfolger entkommen konnte. Ihre Lebensgeister belebten sich. Alles war gut. Sie hatte sich nicht verraten.

Als der Steward an ihrer linken Seite erschien und ihr die Platte präsentierte, nahm sie sich eine Portion Rührei, die ihre Mutter mit einem entsetzten »Aber Kind, mäßige dich! Du bist doch kein Scheunendrescher« kommentiert hätte, und machte sich mit großem Appetit darüber her.

Einige Stunden später stand Emilie auf dem Panoramadeck vorn am Bug und schaute erwartungsvoll übers Meer. Laut *Meyers Reisebücher – Norwegen, Schweden und Dänemark*, das ihre Tante ihr in Hamburg gekauft hatte, sollte etwa um diese Zeit der achtundfünfzigste nördliche Breitengrad erreicht werden und die norwegische Küste in Sicht kommen. Ein rasch sich näherndes Boot erregte ihre Aufmerksamkeit. Das musste der Lotse sein, der den Dampfer in den nächsten Tagen sicher durch die Fjorde navigieren sollte. Ein Fallreep wurde heruntergelassen, Böllerschüsse ertönten, und die Bordkapelle begann eine flotte Melodie zu spielen, als ein Mann mit Schirmmütze behände die Leiter hinaufkletterte.

»Das ist die norwegische Nationalhymne«, sagte eine Stimme, die ihr bekannt vorkam.

Sie drehte sich um. Beat Späni stand zusammen mit Familie Bühring ein paar Schritte von ihr entfernt und verfolgte die Begrüßung des Lotsen, der eben die Kommandobrücke erreicht hatte und vor dem Kapitän salutierte. Emilie blickte wieder nach vorn und betrachtete die allmählich aus dem Dunst tretende Küstenlinie. Ein wenig enttäuscht starrte sie auf graue Klippen, flache Inselchen und kahle Schären. Sie zog die Taschenuhr hervor und ließ den Deckel aufschnappen. Noch eine gute Stunde bis zum Mittagessen. Zeit genug, einen ersten Brief an die Eltern zu verfassen.

Der Schreibsalon lag auf dem Vorderdeck über dem Speisesaal und war mit viel vergoldetem Schnitzwerk im Rokokostil gestaltet. Emilie nickte grüßend zu vier Damen hin, die an einem quadratischen Tisch Whist spielten, und nahm in einer Ecke an einem Sekretär Platz. Ein Stapel Briefpapier und Umschläge aus schwerem Bütten, auf denen der Name des Dampfers und das Logo der *HAPAG* gedruckt waren, lagen zur freien Verfügung bereit. Sie zog ein Notizbuch ihres Bruders aus der Jackentasche, legte es aufgeschlagen vor sich hin, griff nach einem Briefbogen, schraubte den Füllfederhalter auf, der neben einem Tintenfass lag, und begann langsam zu schreiben. Dabei überprüfte sie immer wieder, ob sie die Schrift von Max überzeugend imitierte.

Liebe Eltern,

wie Euch Tante Franziska vermutlich bereits geschrieben hat, habe ich meine Reiseroute auf ihr Anraten hin geändert und bin nun per Dampfer auf dem Weg nach Tromsø. Eine gute Ent-

scheidung, denn auf diese Weise komme ich viel schneller ans Ziel. Außerdem will es der Zufall, dass sich an Bord ein weiterer Teilnehmer der Polarexpedition befindet, den das Schicksal oder die Umsicht eines aufmerksamen Stewards, der aus unser beider gleichem Reiseziel die richtigen Schlüsse zog, an meinen Tisch im Speisesaal platziert hat. Beat Späni ist ein Geologe und weit gereister Mann, aus dessen Erfahrung ich gewiss einigen Nutzen ziehen kann.

Emilie hielt inne. Was würde Max den Eltern mitteilen? Vermutlich würde er sich kurz halten, so wie in den Briefen, die er ihnen aus Berlin geschickt hatte. Während er seiner Schwester ausführlich und begeistert von seinem Studentenleben berichtete, war er besonders seinem Vater und dem älteren Bruder gegenüber befangen.

»In meinem Kopf befindet sich ein Zensurbüro, in dem geprüft wird, ob ich den Werturteilen der beiden standhalte«, hatte er Emilie einmal anvertraut. »Darum versuche ich immer, Themen zu finden, die keinen Anstoß erregen. Und sie möglichst knapp abzuhandeln. Das verringert die Gefahr, in Fettnäpfchen zu stolpern.«

Emilie sah nachdenklich auf die Maserung der Tischplatte. Keinen Anstoß erregen und keine Angriffsfläche bieten zu wollen, war das Eine. Eine spannendere Herausforderung war es aber, den ewigen Kritikern von Max' vermeintlicher Lebensuntüchtigkeit und Schöngeisterei den Wind aus den Segeln zu nehmen. Sie stand auf, ging in die angrenzende Bibliothek und bat den dort Dienst habenden Steward um eine Broschüre mit den technischen Daten und einer Beschreibung der Ausstattung der *Komet.* Nachdem sie sie durchgelesen hatte, schrieb sie weiter:

Damit Ihr eine Vorstellung von meiner schwimmenden Unterkunft bekommt, auf der ich die nächsten Tage verbringen werde, möchte ich Euch die Komet *kurz vorstellen. Um es vorwegzuschicken: Ich bin sehr beeindruckt von der Ingenieurskunst, die hier am Werke war! Zum ersten Mal kann ich verstehen, warum Friedrich so ins Schwärmen gerät, wenn er auf die technischen Errungenschaften unserer Zeit zu sprechen kommt. Hier wäre er in seinem Element!*

Emilie unterdrückte ein Kichern. Diesen Seitenhieb konnte sie sich nicht verkneifen. Wie oft hatten Max und sie unter den endlosen technischen Ausführungen gestöhnt, mit denen ihr älterer Bruder die Familie beim Sonntagsessen oder anderen Zusammenkünften zu unterhalten pflegte. Dass jemand seine Begeisterung nicht teilte und sich gar langweilte, wenn er das Thema anschnitt, konnte er sich schlicht nicht vorstellen. Sein Vater war vermutlich der Einzige, der ihm wirklich folgen und seine Obsession nachvollziehen konnte. Seine Mutter und seine Frau täuschten ihr Interesse nur vor und gähnten verstohlen. Was Emilie als Heuchelei empfand. Und als Ungerechtigkeit obendrein. Warum durfte Friedrich die Familie anöden und das Gespräch diktieren? Weil er der Thronfolger ist, gab sie sich selbst die Antwort.

Sie richtete sich auf. Wie auch immer, jetzt würde Max beweisen, dass auch er ein würdiger Sohn seines Vaters war und durchaus technisches Verständnis besaß.

Unser Schiff gehört zur Barbarossaklasse, hat also zwei Schornsteine und zwei Masten und ist ein sogenannter Doppelschraubendampfer. Das bedeutet, dass zwei getrennte Turbinen die beiden Schrauben antreiben, sodass bei einem Schaden an einer Maschine die Bewegungs- und Manövrierfähigkeit nicht gänz-

lich ausfällt. Die beiden Kesselräume sind durch einen Längsschott unter der Wasserlinie getrennt, damit das Schiff nicht sinkt und weiterhin steuerbar bleibt, falls sich ein Maschinenraum nach einem Zusammenprall mit einem Hindernis oder einer Explosion mit Wasser füllt. Dieses Doppelschraubensystem befähigt den Steuermann des Weiteren dazu, den Koloss auf der Stelle wenden zu lassen, indem die eine Schraube vorwärts, die andere rückwärts dreht. Dieses Manöver wird in den engen Fjorden von Nutzen sein, es ist aber auch hilfreich, um bei schneller Fahrt rasch zu wenden und so zum Beispiel einer drohenden Kollision mit einem anderen Schiff oder einem Eisberg zu entgehen.

Die Länge unseres Schiffes beträgt einhundertsiebenundsechzig Meter, es ist neunzehn Meter breit, und Dutzende Heizer befeuern rund um die Uhr mit tausenden Zentnern Kohle die Öfen. Zur Besatzung gehören neben dem Kapitän und zwei Offizieren ungefähr dreißig Bootsleute und Matrosen, achtzehn Maschinisten, um die fünfundzwanzig Köche und Handwerker, etwa neunzig Stewards und nicht zuletzt eine Schiffskapelle – alles hat gewaltige Dimensionen!

Emilie überflog das Geschriebene. Das sollte erst einmal reichen. Obwohl, ein wenig konnte sie auch ihrer Mutter entgegenkommen. Max würde sie, die sich stets für ihren Jüngsten einsetzte, nicht schnöde übergehen. Emilie füllte Tinte in den Federhalter nach und schrieb weiter.

Gleichzeitig ist die innere Ausstattung von einer Pracht und einem Komfort, wie ich sie auf einem Schiff nicht vermutet hätte. Die Kabinen sind mit poliertem Ahorn- und Mahagoniholz vertäfelt, alle Waschbecken und Klosetts haben fließendes Wasser, jeder Winkel ist elektrisch beleuchtet und – das wäre etwas für Sie, liebe Mutter: Neben den Schlafstellen sind sogar Kontakte für elektrische Haarkräuselungsapparate angebracht. Neben den beiden Hauptturbinen sind Tag und Nacht – auch wenn das Schiff vor Anker liegt – Extramaschinen in Betrieb, die für Licht, die Herstellung von Eis für die Kühlschränke und von Süßwasser sorgen. Außerdem liefern sie den Strom für die Motoren der elektrischen Fächer, die überall die Luft ventilieren, und treiben die Pressen der bordeigenen Druckerei an, in der jeden Tag die dem jeweiligen Aufenthaltsort angepassten Speise-Karten sowie Konzertprogramme, Ausflugsbeschreibungen und andere Informationsbroschüren in Vierfarbdruck angefertigt werden.

Ihr seht also, ich befinde mich inmitten eines Wunderwerks modernster Technik.

Emilie las ihre Zeilen durch, schrieb abschließende Grüße darunter und steckte den Briefbogen in einen Umschlag. Ihr Vater würde zufrieden sein mit seinem Jüngsten. Sie verengte ihre Augen. Warum nicht noch ein Sahnehäubchen daraufsetzen? Sie nahm ein weiteres Papier, blätterte in der Broschüre zu einer Abbildung des Maschinenraums und fertigte eine Skizze davon an. Kurz nachdem ein Trompetensignal den bevorstehenden Beginn des Mittagessens verkündet hatte, adressierte sie den Brief und machte sich auf den Weg zum Speisesaal.

Als sie ihn nach einem mehrgängigen Menü eine gute Stunde später wieder verließ, hatte die *Komet* den Schärengürtel vor der norwegischen Küste verlassen und fuhr auf dem Hardangerfjord landeinwärts. Emilie trat an die Reling des Promenadendecks und hielt unwillkürlich die Luft an. Der Dampfer glitt durch grünblaues Wasser, in dem sich die zunehmend steiler und höher aufragenden Ufer spiegelten. Auf den Gipfeln der Berge lag noch Schnee, und aus der Ferne grüßten blaue Gletscher. Je weiter sie das Meer hinter sich ließen, desto üppiger wurde die Vegetation. Wälder und Wiesen begrünten das Grau der Felsen. Emilie hielt ihre Nase in den Wind und glaubte, einen Hauch aromatischer Kräuter und süßer Blüten wahrzunehmen, der sich mit dem frischen Geruch des Salzwassers mischte. Kleine Siedlungen, die neben vereinzelten Steinkirchlein überwiegend aus bunt bemalten Holzhäusern bestanden, drängten sich an den schmalen Gestaden, und einsame Gehöfte klebten an unwegsamen Hängen, über die sich Bäche schäumend in die Tiefe stürzten.

»Es ist so ... majestätisch«, flüsterte eine Stimme neben ihr.

»Ja, wirklich bezaubernd«, antwortete Emilie.

Sie drehte den Kopf und sah, dass Fräulein Bühring sich neben sie gestellt hatte. Ihre Eltern lagerten ein paar Schritte entfernt mit Beat Späni ins Gespräch vertieft auf Liegestühlen, ihr jüngerer Bruder schmökerte in einem Buch von Karl May. Fräulein Bühring sah sie befremdet an.

Emilie trat sich gedanklich gegen das Schienbein. Verdammt! So etwas durfte nicht passieren. Wie konnte sie nur einen derart weiblichen Ausdruck benutzen? Sie musste besser aufpassen, durfte sich nicht überrumpeln lassen. Bezaubernd! Kein Mann würde so ein Wort benutzen. Jedenfalls keiner, den sie kannte.

Rasch sagte sie: »Entschuldigen Sie, ich war in Gedanken bei meiner Schwester. Sie hat ein Faible für solch wildromantische Landschaften, und ich habe mir gerade vorgestellt, wie sie hier ins Schwärmen geraten würde. Bezaubernd ist dabei einer ihrer liebsten Ausdrücke.« Sie räusperte sich. »Aber es ist tatsächlich sehr beeindruckend und hat so etwas Mystisches.«

Fräulein Bühring nickte eifrig. »Ja, märchenhaft, nicht wahr? So stelle ich mir die Heimat von Frithjof und Ingibjørg vor.«

»Nun, wenn man der Sage Glauben schenken darf, haben die

ja gar nicht weit von hier am Sognefjord gelebt«, antwortete Emilie.

Sie erinnerte sich noch gut an die Handarbeitsstunden in ihrer Schule, in denen ihnen die Lehrerin, die die germanischen Mythen liebte, viele altnordische Sagen vorgelesen hatte – darunter die Geschichte des stolzen Bauernsohnes Frithjof, der um die Hand der holden Prinzessin Ingibjørg warb. Deren Brüder hatten ihn wegen des Standesunterschieds empört abgewiesen und davongejagt. Doch nach etlichen bestandenen Abenteuern konnte Frithjof am Ende seine Jugendliebe samt dem Königreich ihres Vaters erringen.

»Noch heute erinnert der Ortsname Balestrand an das versunkene Reich von Ingibjørgs Vater König Bele«, fuhr Emilie fort. »Unser Kaiser macht dort übrigens auf seinen jährlichen Norwegenfahrten gern Station.«

Das junge Mädchen neben ihr warf ihr einen bewundernden Blick zu.

»Was Sie nicht alles wissen!«

Emilie schluckte. Hatte sie eben noch befürchtet, sich durch ihre weibliche Wortwahl verdächtigt zu machen, musste sie sich nun in Acht nehmen, Erna Bühring nicht den Kopf zu verdrehen. Es war verwirrend, so unverblümt angeflirtet zu werden – als Mann. Ganz so frei und ungezwungen, wie sie angenommen hatte, konnte man sich als solcher auch nicht verhalten. Zumindest nicht in ihren Kreisen. Der Grad zwischen unverbindlicher Freundlichkeit und absichtsvollem Werben war schmal. Emilie straffte sich. Die Verantwortung lag bei ihr. Sie musste dafür sorgen, dass Erna sich keine falschen Hoffnungen machte, ohne sie vor den Kopf zu stoßen.

»Ach, so viel weiß ich gar nicht«, sagte Emilie. »Ich habe ganz einfach ein wenig in den Prospekten der *HAPAG* geblättert, die hier überall herumliegen. Da werden die verschiedenen Reiserouten beschrieben, darunter auch die sogenannte Fjordlinie.

Wenn man die bucht, lernt man den Sognefjord kennen, Norwegens längsten Meeresarm.« Sie lächelte und fuhr fort. »Das wäre etwas für meinen älteren Bruder. Es ist ein alter Traum von ihm, nach Skandinavien zu reisen, um auf den Spuren unseres Kaisers zu wandeln und ihn dabei persönlich zu sehen. Oder wenigstens seine Jacht.«

»Ach, das kann ich gut verstehen«, rief Erna. »Ich stelle es mir sehr erhebend vor. Mein Vater meint, dass wir mit etwas Glück gute Chancen haben, auf der Rückfahrt der *Hohenzollern* zu begegnen. Er hat sich extra erkundigt, wann der Kaiser gen Norden in See sticht.«

Sie sah Emilie mit weit geöffneten Augen an, legte sich eine Hand an die Brust und hauchte: »Was für ein Gedanke! Ich werde vielleicht unseren verehrten ...«

»Erna!«

Fräulein Bühring schreckte zusammen und sah sich zu ihrer Mutter um, die sich in ihrem Liegestuhl aufgerichtet hatte und unter zusammengezogenen Augenbrauen zu ihnen schaute. Emilie konnte sich lebhaft vorstellen, was in der Kommerzienrätin vorging: War dieser Student aus Berlin ein Luftikus, der leichtfertig mit den Gefühlen ihrer Tochter spielte und sie ins Gerede bringen würde? Oder hegte er womöglich ernste Absichten? Und wenn ja, war er ein würdiger Heiratskandidat mit solidem finanziellen Hintergrund und der Aussicht auf einen einträglichen Posten?

»Holst du mir bitte meinen Stickrahmen aus meiner Kabine?«, rief sie.

»Ja, Mutter«, antwortete Erna.

Mit einem bedauernden Lächeln nickte sie Emilie zu und eilte davon.

Diese vermied es, ihr hinterherzusehen. Mit einer knappen Verbeugung zur Kommerzienrätin lief sie in die entgegengesetzte Richtung und erklomm die Treppe zum Bootsdeck.

Bereits bei ihrem ersten Erkundungsgang hatte sie festgestellt, dass es hier oben im Schutz eines der vielen Rettungsboote geeignete Plätzchen gab, wo man ungestört die Naturwunder genießen, lesen oder schreiben konnte. Sie setzte sich auf ein zusammengerolltes Tau und zog einen kleinen Briefblock und einen Bleistift aus ihrer Tasche.

An Bord der Komet, Sonntagabend, den 2. Juni 1907

Liebe Fanny,
es erscheint mir schier unglaublich, dass seit unserem Abschied in Hamburg nicht einmal ganz zwei Tage verstrichen sind – mir kommt es so vor, als sei ich bereits eine Woche unterwegs ... Ich hätte es nie für möglich gehalten, wie rasch ich mich in meiner neuen Rolle zurechtfinde, mir ist so, als sei ich in einen Anzug geschlüpft, der mir genau auf den Leib geschneidert wurde. Gewiss, es gibt Momente, in denen die alten Gewohnheiten das Regiment übernehmen wollen. Es ist nicht immer leicht, die neue Identität voll und ganz auszufüllen. Ich hatte nicht geahnt, wie tief verankert unsere Verhaltensmuster sind und wie schwer es ist, sie durch neue zu ersetzen. Zumal mir manch männliches Gebaren doch recht fremd ist und ich mir zuweilen wie ein Schauspieler vorkomme, der seine Rolle noch nicht zur Gänze verinnerlicht hat. Nun ja, Übung macht bekanntlich den Meister ... Doch vom Gefühl her

Emilie unterstrich die letzten drei Worte

ist es wie ein Ankommen im richtigen Sein, wenn Du verstehst, was ich meine. Es ist keineswegs so, dass ich mir wünschte, ein Mann zu sein. Ich würde aber gern so leben wie einer. Ich fand es ja schon immer ungerecht, dass Frauen – und insbesondere junge Mädchen aus gutem Hause – immerzu darauf achten sol-

len, nur ja keinen Anstoß zu erregen und dabei auf fast alles verzichten müssen, was interessant ist oder Spaß macht. Angefangen damit, sich fast überall hinbegeben zu können (allein!!), ohne dass der gute Ruf Schaden nimmt.

Du findest mich an meinem Lieblingsplatz auf dem Bootsdeck im Schutz eines Rettungsbootes, verborgen vor neugierigen Blicken und außer Gefahr, beim Verfassen dieses Briefes an Dich überrascht zu werden. Ich habe Deine Warnung, auf verräterische Handlungen zu verzichten, nicht vergessen. Doch solange ich noch direkten Zugang zu Postämtern habe, möchte ich die Gelegenheit nutzen und Dir von meinen Erlebnissen berichten. Wo Ihr Euch wohl gerade befindet? Laut Eurem Reiseplan müsstet Ihr nun in Danzig eingetroffen sein. Ich schicke den Brief daher sicherheitshalber gleich zu Eurer nächsten Station nach Königsberg, damit er Dich nicht verfehlt.

Wir haben Norwegen mittlerweile erreicht und befahren nun seit fast sieben Stunden den Hardangerfjord – so tief schneidet er ins Festland hinein! Soeben hat ein Signal der Dampfpfeife verkündet, dass unser Ziel in Sicht ist und wir vor Anker gehen. Wenn ich meine Deckung verlasse, sehe ich direkt am Ufer das Städtchen Odde, hinter welchem sich nach einer Gletschermoräne ein breites Tal öffnet, dessen Hintergrund durch einen breiten Wasserfall besonders malerisch wirkt. Darüber wölbt sich ein wolkenloser Himmel von intensivem Azur – so stelle ich mir das Blau in südlicheren Gefilden vor – etwa am Mittelmeer. Überhaupt die Farben! Am liebsten würde ich meinen Tuschkasten hervorholen. Ich fürchte aber, damit Verdacht zu erregen. Bislang sah ich nur zwei Damen, die sich diesem Zeitvertreib hingaben.

Die deutschen Männer ziehen sich gern in den Rauchsalon zurück, wo sie politische Dispute führen, oder machen es sich mit einer Zeitschrift auf den Liegestühlen bequem, die zahlreichen amerikanischen Touristen verbringen jede freie Minute mit so-

genannten deck games *und liefern sich leidenschaftliche Wettkämpfe beim Croquet, Cricket oder Ringewerfen.*

Du kannst Max übrigens ausrichten, dass er bereits eine Verehrerin hat. Erna Bühring, ein entzückendes sechzehnjähriges Mädchen, das mit seinen Eltern an meinem Tisch sitzt und mir schöne Augen macht. Eine gute Partie, der Herr Papa ist Kommerzienrat und Besitzer einer florierenden Seidenmanufaktur. Aber Spaß beiseite, mein Auftreten scheint keinerlei Argwohn zu erwecken. Es gab einen Moment, in dem ich wähnte, von einem weiteren Tischnachbarn entlarvt worden zu sein. Doch die Sorge war zum Glück gänzlich umsonst und allein meiner überhitzten Fantasie entsprungen.

Besagter Beat Späni ist ein sehr freundlicher Herr von ungefähr fünfzig Jahren und obendrein einer meiner künftigen Begleiter in die Arktis, denn er wird ebenfalls an der Exkursion teilnehmen. Er ist Geologe und stammt aus der Schweiz – woran er uns bei jeder sich bietenden Gelegenheit erinnert, denn seine Heimat ist das Maß aller Dinge. Als wir vorhin nach dem opulenten Abendessen den Speisesaal verließen, rief er beim Anblick der vorüberziehenden Landschaft: »Nit meeglig! *Was für eine Ähnlichkeit mit dem Vierwaldstädtersee bei Uri!« (Er spricht gewöhnlich Hochdeutsch, wenn auch mit diesem drolligen Akzent, den die Schweizer haben. Aber wenn seine patriotischen Gefühle in Wallung geraten, verfällt er ab uns zu in seinen Dialekt.) Gänzlich aus dem Häuschen geriet er, als er eine schmale Straße entdeckte, die teilweise ins Steilufer gehauen war, was er mit einem begeisterten* »I glaub, i spinn! *Sogar die Axenstraße hat's!« kommentierte. Abgesehen von dieser Marotte ist er ein ausgesprochen angenehmer Zeitgenosse, der es versteht, selbst die steife Kommerzienrätin aufzutauen. Ob ihm das bei Großmutter Hedwig ebenfalls gelingen würde, bezweifle ich jedoch …*

Während ich Dir schreibe, wehen die Klänge des Konzerts

herauf, mit dem unser Bordorchester allabendlich für musikalische Unterhaltung sorgt. Obwohl es bereits elf Uhr ist, scheint die Sonne noch immer. Erst in einer halben Stunde wird sie untergehen – zwei Stunden später als zu Hause! Und gegen vier Uhr morgens ist die Nacht auch schon wieder vorbei. Die ungewohnte Helligkeit bringt meinen Rhythmus gänzlich durcheinander, die vielen neuen Eindrücke tun ein Übriges, um keine Müdigkeit in mir aufkommen zu lassen. Ich fühle mich so frei! Wie ein Vogel, der seinem Käfig entflohen ist und nun zum ersten Mal die Flügel zu ungehindertem Flug spreizt. Aber keine Sorge, ich bin nicht leichtsinnig und gehe kein unnötiges Risiko ein, versprochen!

Bevor wir morgen an die Küste zurückkehren und unsere Fahrt nach Norden fortsetzen, steht noch ein Ausflug auf den Gletscher an. Davor werde ich das Postamt von Odde aufsuchen und den Brief aufgeben. Nun werde ich in meine Koje hüpfen …

Grüße Max innigst von mir,
alles Liebe von Deiner Emilie, die Dich herzlich umarmt!

20

Tromsø, Juli 2013

»Nehmen wir noch ein Bier?«, fragte Kåre, als die Kellnerin kam, um ihre leeren Teller abzuräumen.

Nach der Vorspeise hatte sich Hanna für ein mit Parmesan gratiniertes Heilbuttfilet entschieden, das mit frischen Gemüsen und Salzkartoffeln serviert worden war. Sie lehnte sich in ihrem Stuhl zurück und schüttelte den Kopf.

»Für mich im Augenblick nicht, in meinen Magen passt nichts mehr hinein.«

Sie lächelte die Bedienung an und sagte: *»The fish was very good!«*

»Das war wirklich köstlich«, fuhr sie an Kåre gewandt fort. »Danke, dass du mich hierhergeführt hast. Ohne dich wäre ich sicher nicht auf die Idee gekommen, in dieses Lokal zu gehen.«

»Ich danke *dir*«, erwiderte Kåre. »In so netter Gesellschaft habe ich schon lange nicht mehr gegessen.« Er lächelte. »Wie wäre es mit einem kleinen Verdauungsspaziergang?«

»Dasselbe wollte ich dich gerade fragen«, antwortete Hanna. »Ein bisschen Bewegung ist jetzt genau das Richtige.«

»Gut, dann zeig ich dir unser Naturreservat.«

Hanna zog die Augenbrauen hoch. Das klang nach einem längeren Ausflug. Sie sah auf ihre Uhr. Halb zehn. Überrascht blinzelte sie. Es war noch so hell. Zu Hause ging um diese Zeit die Sonne unter.

»Äh, ist es nicht ein wenig spät dafür?«, fragte sie. »Auf eine Autofahrt habe ich jetzt, ehrlich gesagt, keine große Lust.«

»Autofahrt? Wie kommst du dar …«, Kåre unterbrach sich und lachte auf. »Ach so, natürlich, bei Naturreservat denkt man automatisch an ein abgelegenes Gebiet. Nein, wir haben hier ein kleines direkt oberhalb der Stadt, keine zwanzig Minuten zu laufen. Ich denke, es wird dir gefallen. Von dort hat man einen tollen Blick auf die Berge.«

Kåre hatte nicht zu viel versprochen. Auf einer knapp hundert Meter über dem Meeresspiegel liegenden Anhöhe erstreckte sich eine weitläufige Wald- und Tundrenlandschaft, an deren südlichem Rand der Prestvannet, ein flacher See, lag. Da die Meeresarme, die Tromsøya vom Festland und den vorgelagerten Inseln trennten, nicht zu sehen waren, hatte man den Eindruck, dass die Lyngener Alpen und die Gebirgszüge auf der Insel Kvaløya direkt auf der Stadtinsel aufragten.

Durch ein lichtes Wäldchen liefen Hanna und Kåre am Ufer entlang. Der Boden federte unter ihren Schritten, an manchen Stellen lagen Holzbohlen über morastigen Stellen. Die Bäume hatten rötlich-braune Stämme, die dickeren waren hellgrau, die Rinde war glatt und schälte sich in papierdünnen Streifen ab.

»Sind das Birken?«, fragte Hanna.

Kåre nickte. »Moorbirken. Hier gedeihen vor allem Sumpfpflanzen wie Schachtelhalme oder Sauergräser.« Er zeigte auf eine filigrane dunkelrote Blume. »Und seltene Arten. Da steht zum Beispiel ein Blutauge.«

»Und wie heißen diese hübschen Blumen?«, fragte Hanna, als sie an einem Wiesenstück vorbeikamen, auf dem hunderte weiße und rosafarbene Blüten leuchteten.

»Das ist Fieberklee«, antwortete Kåre. »Eigentlich kein sehr passender Name, denn mit dem Klee ist er nicht verwandt, sondern mit dem Enzian. Und gegen Fieber hilft er auch nicht.«

»Nein, aber er ist verdauungsfördernd«, sagte Hanna. »Jetzt erinnere ich mich wieder. Meine Großmutter nannte die Pflanze Bitterblatt und hat sie als Tee aufgegossen, wenn mein Opa zu viel Sonntagsbraten gegessen hatte. Und ihren berühmten Kräuterlikör hat sie auch damit aufgesetzt.«

Die Bäume wichen zurück und gaben den Blick frei auf einen ausgedehnten Schilfgürtel. Kåre deutete auf einen Holzsteg, der zu einer Plattform über dem See führte.

»Von dort hat man die beste Aussicht.«

Hanna folgte ihm, stellte sich an das Geländer und ließ schweigend die Umgebung auf sich wirken. Auf dem dunklen Wasser schwammen unterschiedliche Enten und Möwen, im Schilf raschelte und zwitscherte es, und Mückenschwärme tanzten in den Strahlen der Sonne, die mittlerweile weit im Norden stand. Ihr Licht ließ die schneebedeckten Bergkuppen rotgolden erglühen.

Nach einer Weile sagte Hanna leise: »Auch wenn es abgedroschen klingt. Aber das hier hat etwas Magisches. Ein stundenlanger Sonnenuntergang. Ich hatte keine Ahnung, wie wunderbar das ist.«

Aus den Augenwinkeln sah sie, dass Kåre nickte. Sie nahm die Wärme seines Körpers neben sich wahr und seinen Geruch, in den sich das Aroma eines herben Aftershaves mischte. Wenn ich eine Katze wäre, würde ich jetzt schnurren, dachte Hanna und spürte dem Gefühl tiefsten Friedens nach, das sie erfüllte. Das Wort Einklang kam ihr in den Sinn. Sie atmete tief ein und aus.

Der Moment verging. Der Wind frischte auf, kräuselte die Oberfläche des Sees und trieb weiter draußen eine kleine Insel an ihnen vorüber, auf der eine brütende Krickente in ihrem Nest saß.

»Das ist ja lustig, eine schwimmende Insel«, rief Hanna.

»Ja, davon gibt es hier einige. Man vermutet, dass sie durch das Fluten der Moorlandschaft aufgeschwemmt wurden«, sagte Kåre. »Den See gab es nämlich nicht immer, er wurde im neunzehnten Jahrhundert aus mehreren Weihern aufgestaut, um die Stadt mit Trinkwasser zu versorgen.«

Hanna verzog das Gesicht. »Diese braune Brühe soll man trinken?«

Kåre schüttelte den Kopf. »Nein, schon lange nicht mehr. Man hat schnell erkannt, dass das Wasser hier zu nährstoffreich ist, um die nötige Qualität dafür zu haben. Und als 1921 ein neues Wasserwerk gebaut wurde, hat man den Prestvannet nicht länger als Trinkwasserreservoir genutzt. Dafür haben die Tromsøer jetzt ein Naherholungsgebiet direkt vor der Haustür.«

»Es ist wirklich wunderschön hier«, sagte Hanna. »Schade, dass ich keine Zeit habe, mehr von der Stadt und der Umgebung zu sehen.«

»Ich dachte, du bist erst heute Nachmittag angekommen?«

»Ja, aber morgen geht's schon weiter. Nach Spitzbergen.«

»Verstehe, du bist nur auf der Durchreise.«

Täuschte sie sich, oder schwang da ein Hauch Bedauern in seiner Stimme? Eine Vorstellung, die sie angenehm berührte. Bild dir bloß nichts ein, schimpfte Hannas strenge Stimme. Genieße einfach diesen schönen Abend und gut ist!

»Spitzbergen wird dir gefallen«, sagte Kåre. »Es hat einen ganz eigenen Zauber.«

»Du warst also schon dort?«

Kåre nickte. »Sogar mehrfach. Und jedes Mal schlägt es mich erneut in seinen Bann. Man könnte sagen, ich bin Svalbard regelrecht verfallen.«

Hanna lächelte. »Jetzt bin ich noch gespannter darauf. So weit in den Norden bin ich noch nie vorgedrungen. Bislang war ich eher in südlicheren Gegenden unterwegs. Die Arktis kenne ich noch gar nicht. Das wird ein ganz besonderes Erlebnis.«

Kåre nickte. »Auf jeden Fall. Machst du eine Kreuzfahrt, oder hast du vor Ort eine Tour gebucht?«

»Weder noch«, antwortete Hanna. »Ich will mich dort auf eigene Faust ein wenig umsehen. Ich arbeite für ein Frauenmagazin und soll eine Reisereportage schreiben.«

Kåre runzelte die Stirn.

»Entschuldige, ich möchte dir bestimmt nicht zu nahetreten. Aber du weißt schon, dass man sich auf Spitzbergen nur an wenigen Stellen ohne Genehmigung bewegen darf? Außerhalb der Siedlungen ist es schon allein wegen der vielen Eisbären viel zu gefährlich.«

Hanna presste die Lippen aufeinander. Wie peinlich. Er musste sie für total verpeilt und unprofessionell halten.

»Äh, ja, das ist mir klar ... es ist auch eher eine Stippvisite. Mein Verlag hat mir nur zwei Übernachtungen in Longyearbyen gebucht.«

Während sie die Worte aussprach, wurde ihr bewusst, wie absurd sich das anhörte. In ihrer Euphorie, endlich wieder beruflich zu reisen, hatte sie die Frage, wie sinnvoll so ein Kurzaufenthalt war, verdrängt. Eine fundierte Reportage konnte sie jedenfalls kaum liefern. Das war auch offensichtlich nicht der Hauptgrund, aus dem man sie hergeschickt hatte. Sie unterdrückte ein Seufzen und sprach ihre Vermutung, die sich ihr aufdrängte, laut aus:

»Ich denke, es geht vor allem darum, dass ich Fotos mache.«

»Verstehe, damit der Verlag die Bildrechte hat und sie nicht teuer einkaufen muss«, sagte Kåre.

»Genau. Das ist mir – offen gestanden – auch erst jetzt klar geworden. Ich hab den Auftrag nämlich sehr spontan von einer erkrankten Kollegin übernommen«, erklärte Hanna. Sie zuckte die Schultern. »Es hat sich einiges verändert in den letzten Jahren. Unter meinem ehemaligen Chefredakteur hätte es das nicht gegeben.«

Kåre sah sie fragend an.

»Nun, er hatte den Anspruch, den Leserinnen jenseits der üblichen Urlaubstipps und Berichte etwas Besonderes zu bieten. Ich fürchte, dieses Motto existiert nur noch auf dem Papier.«

»Naja, ist ja heutzutage nicht ganz einfach – wo jedermann seine Reiseberichte ins Internet stellt und sich die Touristikanbieter gegenseitig auf den Füßen rumtrampeln«, meinte Kåre und lächelte ihr zu. »Mach das Beste draus. Und es ist ja nicht so, dass du gar nichts unternehmen kannst«, fuhr er fort. »Du könntest eine Bootsfahrt im Isfjord machen. Vielleicht kombiniert mit einer kleinen Wanderung. Oder eine Hundeschlittentour.«

»Hundeschlitten?«, fragte Hanna. »Liegt denn genug Schnee?«

»Nein, in den Tälern sicher nicht. Deshalb werden im Sommer Räder an die Schlitten geschraubt. Ist zwar nicht das Gleiche, wie im Winter über die verschneiten Ebenen zu sausen, aber trotzdem ein tolles Erlebnis.«

»Ich seh's schon. Die Zeit wird mir wie im Fluge vergehen«, stellte Hanna fest.

»Ja, aber da es nie dunkel wird, kann man auch nachts Ausflüge machen«, antwortete Kåre. »Es gibt einige Anbieter, die die unterschiedlichsten Touren organisieren. Zum Beispiel *Spitzbergen Adventures.* Die haben auch deutschsprachige Führungen im Programm, die Chefin ist nämlich eine Deutsche.«

»Du bist wirklich ein Glücksgriff«, rutschte es Hanna heraus.

Kåre musterte sie amüsiert.

»Äh, ich meine, weil du dich so gut auskennst und mir so tolle Tipps gibst.«

»Ich weiß schon, wie es gemeint ist.«

Er sah ihr in die Augen. Nein, sie bildete es sich nicht ein. Es war kein neutraler Blick.

Hanna überspielte ihre Verlegenheit und sagte rasch:

»Wo wir schon dabei sind. Du kannst mir sicher sagen, wo ich gut essen kann.«

»Wo bist du denn untergebracht?«

»Im *Basecamp Trapper's Hotel*«, antwortete Hanna.

»Ah ja, das *Fangstmannshotell*. Das liegt sehr zentral. Und direkt nebenan ist das *Kroa*. Das ist eine nette Kneipe, wo man prima Pizzen bekommt. Und wenn du tagsüber ein gemütliches Café suchst, dann empfehle ich dir das *Fruene*. Du findest es im *Lompensenter*, wo es mehrere Geschäfte und eine Bibliothek gibt.«

»Klasse, ich danke dir sehr«, sagte Hanna. »Eigentlich solltest du den Artikel schreiben. Da würden meine Leserinnen wirklich interessante Dinge über den Ort erfahren.«

»Ach, mit dem Schreiben hab ich's nicht so«, sagte Kåre und machte eine abwinkende Bewegung. »Und glaub mir, schöne Fotos wirst du auf jeden Fall schießen. Die Umgebung von Longyearbyen bietet tolle Motive.«

»Ich hab trotzdem irgendwie ein schlechtes Gewissen«, sagte Hanna. »Ich komme mir wie ein Hochstapler vor.«

»Wieso? Du musst dir doch nichts ausdenken oder behaupten, etwas gesehen oder erlebt zu haben, wenn das nicht zutrifft, oder?«

»Nein, das nicht. Aber ich fürchte halt, mit einem nullachtfünfzehn-Artikel zurückzukehren, der das Papier nicht wert ist, auf dem er gedruckt wird.«

»Das wird schon nicht passieren«, sagte Kåre. »Du bist aufgeschlossen, interessiert und sensibel – du wirst einen besonderen Blick auf diesen ungewöhnlichen Archipel mit seinem rauen Charme haben. Da bin ich mir ganz sicher.«

Hanna spürte, wie ihr das Blut in die Wangen schoss. Obwohl Kåre gar nicht wissen konnte, ob sie eine gute Journalistin war, spürte sie, dass er ihr kein nichtssagendes Kompliment machte, sondern es ernst meinte.

»Danke«, sagte sie leise.

21

HAPAG Passagierdampfer Komet, *Juni 1907*

Am Morgen des fünften Tages an Bord der *Komet* brachte Emilie beim Frühstück kaum einen Bissen herunter. In knapp einer Stunde würde sie in Tromsø von Bord gehen und sich in ein Abenteuer begeben, das ihr nun, da es unmittelbar bevorstand, Bauchgrummeln bescherte. In die Vorfreude auf die kommenden Wochen, die mit nichts zu vergleichen sein würden, was sie bisher erlebt hatte, mischte sich Furcht vor der eigenen Courage. Sie stocherte in ihrem Kräuteromelett mit frischen Pilzen und hätte einiges darum gegeben, zusammen mit den anderen Passagieren die Kreuzfahrt weiter in den Norden nach Hammerfest, von dort über die Bäreninsel nach Spitzbergen und anschließend zurück an die norwegische Westküste fortsetzen zu können. Die Vorstellung, in angenehmer Gesellschaft und behaglichem Ambiente durch das Polarmeer zu schippern, war verführerisch.

Zu Beginn ihrer Reise hatte Emilie in erster Linie die Furcht vor Entlarvung umgetrieben. Nachdem sie sich mit jedem Tag sicherer in ihrer Rolle fühlte und nicht mehr bei jedem Wort und jeder Geste überprüfen musste, ob sie männlich genug ausfielen, wurde sie nun von der Angst geplagt, den Anforderungen eines Aufenthalts in der Wildnis nicht gewachsen zu sein. Ihre unbekümmerte Zuversicht, mit der sie ihren Bruder beruhigt hatte, war dahingeschmolzen wie Schnee in der Frühlingssonne. Allein bei der Vorstellung, wie fern zivilisatorischer Errungenschaften wie Wasserklosetts oder abschließbarer Badezimmern ihre Monatshygiene vonstattengehen sollte, verkrampfte sich Emilies Magen. Wenn sie Glück hatte, verlängerte sich ihr Zyklus – das war in der Vergangenheit ein paar Mal geschehen, wenn sie auf

Reisen gewesen war. Darauf verlassen konnte sie sich aber nicht.

Mit einem Anflug von Neid lauschte sie der Diskussion der Eheleute Bühring, die sich nicht darüber einigen konnten, wie sie den Aufenthalt in Tromsø gestalten sollten. Ein mittlerweile vertrautes Ritual, das sich vor jedem Landgang wiederholt hatte. Während die Kommerzienrätin durch die Stadt flanieren und sich bei den ansässigen Händlern nach Pelzen umsehen wollte, stand ihrem Gatten der Sinn mehr nach einem Ausflug in die Umgebung. Ihre Kinder verfolgten die hitziger werdende Diskussion mit Unbehagen, vor allem Erna war es sichtlich peinlich, dass ihre Eltern an den benachbarten Tischen Aufsehen erregten.

»Wenn Sie gestatten«, unterbrach Beat Späni den Disput. »Ich bin mir sicher, dass Sie ohne Weiteres das Eine tun können, ohne das Andere lassen zu müssen.«

Er deutete eine Verneigung gegen Frau Bühring an, die ihn ob seiner Einmischung indigniert musterte.

»Sie haben den ganzen Tag Zeit, das Schiff fährt ja erst spät in der Nacht weiter. Und eine Spritztour in die Natur sollten Sie sich bei diesem herrlichen Wetter auf keinen Fall entgehen lassen.«

Er drehte sich zu Emilie. »Dürfte ich Sie einmal mehr bitten, uns aus Ihrem Reiseführer vorzulesen? Dann können sich die Herrschaften ein Bild machen von dem, was sie erwartet.«

Er zwinkerte ihr kaum merklich zu. Emilie nickte und schmunzelte innerlich über Beat Spänis Manöver, mit dem er sich in den vergangenen Tagen mehrfach schlichtend in die Streitgespräche der Eheleute eingeschaltet hatte. Schnell hatte er herausgefunden, dass *Meyers Reisebücher* von der Kommerzienrätin als eine Art Schiedsrichter angesehen wurden, dessen Empfehlungen sie blind vertraute.

Emilie zog das Büchlein aus der Tasche, suchte nach dem Eintrag über Tromsø, übersprang die Angaben über Einwohnerzahl und andere trockene Informationen und las vor:

Die Stadt ist regelmäßig angelegt und hat nur am Hafen enge, altertümliche Gassen; Hauptstraße ist die von Süden nach Norden ziehende Storgade. Im Süden der Stadt die hölzerne Domkirche; am Markt das Rathaus und eine kleine katholische Kirche. Südlich vor der Stadt das hoch gelegene Tromsø-Museum (Eintritt 50 Øre), im Erdgeschoß die naturwissenschaftliche, im ersten Stock die ethnographische (lappische Gegenstände) und archäologische Sammlung enthaltend. Vor dem Gebäude Anlagen mit arktischen Pflanzen.

Ausflug zum Lappenlager

Mit Motor- oder Ruderboot in 5 bzw. 10 Minuten über den den Hafen bildenden Tromsøsund nach Storstennæs auf dem östlich gegenüberliegenden Festland. Hier mündet das Tromsdal, in dem jedes Jahr einige schwedische Lappenfamilien von Karesuando ihr Lager haben.

*Der Weg führt durch einen Birkenwald zu einem Talgrund, in dem man bald das Lappenlager mit seinen Zelten oder Rasenhütten (*gammer*) und Rentierherden von 3000 bis 4000 Stück, von denen einige mit dem Lasso eingefangen und für die Fremden zusammengetrieben werden, erblickt. Auch selbst gefertigte Gegenstände werden von den Lappen zum Verkauf angeboten.*

Emilie unterbrach sich, übersprang den letzten Absatz, der erneut Anlass zu Meinungsverschiedenheiten hätte geben können, und fuhr fort:

Man beachte jedoch, daß die Lappen durch die Berührung mit dem Reisepublikum sehr von der Kultur angekränkelt sind. Wer Zeit hat und sich für dieses sonderbare Volk interessiert, sollte lieber einen Ausflug zu dem Lager bei Sundlien machen, wo Leben und Treiben ursprünglicher sind.

»Vielen Dank«, sagte Beat Späni und wandte sich an Frau Bühring. »Sie sehen, gnädige Frau, nach einem Abstecher zu den Lappen würde Ihnen ausreichend Zeit bleiben, die Geschäfte zu besuchen, die Stadt zu besichtigen und sich in einem Kaffeehaus zu stärken.«

Fridolin rutschte auf seinem Stuhl nach vorn. »Oh bitte, lasst uns die Eingeborenen ansehen. Ein Klassenkamerad von mir war letztens mit seinen Eltern bei einer Völkerschau von Hagenbeck, bei der auch eine Lappenfamilie gezeigt wurde. Der wird Augen machen, wenn ich ihm erzähle, dass ich sie in freier Wildbahn getroffen habe!«

Emilie warf ihm einen amüsierten Blick zu. Die Lektüre von Karl Mays Abenteuergeschichten schien Fridolins Fantasie zu beflügeln. Hielt er die Lappen für eine Art Indianerstamm, der heidnischen Gottheiten huldigte und dem Bleichgesichter sich mit Vorsicht nähern sollten? Vor ihrem geistigen Auge sah sie den Kommerzienrat und seine Gattin an einen Marterpfahl gefesselt, umtanzt von halbnackten Wilden, während Erna mit dem Häuptlingssohn vermählt werden sollte – was Fridolin im letzten Moment verhinderte, indem er auf einem feurigen Ross herbeisprengte und ...

Seine Schwester unterbrach ihre Vision mit der Frage: »Darf ich hoffen, dass Sie uns begleiten?«

Bevor Emilie antworten konnte, zischte ihre Mutter:

»Erna! Untersteh dich!«

Die Worte fielen in eine Gesprächspause und waren deutlich zu hören. Erna wurde rot und versteckte den Kopf hinter ihrer Stoffserviette. Die Miene der Kommerzienrätin versteinerte. Sie beugte sich über ihren Teller, strich hingebungsvoll Konfitüre auf eine gebutterte Brötchenhälfte und wich dem Blick ihres Mannes aus, der sie missbilligend musterte.

Erneut war es Beat Späni, der die Situation rettete.

»Ich fürchte, der Herr Studiosus und ich werden nicht mit

von der Partie sein. Was ich persönlich sehr bedaure. Aber in Tromsø endet für uns beide das selige Nichtstun, und die Pflicht respektive die Arktis ruft. Nicht wahr, mein junger Freund?«, sagte er und schlug Emilie leicht auf die Schulter.

Sie setzte eine ernste Miene auf und nickte. Für Erna Bühring war es zweifellos das Beste, dass Max Berghoff die Reisegesellschaft verließ. Das junge Mädchen lief Gefahr, sich hoffnungslos in seine Schwärmerei für den vermeintlichen Studenten zu verlieren. Seit ihrer ersten Begegnung hatte sie jede Gelegenheit genutzt, sich der Aufsicht ihrer Eltern zu entziehen und Emilie nahe zu sein – was ihr vor allem bei den Landgängen gelungen war, bei denen man den Buarbræ-Gletscher bei Odde, die Hafenstadt Molde mit ihren prächtigen Rosengärten, die weitläufige Waldlandschaft des Romsdals und den Dom in Trondheim besichtigt hatte. Bei der Überquerung des Polarkreises – ein Ereignis, das mit einem Kanonenschuss und einem Sektumtrunk gewürdigt worden war – hatte sie Emilie errötend zugeflüstert: »Ich bin sehr glücklich, diesen besonderen Augenblick an Ihrer Seite erleben zu dürfen«, und es so eingerichtet, dass sie nebeneinanderstanden, als der Bordfotograf die Passagiere zum Gruppenbild Aufstellung nehmen ließ.

Während ihr Vater nichts dagegen zu haben schien, dass seine Tochter Gefallen an Max fand – nachdem er herausgefunden hatte, dass dieser aus einer vermögenden Fabrikantenfamilie stammte –, schwebte der Kommerzienrätin wohl eine bessere Partie für Erna vor. Oder sie hielt sie noch für zu jung für eine Ehe. Jedenfalls hatte sie mit wachsendem Argwohn die Annäherungsversuche ihrer Tochter beobachtet und sie nach Möglichkeit unterbunden. Emilie konnte es ihr nicht verdenken. Ihre Mutter hätte nicht anders gehandelt. Schließlich erwartete man von einer verantwortungsvollen Mutter, dass sie ihre Töchter daran hinderte, sich ins Unglück zu stürzen und ihre Ehre und damit die Aussicht auf eine angesehene Stellung in der Gesellschaft zu verlieren. Für Erna empfand Emilie Mitleid. Zugleich wurde ihr an ihrem Beispiel erst so richtig bewusst, wie abhängig und fremdbestimmt sich auch ihr eigenes Leben gestaltete.

Sie schob ihren Stuhl zurück, nickte grüßend in die Runde und sagte:

»Sie entschuldigen mich bitte, ich muss noch meine Koffer fertig packen.«

Bevor sie ihre Kabine aufsuchte, machte sie einen Abstecher zum Bug. Die *Komet* hatte den Schärengürtel vor der Küste verlassen und fuhr in den Sund hinein, der das Festland von der Insel trennte, auf der Tromsø gebaut war. Obwohl Emilie wusste, dass die Stadt mit ihren siebentausend Einwohnern die größte im Polargebiet war und Mittelpunkt eines lebhaften Handels- und Seeverkehrs, überraschte es sie, wie stattlich sich ihre Silhouette ausnahm. Die Magazine, Fischfabriken, Schiffswerften und anderen Hafengebäude standen auf hohen Pfählen, die je nach Ebbe oder Flut mehr oder weniger im Wasser verschwanden. Dahinter erkannte Emilie ein- bis zweistöckige Wohn- und Geschäftshäuser, zwischen denen mehrere Kirchen und andere größere Bauten wie der Bischofssitz, das Gymnasium und ein Lehrerseminar hervorstachen.

Im Hafen lagen neben Frachtdampfern und Seglern verschiedener Nationen zahlreiche Fischkutter und für den Fang von Walrossen, Robben und Walen ausgerüstete Jagdschiffe vor Anker. Der Wind wehte den schwefeligen Geruch von Pech, mit dem man die Boote wasserdicht machte, und ranzigem Tran aus den Fischölsiedereien herüber.

Als sich die Bordkapelle auf dem Promenadendeck einfand, um die Einfahrt der *Komet* in den Hafen mit den Klängen der norwegischen Hymne zu untermalen, eilte Emilie zu ihrer Kajüte. Während sie dort die letzten Kleidungsstücke, Bücher und Toilettenutensilien in ihren Koffern verstaute, versammelten sich die meisten Passagiere vor dem großen Salon, in dem mehrere Stewards die Briefe und Päckchen sortierten, die im Tromsøer Postamt für sie bereitgelegen hatten und von einem Boten per Boot herangeschafft worden waren. Begierig auf Nachrichten von den Daheimgebliebenen, von denen man fast eine Woche nichts gehört hatte, harrten die Reisenden voller Ungeduld auf das Verteilen der Post. Emilie bat einen Steward, dafür zu sorgen, dass ihr Gepäck an Land ins *Grand Hôtel* gebracht wurde, und gesellte sich zu den Wartenden.

Wenige Minuten später hielt sie einen an Max Berghoff adressierten Umschlag in den Händen, dessen Marke in Danzig gestempelt war. Mit klopfendem Herzen suchte sie ein letztes Mal ihren Rückzugsort auf dem Bootsdeck auf, um den Brief in Ruhe zu lesen. Sie setzte sich auf das zusammengerollte Tau hinter »ihrem« Rettungsboot, riss den Umschlag auf und entnahm ihm mehrere Ansichtskarten, die verschiedene Gebäude und Straßenzüge der alten Hansestadt zeigten. Beim Anblick von Fannys geschwungener Schrift zog sich Emilies Hals zusammen. Mit einem Mal fühlte sie sich allein und verloren. Die Liedzeile *Wenn ich ein Vöglein wär/und auch zwei Flügel hätt/flög ich zu dir* kam ihr in den Sinn. Wie gern hätte sie ihrer Tante jetzt gegenübergesessen, sich ihre Ängste von der Seele geredet und sich Mut zusprechen lassen. Sie zwinkerte eine Träne weg und vertiefte sich in Fannys Zeilen.

Danzig, den 3. Juni 1907

Lieber Max,

gestern Abend trafen wir bei schönstem Sonnenschein in Danzig ein und ließen uns – um uns einen ersten Überblick zu verschaffen – in einer offenen Droschke durch die Straßen kutschieren. Es war wie eine Reise ins Mittelalter. Ähnlich wie in Köln ist ein mächtiger Sakralbau – die Marienkirche – das Erste, was ins Auge sticht. Drum herum enge, mit Kopfsteinen gepflasterte Gassen, an denen schmale Giebelhäuser stehen. Es gibt unzählige Kirchen und Klosteranlagen, Handelskontore und Lagerspeicher und Überreste der alten Stadtbefestigung in Form von trutzigen Toren mit Türmen und Zinnen. Aber auch die neueren Gebäude wie Banken, Läden, Schulen und der Bahnhof sind um der baulichen Harmonie willen im Stile der Gotik oder Renaissance gestaltet und erinnern an Burgen, Kathedralen und Schlösser. (Die Postkarten sollen Dir einen kleinen Eindruck davon vermitteln.)

Deine Schwester ist wohlauf und lässt Dich herzlich grüßen. Sie ist eine sehr angenehme Begleiterin, und ich freue mich, dass ich nun die Gelegenheit habe, sie endlich kennenzulernen.

Wie es Dir wohl da oben im hohen Norden ergehen mag? Wenn Du meinen Brief liest, hast Du den Ausgangspunkt der Exkursion erreicht und vermutlich Deine Gefährten, die Dich in den nächsten Wochen begleiten werden, bereits kennengelernt. Ich hoffe, dass Du in angenehmer Gesellschaft sein wirst und alles glatt läuft. Sei vorsichtig und gehe bitte kein unnötiges Risiko ein!

Emilie hielt inne. Sie konnte die Sorge, die aus diesen Worten sprach, förmlich mit Händen greifen. Es tat ihr gut zu wissen, dass sich jemand Gedanken um sie machte. Gleichzeitig flog sie ein Hauch von Verärgerung an. Hielt Fanny sie wirklich für so leichtsinnig und gedankenlos, dass sie glaubte, sie ständig ermahnen zu müssen? Sie zuckte mit den Schultern und las weiter.

Ach, jetzt habe ich es doch getan und Dich mit meiner gluckenhaften Ängstlichkeit belästigt. Dabei hatte ich mir fest vorgenommen, mich zusammenzureißen. Es bringt ja auch nichts. Schlimmstenfalls verunsichere ich Dich – und das ist nun gewiss das Allerletzte, was ich bewirken möchte. Ich fühle mich ein wenig wie beim Betrachten von Akrobaten, die auf einem Hochseil ohne Netz balancieren. Der Zuschauer ist verdonnert zum Zusehen, ohne die Möglichkeit, helfend einzugreifen, wenn einer ins Straucheln gerät und abzustürzen droht. Dabei weiß ich tief in meinem Inneren, dass Du Deine Sache sehr gut machen wirst. Verzeih also Deiner alten Tante ihre ängstliche Anwandlung und genieße diese ungewöhnliche Reise!

Mein nächster Brief wird Dich vermutlich erst wieder nach Deiner Rückkehr aus dem Polarmeer erreichen. In Gedanken werde ich aber stets bei Dir sein und schicke Dir herzliche Grüße,

Deine Fanny

Emilie steckte die Karten zurück in den Umschlag und leistete ihrer Tante stumm Abbitte. Ihr selbst würde es an ihrer Stelle vermutlich nicht anders gehen. Sie musste nur an ihre Sorgen um Max denken, als dieser die Reise angetreten hatte. Der Gedanke, was er sich um ein Haar angetan hätte, ließ sie erschauern. Rasch wischte sie die Erinnerung an die Szene auf dem Kreidefelsen beiseite und machte sich auf die Suche nach Beat Späni, mit dem sie verabredet war, um gemeinsam zum Treffpunkt der Expeditionsteilnehmer im *Grand Hôtel* zu gehen.

Nachdem sie sich von Familie Bühring verabschiedet hatten, ließen sie sich mit einer Dampfbarkasse zum Hafen übersetzen und bahnten sich ihren Weg vom Landungssteg durch kleine Gassen, die von den Behausungen der Fischer, Hafenarbeiter und Angestellten der Transiedereien und Werften gesäumt wurden, zur Hauptstraße. Auf den mit Erdsoden gedeckten Katen grünte und blühte es, und immer wieder sah Emilie Leitern aus Dachluken ragen.

Um ihrer wachsenden Nervosität Herr zu werden, verwickelte sie ihren Begleiter in ein Gespräch. Sie deutete auf eine der Leitern und fragte:

»Wissen Sie, wozu die dienen?«

Beat Späni nickte. »Sie sollen den Bewohnern die Flucht ermöglichen, wenn ein Feuer ausbricht. Das passiert in diesen hölzernen Quartieren häufig, nicht nur in Tromsø.«

»Stimmt, vor ein paar Jahren gab es doch einen Großbrand in Ålesund«, sagte Emilie.

Sie erinnerte sich noch gut an die Zeitungsberichte. Das Unglück hatte innerhalb von wenigen Stunden über achthundert Häuser vernichtet und zehntausend Menschen ihres gesamten Hab und Guts beraubt. Wie durch ein Wunder war nur eine alte Frau ums Leben gekommen. Aber nicht allein deswegen hatte dieses Ereignis in Deutschlands Presse große Wellen geschlagen, sondern wegen der großzügigen Hilfsaktion von Kaiser Wilhelm II. Als er von dem Brand erfuhr, schickte er umgehend vier Schiffe der Kaiserlichen Marine mit Baumaterial, Medikamenten, Nahrung und Wolldecken – aus seinem privaten Vermögen finanziert.

Beat Späni deutete auf einen Apparat, der am Pfahl einer Laterne befestigt war.

»Deshalb gibt es hier auch so viele Alarmsirenen. Man kann nur hoffen, dass sie nun, da sich die elektrische Beleuchtung in den Städten verbreitet und es weniger offene Feuerstellen gibt, nicht mehr so oft gebraucht werden.«

Mittlerweile hatten sie die Storgata überquert und waren in die Grønngata eingebogen, die wie die Hauptstraße den Ort parallel zum Ufer durchzog. Rechts und links der ungepflasterten Fahrbahn verliefen Bürgersteige, von denen man auf Holztreppen zu den Türen der niedrigen Häuser gelangte. Hinter den meisten lagen kleine Gärten, die auf Emilie einen verwilderten Eindruck machten. Offenbar hatten die Tromsøer eine Vorliebe für den sibirischen Riesenbärenklau, einen ursprünglich aus dem Kaukasus stammenden Doldenblütler. Überall wucherten die zwei bis drei Meter hohen Stauden, neben denen andere Blumen kaum eine Chance hatten. Während Emilie sich noch wunderte, warum man sich hier so für dieses giftige Gewächs begeisterte, das bei Berührung schwere Hautreizungen bis hin zu Verbrennungen verursachen konnte, rief Beat Späni: »So, da wären wir«, und steuerte auf ein zweistöckiges Gebäude zu, das auf einem Grundstück zwischen Strandskillet und Hauptstraße lag. Mit seinen Erkern, Dachgauben und mit Schnitzereien verzierten Fensterrahmen und Balkongeländern erinnerte es Emilie an die im Schweizer Stil erbauten Villen, die sich in deutschen Seebädern und Kurorten großer Beliebtheit erfreuten.

»Das ist unser Hotel«, fuhr Beat Späni fort.

Emilie spürte, wie sich ihr Herzschlag beschleunigte. Jetzt wird es ernst, dachte sie. Von nun an gibt es kein Zurück mehr. Sie zwang sich, ruhig ein- und auszuatmen.

Beat Späni strahlte über das ganze Gesicht. »Wie daheim! Ein echtes Chalet«, sagte er, wobei er das Wort auf der ersten Silbe betonte. Er deutete auf die norwegischen Fahnen, die auf dem Dach wehten. »Jetzt müsste da nur noch unser eidgenössisches Kreuz hängen …«, er unterbrach sich und starrte zur Tür, in der eben ein stattlicher Mann erschienen war. Er war braun gebrannt, trug einen Vollbart und hatte blonde Haare, die sich in kurzen Locken um seinen kantigen Kopf legten.

»*Jä lueg doo!* Wenn das nicht Wilhelm Tell ist, wie er im Buche steht!«, rief Beat Späni und schlug seine Hände zusammen.

Emilie schüttelte unwillkürlich den Kopf. Für sie sah der Mann, den sie auf Ende zwanzig schätzte, wie die Inkarnation eines Wikingerhäuptlings aus. Es waren nicht so sehr seine Statur, die graublauen Augen oder seine von der Sonne gebleichten Haare, sondern seine Ausstrahlung, die diesen Eindruck hervorrief. Es ging etwas Düsteres von ihm aus, das Emilie frösteln ließ.

22

Spitzbergen, Juli 2013

Am Samstagmittag saß Hanna in der Chartermaschine einer kleinen Airline, die auf ihrem Flug von Frankfurt nach Spitzbergen in Tromsø zum Tanken zwischengelandet war und bei der Gelegenheit außer ihr noch zwei weitere Passagiere an Bord genommen hatte. Noch vierundzwanzig Stunden zuvor hatte sich Hanna zu diesem Arrangement beglückwünscht, das ihr die zügige Weiterreise zu ihrem Ziel ermöglichte. Nun bedauerte sie es, nicht auf den Linienflug der norwegischen *SAS* gebucht zu sein, der täglich kurz vor sieben Uhr abends in die Arktis startete. Kåre war davon ausgegangen. Als er sie gegen Mitternacht zu ihrem Hotel begleitete, hatte er ihr vorgeschlagen, sie nach dem Frühstück zu einem Ausflug in die Umgebung abzuholen und keinen Hehl aus seiner Enttäuschung gemacht, dass daraus nichts wurde. Da Hanna auf der Rückreise nonstop nach Oslo fliegen würde, gab es auch dann keine Möglichkeit für ein weiteres Treffen.

Hanna kuschelte sich in ihren Sitz und sah aus dem Fenster. Das schöne Wetter vom Vorabend hatte sich gehalten. Unter ihr glitzerte die tiefblaue Oberfläche des Meeres, das sich endlos ausdehnte und am Horizont mit dem Himmel verschmolz – so wie die Tage in dieser ewigen Helligkeit nahtlos ineinander übergingen. Hanna hatte kaum Schlaf gefunden, fühlte sich körperlich ermattet und war gleichzeitig aufgekratzt. Sie schloss die Augen und ließ die Stunden, die sie mit Kåre verbracht hatte, Revue passieren. Sein Blick, mit dem er sich von ihr verabschiedet hatte, ging ihr nicht aus dem Sinn. Für einen Moment hatte sie geglaubt, dass er sie in seine Arme ziehen würde. Zu ihrer eigenen Überraschung hatte es ihr einen Stich versetzt, als er ihr nach einem winzigen Zögern die Hand gereicht und fest gedrückt hatte.

Vielleicht hast du dir das auch nur eingebildet, wies ihr innerer Kritiker sie zurecht. Nein, hab ich nicht, widersprach sie. Naja, aber zu viel hineininterpretieren solltest du nicht. Tu ich ja gar nicht. Aber es war ein tolles Gefühl, endlich mal wieder als Frau wahrgenommen zu werden. Hanna lächelte und spürte dem wohligen Kribbeln nach, das sich in ihrem Bauch ausbreitete.

Mehrfaches Klicken drang in ihr Bewusstsein. Sie öffnete die Augen. Die meisten Passagiere der kleinen Maschine hatten ihre Mobiltelefone, Smartphones oder Kameras gezückt, beugten sich zu den Fenstern und machten Aufnahmen. Unter ihnen lag eine dreieckige Insel mit einer schroffen Steilküste. Sie wirkte karg und steinig, nur die zahlreichen Seen und Flüsse sorgten für Abwechslung. Die Stimme des Flugkapitäns ertönte aus den Lautsprechern:

»Wir überfliegen nun die Bäreninsel, die sich ungefähr auf halbem Wege zwischen dem Festland und Spitzbergen befindet. Obwohl es bis dort noch über zweihundert Kilometer sind, gehört die Insel zu Svalbard, was kühle Küste bedeutet. Das ist übrigens der korrekte norwegische Name, der noch aus der Zeit der Wikinger stammt, die hier als erste Menschen im zwölften Jahrhundert mit ihren Drachenbooten unterwegs waren. Spitzbergen heißt nur die Hauptinsel – so benannt von dem Holländer Willem Barents, der im Jahre 1596 auf der Suche nach einer nordwestlichen Passage in Richtung Asien an einem Eiland vorbeisegelte, das aus unzähligen spitzen Bergen bestand.«

Eine halbe Stunde später tauchten die Ausläufer des Archipels in den Weiten der Barentssee auf. Hanna verschlug es den Atem. Wie gebannt schaute sie aus dem Fenster auf die Landschaft, die sich unter ihr ausbreitete. Die Küsten wuchsen größtenteils steil aus dem Wasser und waren von Fjorden durchzogen, an deren Enden gewaltige Gletscher mündeten, die sich von den Gebirgen des Landesinneren ihren Weg ins Meer gebahnt hatten. Manche der verschneiten Gipfelketten erinnerten Hanna mit ihren Falten- und Wellenmustern an die Sanddünen in den Wüsten Afrikas.

Eine gefrorene Wüste. Das ist das Reich der Schneekönigin, dachte sie und sah sich zwischen Mia und Lukas auf einem Sofa sitzen, auf den Knien das alte Märchenbuch des Dänen Hans Christian Andersen, aus dem schon ihre Großmutter ihr selbst vorgelesen hatte, als sie noch ein kleines Mädchen war. Auch ihre Kinder hatten die Geschichten von der kleinen Meerjungfrau, dem Däumelinchen oder dem standhaften Zinnsoldaten geliebt, am meisten gefesselt hatte sie aber die Suche von Gerda nach ihrem Freund Kay, der von der kaltherzigen Schneekönigin in ihren Palast hoch im Norden entführt worden war.

Hanna riss sich aus ihrer Versunkenheit, holte ihre Kamera aus dem Rucksack, den sie auf Reisen einer Handtasche vorzog, und hielt ihre ersten Eindrücke von der Inselgruppe fest. Nach weiteren fünfzehn Minuten verkündete der Kapitän, dass sie sich im Landeanflug auf den Airport von Longyearbyen befänden – was er *lung-je-büen* aussprach –, wo sie eine Temperatur von knapp drei Grad Celsius über Null und leichter Wind erwarteten. Der Flughafen lag direkt am Isfjord neben einem gut besuchten Campingplatz.

Als Hanna mit den anderen Passagieren über das Rollfeld zum Terminal lief, war sie froh, ihren gefütterten Anorak vor dem Abflug aus ihrem Koffer genommen zu haben. Die Luft war kalt und so klar, dass sie glaubte, nur die Hand ausstrecken zu müssen, um die Felsen am gegenüberliegenden Ufer berühren zu können. Es war ihr unmöglich, die Entfernungen einzuschätzen. Sie hätte nicht sagen können, wie breit der Fjord war oder wie viele Kilometer man zurücklegen musste, um die Berge zu erreichen.

In der Ankunftshalle fiel ihr als Erstes ein ausgestopfter Eisbär auf, der inmitten des Gepäckbandes aufgestellt war und die Reisenden begrüßte. Hanna war beeindruckt von der Größe und Schönheit des Tieres und zugleich eingeschüchtert. So einem imposanten Exemplar in freier Wildbahn zu begegnen war eine Erfahrung, die sie nur aus sehr sicherer Distanz machen wollte. Sie vermutete, dass man den Bären nicht zufällig hier platziert hatte. Er sollte wohl den Touristen vor Augen führen, dass das Verbot, sich ohne Schusswaffe und Genehmigung außerhalb der Siedlungen zu bewegen, einen guten Grund hatte.

Auf dem Parkplatz blieb Hanna kurz vor einem Wegweiser stehen und fotografierte die Schilder, auf denen die Entfernungen zu Städten auf der ganzen Welt vermerkt waren. Nach Hamburg waren es 2743 Kilometer, ihr Zuhause lag nochmals gute sechshundert Kilometer weiter südlich.

Zuhause?, fragte sich Hanna. Nein, ein Zuhause wäre es, wenn es jemanden gäbe, der dort auf mich wartet und sich freut, wenn ich wiederkomme. Wo Thorsten wohl gerade ist? Laut der kurzen E-Mail, die er seiner Tochter geschickt hatte, vermutlich noch auf dem Weg nach Südafrika. Fast so weit von hier wie Bolivien, wo Lukas jetzt vermutlich gerade aus den Federn kriecht, dachte Hanna. Für einen Moment hatte sie den Geruch ihres Sohnes in der Nase und spürte den Druck seiner Arme, die er manchmal aus heiterem Himmel um sie schlang mit den Worten: »Ach Mama, du bist einfach die Beste!« Hanna unterdrückte ein Seufzen und schüttelte den Anflug von Wehmut über das jähe Ende ihrer Ehe und die Sehnsucht nach ihren Kindern ab.

Mit einem Shuttlebus ging es zum Ortszentrum an der Ostseite des Flusses Adventselva, nach dem auch das Tal benannt war, in dem die einstige Bergbausiedlung errichtet worden war. 1906 hatte der amerikanische Unternehmer John Munroe Longyear die erste Grube eröffnet und damit das Zeitalter des Steinkohleabbaus auf der Insel eingeläutet. Soweit Hanna wusste, waren nur noch wenige Minen in Betrieb, deren Kohle vor allem der Energieversorgung der ansässigen Bevölkerung diente und nicht mehr in großem Stile exportiert wurde. Während also immer weniger Kumpel hier ihr Auskommen fanden, sorgte der stetig zunehmende Tourismus für neue Arbeitsplätze, ebenso wie die wachsende Zahl von Forschungseinrichtungen mit ihren Mitarbeitern und deren Familien, die versorgt, unterhalten und ausgebildet werden mussten.

Wie Kåre gesagt hatte, befand sich das *Trapper's Hotel* mitten in der kurzen Einkaufsmeile. Der Name war Programm. Das Haus sah wie eine überdimensionierte Blockhütte aus und war auch im Inneren im Stile einer Jagdunterkunft gestaltet und mit Treibholzbalken ausgekleidet. An den Wänden hingen Rentiergeweihe, Felle und Bilder von historischen Walfangschiffen und Fallenstellern. An der Rezeption wurde Hanna von einer jungen Frau in akzentfreiem Englisch begrüßt, die sie als Erstes bat, sich die Straßenschuhe auszuziehen.

»Das ist ein alter Brauch aus Bergbauzeiten, als die Gruben noch mitten im Ort lagen«, erklärte sie und lächelte freundlich. »Zwar gibt es heute nicht mehr so viel Kohlestaub und Matsch, den man in die Häuser tragen könnte, aber wir halten es immer noch so.«

Nachdem sie Hannas Personalien aufgenommen hatte, wies sie sie darauf hin, dass man beim Basecamp-Team verschiedene Touren in die Umgebung buchen konnte.

»Oh, wie praktisch«, sagte Hanna. »Was für Ausflüge sind das denn?«

Die junge Frau sah kurz auf Hannas Reisedaten und meinte: »Morgen gäbe es die Möglichkeit, eine Gletscherwanderung zu machen. Oder einen Bootstrip nach Pyramiden, einer verlassenen russischen Bergbausiedlung. Da sind noch zwei Plätze frei. Die Tagestour zur Isfjord Radio-Station und den Vogelfelsen ist leider schon ausgebucht.« Sie sah Hanna mit einem Ausdruck des Bedauerns an. »Für die heutigen Tagesausflüge bist du leider zu spät dran.«

»Ach, ich bin sicher, dass es hier im Ort erst mal genug für mich zu sehen gibt. Und das Programm für morgen klingt verlockend.« Sie überlegte kurz und fuhr fort. »Ich glaube, ich mache den Ausflug zu der russischen Geisterstadt.«

Die junge Frau nickte, trug Hanna in eine Liste ein und sagte:

»Abfahrt ist um halb neun.«

Sie reichte Hanna einen Schlüssel, der an einem großen Hundekauknochen befestigt war. »Dein Zimmer ist im ersten Stock. Unsere Zimmer haben alle *WLAN*, aber kein *TV*. Aufs Fernsehen muss man aber nicht verzichten, in der Lounge steht ein großes Gerät. Und wenn du einen Haarföhn brauchst, kannst du einen ausleihen.«

»Vielen Dank«, sagte Hanna.

»Keine Ursache. Ach ja, hier steht alles Wissenswerte über Longyearbyen drin.«

Die junge Frau hielt ihr eine Broschüre hin. »Und bei Fragen kannst du dich jederzeit an mich oder meine Kollegen wenden.«

Hanna dankte ihr erneut und lief die Treppe hoch. Sie fühlte sich auf Anhieb wohl in dem kleinen Zimmer, das sichtlich mit Liebe zum Detail eingerichtet war und sich wohltuend von den genormten Räumen vieler internationaler Hotelketten unterschied, die in ihrer sterilen Unpersönlichkeit für Hanna immer etwas Abweisendes ausstrahlten. Die Wand hinter dem Bett war mit aufgetrennten Säcken bespannt, in denen einst Kaffee aus Brasilien verschifft worden war. Anstelle eines Kleiderschranks dienten mehrere an die Wand geschraubte Obstkisten der Unterbringung von Kleidung und anderen Dingen. Ein Tisch mit einer Schieferplatte, eine schmale Bank und zwei mit Seehundfell bezogene Hocker vervollständigten die Einrichtung. Alle Möbel waren aus Treibholz gezimmert. Das Bad war mit einer Fototapete ausgekleidet, die eine sonnenbeschienene Schneelandschaft zeigte.

Hanna stellte ihren Koffer in eine Ecke und setzte sich an den Tisch vor dem Fenster, durch das sie einen guten Blick auf das Städtchen hatte. Der Kohleabbau hatte unübersehbare Spuren hinterlassen. Die Geröllhänge der umliegenden Berge, deren Höhe sie auf etwa fünfhundert Meter schätzte, waren von einer schwarzen Staubschicht überzogen, und überall standen die hölzernen Masten der drei den Ort überspannenden Gondelbahnen, mit denen einst die Kohle abtransportiert worden war.

Hanna hob den Rucksack auf ihren Schoß und holte das neue Smartphone von Mia heraus. Während sie eingecheckt hatte, hatte es Töne von sich gegeben. Es war kein Anruf gewesen, sondern der Hinweis auf eine eingehende E-Mail.

Liebste Mama,

ich hoffe, Du bist gut auf Deiner eisigen Insel angekommen. Lukas und ich sind schon soooo gespannt, was Du von dort berichtest. Drum hab ich Dir einen Blog eingerichtet. Du kannst also sofort loslegen mit dem Posten Deiner Erlebnisse, Eindrücke und vor allem Fotos. Es ist wirklich total easy! Die Gestaltung kannst du natürlich jederzeit problemlos ändern (siehe Menüpunkt Hilfe bzw. Erste Schritte). Viel Spaß!

Bussi, Mia

Hanna schmunzelte. Wenn Mia sich etwas in den Kopf gesetzt hatte, war es nahezu unmöglich, sie wieder davon abzubringen.

Hanna tippte mit dem Zeigefinger auf den Link, den ihre Tochter angehängt hatte, und landete auf einer Internetseite, die mit *Hannas Eisblog* übertitelt war. Sie klickte sich durch das Hilfe-Menü und stimmte Mia im Stillen zu: Es schien wirklich kein Hexenwerk zu sein, Texte einzustellen oder Bilder hochzuladen.

Zwei Stunden später saß sie in der *Fruene Kaffe og Vinbar* im *Lompensenter*, einem lang gestreckten zweistöckigen Servicezentrum, in dem sich neben einigen Geschäften auch die Post und eine Leihbücherei befanden, und verfasste ihren ersten Blog:

Longyearbyen – Spitzbergen

Ich grüße Euch aus dem Reich der Eisbären vom 78. Breitengrad, nur 1300 Kilometer vom Nordpol entfernt.

Gerade habe ich meinen ersten Erkundungsgang gemacht, sitze nun in der – wenn man der Selbstbeschreibung glauben darf – nördlichsten Kaffeebar der Welt und stärke mich mit Krabbensandwiches. Vor dem Fenster steht das überlebensgroße Denkmal eines grimmig dreinblickenden Kumpels, der mit seiner Spitzhacke auf dem Weg zu seiner Grube ist und an die Ursprünge der Stadt erinnert.

Es ist schon seltsam, mitten in den Weiten einer nahezu unberührten Natur eine Siedlung vorzufinden, die über eine moderne Infrastruktur verfügt und allen Komfort bietet, den wir »moderne« Menschen so brauchen oder zu brauchen glauben. So gibt es nicht nur mehrere Hotels, Restaurants und Bars, Einkaufsmöglichkeiten für Lebensmittel, Bekleidung und Andenken, sondern auch eine Post, eine Bank, ein Kino, ein Hallenbad, eine öffentliche Bibliothek, ein Krankenhaus, eine Lokalzeitung eine Schule, drei Kindergärten und sogar eine Universität (!), wo man arktische Biologie, Geologie, Geophysik und Technologie studieren kann.

Wobei man sich dabei aber keine deutsche Kleinstadt vorstellen darf. Im Grunde genommen ist Longyearbyen eine allmählich gewachsene Ansammlung von Holzhütten, Schuppen und ein paar offiziellen Gebäuden – ein bisschen so wie die Siedlungen in den Westernfilmen. Bis zur Eröffnung des Flughafens 1975 wohnten hier fast nur Bergleute, Jäger und Seefahrer. Ein wenig erinnert es mich an eine aus bunten Legosteinen gebaute Containerstadt, die auf Stelzen steht. Im Permafrost ist es nämlich unmöglich, tiefe Fundamente zu graben. Aus demselben Grund werden die Wasserrohre weitgehend überirdisch verlegt. Das Straßennetz ist nur etwa 40 Kilometer lang und stellt keine Verbindung zu einem der anderen Orte auf Spitzbergen her. Umso erstaunter bin ich, wie viele Autos es hier gibt. Die wichtigsten Fortbewegungsmittel sind aber Schneescooter und Boote.

Longyearbyen liegt lang gestreckt in einem Tal, über dem gleich zwei Gletscher thronen. Rechts und links ragen Berge auf, deren Gesteinsschichten weitgehend offen liegen – ein wahres Paradies für Geologen. Es soll hier auch sehr viele Fossilien geben. Und natürlich jede Menge Kohle. Die kann man übrigens als Souvenir im Supermarkt kaufen mit dem Etikett: 60 Millionen Jahre alt …

Kurz vor Nybyen (= Neustadt) mit den ehemaligen Unterkünften für die Grubenarbeiter, in denen heute die Studenten wohnen, liegt die Grube 2b etwa zweihundert Meter auf halber Höhe am Berghang. Auf dem Weg zu dem verfallenen Gemäuer rosten Nägel und kaputte Werkzeuge vor sich hin. Was sich in unseren Augen wie Müll ausnimmt, gilt hier als Kulturgut: Denn alle Spuren menschlicher Besiedlung vor 1946 sind geschützt und dürfen nicht entfernt werden. Überhaupt legt man hier allergrößten Wert darauf, dass die Menschen so schonend wie möglich mit der Natur umgehen.

Hanna hielt inne. Ein Gespräch, das sie einige Abende vor Lukas' Abreise mit ihm geführt hatte, fiel ihr ein. Leidenschaftlich hatte sich ihr Sohn über die arrogante Haltung vieler Industrienationen aufgeregt, die ohne Skrupel die Umwelt ausbeuteten, verpesteten und zerstörten und nur den eigenen Vorteil im Blick hätten. Welch ein Gegensatz zu der verantwortungsbewussten Haltung, die auf Spitzbergen eingefordert wurde! Lukas würde es hier gefallen, dachte Hanna. Rücksicht als Gebot und das Selbstverständnis der Bewohner, sich nicht als Herren oder Besitzer der Insel zu betrachten, sondern als Gäste, die so wenig Schaden wie möglich anrichten und dankbar die grandiose Landschaft, die Ruhe und die Schönheit der Schöpfung genießen sollten. Sie lächelte und schrieb weiter:

Das Motto der Touristeninformation lautet: Kein Tourist ist unsichtbar, aber wir sehen es gerne, wenn Sie es versuchen.

Dementsprechend lauten die Regeln, die den Besuchern ans Herz gelegt werden:

1. Hinterlasse keinen Müll und keine Spuren in der Natur.

2. Störe keine Säugetiere und keine Vögel. Bedenke: Du bist der Gast.

3. Pflücke keine Blumen. Bewahre die Vielfalt.

4. Beschädige oder entferne keine Kulturdenkmäler. Alle menschlichen Spuren von vor 1946 sind geschützte Kulturdenkmäler.

5. Es ist verboten, Eisbären aufzusuchen oder sie anzulocken. Sie können lebensgefährlich sein, sind aber auch empfindlich.

6. Verlasse keine Siedlung ohne geeignete Waffe oder Erfahrung damit.

7. Nimm Rücksicht auf andere.

8. Nimm Kontakt mit dem Sysselmann *(das ist der Verwaltungschef) auf, wenn Du auf eigene Faust auf längere Touren willst. Für Fortbewegung in großen Teilen Spitzbergens besteht Meldepflicht.*

9. Mach Dich mit den Gesetzen und Regeln vertraut, die für das Reisen und Aktivitäten in Spitzbergen gelten.

10. In Deinem und der Umwelt Interesse empfehlen wir organisierte Touren.

Letzteres werde ich morgen beherzigen und einen Ausflug zu einer aufgegebenen russischen Kohlemine unternehmen.

*Bis morgen also, ha det bra!**

---

* *(macht es gut – wie der Norweger sagt.)*

23

Tromsø, Juni 1907

Der Wikinger, wie Emilie den blonden Finsterling getauft hatte, trat beiseite und machte zwei Männern Platz, die hinter ihm ins Freie drängten. Der eine war gut zehn Zentimeter kleiner als Emilie, hatte schwarze Kräuselhaare und mochte um die vierzig Jahre alt sein. Er sprach lebhaft gestikulierend auf den anderen ein, der ratlos das Gesicht verzog, bedauernd den Kopf schüttelte und wiederholt *»Sorry, I don't understand you«* sagte. Er überragte seinen Begleiter um Haupteslänge und ließ Emilie mit seinen langen Gliedmaßen und ebenmäßigen Gesichtszügen an ein edles Vollblutpferd denken. Sie schätzte ihn auf Mitte zwanzig. Beide Männer trugen gefütterte Lederjacken, Fellmützen mit Ohrenschützern und hohe Stiefel.

Beat Späni kniff die Augen zusammen, ging auf sie zu, lüpfte seinen Hut und sprach sie auf fließendem Englisch an:

»Meine Herren, gestatten Sie die Frage: Nehmen Sie auch an der Expedition nach Spitzbergen teil?«

»Spitzbergen?«, wiederholte der Kleinere. Er nickte eifrig und rief: *»Si, si!«*

Beat Späni streckte ihm seine Hand hin und stellte sich vor. Überrascht stellte Emilie fest, dass er dabei mühelos ins Italienische wechselte.

»Sono Antonio Lancetta, meteorologo da Bologna«, sagte der Italiener und überschüttete den Schweizer mit einem Wortschwall, sichtlich froh, sich mit ihm in seiner Muttersprache unterhalten zu können. Der andere Mann beobachtete die beiden. Um seinen Mund zuckte es belustigt. Unvermittelt drehte er sich zu Emilie.

»Ich bin William Lewis, Ornithologe aus Newcastle, England. Und Sie?«

»Em…«, Emilie räusperte sich. »Max Berghoff, Biologiestudent aus Berlin, Deutschland.«

Ihr Englisch war ein wenig eingerostet und klang hölzern in ihren Ohren. Seit ihrer Schulzeit hatte sie kaum Gelegenheit gehabt, diese Sprache aktiv anzuwenden. Gelesen hatte sie dagegen viel auf Englisch. Stumm dankte sie ihrer ehemaligen Lehrerin, die ihre Schülerinnen dazu angehalten hatte, die von ihnen so geliebten Romane von Sir Walter Scott, Arthur Conan Doyle, den Brontë-Schwestern und anderen Schriftstellern aus dem angelsächsischen Raum in der Originalsprache zu lesen.

Sie schüttelten sich die Hände.

»Sehr erfreut!«, sagte William in ihrer Sprache.

»Sie sprechen ja Deutsch!«, rutschte es Emilie heraus. »Ich dachte immer, die Engländer können nu… äh…« Sie klappte den Mund zu und wich Williams Blick aus.

»…können nur Englisch, weil sie der snobistischen Auffassung sind, als wichtigste Weltmacht keine andere Sprache beherrschen zu müssen«, beendete dieser ihren Satz.

Seine Stimme klang amüsiert. Emilie hob den Kopf.

»Entschuldigen Sie. Diese unseligen Vorurteile. Manchmal rede ich drauflos, ohne nachzudenken.«

William lachte auf. »Oh, da sind Sie, weiß Gott, nicht allein. Und Vorurteile sind nun mal tief in uns verwurzelt.«

»Woher können Sie denn so gut Deutsch?«

»Ich lese ausländische Schriftsteller gern im Original. Und da ich die deutschen Philosophen sehr verehre, war es mir ein Bedürfnis, ihre Sprache zu erlernen.«

Aus den Augenwinkeln nahm Emilie wahr, dass der Wikinger sich immer noch in ihrer Nähe aufhielt, von einem Bein aufs andere trat und die Gruppe unter zusammengezogenen Brauen musterte. Sie drehte den Kopf zu ihm und erstarrte, als sich seine graublauen Augen in ihre bohrten. William beugte sich zu ihr und raunte:

»Denken Sie sich nichts, Arne schaut immer so.«

»Sie kennen ihn?«

»Kennen ist zu viel gesagt. Viel hat er jedenfalls in den letzten zwei Tagen nicht von sich preisgegeben. Und ich gehe nicht davon aus, dass er vorhat, das zu ändern.«

»Heißt das etwa, dass er zu unserer Gruppe gehört?«, fragte Emilie, die bei diesem Gedanken ein unbehagliches Gefühl beschlich.

»Nicht wirklich«, antwortete William. »Er organisiert uns ein Schiff, sorgt dafür, dass wir gut ausgerüstet sind und genügend Proviant einkaufen. Dafür kann er umsonst mit uns nach Spitzbergen fahren. Was er dort genau vorhat, weiß ich nicht.«

Als sich Emilie zu Arne umsah, bemerkte sie, dass er sich von ihnen entfernt hatte und die Straße hinunterlief. William wandte sich an den Italiener und Beat Späni.

»Entschuldigen Sie, wir sollten dem Norweger folgen.« Er lächelte Emilie an und fuhr fort. »Er will uns zu einem Jagdausstatter führen, bei dem wir uns Gewehre kaufen können.«

»Gewehre?«, fragte Emilie. »Wozu brauchen wir die denn?«

Sie biss sich auf die Zunge. Verflixt, hatte das zu erschrocken geklungen? Ein Mann hätte das sicher nicht gefragt. Für einen echten Mann war es selbstverständlich, dass man eine solche Exkursion in die Wildnis zum Jagen seltener Tiere nutzte und anschließend seinen Lieben zu Hause mit selbst erlegten Beutestücken imponierte. Mit Schaudern dachte sie an die Villa eines befreundeten Ehepaares ihrer Eltern, in dem es aussah wie in der Afrikaabteilung des Naturkundlichen Museums. Ausgestopfte Löwen und Leoparden, Geweihe und Hörner von verschiedenen Antilopenarten und Büffeln und ein halbes Dutzend Elefantenstoßzähne zeugten von mehreren Safaris, die der Hausherr unternommen hatte. Emilie war froh gewesen, dass Max für seinen Professor nur Pflanzen, Fosslilien, Insekten und kleine Meereslebewesen sammeln sollte. Dass es die anderen Teilnehmer der Polarexpedition auf größere Tiere abgesehen haben könnten, hatte sie verdrängt. Hoffentlich wurde von ihr nicht erwartet, an Jagdzügen teilzunehmen.

»Nun, hauptsächlich zu unserem Schutz, nehme ich an«, antwortete William. »Auf Spitzbergen gibt es sehr viele Eisbären. Und mit denen ist nicht zu spaßen.«

»Natürlich, wie dumm von mir«, sagte Emilie.

»Ich muss zugeben, dass ich mir das auch nicht so klargemacht hatte«, meinte William. »Aber einem Eisbären tritt man doch besser mit einem größeren Kaliber entgegen. Mit meiner Schrotflinte käme ich da vermutlich nicht weit.«

Emilie brummte etwas, das man als Zustimmung auslegen konnte, und verkniff sich die Frage, was er mit der Schrotflinte vorhatte. William schien ihre Gedanken lesen zu können. Mit einem leichten Schulterzucken fügte er hinzu:

»Ab und zu eine frisch geschossene Ente oder ein Rentier machen sich zur Abwechslung sicher gut auf unserem Speiseplan.«

Emilie bemerkte, dass er sie prüfend ansah. Nein, dieses Mal würde sie sich keine Blöße geben.

»Auf jeden Fall. Und außerdem, was gibt es Schöneres, als in aller Herrgottsfrüh auf die Pirsch zu gehen?«, sagte Emilie und stimmte halblaut die erste Strophe eines bekannten Jagdliedes an:

»Im Wald und auf der Heide,
Da such ich meine Freude,
Ich bin ein Jägersmann.«

Williams Augen leuchteten auf. »Sie sprechen mir aus der Seele!«

Emilie erwiderte sein Lächeln und sagte: »Wer leugnet, dass Liebe und Jagd verwandte Passionen sind, hat selbst nie gejagt.«

William pfiff durch die Zähne. »Sie kennen Oscar Wilde! Das ist mein Lieblingsschriftsteller!«

»Ich schätze ihn auch sehr«, sagte Emilie und schlug in die Hand ein, die William ihr hinhielt.

Mittlerweile war die kleine Gruppe in die Hauptstraße eingebogen, auf der reges Treiben herrschte. Emilie hätte nicht erwartet, so viele Damen in modischen Garderoben zu sehen. In ihrer Vorstellung hatte sie Tromsø in der Hand von verwegenen Abenteurern, wettergegerbten Fischern und Walfängern gesehen – inspiriert von den Berichten, die ab und an in der *Gartenlaube* über Versuche erschienen, den Nordpol zu erreichen oder neue Schiffspassagen im Polarmeer zu entdecken. Dort war der Ort häufig als »Tor zum Eismeer« bezeichnet worden. Nun fiel ihr wieder ein, dass man der größten Stadt der kalten Zone auch den Ehrentitel »Paris des Nordens« verliehen hatte. Dank der weltweiten Handelsverbindungen und dem damit wachsenden Wohlstand der Kaufleute, Transiedereibesitzer und Schiffsbauer hatte in den vergangenen Jahrzehnten ein kosmopolitischer Lebensstil Einzug gehalten, der sich nicht nur in den prächtigen Fassaden der Holzhäuser, sondern auch in der Kultiviertheit ihrer Bewohner niederschlug.

Arne blieb vor einem Geschäft stehen, in dessen Schaufenster Gewehre, Messer, Tierfallen, Angeln, Harpunen und andere Gegenstände ausgestellt waren, mit denen man jeglichem Getier zu Wasser, Luft und Lande ans Leder gehen oder es einfangen konnte.

»Hier hat man die beste Auswahl«, sagte er und stieß die Tür auf.

Zum ersten Mal hörte Emilie ihn sprechen. Seine Stimme war heller, als sie es vermutet hatte. Ein knurriger Bass hätte ihr Bild von einem Wikinger besser abgerundet. Dass er ihre Sprache beherrschte, war die zweite Überraschung. Sie war fast ein wenig enttäuscht, der Nimbus des unergründlichen Nordmannes schien ihr nun ein wenig angekratzt. Sei nicht albern, wies sie sich zurecht. Hast du etwa erwartet, dass er altnordisch spricht? Es wäre eher erstaunlich, wenn er kein Deutsch könnte. Schließlich ist das an norwegischen Schulen die erste Fremdsprache. Und viele der hiesigen Abiturienten gehen zum Studium nach Deutschland.

Sie folgte Arne und den anderen in den Laden. Das Läuten der Türglocke lockte einen älteren Mann aus einem Hinterzimmer herbei, der sie mit einem freundlichen Lächeln begrüßte. Mit zur Seite gelegtem Kopf lauschte er Arnes Worten, der ihm auf Norwegisch die Bedürfnisse der Fremden erklärte. Nachdem er geendet hatte, wandte sich der Verkäufer an sie und sagte auf Deutsch:

»Für die Jagd auf Eisbären und Walrosse sind Repetierbüchsen besonders gut geeignet.«

Er öffnete einen Wandschrank und holte ein Gewehr heraus, auf das ein Zielfernrohr montiert war. Er hielt es Emilie hin, die direkt neben ihm stand.

»Überzeugen Sie sich bitte selbst, wie gut es in der Hand liegt.«

Emilie zögerte, die Waffe zu nehmen. Nervös fragte sie sich, was ihr Bruder Max jetzt wohl tun würde. Sie hatte keine Ahnung. Vermutlich wäre er ebenso ratlos wie sie. Mit Gewehren kannte er sich ihres Wissens nicht aus. Panik stieg in ihr hoch. Du stellst die falsche Frage. Überlege nicht, was Max täte. Wie würde Friedrich sich in dieser Situation verhalten?

Sie stellte sich etwas breitbeiniger hin, griff nach dem Gewehr, wog es mit nachdenklichem Gesicht in der Hand, legte es kurz an, setzte es wieder ab, strich mit dem Daumen über ein in den Lauf eingraviertes K mit Krönchen und hörte sich im knappen Stil ihres älteren Bruders sagen:

»Ah, ein Krag-Jørgensen-Mehrlader. Die Ordonnanzwaffe der norwegischen, dänischen und der amerikanischen Armee.

Fünf Patronen Magazin. Nachteil: nur einzeln nachfüllbar. Vorteil: kann auch im verriegelten Zustand nachgeladen werden. Weil das Magazin seitlich angebracht ist und nicht unten, wie zum Beispiel beim Mauser G 98, das in unserem Heer verwendet wird.«

Während sie sprach, war es ihr, als stünde Friedrich hinter ihr und soufflierte den Text, den sie – ohne es zu ahnen – fast wörtlich gespeichert hatte. Sie hätte es nie für möglich gehalten, dass sie ihrem Bruder eines Tages dankbar sein würde für seine endlosen Vorträge über die Vorzüge und Schwachpunkte verschiedener Schusswaffen, die er bei jeder sich bietenden Gelegenheit hielt.

Zuletzt war er sich mit dem jagdbesessenen Freund seiner Eltern regelrecht in die Haare geraten. Dieser schwor auf seine Mauser Magnum, die eine enorme Durchschlagskraft besaß. Friedrich hatte deren starken Rückstoß und die sperrige Sicherung bemängelt, die eine niedrige Montage eines Zielfernrohres behinderte. Der Afrika-Jäger hatte abgewunken und darauf bestanden, dass man schweres und wehrhaftes Wild nur mit einer Magnum zuverlässig zur Strecke bringen konnte. Während Emilies Fantasie durch seine martialische Sprache angeregt worden war und Bilder von kämpferischen Antilopen, Gnus und Giraffen beschwor, die sich in Schlachtformation auf Kommando auf arglose Safariteilnehmer stürzten, hatte ihr Bruder zu einer Lobeshymne auf eine Weiterentwicklung des G 98 angesetzt. In Kürze sollte eine Karabinerversion im deutschen Heer eingeführt werden, die deutlich handlicher und leichter war – ein großer Vorteil für die Soldaten, die oft stundenlang mit schwerem Gepäck marschieren mussten. Mit Befremden hatte Emilie verfolgt, wie ihr Bruder von dem hervorragend konstruierten Drehzylinderverschluss schwärmte und sich gefragt, ob er je mit der gleichen Inbrunst die Vorzüge seiner Ehefrau verherrlichte.

»Das Krag ist für den Einsatz bei extremer Kälte konzipiert«, beendete Emilie ihren Kommentar.

William pfiff durch die Zähne.

»Beeindruckend! Sie würden sich bestens mit meinem Onkel verstehen. Der ist ein Waffennarr reinster Güte«, sagte er und fuhr mit einem Grinsen fort: »Apropos Vorurteile: Ich muss gestehen, dass mein erster Gedanke war: Kein Wunder, dass sich der Junge so gut mit Waffen auskennt. Er kommt schließlich aus Preußen.«

Der Kaufmann hüstelte. Emilie drehte sich zu ihm und reichte ihm die Waffe.

»Vielen Dank. Besser hätte ich die Vorzüge dieses Gewehrs auch nicht beschreiben können.« Der Ladenbesitzer deutete aufs Magazin und sagte: »Die große Ladeklappe lässt sich auch mit Handschuhen bedienen. Ein nicht zu unterschätzender Vorteil, wenn man in der Arktis unterwegs ist. Denn selbst im Sommer fallen die Temperaturen dort oft unter den Gefrierpunkt.«

»Wer von uns hat denn ein eigenes Gewehr dabei?«, fragte Beat Späni in die Runde.

Emilie schüttelte den Kopf, Antonio, dem der Schweizer die Frage übersetzte, verneinte sie ebenfalls. William verwies auf seine Schrotflinte. Arne fühlte sich offenbar nicht angesprochen. Mit dem Rücken zu den anderen stand er vor einem Regal mit Fallen und war in deren Betrachtung vertieft. Was für ein ungehobelter Klotz, dachte Emilie. Warum ist er so mürrisch? Wir haben ihm doch nichts getan. Im Gegenteil, er scheint von uns zu profitieren. Vielleicht ist es genau das, was ihn stört. Die Beschreibung der Norweger in ihrem Reiseführer fiel ihr ein. Darin wurden diese als kräftiger, sittlich und geistig tüchtiger Menschenschlag beschrieben, mit großem Stolz auf seine Freiheit und Unabhängigkeit, oft wortkarg und mancher Höflichkeitsformen unkundig.

»Ich habe meine Vetterli auch zu Hause gelassen«, sagte Beat Späni. »Sie ist schon ein wenig in die Jahre gekommen. Drum ist jetzt eine gute Gelegenheit, eine neue Büchse zu erwerben.«

»Ich denke, ich schließe mich Ihnen an«, sagte William.

»Gut, zwei Gewehre, das sollte mehr als ausreichend sein«, meinte der Schweizer und nickte dem Verkäufer zu. »Zumal Ihr Landsmann«, er wandte sich an Emilie, »mit größter Wahrscheinlichkeit auch eines dabeihat.«

»Mein Landsmann? Wen meinen Sie?«, fragte Emilie.

»Nun, den Offizier, der die Exkursion auf Spitzbergen leiten wird.« Er runzelte die Stirn. »Wo ist er eigentlich?«

William zuckte mit den Achseln. »Keine Ahnung, ich dachte auch, dass er längst in Tromsø eingetroffen sein müsste.«

»*Erschtuunlig! E upingtligge Dyytscher!* Noch dazu ein Offizier!«, rief Beat Späni und hielt sich lachend den Bauch. »Nichts für ungut, mein junger Freund«, sagte er und klopfte Emilie auf den Oberarm. »Aber Sie müssen zugeben, dass das ein Widerspruch in sich ist.«

Der Ladenbesitzer hatte unterdessen die beiden Gewehre in gewachste Tücher eingeschlagen und holte mehrere Päckchen mit Patronen aus einem Schrank, nachdem er sich erkundigt hatte, wie viel Munition die Herren benötigten. Als sie wenige Minuten später das Geschäft verließen, hörte Emilie, wie Beat Späni den Wikinger nach dem deutschen Offizier fragte.

Arne hob die Schultern. »Ich hab nichts von ihm gehört«, brummte er. »Wenn er bis heute Abend nicht auftaucht, muss er selber zusehen, wie er nach Spitzbergen kommt. Das Gleiche gilt übrigens für den Fotografen. Der hat sich ja auch noch nicht blicken lassen. Sein Gepäck ist allerdings schon da.«

»Von wo reist er denn an?«, fragte Emilie.

»Soviel ich weiß, aus Sankt Petersburg«, antwortete Arne.

»Aus Russland?«, wunderte sich Emilie. »Ist das nicht ein bisschen weit ab vom Schuss?«

»Aber nein, nach Petersburg ist es von hier aus viel näher als nach London oder Hamburg«, sagte Arne. »Und da ist es natürlich günstiger, sich einen Fotografen von dort zu buchen.«

Während Emilie eine Karte Europas vor ihr inneres Auge heraufbeschwor und sich klarmachte, dass sie sich tatsächlich sehr viel weiter östlich befand, als sie vermutet hatte, hörte sie William fragen:

»Aber warum bleibt nur bis heute Abend Zeit? Ich dachte, wir brechen erst morgen oder übermorgen auf?«

Arne schüttelte den Kopf. »Wenn wir nicht in das Sturmtief geraten wollen, das im Anmarsch ist, müssen wir heute noch los. Andernfalls verzögert sich unsere Abfahrt um viele Tage.«

»Nun denn, je früher, desto besser«, sagte William und rieb sich die Hände.

»Gopferdammi! Soo ne Schissdrägg!«

Emilie zuckte zusammen, drehte sich um und sah in das vor Wut verzerrte Gesicht von Beat Späni. Er schien nicht zu bemerken, dass er in seinen Dialekt verfallen war und zornige Flüche ausstieß. Emilie musterte ihn befremdet. Auf der ganzen Reise hatte sie ihn nie seine Gelassenheit verlieren sehen. Was hatte seinen Unmut erregt? Was brachte ihn derart aus der Fassung? Offenbar die Tatsache, die Stadt etwas früher als geplant zu verlassen. Es musste ein enorm wichtiges Vorhaben sein, das Arne mit seiner Ankündigung durchkreuzt hatte.

24

Spitzbergen, Juli 2013

Um halb acht Uhr morgens klingelte Hannas Smartphone, auf dem sie den Wecker eingestellt hatte. Mühsam öffnete sie die Augen. Das kleine Zimmer war in ein diffuses Licht getaucht, das durch die Ritzen der Jalousien drang. Ohne die Digitalanzeige hätte sie nicht entscheiden können, ob es Morgen oder Abend war. Die ständige Helligkeit hatte ihr Zeitgefühl außer Kraft gesetzt. Sie schälte sich aus der Bettdecke, tapste ins Bad und nahm eine Dusche. Zum Schluss brauste sie sich eiskalt ab, um ihre Lebensgeister in Schwung zu bringen. Vergebens. Die Müdigkeit nistete hartnäckig in ihren Gliedern. Auf dem Weg nach unten zum Frühstücksraum musste Hanna mehrfach gähnen. Die vielen schlaflosen Stunden in den vergangenen Nächten machten sich nun bemerkbar. Am Ende der Treppe traf sie auf die Frau von der Rezeption, die sich mit einem jungen Mann unterhielt. Als sie Hanna bemerkte, sagte sie:

»Guten Morgen! Gut, dass ich dich sehe. Du hattest die Tour nach Pyramiden gebucht, nicht wahr?«

Hanna nickte.

»Sven meint, dass sie wegen des dichten Nebels verschoben werden muss. Um halb neun könnt ihr auf keinen Fall starten.«

»Oh, mir ist noch gar nicht aufgefallen, dass es neblig ist«, sagte Hanna. »Könnt ihr denn sagen, wann es losgeht?«

»Leider nicht«, antwortete der junge Mann. »Das Wetter ist hier sehr launisch. Wenn wir Pech haben, bleibt es den ganzen Tag so. Mit etwas Glück kommen wir gegen Mittag los.«

»Verstehe«, murmelte Hanna. »Ich glaub, dann leg ich mich noch mal hin.«

»Ich geb dir Bescheid, wenn sich der Nebel verzieht und der Ausflug stattfindet«, sagte die Frau.

»Das ist nett, vielen Dank!«

Hanna wandte sich zum Gehen.

»Ach, warte, fast hätte ich es vergessen«, fuhr die Frau fort.

Hanna drehte sich zu ihr um.

»Herzlichen Glückwunsch zum Geburtstag!«

Hanna sah sie überrascht an.

»Äh, danke.«

Sie wunderte sich nicht so sehr darüber, dass ihr die junge Frau gratulierte – schließlich hatte sie ihre Personalien in das Anmeldeformular eingetragen. Sie war über sich selber erstaunt. Sie hatte vollkommen vergessen, dass sie an diesem Tag fünfundvierzig Jahre alt wurde.

Während sie in ihr Zimmer zurückging und sich wieder in ihr Bett verkroch, kreisten ihre Gedanken um diese Fünfundvierzig, die sie wie einen Felsblock vor sich aufragen sah. Ein diffuses Gefühl der Bedrohung breitete sich in ihr aus. Es gelang ihr nicht länger, sie zurückzudrängen, diese bohrenden Fragen, wie es denn nun mit ihr weitergehen sollte, wie sich ihr Leben von nun an gestalten würde. Sie umarmte das Kopfkissen und presste es gegen ihren Bauch. Die Sehnsucht, sich in Thorstens Arme zu kuscheln und Trost bei ihm zu suchen, durchflutete sie mit einer Wucht, die ihr die Tränen in die Augen trieb. Einen Moment lang kämpfte sie gegen die Versuchung an, ihm eine E-Mail zu schreiben und ihn anzuflehen, ihr und ihrer Ehe eine Chance zu geben. Sie waren doch glücklich gewesen.

Ja, das waren wir – in den ersten Jahren, meldete sich Hannas Vernunftstimme. Belüg dich doch nicht selbst! Das echte Miteinander, die wirkliche Liebe sind schon lange vorbei, das weißt du genau. Du hast Bammel vor dem Unbekannten, das vor dir liegt, deshalb erscheint dir die Vergangenheit so rosig. Es hat keinen Sinn, sich etwas vorzugaukeln. Mach nicht den Fehler, diese

Angst vor dem Neuen mit der Sehnsucht nach dem vertrauten Alten zu verwechseln.

Die Hitze war unerträglich. Hanna wischte sich mit einem Tuch die Stirn trocken und lief weiter. Das Keuchen ihres Atems mischte sich mit den Pfiffen eines Vogels, der irgendwo in den Blättern der Bäume saß, durch die sie sich ihren Weg bahnte. Immer dichter standen die Stämme beieinander, immer höher wuchsen sie in den Himmel, den ihre breit gefächerten Blätter verdeckten. Hanna stutzte. Das waren aber seltsame Bäume. Die Stämme hatten keine Rinde, sondern waren grün mit rötlichen Flecken. Und übersät mit feinen Härchen. Hannas Herzschlag setzte aus. Ihr Magen krampfte sich zusammen. Sie befand sich inmitten eines Dschungels aus Riesenbärenklau. In T-Shirt und kurzer Hose. Ohne Schutz vor dem Gift der Pflanzen, mit dem sie unweigerlich in Kontakt kommen würde, wenn sie sich durch die grüne Wand quetschen musste, von der sie mittlerweile umgeben war. Das Pfeifen des Vogels wurde lauter und gellte wie ein höhnisches Lachen in ihren Ohren, bevor es abrupt abbrach. In Panik drehte sie sich um die eigene Achse, suchte nach einem Ausweg aus dieser grünen Hölle und rang mühsam nach Luft.

Hanna schlug die Augen auf und atmete erleichtert aus. Sie lag in ihrem Hotelbett. Die Decke hatte sich fest um sie gewickelt. Sie strampelte sich frei und setzte sich auf. Was für ein Albtraum! Schon verrückt, auf welche Reisen einen das Gehirn im Schlaf schickte. Ein Blick auf das Display ihres Smartphones zeigte ihr, dass sie fast sieben Stunden geschlafen hatte und in dieser Zeit mehrere *SMS* und E-Mails eingegangen waren. Die letzte vor einer Minute – den Signalton hatte sie im Traum als Vogelrufe wahrgenommen. Sie ging zum Fenster, zog die Jalousie hoch und verzog das Gesicht. Draußen waberte dicker

Nebel, der die gegenüberliegenden Gebäude unsichtbar machte und die Geräusche dämpfte. Na, wenigstens hast du nichts verpasst, tröstete sich Hanna und beschloss, ein gemütliches Lokal aufzusuchen und ihren knurrenden Magen zu beschwichtigen. Hatte Kåre ihr nicht das *Kroa* empfohlen, das sich im selben Gebäudekomplex wie das *Trapper's Basecamp* befand? Hanna zog sich rasch an, bürstete ihre Haare, steckte das Smartphone in die Jackentasche, nahm ihren Fotoapparat und verließ ihr Zimmer.

Das Lokal war im gleichen Blockhaus-Stil gestaltet wie das Hotel. Es stammte ursprünglich aus dem knapp sechzig Kilometer entfernten Barentsburg, in dem die Russen Kohle abbauten. Die schummrige Beleuchtung und das Knistern eines Feuers in einem gemauerten Kamin sorgten dafür, dass sich Hanna das Wort »urig« aufdrängte. Sie fand es erstaunlich, wie viel Holz auf einer Insel verbaut wurde, auf der kein einziger Baum wuchs. Die Mengen an Stämmen und Ästen, die der Transpolarstrom aus Sibirien anschwemmte, mussten gigantisch sein. Hanna hatte gelesen, dass das Treibholz – seit Svalbard von Menschen bewohnt wurde – nicht nur der Herstellung von Hütten, Möbeln, Stollenstützen und Bergbahngerüsten diente, sondern auch zum Heizen.

Hanna wählte einen Tisch in einer Nische, an deren Wand ein großes Gemälde hing, das einen Minenarbeiter in einem engen Schacht liegend bei der Arbeit zeigte, und sah sich um. Die Decke war mit mehreren Fellen dekoriert, hinter der Bar blickte eine Büste von Lenin auf die Gäste herab, und an einer Wand hingen braunstichige Fotografien, die die erste Touristenkreuzfahrt nach Spitzbergen dokumentierten, die ein deutscher Geschäftsmann Ende des neunzehnten Jahrhunderts organisiert hatte. Besonders aufschlussreich fand sie den gerahmten Einkaufszettel von früheren Überwinterern, die sich für ihre monatelange Abgeschiedenheit in der Polarnacht mit Nahrung und anderen lebensnotwendigen Dingen ausstatten mussten – wohl wissend, dass sie keine Gelegenheit haben würden, zwischendurch ihre Vorräte aufzustocken.

Hanna blätterte in der Speisekarte. Das Angebot der Pizzen, die nach Kohlengruben benannt waren, klang interessant, für ihren Geschmack aber etwas zu ausgefallen. So war *Gruve 1* mit Hühnerfleisch, Weißkohl und Knoblauchsoße belegt, und Ananas war ein wichtiger Bestandteil auf vielen anderen. Sie entschied sich für einen hausgemachten Burger. Während sie auf ihr Essen wartete, las sie die neuen Nachrichten auf ihrem Smartphone. Die meisten waren Glückwünsche zum Geburtstag.

Es versetzte ihr einen Stich, dass Thorsten nicht geschrieben hatte. Es war verletzend, mit welcher Radikalität er sie aus seinem Leben gestrichen hatte. Bedeutete sie ihm denn gar nichts mehr? War sie ihm nicht einmal einen kurzen Gruß wert? Hand aufs Herz, forderte sie sich auf. Was erwartest du denn? Wenn er geschrieben hätte, würdest du es doch vermutlich als Heuchelei ansehen. So ist es ehrlicher. Schmerzlich zwar, aber unmissverständlich. Eigentlich solltest du sogar froh sein. So gerätst du nicht in Versuchung, dir falsche Hoffnungen zu machen.

Hanna drängte die Erinnerungen an ihren letzten Geburtstag beiseite, an dem sie und Thorsten mit Mia und Lukas wie in alten Tagen einen Familienausflug gemacht hatten, und öffnete die E-Mails ihrer Kinder. Verstohlen wischte sie sich über die Augen, als sie deren liebe Zeilen las. Auch Heikos Grußkarte, die er selbst mit einem Eisbären, der einen Blumenstrauß in den Pfoten hielt, gestaltet hatte, rührte sie sehr. Heiko gratulierte ihr nicht nur zum neuen Lebensjahr, sondern auch zu ihrem Blog, auf den Mia ihn und viele andere in ihrem Freundes- und Bekanntenkreis aufmerksam gemacht hatte.

Hanna klickte auf ihre Website und riss die Augen auf. Ihr Eintrag vom Vortag war von fünfzehn Leuten kommentiert worden. Neben ihren Kindern und Heiko hatten einige Freundinnen, ihre ehemalige Kollegin Sophia und ein paar Nachbarn geschrieben, drei Namen kannte sie nicht. Sie alle lobten ihre anschaulichen Schilderungen und forderten sie auf, bald weitere Eindrücke aus der Arktis zu posten. Auch Geburtstagsglückwünsche fehlten nicht.

Mit einem Mal kam Hanna sich sehr verlassen vor. Die digitalen Grüße verstärkten das Gefühl der Verlorenheit. Es war schön zu wissen, dass viele an sie dachten. Die flüchtigen Zeilen konnten jedoch ein echtes Miteinander nicht ersetzen. Im Gegenteil, sie hinterließen einen schalen Geschmack. Als müsste sich ein durstiger Mensch mit dem Foto eines Erfrischungsgetränks begnügen. Hanna steckte das Smartphone in seine Hülle. Sie hätte nicht vermutet, dass es ihr so viel ausmachen würde, diesen Tag allein zu verbringen. Ausgerechnet ihr, die sich eingebildet hatte, das ganze Brimborium nicht zu mögen. Es hatte ihr immer große Freude gemacht, die Geburtstage von Mia und Lukas schön zu gestalten mit selbst gebackenen Kuchen, Girlanden und kleinen Überraschungen. Sie selbst hingegen fand es eher unangenehm, im Mittelpunkt zu stehen und gefeiert zu werden. Aber so ganz mutterseelenallein …

Der Duft von gebratenem Speck riss sie aus ihren melancholischen Gedanken. Die Kellnerin stellte einen Teller mit einem Burger und einem Berg goldgelber Pommes frites auf den Tisch und wünschte ihr freundlich Guten Appetit.

Nachdem sie sich gestärkt hatte, brach Hanna zu einer weiteren Erkundungstour auf. Vor dem *Kroa* wandte sie sich nach rechts und lief den Hilmar Rekstens Vei hinunter – die einzige Straße, die einen Namen hatte. Alle anderen Wege in Longyearbyen waren nummeriert. Bereits nach wenigen Schritten fühlten sich ihre Kleider klamm an. Der Nebel war noch genauso undurchdringlich wie am Vormittag, legte sich wie ein feuchter Schleier um sie und machte das Atmen schwer. Vor einem großen Hotel fiel ihr ein Kleinbus ins Auge, der als Maxi-Taxi ausgewiesen war. Hanna schaute auf ihre Armbanduhr. Kurz vor vier. In wenigen Minuten würde die knapp zweistündige Rundfahrt beginnen, die zweimal täglich von dem örtlichen Taxiunternehmen für Touristen angeboten wurde. Hanna eilte zu dem Bus, an dem ein rundlicher Mann lehnte, dessen Glatze in Kontrast zu seinem prächtigen Vollbart stand. Er lächelte Hanna entgegen und bejahte ihre Frage, ob noch ein Platz frei sei, mit einem Nicken. Hanna kletterte in den Wagen, in dem auf der hintersten Bank ein eng umschlungenes junges Pärchen saß, das sich halblaut auf Französisch unterhielt. Sie selbst nahm in der mittleren Reihe Platz. Der Fahrer wartete noch eine Minute, bevor er sich mit einem Schulterzucken hinters Lenkrad zwängte und den Motor startete.

»Ich hatte eigentlich noch zwei Anmeldungen. Aber die haben es sich wohl anders überlegt«, sagte er auf Englisch und deutete mit dem Kopf zum Hotel. »Kein Wunder bei dem Nebel. Wenn man auf Fotos von der Landschaft aus ist, kommt man heute nicht auf seine Kosten.«

Hanna seufzte innerlich. Dass sie aber auch solches Pech haben musste! Da hatte sie schon so wenig Zeit und erwischte ausgerechnet einen Nebeltag, an dem sie kaum Bilder machen konnte.

Das Taxi fuhr zügig zum oberen Ende der Stadt. Auf dem Hang gegenüber der Studentenunterkünfte in Nybyen waren schemenhaft Ruinen zu erkennen.

»Das sind die Reste der ersten Bergwerksiedlung, die im Zweiten Weltkrieg zerstört wurde«, erklärte der Fahrer.

»Ich dachte, Spitzbergen war schon damals eine entmilitarisierte Zone?«, sagte Hanna. »Ich wusste gar nicht, dass hier oben auch gekämpft wurde.«

»Prinzipiell stimmt das«, sagte der Fahrer. »Der Spitzbergenvertrag von 1920 sollte die friedliche Nutzung der Inseln sicherstellen. Aber als die Deutschen in Russland einmarschiert sind, gingen die Alliierten davon aus, dass sie auch Svalbard besetzen würden. Deshalb hat man die Bewohner evakuiert. Anschließend haben britische Einheiten die wirtschaftliche Infrastruktur zerstört, also Bergwerksanlagen, Feldbahnen und Fördermaschinen. Außerdem haben sie das Elektrizitätswerk und die Telegraphenmasten in die Luft gesprengt und die Kohlehalden angezündet. Später wurden dann norwegische Soldaten hier stationiert, die die Funk- und Wetterstation der Alliierten bewachen und warten sollten.«

»Und die Deutschen? Kamen die je hierher?«

»Oh ja, zwei Jahre später startete die Wehrmacht im September das *Unternehmen Sizilien*. Im Grunde mit dem gleichen Ziel: Sie wollten alles plattmachen, was irgendwie von militärischem oder wirtschaftlichem Nutzen war.«

Der Fahrer zuckte mit den Schultern und grinste.

»Keine sehr erfolgreiche Aktion. Bereits einen Monat später wurde der Stützpunkt wiederhergestellt, und im Winter 1943 war die Wetterstation der Alliierten erneut funktionstüchtig.«

Nachdem sie einen kleinen Friedhof mit weißen Holzkreuzen passiert hatten, auf dem verunglückte Grubenarbeiter, Opfer der Spanischen Grippe von 1918 und gefallene Soldaten beerdigt waren, ging es an der Kirche vorbei zum Regierungsviertel, wie der Fahrer mit einem Augenzwinkern erklärte.

»Hier wohnt und amtiert unser *Sysselmann*, also der Gouverneur«, sagte er und deutete auf einen roten Gebäudekomplex.

»Als Norwegen 1925 die Souveränität über Svalbard erlangte, gab es hier Bestrebungen, den Archipel zu einem Gliedstaat mit einer eigenen Verwaltung zu machen. Das norwegische Parlament lehnte diesen Vorschlag jedoch ab. Stattdessen wurde ein *Sysselmann* als direkter Vertreter der Osloer Regierung eingesetzt.«

Die Fahrt ging weiter hinunter zu den Hafenanlagen und am

Fjordufer entlang, bevor sie ins Adventsdalen einbogen. Neben alten Kohleminen schien es in dem breiten Tal vor allem Hunde zu geben. Alle paar hundert Meter sah Hanna neben der Straße umzäunte Gelände, auf denen kleine Hütten für jeweils zwanzig bis dreißig Schlittenhunde standen. Zwischen zwei dieser Zwinger hielt der Wagen an. Der Fahrer drehte sich zu seinen Passagieren und sagte:

»Wenn ihr wollt, könnt ihr hier ein paar besonders schlaue Inselbewohner kennenlernen.«

Die beiden Franzosen lächelten verträumt und schüttelten die Köpfe. Sie blieben im Bus und schmusten – so wie sie es die ganze Fahrt über getan hatten. Warum sie die Sightseeingtour gebucht hatten, war Hanna schleierhaft. Sie waren so mit sich selbst beschäftigt, dass sie es wohl nicht bemerkt hätten, wenn der Fahrer zwei Stunden im Kreis gefahren wäre. Ach, muss Liebe schön sein, dachte Hanna mit einem Anflug von Neid und folgte dem Fahrer nach draußen.

Er hatte nicht die Hunde gemeint, die sich vor dem nassen Grau in ihre Behausungen verzogen hatten und die Ankunft der Fremden nur mit vereinzeltem Gebell kommentierten. Zwischen den Zäunen hatten sich einige Dutzend Eiderenten zum Brüten niedergelassen. Sie verharrten ungerührt auf ihren Gelegen, als Hanna ihre Kamera hervorholte und sie fotografierte.

»Die Hunde sind quasi ihre Bodyguards«, sagte der Fahrer und schmunzelte. »Hierher wagen sich nämlich weder Polarfüchse noch Eisbären. Einen sichereren Platz zur Kinderaufzucht kann man als Ente kaum finden.«

Die letzte Etappe führte auf einen Berg, vorbei an der letzten noch betriebenen Grube Nummer Sieben, die etwa zehn Kilometer südöstlich von Longyearbyen lag.

»Die abgebaute Kohle wird per Lastwagen in die Stadt transportiert, wo etwa ein Drittel in unserem Kraftwerk verwendet wird. Der Rest wird zum Export verschifft«, erklärte der Fahrer.

»Wie viele Minenarbeiter werden denn hier beschäftigt?«, fragte Hanna.

»Kumpel im eigentlichen Sinne gibt es hier gar nicht mehr. Der Kohleabbau ist komplett mechanisiert.«

»Weil es zu gefährlich ist?«, fragte Hanna, die sich vage erinnerte, erst vor Kurzem über einen Grubenunfall auf Spitzbergen gelesen zu haben.«

»Ganz genau«, erwiderte der Fahrer. »Drüben in Barentsburg bei den Russen sind dieses Jahr bereits zwei Bergleute ums Leben gekommen. Es ist noch keine zwei Wochen her, dass dort ein Ukrainer von einem Steinschlag tödlich getroffen wurde.«

Auf dem abgeflachten Gipfel des ungefähr fünfhundert Meter hohen Berges endete die Straße. Vor ihnen tauchten zwei riesige halbrunde Gebilde aus dem Nebel auf, die Hanna an gigantische Suppenschüsseln erinnerten.

»Das ist die Radarstation der *EISCAT*, eine internationale Forschungsanlage«, sagte der Fahrer.

»Was wird hier erforscht?«, fragte Hanna.

»Diese Parabolantennen dienen dazu, Erkenntnisse über die Interaktionen zwischen Sonne und Erde zu gewinnen, zum Beispiel über Störungen der Magneto- und Ionosphäre. Das sind Prozesse, die Phänomene wie die Polarlichter verursachen.«

Er lächelte Hanna zu. »Es tut mir leid, dass du das Beste hier oben verpasst.«

»Lass mich raten, von hier hat man eine wunderbare Aussicht?«

Der Fahrer nickte. »Normalerweise ist das Ende unserer Tour zugleich der Höhepunkt.«

»Es war trotzdem sehr interessant«, sagte Hanna. »Vielen

Dank für die tollen Infos. Du erzählst sehr spannend. Ich hätte nicht gedacht, dass wir schon zwei Stunden unterwegs sind.«

Während sie noch sprach, wurde Hanna bewusst, dass sie keine Ahnung hatte, was sie mit dem Rest des langen Abends anfangen sollte. Ein bisschen bloggen und E-Mails beantworten. Ein heißes Bad nehmen. Und später zur Feier des Geburtstages ein gutes Restaurant besuchen und sich so richtig verwöhnen lassen? Hanna schluckte. Keine verlockende Aussicht. Sie sah sich allein an einem Tisch sitzen, vor sich irgendein sündteures Gericht, und mit sich selbst auf ihr neues Lebensjahr anstoßen. Der bloße Gedanke schnürte ihr die Kehle zusammen. Sie würde keinen Bissen hinunterbekommen.

25

Polarmeer, Juni 1907

Emilie schob ihre rechte Hand in die Tasche ihrer Jacke und umschloss den Feuerstein mit dem runden Loch, den sie auf ihrem Spaziergang mit Fanny am Strand bei Saßnitz gefunden hatte. Auch wenn sie ihrer Tante gegenüber beteuert hatte, nicht an die Wirkkraft von Glücksbringern zu glauben, hatte sie diesen Hühnergott zu ihrem Talisman erkoren. Fest und glatt schmiegte er sich in ihre Faust und gab ihr Halt. Wenn sie ihn berührte, fühlte sie sich Fanny nah und hörte deren Stimme, die sie aufforderte, nicht an sich zu zweifeln, sondern mit erhobenem Kopf den Herausforderungen des Lebens die Stirn zu bieten.

Emilie holte tief Luft und folgte William und Antonio Lancetta in das Ruderboot, mit dem sie zu dem Zweimastschoner übersetzen sollten. Er ankerte unweit einer Werft im etwa fünfhundert Meter breiten Tromsøsund, der die Stadtinsel vom Festland trennte. Im Vergleich zu dem *HAPAG*-Dampfer, der weiter draußen an einer tieferen Stelle lag, nahm er sich wie ein Puppenschiff aus und hätte ungefähr siebenmal in das einhundertvierzig Meter lange Ungetüm gepasst.

Eine steife Brise ließ kleine Wellen gegen die Bootswand schlagen. Emilie hielt ihren Hut fest und kauerte sich neben William vorne in den Bug. Arne saß mit dem Rücken zu ihnen neben einem Matrosen in der Mitte und ruderte mit kräftigen Zügen gegen den Wind durch das kabbelige Wasser, im Heck klammerte sich Antonio an eine Holzkiste, in der seine meteorologischen Messgeräte verstaut waren, und bekreuzigte sich jedes Mal, wenn der Nachen von einer Woge erfasst und gebeutelt wurde.

Der Schweizer war nach seinem Wutausbruch aus dem Geschäft des Büchsenmachers davongeeilt und seither nicht wieder aufgetaucht. Arne hatte ihm hinterhergerufen, dass sie spätestens um sechs Uhr ablegen würden – notfalls auch ohne ihn. Emilie war sich nicht sicher, ob Beat Späni ihn gehört hatte. Sie hoffte es. Sie hatte seine Gesellschaft zu schätzen gelernt und sah ihn als väterlichen Begleiter, der in brenzligen Situationen Rat wusste.

Sie beugte sich zu William, deutete auf den Fischkutter und flüsterte:

»Sehr stabil sieht unser Schiff ja nicht aus. Was, wenn wir in Packeis geraten? Dann wird das doch ruckzuck zerquetscht.«

William hob die Schultern. »Wie eine Nuss.« Sein Mund verzog sich zu einem spitzbübischen Grinsen. »Jetzt verstehe ich endlich, warum man von Nussschale spricht, wenn man ein Bild für ein hilflos den Fluten ausgeliefertes Schiff sucht.«

»Keine Sorge, das Eis wird uns nichts anhaben«, sagte eine Stimme in ihrem Rücken.

Emilie schaute über die Schulter. Arne hatte sich zu ihnen umgedreht und musterte sie mit undurchdringlicher Miene. Sie wich seinem Blick aus. Es war ihr peinlich, dass er sie gehört hatte und sich nun wahrscheinlich beleidigt fühlte. Schließlich hatte er den Schoner für sie ausgesucht.

»Das ist kein gewöhnliches Fangschiff. Es wurde fürs Polarmeer aufgerüstet«, erklärte Arne. »Es wurden zusätzliche Streben eingebaut, und der Bug ist mit Stahlplatten verstärkt worden. Wie ihr sehen könnt, ist es außerdem vorne und hinten abgerundet. Und man hat die äußeren Holzplanken besonders glatt geschliffen.«

»Damit das Eis sich nicht festsetzen kann?«, fragte Emilie.

In Arnes Augen blitzte ein anerkennendes Funkeln auf.

»Exakt! Das Schiff flutscht wie ein Fisch durch die Schollen. Und der ovale Rumpf verhindert, dass es im Packeis zerquetscht wird. Stattdessen wird es davon angehoben und liegt dann auf der gefrorenen Oberfläche. Wenn der Eisdruck nachlässt, sinkt es wieder hinunter.«

»Genial!«, rief William.

»In der Tat«, sagte Emilie. »Darauf muss man erst mal kommen, das ist wirklich …«

Arnes Gesicht verdüsterte sich. Abrupt wandte er sich ab. Emilie schluckte und fragte William:

»Habe ich etwas Falsches gesagt?«

William zog die Augenbrauen hoch. »Ich wüsste nicht, was. Er war ja für seine Verhältnisse direkt gesprächig.«

»Ja, nicht wahr? Ich hatte auch den Eindruck, dass ihn das Thema begeistert«, sagte Emilie leise. »Was mag ihn nur so verärgert haben?«

»Er ist und bleibt eben ein Brummbär«, meinte William mit einem Achselzucken, schaute wieder nach vorn und machte Emilie auf eine Sturmmöwe aufmerksam, die sich mit einem waghalsigen Flugmanöver auf eine Artgenossin stürzte und ihr einen Fisch abjagte. Mit wütendem Gezeter verfolgte die Bestohlene die Diebin, was weitere Möwen herbeilockte.

»Ich finde es immer wieder interessant, wie ähnlich sich Tiere und Menschen in ihrem Verhalten sind.«

»Wie meinen Sie das?«, fragte Emilie.

»Nun, hier gibt es wahrlich genug Fressen für alle«, sagte William und zeigte auf ein paar vorbeitreibende Fischköpfe und andere Abfälle, die von den Konservenfabriken ins Wasser entsorgt wurden. »Aber trotzdem gönnt die eine Möwe der anderen ihren Fang nicht. Und die wiederum setzt alles daran, ihr die Beute wieder wegzunehmen. Anstatt einfach fünfe gerade sein zu lassen und sich entspannt am reich gedeckten Tisch zu bedienen.«

Nach knapp zehn Minuten erreichten sie den Schoner. Arne und der Matrose drehten bei, zogen die Ruder ein, vertäuten das

Boot neben einem Fallreep und forderten ihre Passagiere auf, nach oben zu klettern. Sie selbst begannen damit, Koffer, Seesäcke und Kisten mit den Ausrüstungsgegenständen am Seil einer Drehwinde zu befestigen, deren Arm über die Reling des Segelschiffes ragte und die von einem weiteren Matrosen bedient wurde.

William schwang sich als Erster aus dem Boot. Emilie, die ihm folgen wollte, bemerkte, dass Antonio bleich an der Schiffswand emporschaute und einen Satz immer wieder wie ein Mantra vor sich hin murmelte:

»Santa Maria, Madre di Dio, prega per noi peccatori!«

Sie fasste ihn an der Schulter und bedeutete ihm pantomimisch, dass er voranklettern sollte und sie dicht hinter ihm bleiben und ihn absichern würde. Eine Methode, die sich in ihrer Kindheit bewährt hatte, wenn sie mit Max auf Bäume gestiegen war. Antonios ängstlicher Blick glich dem ihres kleinen Bruders und hatte die Erinnerung daran heraufbeschworen. Emilie redete beruhigend auf den Italiener ein, der zitternd in die Sprossen des Fallreeps griff. In diesem Moment war sie froh, dass das Schiff so klein war und sie nur wenige Meter überwinden mussten.

Während sie darauf achtete, dass Antonio nicht nach unten sah und sicheren Halt fand, fragte sich Emilie, warum man ausgerechnet ihn auf diese Expedition geschickt hatte. Oder hatte er sich gar aus freien Stücken dazu entschlossen? Sie konnte ihn sich ohne Probleme in einem Studierstübchen, einer Bibliothek oder einem Labor vorstellen, wo er ohne Zweifel besser aufgehoben war als im Eismeer. Sie mochte sich gar nicht ausmalen, wie ihm Stürme und raues Wetter zusetzen würden, wenn ihn bereits die kurze Überfahrt im geschützten Sund an den Rand eines Nervenzusammenbruchs brachte. Das konnte ja heiter werden …

Von oben streckten sich ihnen vier Hände entgegen, und eine wohlbekannte Stimme rief:

»*Coraggio! Pari è fatto!* Nur Mut, gleich ist es geschafft!«

Über der Reling erschien das Gesicht von Beat Späni, der ihnen gemeinsam mit William auf das Deck half. Antonio wischte sich mit einem Taschentuch den Schweiß von der Stirn, schlug ein Kreuz und ließ sich mit einem Stöhnen auf eine Tonne sinken.

»*Grüezi miteinand!* Willkommen auf der *Isflak*«, sagte der Schweizer und lächelte gut gelaunt. »Ich habe mir sagen lassen, dass das Eisscholle bedeutet«, fuhr er fort.

»Ein passender Name für ein Schiff, das in der Arktis unterwegs ist«, meinte William.

»Ja, das war auch mein erster Gedanke«, sagte Beat Späni.

»Seit wann sind Sie denn hier? Und wo kommen Sie her?«, fragte Emilie. »Wir waren schon in Sorge, dass Sie es nicht mehr rechtzeitig schaffen, und hatten keine Ahnung, wo wir Sie hätten finden können.«

»Ja, ich muss mich entschuldigen. Es ist eigentlich nicht meine Art, einfach davonzurennen. Aber nun ist alles geregelt. Und so konnte ich mich vor zehn Minuten vom Passagierkai übersetzen lassen«, erwiderte Beat Späni und zeigte auf einen Anlegesteg, der einige hundert Meter von der Stelle entfernt lag, von der aus Arne und der Matrose sie herübergerudert hatten.

Bevor Emilie ihre Neugier stillen und nachfragen konnte, was er hatte regeln müssen, fuhr der Schweizer fort:

»Es war sogar von Vorteil, dass ich nicht zum vereinbarten Treffpunkt gekommen bin. Denn so konnte ich noch unseren Fotografen aufgabeln, der sich wohl ein wenig verirrt hatte.«

Er drehte sich zur Seite und winkte einem Mann, der an einem Mast lehnte. Er sieht aus wie ein trauriger schwarzer Bär, schoss es Emilie durch den Kopf. Alles an dem ungefähr fünfzigjährigen Hünen war dunkel. Seine Kleider – Hose, Handschuhe, Fellmütze und Lodenumhang – waren schwarz, ebenso seine vollen

Haare, die geschwungenen Brauen und der Schnurrbart. Seine Gesichtshaut dagegen war blass und wirkte durch den Kontrast noch heller und durchscheinender. Es war aber vor allem der schwermütige Ausdruck seiner dunklen Augen, der Emilies Fantasie anregte. Er erinnerte sie an einen Tanzbären, den sie einmal auf einem Jahrmarkt gesehen hatte. Die Traurigkeit in den Augen des Tieres hatte sie tagelang verfolgt und eine tiefe Abscheu gegen das Einsperren und Dressieren von Wildtieren in ihr verankert.

Der Mann löste sich von dem Mast und näherte sich zögernd. William trat auf ihn zu, streckte ihm seine Rechte entgegen und sagte auf Deutsch:

»Guten Tag! Ich heiße William Lewis.«

»Und ich bin Max Berghoff«, sagte Emilie.

Da ihr Gegenüber keine Anstalten machte, sich ebenfalls vorzustellen, fragte William:

»Und mit wem haben wir das Vergnügen?«

»Oh, ich fürchte, er versteht Sie nicht«, antwortete Beat Späni an seiner Stelle. »Er ist ja Russe.«

William runzelte kurz die Stirn und fragte stockend: *»Kak wass sawu?«*

»Leonid ...«, begann der Fotograf, wurde jedoch von dem Schweizer unterbrochen.

»Meine Herren, was halten Sie davon, wenn wir uns während unseres gemeinsamen Abenteuers mit unseren Vornamen anreden? Das ist weniger förmlich und irgendwie passender in einer Region, die so fern der Zivilisation ist.«

»Ladna!«, fuhr Leonid fort, während William und Emilie gleichzeitig antworteten:

»Gute Idee!«

»Sehr gern!«

Auch Antonio, dem Beat Späni seinen Vorschlag übersetzte, war davon angetan.

»William, könnten Sie Herrn Ladna bitte fragen, ob das auch in seinem Sinne ist?«, fragte der Schweizer.

»Oh, ich fürchte, meine Russischkenntnisse reichen nicht so weit«, antwortete William. »Ich habe zwar durchaus den Ehrgeiz, auch die Werke von Tolstoi und Dostojewski im Original zu lesen, aber es blieb bislang beim guten Vorsatz. Russisch ist doch recht schwer zu erlernen.«

»Das ist ja das reinste Babylon«, sagte Emilie. »Wir sind nun wahrlich keine große Gruppe und sprechen fünf verschiedene Sprachen.«

»Sechs, wenn man den Dialekt unseres Schweizers dazurechnet«, flüsterte William an ihrer Seite.

Emilie unterdrückte ein Kichern.

»Aber du hast Recht. In unserem Fall wäre diese Universalsprache hilfreich, die sich wohl auf dem Kontinent einiger Beliebtheit erfreut«, sagte William.

»Du meinst Esperanto?«, fragte Emilie.

William nickte. Emilie hatte schon mehrfach über die Bewegung gelesen, die sich für eine Verbreitung dieser einfachen Kunstsprache einsetzte. Erst im Jahr zuvor war die Deutsche Esperantisten Gesellschaft gegründet worden. Die Idee hatte in den achtziger Jahren des vorigen Jahrhunderts ein Russe gehabt, dessen Jugend von den heftigen Konflikten zwischen den verschiedenen Volksgruppen seiner Heimatstadt geprägt gewesen war. Er sah einen wesentlichen Grund für diese Auseinandersetzungen in den Verständigungsschwierigkeiten – und erarbeitete eine Sprache, die theoretisch weltweit von jedem Menschen erlernbar war. Emilie hatte diese pazifistische Vision gefallen.

Während ihrer Unterhaltung waren die Gepäckstücke an Deck gehievt worden. Arne und der Matrose kamen an Bord und befestigten gemeinsam mit dem anderen Seemann einen hölzernen Bottich hoch oben am vorderen Mast.

»Wozu dient diese Tonne?«, fragte Emilie.

»Das ist das Krähennest«, antwortete Beat Späni. »Von dort wird später, wenn wir in nördlichere Breiten vorstoßen, nach Treibeis Ausschau gehalten.«

Wie aufs Stichwort ertönte ein Pfeifsignal. Emilie beugte sich über die Reling und sah, dass ein Boot einen weiteren Passagier gebracht hatte, der behände zu ihnen hinaufkletterte. Arne hangelte sich vom Vormast hinunter, lief dem drahtigen Mann, dessen Gesicht braun gebrannt war, entgegen und begrüßte ihn mit einem kräftigen Handschlag. Zum ersten Mal sah Emilie ihn lächeln. Arne wandte sich an die anderen und sagte:

»Jetzt sind wir vollzählig. Das ist Knut Johannssen, unser Eislotse. Einer der erfahrensten Polarmeerfahrer, die ich kenne.«

Der Lotse tippte an seine Kappe, nickte in die Runde und ging zum Ruderhaus, aus dem ihm ein Mann in Strickpullover und runder Wollmütze entgegenkam. Emilie vermutete, dass es sich um den Kapitän handelte. Es war die Art seines Auftretens und der bestimmte Ton, mit dem er den beiden Matrosen etwas zurief, was diese unverzüglich davoneilen ließ. An seiner Kleidung konnte man ihn nicht von seinen Untergebenen unterscheiden. Ob es wohl auf norwegischen Schiffen generell nicht üblich war, dass die höheren Dienstgrade eine Uniform oder Abzeichen trugen? Vor Emilies geistigem Auge tauchte das zu einer missbilligenden Grimasse verzogene Gesicht ihres älteren Bruders Friedrich auf, den solche »unordentlichen Zustände« in Rage brachten. Für ihn gab es kaum etwas Schlimmeres, als Gleichmacherei und Leute, die an althergebrachten Hierarchien und Rangordnungen rüttelten.

»Dann zeige ich euch jetzt die Räume unter Deck«, sagte Arne und öffnete eine Luke im Boden, hinter der eine steile Treppe ins Innere führte. Vorsichtig stieg Emilie die Stufen hinunter. Ihre Augen brauchten ein paar Sekunden, bis sie sich an das Dämmerlicht gewöhnt hatten. Sie befanden sich in der

Mitte des Schiffes. Arne deutete in einen Gang, der zum Bug führte.

»Hinter der rechten Tür ist die Kajüte des Kapitäns, gegenüber sind Lebensmittel gelagert. Ganz vorn, wo früher die Eisvorräte und der Fischfang aufbewahrt wurden, sind eure Geräte verstaut und genug Platz für die Proben, Jagdtrophäen und andere Dinge, die ihr sammeln werdet. Es ist ja geplant, dass euch die *Isflak* am Ende des Sommers wieder einsammelt und nach Tromsø zurückbringt.«

Beat Späni hatte indes eine Maschine umrundet, die mitten im Raum stand.

»Sie haben ja einen Motor!«, rief er überrascht.

»Ja, um vom Wind unabhängig zu sein, wurde einer eingebaut. Er wird von einer Expansionsmaschine angetrieben, die wir mit Kohlen befeuern«, erklärte Arne.

William beugte sich zu Emilie und fragte leise: »Weißt du, was eine Expansionsmaschine ist?«

Ohne nachzudenken, nickte sie und sagte: »Das ist eine Dampfmaschine, wie man sie auch bei Lokomotiven einsetzt. Diese hier ist klein, da nur zwei Arbeitseinheiten hintereinandergeschaltet sind, die die Kurbelwelle des Motors in Bewegung setzen. In der Fabrik meines Vaters haben wir eine Zwillingstandem-Maschine mit Ventilsteuerung.« Emilie deutete auf zwei Kupferbehälter. »Darin befinden sich die Kolben, die durch den heißen Dampf angetrieben werden. Der kleinere ist ein Hochdruckzylinder, aus dem der teilentspannte und abgekühlte Dampf in den Niederdruckzylinder geleitet wird. Der ist größer, weil sich das Dampfvolumen vergrößert, wenn der Druck sich verringert.«

»Und warum braucht man mehrere Zylinder?«, wollte William wissen.

»Um die Energie bestmöglich auszunutzen. Wenn man nur einen hat, entweicht der teilentspannte Druck ungenutzt in die Umgebung.«

»Sagenhaft!«, rief William. »Du kennst dich nicht nur mit Waffen aus, an dir ist auch noch ein Ingenieur verloren gegangen. Dein Vater ist sicher stolz auf dich.«

»Naja, eher nicht. Dafür umso mehr auf meinen älteren Bruder, der die Fabrik mal übernehmen wird. Der ist regelrecht technikbesessen und kann dir wahre Vorlesungen über Maschinenbau halten.«

»Ich wünschte, ich hätte auch einen älteren Bruder, der unseren Laden mal übernimmt«, sagte William mehr zu sich als zu Emilie.

Sie sah ihn fragend an. William winkte ab und meinte: »Nichts weiter, hab nur laut gedacht. Lass uns lieber sehen, wo die anderen sind.«

Emilie drehte sich um und bemerkte erst jetzt, dass Arne die kleine Gruppe weitergeführt hatte. Ihre Stimmen kamen aus dem hinteren Bereich des Schiffes. Sie lief mit William an einer winzigen Kombüse, dem Abort und Vorratsräumen vorbei, durchquerte einen Raum mit einem langen, am Boden festgeschraubten Tisch und einer Eckbank und landete im Heck, wo sich die Schlafstellen befanden. Die Kojen waren wie Einbauschränke rundum in die Wände eingelassen und mit Schiebetüren versehen. Beat Späni, der eben eine inspiziert hatte, rief:

»*Jä nai, des isch jä ä Drugge* ... äh, ich meine Schachtel. Allein sich da hineinzuquetschen, bedarf akrobatischer Fähigkeiten.«

Er trat auf Arne zu, nickte zu Leonid hin, der mit abwesender Miene an einer Wand lehnte, und raunte: »Wenn es für mich schon eng wird, passt unser russischer Freund auf keinen Fall in so ein Kabüffchen.«

Arne zuckte mit den Schultern, öffnete eine Klappe und holte eine Hängematte heraus. Sein Kommentar ging in einem lauten Rasseln und Quietschen unter. Arne legte die Hängematte wieder in den Schrank.

»Ah, der Anker wird gelichtet. Lasst uns Rasmus die Ehre erweisen«, sagte er.

»Wer ist Rasmus?«, fragte Emilie.

William und Beat Späni schüttelten ratlos die Köpfe und folgten mit Leonid und Antonio im Schlepptau Arne, der aus dem Raum eilte und zurück an Deck stieg. Dort standen der Kapitän, der Eislotse und einer der beiden Matrosen an der dem Wind zugewandten Seite der Reling. Der andere Matrose kam mit einem Tablett herbei, auf dem eine bauchige Flasche und mehrere Gläschen standen. Der Kapitän schenkte eines voll, erhob es, rief etwas auf Norwegisch und schüttete den Inhalt über Bord.

»Ah, un sacrificio per Sant Elmo«, rief Antonio.

Beat Späni ließ sich erklären, was er meinte, und übersetzte für die anderen:

»Offenbar handelt es sich um einen alten Seemannsbrauch. Vor Beginn einer Reise wird dem Patron der Seefahrer, dem heiligen Erasmus, ein Schluck Hochprozentiges geopfert, damit er das Schiff vor Unwettern und anderen Unbillen beschützt. In Italien heißt er Elmo.«

Der Matrose reichte jedem ein Glas, der Kapitän prostete ihnen zu, und alle kippten den klaren Schnaps in einem Zug hinunter. Emilie gab sich alle Mühe, nicht zu husten und das Brennen ihrer Speiseröhre zu ignorieren. Sie war froh, dass das Hissen der Segel die Aufmerksamkeit der anderen erregte. Langsam setzte sich das Schiff in Bewegung und glitt aus dem Hafen. Die Häuser der Stadt wurden kleiner und entzogen sich bald ihren Blicken. Emilie fühlte ihr Herz im Hals schlagen. Sie war auf dem Weg in die Arktis. Nun gab es kein Zurück mehr. Das Abenteuer begann.

26

Spitzbergen, Juli 2013

Hanna lag auf ihrem Bett und las in dem Kriminalroman, den sie sich als Reiselektüre eingepackt hatte. Es war still. Ab und zu hörte sie das Brummen eines Automotors, gedämpfte Stimmen auf dem Gang und das ferne Rauschen einer Toilettenspülung. Hanna hatte sich zwei Kissen in den Rücken gestopft, die Beine als Buchstütze angewinkelt aufgestellt und eine Tüte mit getrockneten Blaubeeren, die sie an der Rezeption gekauft hatte, neben sich gelegt. Ohne hinzusehen griff sie ab und zu hinein und knabberte die süßen Früchtchen, deren Aroma den Geruch nach warmem Harz, frisch geschlagenem Holz und Tannennadeln auf sonnenbeschienenen Lichtungen heraufbeschwor, auf denen sie mit den Kindern früher auf Ausflügen in den Bayerischen Wald nach Beeren gesucht hatte.

Ein Klopfen an der Tür holte sie aus dem Büro des Kommissars, der gerade einen wichtigen Zeugen befragte, in ihr Hotelzimmer zurück. Sie schaute auf die Uhr. Kurz nach neun. Wer mochte das sein? Hatte sich der Nebel verzogen, und das Basecamp-Team war bereit, den ausgefallenen Ausflug nach Pyramiden nachzuholen? Es wurden ja im Sommer fast rund um die Uhr Touren angeboten. Hanna stand auf und warf auf dem Weg zur Tür einen Blick aus dem Fenster. Nein, der Nebel stand nach wie vor wie eine Wand vor dem Hotel. Sie drückte die Klinke hinunter und riss die Augen auf. Das konnte nicht sein! Sie zwinkerte mehrmals und hob eine Hand zum Mund. Im Gang stand Kåre und hielt ihr einen Kuchen hin, in dessen Mitte eine brennende Kerze steckte.

»Alles Gute zum Geburtstag!«, sagte er lächelnd.

Hanna spürte, wie ihr Herzschlag aus dem Rhythmus geriet. War das ein Traum? Sie war versucht, sich kräftig in den Arm zu zwicken. Hör auf, ihn wie eine Fata Morgana anzuglotzen, ermahnte sie sich. Sag was!

»Ich … äh … wo kommst du denn auf einmal … und woher weißt du, dass ich Ge…«, stotterte sie.

»Entschuldige diesen Überfall«, sagte Kåre. »Dass du Geburtstag hast, habe ich durch die Gratulationen auf deinem Blog erfahren. Und da ich ohnehin Anfang nächster Woche nach Ny Ålesund muss, habe ich spontan beschlossen, heute schon herzufliegen und mit dir anzustoßen.«

Er presste die Lippen aufeinander und legte den Kopf ein wenig schief.

»War vielleicht keine so gute Idee? Möchtest du lieber allein …?«

»Oh, nein!«, platzte es aus Hanna heraus. »Ganz im Gegenteil. Ich freue mich sehr. Ich hatte nur so gar nicht damit gerechnet und …«

Sie hielt inne und zupfte sich verlegen an den Haaren. Wie sah sie nur aus? Ungeschminkt, ungekämmt und in ihre alte Schlabberstrickjacke gehüllt, in der sie es sich am liebsten zum Lesen gemütlich machte.

»Gib mir fünf Minuten«, bat sie.

Kåres Gesicht leuchtete auf. »Ich warte unten.« Er hielt den Kuchen ein wenig höher. »Du musst noch die Kerze ausblasen und dir was wünschen.«

Die Ernsthaftigkeit, mit der er das sagte, versetzte Hanna in eine feierliche Stimmung. Sie schloss die Augen und pustete. Es gab nichts zu wünschen. Stattdessen wurde sie von tiefer Dankbarkeit durchströmt. Sie öffnete die Lider und lächelte Kåre an.

»Wenn du einverstanden bist, können wir ihn unterwegs anschneiden«, sagte er und wickelte den Kuchen in Alufolie.

»Unterwegs?«, fragte Hanna.

Kåre griff in eine große Tasche, die neben im stand, und zog einen Wärmeschutzanzug heraus, den er ihr reichte.

»Ich hoffe, er passt dir. Ich würde dich gern ein wenig nach draußen entführen.«

»Ist es nicht zu neblig für einen Ausflug?«, fragte Hanna.

»Dort, wo wir hinfahren, spielt das keine Rolle.«

Bevor sie weiter in ihn dringen konnte, legte er einen Finger auf den Mund, zwinkerte ihr zu und wandte sich zum Gehen.

Hanna schloss die Tür und lehnte sich kurz mit dem Rücken dagegen. Ihr war schwindelig. War das wirklich gerade passiert? Hatte da wirklich Kåre gestanden, mit einem Kuchen extra für sie? War er tatsächlich ihretwegen hergeflogen? Sie kam sich vor wie in einer Szene aus einer Hollywood-Schnulze. Dass so etwas im echten Leben – in ihrem Leben! – geschehen würde, hätte sie nie für möglich gehalten. Während sie sich umzog – der Anzug passte wie angegossen –, die Haare bürstete und sich die Wimpern tuschte, war ihr so, als stiegen Kohlensäureperlen in ihr auf, die sich in ihrem ganzen Körper ausbreiteten. Hanna spürte dem prickelnden Gefühl nach und wusste mit einem Mal, wie es zu der Redewendung »vor Glück zerspringen« gekommen war. Um nicht zu platzen, begann sie, die die ersten Zeilen von Zarah Leanders Lied »Ich weiß, es wird einmal ein Wunder geschehen« zu singen:

»Wenn ich ohne Hoffnung leben müsste,
wenn ich glauben müsste, dass mich niemand liebt,
dass es nie für mich ein Glück mehr gibt
ach, das wär' schwer.«

Kåre stand neben dem Regal mit den Thermoskannen für Kaffee und Tee, an denen sich die Gäste rund um die Uhr bedienen konnten, und unterhielt sich mit einer dunkelhaarigen Frau, die Hanna auf ungefähr fünfzig Jahre schätzte. Sie trug einen roten Overall und machte einen burschikosen Eindruck. Ihr fester Händedruck passte dazu wie auch ihr direkter Blick, mit dem sie Hanna in die Augen sah.

»*Hei*, ich bin Greta«, sagte sie.

»Greta ist Glaziologin«, erklärte Kåre. »Wir kennen uns schon seit Ewigkeiten und haben immer wieder gemeinsam an Projekten gearbeitet. Ich bin sehr dankbar, dass sie heute hier ist und Zeit für uns hat.«

»Danke diesem verdammten Nebel. Eigentlich wollte ich längst wieder auf dem Larsbreen sein.« Sie wandte sich an Hanna. »Das ist ein Gletscher hier in der Nähe, den wir gerade vermessen.« Sie zog den Reißverschluss ihres Anoraks zu und ging mit einem »Na, dann wollen wir mal« zum Ausgang.

Während Hanna ihr an Kåres Seite folgte, dämmerte ihr, dass ihre ursprüngliche Vermutung, er sei eine Art Hausmeister, nicht stimmen konnte. Es war ihr peinlich, dass sie ihn bisher nicht nach seinem Beruf gefragt hatte. An ihrem Abend in Tromsø hatten sie wie in stiller Übereinkunft kaum über ihren jeweiligen Alltag gesprochen – was den gemeinsamen Stunden eine entrückte Atmosphäre verliehen hatte und sie im Nachhinein unwirklich erscheinen ließ.

»Was genau arbeitest du eigentlich? Und welche gemeinsamen Projekte hattest du mit Greta?«, fragte sie.

»Ich bin im weitesten Sinne Polarforscher. Und mit Greta hab ich zuletzt an einer Studie über die Auswirkungen der Klimaerwärmung auf sogenannte *surgende* Gletscher teilgenommen. Unter einer *Surge*, also Welle, versteht man eine Phase, in der sich die Fließgeschwindigkeit eines Gletschers stark beschleunigt und das Eis in Blöcke zerrissen wird. Durch den erhöhten Massentransport zur Gletscherzunge nimmt diese dabei an Mächtigkeit zu, während der Gletscher in seinem oberen Teil dünner wird. Der Phase der Beschleunigung folgt dann meist eine deutlich längere Zeitspanne, in der sich das Eis kaum bewegt und sich im oberen Teil des Gletschers wieder aufbaut. Das ist …«, er unterbrach sich und grinste. »Entschuldige, ich wollte dich nicht zutexten. Aber wenn ich erst mal …«

»Oh nein, bitte, ich finde das sehr interessant!«, sagte Hanna. »Habt ihr denn Änderungen festgestellt?«

Kåre nickte. »Natürlich kann man noch keine endgültigen Aussagen oder gar sichere Prognosen machen. Aber in den letzten Jahrzehnten haben sich die Ruhephasen verkürzt. Wenn sich dieser Trend fortsetzt, werden die Gletscher zwangsläufig schneller schmelzen.«

»Und was ist dein Fachgebiet? Bist du auch Glaziologe?«, fragte Hanna.

»Nein, nicht speziell, obwohl das Wissen über Eis und Schnee natürlich auch in meinem Bereich wichtig ist. Ich habe Geologie und Geophysik studiert.«

»Ich muss gestehen, dass das für mich Fächer mit sieben Siegeln sind«, sagte Hanna. »Was genau erforschst du denn?«

»In den letzten Jahren habe ich mich ein wenig intensiver mit geodynamischen Phänomenen wie Gesteinsbewegungen im Permafrost und tektonischen Verschiebungen beschäftigt«, antwortete er.

Greta drehte sich zu ihnen, gesellte sich an Kåres andere Seite und knuffte ihn gegen den Oberarm.

»Untertreib nicht so!« Sie beugte sich an ihm vorbei zu Hanna. »Er ist auf dem Gebiet derzeit einer der gefragtesten Köpfe und könnte sich locker dreimal klonen lassen, um alle Projekte und Lehraufträge zu erledigen, die an ihn herangetragen werden.«

Hanna bemerkte, dass Kåre verlegen an seinem Reißverschluss nestelte. Es schien ihm ehrlich unangenehm zu sein, derart im Mittelpunkt zu stehen. Seine Bescheidenheit rührte sie an. Sie kannte genug Männer und durchaus auch Frauen, die eine solche Position bei jeder sich bietenden Gelegenheit hätten raushängen lassen und stundenlang über ihre wichtigen Missionen monologisierten. Kåre gehörte zu den seltenen Menschen, die lieber zuhörten. Kein Wunder, dass sie ihn für einen einfachen Arbeiter gehalten hatte.

Mittlerweile hatten sie das Ufer des Fjords erreicht. Hanna erkannte die Umrisse eines Stegs, an dem ein großer Zodiac vertäut war. Greta kletterte hinein, reichte Kåre und Hanna zwei Rettungswesten, half ihnen, nachdem sie diese angelegt hatten, an Bord und ließ den Motor an. Sie steuerte das Schlauchboot langsam über den Fjord und sah immer wieder auf ein *GPS*-Gerät.

»Wenn das Geräusch des Außenborders nicht wäre, würde ich mir vorkommen wie in einer Szene aus *Die Nebel von Avalon«*, sagte Hanna zu Kåre, neben dem sie auf einer Bank saß, die im vorderen Teil des Zodiacs montiert war.

»Ich kenne das Buch zwar nicht, aber ich weiß, was du meinst«, antwortete er. »Es hat so etwas Urweltliches, ja fast Mystisches, wenn man im Nebel unterwegs ist.«

»Nicht wahr?«, sagte Hanna. »Ich würde mich nicht wundern, wenn so ein Ungeheuer wie im Loch Ness seinen Kopf aus dem Wasser stecken oder irgendein anderes Fabelwesen auftauchen würde.«

»Nun, Meeresdinosaurier gab's auf Svalbard tatsächlich«, sagte Kåre. »Vor ein paar Jahren hat man hier im Isfjord fast dreißig Skelette gefunden. Vor hundertfünfzig Millionen Jahren hättest du also durchaus einen Verwandten von Nessie treffen können.«

Hanna lächelte und schaute wieder nach vorn. Das Gefühl der Entrücktheit, das sie seit Kåres unverhofftem Auftauchen gefangen hielt, wurde durch den Nebel verstärkt, der alle Geräusche schluckte.

Nach einer Weile drosselte Greta den Motor.

»Hier müsste es irgendwo sein«, sagte sie und starrte konzentriert ins Grau.

Hanna verengte ihre Augen zu Schlitzen, tat es ihr nach und fuhr erschrocken zurück, als wie aus dem Nichts eine senkrechte Wand vor ihnen aufragte – die Front eines Gletschers, der ins offene Meer mündete. Sie fuhren langsam an ihm entlang, bis Greta nach einigen Metern direkt auf ihn zuhielt. Vor ihnen klaffte ein riesiges Loch, das Hanna an die Portale gotischer Kirchen erinnerte. Ihr Herzschlag beschleunigte sich, als das Boot in die dahinterliegende Grotte glitt.

Kåre holte zwei Magnesiumfackeln aus einem Kasten, entzündete sie und gab Hanna eine davon. Sie hielt sie hoch und hielt den Atem an. Das Licht brach sich tausendfach an den unzähligen Eiszapfen, die von der gewölbten Decke hingen, und ließ die glasklaren Wände glitzern, in denen sie eingeschlossene Luftblasen und Gesteinsbrocken erkannte. Greta schaltete den Motor aus. Sanft schaukelnd lag das Boot in der Mitte der Höhle, die sich nach hinten verjüngte und in mehrere kleinere Öffnungen mündete.

Greta folgte ihrem Blick und sagte: »In das eigentliche Tunnelsystem können wir leider nicht. Das ist im Sommer zu gefährlich.«

»Wie entstehen denn diese Gänge?«, fragte Hanna.

»Das sind Schmelzwasserkanäle, durch die bei Tauwetter das Wasser abfließt. Mit der Zeit entstehen so Höhlen, die den Gletscher durchziehen.«

Hanna legte erneut den Kopf in den Nacken. Flüchtig kam ihr in den Sinn, dass sich über ihnen tonnenschwere Eismassen türmten, die auf sie herabstürzen konnten. Eine Vorstellung, die sie unter anderen Umständen bedrohlich gefunden hätte. In diesem Moment war es ihr gleichgültig. Wenn das das Letzte sein sollte, das ich auf Erden sehe, werde ich nicht mit meinem Schicksal hadern, dachte sie und holte tief Luft.

»Es ist so unglaublich schön«, flüsterte sie nach ein paar Atemzügen, drehte den Kopf und sah direkt in Kåres Augen, der sie mit einem Lächeln beobachtet hatte.

Es war wie eine Berührung. Wie unterschiedlich Blicke doch sein konnten! Kåres waren nicht fordernd oder besitzergreifend wie die von Thorsten in den Anfangsjahren ihrer Beziehung. Sondern aufmerksam und zugewandt.

»Ich freue mich, dass dir meine Überraschung gefällt«, sagte er.

»Oh, und wie! Das ist das wundervollste Geschenk, das ich je zu meinem Geburtstag bekommen habe!«

Kåre befestigte seine Fackel an einer Halterung, beugte sich erneut zu dem Kasten und entnahm ihm eine Flasche Sekt und drei Gläser.

»So, jetzt ist es aber höchste Zeit, auf dein Wohl zu trinken. Dein Geburtstag ist ja schon fast vorüber.«

Er schenkte ein, reichte Greta und Hanna ihre Gläser, hob seines hoch und sagte:

»*Lykke til!* Viel Glück!«

Sie stießen an. Das leise Klirren hallte in dem Gewölbe, als würde es die Eiszapfen zum Schwingen und Klingen bringen. Hanna hielt den Atem an. Sie schaute zu Kåre und sah in seinen Augen ihre eigene Verzauberung gespiegelt.

27

Polarmeer, Juni 1907

Lautes Ächzen und Knarzen weckte Emilie. Es klang wie die alte Tanne hinter dem Haus ihrer Großeltern, deren Äste bei starkem Wind unheimliche Geräusche von sich gegeben und ihre kindliche Einbildungskraft angeregt hatten. Es war stockdunkel. Sie richtete sich halb auf, stieß mit dem Kopf gegen etwas Hartes und rieb sich stöhnend die Stirn. Mit dem Schmerz kam die Erinnerung. Sie befand sich in ihrer winzigen Schlafkabine an Bord der *Isflak* auf dem Weg nach Spitzbergen – in aufgewühlter See. Unaufhörlich hob und senkte sich das Schiff in den Wellen, die direkt unter Emilies Kopfkissen zu rollen schienen. An Weiterschlafen war nicht zu denken. Der Sturm, vor dem Arne gewarnt hatte, war offenbar früher aufgezogen als erwartet.

Emilie schob die Tür auf, kletterte aus ihrer Koje und sah sich im Licht einer wild hin und her schaukelnden Petroleumlampe, die an der Decke hing, um. Die Hängematte, die man für Leonid in einer Ecke des Raums aufgespannt hatte, war verwaist. Die Schiebetüren von Arnes und Beat Spänis Kabinen waren aufgeschoben, die Betten dahinter leer. Aus der Koje des Italieners drang leises Schnarchen. Hinter Williams Tür rührte sich nichts. Wie man bei dem Lärm und Geschaukel schlafen konnte, war ihr schleierhaft.

Emilie schlüpfte in ihre Stiefel und verließ das Heck. In der Messe saß Leonid am Tisch, vor sich eine Schnapsflasche und ein Wasserglas. Wortlos hielt er es Emilie entgegen und sah sie fragend an. Sie schüttelte den Kopf und ging zu der Stiege, die an Deck führte. Immer wieder musste sie sich mit den Händen abstützen, um nicht das Gleichgewicht zu verlieren. Die Dampfmaschine war in Betrieb, ihr Stampfen ging im Geheul des Windes unter. Einer der beiden Matrosen stand mit dem Rücken zu Emilie vor dem geöffneten Feuerloch und schaufelte Kohlen hinein. Er bemerkte sie nicht.

Als sie gerade auf die erste Stufe trat, krachte und rumpelte es im vorderen Teil des Schiffes. Emilie eilte in den Bug, öffnete die Tür zum ehemaligen Fischfrachtraum und wich im letzten Moment einem Kästchen aus, das ihr aus einem Regal entgegenflog. Der Boden war bereits übersät mit Ausrüstungsgegenständen, die durch das Schlingern des Schoners durcheinandergewirbelt wurden. Emilie schnappte sich eine leere Kiste und sammelte die kleineren Gegenstände ein. Anschließend zurrte sie die Regale und großen Kästen mit Seilen fest, die in einer Ecke aufgerollt lagen. Nachdem sie sich überzeugt hatte, dass alles sicher vertäut war, lief sie wieder zu der Treppe. Aus dem Abort schwankte ihr Beat Späni mit bleichem Gesicht entgegen. Er hielt sich den Bauch und stöhnte.

»So ne Saich!«, fluchte er und starrte Emilie aus blutunterlaufenen Augen an.

»Kann ich Ihnen helfen?«, fragte sie.

Er schüttelte den Kopf, krümmte sich zusammen, rannte in das Klosett zurück und erbrach sich in einen der Eimer, die dort für die Notdurft der Passagiere standen. Emilie wandte sich mit einem mitleidigen Blick ab und kletterte nach oben – froh, dem Gestank zu entkommen. Der Lukendeckel saß fest, um ihn zu öffnen, musste sie sich mit dem Rücken gegen ihn stemmen.

Kaum hatte sie sich durch die Luke geschoben, traf sie die Wucht des Sturms, der den Bug in diesem Moment in die Höhe riss. Als das Schiff wieder hinabtauchte und durch eine steile Woge schnitt, klatschte die See Emilie eine Ladung eisiges Nass ins Gesicht. Prustend krabbelte sie an Deck und verschloss hastig die Bodenluke, während Wasserschwalle auf sie niedergingen und ihr in Nacken und Ärmel liefen. Binnen Sekunden war sie bis auf die Haut durchnässt. In ihren Augen und ihrer Nase brannte es. Sie leckte sich über die Lippen und schmeckte Salz.

»Was willst du hier? Bleib gefälligst unten!«, schrie eine Stimme.

Emilie schaute sich um und entdeckte Arne. Er kämpfte mit einem der auf dem Deck gestapelten Kohlensäcke, der über die nassen Planken rutschte und über Bord zu fallen drohte. Arne wuchtete den Ausreißer zurück und bemühte sich, ihn mit einem Seil zu sichern. Der zweite Matrose und der Lotse standen beim vorderen Mast und kurbelten wie wild an einer Seilwinde, um das Großsegel zu reffen. Das Besansegel am hinteren Mast war bereits eingeholt.

Das Schiff drehte, schoss dem Wind entgegen, legte sich zur Seite. Emilie klammerte sich am Lukendeckel fest. Ein weiterer Kohlesack setzte sich in Bewegung. Sie robbte ihm entgegen und schob ihn zurück. Der Kapitän steckte seinen Kopf aus dem Ruderhaus und brüllte:

»Hal tott stormfokk!«

Gleichzeitig ließ ein gewaltiger Brecher mehrere Kisten und Fässer übers Deck tanzen. Der Matrose kam Arne und Emilie zu Hilfe, während der Lotse sich ein Tau schnappte, das am einzigen noch gehissten Segel ganz vorn im Bug befestigt war. Offenbar sollte er den Winkel zwischen der kleinen Fock und der Schiffsachse reduzieren, denn er drehte mit aller Kraft an der Winde, um das unter enormem Druck stehende Segel dicht zu holen. Der Kapitän lief unter so viel Fahrt wie möglich, um die *Isflak* aus der Nähe des Sturmzentrums zu entfernen. Dieser Kurs – hoch am Wind und gegen die See – erforderte häufige Wendemanöver und ließ das Schiff auf den acht bis zehn Meter hohen Wogen reiten.

So muss es wohl den Rodeoreitern ergehen, dachte Emilie, die unlängst einen Bericht über eine Wildwestschau gelesen hatte. Vergebens hatte sie versucht, sich vorzustellen, wie man sich auf dem Rücken eines ungezähmten Pferdes oder gereizten

Stieres fühlte, die nichts unversucht ließen, um den unwillkommenen Ballast auf ihrem Rücken loszuwerden und in wilden Sprüngen buckelten und sich aufbäumten.

Wenn das Schiff vornüber in ein Wellental stürzte, sah man übers Heck nur den tiefgrauen Himmel, über den Wolkenfetzen jagten, Sekunden später erhob es sich und raste den nächsten Wasserberg hinauf, dessen Wellenkämme über den Bug brachen und das Deck fluteten. Weiße Gischt wurde hochgepeitscht und regnete von oben herab – Wasser von allen Seiten. Emilie fiel es schwer, die Orientierung zu behalten, wo war oben, wo unten? Egal! Solange sie Halt fand, war nur eines wichtig: alles zu vertäuen, das sich an Deck befand.

Sie wich Arnes Blick aus, um ihm keine Gelegenheit zu geben, sie unter Deck zu schicken. Sie konzentrierte sich auf den Matrosen, der ihr und Arne mit Gesten und knappen Zurufen zu verstehen gab, wohin sie die Fässer, Säcke, Körbe und Kisten bugsieren sollten, die er mit speziellen Knoten an Seile knüpfte und festzurrte. Arne machte keine Anstalten, seine Anweisung zu wiederholen. Gemeinsam arbeiteten sie dem Matrosen zu, brauchten keine Worte, um sich zu verständigen, griffen, wie von Zauberhand gelenkt, gleichzeitig nach den gefährdeten Frachtgütern, zogen und schoben diese einträchtig in die gewünschte Position und stießen wie aus einem Mund einen deftigen Fluch aus, als ihnen ein Korb mit Muscheln umkippte und seinen Inhalt über die Planken verteilte.

Emilie hätte nicht sagen können, wie lange sie Seite an Seite mit Arne schuftete. Einmal glaubte sie, aus den Augenwinkeln wahrzunehmen, dass William seinen Kopf aus der Bodenluke steckte und sofort wieder zurückzog. Zeit und Raum lösten sich im tosenden Geheul der Orkanböen auf. Die anstrengende körperliche Arbeit und die ständige Furcht, dass eine Welle ihr die Beine unterm Leib wegriss und sie über Bord schleuderte, forderten ihre ganze Aufmerksamkeit.

Ein Schreckensschrei gellte durch die Luft. Der Lotse zeigte mit panischem Gesicht nach vorn.

»Ankerkjetting er løs!«

Auch wenn sie die Worte nicht genau verstand, begriff Emilie, dass der Anker ins Wasser zu rasseln drohte. Ohne nachzudenken, kämpfte sie sich zum Bug vor und sah, dass sich der hölzerne Sicherheitsbolzen, mit dem die Ankerkette fixiert war, aus seinem Loch in der Drehwelle gelöst hatte und über den Boden schlidderte. Sie hechtete ihm nach, bekam ihn zu fassen, rammte ihn wieder in das Loch und stoppte das Abwickeln der Ankerkette. Als ob der Sturm ihr Handeln übel nähme, heulte er auf und rüttelte an der Drehwelle. Emilie spürte, wie das Holz in ihren Händen zitterte und sich wieder nach oben arbeitete. Sie biss die Zähne zusammen und stemmte sich mit ihrem ganzen Körper dagegen, um es in seiner Position zu halten. Nicht loslassen!, befahl sie sich. Ihr Atem ging keuchend, ihr Herz hämmerte gegen ihre Rippen, und ihre Arme wurden taub. Sie schloss die Augen. Jetzt nur nicht schlappmachen! Ihre Finger pressten sich fester um das Holz, an dem der Wind zog und zerrte.

Emilie verfluchte das kategorische Nein, mit dem ihre Mutter regelmäßig auf ihren Wunsch, dem örtlichen Turnverein beizutreten und sich sportlich zu betätigen, geantwortet hatte. »Um Gottes willen, Kind! Wer setzt dir nur immer solche Flausen in den Kopf? Das schickt sich nicht!« Mit diesem Argument war für Irmhild Berghoff jede weitere Diskussion über dieses Thema hinfällig – und Emilie musste sich fügen. Dic Wut darüber verlieh ihr neue Kräfte.

Mit einem Mal ließ der Druck nach. Emilie sah auf. Arne stand neben ihr. Er hatte einen zweiten Bolzen in die Winde gesteckt und sicherte diese zusätzlich mit einer dicken Trosse. Er nickte Emilie zu und verschwand. Mit wackeligen Knien richtete sie sich auf, hielt sich an der Reling fest und schaute nach vorn. Das Schiff schoss jetzt wie ein Pfeil durch die aufgewühlte See. Das kleine Focksegel bot dem Sturm wenig Angriffsfläche, und das präzise Zusammenspiel des Kapitäns und des Lotsen sorgte dafür, dass die *Isflak* souverän durch die Wellen kreuzte.

Ein Jauchzen drang an Emilies Ohr. Es dauerte eine Sekunde, bis ihr klar wurde, dass sie vor Erleichterung gejubelt hatte. Eine unbändige, wilde Freude stieg in ihr auf. Sie fühlte sich so frei wie nie zuvor in ihrem Leben. Sie streckte ihr Gesicht nach oben, ließ die feinen Tropfen der Gischt auf sich fallen, sog den herben Geruch des Salzes tief in sich ein und sang gegen das Tosen des Windes an:

»Wir lieben die Stürme, die brausenden Wogen,
der eiskalten Winde rauhes Gesicht.
Wir sind schon der Meere so viele gezogen
und dennoch sank unsre Fahne nicht.

Unser Schiff gleitet stolz durch die schäumenden Wogen,
es strafft der Wind unsre Segel mit Macht.
Seht ihr hoch oben die Fahne sich wenden,
die blutrote Fahne, ihr Seeleut' habt Acht.

Wir treiben die Beute mit fliegenden Segeln,
wir jagen sie weit auf das endlose Meer.
Wir stürzen an Deck und wir kämpfen wie Löwen,
hei, uns ist der Sieg, viel Feinde, viel Ehr'.

Ja, wir sind Piraten und fahren zu Meere;
wir fürchten nicht Tod und den Teufel dazu!
Wir lachen der Feinde und aller Gefahren,
am Grunde des Meeres erst finden wir Ruh!«

Zwei Stunden, nachdem das Unwetter Emilie aus dem Schlaf gerissen hatte, kehrte sie unter Deck zurück. Das Frachtgut war mittlerweile gesichert. Der Matrose, der bislang die Maschine befeuert hatte, löste den Lotsen am Focksegel ab. Dieser ging zum Kapitän ins Ruderhaus, um den weiteren Kurs der *Isflak* zu berechnen. Arne und der andere Matrose begaben sich ebenfalls nach unten. Während dieser die Kohlenvorräte vor dem Feuerloch auffüllte, verschwand Arne in der Kombüse. Emilie entledigte sich ihrer gefütterten Jacke, die vor Nässe troff, und lief zur Messe, wo William und Beat Späni am Tisch saßen. Der Schweizer sah mitgenommen aus, hing wie ein schlaffer Sack in seiner Ecke und wirkte wie das sprichwörtliche Häuflein Elend.

William rückte beiseite, um Emilie Platz zu machen.

»Wo sind denn die anderen?«, fragte sie.

»Leonid hat sich wieder in seine Hängematte gelegt. Und Antonio habe ich noch gar nicht zu Gesicht bekommen«, antwortete William. »Er scheint einen beneidenswert tiefen Schlaf zu haben.«

Erschöpft ließ sich Emilie auf die Bank sinken und fuhr sich mit beiden Händen durchs Haar.

»Um Himmels willen! Was ist passiert?«, rief William.

Emilie sah ihn fragend an.

»Du blutest!«

»Was? Wo denn?«

William deutete auf ihre Hände. Emilie drehte sie und stutzte. Die Haut der Innenflächen war aufgeschürft und eingeschnitten. Sie hatte nicht bemerkt, dass das raue Holz des Bolzens sie verletzt hatte. Im Eifer des Gefechts hatte sie es nicht gespürt.

»Das gehört gereinigt und verbunden!«

Arne war lautlos an den Tisch getreten, stellte eine Emailkanne ab, aus der es nach Kaffee duftete, holte ein Kästchen aus einem Wandbord und entnahm ihm eine Pinzette und ein Fläschchen mit einer bräunlichen Flüssigkeit.

»Ach, halb so schlimm«, murmelte Emilie. »Sind nur ein paar Kratzer.«

Noch während sie sprach, wurde ihr klar, dass das nicht stimmte. Als hätte die Aufmerksamkeit, die ihren Händen zuteilwurde, ihn aufgeweckt, pulsierte ein Schmerz in ihnen, der ihr die Luft nahm. Arne ignorierte ihren Einwand, setzte sich über Eck zu ihr, hielt ihre Rechte am Gelenk fest und begann, feine Holzsplitter mit der Pinzette herauszuziehen. William zuckte zusammen, zog scharf die Luft ein und wandte sich ab. Emilie bemühte sich, gleichmäßig ein- und auszuatmen, und dachte an die Indianer in Karl Mays Beschreibungen, die angeblich keinen Schmerz kannten. In dem Buch *Der Schatz im Silbersee*, das sie – wie auch die anderen Abenteuerromane des Autors – als Kind mehrmals heimlich gelesen hatte, war ihr eine Stelle besonders beeindruckend erschienen: *Ein Indianer wird von frühester Kindheit an in dem Ertragen körperlicher Schmerzen geübt. Er gelangt dadurch so weit, dass er die größten Qualen ertragen kann, ohne mit der Wimper zu zucken.*

Das Brennen des Jods, mit dem Arne ihre Hände desinfizierte, bevor er sie mit einer Mullbinde umwickelte, machte ihre Bemühungen um Selbstbeherrschung zunichte. Sie spürte, dass ihr Tränen in die Augen stiegen. Nur jetzt nicht weinen! Was taten Männer, wenn ihnen etwas wehtat? Sie fluchten!

»Zackerment!«, stieß sie hervor. *»Donnerkiepe!«*

Sie sah ihren Opa väterlicherseits vor sich, der beim Fluchen in sein bergisches Idiom verfallen war, wenn er sich beim Werkeln mit dem Hammer auf den Daumen schlug oder sich über etwas ärgerte. In Emilie hatte das immer gemischte Gefühle ausgelöst. Einerseits war sie beeindruckt gewesen von diesen Ausdrücken, deren Sinn sie als kleines Mädchen nur erahnt hatte. Andererseits hatte es sie beunruhigt, dass ihr geliebter Großvater sich einer Sprache bediente, die von seiner eigenen Schwiegertochter als Merkmal ungehobelter und ungebildeter Leute verachtet wurde.

»Driete!«, rief sie, als Arne einen tiefen Schnitt mit Jod beträufelte.

Es tat gut, sich solcher Art Luft zu verschaffen.

»Driete?«, fragte Arne. »Das ist nicht hochdeutsch, oder?«

Zu Emilies Überraschung umspielte ein kaum wahrnehmbares Lächeln seine Lippen. Machte er sich lustig über sie?

»Es klingt ähnlich wie unser *dritt*. Das sagen wir, wenn wir etwas scheiße finden.«

Emilie erwiderte sein Lächeln. Nein, er war einfach nur interessiert, die Erklärung für ein ihm unbekanntes Wort zu erhalten.

Bevor sie antworten konnte, wandte sich William an sie:

»Jetzt verrate uns doch endlich, wie du dir diese Verletzungen zugezogen hast.«

»Max hat uns vor einer großen Gefahr bewahrt«, antwortete Arne an ihrer Stelle. »Der Sturm hatte die Ankerkette gelöst. Max hat im letzten Moment verhindert, dass der Anker ins Meer fällt.«

»Was wäre denn sonst passiert?«, fragte William.

»Man hätte das Schiff nicht mehr steuern können. Und bei diesem Wellengang wären wir früher oder später gekentert.«

William warf Emilie einen anerkennenden Blick zu. »Du bist ein wahrer Pfundskerl! Mich hätten keine zehn Pferde bei dem Wetter an Deck gebracht.«

Beat Späni erwachte aus seiner Lethargie, klopfte Emilie auf die Schulter und sagte mit dem ihm eigenen Pathos:

»Ja, unser junger Freund mausert sich. Als halbes Kind hat er die Reise angetreten, zum Mann gereift wird er sie abschließen!«

Das Kichern, das seine Worte »zum Mann gereift« in Emilie auslöste, wurde im Keim erstickt, als sie Arnes Blick begegnete. Ernst und forschend ruhte er auf ihr. Während sie grübelte, was er wohl über sie dachte, fragte sie sich, warum sie das so dringend wissen wollte.

28

Spitzbergen, Juli 2013

Als das Schlauchboot aus der Höhle tuckerte, kniff Hanna, von hellem Licht geblendet, die Augen zusammen. Der Nebel hatte sich über dem Fjord zu einer Wand verdichtet, am Ufer hatte er sich jedoch verflüchtigt. In ihrem Rücken schien die Sonne und ließ die Kristalle des Gletschereises glitzern. Hanna sah auf ihre Uhr. Kurz nach Mitternacht. Wie lange man wohl brauchte, um sich an diese permanente Helligkeit zu gewöhnen? Hanna bezweifelte, dass das überhaupt möglich war.

»Sieh nur!«, rief Kåre und deutete auf einen breiten Bogen, der vor ihnen aus dem Wasser stieg und strahlend weiß leuchtete.

»Wie wunderschön!«, hauchte Hanna. »Was ist das?«

»Ein Nebelbogen«, antwortete er. »Er entsteht wie ein Regenbogen durch die Reflektion der Sonnenstrahlen durch Wassertröpfchen. Weil diese im Nebel besonders winzig sind, brechen sie das Licht nicht in verschiedene Farben, sondern werfen es weiß zurück.«

Hanna nickte und betrachtete das Naturschauspiel, das wie eine Kulisse für einen Fantasyfilm wirkte. Es hätte sie nicht erstaunt, wenn tanzende Elfen in dem Bogen aufgetaucht wären. Worauf wartest du? Schon vergessen? Du bist nicht zum Vergnügen hier. Das ist ein tolles Motiv. Mach Fotos!, meldete sich ihr Pflichtgefühl zu Wort. Hanna unterdrückte ein genervtes Stöhnen, zog ihre Kamera hervor und lächelte Kåre entschuldigend an.

»Im Grunde hasse ich das: zu fotografieren, wenn ich eigentlich den Augenblick genießen und eine Impression wie diese auf mich wirken lassen möchte. Aber meine Ausbeute an Bildern ist nicht gerade berauschend. Und in ein paar Stunden sitze ich ja schon wieder im Flieger nach Deutschland. Da muss ich mich ranhalten.«

Der Gedanke an ihre kurz bevorstehende Abreise versetzte ihr einen Stich und durchlöcherte die verzauberte Stimmung, in der sie die vergangenen Stunden wie in einer Seifenblase verbracht hatte. Die Realität übernahm wieder die Regie. Nachdem sie den Nebelbogen und den Eingang zur Gletscherhöhle fotografiert hatte, räusperte sich Kåre und sagte:

»Ich würde dir gern einen Vorschlag machen. Kannst du nicht deinen Flug umbuchen und noch ein paar Tage hierbleiben? Dann könnte ich dir ein paar interessante Orte zeigen. Und du würdest auf jeden Fall mehr Fotos und Reisetipps für deinen Artikel zusammenbekommen.«

Hanna zog überrascht die Augenbrauen hoch.

»Es würde dich nicht viel kosten«, schob er rasch nach.

Hanna starrte ihn reglos an, während in ihrem Kopf die Gedanken schwirrten und Für und Wider gegeneinander abwogen. Sie rief sich zur Ordnung. Was gibt es da zu überlegen? Du wärst sträflich dumm, wenn du dieses Angebot ausschlagen würdest!

»Aber vermutlich musst du nach Hause und …«, fuhr er fort, während Hanna gleichzeitig sagte:

»Das ist eine wundervolle Idee!«

Sie stockten und sahen sich an. Kåres Augen strahlten. Hanna spürte, wie sich ihr Mund zu einem breiten Lächeln verzog.

»Also abgemacht?«, fragte er.

Hanna nickte und war drauf und dran, Kåre um den Hals zu fallen. Alles Schwere fiel von ihr ab. Was für ein herrliches Gefühl! Wie in alten Zeiten einfach spontan die Dinge auf sich zukommen zu lassen. Keine festen Pläne zu schmieden, sondern offen sein zu können für alles, was der Tag so brachte.

Nachdem Kåre sie zum Hotel begleitet und mit einem Gute-Nacht-Küsschen auf die Wange verabschiedet hatte, war Hanna wie im Rausch auf ihr Zimmer geschwebt. Entgegen ihren Erwartungen war sie sofort eingeschlafen und nach sechs Stunden wieder aufgewacht – nach wie vor beseelt von einer Leichtigkeit, die sie wie einen angenehmen Schwindel wahrnahm.

Gegen acht Uhr saß sie im Frühstücksraum des *Trapper's Hotel* und aß mit großem Appetit frisch gebackene Waffeln mit einem dicken Klecks *rømme*, fetter saurer Sahne, die sich am ehesten mit dem Schmand ihrer bayerischen Heimat vergleichen ließ, und dunkelgelber Moltebeermarmelade, die angenehm säuerlich schmeckte. Ihr Smartphone, das sie neben ihren Teller gelegt hatte, summte. Kåre hatte eine *SMS* geschickt:

Hei Hanna, hast Du gut geschlafen? Unsere Mitfluggelegenheit klappt! Komm doch bitte gegen neun Uhr zum Flughafen direkt aufs Rollfeld. Freue mich sehr auf unseren Ausflug! Bis gleich, Kåre

Hanna lächelte. Kåre hatte nicht verraten wollen, wohin er sie entführen würde. Nicht, weil er sich besonders geheimnisvoll geben und sie um jeden Preis überraschen wollte. Sondern um keine Erwartungen zu wecken, die er dann vielleicht nicht einlösen konnte. Hanna war diese Einstellung sehr sympathisch. Endlich mal jemand, der keine großen Worte machte und allein schon für die bloße Ankündigung von Vorhaben Dank und Lob erwartete – auch wenn dann daraus nichts wurde. Wie oft hatte Thorsten ihr mit Plänen den Mund wässrig gemacht, die nie in die Tat umgesetzt wurden. Hanna hatte das zunehmend gehasst. Es war, als würde man einem hungrigen Menschen eine Mahlzeit versprechen und diese in allen Einzelheiten beschreiben, ohne sie je zuzubereiten. Und obendrein beleidigt reagieren, wenn der Betroffene seine Enttäuschung äußerte.

Hanna tippte rasch eine Antwort ein, beendete ihr Frühstück, nickte den vier Amerikanern zu, die am anderen Ende des langen Tisches saßen, und eilte in ihr Zimmer, um die letzten Sachen im Koffer zu verstauen.

Eine halbe Stunde später traf sie am Flughafen ein. Kåre, der in einem Gästezimmer der Universität übernachtet hatte, stand neben einer zweimotorigen Propellermaschine, deren Unterseite wie ein Bootsrumpf geformt war. Als er sie bemerkte, winkte er ihr fröhlich zu.

»Wir haben Glück. Bengt kann uns mitnehmen.«

Er nickte einem jungen Mann zu, der eben unter dem Bauch des Amphibienflugzeugs hervorkam und sich aufrichtete. Hanna musste den Kopf in den Nacken legen, um ihm ins Gesicht sehen zu können. Er war braun gebrannt, trug seine langen dunkelblonden Haare zu einem Pferdeschwanz gebunden und hatte eine schlaksige Figur.

»Hei Hanna«, sagte er und schüttelte ihr kräftig die Hand. »Steigt schon mal ein, ich seh noch rasch nach dem Öl«, fuhr er fort und machte eine einladende Handbewegung zu der kurzen Treppe, die aus der Tür des Flugzeugs ausgeklappt war. Kåre nahm Hannas Koffer.

»Verrätst du mir jetzt, wohin wir fliegen?«, fragte Hanna.

»An die Nordküste von Westspitzbergen«, antwortete Kåre. »Bengts Eltern, mit denen ich gut befreundet bin, campieren zurzeit im Raudfjord. Ein wunderschöner Ort. Du wirst ihn mögen. Wir können dort eine Nacht verbringen, bevor ich morgen dann nach Ny Ålesund weiterfahre. Ich habe dort eine Besprechung und muss ein paar Dinge erledigen. Aber es bleibt ausreichend Zeit, dich ein wenig herumzuführen und dir ein paar Wissenschaftler und ihre Projekte vorzustellen, wenn du Lust hast.«

»Unbedingt!«, sagte Hanna. »Solche Einblicke bekommt man als normaler Tourist ja für gewöhnlich nicht.« Sie senkte die Stimme. »Fliegt Bengt etwa nur unseretwegen? Das wäre mir doch etwas unangenehm und …«

»Nein, nein, keine Sorge«, fiel ihr Kåre ins Wort. »Bengt wäre so oder so gestartet. Er bringt seinen Eltern Nahrungsmittel und ein paar Dinge, die sie für ihre Untersuchungen benötigen. Anschließend muss er eine Gruppe Studenten abholen, die in der Hinlopenstraße eine Exkursion gemacht haben.«

Hanna nickte erleichtert und fragte: »Was erforschen deine Freunde denn?«

»Sie haben beide Paläontologie studiert. Damals an der Uni haben sie sich auch kennengelernt. Leif hat sich auf geobiologische Fragen spezialisiert, also zum Beispiel die Veränderungen der Biosphäre im Lauf der Erdgeschichte. Dabei arbeitet er eng mit Line zusammen, die vor allem Fossilien untersucht. Denn Hinweise zum Wandel der Biosphäre bekommt man am besten mithilfe von versteinerten Pflanzen, Tieren und Mikroorganismen. Aber das erklären sie dir am besten selbst«, unterbrach sich Kåre.

»Du kennst ja wirklich interessante Menschen!«, sagte Hanna. »Ich hab auf meinen Reisen natürlich auch eine Menge spannender Leute getroffen und mich mit ein paar von ihnen angefreundet. Aber ich könnte nicht innerhalb weniger Stunden eine Eisforscherin mobilisieren, die bereit ist, einen mitten in der Nacht in eine Gletscherhöhle zu fahren, und kurz darauf einen Piloten, der einen mal eben quer über eine Insel fliegt zu Forschern, die den Klimawandel untersuchen. Das ist echt Hammer, wie mein Sohn sagen würde.«

Kåre machte mit der Hand eine abwinkende Bewegung. Bengt, der ihnen mittlerweile in das Flugzeug gefolgt war und im Cockpit Platz genommen hatte, drehte sich mit einem Grinsen zu Hanna um, die Kåre gegenüber auf einem der Klappsitze saß, die an der Wand angebracht waren. Zwischen ihnen und im hinteren Teil der Maschine waren Kisten und Säcke unter großen Netzen festgezurrt.

»Oh, das ist noch gar nichts«, sagte Bengt. »Kåre könnte dir binnen von vierundzwanzig Stunden ein Team aus internationalen Experten zusammenstellen, die alles stehen und liegen lassen würden, um mit ihm zu einer Expedition aufzubrechen.«

»Übertreib doch nicht so«, brummte Kåre verlegen.

»Tu ich gar nicht«, widersprach Bengt. »Ich wäre übrigens auch sofort mit dabei. Juckt es dich denn gar nicht mehr?«

»Ach, das überlass ich gern Jüngeren«, sagte Kåre und wechselte zu Hannas Bedauern das Thema. Sie hätte gern mehr über Kåres arktische Abenteuer erfahren. Und über die Gründe, warum er sie nun nicht mehr unternahm.

»Wie weit bist du denn mit deiner Abschlussarbeit?«, fragte Kåre.

Bengt lachte auf, machte aber keinen Versuch, weiter in Kåre zu dringen. »Ich denke, dass ich diesen Winter fertig werde.«

»Du bist also gar nicht hauptberuflich Pilot?«, fragte Hanna.

»Nein, eigentlich bin ich Meteorologe. Mit der Fliegerei verdiene ich mir in den Sommermonaten was dazu. Fliegen war schon immer ein Traum von mir. Und da meine Eltern einen Piloten in der Familie nützlich finden, haben sie mir den Flugschein finanziert. Die Kiste hier«, er klopfte auf die Armatur vor sich, »hab ich mir mit ein paar Freunden gekauft. Gebraucht. Sie ist aber prima in Schuss, keine Angst.«

»Oh, ich war schon mit sehr viel klapprigeren Flugzeugen unterwegs«, sagte Hanna und sah sich wieder dicht über den Baumwipfeln des burmesischen Dschungels in einem Schrotthaufen sitzen, der nur von den Flüchen des Piloten zusammen- und in der Luft gehalten zu werden schien und von diesem nach Ausfall eines Propellers mit Ach und Krach auf einer ruckeligen Piste gelandet worden war. Seit diesem Erlebnis konnte Hanna – was das Fliegen anging – nichts mehr schrecken.

Aus dem Kopfhörer, den Bengt sich um den Hals gelegt hatte, knarzte eine Stimme. Er zog ihn über die Ohren, beantwortete eine Frage und sagte nach hinten gewandt:

»Okay, wir haben Starterlaubnis. Dann wollen wir mal.«

Er drückte ein paar Knöpfe und ließ die Motoren an. Hanna beeilte sich, die Ohrenschützer anzulegen. Der Lärm der alten Propellermaschine war im wahrsten Sinne des Wortes ohrenbetäubend.

Nach einer guten Stunde überflog Bengt einen breiten Gletscher und ließ die Maschine tiefer sinken. Sie befanden sich über dem Raudfjord, in den am westlichen Ufer mehrere kleinere Gletscher zwischen schwarzen Bergen mündeten, die steil in den Himmel ragten. Die Ostseite bot mit ihren breiten Kiesstränden und sanft geschwungenen Hügeln einen reizvollen Gegensatz dazu. Bengt flog eine Schleife. Bevor er auf dem Wasser aufsetzte und die Maschine zum Halten brachte, erspähte Hanna kurz eine kleine Landzunge. Davor lag ein Strand, auf dem sie ein paar Zelte ausmachte – das Ziel ihres Ausflugs.

Kåre hatte sich nicht getäuscht. Hanna fühlte sich auf Anhieb wohl auf diesem Fleckchen Erde, das mit nichts zu vergleichen war, was sie bisher gesehen hatte. Es entsprach auch nicht den Bildern, die sie von arktischen Landschaften im Kopf hatte. Diese waren meist von starken Schwarz-weiß-Kontrasten geprägt oder leuchteten in den verschiedenen Blautönen des ewigen Eises.

Hier am Ostufer mutete die Landschaft geradezu bunt an. Die Vegetation bot die unterschiedlichsten Variationen von Grün: üppige Moospolster, Flechten und krautige Steinbrechgewächse, die mit weißen, gelben und roten Blüten übersät waren. Die Felsen schimmerten in verschiedenen Farben von Grau über Braun bis hin zu Lila und Rostrot. Hanna hatte in einem Internet-Reiseführer gelesen, dass diese Rottöne, denen der Fjord seinen Namen verdankte, durch den hohen Eisengehalt des Gesteins entstanden waren – und zwar vor über dreihundert Millionen Jahren im feuchten tropischen Klima. Zu jener Zeit hatte sich Svalbard als Teil einer größeren Platte noch in der Nähe des Äquators befunden.

Die Zelte, die Hanna im Anflug gesehen hatte, gehörten zu dem Sommercamp, in dem Bengts Eltern einige Wochen verbrachten. Sein Vater, ein rundlicher Mann Anfang Sechzig, kam mit einem Schlauchboot zu ihnen, setzte Kåre und Hanna zum Ufer über und half anschließend seinem Sohn, die für ihn und seine Frau bestimmten Kisten und Säcke sowie das Gepäck der Gäste an Land zu bringen.

Mit dem Satz: »Line ist in der Küche«, hatte er sie abgesetzt, was Hanna ein Kichern entlockte. Kåre sah sie fragend an.

»Line ist in der Küche. Du musst zugeben, dass das an diesem Ort ein wenig seltsam klingt«, erklärte Hanna. »Ich sehe da nämlich automatisch eine bestens ausgestattete Einbauküche vor mir, in der eine Hausfrau mit Schürze herumwuselt.«

Kåre schmunzelte. »So betrachtet wirkt das tatsächlich komisch. Allein die Vorstellung von Line als geschäftigem Hausmütterchen ...«

Er lachte herzlich, zeigte auf ein weißes Zelt, das wie ein kleines Haus aussah, und winkte einer Frau zu, die in diesem Moment herauskam. Bengt kam ganz nach seiner Mutter, die wie er hochgewachsen war und goldblonde Haare hatte, die sie im Gegensatz zu ihm zu einem Bubikopf kurz geschnitten trug. Nachdem sie sich begrüßt und vorgestellt hatten, sagte Line:

»Ihr kommt genau richtig. Ich habe gerade frischen Kaffee gebrüht.«

Kåre und Hanna folgten ihr in das weiße Zelt, in dem auf einem wackeligen Tisch ein zweiflammiger Campinggasherd und ein paar Pfannen, Töpfe und ein Wasserkessel standen. In einem Korb stapelten sich Schüsseln, Teller und Becher aus Aluminium und Email, zwei Plastikwannen dienten zum Abspülen, und ein kleiner Tisch mit zwei Klappstühlen komplettierte die Einrichtung. Line drückte Hanna eine Thermoskanne in die Hand und belud ein Tablett mit Bechern, einer Schachtel Würfelzucker und einer Dose mit Kondensmilch. Kåre zog eine Papiertüte aus seinem Rucksack, öffnete sie und hielt sie Line hin. Sie warf einen Blick hinein.

»Oh, frische Rosinenboller! Wie hab ich die vermisst. Und noch dazu selbst gemachte!« Sie strahlte Kåre an und sagte, an Hanna gewandt:

»Also, wenn ich nicht so glücklich mit Leif wäre, könnte ich mich glatt in Kåre verlieben. Allein schon wegen seiner Kochkünste.«

»Wann um alles in der Welt hast du die denn gebacken?«, fragte Hanna und sah Kåre ungläubig an.

Er zuckte die Schultern. »Ach, ich konnte nicht schlafen, da hab ich die Küche im Institut unsicher gemacht.«

»Die duften sehr verführerisch. Dein Kuchen war ja auch umwerfend gut«, sagte Hanna. »Du könntest glatt eine Konditorei aufmachen.«

»Oder ein Feinschmeckerlokal«, sagte Line. »An dir ist echt ein Koch verloren gegangen.«

Kåre lachte. »Ihr seid nicht die Ersten, die mir einen Berufswechsel nahelegen. Meine Nichte Nora findet, dass ich ernsthaft darüber nachdenken sollte.«

»Wie geht es ihr denn?«, fragte Line. »Und was hörst du von Bente?«

»Bente ist meine Schwester«, erklärte Kåre an Hanna gewandt, bevor er Line antwortete: »Den beiden geht es gut. Nora ist nach wie vor sehr verliebt in ihren Mielat. Momentan macht sie gerade mit ihrer Kindergruppe bei Lisa und Amund Reiterferien. Bente ist auf jeden Fall schon dort und besucht unsere Mutter. Eigentlich sollte ich auch für ein paar Tage runterfliegen. Hoffentlich kann ich es einrichten ...«

Line legte eine Hand auf seinen Oberarm und sah ihn eindringlich an. »Tu das auf jeden Fall. Man weiß doch nicht, wie lange ihr Mari noch habt. Es ist ohnehin erstaunlich, wie fit sie noch ist für ihr Alter.«

»Vollkommen richtig«, sagte Kåre. »Passiert außerdem nicht oft, dass der Großteil unserer Sippe auf einem Haufen versammelt ist.« Er drehte sich zu Hanna. »Unsere Familie ist zwar nicht sehr groß, lebt aber fast über das ganze Land verstreut. Nora pendelt regelmäßig zwischen Oslo und Lappland, meine Mutter wohnt bei ihrer anderen Enkelin auf einem Bauernhof an der Westküste, und auf den Lofoten haben wir auch Verwandte. Nur in die östlichen Regionen hat es meines Wissens noch keinen von uns verschlagen.«

»Ich muss gestehen, dass ich nicht ganz durchblicke«, sagte Hanna und hob die Schultern. »Dieser Bauernhof, ist das derselbe, auf dem deine Nichte Nora Reiterferien macht?«

Kåre nickte und sagte: »Entschuldige bitte! Ich überschütte dich hier mit so viel unbekannten Namen und Orten. Kein Wunder, dass du verwirrt bist. Ich drösel dir unsere Familienbande gern bei Gelegenheit mal in Ruhe auf.«

Line lächelte Kåre an. »Schon verrückt. Als wir uns kennenlernten, hattest du praktisch keine Familie. Zumindest hast du das geglaubt.«

»Stimmt, ich hatte nur zu meiner Mutter Kontakt«, antwortete er. »Damals hätte ich mir nie träumen lassen, dass ich meine Schwester jemals wiedersehen würde. Oder dass ich Onkel bin. Manchmal kann ich es immer noch kaum fassen.«

Line grinste und beugte sich zu Hanna. »Kåre war für mich immer ein typischer Einsiedlerkrebs. Nicht ungesellig oder gar menschenfeindlich, aber irgendwie nicht verwurzelt und ohne feste Bindungen. Aber seit er seine Familie gefunden hat ...«

»Seit sie mich gefunden hat, trifft es besser«, warf Kåre ein.

»Ist er wie ausgetauscht«, beendete Line ihren Satz, zwinkerte Hanna kaum merklich zu und verließ mit dem Tablett das Zelt.

Hanna folgte ihr mit der Kaffeekanne. Was meinte Line mit »wie ausgetauscht« und dem bedeutungsschwangeren Zwinkern? Dass Kåre bis vor Kurzem nicht nur keine Familie gehabt hatte, sondern auch keine enge Beziehung zu einer Frau? Konnte das sein? Und wenn ja, löste die Vorstellung gemischte Gefühle in Hanna aus. Sie war ein wenig beunruhigend und gleichzeitig prickelnd. Wann begegnete einem schon ein gestandener Mann, der nicht nur gut aussah, einfühlsam, bescheiden und humorvoll war, sondern sich zu allem Überfluss nicht in festen Händen befand?

29

Bäreninsel, Juni 1907

Vier Tage wurde die *Isflak* vom Sturm über die Barentssee gejagt. Schlingernd und stampfend bahnte sie sich ihren Weg durch die meterhohen Wellen und entkam immer wieder nur knapp dem Auge des Orkans. Der Kapitän ließ sich nicht aus der Ruhe bringen und dirigierte seine kleine Mannschaft besonnen und resolut durch die aufgepeitschte See. Emilie war stolz, dass er sie ohne Weiteres zur Besatzung zählte und ihr ebenso selbstverständlich Aufgaben übertrug wie seinen Matrosen und Arne.

Leonid, der seine Hilfe gleichfalls angeboten hatte, wurde mit einem freundlichen Lächeln wieder weggeschickt, nachdem er sich als Inhaber der sprichwörtlichen zwei linken Hände erwiesen und mit seiner Tollpatschigkeit mehr Schaden als Nutzen angerichtet hatte. Beat Späni verbrachte die Überfahrt in Reichweite des Latrineneimers und wurde von Tag zu Tag bleicher. Antonio dagegen, von dem Emilie erwartet hätte, dass ihn die ungemütliche Passage in Angst und Schrecken versetzen würde, nachdem ihn bereits die kurze Bootsfahrt im Hafen von Tromsø an den Rand eines Nervenzusammenbruchs getrieben hatte, schien von dem Unwetter kaum etwas zu bemerken. Er saß die meiste Zeit im Vorraum des Schiffes und tüftelte an einer Apparatur. Um nicht von seinem Sitz geschleudert zu werden, band er sich an diesem fest und werkelte zufrieden vor sich hin. Offenbar war es nur der Anblick des Meeres, der ihn aus der Fassung brachte.

Auch William blieb unter Deck. Er machte keinen Hehl aus seiner Bewunderung für Emilies Unerschrockenheit, mit der sie über die rutschigen Planken balancierte, sich an den Seilwinden der Segel abrackerte oder die Halterungen des Frachtguts überprüfte, die durch das permanente Zerren und Rütteln des Windes gelockert wurden. Sichtlich beschämt gestand er ihr, dass es ihn als *sportsman* wurmte, nicht genauso Hand anlegen und helfen zu können – wie er es von sich selbst erwartete. Zu seiner eigenen Überraschung musste er feststellen, dass er nicht schwindelfrei war und ihn die starken Bewegungen des Schiffes verunsicherten, die es erschwerten, die Orientierung zu behalten und zu erkennen, wo unten und oben war. Als passioniertem Sportruderer fiel es William schwer, diese Niederlage – denn als solche empfand er seine Schwäche – zu verdauen. Doch es half nichts, jeder Schritt im Freien kostete ihn Überwindung. Er zog es daher vor, sich beim Befeuern der Öfen, beim Abpumpen des Bilgewassers oder in der Kombüse nützlich zu machen.

William tat Emilie leid, umso mehr, da sie selbst jede Minute genoss, die sie draußen verbringen konnte. Die Schmerzen, die von den Blasen und Schnittwunden an ihren Händen herrührten, und der Muskelkater, den sie von der ungewohnten körperlichen Arbeit bekam, konnten ihre Begeisterung nicht schmälern. Auch dass sie ständig durchnässt war, störte sie kaum. Die Bewegung hielt sie warm. Und da ihre Kleidung aus mehreren Schichten bestand, lief sie auch nicht Gefahr, dass sie verräterisch eng an ihrem Körper klebte und ihre weiblichen Rundungen enthüllte.

Die Erfahrung, Teil einer Gruppe zu sein, die Hand in Hand arbeitete und gemeinsam einer Gefahr die Stirn bot, machte Emilie glücklich. Es tat so gut, gebraucht zu werden und eine sinnvolle Tätigkeit ausüben zu dürfen.

Mit Schaudern dachte sie an die endlosen Nachmittage, an denen ihre Mutter sie zu Handarbeiten genötigt hatte, eine der wenigen Tätigkeiten, die sich – neben dem Organisieren von Wohltätigkeitsveranstaltungen – in ihren Augen für eine Dame aus gehobenen Kreisen schickte. Nie war sich Emilie nutzloser vorgekommen als bei der Fertigung von Spitzendeckchen oder gestickten Sinnsprüchen, die den Angestellten zu Geburtstagen oder Weihnachten geschenkt wurden. Einmal hatte sie sich zu der Bemerkung hinreißen lassen, dass sich Else, die Köchin, gewiss sehr viel mehr über einen neuen Hut oder eine Flasche Kölnisch Wasser freuen würde, als über die auf Stoff gebannte Weisheit *Ist die Köchin säuberlich, lobt die Hausfrau sicherlich*, oder Verse wie:

Sei wie das Veilchen im Moose,
bescheiden, sittsam und rein
und nicht wie die stolze Rose,
die immer bewundert will sein.

Irmhild Berghoff hatte ihre Tochter indigniert gemustert und ihr einen langen Vortrag über den moralischen Auftrag gehalten, den sie als Herrschaft gegenüber ihren Untergebenen hatten. Geendet hatte sie mit den Worten:

»Sei dir stets bewusst: Wenn du später einmal einem eigenen Haushalt vorstehst, wirst du neben den unzähligen Verpflichtungen, die damit einhergehen, zuvörderst die Verantwortung für die sittliche Verfassung deiner Angestellten haben. Aufgrund ihres kindlich-einfältigen Gemüts sind diese Menschen leicht verführbar und laufen Gefahr, vom rechten Wege abzukommen. Sie bedürfen unserer leitenden Hand, damit sie auf dem Pfad der Tugend bleiben.«

Emilie hatte es sich verkniffen darauf hinzuweisen, dass zumindest die Zofe ihrer Mutter sich weit mehr Gedanken darüber machte, was sich gehörte und was nicht, als diese selbst. Und auch Else war in Emilies Augen durchaus nicht naiv. Allein der Gedanke, jemand könnte diese resolute, bodenständige Person zu unehrenhaften Taten anstiften oder mit unsittlichen Anträgen verführen, war so komisch, dass sie einen Hustenanfall vorgetäuscht hatte, um nicht durch lautes Gelächter weiteren Unmut auf sich zu lenken.

Am Mittag des vierten Tages ertönte der ersehnte Ruf »Land in Sicht!«.

Emilie saß gerade mit William, Antonio, Leonid und einem der Matrosen in der Messe und aß einen schmackhaften Fleischeintopf, den Arne zubereitet hatte.

»Che cosa ha detto?«, fragte Antonio und deutete nach oben, von wo der Ruf erschallt war.

William und Emilie sahen sich ratlos an. Ohne Beat Spänis Dolmetscherkünste war es schwer, sich mit dem Italiener zu verständigen.

»Er will wahrscheinlich wissen, was das bedeutet«, sagte Emilie. »Ich fürchte, wir können ihm da nicht weiterhelfen.«

William grinste.

»Oh, doch! Das geht auch ohne Worte.«

Er formte mit seinen Händen Röhren, tat so, als würde er durch ein Fernglas schauen, und sah sich suchend um. Dabei wiegte er sich hin und her, als stünde er auf einem schaukelnden Schiff. Nach einer Weile zeigte er aufgeregt in eine Richtung und formte eine hügelige Landschaft.

»Capisco! Raggiungiamo la costa«, rief Antonio und strahlte, bevor sich sein Gesicht erneut fragend verzog.

»Quale paese? Svalbard?«

Arne, der in diesem Augenblick mit frisch geschnittenem Brot aus der Kombüse kam, schüttelte den Kopf.

»Nein, noch nicht Svalbard. Es ist die Bäreninsel.«

William und Emilie sahen sich an und brachen wie aus einem Mund in tiefes Gebrumm aus. Antonio nickte eifrig.

»*Ah! Isola degli Orsi.*«

»Werden wir dort anlegen?«, fragte William.

Arne musterte ihn mit hochgezogenen Brauen. »Das müssen wir sogar. Wir werden eine geschützte Bucht anlaufen, den Sturm vorüberziehen lassen und die entstandenen Schäden reparieren.«

Er stellte das Brot auf den Tisch und entfernte sich. William beugte sich zu Emilie und flüsterte:

»In seiner Gegenwart komme ich mir immer vor wie ein dummer Schuljunge. Woher soll ich denn wissen, was der Kapitän vorhat? Oder habe ich da etwas verpasst?«

Emilie schüttelte den Kopf. Sie hatte ein schlechtes Gewissen. Es war ihr gar nicht aufgefallen, wie wenig man hier unten von dem mitbekam, was an Deck und im Ruderhaus vor sich ging. Von einem der Matrosen wusste sie, dass der Kapitän sehr besorgt war, ob die *Isflak* die Insel rechtzeitig und vor allem in einem Stück erreichen würde, bevor sie vom Sturm eingeholt wurden. Ohne darüber nachzudenken, hatte Emilie diese Information für sich behalten – so wie die anderen Mannschaftsmitglieder auch –, um keine Panik unter den Passagieren hervorzurufen.

Sie stand auf und nahm ihre gefütterte Jacke von einem Haken an der Wand. »Kommst du mit nach oben?«

William nickte. »Unbedingt. Wenn man den Berichten glauben darf, ist die Bäreninsel ja meist in Nebel gehüllt. Da will ich es auf keinen Fall versäumen, sie bei klarem Wetter zu sehen.«

»Ja, ich habe auch gelesen, dass dieses Eiland so mancher Expedition verborgen geblieben ist«, sagte Emilie. »Das liegt wohl daran, dass hier der warme Golfstrom und das kalte Wasser des Polarstroms zusammentreffen und häufig für Nebel sorgen.«

Am Fuß der Treppe trafen sie Beat Späni, der ihnen matt entgegenlächelte. William klopfte ihm auf die Schulter und sagte:

»Das Schlimmste haben wir überstanden. In Kürze werden wir einen Zwischenstopp auf der Bäreninsel einlegen, da können Sie sich dann ein wenig von den Strapazen erholen.«

»Ändligg!«, stieß der Schweizer hervor. »Lang hätt ich das nicht mehr ausgehalten. Ich dachte schon, mir würde demnächst mein letztes Stündlein schlagen.«

»Kommen Sie doch mit uns«, sagte Emilie. »Die frische Luft wird Ihnen guttun.«

»Einen Versuch ist es wert«, antwortete Beat Späni und folgte ihr und William die Treppe hinauf und an die Reling, an der sie sich mit beiden Händen festklammerten. Der Regen hatte aufgehört. Der Wind war nach wie vor stark und riss Löcher in die dunkle Wolkendecke, die niedrig über ihnen hing. Vereinzelt brachen Sonnenstrahlen hervor und ließen Lichtreflexe auf den Wellenkämmen tanzen. William beschirmte seine Augen und suchte den Horizont ab.

»Also, ich sehe nichts.«

Emilie, die ebenfalls angestrengt nach vorn schaute, nickte. »Ich auch nicht. Vermutlich kann man mit bloßem Auge noch nichts erkennen.«

»Mit einem Fernrohr auch nicht«, sagte eine Stimme in ihrem Rücken. Arne war unbemerkt zu ihnen getreten. Er deutete auf zwei Vögel, die lautlos um die Masten des Schiffes segelten. Sie hatten graues Gefieder und eine Flügelspannweite von über einem Meter.

»Das sind Eissturmvögel, nicht wahr?«, fragte William. Als Arne nickte, fuhr er an Emilie gewandt fort: »Sie fliegen am weitesten aufs offene Meer hinaus, um Nahrung zu suchen. Daher wissen Seefahrer beim Sichten dieser Gesellen, dass sie sich noch etwas gedulden müssen, bis sie das Land erreichen.«

Er verfolgte den Flug der beiden Vögel, die scheinbar mühelos den Sturmböen trotzten.

»Endlich sehe ich sie in natura«, sagte William. »Es sind

bemerkenswerte Wesen. Sie verbringen den größten Teil ihres Lebens auf offener See und kommen nur zum Brüten an die Küste – wo sie sich ein Leben lang mit demselben Partner paaren. Sie können sehr alt werden – bis zu vierzig Jahre. Und um Feinde zu vertreiben, bespucken sie sie mit einem ekelhaft stinkenden Sekret. Damit gelingt es sogar ihren Jungen, Nesträuber wie Silbermöwen oder gar Seeadler in die Flucht zu schlagen.«

»Das ist ja praktisch«, meldete sich Beat Späni zu Wort, der zuvor mit zusammengekniffenem Mund neben ihnen gestanden hatte und immer wieder gegen einen Würgereiz ankämpfte.

Emilie sah ihn fragend an. »Wieso praktisch?«

»Nun, eine unsichtbare, effektive Waffe stets einsatzbereit bei sich zu haben«, erklärte er.

Emilie sah ihn etwas ratlos an und lächelte verbindlich. Sie selbst fand die Vorstellung, bis auf wenige Wochen im Jahr ungebunden umherziehen zu können, sehr viel aufregender. Wie mochte sich das wohl anfühlen?

Als hätte er ihre Gedanken gelesen, sagte Arne leise:

»Ja, so ein freies Leben ist schon verlockend. Wenn man es erträgt.«

Emilie drehte sich zu ihm und begegnete seinen graublauen Augen, die sich tief in ihre bohrten. Ihr Magen krampfte sich zusammen. Bildete sie sich das nur ein, oder lag etwas Prüfendes in seinem Blick? Nicht darüber nachdenken, befahl sie sich. Das macht dich nur noch nervöser. Du darfst dich nicht so aus der Fassung bringen lassen. Sie räusperte sich und suchte nach einem unverfänglichen Thema.

»Woher hat die Insel eigentlich ihren Namen? Gibt es dort besonders viele Eisbären?«

Bevor Arne antworten konnte, sagte Beat Späni:

»Im Gegenteil. Bären sind dort nur seltene Gäste. Gelegentlich verirrt sich im Winter einer über das Packeis von Spitzbergen auf die Insel. Sie wurde von ihrem Entdecker, dem

Niederländer Willem Barents, so benannt, der dort im Jahre 1596 einen Eisbären erlegt hat. Vermutlich dachte er, dass es noch viel mehr davon gibt.«

»Oh, seht nur!«, rief William. »Jetzt kann es nicht mehr weit sein.«

Er deutete auf einige Möwen, die sich zu den Eissturmvögeln gesellt hatten. Ihre Schreie vermischten sich mit dem Pfeifen des Windes in der Takelage zu einem schrillen Konzert. Wenig später schaukelten weitere Vorboten der Insel zu beiden Seiten des Schiffes auf den Wellen. Zwischen Papageientauchern mit ihren auffälligen hellroten Schnäbeln und schwarz-weißen Trottellummen verschwanden kleine Krabbentaucher blitzschnell in den Fluten, um kurz darauf wieder zu erscheinen und mit ihrer Beute zurück zu ihren Brutplätzen zu fliegen – den Steilufern der Felseninsel, deren Zacken und Spitzen sich immer deutlicher vor dem Horizont abzeichneten.

Eine Stunde später bog die *Isflak* in eine gegen Nord- und Westwinde geschützte Bucht ein, an deren Eingang eine durchbrochene Klippe aufragte, die wie ein Portal geformt war. Sie beherbergte eine Kolonie Eismöwen. Da diese wegen ihres grimmigen Gesichtsausdrucks auch Bürgermeistermöwen genannt wurden, hatte man den Felsen – laut Arne – Bürgermeistertor getauft.

Emilie konnte sich nicht sattsehen an den Höhlen, Grotten und Durchbrüchen, die das Meer an der Südostküste in die senkrechten Wände gewaschen hatte. Schutthalden und Trümmerhaufen zeugten von gewaltigen Einstürzen der unterspülten Vorsprünge, von denen hier und da Felsnadeln stehengeblieben waren, die Emilie an Wachtposten vor einer Burg erinnerten. Dahinter erstreckte sich ein Plateau, über welchem sich in einiger Entfernung ein Berg mit drei spitzen Gipfeln erhob, die Emilie an eine Krone denken ließen. Laut ihrem Reiseführer handelte es sich um den Jammerberg, auch Mount Misery genannt, der seinen Namen dem traurigen Schicksal eines englischen Walfängers verdankte, der von ihm aus die Zerstörung des Bootes mitansehen musste, das ihn abholen sollte.

William, der an ihrer Seite die Einfahrt des Schiffes in die Bucht verfolgte, geriet angesichts der unzähligen Vögel, die diese zerklüftete Szenerie bevölkerten, ins Schwärmen. Als Ornithologe fühlte er sich gleichsam ins Paradies versetzt und konnte es kaum erwarten, an Land zu gehen und die Objekte seiner Forscherneugier aus der Nähe zu betrachten.

»Jetzt kann ich endlich nachvollziehen, was Friedrich Faber meinte!«, rief er begeistert.

»Wer?«, fragte Emilie.

»Ein dänischer Meister der arktischen Vogelkunde im vorigen Jahrhundert. Er hat den atemberaubenden Anblick der Abermillionen Vögel an den Gestaden der Bäreninsel beschrieben.«

William warf sich in die Brust und deklamierte: »Welche die Sonne verbergen, wenn sie auffliegen, die Schären bedecken, wenn sie sitzen, die Ohren betäuben, wenn sie schreien und den von Löffelkraut grünen Felsen beinahe weiß machen, wenn sie brüten.«

Sobald der Anker geworfen und die *Isflak* sicher vertäut war, machten sich der Kapitän und die beiden Matrosen daran, die Schäden zu prüfen und mit den Reparaturen zu beginnen. Der Sturm hatte Teile des Tauwerks zerfetzt und ein Fenster im Ruderhaus zerbrochen, einige Spanten waren von losgerissener Ladung eingedrückt worden, und unter Deck wurde ein kleines Leck vermutet, durch das Wasser in einen Laderaum eindrang.

Arne ließ eines der beiden Rettungsboote zu Wasser und ruderte William, Beat Späni und Emilie ans Ufer. Antonio zog es vor, an Bord der *Isflak* zu bleiben und weiter an seinem

Apparat zu arbeiten. Leonid lag wie die meiste Zeit in seiner Hängematte und summte eine schwermütige Melodie vor sich hin. Als Emilie ihn mit Gesten fragte, ob er sie nicht begleiten wollte, um die einzigartige Landschaft mit seiner Kamera festzuhalten, schüttelte er nur abwesend den Kopf.

»Einen seltsamen Fotografen haben wir da«, sagte Emilie leise zu William, nachdem sie neben ihm in dem Boot Platz genommen hatte. »Er scheint überhaupt nicht die Absicht zu haben, Bilder zu machen.«

»Hm, vielleicht interessieren ihn reine Naturmotive nicht«, antwortete William. »Er wurde ja angeheuert, um später die meteorologischen Forschungen zu dokumentieren und die Erfolge der Exkursion zu verewigen.«

Emilie zuckte die Schultern. »Mag schon sein. Ich finde es trotzdem merkwürdig.«

»Mich würde viel mehr interessieren, was unser italienischer Wetterfrosch eigentlich die ganze Zeit treibt«, sagte William. »Wie ein Messgerät sieht der Apparat, an dem er immerzu bastelt, jedenfalls nicht aus.«

»Stimmt, ich hab mich das auch schon gefragt«, sagte Emilie und wandte sich an den Schweizer, der ihnen gegenübersaß. »Wissen Sie, was Antonio baut?«

»Ja, eine Telegraphiermaschine«, antwortete Beat Späni.

Emilie und William sahen sich überrascht an.

»Wozu braucht er die denn?«, fragte William.

»Ach, ich glaube, unser südländischer Freund fragt nicht so sehr nach dem Nutzen«, sagte der Schweizer. »Er ist ein regelrechter Techniknarr und kann wohl ohne seine Tüfteleien nicht leben.«

»Aber wie ist er ausgerechnet auf die Idee mit dem Telegraphen gekommen?«, fragte Emilie.

Beat Späni hob die Hände. »Wer weiß? Vielleicht reizt es ihn, in die Fußstapfen seines Landsmanns Guglielmo Marconi zu treten. Der ist ein Pionier der drahtlosen Kommunikation.«

Emilie fand die Erklärung ein wenig dürftig. Vielleicht hatte der Italiener ja einen triftigeren Grund? Verfolgte er Pläne, für deren Durchführung er auch weit entfernt von der Zivilisation erreichbar sein musste?

»Nützlich ist so ein Apparat auf jeden Fall«, sagte William. »Man weiß ja nie, ob man nicht einmal in Not gerät und Kontakt zu einem vorbeifahrenden Schiff aufnehmen möchte.«

»Oder man plant vonseiten des Observatoriums, zukünftige Wetterstationen auf Spitzbergen mit Funkstationen auszustatten, um Messwerte austauschen zu können«, fügte Beat Späni eine weitere Vermutung hinzu.

Mit einem Knirschen traf das Boot auf den Kies des Ufers. Arne sprang hinaus, forderte die anderen auf, ihm zu folgen, und zog es weiter hinauf. Emilie griff nach ihrem Rucksack, in dem sie mehrere Blechbehälter und ihren Skizzenblock verstaut hatte, und folgte William, der ebenfalls mit seiner Sammlerausrüstung ausgestattet war. Beat Späni ließ sich mit einem zufriedenen Stöhnen auf einen Gesteinsbrocken sinken.

»Ach, tut das gut, endlich wieder festen Boden unter den Füßen zu haben!«

Fröstelnd zog er seine Jacke fester um sich.

»Aber frisch ist es hier! Sicher hat es nur knapp über null Grad. Und das mitten im Juni!«

»Nun, damit sollte man rechnen, wenn man in der Arktis unterwegs ist«, sagte Arne.

William wandte sich an Emilie, machte eine Kopfbewegung Richtung Steilklippen und fragte:

»Max, wollen wir?«

Emilie nickte. »Auf jeden Fall. Wir sollten das gute Wetter nutzen. Wenn es wieder regnet oder Nebel aufzieht, ist es zu gefährlich, da herumzuklettern.«

Arne warf ihr einen seiner unergründlichen Blicke zu.

Verunsichert frage sie: »Oder gibt es etwas dagegen einzuwenden?«

Noch während sie sprach, ärgerte sie sich über sich selbst. Warum ließ sie sich so leicht von diesem ungehobelten Kerl ins Bockshorn jagen? Was gab ihm das Recht, sie ständig so von oben herab zu mustern?

Unvermittelt streckte Arne einen Arm aus und deutete auf einen kleinen Bach, der ein paar Dutzend Meter entfernt von ihnen ins Meer mündete.

»Dort ist der Aufstieg recht problemlos.«

»Begleitest du uns?«, fragte William.

Arne schüttelte den Kopf, brummte etwas, das klang wie »Besseres zu tun«, und stapfte in die entgegengesetzte Richtung davon.

»He, wohin gehen Sie?«, rief ihm Beat Späni hinterher. »Sie können mich doch hier nicht einfach ...«

Ohne sich umzudrehen, rief Arne: »Bin bald zurück«, und lief weiter.

»So e Gnulleri«, murmelte der Schweizer.

»Wie bitte?«, fragte William.

Beat Späni verzog den Mund. »Entschuldigen Sie bitte, ich merke manchmal gar nicht, dass ich ins Baseldeutsche falle. *Gnulleri* bedeutet seltsamer Kerl.«

William grinste und zwinkerte Emilie zu. »Da befindet sich unser Wikinger in guter Gesellschaft. Antonio und Leonid verdienen diesen Titel mindestens ebenso.«

30

Spitzbergen, Juli 2013

Hanna saß in eine Decke gewickelt neben Kåre auf einem der Baumstämme, die einst von Sibirien ihren Weg mit dem Polarstrom an Spitzbergens Küste gefunden hatten und nun im Camp von Leif und Line als Sitzgelegenheiten an einer Feuerstelle am Strand dienten. Außer dem Küchenzelt und einem mobilen Labor gab es zwei Zelte zum Schlafen, zwei weitere waren für Vorräte und Ausrüstungsgegenstände vorgesehen.

Das Ehepaar hatte Hanna und Kåre gegenüber Platz genommen, Bengt war bereits weitergeflogen, um die Studenten abzuholen. Hanna nippte an dem heißen, starken Kaffee in ihrem Becher und lauschte dem Gespräch der anderen, das sich um das aktuelle Forschungsprojekt von Leif und Line drehte.

Die beiden gehörten zu einer weltweit tätigen Gruppe von Wissenschaftlern, die über einen Zeitraum von mehreren Jahren die Veränderung der Meere durch den zunehmenden Kohlenstoffdioxidgehalt untersuchte. Dazu analysierten sie unter anderem Plankton- und Sedimentproben, um die Veränderungen der Kalkbildung zu dokumentieren. Außerdem maßen die beiden zu verschiedenen Tageszeiten den pH-Wert, die Temperatur und den Salzgehalt des Wassers und beobachteten, ob und wie die Populationen von Pflanzen und Tieren durch die Schwankungen beeinflusst wurden.

»Entschuldigt, wenn ich so dumm frage«, sagte Hanna nach einer Weile. »Ich hatte Kohlenstoffdioxid bisher vor allem im Zusammenhang mit der Klimaerwärmung gespeichert. Was genau stellt es denn im Meer an?«

»Es macht es ganz schön sauer«, antwortete Leif und grinste.

Seine Frau verdrehte die Augen und schlug spielerisch nach ihm.

»*Tullbukk!*« Sie wandte sich an Hanna und erklärte: »Ein Quatschkopf ist er. Es geht mal wieder darum – wie so oft –, dass der Mensch das natürliche Gleichgewicht stört. Seit mit Beginn der Industrialisierung immer mehr fossile Energieträger verbrannt und ungeheure Mengen an Kohlenstoffdioxid in die Luft geblasen werden, ist der Säuregrad der Ozeane um rund dreißig Prozent gestiegen. Die Meere nehmen nämlich gut ein Viertel des ausgestoßenen CO_2 auf. Das hat großen Einfluss auf alle Kalk bildenden Organismen, die dadurch massive Wachstumsprobleme bekommen und ...«

Hanna bemerkte, dass Kåre sie von der Seite ansah. Er schien ihre Ratlosigkeit zu spüren.

»Nicht so hastig«, unterbrach er Line. »Wir vergessen mal wieder, dass nicht alle Menschen so tief in der Materie drinstecken wie wir.«

Line hob die Hände. »Stimmt. Man verfällt halt so leicht ins Fachsimpeln.« Sie lächelte Hanna entschuldigend an.

»Soll ich dir kurz erklären, welche chemischen Prozesse hier im Spiel sind?«, fragte Kåre.

Es schwang kein überheblicher Unterton mit, keine Verachtung für ihre Unwissenheit. Einfach nur freundliche Hilfsbereitschaft. Und eine Spur Unsicherheit, als habe er Angst, sie zu belästigen oder zu langweilen.

Hanna drehte sich zu ihm. »Oh ja, bitte! Ich muss gestehen, dass ich in Chemie nie eine große Leuchte war.«

»Ach, das war ich auch nicht«, sagte er.

Nette Lüge, dachte Hanna und erwiderte sein Lächeln.

»Also«, begann Kåre. »Im Gegensatz zu Gasen wie Sauerstoff oder Stickstoff löst sich Kohlenstoffdioxid nicht nur im Wasser, sondern geht eine Verbindung mit ihm ein und wird zu Hydrogenkarbonat – besser bekannt als Kohlensäure. Dabei werden Protonen freigesetzt, die den Säuregrad des Wassers bestimmen.«

»Verstehe«, sagte Hanna. »Und je mehr Protonen es gibt, desto saurer ist das Wasser?«

Kåre nickte. »Exakt! So wird übrigens auch unser Sprudelwasser hergestellt.«

Hanna zog die Augenbrauen hoch. »Mensch, jetzt wo du's sagst! Ich erinnere mich dunkel an einen Versuch im Chemie-Unterricht. Da hat unser Lehrer ein Stück Kreide in ein Glas Sprudel geworfen. Es hat heftig geschäumt und sich aufgelöst.«

Kåre prostete ihr mit seinem Becher zu. »Von wegen schlecht in Chemie. Du hast den Kern des Problems genau erfasst.«

Hanna runzelte fragend die Stirn.

Leif beugte sich zu ihr und erklärte: »Die Kohlensäure lässt den pH-Wert des Wassers sinken. *Et voilà*: Die Meere werden saurer.«

Line ließ die Tüte mit den Rosinenbollern herumgehen und sagte:

»Und wie gesagt: Die Versauerung der Ozeane macht vor allem Organismen zu schaffen, die Schalen oder Skelette aus Kalk bilden. Wir untersuchen derzeit mikroskopisch kleine Algen, die einen Großteil des maritimen Kalks produzieren. Uralte Ablagerungen davon kann man zum Beispiel bei euch in Deutschland auf der Insel Rügen sehen.

»Meinst du etwa die Kreidefelsen?«, fragte Hanna und sah sie und ihren Mann ungläubig an.

Leif grinste. »Schwer vorstellbar, ich weiß. Aber Tatsache.«

»Und es sind ja weit mehr Lebewesen betroffen«, sagte Line. »Auch Seeigel, Seesterne und vor allem Korallen haben inzwischen Schwierigkeiten, ihre Schalen und Skelette zu bilden.«

Hanna nickte. »Ich habe neulich einen Bericht gelesen, in

dem es um die Gefährdung des Great Barrier Reef vor der Küste Australiens ging. Da war auch vom Kalkmangel die Rede.«

»Ja, es ist eine beängstigende Entwicklung«, sagte Kåre. »In diesen Riffen brüten ja nicht nur die Fische, die für Millionen Menschen in der Gegend eine wichtige Nahrungsquelle sind. Sie sind auch natürliche Wellenbrecher und schützen so die Küsten und ihre Bewohner vor Tsunamis.«

Lines Gesicht verdüsterte sich. »Wenn wir nicht schleunigst unsere Abgas-Emissionen drosseln, ist das letztendlich der Anfang vom Ende der Nahrungskette. Manche befürchten, dass ganze Ökosysteme zusammenbrechen, mit ungewissen Folgen für den Kohlenstoffkreislauf.«

Hanna zog fröstelnd die Decke enger um sich. »Das klingt ja fast schon apokalyptisch.«

Sie ließ ihren Blick über den Fjord zum gegenüberliegenden Ufer schweifen, in dessen schwarzen Felsen hunderte Seevögel nisteten. Ihre Rufe mischten sich in das leise Rauschen des Windes, der blaue Eisstücke, die von einem Gletscher abgebrochen waren, übers Wasser und an ihren Strand trieb. Wie Diamanten glitzerten sie zwischen den bunten Steinen. Die traumhafte Kulisse und die friedliche Atmosphäre machten es Hanna schwer, an die wortwörtlich in der Luft liegende Bedrohung zu glauben.

»Ich denke, die Menschen würden besser auf ihre Erde achtgeben, wenn jeder von ihnen mal eine Weile an einem Ort wie diesem verbringen könnte.«

»Du sprichst mir aus dem Herzen«, sagte Kåre. »Ich fürchte aber, dass es viele Leute gibt, die das kaltlassen würde und die nur ihren eigenen Vorteil im Sinn haben.«

Hanna sah ihn erstaunt an. Sie hatte gar nicht bemerkt, dass sie ihren letzten Gedanken laut ausgesprochen hatte.

»Du hast wohl leider Recht. Es erschreckt mich immer wieder, wie unempfänglich manche Zeitgenossen für die Schönheit der Schöpfung sind.«

»Umso glücklicher kann man sich schätzen, wenn man auf jemanden trifft, bei dem das anders ist.«

Hanna spürte, wie ihr das Blut in die Wangen stieg. Kåre lächelte sie an und fuhr fort:

»Was meinst du, sollen wir ein wenig die Umgebung erkunden und eine kleine Wanderung machen?«

»Oh ja, sehr gern!«, antwortete Hanna, stand auf, faltete ihre Decke zusammen und griff nach ihrem Rucksack.

»Vergiss nicht, ein Gewehr mitzunehmen«, sagte Leif zu Kåre. »Wir haben zwar in den letzten Tagen keine Eisbären gesichtet, aber man weiß ja nie.«

Hanna spürte, wie sich die Härchen auf ihren Unterarmen aufstellten. Die Möglichkeit, einem dieser Raubtiere zu begegnen, ihm vielleicht bis auf wenige Meter nahezukommen – ohne schützenden Graben oder Zaun dazwischen wie im Zoo, hatte sie gar nicht ernsthaft in Betracht gezogen.

Sie liefen am Strand entlang zu der Landzunge, die Hanna beim Landeanflug bemerkt hatte. Zwischen den vom Wasser abgeschliffenen Felsbrocken leuchteten die Blüten von arktischem Mohn, Steinbrechpflanzen und anderen Blumen, die auf kargen Böden gediehen.

»Ich hätte es nicht für möglich gehalten, dass so weit im Norden so viel wächst«, sagte Hanna und beugte sich zu einem blauen Blümchen hinunter, das aus dem Schotter lugte.

»Ja, zumal die Pflanzen ja nur die knappen drei Sommermonate haben, bevor der Winter wieder das Regiment übernimmt.«

Kåre kniete sich neben Hanna, die sich bäuchlings hingelegt hatte, um die Blume aus nächster Nähe zu fotografieren.

»Allerdings können sie in dieser Zeit rund um die Uhr Sonne tanken«, fuhr Kåre fort. »Das beschleunigt das Wachstum natürlich sehr.«

»Diese Farben!«, schwärmte Hanna und nahm ein Büschel dottergelbes Fingerkraut vor die Linse. »So intensiv kenne ich das nur aus unseren Alpen. Da bleiben viele Gewächse auch sehr niedrig, haben aber viel leuchtendere Blüten als unten im Tal.«

»Schau hier, stängelloses Leimkraut.«

Kåre deutete auf einige rosa Kelche hinter einem Stein.

»Danke, das hätte ich jetzt übersehen«, sagte Hanna und machte ein Bild.

Als sie sich wieder aufrichtete, streckte Kåre die Hand nach ihrer Kamera aus.

»Wie wär's mit ein paar Beweisfotos für deinen Blog? Damit niemand auf die Idee kommt, du wärst gar nicht selbst hier gewesen, sondern hättest die Bilder irgendwo runtergeladen.«

»Ach, ich weiß nicht. Ich bin sicher ganz zerzaust und außerdem gar nicht zurechtgemacht und …«

Kåre schüttelte den Kopf. »Aber nein! Du bist wunderschön!«

Eine nüchterne Feststellung, keine oberflächliche Beschwichtigung. Es dauerte einen Moment, bis Hanna die Bedeutung seiner Worte erfasste. Sie konnte sich nicht erinnern, jemals ein Kompliment erhalten zu haben, das sie so berührt hatte. Weil es gar nicht als solches gemeint und ohne Absicht geäußert worden war.

Kåre nahm die Kamera, ging rückwärts ein paar Schritte von Hanna weg und hob den Apparat vor sein Gesicht. Hanna nestelte an ihren Haaren. Sie kam sich steif und ungelenk vor. Sie zwang sich zu einem Lächeln und wartete darauf, dass Kåre ein paar Mal den Auslöser drückte und den Spuk beendete. Stattdessen umkreiste er sie langsam und fotografierte sie aus verschiedenen Perspektiven. Er war ganz versunken in sein Tun, machte ein konzentriertes Gesicht und ließ sich viel Zeit. Hannas Unbehagen legte sich ein wenig. Kåres Blick, der durch das

Objektiv indirekt auf ihr ruhte, empfand sie paradoxerweise als unaufdringlich und gleichzeitig als so intensiv, als würde er sie berühren.

Wie es sich wohl anfühlen würde, wenn er sie streichelte? Ihr Körper antwortete mit einem lustvollen Ziehen im Unterleib. Unwillkürlich rekelte sie sich und ertappte sich, wie sich ihr Mund zu einem breiten Lächeln verzog. Die erwartete Scham blieb aus, der innere Kritiker meldete sich nicht zu Wort. Hanna spürte in sich hinein und genoss die wohligen Schauer, die sie durchpulsten. Entspannt trat sie in eine stumme Zwiesprache mit der Kamera. Es war wie ein langsamer Tanz, bei dem sich die Partner nicht anfassten, in ihren Bewegungen aber so synchron waren, als seien sie durch unsichtbare Fäden miteinander verbunden.

Als sie eine Hand hob und damit langsam durch ihre Haare fuhr, sagte Kåre:

»Bleib so, das sieht toll aus!«

Hanna folgte seiner Bitte und bot anschließend weitere Posen an, bei denen sie mit ihren Haaren spielte, sie um ihren Kopf fliegen ließ oder sich eine Strähne vor die Augen hielt.

Nach einer Weile begann Kåre, das Gebaren von Modefotografen zu imitieren. Er sprang um sie herum, verrenkte sich und rief ihr typische Posing-Befehle zu:

»Gib mir ein Lächeln!«

»Zeig mir die kalte Schulter!«

»Und jetzt ein kesser Seitenblick!«

Mit zunehmender Freude ließ sich Hanna auf Kåres Spiel ein, alberte herum und warf sich in die von ihm gewünschten Posen, bis sie gemeinsam in lautes Gelächter ausbrachen und ihren Spaziergang fortsetzten.

Der Anblick der Blumenkissen ließ Hannas Gedanken kurz zum Steingarten von Thorsten wandern. Rasch verscheuchte sie das Bild von ihrem Mann, wie er zwischen seinen Pflanzen kniete und Unkraut jätete. Es ärgerte sie, dass er ungebeten in ihrem Kopf herumgeisterte. Heiko würde jetzt sagen: »Es liegt allein an dir, ob er das kann oder nicht. Überleg mal, warum er gerade in diesem Moment auftaucht.« Hanna verengte ihre Augen. Gute Frage. Ist es, weil du dich so wohl mit einem anderen Mann fühlst? Hast du vielleicht ein schlechtes Gewissen? Sie unterdrückte ein Schnauben. So weit kommt's noch! Nein, Thorsten hatte hier nichts verloren, hatte jeden Anspruch auf sie verwirkt! Schließlich hatte er sich aus ihrem gemeinsamen Leben davongeschlichen und sie hintergangen.

Hanna ballte ihre rechte Hand zusammen, öffnete sie aber sofort wieder, als sie Kåres fragenden Blick bemerkte. Bevor er etwas sagen konnte, deutete Hanna auf einen Kreis aus Steinen und fragte:

»Mir sind hier schon mehrere davon aufgefallen. Weißt du, was sie bedeuten und wer die dahingelegt hat?«

»Niemand«, antwortete Kåre. »Diese Kreise sind typisch für Landschaften mit Permafrostboden, dessen obere Schicht im Sommer taut. Aber weiter unten bleibt er gefroren, und so kann das Wasser nicht versickern. Deshalb rutscht kleineres Gestein nach unten, und größere Felsbrocken werden nach oben geschoben.«

Sie hatten die Landzunge erreicht und erklommen die Anhöhe, auf der ein weithin sichtbarer Steinhaufen thronte.

»Das ist der Brucevarden«, sagte Kåre. »Also der Bruce-Steinhaufen. Man hat ihn einst als Orientierungshilfe für die Seefahrer aufgeschichtet.«

»Und wer war Bruce?«, fragte Hanna.

»Ein schottischer Polarforscher, der um die letzte Jahrhundertwende herum mehrfach auf Spitzbergen war. Einmal als Teilnehmer einer Expedition des Fürsten von Monaco, nach dem der Nordwestzipfel der Insel und der große Gletscher am Ende von diesem Fjord benannt sind.«

»Was hat denn ausgerechnet den Fürsten von Monaco hierher getrieben?«, fragte Hanna.

»Oh, Albert I. hatte von klein auf eine Passion für die wissenschaftliche Erkundung der Ozeane und hat viele Forschungsprojekte unterstützt. Und da er selber oft mit Exkursionen unterwegs war, hat er seine Regierungsgeschäfte kurzerhand per Funk erledigt. Zu seiner Zeit war das eher ungewöhnlich«, meinte Kåre und schmunzelte.

»Woher weißt du das alles bloß?«

»Ach, das ist nicht weiter verwunderlich. Erstens habe ich mich schon als Kind für die historische Entdeckung und Erforschung von Arktis und Antarktis interessiert. Und dann habe ich mich vor zwei Jahren intensiv mit dem Thema beschäftigt, als wir im Polarmuseum zu Ehren der beiden berühmtesten norwegischen Pioniere eine Ausstellung gestaltet haben. 2011 gab es nämlich gleich zwei Anlässe zum Feiern: den hundertfünfzigsten Geburtstag von Fridtjof Nansen und das hundertjährige Jubiläum der Eroberung des Südpols durch Roald Amundsen.«

Unweit des Steinturms ragte ein verwittertes Holzkreuz aus dem Boden. Hanna ging näher und versuchte, die Inschrift zu entziffern. Zwischen den zersprungenen Steinplatten entdeckte sie ausgebleichte Knochen. Kåre folgte ihr und sagte:

»Da liegt Erik Zakariassen Mattilas, ein Trapper, der hier vor über hundert Jahren überwintert hat.«

»Oh, wie ist er denn gestorben? Ist er erfroren? Oder von einem Eisbären getötet worden?«, fragte Hanna.

»Nein, er hat Skorbut bekommen«, antwortete Kåre. »Der Vitaminmangel in der langen Polarnacht hat so manchem Abenteurer das Leben gekostet. Dabei hat Mattilas den Winter noch ganz gut überstanden. Allerdings hatte das Packeis sein Boot zerquetscht und ihm so jede Hoffnung genommen, den Fjord, der dank des warmen Golfstroms verhältnismäßig früh im Jahr eisfrei ist, verlassen und frische Nahrungsmittel besorgen zu können. Drei Jäger, die in einem anderen Revier überwintert haben, erwarteten im April seinen Besuch. Als Mattilas nicht auftauchte, machten sie sich Sorgen und fuhren zu ihm. Doch sie kamen zu spät und konnten ihm nicht mehr helfen. Mattilas lag bereits auf dem Sterbebett, und am nächsten Tag mussten sie ihn begraben.«

»Der Arme, das ist ja schrecklich«, sagte Hanna und warf einen mitleidigen Blick auf die letzte Ruhestätte des Trappers.

»Ich nehme an, seine Gebeine wurden so wie die Steine in den Kreisen nach oben gepresst?«

»Ja, es ist fast unmöglich, im Permafrostboden jemanden so tief zu bestatten, dass er auch unten bleibt«, antwortete Kåre. »Und da die Luft hier so trocken und nahezu keimfrei ist, werden die Knochen gut konserviert. Genauso wie das Treibholz, das oft hunderte Jahre alt ist.«

Er deutete auf eine windschiefe Hütte, die zu ihren Füßen am Ufer des Fjords lag.

»Die steht da auch schon über hundert Jahre. Die Alicehamna, also die Alice-Bucht, war schon im siebzehnten Jahrhundert wegen ihrer geschützten Lage ein beliebter Ankerplatz von holländischen und englischen Walfängern. Später kamen dann vor allem Jäger her.«

»Und wer war Alice?«, fragte Hanna.

»Die zweite Frau von Fürst Albert«, antwortete Kåre. »Eine reiche Amerikanerin.«

»Du meine Güte, hier hat sich ja die halbe Welt herumgetrieben«, rief Hanna.

»Ja, übrigens auch viele Deutsche«, sagte Kåre und lächelte verschmitzt. »Die Gegend war ja lange herrenlos, also Niemandsland. Erst in den zwanziger Jahren des letzten Jahrhunderts wurde Spitzbergen unter norwegische Verwaltung gestellt.«

Er rückte das Gewehr zurecht, das über seiner Schulter hing, und wandte sich zum Gehen. Als Hanna ihm folgen wollte, bemerkte sie eine Bewegung im Fjord. Mehrere weiße und bläuliche Leiber glitten durch das klare Wasser. Sie waren ungefähr drei bis fünf Meter lang und stießen melodische Laute aus. Als einer auftauchte und mit einem eleganten Schwung wieder in den Fluten verschwand, sah Hanna eine breite, in der Mitte eingekerbte Schwanzflosse, die sie an ein Gingkobaumblatt erinnerte. Kein Zweifel, es waren Wale!

Hanna hielt den Atem an. Der unverhoffte Anblick ließ ihr Herz schneller schlagen. Sie hatte auf ihren früheren Reportagereisen so manches Wildtier aus der Nähe gesehen, doch selten war sie so ergriffen gewesen. Die Anmut der hellen Geschöpfe, die mit ihren lächelnden Gesichtern menschlich wirkten, ließ sie an schwimmende Engel denken.

»Das sind Belugas«, hörte sie Kåre leise sagen, der an ihre Seite getreten war. »Wegen ihres Gesangs nennt man sie auch die Kanarienvögel der Meere.«

Hanna blinzelte eine Träne weg. Kåre räusperte sich.

»Auch wenn ich schon oft Wale gesehen habe: Es ist immer wieder ein ganz besonderes Erlebnis.«

Hanna nickte stumm. Wie von selbst griff sie nach Kåres Hand. Seine Finger schlossen sich um ihre und hielten sie fest. Ein warmes Gefühl breitete sich in Hanna aus.

31

Bäreninsel, Juni 1907

Vier Stunden, nachdem Emilie und William in die Vogelklippen aufgebrochen waren, kehrten sie zu dem Strand zurück, vor dem die *Isflak* ankerte. Während William für seine ornithologische Sammlung eine reiche Beute an Eiern und Embryonen, Federn, Nistmaterial, Gewölle und Proben von Exkrementen in seinem Rucksack verstaut hatte, war Emilies Zeichenblock um etliche Skizzen reicher, die sie von den brütenden Bewohnern der Felsen und einem Polarfuchs, der die Nester plünderte, gemacht hatte. Außerdem hatte sie einige Gesteinsbrocken mit fossilen Pflanzen aufgelesen. Angesichts der kargen Hochebene, auf der kaum etwas gedieh, fiel es ihr schwer, sich das Eiland begrünt vorzustellen. Die versteinerten Blätter und Gräser, die sie gefunden hatte, ließen jedoch keinen Zweifel daran, dass die Bäreninsel vor Millionen von Jahren die Heimat einer vielfältigen Flora gewesen sein musste.

»Was sind das für Gerippe?«, fragte Emilie und zeigte auf eines der vermoderten Skelette, die an einem Uferabschnitt aus dem Schwemmland ragten.

»Die stammen sehr wahrscheinlich von Walrossen«, antwortete William. »Die Knochen könnten von der Größe passen.«

Emilie blieb stehen und sah sich um. »Das ist ja der reinste Walrossfriedhof. Das müssen die Überreste von hunderten Tieren sein! Was ihnen wohl zugestoßen ist?«

William verzog den Mund. »Ich vermute, das sind die stummen Zeugen einer Metzelei, die sich hier einst abgespielt hat.«

»Du meinst, die wurden alle von Menschen getötet?«

William nickte. »Früher wimmelte es auf der Bäreninsel – wie in der gesamten Arktis – nur so von Walrossen. Bis man angefangen hat, sie wegen des Elfenbeins ihrer Stoßzähne zu jagen.«

»Bei Elfenbein denke ich immer nur an Elefanten«, sagte Emilie. »Ich wäre nie auf die Idee gekommen, dass man Walrosse aus diesem Grund erlegt. Ich wusste bislang nur, dass sie für Eskimos und andere Bewohner des hohen Nordens eine wichtige Rolle spielen. Und die verwenden ja so gut wie alle Körperteile. Also Fleisch und Innereien als Nahrungsmittel, Fett und Talg für Lampen, Häute für Kleidung und Kajaks, Knochen für Werkzeuge und Waffen, Sehnen als Schnüre, ja sogar die …«

Emilie unterbrach sich. Durfte man sich als Mann so für etwas begeistern? Sie warf William einen verunsicherten Blick zu und murmelte:

»Ähm … das hat mich schon als Kind sehr fasziniert. Also, äh … ich meine, dass bei den Urvölkern alles seinen Nutzen hat und nichts weggeworfen wird.«

William sah sie mit leuchtenden Augen an. »Das kann ich gut verstehen! Mir hatten es vor allem die Indianer in Nordamerika angetan. Es hat mich immer sehr beeindruckt, dass sie die Tiere, die sie jagten, als Brüder angesehen haben und nur so viele töteten, wie sie zum Leben brauchten.«

»Und sie haben ja auch alle Teile der Büffel verwertet, nicht wahr?«, fragte Emilie.

William nickte. »Ganz im Gegensatz zu den angeblich so zivilisierten Weißen.«

Er deutete auf die Knochen. »Das hier könnte auf das Konto von Steven Bennet gehen, einem Landmann von mir, der um 1600 herum eine Expedition ins Polarmeer unternommen hat. In seinen Aufzeichnungen brüstet er sich damit, dass er und seine Männer an der Südküste der Bäreninsel innerhalb von sieben Stunden fast tausend Walrosse erlegt hätten. Und er war beileibe nicht der Einzige, der solche Schlachtfeste veranstaltete. Kein Wunder, dass sich die überlebenden Tiere im Lauf der

Zeit in schwerer zugängliche Gebiete weit oben im Norden zurückgezogen haben.«

»Das ist ja widerlich, die armen T...«, rief Emilie und unterbrach sich rasch. »Äh ... ich meine, wie unsportlich. Es ist ja kein großes jägerisches Geschick nötig, um friedlich daliegende Tiere hin zu meucheln.«

»Ja, das seh ich genauso«, sagte William und lief weiter. »Ich verstehe auch nicht, wie man an so einem Blutbad Gefallen finden kann.«

Emilie schloss zu ihm auf. In seiner Gegenwart fühlte sie sich so unbeschwert, dass sie manchmal Gefahr lief, ihre falsche Identität zu vergessen und sich zu verraten. William erinnerte sie an ihren Bruder Max. Er hatte einen ähnlichen Humor, konnte über sich selbst lachen und interessierte sich aufrichtig für andere Menschen. Bei ihm hatte sie nie das Gefühl, sich rechtfertigen oder für Fehler schämen zu müssen.

Sie umrundeten einen großen Felsklotz und erblickten Beat Späni, Antonio, Leonid und Arne.

»Ihr kommt gerade richtig!«, rief der Schweizer und winkte ihnen mit einem Gewehr zu.

Auf dem Boden sah Emilie mehrere Flinten liegen.

»Arne hat uns ein kleines Schießtraining verordnet«, erklärte Beat Späni. »Er will sichergehen, dass wir uns im Falle eines Falles auf Spitzbergen gegen Eisbären wehren können.«

Arne hatte mehrere leere Konservendosen auf einen dicken Baumstamm, der ein paar Meter entfernt von der Gruppe am Ufer lag, gestellt. Er trat zu ihnen und knurrte:

»Ich an eurer Stelle würde das ernst nehmen, wenn ihr nicht als Bärenfutter enden wollt. Wer erst überlegen muss, wie seine Schusswaffe funktioniert, hat keine guten Überlebenschancen, wenn er angegriffen wird.«

Beat Späni klopfte ihm auf die Schulter. Emilie sah, dass Arne sich versteifte und seine Augen zusammenkniff. Es hätte sie nicht gewundert, wenn er die Hand des Schweizers weggeschlagen hätte. Dieser schien nichts davon zu bemerken. Mit heiterer Miene sagte er:

»Nichts für ungut, Meister!«

Er legte sein Gewehr an und schoss, ohne abzusetzen, hintereinander alle Dosen ab, die mit lautem Scheppern auf den steinigen Strand fielen.

Emilie zuckte zusammen und hob unwillkürlich die Hände an die Ohren, besann sich im letzten Moment und rückte ihren Hut zurecht. Sie war nicht die Einzige, die das laute Knallen erschreckt hatte.

Antonio riss die Augen auf und rief: *»Per l'amor del cielo!«*

Leonid, der geistesabwesend ins Nichts geschaut hatte, schien der Lärm aus seiner Versunkenheit geholt zu haben. Er rieb sich die Augen und gähnte ausgiebig.

Arne ging wortlos zu dem Baumstamm und stellte die Büchsen wieder hin.

»Bravo!«, rief William und klatschte dem Schweizer Beifall. »Sie haben ein gutes Auge und eine sichere Hand!«

»Oh, Sie stehen mir gewiss in nichts nach«, antwortete Beat Späni und reichte William sein Gewehr.

Während Emilie diesen beim Schießen beobachtete und seine geschmeidigen Bewegungen bewunderte, die das Ganze spielerisch aussehen ließen, bekämpfte sie ihre aufkeimende Panik. Sie hatte keine Ahnung, wie sie diese Aufgabe bewältigen sollte. Es war eine Sache, einigermaßen glaubhaft über technische Details von Waffen zu reden – sie zu bedienen, stand dagegen auf einem anderen Blatt.

»Non posso sparare!«, sagte Antonio, als Arne ihm mit einem Kopfnicken zu verstehen gab, dass er der Nächste war.

»Er kann nicht schießen«, übersetzte Beat Späni.

Arne runzelte die Stirn. »Dann lernt er es eben.«

Er hielt Antonio eine Flinte hin. Antonio machte einen

Schritt nach hinten und wedelte abwehrend mit den Händen.

»No, no! Sono pacifista!«

»Erklären Sie ihm bitte, dass er nicht auf Menschen schießen soll, sondern auf Bären«, sagte Arne zu Beat Späni.

Dieser begann, auf den Italiener einzureden. Der presste seine Lippen aufeinander und verschränkte die Arme vor der Brust. Emilie war sich sicher, dass er gar nicht zuhörte. Er wirkte auf sie wie ein trotziges Kind, das so lange schmollen würde, bis es seinen Willen bekam.

Arne hatte sich unterdessen zu Leonid umgedreht und gab ihm das Gewehr. Der nahm es bereitwillig, legte es ein wenig ungelenk an, zielte lange und drückte ab. Der Schuss ging daneben. Leonid zuckte die Achseln und probierte es erneut. Nach einem halben Dutzend Fehlversuchen hatte er den Dreh heraus und traf eine Dose.

Beat Späni ließ Antonio stehen und ging zu Arne.

»Ich fürchte, ich kann unseren italienischen Freund nicht umstimmen.«

Arne zuckte mit den Achseln.

»Nun, zwingen können wir ihn nicht. Ist sein Risiko.«

Er wandte sich an alle und erklärte:

»Bären gehen dem Menschen in der Regel aus dem Weg. Wenn man sie provoziert oder sie sehr hungrig sind, können sie jedoch angreifen. Das tun sie mit hoher Geschwindigkeit. Und zwar auf allen vieren, nicht auf den Hinterbeinen. Ein Bär, der einem mit aufgerichteten Ohren und hoch erhobenem Kopf entgegenkommt, ist eher neugierig als aggressiv.

»Ich dachte immer, Bären, die sich auf die Hinterbeine stellen, wollen dem Gegner imponieren«, sagte William.

Arne schüttelte den Kopf. »Nein, sie tun das, um sich einen Überblick über die Situation zu verschaffen ... Also, was tun, wenn ein Bär angreift? Seid euch im Klaren darüber, dass der erste Schuss tödlich sein muss! Das Herz oder die Lunge eines Eisbären zu treffen und ihm eine lebensgefährliche Wunde zuzufügen ist schwierig. Sein Brustkorb verjüngt sich nämlich zur Halswurzel hin und wird durch starke Schultern geschützt.«

»Ich nehme an, dass man ihn in den Kopf treffen sollte?«, fragte William.

Arne nickte. »Genau. Klingt einfach, hat es aber in sich. Schließlich ist das Gehirn eines Bären nur etwa so groß wie ein Apfel. Deshalb sollte man so lange wie möglich warten, bis man den Schuss abfeuert. Und dann sofort nachladen, um gleich noch einmal schießen zu können.«

Er drehte sich zu Emilie. »So, jetzt ist Max an der Reihe.«

Emilie schluckte und räusperte sich. »Ich ... äh ... also ... ich hab noch nie mit einem Gewehr ...«

»Dann wird es höchste Zeit«, sagte Arne.

Bevor sie etwas einwenden konnte, fuhr er an William und den Schweizer gewandt fort:

»Dürfte ich die Herren bitten, für unser heutiges Abendbrot ein paar Eisenten zu schießen? Eine halbe Meile den Strand runter brütet eine kleine Kolonie.«

»Was fir e pfundige Idee«, rief Beat Späni und leckte sich über die Lippen. »Nach meiner unfreiwilligen Fastenkur der letzten Tage ist ein knuspriger Geflügelbraten genau das Richtige!«

Er schulterte sein Gewehr und sagte zu William:

»Kommen Sie?«

»Selbstverständlich, sehr gern«, antwortete dieser, winkte Emilie zu und folgte dem Schweizer.

Arne gab Leonid und Antonio pantomimisch zu verstehen, dass sie Treibholz für ein Lagerfeuer sammeln sollten. Nachdem auch sie sich entfernt hatten, sagte er zu Emilie:

»So, dann wollen wir mal.«

Emilie war froh, kein Publikum bei ihren ersten Schießversuchen zu haben. Wobei sie Beat Späni oder William als Lehrer vorgezogen hätte. Mit väterlich-jovialen Belehrungen oder humorvollen Frotzeleien konnte sie besser umgehen als mit der verschlossenen Art dieses Wikingers, aus dem sie nicht schlau wurde. Es wunderte sie, dass Arne sich die Mühe machte, sie zu unterrichten. So finster, wie er sie häufig musterte, hatte sie erwartet, dass er diese Aufgabe gern einem anderen überlassen hätte. Sie straffte sich innerlich, griff nach einem Gewehr und fragte:

»Was soll ich tun?«

»Das da«, Arne nickte zu dem Gewehr hin, »brauchen wir noch nicht.«

»Aha? Und wie soll ich dann schießen lernen?«, rutschte es Emilie heraus.

Arne überging ihren Einwurf und sagte:

»Als Allerererstes musst du einen guten Stand finden und dich ins Gleichgewicht bringen.«

Er stellte sich parallel zu dem Baumstamm mit den Dosen hin, die Füße etwa schulterbreit auseinander, die Knie leicht durchgedrückt. Die Arme hingen locker herab, die Hände waren entspannt. Emilie musterte ihn kurz und tat es ihm nach.

»Schließ' die Augen«, sagte Arne. »Ob deine Balance stimmt, spürst du am besten an deinen Füßen. Dein Gewicht muss gleichmäßig auf beide Seiten verteilt sein.«

Emilie folgte seiner Aufforderung und korrigierte ihre Haltung. Sie holte tief Luft und konzentrierte sich auf ihre Beine und Füße.

»Schießen ist nicht nur eine Frage von Geschicklichkeit und der perfekten Handhabung einer Waffe. Um ein guter Schütze zu werden, muss man viel üben. Aber mit Drill und Einbimsen, wie es in eurem Heer üblich ist, bringt es keiner zu wahrer Meisterschaft.«

Emilie blinzelte und wollte anmerken, dass ihre Ziele nicht so hochgesteckt waren, doch Arne sprach weiter:

»Es geht darum, alle Abläufe fließend zu beherrschen – von der ausbalancierten Grundstellung bis hin zur Ruhehaltung, nachdem man den Schuss abgegeben hat. Dazu muss man sich auch innerlich ganz darauf einlassen. Unnötige Bewegungen führen zu Fehlern. Nur wenn keine störenden Gedanken im Weg sind, kann sich der Körper präzise bewegen, und der Schuss findet sein Ziel.«

Emilie öffnete die Augen und sah Arne an. Abgesehen davon, dass er noch nie so viel am Stück mit ihr geredet hatte, verblüffte sie sein geradezu philosophisch anmutender Exkurs. Ohne den Kopf zu ihr zu drehen, sagte er leise:

»Man sollte nie zu schnell vom äußeren Anschein auf das Innere eines Menschen schließen.«

Emilie biss sich auf die Lippe und fühlte sich wie früher als kleines Mädchen, wenn man sie auf frischer Tat dabei ertappt hatte, wie sie etwas aus der Speisekammer stibitzte oder ihrem älteren Bruder einen Streich spielte. Es war ihr peinlich und auch ein wenig unheimlich, wie gut Arne ihre Gedanken erraten hatte. Oder trug sie sie so offensichtlich zur Schau?

Arne nahm zwei Gewehre und gab ihr eines davon.

»Jetzt üben wir den Anschlag. Dazu musst du deinen Nullpunkt finden.«

Emilie sah ihn ratlos an. »Nullpunkt?«

»Stell dir ein Pendel vor, das an einer Schnur befestigt ist«, forderte Arne sie auf. »Wenn man es anstößt, schwingt es eine Weile hin und her, bis es irgendwann ruhig herabhängt. Dann befinden sich die Kräfte, die auf das Pendel einwirken, im Gleichgewicht. Das ist der Nullpunkt. Bei einem Schützen ist das der Punkt, auf den man zielt, wenn man ohne Kraft, Druck und Verspannung optimal im Anschlag steht.«

»Warum ist dieser Nullpunkt so wichtig?«, fragte Emilie.

»Weil sich beim Abdrücken im Körper die Verspannungen lösen. Dadurch zieht das Gewehr Richtung Nullpunkt. Und wenn der nicht auf das Ziel ausgerichtet ist, verreißt man viele Schüsse und weiß meistens nicht mal, warum.«

Arne neigte den Oberkörper leicht nach vorn, verlagerte das Gewicht auf den linken Fuß und nahm die Waffe hoch. Er drückte sie an die rechte Schulter, legte die Wange an den Schaft, visierte eine Dose an und schoss. Mit einer federnden Bewegung fing er den Rückstoß ab und befand sich augenblicklich wieder in der Ausgangsposition. Es sah einfach aus.

»Und jetzt du!«, sagte er und stellte sein Gewehr beiseite.

Als Emilie ihre Flinte angelegt und auf eine der Dosen ausgerichtet hatte, forderte Arne sie auf, die Augen zu schließen und nach ein paar Sekunden wieder zu öffnen.

»Wohin zielst du jetzt?«, fragte er.

Emilie stutzte. Die Dose war nicht länger in ihrem Visier, sondern gut eine Handbreit davon entfernt.

»Siehst du, *das* ist dein Nullpunkt«, erklärte Arne. »Jetzt kannst du deinen Stand so korrigieren, dass er mit dem Ziel übereinstimmt. Und achte immer darauf, dass du dich nicht verspannst.«

Leichter gesagt als getan, dachte Emilie, die unwillkürlich die Luft angehalten hatte und die Hände um das Gewehr krampfte.

»Du musst den Schaft gut an die Schulter drücken«, sagte Arne. »Sonst läufst du Gefahr, dass dir der Rückstoß das Schlüsselbein zertrümmert.«

Emilie schloss kurz die Augen, rekapitulierte den Bewegungsablauf und ging erneut in den Anschlag. Sie zwang sich, tief ein- und auszuatmen, die Waffe gerade zu halten und sich auf ihr Ziel zu konzentrieren. Das rieselnde Geräusch des Wassers zwischen den Kieseln am Ufer, die Schreie der Vögel in den Felsen und das Sausen des Windes schienen gedämpfter an ihre Ohren zu dringen. Ihre Knie hörten auf zu zittern. Ihr Herz schlug langsamer. Sie wurde ganz ruhig. Ein lauter Knall ließ sie zusammenfahren.

Die Dose, auf die sie gezielt hatte, stand nicht länger an ihrem Platz.

»Sehr gut!«, sagte Arne. »So muss es sein. Wenn du erschrickst, hast du deine Waffe ganz bestimmt nicht im letzten Moment verrissen.«

Emilie nickte und starrte stumm auf die leere Stelle auf dem Baumstamm. Tief in ihrem Inneren regte sich ein Jubel, der sich langsam in ihr ausbreitete. Sie hatte getroffen! Auf Anhieb! Und Arne hatte sie gelobt!

32

Spitzbergen, Juli 2013

Einige Stunden nach ihrer Wanderung saßen Hanna und Kåre mit Leif und Line um ein kleines Lagerfeuer herum, grillten Würstchen, die sie auf Äste gespießt hatten, und tranken *Macks Isbjørn*-Pils aus Dosen, auf denen Eisbären aufgedruckt waren. Der Himmel wölbte sich tiefblau über ihnen, die Sonne stand über den Hügeln und ließ das rötliche Gestein leuchten. Vom gegenüberliegenden Steilufer trug eine sanfte Brise die Rufe der Vogelkolonie herüber.

Von einem Moment zum anderen wurde Hanna von Traurigkeit erfüllt. Trotz der Hitze der Flammen und der warmen Decke fror sie. Es war eine Kälte, die tief in ihr steckte. Sehr lange hatte sie sie nicht mehr gespürt. Es war der Geruch nach verbranntem Fett, das Zischen, mit dem es ins Feuer tropfte, und der Anblick der Würstchen an den Stecken, die dieses Frösteln auslösten und sie in Kindheitstage zurückversetzten. An eines der zahllosen Feuer in den Ferienlagern, in denen sie ihre Sommerferien verbracht hatte – nach der Scheidung ihrer Eltern, bei der sie zehn Jahre alt gewesen war. Sie hatte die anderen Kinder, die aus heilen Familien kamen, nicht verstanden. Warum sie aus freien Stücken an den Urlaubcamps teilnahmen und nicht mit ihren Eltern wegfuhren. Hanna hätte viel darum gegeben. Dabei hatte sie selbst nie erlebt, wie sich ein intaktes Familienleben anfühlte. Ihr Vater hatte sich, seit sie denken konnte, weitgehend aus dem gemeinsamen Alltag zurückgezogen und sich seiner Managerkarriere verschrieben. War er zu Hause, hatten lautstarke Streits gefolgt von tagelangem eisigen Schweigen die Jahre vor der Trennung geprägt. Im Grunde ihres

Herzens war Hanna erleichtert gewesen, als ihre Mutter ihr verkündete, dass sie es nicht mehr aushielte und die Scheidung eingereicht hätte.

Ihr künftiges Leben als Teil einer eingeschworenen Mutter-Tochter-Wohngemeinschaft hatte sich Hanna in den rosigsten Farben ausgemalt. Unbeschwert, harmonisch und friedlich. Umso fassungsloser war sie, als sich herausstellte, dass ihre Mutter sich nicht um sie kümmern wollte. Dora Vogel hatte nicht die Absicht, ihre neugewonnene Freiheit mit der Erziehung eines Kindes zu belasten. Eines Kindes obendrein, das ihr die zehnjährige Ehemisere überhaupt erst eingebrockt hatte. Hanna hatte immer geahnt, dass sie der Heiratsgrund gewesen war, da sich ihre Eltern erst ein knappes Jahr vor ihrer Geburt kennengelernt hatten. So unverblümt damit konfrontiert zu werden, ein unerwünschtes Zufallsprodukt zu sein, verletzte sie sehr. Die nachgeschobene Versicherung ihrer Mutter, sie habe sie selbstverständlich »sehr lieb«, empfand Hanna als Hohn. Was nutzte ihr diese vorgebliche Liebe, wenn man sie wie einen störenden Hund weggab und in ein Internat steckte? Und sogar in den Ferien selten zu sich holte, sondern sie in Ferienlager und später zu Sprachkursen im Ausland schickte?

»Alles in Ordnung?«, drang Kåres Stimme in Hannas Gedanken. »Du guckst so traurig.«

Hanna schreckte auf. Erleichtert stellte sie fest, dass Leif und Line auf Norwegisch in ein Gespräch vertieft waren und hoffentlich nichts von ihrem Stimmungsumschwung mitbekommen hatten. Ihr erster Impuls war, Kåres Beobachtung zu leugnen, und sich eine harmlose Ausrede, die ihren ernsten Gesichtsausdruck erklären könnte, einfallen zu lassen. Die ehrliche Besorgnis, die sie in seinen Augen erkannte, ließ sie jedoch sagen:

»Ach, ich weiß auch nicht, was auf einmal mit mir los ist. Es hat nichts mit hier zu tun! Es ist nur ... Ich hatte gerade einen

Flash in meine Jugend und ...« Sie verstummte und zuckte mit den Schultern.

»Keine so gute Zeit?«, fragte Kåre leise.

Hanna schüttelte den Kopf. Ihre Kehle schnürte sich zusammen. Wenn sie jetzt weitersprach, würde sie weinen.

»Mir ging es vor zwei Jahren ähnlich«, sagte Kåre. »Als meine Schwester und ihre Tochter bei mir auftauchten. Besser gesagt, als sie wieder abgereist waren. Da wurde ich plötzlich ständig von alten Erinnerungen überfallen und in Situationen zurückkatapultiert, die ich längst vergessen hatte ... nein, verdrängt hatte. Zuerst fand ich das schrecklich. Ich wollte mich nicht mit einer Zeit beschäftigen, die ich als sehr grau und schmerzlich empfunden hatte. Aber dann wurde mir klar, dass ich mir nicht länger vorgaukeln konnte, das hätte nichts mit mir und meinem Leben zu tun.«

»Hat Line das gemeint, als sie heute Vormittag sagte, du wärst seither wie ausgetauscht?«, fragte Hanna.

»Ja, ich denke schon«, antwortete Kåre.

Hanna zog die Decke enger um sich. Ohne ihn anzusehen, fragte sie halblaut:

»Was ist denn in deiner Familie schiefgelaufen?«

»Oh je, so einiges«, begann Kåre. »Um es kurz zu machen: Mein Vater hatte sehr starke Prinzipien und Vorurteile, denen er das Glück meiner Schwester opferte, indem er ihre Beziehung zu einem Mann zerstörte, den er nicht akzeptieren wollte. Und daran ist dann letztendlich auch die Ehe mit unserer Mutter zerbrochen.«

»Das klingt ja furchtbar!«, sagte Hanna und drehte den Kopf zu ihm.

»Das war es auch. Das Schlimmste war aber, dass er nicht mit offenen Karten gespielt hat, sondern seine Ziele mit unsäglichen Manipulationen verfolgte. Und dabei felsenfest davon überzeugt war, nur das Beste für seine Familie zu tun.«

»Nun, meine Eltern waren immerhin so ehrlich, mir nichts vorzumachen«, sagte Hanna. »Meine Mutter hat mir nach der Scheidung von meinem Vater ohne Umschweife erklärt, dass in ihrem weiteren Leben nur wenig Platz für mich sein würde. Sie glaubte, sich selbst verwirklichen zu müssen. Und mir wollte sie nicht zumuten, mich eines Tages schuldig zu fühlen, sie daran gehindert zu haben. Deshalb hat sie mich in ein Internat abgeschoben.«

Während Hanna sprach, wurde sie von einer Welle der Wut und des Schmerzes überflutet. So heftig wie damals, als sie in der Auffahrt zu dem Internat gestanden und dem Taxi hinterhergeschaut hatte, mit dem ihre Mutter sie gebracht hatte und anschließend unmittelbar zum nächsten Flughafen gefahren war, um von dort nach Indien zu entschwinden.

»Ich nehme an, dein Vater war auch nicht für dich da?«, stellte Kåre mehr fest, als dass er fragte.

Hanna schüttelte den Kopf. »Wie war das bei dir?«

»Ich war schon volljährig, als meine Mutter weggegangen ist. Ich habe sie verstanden und hatte auch nie einen Groll gegen sie. Und mein Vater tat mir im Grunde leid. Aber damals stand für mich fest, dass ich niemals heiraten und Kinder bekommen würde. Der Glaube, dass eine Liebesbeziehung glücklich verlaufen und von Dauer sein könnte, war mir gründlich ausgetrieben worden. Und das Schicksal meiner Schwester bestärkte mich in der Überzeugung, dass die Liebe eine zerstörerische Macht ist, der ich mich nicht ausliefern wollte.«

»Bei mir war es irgendwie genau umgekehrt«, sagte Hanna. »Ich glaube, ich wollte beweisen, dass eine Ehe gelingen kann. Und dass ich trotz meiner negativen Erfahrungen eine gute Mutter sein würde.«

Nach kurzem Schweigen fuhr sie leise fort:

»Vermutlich habe ich deshalb so lange die Augen davor verschlossen, dass es bei Thorsten und mir den Bach runterging.

Ich wollte einfach nicht wahrhaben, dass auch ich gescheitert war.«

»Das klingt so, als würdest du dich allein dafür verantwortlich machen«, sagte Kåre.

Hanna sah ihn an. Erst in diesem Moment wurde ihr klar, dass er genau ins Schwarze getroffen hatte. Wie andere sich einer beruflichen Aufgabe, einem Amt oder der Perfektionierung eines besonderen Talents hingaben, hatte sie sich mit Haut und Haar dem Projekt »Familie« verschrieben.

»Schon verrückt, wie sehr einen die Vergangenheit und die Prägungen aus der Kindheit im Griff haben«, murmelte sie.

»Ja, aber wenn man das erkennt, hat man die Chance, sich zumindest ein gutes Stück weit freizuschwimmen«, sagte Kåre und lächelte ihr zu.

Hanna senkte verunsichert den Blick. Außer Heiko wusste niemand, wie sehr sie darunter gelitten hatte, von ihren Eltern als Last empfunden zu werden. Sie hatte es wie einen Makel empfunden, den es zu verstecken galt. Nicht einmal Thorsten hatte sie sich anvertraut. Sie hatte alles getan, um dieses schmerzliche Kapitel zu vergessen. Und nun saß sie hier und sprach mit einem Mann darüber, den sie kaum kannte. Tat sie das, weil sie ihn bald nie wiedersehen würde? So, wie manche Bahnreisende ihr Herz Wildfremden ausschütteten und ihnen ihre Lebensgeschichte erzählten in der Gewissheit, ihnen nie mehr zu begegnen. Hanna horchte in sich hinein. Nein, so war es nicht. Ganz im Gegenteil. Bei dem Gedanken, sich bald von Kåre verabschieden und nach Deutschland zurückfliegen zu müssen, zog sich ihr Magen zusammen.

»Wollt ihr auch noch ein Bier?«, fragte Leif und stand auf.

»Gern«, antworteten Hanna und Kåre wie aus einem Mund und gaben ihm die leeren Dosen.

Während ihr Mann zum Küchenzelt ging, rückte Line näher zu ihnen.

»So, jetzt sind wir wieder ansprechbar.« Sie lächelte entschuldigend. »Leif und ich konnten uns nicht einigen, wie wir die nächste Versuchsreihe angehen. Ich fürchte, wir sind da manchmal beide ziemliche Sturköpfe.«

»Ich hatte nicht den Eindruck, dass ihr streitet«, meinte Kåre.

Line kicherte. »Nein, wenn wir uns so richtig in die Haare kriegen, hört sich das anders an.«

»Ist das nicht schwierig?«, fragte Hanna. »Ich meine, als Paar zusammenzuarbeiten?«

»Naja, manchmal schon. Aber eigentlich funktioniert das bei uns sehr gut«, antwortete Line.

»Ich denke, ihr seid eine Ausnahme«, sagte Kåre. »Ich kenne jedenfalls außer euch niemanden, bei dem das so gut klappt. Besonders in der Forschung ist das selten.«

Hanna nickte. »Das glaube ich. Da läuft man doch sicher Gefahr, früher oder später in ein Konkurrenzverhältnis zu geraten«, sagte sie. »Dass man ab und zu Meinungsverschiedenheiten hat, gehört wohl dazu. Aber bestimmt schaffen es nicht viele, ihre Beziehung dadurch nicht zu sehr zu belasten.«

»Ja, das ist sicher richtig«, antwortete Line. »Aber in Leifs Familie hat das Tradition. Da haben die Eheleute eigentlich immer eng zusammengearbeitet.«

Sie zog die Augenbrauen hoch. »Lustig, jetzt wo ich darüber spreche, fällt mir ein, dass dabei für alle Spitzbergen immer eine zentrale Rolle gespielt hat.«

»Für wen hat Spitzbergen eine zentrale Rolle gespielt?«, fragte Leif, der eben mit den Bierdosen zurückkam.

»Für deine Verwandten mütterlicherseits«, antwortete Line. »Oder sehe ich das falsch?«

Leif verteilte das Pils und setzte sich neben seine Frau.

»Nein, unsere Familie ist tatsächlich seit Generationen vom Arktisvirus befallen«, sagte er und schmunzelte. »Dabei stammt sie gar nicht aus Nordnorwegen, sondern aus Ålesund.«

Er wandte sich an Hanna. »Das ist eine hübsche Stadt an der Westküste, gar nicht so weit von der Gegend entfernt, aus der Kåres Mutter stammt.«

»Das wusste ich gar nicht«, sagte Kåre. »Ich dachte immer, du kommst aus Tromsø.«

»Stimmt ja auch«, antwortete Leif. »Meine Mutter ist Anfang der fünfziger Jahre dorthin gezogen. Die Kriegszeiten hatte sie mit ihren Eltern in Ålesund verbracht. Danach hat sie ihrem Vater geholfen, das Geschäft wieder aufzubauen, das die Familie dort vor dem Einmarsch der Nazis in den Sommermonaten betrieben hatte. Eine Art Reisebüro, das Schiffsfahrten ins Polarmeer organisierte.«

»Lass mich raten. Sie hat deinen Vater kennengelernt und ist dageblieben«, sagte Kåre.

Leif nickte. »Ja, er arbeitete am geophysikalischen Observatorium. Meine Mutter hatte die Idee, im Winter spezielle Nordlicht-Reisen anzubieten, und ließ sich im Institut beraten.«

»Und zwar von deinem Vater«, ergänzte Line und lehnte sich an ihn.

»Sie war ganz begeistert von der wissenschaftlichen Welt, in die er sie einführte, und verbrachte jede freie Minute dort. Mein Vater wiederum war beeindruckt von ihrer raschen Auffassungsgabe und brachte ihr alles bei, was er wusste. So wurden sie nicht nur ein Liebespaar, sondern mit der Zeit auch ein gut eingespieltes Forscherteam«, erzählte Leif.

Line lächelte ihren Mann verliebt an. »Ihr seht also, auch das hat Tradition.«

Leif legte einen Arm um sie. »Bin mal gespannt, ob unser Bengt es ebenso hält.«

»Zeit wär's ja allmählich«, sagte Line. »Er wird bald dreißig.«

Hanna schaute unauffällig zu Kåre. Bedauerte er es heute, keine Familie gegründet und eigene Kinder zu haben? Sie konnte sich nicht vorstellen, wie ihr Leben ohne Mia und Lukas aussehen würde. Auch wenn die beiden nun immer selbstständiger wurden und sie nicht mehr so brauchten wie früher – im Gegensatz zu ihrer eigenen Mutter war es Hanna ein Bedürfnis, ihnen zu vermitteln, dass sie immer für sie da war.

Und wenn sie das gar nicht wollen?, meldete sich ihr innerer Kritiker zu Wort. Wenn sie das als unerwünschte Einmischung empfinden? Ich will mich ja nicht aufdrängen, entgegnete sie. Ich weiß sehr gut, dass sie ihren eigenen Weg finden müssen. Aber es ist doch nicht verkehrt, ihnen zu helfen oder ihnen einfach nur zuzuhören, wenn sie unsicher oder traurig sind. So wie ich mir das oft gewünscht hätte.

»Hast du Kinder?«

Lines Frage holte Hanna an das Lagerfeuer zurück.

»Ja, zwei. Eine Tochter und einen Sohn.«

Während sie das sagte, wurde Hanna von großer Sehnsucht nach den beiden erfasst.

»Apropos. Habt ihr hier Internet? Ich würde mich gern kurz bei Mia und Lukas melden«, fragte sie.

Und hoffentlich E-Mails von ihnen vorfinden, fügte sie in Gedanken hinzu. Es erschien ihr auf einmal unerträglich, tausende Kilometer von ihnen entfernt zu sein, ohne zu wissen, ob sie wohlauf waren.

Leif schüttelte den Kopf. »Nein, tut mir leid. Wir haben hier auch kein Handynetz. Nur ein Funktelefon für Notfälle.«

Kåre beugte sich zu Hanna und sagte:

»Mach dir keine Sorgen. Ich bin sicher, deinen Kindern geht es gut. Und morgen in Ny Ålesund wirst du *WLAN*-Empfang haben.«

Hanna blinzelte und murmelte ein leises »Danke«. Es war ungewohnt für sie, so aufmerksam und fürsorglich behandelt zu werden. Das war doch immer ihre Rolle gewesen. Es fühlte sich gut an. Hanna fror nicht länger. Kåres Anteilnahme hatte die Kälte vertrieben.

33

Svalbard, Juni 1907

Die *Isflak* verließ die Bucht, nahm Fahrt auf und segelte an der Ostküste der Bäreninsel entlang nach Norden. Der Sturm, der sie zu einer zweitägigen Zwangspause genötigt hatte, war zu einem frischen Wind abgeflaut. Er trieb sie zügig übers Wasser, das unter dem bewölkten Himmel grau wirkte.

Nachdem Emilie, die auf dem hinteren Deck stand, die Küstenlinie mit ihren vom Meer benagten Klippen aus den Augen verloren hatte, suchte sie sich ein windgeschütztes Plätzchen zwischen zwei Wasserfässern. Sie verbrachte so wenig Zeit wie nötig im Inneren des Schiffes. Auch wenn es draußen kühl war – solange es nicht in Strömen regnete, mied sie die engen, nur spärlich erhellten Räume, in denen sich die abgestandene Luft staute, die von verschiedenen unangenehmen Gerüchen geschwängert war. Emilie kauerte sich auf den Boden, zog *Meyers Reisebücher* aus ihrer Jackentasche, blätterte nach hinten kurz vor die Beschreibung Islands und stimmte sich auf das Ziel ihrer Reise ein.

Die Inselgruppe Spitzbergen ist ungefähr 750 km (etwa Berlin – Basel) nördl. vom Nordkap im Eismeer gelegen. Man versehe sich mit warmer Kleidung und einer Reisedecke, denn die Temperatur sinkt hier auch im Hochsommer zuweilen bis nahe an den Gefrierpunkt; für die Ausflüge sind starkes Schuhwerk und wasserdichte Gamaschen oder hohe Jagdstiefel nötig, auch eine Schneebrille wird für empfindliche Augen gut sein.

Emilie runzelte die Stirn und ging in Gedanken ihre Garderobe durch. Wasserdichte Gamaschen hatte sie nicht eingepackt, und auch eine Schneebrille fehlte in ihrem Gepäck. Nun denn, sie würde beides wohl kaum vermissen, schließlich sollte sie nur ein paar Tage auf dem Archipel verbringen an einem Fjord – für ausgedehnte Wanderungen oder gar Gletscherüberquerungen war da keine Zeit. Schade eigentlich, dachte sie. Warum muss ausgerechnet ich als Einzige vorzeitig zurückkehren und kann nicht an der Expedition teilnehmen?, fragte sie sich und gab sich umgehend selbst die Antwort: Weil der Professor von Max das Risiko nicht eingehen kann, einen seiner Studenten einem solchen Abenteuer auszusetzen, das gewiss kein Spaziergang wird. Er trägt schließlich die Verantwortung für den Minderjährigen. Außerdem muss Max rechtzeitig zu Beginn des neuen Semesters wieder in Berlin eintreffen.

Emilie seufzte und las weiter:

Das Klima ist bedeutend milder als in Nordamerika unter weit südlicheren Breiten, was dem Golfstrom zuzuschreiben ist. Nicht so sehr die Jahreszeiten, sondern die Winde bestimmen die Temperatur. Schnee fällt in allen Monaten; das Wetter ist unbeständig, nur im Sommer ist die Temperatur gleichmäßig. Das Sommerklima ist gesund, die Luft ist außerordentlich rein und zeichnet sich durch das Fehlen jeglicher Fäulnis aus, so daß tierische Kadaver nicht in Verwesung übergehen, sondern eintrocknen.

Die Flora ist näher mit Sibirien und Grönland als mit Lappland verknüpft. Gleichsam der botanische Garten Spitzbergens ist die Landzunge der Adventbai, deren dünne Humusschicht im Juli reich mit blühenden Pflanzen bedeckt ist; die größte Schonung ist dringend geboten, da sonst die Gefahr der Ausrottung naheliegt. (Das Herausreißen mit der Wurzel ist zwecklos, die Polarpflanzen können in wärmerem Klima nicht gedeihen.)

Aus dem Tierreich kommen vor: das Rentier (noch ziemlich zahlreich), der Eisbär (mehr im Osten), der Blaufuchs und der Lemming (selten). (Die Jagd ist durch kein Gesetz beschränkt.) Die Küsten sind reich an Walrossen und Robben (Erstere mehr im Osten). Im Westen fanden sich früher viele Walfische, deren Zahl jedoch durch die Verfolgung stark gesunken ist. Jetzt jagt man an den Küsten neben Flossenfüßern besonders eine Haifischart (Seymnus borealis). Von Vögeln kennt man 28 Arten, darunter das Schneehuhn und die Eiderente.

Emilie unterbrach ihre Lektüre erneut und lächelte. William würde in seinem Element sein. Die Begeisterung, mit der er auf der Bäreninsel von seinen Beobachtungen und Funden erzählt hatte, nahmen ihn noch mehr für sie ein. Es gefiel ihr, dass er keinen Hehl aus seiner Leidenschaft machte und sich nicht darum scherte, ob das unmännlich wirken könnte.

Als Emilie weiterlesen wollte, drang aufgeregtes Kreischen an ihr Ohr. Sie stutzte. Es klang wie die Rufe von Möwen. Das konnte nicht sein. Spitzbergen war noch viel zu weit entfernt. Da sie aus ihrer Position nichts sehen konnte, stand sie auf und hielt den Atem an. Einige Meter von ihr entfernt erhob sich ein Eisberg von der Größe eines dreistöckigen Hauses, der wie eine Pyramide geformt war. Er schimmerte blaugrün und war fast durchsichtig. Zwei Dutzend weiße Elfenbeinmöwen, die das Auftauchen des Schiffes aufgeschreckt hatte, flatterten aufgeregt um ihn herum, bevor sie sich wieder auf ihrer schwimmenden Insel niederließen.

»Der stammt von einem Gletscher Spitzbergens«, hörte sie eine Stimme in ihrem Rücken sagen.

Arne, der sich bislang beim Lotsen und dem Kapitän im Ruderhaus aufgehalten hatte, war zu ihr getreten.

»Woran erkennst du das?«, fragte Emilie.

»An dem Farbton.«

»Ich kann es gar nicht glauben, dass wir nur etwa ein Achtel des gesamten Eisberges sehen«, sagte Emilie.

Arne zuckte die Achseln.

»Ich hatte keine Ahnung, wie beeindruckend so ein Monstrum ist«, schob Emilie nach.

»Gefährlich sind die Gesellen vor allen Dingen«, brummte Arne. »Man sollte ihnen mit gehörigem Respekt begegnen. Ein Zusammenstoß kann verheerende Folgen haben. Es ist schon manches Schiff gekentert, weil der Kapitän nicht genügend Abstand gehalten hat.«

Emilie beugte sich über die Reling und versuchte, die Ausmaße des eisigen Kolosses unter Wasser zu erkennen. Die Sicht war durch die vielen Planktonteilchen, die das Polarmeer so nährstoffreich machten, stark eingeschränkt. Sie richtete sich wieder auf und wandte sich zu Arne.

»Wie gewaltig müssen die Gletscher sein, von denen solche riesigen Brocken abbrechen!«

Seine Miene verschloss sich. Mit einem knappen »Das wirst du bald sehen« ließ er sie stehen und stapfte davon.

»Alter Griesgram«, murmelte Emilie und wandte sich wieder dem Anblick des blauen Ungetüms zu, das bereits ein gutes Stück weitergetrieben war.

Warum war Arne so abweisend und unfreundlich? Es gab kurze Augenblicke, in denen er zugänglicher wirkte. Doch dann, als habe er ein Gelübde getan, kehrte er jedes Mal sofort wieder in sein mürrisches Schweigen zurück, wenn sie, William oder Beat Späni versuchten, mit ihm ins Gespräch zu kommen. Vielleicht gehörte er einer okkulten Bruderschaft an, die es für unter ihrer Würde hielt, sich über das Nötigste hinaus mit Ausländern abzugeben? Vor Emilies innerem Auge erschien ein von Fackeln erhelltes Burggewölbe, in dem sich selbst ernannte Nachfahren der Wikinger zu geheimnisvollen Ritualen trafen und Pläne schmiedeten, wie sie die Macht im Norden Europas wieder an sich reißen könnten.

Lautes Hupen riss sie aus ihren Fantasien. Von Westen her näherte sich ein großer Dampfer. An seinem Heck sah Emilie die schwarz-weiß-rote Flagge ihrer deutschen Heimat flattern, wenig später konnte sie den Schiffsnamen entziffern: *Großer Kurfürst*.

»Ah, ein Reichspostdampfer des Norddeutschen Lloyd«, sagte Beat Späni, den das wiederholte Signal der Dampfpfeife an Deck gelockt hatte.

»Die bieten seit Neuestem auch Polarfahrten an, die von Bremerhaven über Edinburg nach Spitzbergen gehen.«

Kurz darauf gesellte sich auch William zu ihnen. Auf der Brücke des Passagierschiffs erschien ein uniformierter Mann, der einen riesigen Trichter vor seinen Mund hielt und etwas zu ihnen herüberrief. Emilie konnte seine Worte nicht verstehen, doch der Kapitän der *Isflak*, der aus dem Ruderhaus getreten war, gab den Befehl, den Motor zu drosseln und längsseits des Dampfers zu gehen. Vorn dort wurde eine Barkasse zu Wasser gelassen, mit der drei Männer zu ihnen übersetzten. Zwei von ihnen kletterten wenige Augenblicke später das Fallreep hinauf, der dritte befestigte mehrere Seesäcke und große Kisten am Seil der Drehwinde, mit der sie von den beiden Matrosen an Bord gehievt wurden.

»Jä lueg doo!«, rief Beat Späni. »Wenn das nicht unser vermisster Offizier ist!«

Er nickte zu dem jüngeren der beiden Ankömmlinge hin, der einen blauen Waffenrock mit einem rot umsäumten Schulterabzeichen und eine Schirmmütze trug. Er mochte um die dreißig Jahre alt sein, hatte einen muskulösen Körperbau, einen Schnauzbart mit nach oben gezwirbelten Enden und kurz geschorene dunkle Haare. Sein Begleiter war deutlich älter. Auch er trug eine Uniform und ein Krätzchen, wie die schirmlose Feldmütze der Mannschaftsgrade im Volksmund genannt wurde. Der Kapitän der *Isflak* ging auf ihn zu und streckte ihm die Hand zum Gruß entgegen. Der Jüngere erstarrte, trat einen Schritt vor, nahm Haltung an, schlug die Hacken seiner Stiefel zusammen und sagte laut:

»Leutnant Poske!«

Er deutete auf seinen Begleiter. »Und das ist Feldwebel Kuhn.«

»Oh, da ist unser wackerer Kapitän gleich ins Fettnäpfchen getreten«, sagte Beat Späni halblaut.

William zog fragend die Augenbrauen hoch.

»Nun, er hat nicht erkannt, wer der Ranghöhere ist und den Untergebenen zuerst gegrüßt.«

William zuckte mit den Schultern. »Ich nehme an, er hielt es für angemessen, dem Älteren diese Ehre zu erweisen.«

»Mag schon sein, aber bei diesem Poske ist er damit unten durch.«

»Ja, der macht wirklich ein böses Gesicht«, sagte William und grinste. »Am liebsten würde er den Kapitän wohl zum Duell fordern.«

»Oh, nein!«, widersprach der Schweizer. »In seinen Augen ist der Mann gewiss nicht satisfaktionsfähig!«

William verzog den Mund. »Da kenn ich mich nicht aus. Ich hab so oder so noch nie verstanden, weshalb manche glauben, sich wegen irgendwelcher Nichtigkeiten totschlagen zu müssen.«

Emilie hörte den beiden nur mit halbem Ohr zu. Seit der Leutnant seinen Namen genannt hatte, versuchte sie fieberhaft, herauszufinden, warum er ihr so bekannt vorkam. Den Mann selbst hatte sie noch nie zuvor gesehen. Und so weit sie sich erinnerte, war sie auch noch keinem anderen Menschen mit diesem Namen begegnet. Ihr Bruder Max hatte keine Ahnung gehabt, wie der Leiter der Expedition hieß, an der er ohnehin nicht teilnehmen sollte. Er hatte ihn ihr also auch nicht gesagt.

Während Emilie noch grübelte, ob sie den Namen in einem Zeitungsartikel gelesen oder in einer Unterhaltung aufgeschnappt hatte, kam Poske auf ihre kleine Gruppe zu und musterte sie von oben bis unten.

Der Schweizer lüpfte seinen Hut.

»Gestatten, Beat Späni, Geologe aus Basel. Ich spreche sicher im Namen aller, wenn ich meiner Freude Ausdruck verleihe, dass Sie den Weg zu uns gefunden haben. Wir waren bereits in Sorge, weil Sie in Tromsø nicht erschienen sind. Aber nun sind wir ja alle beisammen und können guten Mutes unser Abenteuer beginnen.«

William und Emilie warfen sich einen verstohlenen Blick zu. Die gedrechselte Ausdrucksweise des Eidgenossen war immer wieder ein Quell der Belustigung für sie beide.

Der Leutnant warf ihm einen kühlen Blick zu und fragte:

»Sie sind demnach Teilnehmer der Spitzbergen-Mission?« Er sah sich suchend um. »Wo sind die anderen?«

Es klang ungehalten. Vielleicht hatte Leutnant Poske ein vollständiges Empfangskomitee erwartet – samt Trommelwirbel, Trompetensignal und Salutschüssen? Emilie schlug die Augen nieder und hoffte, ihre zuckenden Mundwinkel ruhig halten zu können.

»Den Fotografen und den Meteorologen finden Sie unten«, antwortete Beat Späni. Er deutete auf William. »Das ist Herr Lewis aus Groß Britannien, seines Zeichens Ornithologe.«

»Ein Engländer, so, so«, sagte der Leutnant mit angewidertem Gesicht, übersah Williams ausgestreckte Hand und wandte sich Emilie zu.

»Gehe ich richtig in der Annahme, dass Sie Max Berghoff sind?«

»Äh, ja ...«, stotterte Emilie.

»Ottokar Poske!«, sagte er und ergriff ihre Hand, die er fest drückte.

»Ich freue mich außerordentlich, Ihre Bekanntschaft zu machen. Ich soll Ihnen schöne Grüße von Ihrem Vater ausrichten.«

»Von meinem Vater?«

»Ja, er hat unsere Unternehmung großzügig unterstützt. Kurz vor meiner Abreise habe ich bei ihm vorgesprochen, um ihm persönlich zu danken. Ein Mann mit Visionen! Er hat sofort erkannt, wie zukunftsweisend die Wetterforschung in der Arktis ist.«

Und einen Aufpasser für Max angeheuert, ergänzte Emilie für sich. Ihr Vater hatte wirklich nichts dem Zufall überlassen. Erst hatte er dafür gesorgt, dass Max von seinem Professor »ausgewählt« wurde, für die Universität in die Arktis zu reisen. Und nun gab er ihm zu verstehen, dass er auch tausende Kilometer entfernt von zu Hause unter Beobachtung stand. Sie zweifelte keinen Moment daran, dass ihr Vater Ottokar Poske gebeten hatte, ein Auge auf seinen Jüngsten zu haben und darauf zu achten, dass er seiner Familie keine Schande machte.

Sie starrte den Leutnant an. Natürlich! Jetzt wusste sie, woher sie den Namen kannte. Ihre Augen weiteten sich, ihr Magen zog sich zusammen. Mit Mühe unterdrückte sie einen Schreckenslaut. Ottokar Poske war der vielversprechende junge Mann, von dem ihr Vater in dem Brief an Tante Fanny geschrieben hatte. Sein Wunschkandidat als Schwiegersohn. Der Grund, warum sie Berlin Hals über Kopf verlassen hatten.

»Ihre Schwester habe ich leider knapp verpasst, als ich auf dem Weg nach Bremerhaven in der Hauptstadt Station gemacht habe«, hörte sie ihn weitersprechen.

Sie biss sich auf die Zunge und zwang sich zu einem beiläufigen Ton.

»Ja, Emilie befindet sich derzeit mit unserer Tante auf Reisen.«

»Nun, ich bin sicher, ihr nach meiner Rückkehr meine Aufwartung machen zu können.«

Er nickte Emilie zu, winkte dem Feldwebel, ihm zu folgen, und begab sich ins Innere des Schiffs.

»Deine Schwester tut mir jetzt schon leid«, flüsterte William.

»Das kannst du laut sagen«, erwiderte Emilie. »Was für ein arroganter Schnösel! Was bildet der sich ein, dich so von oben herab zu behandeln?«

William zuckte mit den Achseln. »Nun, als strammer Nationalist sind ihm Engländer natürlich ein Dorn im Auge. Hat aber durchaus was Gutes. So kann ich sicher sein, dass er mich in Ruhe lässt.«

Emilie unterdrückte ein Seufzen. Wenn sie doch nur dasselbe von sich hätte sagen können. Ihr schwante, dass das Gegenteil zutreffend sein würde. Die nächsten Tage versprachen anstrengend zu werden.

34

Spitzbergen, Juli 2013

»Kannst du nicht schlafen?«, fragte Kåre mit gedämpfter Stimme.

Hanna schüttelte den Kopf. Nachdem sie sich eine Stunde auf einer der beiden schmalen Pritschen im Gästezelt herumgewälzt hatte, war sie kurz nach Mitternacht wieder aufgestanden und nach draußen gegangen. Kåre saß auf einem Klappstuhl in der Mitte des Camps. An einem großen Stein neben ihm lehnte ein Gewehr in Griffweite.

»Zu hell?«, fragte Kåre.

Hanna nickte. »Im Hotel konnte man die Fenster fast vollständig abdunkeln«, sagte sie leise. »Aber hier habe ich überhaupt nicht das Gefühl, dass es Nacht ist.«

Sie zog sich einen anderen Stuhl heran und setzte sich neben Kåre. »Eigentlich müsste ich müde sein. Aber mein Körper ist da anderer Ansicht. Ich fühle mich hellwach.«

»Geht mir ähnlich«, sagte Kåre. »Deshalb habe ich auch die erste Bärenwache übernommen.«

Hanna sah zu dem Zelt von Leif und Line.

»Heißt das etwa, die beiden können nie gemeinsam zu Bett gehen, wenn sie allein hier sind?«, rutschte es ihr heraus.

Kåre warf ihr einen belustigten Blick zu. »Es wäre nicht ratsam«, antwortete er. »Deshalb freuen sie sich ja auch über jeden Besucher«, fügte er hinzu und zwinkerte ihr zu.

Hanna schluckte trocken und spürte, wie sie rot wurde. Wie peinlich!

»Äh, so hatte ich das nicht ge… also, nicht dass du denkst…«

Kåre lächelte. »Ist doch nichts dabei.«

Hanna beeilte sich, das Thema zu wechseln. »Gewöhnt man sich eigentlich mit der Zeit an den dauernden Sonnenschein?«

»Nicht wirklich«, antwortete Kåre. »Ich zumindest nicht. Aber es stört mich auch nicht sonderlich. Sehr viel schwerer fällt es mir im Winter. Die Dunkelheit macht mir manchmal schon sehr zu schaffen.«

Sie fielen in Schweigen und ließen den Zauber der Mitternachtsstunde auf sich wirken. Kein Lüftchen rührte sich. Das Wasser lag glatt und silbrig schimmernd vor ihnen. Kein Ton war zu hören, es war absolut still. Im Norden tauchte die Sonne am Ausgang des Fjordes in den über dem Meer wabernden Dunst und ließ ihn golden erstrahlen. Hanna versank in eine meditative Stimmung. Die helle Nacht hatte etwas Weihevolles, verlieh allen Dingen eine Weichheit, die sie entrückt wirken ließen. Hanna war wie in einem Traum gefangen, aus dem sie nicht erwachen wollte. Es war einer jener seltenen Momente, in denen sie sich im Einklang mit sich und ihrer Umgebung fühlte, nichts vermisste, über nichts nachdachte, keine Pläne schmiedete. War es ein solcher Augenblick gewesen, in dem Goethes Faust gerufen hatte: Verweile doch, du bist so schön?

Hanna hätte nicht angeben können, wie lange sie so dagesessen hatten, als Kåre leise sagte:

»Ich bin unendlich dankbar, dass ich das hier erlebe.«

Hanna drehte den Kopf zu ihm und sah ihn fragend an. Er erwiderte ihren Blick und fuhr fort:

»Mit dir hier zu sitzen und dieses unbeschreibliche Glück zu empfinden. Wie oft habe ich mich gefragt, ob ich wohl jemals jemanden treffen werde, mit dem ich so einen Moment wirklich teilen kann …«

Hanna nickte. »Jemanden, bei dem man spürt, dass man nichts erklären muss, sich nicht gegenseitig versichern muss, das Gleiche zu empfinden. Weil man es tief im Inneren weiß.«

Wie von einem unsichtbaren Faden gezogen, standen sie gleichzeitig auf. Kåre griff nach Hannas Händen und führte sie nacheinander zu seinen Lippen. Die zarte Berührung löste einen wohligen Schauer in ihr aus. Sie schloss die Augen und trat dichter an Kåre heran. Tief sog sie seinen herben Duft ein. Er beugte sich zu ihr und küsste nacheinander ihre Schläfen und ihr Kinn, bevor seine Lippen ihren linken Mundwinkel streiften. Hanna hielt es nicht länger aus. Sie umfasste sein Gesicht mit beiden Händen und zog es sanft zu sich. Sein Atem mischte sich mit ihrem. Sie öffnete ihre Lippen und ließ ihre Zungenspitze tastend über seine Lippen wandern. Kåre legte einen Arm um sie und drückte sie an sich. Ihre Münder verschmolzen. Die Welt bestand nur noch aus der Wärme seines Körpers, dem Geschmack seines Mundes und den schnellen Schlägen ihres Herzens, das hart gegen ihre Rippen schlug. Ihre Knie zitterten. Sie lehnte sich schwerer in Kåres Arm und fühlte eine Geborgenheit, von der sie nicht geahnt hatte, wie schmerzlich sie sie vermisst hatte.

Als sie sich voneinander lösten, fragte Kåre leise:

»Was hältst du davon, wenn wir gleich nach Ny Ålesund aufbrechen? Dann haben wir dort mehr Zeit.«

Hanna lächelte verträumt und verlor sich im hellen Blau seiner Augen, das sie an die Farbe des Meeres in der Nähe von Korallenriffen erinnerte. Dabei wirkten sie nicht kühl, sondern leuchteten warm – wie das Wesen ihres zugewandten, liebevollen Besitzers.

»Gern«, antwortete sie.

Sie war froh, dass er das Geschehene nicht kommentierte, nichts sagte, was den Zauber zerstörte. Die Selbstverständlichkeit, mit der er die nächsten gemeinsamen Stunden plante, vertiefte Hannas Glücksgefühl. In jüngeren Jahren hätte es sie verunsichert. Sie hätte sich nach Beteuerungen gesehnt, nach Komplimenten. Kåre musste ihr nichts versprechen, keine Erklärungen abgeben. Sie war erfüllt von einer Gewissheit, die keiner Worte bedurfte.

Kåre sah auf seine Armbanduhr. »Gut, meine Bärenwache ist ohnehin bald vorbei.«

Eine halbe Stunde später schoben sie einen der beiden Zodiacs, die am Ufer vertäut waren, ins Wasser und winkten Line zu, die Kåres Platz neben dem Gewehr eingenommen hatte. Durch die Meerenge Sørgattet ging es vorbei an der Insel Amsterdamøya, auf der holländische Walfänger im siebzehnten Jahrhundert die Siedlung Smeerenburg gegründet hatten – was nichts anderes als Speckstadt bedeutete, da man hier den Blubber der großen Meeressäuger zu Tran eingekocht hatte.

Hanna und Kåre verzichteten auf eine Landung und ließen auch das Inselchen Ytre Norskøya mit den Resten der runden Tranöfen und später die Kennedybukta links liegen, wo sich auf der Likneset, der Leichenlandzunge, der mit über zweihundert Gräbern größte Friedhof Svalbards befand, auf dem die Waljäger einst ihre toten Kameraden bestattet hatten. Diese historischen Stätten gehörten zu den insgesamt acht Orten auf dem Archipel, die seit 2010 vollständig für Besucher gesperrt worden waren, um sie zu schützen – eine Maßnahme, die Hanna angesichts der wachsenden Touristenzahlen einleuchtete.

Nachdem sie den Eingang zum Magdalenenfjord passiert hatten, steuerte Kåre das Boot Richtung Süden und folgte jenem wilden, abweisenden Küstenstreifen, den die Eisfischer einst *Die Sieben Eisberge* genannt hatten – nach den sieben großen Gletschern, die zwischen den Bergen zum Meer hinabflossen. In respektvollem Abstand zu den steilen Abbruchkanten sausten sie dahin. Von der offenen See blies eine kräftige Brise, die die Luft kälter wirken ließ als die drei Grad Celsius, die das Thermometer auf dem Armaturenbrett anzeigte. Hanna stand neben Kåre, der einen Arm um sie gelegt hatte und mit der Hand des anderen das Steuer bediente. Das Motorengeräusch mischte sich mit dem Brausen des Windes, ansonsten war nichts zu hören. Über ihnen kreisten lautlos ein paar Möwen, und auf einer kleinen Scholle trieb eine Bartrobbe vorbei, die träge den Kopf hob und sie kurz beäugte, bevor sie sich wieder dem Schlaf überließ. Hanna kuschelte sich enger an Kåre. Ein Knall ließ sie zusammenfahren.

»War das ein Schuss?«, fragte sie.

Kåre schüttelte den Kopf und wies mit dem Kinn auf die zerklüftete Front des Gletschers, an dem sie eben entlangfuhren. Etwa fünfzig Meter vor ihnen brach eine dicke Eisschicht ab, die wie in Zeitlupe ins Wasser rutschte und krachend auf der Oberfläche aufschlug. Das Grollen des Nachhalls erfüllte die Luft. Kurz darauf wurde der Zodiac von den Wellen, die der riesige Brocken beim Eintauchen erzeugt hatte, heftig auf und ab geschaukelt.

»Wahnsinn, ich habe einen Gletscher kalben sehen!«, rief Hanna und strahlte Kåre an. Sie schlug sich mit der flachen Hand vor die Stirn. »Oh, verdammt, ich hab ganz vergessen, Fotos zu machen.«

»Keine Sorge, du wirst gewiss noch mehr Gletscherkälber sehen«, sagte Kåre. »Und dann könntest du so eine Eisberggeburt filmen und auf deinen Blog stellen. Das ist noch eindrucksvoller als Bilder.«

»Gut, dass du mich daran erinnerst«, murmelte Hanna. »Ich muss dringend wieder etwas bloggen. Und vor allem den Artikel für das Magazin schreiben.«

Schuldbewusst gestand sie sich ein, dass sie in den letzten vierundzwanzig Stunden kaum an ihren Auftrag gedacht hatte. Nicht gerade sehr professionell.

»Wir finden nachher sicher ein ruhiges Plätzchen, wo du ungestört arbeiten kannst«, sagte Kåre.

Fünf Stunden später saß Hanna am frühen Morgen in einer Ecke der Kantine von Ny Ålesund. Die bis zum Boden reichenden Fenster gewährten einen weiten Blick über den Kongsfjord. Der lichtdurchflutete Raum war fast leer. Als Hanna ihn betreten hatte, war ihr eine Gruppe Männer und Frauen entgegengekommen, die französisch, deutsch und englisch durcheinandersprachen. An einem Tisch in der Nähe des reichhaltig bestückten Büffets tranken zwei verschlafen aussehende Chinesen Tee und schaufelten riesige Portionen gebackenen Specks mit Eiern in sich hinein.

Nachdem Hanna einige Fotos von ihrer Wanderung im Raudfjord und der Fahrt mit dem Zodiac hochgeladen und kommentiert hatte, begann sie einen neuen Eintrag in *Hannas Eisblog:*

Ny Ålesund – Spitzbergen

Mittlerweile bin ich im Kongsfjord (also dem Königsfjord oder Kings Bay) an der Westküste der Insel, genauer in Ny Ålesund, der nördlichsten Siedlung der Welt. Ja, die Liste der nördlichsten Superlative wird beständig länger;-) … Ich befinde mich hier auf 79 Grad Nord – es trennen mich also »nur« noch elf Breitengrade vom Nordpol! (Zum Vergleich: München liegt auf dem 48 °N, Berlin auf dem 52 °N.)

Die von Menschen erschaffenen Sehenswürdigkeiten sind schnell aufgezählt: Da wären zunächst die schnuckeligen bunten Holzhäuschen der verschiedenen Nationen – erkenntlich an typischen Symbolen. So wird das Haus der chinesischen Forscher von zwei Glückslöwen bewacht, die Inder haben ihre Tür mit einer Darstellung des Elefantengottes geschmückt, und in einer Ecke der deutschen Koldewey-Station haust ein schielender Gartenzwerg (!).

Am Ufer erinnert eine alte Dampflokomotive mit ein paar offenen Wagen, die einst die Kohle von den Stolleneingängen zur Verladestation transportierte, an die Epoche des Bergbaus, die in Ny Ålesund in den sechziger Jahren nach einem schrecklichen Grubenunglück beendet wurde.

Ein Zeugnis einstiger Abenteurerlust ist in Form des nunmehr fast neunzig Jahre alten Ankermastes für Luftschiffe zu bewundern. Von hier aus flog Roald Amundsen, dem eine riesige Büste gewidmet ist, 1926 mit dem Luftschiff Norge *über den Nordpol und weiter nach Alaska. Der Versuch des Italieners Umberto Nobile, der es ihm zwei Jahre später nachtun wollte, endete in einem Desaster. Beim Versuch, die Havarierten aufzuspüren und zu retten, verlor unter anderem Amundsen sein Leben.*

Stühlerücken und das Klappern von Geschirr ließen Hanna aufblicken. Kåre war mit einem anderen Mann hereingekommen und hatte ein paar Tische von ihr entfernt Platz genommen. Er winkte ihr mit einem fröhlichen Lächeln zu, formte lautlos die Worte »bis gleich« und wandte sich wieder seinem Begleiter zu, der mit ernster Miene auf ihn einredete. Das musste der Kollege vom Polarinstitut sein, mit dem sie später zu einem von den Norwegern betriebenen Labor aufbrechen würden. Hanna leerte ihre Kaffeetasse und schrieb weiter:

Der Ort ist streng genommen eine internationale Forschungsstation: Die Einzigen, die hier längere Zeit wohnen, sind Wissenschaftler und das Personal der staatlichen Kings Bay AS, der das Gelände samt Dorf gehört, welches sie wie ein Unternehmen organisiert. Sie kümmert sich um die Flüge, vermietet Zimmer, hält die Stationsgebäude instand, betreibt den Souvenirladen und das Postamt, sorgt für die Verpflegung und im Winter für die Schneeräumung. Es gibt eine zentrale Kantine für die ganze Gemeinde, die rund um die Uhr geöffnet ist. Im darüber befindlichen Salon wird am Wochenende Party ge-

feiert. Im Sommer werden dafür die Fenster mit schweren Vorhängen abgedunkelt – wer feiert schon gern am helllichten Tage, auch wenn es tief in der Nacht ist?

Das Aufploppen des Briefsymbols für eine eingegangene E-Mail lenkte Hanna erneut ab. Heiko hatte geschrieben:

Guten Morgen, liebe Hanna,

und ich dachte immer, dass ich *ein Frühaufsteher bin ...;-)*

ich wollte Dir nur kurz sagen, wie sehr mich Deine Bilder von dieser einmaligen Landschaft beeindrucken. Zusammen mit Deinen Beschreibungen wirken sie sehr verlockend – am liebsten würde ich jetzt gleich eine Reise in den Norden buchen ... Ganz besonders begeistert bin ich allerdings von den Fotos, die? von Dir gemacht hat. Wenn ich es nicht besser wüsste, würde ich nie darauf kommen, dass Du gerade eine schmerzliche Trennung verdauen musst. Du wirkst nämlich überaus glücklich und gelöst – und ich hoffe sehr, dass Du Dich auch so fühlst!

Ich wünsche Dir einen guten Start in einen weiteren Tag voller schöner Eindrücke und Erlebnisse, liebe Grüße,

Heiko

P.S. Verrätst Du mir, wer? ist??? Sollte er Dir dieses Leuchten in die Augen gezaubert haben?

Hanna stützte einen Ellenbogen auf die Tischplatte, legte ihren Kopf in die Hand und schaute auf die E-Mail. Ach Heiko, dachte sie und lächelte vor sich hin. Wie gut er sie kannte! Was er wohl von Kåre halten würde? Ihr Blick wanderte zu dessen Tisch. Sie konnte es kaum fassen, wie vertraut ihr seine Silhouette bereits war – und ihr Herz doch schneller schlagen ließ wie bei einer freudigen Überraschung. Sie horchte in sich hinein. Es fühlte sich anders an als das schmerzlich-süße Prickeln, das Thorsten oder nur der Gedanke an ihn in den Anfangsmonaten ihrer Beziehung in ihr ausgelöst hatte. Dieser alles verdrängende Glücksrausch, in dem ihr Leben damals versunken war. Im Rückblick kam es Hanna so vor, als sei sie weniger in Thorsten selbst verliebt gewesen als vielmehr in die Emotionen, die er in ihr weckte.

Gleichzeitig war sie immer wieder von Momenten heftiger Zweifel heimgesucht worden, in denen sie sich bang fragte, wann er erkennen würde, dass sie seiner nicht würdig war, und die sie dazu angestachelt hatten, sich von ihrer besten Seite zu zeigen, ihm jeden Wunsch von den Lippen abzulesen und Themen zu meiden, die ihm nicht behagten. Die leise Stimme, die ihr vorgehalten hatte, sich zu verbiegen und nicht aufrichtig zu sich zu stehen, hatte sie dabei geflissentlich überhört. Die Angst, Thorstens Interesse an ihr könnte sich verflüchtigen, wenn sie sich ungeschönt präsentierte, war größer gewesen.

Die Spannung, in die Kåre sie versetzte, war anders. Es war, als brächte er etwas in ihr zum Schwingen, das ihr Wesen erst vollständig machte. Einen Akkord, der in ihrer Partitur gefehlt hatte, um ihr Klangbild harmonisch abzurunden.

Ja, Heiko würde ihn mögen, gab sie sich selbst die Antwort. Und auch Kåre würde sich sicher gut mit ihm verstehen. Ob sie sich jemals kennenlernen?, fragte sich Hanna. Sie richtete sich auf, umschloss den Daumen ihrer rechten Hand mit den Fingern und presste sie fest zusammen. Warum nicht? Sie hatte zwar keine Ahnung, wie sich ihr Leben von nun an gestalten würde. Dass Kåre ein wichtiger Teil davon sein würde, war ihr in diesem Augenblick eine tiefe Gewissheit.

35

An Bord der Isflak, *Juni 1907*

Ottokar Poske hatte zwei Briefe für Emilie im Gepäck, die er ihr überreichte, bevor er sich mit Feldwebel Kuhn unter Deck begab, um den Telegraphierapparat von Antonio in Augenschein zu nehmen. Bei seinem Besuch in Elberfeld hatten Emilies Eltern und Friedrich dem Leutnant Briefe für sie, besser gesagt für Max, mitgegeben. Emilie war erstaunt, dass ihr älterer Bruder sich die Zeit genommen hatte, Max zu schreiben. Ihr war nicht bekannt, dass die beiden miteinander korrespondierten. Friedrich hatte Wichtigeres zu tun – was er in der Vergangenheit mehrfach unmissverständlich klargestellt hatte. Seine Zeit war zu kostbar, um seinem missratenen Bruder Briefe zu schicken oder sich dessen Beschreibungen aus einem Leben durchzulesen, das in Friedrichs Augen belanglos war und wenig Interessantes bot.

Nachdem sich Emilie zur ungestörten Lektüre in ihr Versteck zwischen den Wasserfässern verzogen hatte, überflog sie zunächst die Zeilen ihrer Mutter, die von der Sorge um die zarte Gesundheit ihres Jüngsten durchtränkt waren, und die markigen Durchhalteparolen und Ermahnungen von Gustav Berghoff. Anschließend riss sie den Umschlag des zweiten Briefes auf.

Elberfeld im Juni 1907

Lieber Max!

Wenn Du diesen Brief liest, wirst Du das Ziel Deiner Reise vermutlich fast erreicht haben – und damit den Ort, an dem eine geheime Mission auf Dich wartet. Das Folgende darf unter kei-

nen Umständen publik werden!!! Am besten vernichtest Du das Papier nach dem Lesen. Mitwisser können wir auf keinen Fall gebrauchen! Äußerste Diskretion lautet das Gebot der Stunde, um unsere Unternehmung nicht zu gefährden!!!

Emilie runzelte die Stirn. Das klang wie ein Zitat aus einem Detektivroman. Hatte wirklich ihr Bruder Friedrich das geschrieben? Es war so gar nicht seine Art, sich in ominösen Andeutungen zu ergehen und nicht ohne Umschweife zur Sache zu kommen. Was für eine Unternehmung konnte derart wichtig sein? Emilie las weiter:

Wie Du sicher weißt, ist Spitzbergen Niemandsland. Kein Staat erhebt bislang Anspruch auf das Territorium und die dort befindlichen Bodenschätze. Es gilt das Gesetz: »Wer zuerst kommt, mahlt zuerst.« Mir ist zu Ohren gekommen, dass auf einer Halbinsel in der Kings Bay Marmor gefunden wurde – angeblich in beträchtlichen Mengen. Bitte finde heraus, ob das stimmt, und zeichne die Fundorte auf einer Karte ein, damit ich mir bei nächster Gelegenheit einen Claim sichern kann!

Ich gedenke nämlich, diesen Marmor abzubauen, nach Deutschland zu verschiffen und als Baumaterial für nationale Bauwerke und Denkmäler zu verkaufen – insbesondere für Sockel, die Statuen und Büsten unseres verehrten Kaisers tragen sollen. Denn es ist ja kein Geheimnis, wie tief die Liebe Wilhelms des Zweiten zu den Norwegern ist. Erst kürzlich ließ er verlauten:

«Es zieht mich mit magischen Fäden zu diesem Volk. Es ist das Volk, welches sich im steten Kampfe mit den Elementen aus eigener Kraft durchgearbeitet hat, das Volk, welches in seinen Sagen und seiner Götterlehre stets die schönsten Tugenden, die Mannentreue und Königstreue, zum Ausdruck gebracht hat.

Diese Tugenden sind in hohem Maße den Germanen eigen, welche als schönste Eigenschaften die Treue der Mannen gegen den König und des Königs gegen die Mannen hochhielten.«

In der felsenfesten Überzeugung, mit meiner Idee ganz im Sinne seiner Majestät zu handeln, beabsichtige ich, ihm meine Vision persönlich zu unterbreiten: »Nordischer Marmor für deutsche Bauten.«

Dir, Max, biete ich die Gelegenheit, Dich als würdiges Mitglied unserer Familie zu bewähren und unserem Vater zu beweisen, dass ein echter Berghoff in Dir steckt. Ich zähle auf Dich! Sollte unsere Unternehmung erfolgreich sein, kann ich mir vorstellen, Dich als Juniorpartner in das Geschäft einzubinden.

In diesem Sinne: Gib Dein Bestes!
Gutes Gelingen wünscht Dir Dein
Friedrich

Emilie starrte auf den Brief und schnaubte empört. Diese selbstgefällige Anmaßung! Sie war froh, dass Max dieses Schreiben nie zu Gesicht bekommen würde. Es hätte ihn verletzt, verunsichert und das Gegenteil dessen bewirkt, was Friedrich beabsichtigte. Nun denn, sie würde dessen Wunsch entsprechen und nach dem Marmor suchen. Auch wenn sie seine Geschäftsidee lächerlich fand. Aber vermutlich würde er damit tatsächlich Erfolg haben – die Norwegen-Begeisterung des Kaisers wurde von vielen seiner Untertanen geteilt.

Als Emilie das Blatt zusammenfaltete, um es zurück in den Umschlag zu stecken, bemerkte sie auf der Rückseite ein paar Zeilen. Sie stammten von ihrer Schwägerin Klothilde, die Max darum bat, ihr einen Eisbären zu schießen, dessen Fell sich gut vor dem Kamin in ihrem Boudoir machen würde. Emilie verdrehte die Augen. Das wurde ja immer besser. Offensichtlich hatte sich die ganze Familie verschworen, einen harten Kerl aus Max zu machen.

Einige Stunden, nachdem sie Ottokar Poske und Feldwebel Kuhn an Bord genommen hatten, kam Spitzbergen in Sicht. Bald waren sie der Küste so nahe, dass Emilie, die mit William und Beat Späni am Bug stand, zwischen den dunklen Felswänden der Steilufer mächtige, nach unten breiter werdende Eisströme erkennen konnte, die sich ins Meer ergossen.

»Hier entstehen also die Eisberge«, sagte Emilie und ließ ihre Augen über die bläulich schimmernden Abbruchflächen der Gletscher wandern.

Beat Späni wandte sich an William. »Ein Namensvetter und Landsmann von Ihnen hat die Entstehung eines Eisberges eindrucksvoll beschrieben.«

»Sie meinen William Scoresby?«, erkundigte sich William.

Der Schweizer nickte. »Er hat einmal aus nächster Nähe beobachtet, wie eine Eismasse von der Größe einer Kathedrale aus einer Höhe von vierhundert Fuß ins Wasser stürzte.«

»Unglaublich!«, rief Emilie und zog die Brauen nach oben.

Vor ihrem geistigen Auge versank der Kölner Dom aus blauem Eis in den Fluten des Meeres.

»Angesichts solcher Naturgewalten kommt man sich doch wie die sprichwörtliche Ameise vor«, sagte William.

Mittlerweile segelte die *Isflak* an der Westküste Spitzbergens entlang. Im Osten lag das Prins Karls Forland, eine ungefähr neunzig Kilometer lange Insel. Der schmale Forlandsund, durch den sie fuhren, war für große Dampfer mit viel Tiefgang zu seicht. Sie mussten die Route übers offene Meer nehmen, um in den Norden des Archipels zu gelangen, und verpassten so den Anblick hunderter Seehunde, die an den windgeschützten Ostufern der Insel lagerten.

Kurz bevor sie das Ende der Wasserstraße erreichten, drosselte der Kapitän die Geschwindigkeit.

»Warum halten wir an?«, fragte William. »Wir sind doch noch gar nicht in der Kings Bay.«

Emilie zuckte mit den Achseln. Sie sah sich um und bemerkte, dass einer der Matrosen ein Beiboot zum Abseilen bereitmachte. Der andere schleppte einige Kisten und Fässer zur Reling. Arne, der eben aus der Bodenluke gestiegen war, ging ebenfalls dorthin. Er hatte sein Gewehr geschultert und trug einen prall gefüllten Seesack.

»Ah, nun schlägt die Stunde des ersten Abschieds«, rief Beat Späni. »Unser Wikinger verlässt uns, um seiner eigentlichen Profession nachzugehen.«

»Was meinen Sie?«, fragte William.

»Nun, wenn ich das richtig verstanden habe, wird er in den kommenden Monaten auf Jagd gehen und den Trägern edler Pelze nachstellen. Im Winter sind diese ja besonders dicht und wertvoll.«

Emilie versteifte sich. Sie hatte vergessen, dass Arne früher von Bord gehen würde.

»Ach, natürlich!«, rief William und tippte sich an seine Stirn. »Das war mir vollkommen entfallen. Schade eigentlich, ich hatte mich direkt an den Brummbären gewöhnt.«

Er beugte sich zu Emilie und flüsterte:

»Außerdem wäre es sicher amüsant geworden, ihn im Schlagabtausch mit dem zackigen Leutnant zu beobachten.«

Emilie bemühte sich um ein verschwörerisches Grinsen, während sie sich fragte, warum ihr der Abschied von Arne einen Stich versetzte. Wieso machte es ihr etwas aus, ihn nie wiederzusehen? Diesen verschlossenen Mann, dessen schroffe Art von jedem Anstandslehrer als Beispiel für unverschämtes Auftreten angeführt worden wäre? Bei dem sie nie wusste, ob sein ungehobeltes Benehmen einer generellen Menschenverachtung geschuldet war oder einer speziellen Abneigung ihr gegenüber. Es ließ ihr keine Ruhe.

Bei Leonid, der seine Mitmenschen ebenfalls kaum wahrzunehmen schien, hatte sich Emilie diese Fragen nie gestellt. Der Russe war in seine eigene Welt versunken, umhüllt von einem dichten Schleier aus Melancholie, den zu durchdringen ähnlich unmöglich schien, wie die Stachelhecke im Märchen von Dornröschen. Leonid löste in Emilie ein unbestimmtes Mitleid aus. Die möglichen Gründe für seine Traurigkeit beschäftigten zuweilen ihre Fantasie. Sie zu erfahren war ihr nicht wichtig, im Gegenteil, es hatte einen besonderen Reiz, dass der Russe so geheimnisvoll war.

»Seht nur, da steht eine Hütte!«, rief William und riss Emilie aus ihren Grübeleien.

Sie folgte seinem ausgestreckten Arm, mit dem er zum Festland zeigte, und erspähte eine kleine Holzkate in einer Bucht. Sie hob sich kaum von dem Grau der Steine ab.

»Das wird wohl Arnes Unterkunft sein«, sagte der Schweizer.

William schüttelte den Kopf. »Hat er ernsthaft vor, hier zu überwintern? Das Ding sieht so aus, als würde es beim ersten Schneesturm weggeweht.«

»Nun, es haben schon einige vor ihm das Abenteuer gewagt«, sagte der Schweizer. »Im siebzehnten Jahrhundert haben hier englische Walfänger eine ganzjährige Station unterhalten. Deshalb heißt die Bucht auch English Bay, im Norwegischen Engelskbukta.«

»Was Sie nicht alles wissen!«, rief Emilie. »Sie kommen mir vor wie ein wandelndes Lexikon.«

Arne hatte seinen Seesack mittlerweile an der Reling abgestellt und kam zu ihnen.

»Ich denke, ich sollte euch warnen«, sagte er mit ernster Miene. »Ich halte es für keine gute Idee, in diesem Jahr eine Expedition, wie ihr sie vorhabt, durchzuführen.«

Beat Späni sah ihn überrascht an.

»Jä worum nit?«

»Weil vieles darauf hindeutet, dass der Winter dieses Jahr sehr früh kommt. Der Sturm, den wir gerade erlebt haben, war ein Anzeichen dafür. Der Weg zum Eisfjord ist sehr lang und teilweise schon bei gutem Wetter beschwerlich. Wenn Nebel oder gar Schneestürme aufkommen, wird er rasch unpassierbar«, erklärte Arne. »Zumal für ungeübte Wanderer«, fügte er mit einem Seitenblick auf Emilie hinzu.

Emilie verschränkte ihre Arme vor der Brust und starrte ihn finster an. Nein, sie würde ihn nicht vermissen, wie hatte sie das nur einen Augenblick lang glauben können? Diesen eingebildeten Besserwisser!

»Wie Leonid oder Antonio«, fuhr Arne nach einer kurzen Pause fort. »Ich glaube kaum, dass die beiden den Strapazen gewachsen wären.«

Emilie wendete hastig ihre Augen von ihm ab. Wie dumm von ihr, seine Bemerkung auf sich zu beziehen. Wo sie doch gar nicht an der Expedition teilnehmen würde. Hoffentlich war sie nicht rot geworden! Sie tat so, als sei sie ganz gefangen vom Anblick einer Gruppe Basstölpel, die unweit des Schiffes kreisten und nach Fischen Ausschau hielten. Abwechselnd gingen die gänsegroßen Vögel in einen Sturzflug über und tauchten mit engangelegten Flügeln und weit vorgestreckten Köpfen pfeilschnell in die Fluten, aus denen sie sich einige Sekunden später wieder erhoben.

»Ich habe versucht, diesem Leutnant klarzumachen, dass es vernünftig wäre, das Unternehmen zu verkürzen«, sagte Arne. »Man könnte die Versuche mit den Wetterballons durchaus auch auf einem Berg in der Kings Bay machen. Die Suche nach einer geeigneten Stelle für eine ständige Messstation an der Küste sollte auf nächstes Jahr verschoben werden.« Er hob die Schultern. »Es war, als würde ich plötzlich chinesisch reden.«

Der Schweizer lachte auf. »Oh, ich kann mir vorstellen, dass Sie da auf taube Ohren gestoßen sind.«

Arne knurrte etwas Unverständliches.

»Gehe ich richtig in der Annahme, dass sich Leutnant Poske nicht vom Wetter eine Änderung seiner Pläne vorschreiben lassen will?«, fragte Beat Späni.

Bevor Arne antworten konnte, schnarrte eine Stimme hinter ihnen:

»Was fällt Ihnen ein, hinter meinem Rücken meine Autorität infrage zu stellen! Mischen Sie sich gefälligst nicht in fremde Angelegenheiten ein!«

Ottokar Poske, der mit Feldwebel Kuhn im Schlepptau an Deck gekommen war, baute sich vor Arne auf, reckte seine Brust nach vorn und funkelte ihn wütend an. Arne, der den Leutnant um einen Kopf überragte, erwiderte seinen Blick, ohne die Miene zu verziehen. Er wirkte gelassen – was den Zorn seines Gegenübers befeuerte. Die Ader an Poskes Schläfe schwoll an, sein Gesicht färbte sich rot, seine Hände ballten sich zu Fäusten. Die beiden erinnerten Emilie an Kinder, die Wer-zuerst-blinzelt-hat-verloren spielten.

»Das habe ich vorhin gemeint«, flüsterte William in Emilies Ohr. »Ist es nicht köstlich, die zwei zu beobachten?«

Arne zuckte leicht mit den Schultern. »Nun, Sie haben Recht, es geht mich nichts an. Sie tragen die Verantwortung.«

Er drehte sich zum Kapitän, der gerade zusammen mit dem Lotsen aus dem Ruderhaus trat. Die drei schüttelten sich die Hände und klopften einander auf die Schultern und sagten:

»*Lykke til! Vi sees neste år!* Viel Glück! Wir sehen uns nächstes Jahr!«

»Sollten wir ihm nicht auch Lebewohl sagen?«, fragte Emilie und hoffte, dass es beiläufig klang.

»Aber natürlich!«, rief Beat Späni. »Wo bleiben meine Manieren.«

Er ging hinüber zu Arne, William und Emilie folgten ihm. Der Leutnant verzog unwillig das Gesicht, verzichtete aber auf einen Kommentar. Der Schweizer stellte sich vor Arne, lüpfte seinen Hut und sagte:

»Erlauben Sie, dass ich Ihnen im Namen unserer kleinen Schicksalsgemeinschaft für Ihre Hilfe danke und für die Zukunft alles Gute wünsche. Mögen Sie die Monate der Dunkelheit und Kälte unbeschadet überstehen und im Frühling mit reicher Beute in die Zivilisation zurückkehren!«

Er ergriff Arnes Hand, schüttelte sie kräftig und rief: »Sie sind *e pfundige Maa!*«

Arne sah ihn überrumpelt an, erwiderte seinen Händedruck und nickte grüßend zu William. Als er zur Reling ging, kam er dicht an Emilie vorbei. Bevor sie ihm die Hand hinstrecken und Lebewohl sagen konnte, beugte er sich wie zufällig zu ihrem Ohr und flüsterte:

»Gib auf dich acht!«

Emilies Magen zog sich zusammen. Seine Stimme hatte so anders geklungen. Nicht spröde und abweisend wie sonst. Sondern warm und gefühlvoll. Im nächsten Moment schwang er sich über die Reling und kletterte das Fallreep zu dem Beiboot hinunter, in dem bereits einer der Matrosen saß, der ihn zur Bucht hinüberrudern sollte. Emilie beugte sich über die Brüstung und sah hinab. Arne hob den Kopf. Ihre Augen trafen sich. Bevor Emilie etwas sagen konnte, sprang er ins Boot, stieß es von der Schiffswand ab, setzte sich und drehte sich nicht mehr zu ihr um.

Das Klacken von aneinandergeschlagenen Stiefelabsätzen ließ Emilie zusammenzucken. Feldwebel Kuhn stand stramm vor dem Leutnant. Neben ihm hüpfte Antonio von einem Bein aufs andere und strahlte übers ganze Gesicht.

»La macchina funziona! Possiamo telegrafare!«

»Ah, unser italienischer Tausendsassa hat wohl endlich seinen Telegraphierapparat zum Laufen gebracht«, sagte Beat Späni.

Der Feldwebel ignorierte ihn. Für ihn schien nur Ottokar Poske zu existieren. Zum ersten Mal, seit die beiden an Bord gekommen waren, hörte Emilie ihn sprechen. Die Worte kamen wie Gewehrsalven aus seinem Mund geschossen:

»Melde gehorsamst: Maschine funktioniert einwandfrei. Erste Morsesignale empfangen. Unter Deck schlechter Empfang. Botschaft unvollständig.«

Er knallte erneut die Hacken gegeneinander und überreichte dem Leutnant einen Zettel. Dieser starrte mit gerunzelter Stirn darauf und gab ihn dem Kapitän weiter.

»Wohl eine Suchmeldung von der Polizei. Betrifft uns nicht.«

Der Kapitän las die wenigen Worte, zuckte die Schultern, knüllte das Papier zusammen und warf es über Bord. Der Wind wehte es hoch und zurück aufs Deck. Ohne nachzudenken, bückte sich Emilie, hob es auf und strich es glatt. Die verstümmelte Botschaft lautete:

an alle schiffe! a??? ung! +++??? eifahndung! +++??? dring??? ges???! +++ ma???b??? +++ di??? ent? er??? +++??? sche??? dentit??? verda??? auf fl??? t +++ zuletzt ges??? am??? Juni in??? +++ hinw??? an??? lizei tromsø +++ belohnung!

Fühlte es sich so an, wenn einem das Blut in den Adern gefror? Emilie lehnte sich gegen die Reling und rang nach Luft. Ihre Gedanken rasten. Nun war sie also eingetreten, die Katastrophe. Das Telegramm galt bestimmt ihr – daran gab es für sie keinen Zweifel. Sie wurde polizeilich gesucht! Vor ihren Augen tanzten dunkle Flecken, ihre Knie zitterten, und ihr Herz pochte so wild, als wollte es sich aus ihrem Brustkasten freikämpfen.

36

Ny Ålesund – Spitzbergen, Juli 2013

Kåres Kollege, ein Atmosphärenphysiker, entsprach dem Klischee, das Hanna von den Norwegern hatte. Es war nicht sein Äußeres. Sven Birkedal war mittelgroß, dunkelhaarig und feingliedrig. Es war seine verschlossene Art und die Einsilbigkeit, mit der er Hanna begegnete.

»Nimm's nicht persönlich«, raunte Kåre ihr zu, als sie Hand in Hand die Kantine verließen und hinter Sven zum Fuß des Zeppelinfjellets liefen, auf dem das Polarinstitut Tromsø eine Forschungsstation unterhielt. Kåre hatte ein neues Messgerät dabei, das gegen ein älteres Modell ausgetauscht werden sollte.

»Sven hat es generell nicht so mit Menschen. Seine Instrumente und Daten sind ihm lieber. Manchmal habe ich den Verdacht, dass er vielleicht ein Cyborg ist. Er scheint fast ohne Schlaf auszukommen, hat – soviel ich weiß – keine Familie, arbeitet auch an Feiertagen, besucht in den Ferien andere Forschungsstationen und sieht die Nahrungsaufnahme als notwendiges Übel an, um den Motor am Laufen zu halten.« Er verzog das Gesicht. »Ich hab ihn einmal zusammen mit Leif und Line zum Essen bei mir eingeladen und mich echt ins Zeug gelegt mit einem Drei-Gänge-Menü. Ich hätte genauso gut Tiefkühlpizza oder Ravioli aus der Dose servieren können. Stell dir vor, er hat noch vor dem ersten Bissen nach Ketchup verlangt. Damit ›das Zeug besser runterflutscht‹, hat er erklärt«, sagte Kåre und schüttelte sich.

Hanna kicherte. Sie konnte sich lebhaft vorstellen, wie entsetzt er gewesen war, als seine Kochkünste derart mit Füßen getreten wurden.

»Ich vermute, dass er leicht autistisch ist«, fuhr Kåre mit

gedämpfter Stimme fort. »Es ist auf keinen Fall seine Absicht, Leute vor den Kopf zu stoßen. Er lebt einfach in seinem eigenen Universum. Aber als Wissenschaftler ist er brillant.«

In einer roten Gondel fuhren sie mit einer Seilbahn zu dem Stationsgebäude, das in etwa fünfhundert Meter Höhe am Hang des Zeppelinberges klebte, wo die Norweger seit den späten achtziger Jahren rund um die Uhr den Kohlenstoffdioxidgehalt der Luft maßen. Als sie oben ankamen, wandte sich Sven, der den ganzen Weg über kein Wort gesagt hatte, an Hanna und verkündete im Ton eines Pressesprechers:

»Dieses Labor ist von zentraler Bedeutung bei der Überwachung der Atmosphäre. Die gesammelten Daten ermöglichen fundierte Einblicke in die Veränderungen des Ozons in der Stratosphäre, der Intensität von *UV*-Strahlen und dem zunehmenden Schadstoffgehalt der Luft. Man kann ohne Übertreibung sagen, dass sich hier einer der wichtigsten Referenzpunkte für die weltweite Klimakontrolle befindet.«

»Und was genau zeichnet diesen Standort aus?«, fragte Hanna.

»Wir sind hier so weit entfernt von der Zivilisation, dass man nahezu unbeeinträchtigt von deren Verschmutzungsquellen forschen kann«, antwortete Sven. »So können wir zum Beispiel exakte Indizien für die drastische Zunahme der Kohlendioxidmengen in der Atmosphäre ermitteln.«

Kåre nickte und ergänzte: »Außerdem wird die Konzentration von diversen anderen sogenannten Treibhausgasen in der Luft gemessen, unter anderem von Methan, Kohlenmonoxid und Fluorchlorkohlenwasserstoff, also *FCKW*. Weiter untersucht man die Größe und Verteilung von Partikeln in der Atmosphäre sowie verschiedene anorganische Teilchen wie Quecksilber und analysiert die Inhaltsstoffe der Niederschläge.«

»Und was ist mit den Abgasen, die von den Heizungen, Motorschlitten und Booten verursacht werden?«, fragte Hanna und deutete auf die Häuser unten in der Bucht.

»Die Station befindet sich fast immer oberhalb der Inversionsschicht«, sagte Kåre. »Das heißt, die im Dorf erzeugten Schadstoffe dringen normalerweise nicht bis hier hinauf und sind daher ni...«

»Du vergisst die Touristen im Sommer«, fiel Sven ihm ins Wort. »Wenn so ein riesiger Kreuzfahrtdampfer anlegt, haben wir hier auf einen Schlag zwanzig Mal mehr Touristen als Forscher.«

»Stimmt«, sagte Kåre. »Das verdränge ich ganz gern.« An Hanna gewandt fuhr er fort: »So ein Passagierschiff kann an einem einzigen Tag mehr Emissionen ausstoßen als das dieselbetriebene Kraftwerk für die Versorgung des Dorfes in einem ganzen Jahr.«

»Und das erschwert die Auswertung unserer Daten«, knurrte Sven und lief weiter zum Eingang des Gebäudes.

Kåre trat zu Hanna, die sich zum Fjord gedreht hatte und die Aussicht genoss. Wieder staunte sie über die glasklare Luft, die alles so nah erscheinen ließ: die Gipfel der Berge, die im Osten am Ende des Meeresarmes hinter zwei mächtigen Gletschern emporwuchsen oder eine Insel, die zwischen Ny Ålesund und dem gegenüberliegenden Ufer lag. Sie schien nur den sprichwörtlichen Katzensprung weit entfernt zu sein.

»Von hier oben kannst du die Folgen der Klimaerwärmung besonders gut erkennen«, sagte Kåre. »Die Insel dort drüben heißt Blomstrandhalvøya, also Blomstrand-Halbinsel. Als die Gegend hier vor über hundert Jahren kartographiert wurde, dachte man nämlich noch, sie sei mit dem dahinterliegenden Festland verbunden. Dabei waren es nur die Eismassen des Blomstrand-Gletschers, der mittlerweile stark geschrumpft ist.«

»Kommst du?«, rief Sven. Es klang ungeduldig.

Kåre lächelte Hanna entschuldigend an. »Ich sollte ihm besser rasch sein neues Spielzeug montieren. Er kann es kaum erwarten, das Messinstrument, das ich mitgebracht habe, endlich auszuprobieren. Ich beeile mich. Wenn du Lust hast, könnten wir anschließend eine kleine Gletscherwanderung machen und zu Fuß in den Ort zurückkehren.«

»Sehr gern. Ich warte hier draußen auf dich«, sagte Hanna. »Dieses Panorama ist einfach umwerfend. Ich werde ein paar Fotos machen.«

Kåre nahm ihr Gesicht in beide Hände und küsste sie zärtlich auf die Lippen. Hanna widerstand der Versuchung, ihn an sich zu ziehen.

»Geh jetzt, sonst lass ich dich nicht mehr los«, flüsterte sie.

Am liebsten hätte sie sich wie ein Teenager knutschend mit ihm auf die Bank gelümmelt, die an der Wand des Labors stand.

Kåre gab ihr noch einen Kuss, strich ihr über die Wange und verschwand im Inneren der Station. Hanna sah ihm nach. Ein Zitat von Ernst Bloch, dessen utopische Philosophie sie als Studentin begeistert hatte, kam ihr in den Sinn: »Die Liebe ist eine Reise in ein gänzlich neues Leben.« Ein aufregender Gedanke. Sie befand sich binnen weniger Tage erneut an einer Schwelle. Sie schloss die Augen, schlug gedanklich ihr Heft mit den Bestandsaufnahmen auf und beantwortete die Fragen:

1. *Datum und Grund des Eintrags:* ***Dienstag, 09. Juli 2013***
2. *Wo stehe ich?*
   a) *privat* ***am Beginn einer neuen Liebe***
   b) *Schule/Studium/Beruf* ***am Beginn eines Neustarts als Journalistin***
3. *Zufriedenheitsgrad auf einer Skala von 0 bis 10?* *10*
4. *Möchte ich etwas ändern?*
   a) *Nein* √
   b) *Ja:*
   Wenn ja, was genau?

5. Was kann ich tun, um das zu erreichen?
6. Wo sehe ich mich in fünf Jahren?

Hanna öffnete die Augen. Auf die letzte Frage wollte sie nicht antworten. Sie wollte nicht das Glück des Moments zerstören, diesen Zauber, der sich verflüchtigen würde, wenn sie ihn mit Zukunftsbildern befrachtete.

Sie atmete tief ein und ließ ihren Blick über die Landschaft wandern. In einer Beschreibung Spitzbergens hatte Hanna gelesen, dass einen die Natur des Archipels wie eine Zeitmaschine über zwölftausend Jahre in die Vergangenheit Mitteleuropas zurückversetzen würde, nämlich ans Ende der Eiszeit. Angesichts der zurückweichenden Gletscher, der frischen Moränen mit ihren gewaltigen Geröllmassen, der Schotterflächen und der Tundra über dem Permafrostboden verstand sie, was damit gemeint war. Ungefähr so musste es einmal im Voralpenland und anderen Gebieten ausgesehen haben, die jahrtausendelang unter einer massiven Eisschicht gelegen hatten. Wie lang es wohl dauerte, bis sich auch hier die Endmoränen in begrünte Hügel verwandeln würden?

Eine Viertelstunde später kam Kåre wieder heraus. Er schwenkte zwei Paar Wanderstöcke und rief:

»Es kann losgehen. Ich habe auch Spikes aufgetrieben, die wir an unsere Schuhe schnallen können.«

Nachdem sie sich gletschertauglich ausgerüstet hatten, umrundeten sie die Station und begannen auf der Rückseite den Abstieg zum Vestre Lovénbreen, der eine Senke zwischen mehreren Bergen bedeckte. Auch dieser Gletscher hatte bis vor wenigen Jahrzehnten weit hinunter an den Küstenstreifen gereicht. Wie seine Nachbarn war er seither immer mehr geschrumpft. Unterwegs wechselten sich Schneefelder mit Geröll ab, an einer Stelle mussten sie über einen Schmelzwasserbach springen, und immer wieder blieb Hanna stehen, um Fotos zu schießen. Als sie den Rand des Gletschers erreichten, berührte Kåre sie am Arm, legte einen Finger auf seine Lippen und deutete mit der anderen Hand zu einer morastigen Ebene, die sich neben dem Schotterfeld erstreckte. Ungefähr zwanzig Meter von ihnen entfernt standen zwei Rentiere, die die Köpfe zu ihnen gedreht hatten. Sie machten keinen ängstlichen Eindruck, im Gegenteil, sie kamen ein paar Schritte näher und beäugten sie aus großen dunklen Augen. Sie waren deutlich kleiner als die Rentiere, die Hanna bisher in Zoos und Tierdokumentationen gesehen hatte. Diese beiden hatten kurze, kräftige Beine, einen kompakten Körper und einen gedrungenen Kopf.

»Die sehen ja knuffig aus«, flüsterte Hanna.

»Ja, die Spitzbergen-Rentiere sind speziell«, antwortete Kåre. »Eine eigene Unterart, die nur hier lebt und sich an die extremen Bedingungen angepasst hat. Im Gegensatz zu ihren Artgenossen auf dem Festland wandern sie kaum, da es keine Sommer- und Winterweiden gibt. Außerdem leben sie nicht in großen Herden, sondern verteilen sich als Einzelgänger oder in kleinen Familienverbänden über den Archipel.«

»Finden sie denn hier genug zu fressen?«, fragte Hanna. »Soweit ich weiß, ernähren sich Rentiere doch hauptsächlich von Flechten, oder?«

»Ja, normalerweise schon. Hier vertilgen sie allerdings fast alles, was unten Wurzeln und oben Blätter oder Halme hat. Im Sommer ziehen sie quasi ununterbrochen weidend über die Hochebenen. Deshalb nennt man sie auch Tundra-Staubsauger«, erklärte er mit einem Augenzwinkern.

»Aber der Sommer ist doch so kurz, was machen die Armen denn im endlosen Winter?«, fragte Hanna.

»Die schwierigste Zeit ist der Frühling, wenn die Fettreserven aufgebraucht sind und Tauwetter, gefolgt von Frost, die Tundra mit einer undurchdringlichen Eisdecke überzieht. Da verhungern dann oft viele Tiere.«

Nachdem Hanna die beiden mit ihrer Kamera verewigt hatte, wanderten sie und Kåre weiter hinunter Richtung Fjordufer. Streckenweise kamen sie nur langsam voran. Auf dem lockeren Geröll mussten sie höllisch aufpassen, um nicht den Halt zu verlieren oder umzuknicken und sich einen Knöchel zu verstauchen. Die Sonne stand mittlerweile weit im Süden und brannte auf sie herab. Längst hatten Kåre und Hanna die Reißverschlüsse ihrer Anoraks geöffnet und sich ihrer Mützen entledigt. Die Anstrengung, die der Marsch auf dem unebenen Gelände nicht nur körperlich, sondern auch von der Konzentration her forderte, brachte Hanna zusätzlich ins Schwitzen.

Als sie sich nach einer Versteinerung bückte, die sie zwischen den Schotterstücken entdeckt hatte, kam sie ins Rutschen. Um nicht zu fallen, machte sie einen Ausfallschritt zur Seite in eine mit Schnee gefüllte Rille. Ihr Fuß trat ins Nichts. Sie ruderte mit den Armen, verlor das Gleichgewicht und stürzte rücklings in eine Spalte. Sie schrie auf und hörte gleichzeitig Kåre erschrocken ihren Namen rufen. In Erwartung eines schmerzhaften Aufpralls auf scharfkantigen Felsen kniff sie die Augen fest zu. Mit einem dumpfen Geräusch landete sie – auf etwas Weichem. Überrascht atmete sie aus. Was hatte ihren Fall gebremst? Sie öffnete vorsichtig die Augen. Im Dämmer des schmalen Hohlraums, in dem sie sich befand, konnte sie kaum etwas erkennen. Sie blinzelte mehrmals, um sich an die Dunkelheit zu gewöhnen, drehte den Kopf und schrie gellend auf. Neben ihr lag eine Hand!

»Hanna?«

Sie hörte Kåres Stimme aus weiter Ferne. In ihren Ohren rauschte das Blut und dämpfte alle Geräusche. Hanna versteifte sich und tastete vorsichtig unter sich. Ihre Finger fühlten einen dicken Stoff. Sie wälzte sich – so gut es in der Enge ging – herum. Zwei leere Augenhöhlen starrten sie an. Hanna entfuhr ein entsetztes Gurgeln. Sie war auf eine Leiche gefallen!

37

Kings Bay – Svalbard, Juni 1907

Kipp jetzt um Himmels willen nicht um!, beschwor Emilie sich und starrte auf den Zettel, auf dem sich die Lücken zwischen den Buchstaben in ihrem Kopf wie von selbst zu folgender Botschaft vervollständigt hatten:

An alle Schiffe! Achtung! ***Polizeifahndung! Es wird*** *dring***end** *ge****sucht: Maximilian Berghoff, lediger Student aus Berlin. Fal****sche* ***Identität.*** *Verda****cht auf Flucht.*** *Zuletzt ge****sehen am*** *??? Juni in* ***Saßnitz.*** ***Hinweise*** an ***Polizei*** *Tromsø. Belohnung!*

Verstohlen sah sie sich nach den anderen um. Hatte ihr Verhalten Verdacht erregt? Nein, niemand schenkte ihr Beachtung oder machte Anstalten, zu ihr zu gehen. Beat Späni war es gelungen, den wortkargen Feldwebel in ein Gespräch über die Kunst des Morsens zu verwickeln. Der Mann blühte regelrecht auf und gab bereitwillig Auskunft. Offenbar hatte er während seiner aktiven Militärzeit einem Telegraphen-Bataillon angehört und war vor allem wegen seiner dort erworbenen Kenntnisse von Leutnant Poske für die Expedition angeheuert worden.

William stand mit seinem Feldstecher auf der anderen Seite des Decks und beobachtete die Vögel, die in den Felsen des Prins-Karls-Forlands nisteten. Leutnant Poske war mit Antonio ins Innere des Schiffes zurückgekehrt, der Kapitän stand plaudernd mit dem Lotsen am Vordermast und wartete auf die

Rückkehr des Matrosen, der Arne ans Ufer der Englischen Bucht gerudert hatte.

Emilies Herzschlag beruhigte sich ein wenig. Selbst wenn man zu Hause mittlerweile herausgefunden hatte, dass sie an Stelle ihres Bruders in den Norden gefahren war und die Polizei gebeten hatte, sie ausfindig zu machen – hier an Bord der *Isflak* wusste niemand davon.

Du musst jetzt einen kühlen Kopf bewahren, ermahnte sie sich. Wer sagt denn, dass die Polizei tatsächlich nach dir sucht? Bei Lichte betrachtet, ist das doch eher unwahrscheinlich. Emilie vertiefte sich erneut in die Mitschrift der unvollständigen Morsebotschaft. Sie war an *alle Schiffe* gerichtet. Nicht speziell an dieses! Und warum sollte man eigens auf den Familienstand des Gesuchten hinweisen oder ihr unterstellen, sie sei auf der Flucht? Es gab so viele Möglichkeiten, die fehlenden Buchstaben zu ergänzen – und ebenso viele unterschiedliche Inhalte der Meldung. Ihre erste spontane Interpretation erschien ihr – je länger sie das Telegramm betrachtete – immer unwahrscheinlicher. Es hatte keinen Sinn, sich unnötig Sorgen zu machen. Im Augenblick konnte sie nicht herausfinden, was es mit der Fahndung auf sich hatte. Sie atmete tief durch, steckte das Papier in ihre Jackentasche und ging dem Matrosen zur Hand, der mittlerweile wieder beim Schiff angekommen war und das Beiboot mittels der Seilwinde an Bord hievte.

Die *Isflak* segelte weiter nach Norden, umrundete die Brøggerhalbinsel, die nach dem norwegischen Gesteinsforscher Waldemar Christopher Brøgger benannt war, und fuhr in die Kings Bay hinein. Vor einer weitläufigen Bucht gegenüber einer Halbinsel, die vom Nordufer herüberragte, wurde der Anker geworfen. Steile Berge mit schneebedeckten Gipfeln und Kämmen erhoben sich hinter dem breiten Strand, auf dem Emilie das Ziel ihrer Reise entdeckte: eine kleine Holzhütte. Inmitten der urzeitlichen Landschaft aus Geröll und Eis sah sie seltsam verloren und schutzlos aus. Ihr Anblick rührte Emilie. Dieses winzige Stück menschlicher Zivilisation, dieser trotzig anmutende Versuch, in dieser abweisenden Wildnis ein Zuhause zu schaffen.

William hatte Recht, es schien verrückt, aus freien Stücken in so einem Hüttchen den arktischen Winter verbringen zu wollen. Umtost von Schneestürmen, bedroht von Eisbären und Skorbut, ohne die Möglichkeit, im Notfall einen Arzt aufsuchen zu können – und das allein im Dunkeln. Man musste schon über eine robuste seelische Gesundheit verfügen, um unter diesen Bedingungen nicht den Verstand zu verlieren. Emilies Gedanken flogen zu Arne. Was trieb ihn wohl in die Einsamkeit? Abenteuerlust? Oder Abscheu vor den Menschen? Hatte er denn keine Familie, die sich um ihn sorgte? Keine Frau, die auf ihn wartete? Oder war er so bitterarm, dass er seine Lieben monatelang verlassen musste, um ihren Lebensunterhalt als Trapper zu verdienen?

Das Rasseln der Ankerkette unterbrach Emilies Grübeleien und löste geschäftiges Treiben aus. Die beiden Matrosen ließen die Beiboote zu Wasser und begannen, die Expeditionsausrüstung und Vorräte nach oben zu tragen und zu verladen. Die Passagiere packten ihre Sachen zusammen, verstauten die Dinge, die sie unterwegs nicht benötigen würden, in einem Lagerraum und überzeugten sich, dass sie nichts Wichtiges vergessen hatten. Einige nutzten die letzte Gelegenheit, Briefe und Kartengrüße in die Heimat zu schreiben. Die *Isflak* würde sie im Eisfjord, wo sie auf die Expeditionsteilnehmer warten sollte, an einen der Touristendampfer oder einen Fischkutter zum Weitertransport zur Post von Tromsø übergeben. Auch Emilie setzte sich an den Tisch in der Messe und brachte ein paar Zeilen an ihre Eltern zu Papier.

Spitzbergen im Juni 1907

Liebe Mutter, lieber Vater,

langsam rückt das Ende meiner Polarfahrt näher – und ich muss gestehen, dass ich das sehr bedauere. Vor allem seit Leutnant Poske zu uns gestoßen ist, der die eigentliche Expedition leiten wird. Wie gern würde ich daran teilnehmen! Abgesehen von den wertvollen Erfahrungen, die man auf einer solchen Unternehmung sammeln kann, würde ich gewiss viel von diesem zielstrebigen und durchsetzungsstarken Mann lernen, der mir binnen kurzer Zeit zum leuchtenden Vorbild geworden ist.

Emilie hielt inne. War das zu dick aufgetragen? Ach was! Erstens stimmte es ja tatsächlich, dass sie gern länger auf Spitzbergen geblieben wäre. Und zweitens konnte es nicht schaden, wenn ihre Eltern glaubten, dass Max sich für einen Mann wie Ottokar begeisterte. Schließlich waren sie ja auch der Meinung, dass dieser der richtige Gatte für ihre Tochter wäre. Emilie verzog das Gesicht und schrieb weiter:

In wenigen Minuten betrete ich nun also das Reich der Eisbären. Auf Spitzbergen bekommt der Name Arktis, der sich ja vom griechischen Wort arktos *für Bär ableitet, eine doppelte Bedeutung. Eigentlich ist er auf das Sternbild des Großen Bären gemünzt, das nördlich des Polarkreises nie hinter dem Horizont verschwindet. Ihm verdankt die unter ihm liegende Region ihren Namen. Die Wahrscheinlichkeit auf einen der tausenden auf Svalbard lebenden Eisbären zu treffen ist im Sommer besonders groß, weil es kein Packeis gibt und somit die Fläche kleiner ist, auf der sich die Tiere aufhalten können. Ich bin also guten Mutes, Klothildes Bitte zu entsprechen und ihr das gewünschte Souvenir zu schießen.*

Emilie lächelte grimmig. Sie konnte sich lebhaft vorstellen, wie ihre Eltern auf diese martialische Ader reagierten, die ihr Jüngster plötzlich an den Tag legte: die Mutter mit leichtem Unbehagen, das sie jedoch nie zugeben würde, der Vater mit Erleichterung, dass der verweichlichte Sohn endlich gestählt wurde und seine Zimperlichkeiten ablegte. Wie gut, dass sie niemals erfahren würden, dass sie keineswegs die Absicht hatte, selber einen Eisbären zu erlegen. Es gab schließlich genug Pelzhändler, bei denen sie auf dem Rückweg nach Deutschland ein Fell erwerben konnte.

Bitte richtet Klothilde einen Gruß von mir aus und natürlich auch Friedrich. Er kann sich übrigens voll und ganz auf mich verlassen! Für heute muss ich mich leider kurzfassen, daher kann ich den beiden keinen Extrabrief schreiben.

Ich hoffe, es geht Euch allen gut! Was hört Ihr denn von Emilie?

Herzliche Grüße schickt Euch

Euer Maximilian

Sie adressierte den Brief und begab sich an Deck, wo nach und nach alle Passagiere und die Besatzung eintrudelten. Bevor es ans Abschiednehmen ging, forderte Leutnant Poske sie auf, vor dem Großmast Aufstellung zu nehmen, und wies Leonid an, ein Gruppenbild zu machen. Als er merkte, dass dieser offenbar kein Deutsch verstand, bildete sich eine steile Falte auf seiner Stirn.

»Wie ärgerlich! Ich hatte eigens um einen Fotografen gebeten, der Deutsch spricht«, sagte er. »Da der Eigentümer der Agentur ein gebürtiger Schlesier ist, habe ich angenommen, dass das kein Problem darstellt. Nun, es muss auch so gehen.«

Mit Gesten gab er Leonid zu verstehen, was von ihm erwartet wurde. Feldwebel Kuhn schleppte eine Kiste herbei, die durch ein Messingschild als Eigentum der *Fotoagentur Carl Oswald Bulla, St. Petersburg* ausgewiesen war. Darin befanden sich ein Stativ, eine große kastenförmige Plattenkamera und ein moderner Rollfilmapparat, den man an einem Band um den Hals tragen konnte. Der Russe machte keine Anstalten, beim Aufstellen des Stativs zu helfen. Mit hängenden Schultern beobachtete er den Feldwebel und erinnerte Emilie einmal mehr an einen traurigen Bären.

»Ich kann mir nicht helfen«, sagte sie leise zu William, der neben ihr in der hinteren Reihe der Gruppe stand. »Aber ich habe den Eindruck, dass Leonid diese Kiste samt Inhalt zum ersten Mal sieht und keine Ahnung hat, was er damit anfangen soll.«

William zuckte mit den Achseln und setzte zu einer Erwiderung an.

»*Scusi, per favore!*«, rief Antonio, drängte sich an ihnen vorbei, eilte zu Feldwebel Kuhn und kniete sich vor die Kiste. »*Che bella macchina fotografica!*«

Mit einem ehrfürchtigen Gesichtsausdruck griff er nach der kleineren Kamera und musterte sie von allen Seiten. Feldwebel Kuhn schraubte unterdessen die Plattenkamera auf das Stativ. Als er fertig war, trat er beiseite und forderte Leonid mit einer Handbewegung auf, mit den Aufnahmen zu beginnen.

Antonio legte den Fotoapparat zurück, stand auf und widmete seine Aufmerksamkeit der großen Kamera, die seine Begeisterung noch steigerte und ihn zu Ausrufen wie »*Molto speciale!*« und »*Che bel modello!*« hinriss. Schließlich drehte er sich zu Leonid, deutete abwechselnd auf sich und den Fotoapparat und sah ihn bittend an. Der Russe zuckte die Achseln, nickte apathisch und machte mit einer müden Handbewegung eine einladende Geste. Mit einem Lächeln, als hätte er eben den Hauptgewinn einer Lotterie erhalten, stellte sich Antonio hinter das Stativ und bereitete die erste Aufnahme vor.

Nachdem die Bilder im Kasten waren, trat Leutnant Poske vor die Gruppe, streckte die Brust heraus, zwirbelte die Spitzen seines Schnauzbartes nach oben und verkündete mit lauter Stimme:

»Männer! Wir stehen nun am Beginn einer bedeutsamen Mission. Es erfüllt mich mit Stolz, dass ich die Ehre habe, diese zu leiten. Umso mehr, als sie mit der ausdrücklichen Billigung des deutschen Kaisers stattfindet.«

»Hört, hört«, flüsterte William. »Wenn dem Kaiser wirklich so viel daran gelegen wäre, hätte er die Mission anständig finanziert und den braven Leutnant nicht in die Verlegenheit gebracht, mit zwielichtigem Gesindel aus aller Herren Länder loszuziehen, das seine Begeisterung für seine Majestät schwerlich teilt.«

»Pst!«, machte Emilie und stieß William mit dem Ellenbogen in die Seite, während sie ihm innerlich zustimmte. Es war schon amüsant, dass außer dem Feldwebel nur ein weiterer Deutscher unter Poskes Zuhörern war – und bei diesem handelte es sich noch nicht einmal um einen Mann. Wie der Leutnant wohl reagieren würde, wenn er das wüsste? Vermutlich würde er es als persönlichen Affront auffassen und sich in seiner soldatischen Ehre gekränkt fühlen – was auch immer er darunter verstehen mochte. Poske hatte indes seine Rede fortgesetzt und sagte eben:

»Das Meteorologische Observatorium Lindenberg, das diese Expedition angeregt hat, wurde vor zwei Jahren von Kaiser Wilhelm dem Zweiten höchstpersönlich eingeweiht. Das Ziel, die Luftströme und klimatischen Verhältnisse in der Polarregion und insbesondere an der Westküste Spitzbergens zu erkunden und so die Voraussetzungen für künftige Flüge zum Nordpol zu schaffen, wird von ihm huldvoll unterstützt – ist er doch ein großer Förderer des technischen Fortschritts und in höchstem Maße daran interessiert, die Erforschung unbekannter …«

Leises Prusten drang an Emilies Ohr und lenkte sie ab. Aus den Augenwinkeln sah sie, dass William nur mit Mühe einen Lachanfall unterdrückte. Sie trat ihm auf den Fuß. Ihr selbst fiel es leichter, die Beherrschung zu wahren – zu vertraut waren ihr der geschwollene Stil und der salbungsvolle Ton, mit denen Ottokar Poske seine Rede hielt. Genauso gut hätte ihr Bruder Friedrich dort vor ihnen stehen können. Die beiden würden sich wunderbar verstehen – oder erbittert darum wetteifern, wer dem geliebten Kaiser treuer ergeben war. Der Gedanke, wie Friedrich und der Leutnant versuchten, sich gegenseitig mit vaterländischer Rhetorik zu übertrumpfen und dabei wie aufgeplusterte Gockel umherstolzierten, brachte Emilies stoische Miene nun doch zum Zucken. Jetzt nur nicht zu William schauen! Sie würde sich von seinen belustigt funkelnden Augen anstecken lassen und in lautes Gelächter ausbrechen. Sie fixierte einen Punkt hinter Poskes Kopf und zwang sich, schwierige Rechenaufgaben zu lösen – ein bewährtes Gegenmittel bei unerwünschtem Lachreiz.

Kurz darauf beendete der Leutnant seine Ansprache und gab den Befehl zum Verlassen des Schiffes. Die beiden Matrosen mussten viele Male zum Ufer hin- und zurückrudern, bis alle Gepäckstücke, Kisten, Säcke und Körbe an Land waren. Zum Schluss wurden die Passagiere übergesetzt. Der Kapitän sagte Emilie, die als eine der Letzten von Bord ging, mit einem kräftigen Händedruck Lebewohl und dankte ihr für ihre wertvolle Hilfe.

»Vielleicht begegnen wir uns ja noch einmal, wenn dich das Versorgungsschiff abholt und nach Tromsø mitnimmt. Es wird nämlich gewiss auch den Eisfjord anlaufen, wo wir ungefähr drei bis vier Wochen ankern werden, um auf die anderen zu warten«, sagte er.

»Was werdet ihr denn die ganze Zeit dort machen?«, fragte Emilie.

Sie konnte sich nicht vorstellen, dass sich der Kapitän drei Wochen auf die faule Haut legen würde.

»Auf die Jagd gehen«, antwortete er. »Da kann man sich ein schönes Zubrot verdienen. Die Händler in Tromsø, besser gesagt die Urlaubsreisenden, können gar nicht genug von Rentiergeweihen, Seehund- und Eisbärfellen, Walrosszähnen und ausgestopften Vögeln bekommen.«

Er nickte ihr zu, tippte mit einer Hand an seine Mütze und stapfte zum Steuerrad. Emilie kletterte über die Reling und ließ sich zur Bucht rudern. Am Strand türmten sich die Gepäckstücke. Leutnant Poske bellte knappe Befehle, wer was wohin zu tragen hätte. Mit Ausnahme des Feldwebels machte niemand Anstalten, seinen Anordnungen zu folgen. William war in die Beobachtung einer Eiderentenmutter vertieft, die mit ihren Jungen im Fjord vorbeischwamm. Leonid war wohl in der Hütte. Antonio saß bleich auf einem Felsbrocken und wimmerte leise vor sich hin. Offensichtlich hatte ihm die kurze Überfahrt zugesetzt. Beat Späni klopfte ihm tröstend auf die Schulter. Als der Leutnant den Mund zu einem weiteren Befehl öffnete, trat der Schweizer zu ihm und sagte:

»Mein Lieber, wir sind hier nicht in der Kaserne. Sie täten gut daran, Ihren Ton zu mäßigen! Ein klein wenig Freundlichkeit würde gewiss nicht schaden.«

Ottokar Poske verzog angewidert das Gesicht, zischte: »Verdammte Zivilisten!«, griff sich eine Kiste und marschierte zur Hütte.

Beat Späni schaute ihm nach und murmelte:

»Mit dem git s noo Lämpe.«

»Was meinen Sie?«, fragte Emilie.

»Mit dem wird es noch Ärger geben. So, wie der sich aufspielt. Nun ja, hoffen wir, dass er sich bald die Hörner abstößt und nicht darauf beharrt, uns wie seine Untergebenen zu behandeln.«

Emilie zuckte mit den Schultern, hob ein Fass mit eingelegten Heringen hoch, warf einen letzten Blick auf die davonsegelnde *Isflak* und folgte dem Leutnant.

Die nächsten beiden Stunden waren sie damit beschäftigt, das Gepäck in die Hütte zu schleppen, ein Zelt aufzuschlagen, Treibholz zu sammeln, den Ofen anzuschüren, Essen zuzubereiten, Wasser von einem Gletscherbach zu holen und sich häuslich einzurichten.

»Wo sind eigentlich unser Schweizer und Leonid?«, fragte William und sah sich suchend um. Eben hatte er gemeinsam mit Emilie in dem Zelt drei Pritschen aufgeschlagen und mit Fellen gepolstert, da die beiden Doppelbetten in der Hütte nur Platz für vier Personen boten. Aus deren offener Tür drang Geschepper und der Duft gerösteten Brotes. Feldwebel Kuhn hatte den ersten Küchendienst übernommen und werkelte lautstark herum. Leutnant Poske saß auf einem Baumstamm, der als Bank vor eine Hüttenwand gelegt worden war, und reinigte sein Gewehr. Antonio suchte geeignete Holzplanken, die im Lauf der Jahrhunderte von havarierten Schiffen angespült worden waren, um einen Unterstand für seinen Telegraphenapparat zu bauen.

»Gute Frage«, antwortete Emilie. »Ich kann gar nicht sagen, wann ich die beiden das letzte Mal gesehen habe.«

William warf einen Blick in die Hütte und schüttelte den Kopf.

»Nein, hier drin sind sie auch nicht.«

»Wer ist da auch nicht drin?«, erkundigte sich Leutnant Poske.

»Beat Späni und der Russe«, antwortete Emilie.

»Waren die nicht vorhin zum Holzsammeln eingeteilt?«

»Nein, das hatte ich übernommen«, sagte sie und zog die

Augenbrauen hoch. »Da waren die beiden nämlich auch schon verschwunden.«

Der Leutnant legte sein Gewehr beiseite und stand auf. Auf seiner Stirn bildete sich die Zornesfalte.

»Das ist Meuterei!«, sagte er mit kalter Stimme. »Höchste Zeit, andere Saiten aufzuziehen!«

Er sah Emilie in die Augen. »Sie sind davon ausdrücklich ausgenommen. Ich stelle mit Genugtuung fest, dass Sie nicht den geringsten Anlass zur Klage geben. Im Gegenteil, Sie sind pflichtbewusst, packen mit an und erledigen ihre Aufgaben zügig und gut. Ihr Vater scheint sehr hohe Ansprüche zu haben. Ich bin mir sicher, dass er stolz auf Sie wäre, wenn er Sie jetzt hier sehen könnte.«

Ottokar Poske nickte ihr zu und verschwand in der Hütte. William salutierte spielerisch vor Emilie und sagte in schnarrendem Ton:

»Bitte gehorsamst darum, meine Glückwünsche überbringen zu dürfen. Es ehrt mich, an der Seite eines von höchster Stelle gelobten Kameraden dienen zu dürfen!«

Emilie verdrehte die Augen und wedelte abwehrend mit der Hand. Poskes Lob hatte zwiespältige Gefühle in ihr geweckt. Zu ihrem eigenen Erstaunen war sie geschmeichelt. Ihr Auftreten hatte den Inbegriff eines strammen deutschen Mannsbildes überzeugt! In den Augen von Ottokar Poske in ihrer Männerrolle zu brillieren war wie ein Ritterschlag. Gleichzeitig ärgerte sie sich über seine herablassende Art.

In der Tiefe ihres Unterbewusstseins rumorte zudem ein diffuses Unbehagen – ausgelöst durch das Verschwinden des Schweizers und Leonids. Wie damals auf Saßnitz – als sie in Sorge um Max gewesen war – wurde sie von einer Vorahnung kommenden Unheils beschlichen.

38

Ny Ålesund – Spitzbergen, Juli 2013

»Hanna, ist alles in Ordnung? Bist du verletzt?«

Kåres Kopf erschien am Rand der Spalte. Im Gegenlicht konnte Hanna sein Gesicht nicht erkennen. Seine Stimme klang besorgt. Er streckte einen Arm aus.

»Kannst du meine Hand greifen?«

Hanna wollte ihm antworten, ihm versichern, dass sie unversehrt war. Sie brachte keinen Ton über die Lippen. Sie begriff, wie der Ausdruck »gelähmt vor Entsetzen« entstanden war: Er beschrieb ihren Zustand ziemlich genau.

»Hanna?!« Kåre beugte sich tiefer zu ihr.

Los, nimm seine Hand, befahl sich Hanna. Wie in Zeitlupe hob sie ihren Arm, ergriff Kåres Hand und wurde mit kräftigem Schwung nach oben aus dem Loch gezogen. Er stellte sie behutsam auf ihre Füße, umfasste ihre Schultern und musterte sie aufmerksam.

»Tut dir was weh? Hast du vielleicht eine Gehirnerschütterung?«

Hanna schüttelte den Kopf.

»Mein Gott, du zitterst ja!«, rief Kåre. »Ist sicher der Schock.«

Er schloss sie fest in seine Arme. Erst in diesem Moment merkte Hanna, dass sie bebte, als hätte sie Schüttelfrost. Die Berührung und die Wärme seines Körpers lösten ihre Erstarrung.

»Da ... da ... ein To ...«, stammelte sie nach einer Weile. Ihre Zähne schlugen so heftig aufeinander, dass sie kaum ein Wort herausbrachte.

»Alles ist gut«, murmelte Kåre und streichelte ihren Rücken.

»Nein, nicht gut!«, presste Hanna heraus.

»Bist du doch verletzt?«

Hanna holte tief Luft. Das Zähneklappern hörte auf.

»Nein, ich nicht. Aber da unten liegt ein Toter!«

Kåre löste sich von ihr und zog überrascht die Augenbrauen hoch.

»Eine Leiche? Hier?«

Vermutlich hält er mich für total überspannt, dachte Hanna. Würde mir an seiner Stelle wohl nicht anders gehen.

»Überzeug dich selbst«, forderte sie ihn auf.

Kåre trat vorsichtige an den Rand der Spalte und spähte hinein.

»Das gibt's doch nicht!«, rief er. »Wie kommt der denn dorthin?«

»Und vor allem: Wie ist er gestorben?«, sagte Hanna und beugte sich ebenfalls über die Öffnung. »Vielleicht ist er ja ermordet worden!«

Unwillkürlich stellte sie sich vor, wie Kåres menschenscheuer Kollege Sven einem Touristen, der sich unerlaubt der Forscherstation genähert und seine Ruhe gestört hatte, im Affekt eine Schneeschaufel über den Kopf gezogen und die Leiche in der Felsspalte entsorgt hatte, wo sie im Winter eingeschneit worden war.

»Also, das kann ich mir beim besten Willen nicht vorstellen«, antwortete Kåre. »Es gibt hier so gut wie keine Kriminalität. Die einzigen Morde, die hier in den letzten Jahrzehnten aufgeklärt werden mussten, waren die an Eisbären. Man muss nämlich dem *Sysselmann* beweisen, dass man in Notwehr auf einen Bären geschossen hat. Sonst muss man mit hohen Geldstrafen rechnen.«

Hanna verschränkte die Unterarme, umfasste ihre Ellenbogen und presste sie an sich. Es war ihr peinlich, dass sie Kåres Bekannten so ein Verbrechen zutraute. Nur weil Sven ein wenig eigenbrötlerisch und verschroben war.

»Vielleicht ist es ein verunglückter Tourist? Oder ein Wissenschaftler?«, überlegte sie laut.

»Hm, möglich wär's«, sagte Kåre. »Aber wenn in letzter Zeit jemand verschwunden wäre, hätten wir davon gehört. Es wäre in Ny Ålesund Tagesgespräch. Schließlich passiert hier selten etwas Außergewöhnliches.«

»Wenn er allein unterwegs war, würde man ihn doch erst später vermissen«, warf Hanna ein.

»Natürlich. Aber egal, was passiert ist, wir müssen auf jeden Fall sofort die Polizei verständigen.«

»Es gibt hier Polizisten?«, fragte Hanna.

Kåre nickte. »Der *Sysselmann* ist auch der oberste Polizeichef.«

Er holte sein Smartphone aus der Jackentasche, wählte eine Nummer und sprach auf Norwegisch hinein. Offenbar stieß seine Meldung auf Skepsis, denn Hanna hörte ihn mehrmals eindringlich sagen:

»Ja, et lik! Uten tvil, en død! Jeg er sikker på!«

Er drehte sich zu Hanna und rollte mit den Augen. Schließlich beendete er das Gespräch und sagte:

»Die haben das erst für einen schlechten Scherz gehalten. Aber jetzt schicken sie ein paar Leute mit dem Hubschrauber von Longyearbyen rüber. Wir sollen hierbleiben, nichts anrühren und dafür sorgen, dass sich niemand dem Fundort nähert.« Er grinste schief. »Vor allem keine hungrigen Füchse oder Bären.«

Hanna verzog schaudernd das Gesicht. Sie zog ihre Mütze wieder auf und mummelte sich tiefer in ihren Anorak. Mit dem Nachlassen des Schocks kam die Kälte. Sie stampfte mit den Beinen und rieb sich die Arme, um warm zu werden.

Kåre steckte das Telefon weg, öffnete seinen Rucksack und holte eine Thermoskanne und zwei Blechbecher heraus.

»Ich denke, ein heißer Kaffee tut uns jetzt gut«, sagte er und schraubte den Deckel ab.

»Du bist wunderbar«, sagte Hanna. »Gerade hab ich gedacht, wie gut ich jetzt was Warmes vertragen könnte.«

Kåre reichte ihr einen gefüllten Becher und beugte sich erneut über den Rucksack.

»Und auf den Schreck vielleicht noch etwas Stärkeres?«, fragte er und hielt Hanna ein Fläschchen mit einer goldgelben Flüssigkeit hin, nachdem er den Korken herausgezogen hatte. Sie nahm es und schnupperte daran. Ein feines Aroma von Honig, Zimt und Nelken stieg ihr in die Nase.

»Hm, riecht lecker«, sagte sie. »Was ist das?«

»Ein Honiglikör mit dem schönen Namen Bärenfang«, antwortete Kåre. »Meine Mutter hat ihn gemacht. Nach einem alten Rezept aus Ostpreußen.«

Hanna sah ihn erstaunt an. »Wie kommt deine Mutter an ein ostpreußisches Rezept?«

»Sie hat im Krieg einige Jahre auf einem Gutshof in Masuren gelebt«, erklärte er und lächelte, als er Hannas ungläubigen Gesichtsausdruck sah. »Meine Mutter hatte ein ziemlich bewegtes Leben. Ich sollte euch mal zusammenbringen. Ihre Geschichte wäre es wert, aufgeschrieben zu werden. Und ich könnte mir vorstellen, dass du genau die Richtige dafür wärst.«

Kåre prostete ihr mit seinem Becher zu. Hanna stieß mit ihm an und musste plötzlich kichern. Hier stand sie mitten in der Wildnis, umgeben von urzeitlichem Schotter, keine zwei Meter entfernt von einer Leiche, wartete auf die Polizei, plauderte über Likörrezepte und genehmigte sich am helllichten Tage Hochprozentiges.

»Ich hatte mir unsere Wanderung auch irgendwie anders vorgestellt«, sagte Kåre und grinste schief. »Tut mir leid, dass …«

»Ach wo!«, fiel Hanna ihm ins Wort. »So viel Aufregendes wie in den letzten zwei Tagen habe ich in den vergangenen zehn Jahren nicht erlebt.«

Nach einer knappen Stunde verkündete lautes Motorengeräusch das Nahen des Hubschraubers. Er landete ein gutes Stück von ihnen entfernt. Noch während die Rotoren kreisten, sprang eine junge Frau heraus. Auf ihrer blauen Schirmmütze prangte ein goldenes Emblem mit einem Löwen. Auf der Rückseite ihrer Jacke stand *Politiet.* Ihr folgten zwei Männer, die eine Bahre trugen.

»*Hei!*«, rief sie zur Begrüßung und sagte etwas auf Norwegisch, das Hanna nicht verstand. Kåre antwortete ihr und deutete dabei auf Hanna. Die junge Frau wandte sich an sie und fragte auf fließendem Englisch:

»Du bist also über den Toten gestolpert?«

»Auf ihn drauf gefallen trifft es besser«, antwortete Hanna und schüttelte sich leicht bei der Erinnerung an ihren Sturz und die Landung auf dem schaurigen Gesellen.

»Na, dann wollen wir ihn uns mal ansehen«, sagte die Polizistin, zog eine Taschenlampe aus ihrem Gürtel und leuchtete in die Spalte.

Ihre Kollegen kamen und stellten die Bahre ab. Einer machte Fotos von der Leiche und dem Fundort, der andere legte Gurte bereit, mit denen der Tote aus seiner Gruft geborgen werden sollte.

»Wird denn jemand vermisst?«, fragte Kåre, als die junge Frau beiseitetrat, um den Männern für die Bergung Platz zu machen.

»Nein, bei uns ist keine Anzeige eingegangen. Deshalb wollten wir es auch zuerst nicht glauben, als du uns von eurer Entdeckung erzählt hast.«

Wenige Augenblicke später war klar, warum niemand einen verschwundenen Touristen oder Forscher als vermisst gemeldet hatte. Nachdem die beiden Männer den Leichnam auf die Bahre gelegt hatten, warf die Polizistin einen ersten Blick auf ihn.

»Der liegt da schon eine ganze Weile«, rief sie.

Hanna und Kåre gingen zu ihr. Man musste kein Forensiker sein, um diese Einschätzung zu bestätigen. Die Kleidung des Toten – eine Jacke mit pelzgefütterter Kapuze, Hosen aus einem derben Wollstoff und lederne Wanderstiefel – erinnerten Hanna an alte Fotografien von ihren Großeltern. Wenn diese zum Skifahren in die Alpen gegangen waren, hatten sie sich ähnlich ausgerüstet. Es war aber vor allem das Gesicht des Toten, das die Möglichkeit, es mit einem erst kürzlich Verstorbenen zu tun zu haben, ausschloss: Es war ausgemergelt mit einer dunkelbraun verfärbten Haut, die sich wie Leder über die Stirn- und Wangenknochen spannte.

»Es spricht alles dafür, dass ihr eine Gletschermumie gefunden habt«, sagte die Polizistin. »Bis vor ein paar Jahren reichte der Vestre Lovénbreen noch bis hierher. Gut möglich, dass der Mann schon seit Jahrzehnten hier liegt. Oder auch noch länger. Das werden die Pathologen in Tromsø herausfinden.«

Sie gab ihren Begleitern ein Zeichen, die Bahre zum Hubschrauber zu tragen. Hanna sah ihnen nach und wandte sich zu Kåre um.

»Er ist also gefriergetrocknet?«

»Ja, in diesem kalten Klima mit niedrigem Luftdruck und trockener Umgebung finden ja kaum Fäulnisprozesse statt. Deshalb verwesen hier Leichen oder Tierkadaver nicht. Und da der Mann vom Eis eingeschlossen war, wurde er auch nicht von Tieren gefunden und ist gut erhalten.«

»Wie ist er wohl gestorben?«, fragte Hanna.

Kåre zuckte die Schultern. »Er könnte natürlich einem Verbrechen zum Opfer gefallen sein, aber vermutlich ist ihm das Gleiche passiert wie dir.«

»Du meinst, er hatte einfach Pech und ist unglücklich gestürzt?«

»Ja, könnte doch sein. Vielleicht hat er sich das Genick gebrochen. Oder er hat sich bei dem Aufprall so schwer verletzt, dass er sich nicht mehr aus eigener Kraft aus seinem Gefängnis befreien konnte und …«

»Hör bitte auf!«, sagte Hanna. »Das ist ja eine schreckliche Vorstellung! Von einem Augenblick auf den anderen hilflos dazuliegen, mutterseelenallein im Nirgendwo, keine Rettung in Sicht – und dann irgendwann zu erkennen, dass man in seinem Grab liegt.«

»Wirklich eine furchtbare Vorstellung«, sagte Kåre. »Wollen wir hoffen, dass er sofort tot war.«

Nachdem die Polizistin Hannas und Kåres Personalien aufgenommen hatte, folgte sie den beiden Männern zum Helikopter, der zum Abflug bereit war. Sie stieg ein, winkte ihnen zu und gab dem Piloten das Zeichen zum Abflug.

Kurze Zeit später lag das Geröllfeld wieder verlassen da. Nichts erinnerte an den kurzen Polizeieinsatz. Kein menschliches Geräusch störte die Stille.

»Das war wie der sprichwörtliche Spuk, der im Handumdrehen wieder vorbei ist«, sagte Hanna. »Irgendwie kann ich gar nicht glauben, dass wir das gerade wirklich erlebt haben.«

Kåre schmunzelte. »Stimmt, man findet nicht jeden Tag eine Mumie im Eis.«

»Ich würde zu gern herausfinden, wer der Tote war und was er hier gemacht hat«, sagte Hanna.

»Kann ich gut verstehen. Das riecht ja förmlich nach einer spannenden Geschichte. Du wärst eine seltsame Journalistin, wenn du dem nicht auf den Grund gehen wolltest.«

Hanna strahlte ihn an. »Hättest du Lust, gemeinsam mit mir das Geheimnis zu lüften?«

Kåre erwiderte ihr Lächeln. »Was für eine Frage! Nichts lieber als das!«

39

Kings Bay – Svalbard, Juni 1907

»Ah, da komme ich ja gerade richtig! Ich habe einen Bärenhunger.«

Emilie, die mit dem Rücken zur Tür saß, ließ vor Schreck fast den Löffel fallen, als die vertraute Stimme des Schweizers hinter ihr ertönte. Sie drehte sich um. Mit einem freundlichen Lächeln stand er im Eingang zu der kleinen Hütte, die aus einem einzigen Raum bestand, und nickte grüßend in die fünfköpfige Runde, die um den Tisch versammelt war. Feldwebel Kuhn hatte ihn in die Mitte gestellt und mit zwei Brettern verlängert, damit sieben Personen daran Platz fanden. In der Mitte standen ein großer Topf mit Gulasch, ein Korb mit gerösteten Brotscheiben und zwei unbenutzte Teller.

»Wo zum Teufel sind Sie gewesen?«, herrschte Ottokar Poske den Schweizer an. »Was fällt Ihnen ein, sich einfach davonzuschleichen, ohne Bescheid zu geben?«

Beat Spänis Augen verengten sich.

»Also erstens habe ich mich nicht davongeschlichen. Und zweitens wüsste ich nicht, seit wann ich darüber Rechenschaft ablegen muss, wohin ich gehe.«

Der Leutnant erhob sich und baute sich vor dem Schweizer auf.

»Seit Sie unter meinem Kommando stehen! Ich trage hier die Verantwortung. Wenn hier jeder einfach kommt und geht, wie es ihm passt, herrscht bald Chaos. Außerdem ist es zu gefährlich. Falls Ihnen unterwegs etwas zugestoßen wäre, hätten wir nicht gewusst, wo wir Sie suchen sollen.«

So sehr es Emilie gegen den Strich ging, dieses eine Mal

musste sie dem Leutnant Recht geben. Der Alleingang des Schweizers war wirklich leichtsinnig gewesen. Dieser zuckte die Schultern und sagte: »Tut mir leid, kommt nicht wieder vor«, und setzte sich auf die Bank unter dem einzigen Fenster. Ottokar Poske funkelte ihn wütend an, ließ es aber dabei bewenden und kehrte zu seinem Platz zurück.

»Wo ist Leonid?«, fragte William und kam damit Emilie zuvor, die sich ebenfalls bei Beat Späni nach dem Russen erkundigen wollte.

»Wieso? Ist er denn nicht hier?«, wollte Beat Späni wissen. »Mit mir ist er jedenfalls nicht gegangen.«

»Ich sag's ja: das reinste Chaos«, knurrte der Leutnant. »Nun, wir werden keine wertvolle Zeit mit der Suche nach ihm verschwenden, wenn er nicht von selber wieder auftaucht.« Er hob seine Stimme. »Das gilt für alle! Keiner, der sich unerlaubt von der Tru…, äh Gruppe entfernt, darf mit Hilfe rechnen, wenn er in Not gerät!«

William setzte sich kerzengerade hin und fragte in zackigem Ton:

»Bitte gehorsamst um Erlaubnis, mich zwecks Erkundung der Vogelwelt auf der Halbinsel gegenüber abmelden zu dürfen.«

Ottokar Poske warf ihm einen misstrauischen Blick zu.

William verzog keine Miene. »Oder wird meine Anwesenheit hier benötigt? In diesem Fall stehe ich selbstverständlich bereit!«

»Nein, es spricht nichts dagegen«, sagte der Leutnant. »Für unsere ersten Versuche mit den Registrierdrachen brauchen wir Ihre Hilfe nicht.«

»Ich würde William gern begleiten«, sagte Emilie. »Ich bin sicher, dass ich dort die Sammlung, die ich für meinen Professor zusammentrage, mit wertvollen Stücken bereichern kann.«

Poske nickte. »Natürlich. Deswegen sind Sie ja hier. Ihr Pflichtbewusstsein ist tadellos!«

Emilie beglückwünschte sich zu ihrer Geistesgegenwart, diese günstige Gelegenheit beim Schopfe ergriffen zu haben. Bei der Halbinsel musste es sich um diejenige handeln, auf der ihr Bruder Friedrich die Marmorvorkommen vermutete, die Max für ihn untersuchen sollte.

»Gibt es denn ein Boot, mit dem wie hinüberfahren können?«, fragte sie William.

»Ja, im Vorratsschuppen hinter der Hütte habe ich eins entdeckt. Lass uns gleich mal nachsehen, ob es seetüchtig ist.«

Eine halbe Stunde später saßen sie nebeneinander auf der Bank eines kleinen Holzbootes und legten sich gemeinsam in die Riemen. Anfangs gelang es Emilie nicht, ihr Ruder im gleichen Rhythmus wie William ins Wasser zu tauchen. Immer wieder versenkte sie es entweder zu tief in den Fluten und hatte Mühe, es wieder heranzuziehen. Oder sie streifte die Wasseroberfläche nur, verlor wegen des mangelnden Widerstands fast das Gleichgewicht und sorgte für kalte Spritzer, die ihnen ins Gesicht klatschten. William nahm es gelassen, korrigierte geduldig ihre Technik und Haltung und lachte nur, wenn Emilie für einen weiteren nasskalten Schauer sorgte.

»Es tut mir leid, dass ich mich so ungeschickt anstelle«, sagte sie. »Aber ich hatte bislang noch nie die Gelegenheit zu rudern.«

Hoffentlich hakt er nicht nach, dachte Emilie. Es ist in seinen Augen sicher merkwürdig, dass ein junger Mann, der in einer gewässerreichen Gegend lebt, noch nie in einem Ruderboot gesessen hat – und sei es nur zum Vergnügen. Wie ich diese Lügerei hasse! Aber wenigstens habe ich nur zum Teil geflunkert, beruhigte Emilie ihr Gewissen. Die Gelegenheit zum Rudern hätte sie durchaus gehabt. Sie dachte an die Sonntagsausflüge ihrer Kindheit zu einer der zahlreichen Talsperren im Bergischen Land, bei denen die Familie oft ein Boot gemietet hatte, um auf dem Stausee herumzuschippern. Dabei war es ein ungeschriebenes Gesetz gewesen, dass die holde Weiblichkeit sich von den Herren der Schöpfung über das Wasser kutschieren ließ. Emilies wiederholte Bitten, sie auch einmal an die Ruder zu lassen, waren als törichte Grillen belächelt und strikt abgelehnt worden.

Nach einer Weile hatte Emilie den Dreh raus und pullte im Takt mit William. Das Boot nahm Fahrt auf und flog über die leichten Kräuselwellen, die der Wind über den Fjord trieb.

»Das macht Spaß!«, rief Emilie und strahlte William an.

»Du lernst schnell«, erwiderte er. »Du würdest dich gut in unserem Ruderteam machen.« Er räusperte sich und fuhr beiläufig fort: »Vielleicht hast du ja Lust, mal nach England zu kommen? Ich könnte mir vorstellen, dass es dir dort gefällt.«

»Oh ja, ganz bestimmt!«, rutschte es Emilie heraus, die an die begeisterten Berichte ihrer Tante Fanny von London dachte. Bevor William antworten und sie mit einer Einladung in Verlegenheit bringen konnte, schob sie rasch nach: »Äh, ich meine, ich würde gern mal dorthin fahren. Wenn es sich irgendwann einrichten lässt. Das Studium lässt mir leider nicht viel Zeit. Mein Vater erwartet nämlich nur die besten Noten von mir. Da heißt es auch in den Semesterferien für mich: büffeln, büffeln, büffeln.«

»Verstehe«, sagte William. »Ich kann auch ein Lied von den Erwartungen der Eltern singen.« Er verzog den Mund zu einem schiefen Grinsen.

Emilie war froh, dass er nicht weiter in sie drang. Sie unterdrückte ein Seufzen. Wenn ich wirklich Max wäre, dürfte ich sicher nach England fahren, dachte sie. Unser Vater würde alles unterstützen, was ihn selbstständiger macht. Da käme sogar eine Reise ins argwöhnisch betrachtete British Empire in Frage.

Schweigend ruderten sie weiter. Emilie genoss die gleichmäßigen Bewegungen, die ihren Kreislauf in Schwung brachten und sie ihren Körper fühlen ließen. Viel zu schnell hatten sie ihr Ziel erreicht. Die Halbinsel hatte im Gegensatz zum umliegenden Festland keine hohen Berge. Ein etwa vierhundert Meter hoher Hügel war die höchste Erhebung in der kargen Tundra, auf der hier und da verharschte Schneefelder in kleinen Senken lagen. Im Norden glänzte der Ausläufer eines Gletschers.

Nachdem sie das Boot ans Ufer gezogen hatten, schulterten sie ihre Rucksäcke und liefen an der Wasserlinie entlang. Graubraune Meerstrandläufer mit hellen Bäuchen und gelben Beinen stocherten im seichten Wasser nach Krebsen, Küstenseeschwalben mit ihren charakteristischen roten Schnäbeln und schwarzen Kappen kreisten über dem Fjord, und einige kleine Sterntaucher verschwanden immer wieder auf der Jagd nach Fischen in den Fluten.

»Lass uns nach Nestern suchen«, sagte William nach einer Weile und bog vom Strand ins Innere der Halbinsel ab. Langsam streiften sie durch den spärlich begrünten Karst. Emilie hielt immer wieder inne, um sich zu den gelben Blüten der schmalblättrigen Arnika, den blauen Kelchen des Zwergenzians oder verschiedenen Steinbrecharten und Sandkräutern zu bücken, die zwischen den Steinen wuchsen. Immer wenn sie eine neue Pflanze entdeckt hatte, pflückte sie ein paar Stängel ab und legte sie in einen Blechbehälter, den sie sich an ihrem Gürtel befestigt hatte. Später wollte sie die Blumen pressen und trocknen. William sammelte Federn, Vogelgerippe und Eierschalen. Bis auf das trillernde Zwitschern einer Schar Schneeammern, die über sie hinwegflogen, war nur das leise Sausen des Windes und das Rieseln von Schmelzwasserrinnsalen zu hören.

Keckernde Rufe ließen Emilie, die konzentriert den Boden absuchte, aufblicken. William war um ein Haar auf ein gut getarntes Nest getreten, in dem eine Falkenraubmöwe brütete und aufstob, als er ihr zu nahe kam. In panischer Angst um ihre

Jungen griff der Vogel an und stürzte sich mit hoher Geschwindigkeit auf den Störenfried. Emilie sog erschrocken die Luft ein. William riss die Arme nach oben und hielt sie schützend über seinen Kopf. Kurz bevor die Möwe ihn erreichte, drehte sie im letzten Augenblick ab und zog steil nach oben. Emilie verfolgte mit angehaltenem Atem den eleganten Flug des schlanken Vogels mit seinen auffallend langen Schwanzfedern, der erneut einen Scheinangriff startete. William beeilte sich, Abstand zwischen sich und das Nest zu bringen. Er wischte sich die Stirn.

»Was für ein Teufelskerl!«

»Ja, bewundernswert mutig«, sagte Emilie. »Eine wahre David gegen Goliath Szene!«

William grinste. »Wir können froh sein, dass es keine Seeschwalbe war. Die machen nämlich wirklich ernst. Zunächst versuchen sie, den Nesträuber mit gellenden Schreien zu vertreiben. Entfernt er sich nicht schnell genug, bekommt er die spitzen Schnäbel zu spüren – vorzugsweise am Kopf, da es die Biester immer auf den höchsten Punkt abgesehen haben. Und wenn alles nichts hilft, feuern sie ihren Kot mit erstaunlicher Treffsicherheit auf den Eindringling ab.«

Sie liefen weiter auf die höchste Erhebung zu. Die Abbruchkante eines rötlich gemaserten Felsens erregte Emilies Aufmerksamkeit. Sie glänzte in der Sonne. War das Marmor? Emilie ging näher. Das Gestein hatte eine kristalline Textur. Es war zwar nicht so fein wie der berühmte Marmor aus Carrara, aber sehr kompakt und glatt.

»Wo bleibst du denn?«, rief William, der den Gipfel des Hügels fast erreicht hatte. »Hast du was Interessantes entdeckt?«

»Nee, nichts Besonderes«, antwortete Emilie. Rasch hob sie einen Gesteinsbrocken auf, verstaute ihn in ihrem Rucksack und folgte William nach oben.

Auf der Anhöhe hatten sie einen weiten Blick über die Halbinsel, den Fjord und seine Ufer. Im Osten stachen drei ähnlich geformte Felsmassive hervor, die sich über steilen Schutthalden erhoben.

»Sieh mal, was mag das sein?«, fragte Emilie und zeigte auf ein filigranes eckiges Gebilde, das über dem gegenüberliegenden Ufer schwebte.

William hob seinen Fernstecher an die Augen. »Das ist ein Wetterdrachen. Leutnant Poske hat doch gesagt, dass er heute erste Tests damit durchführen will.« Er reichte Emilie das Fernglas. »Im Inneren kann man Apparate befestigen, die von Uhrwerken getrieben werden und zum Beispiel Luftdruck, Temperatur und Windgeschwindigkeit aufzeichnen.«

Emilie betrachtete den Drachen, der aus zwei stoffbespannten Vierecken bestand und an einem Drahtseil befestigt war.

»Er sieht so zerbrechlich aus.«

»Ja, die Dinger sind sehr anfällig«, sagte William. »Wobei der dort drüben einer dieser neuen Schirmdrachen sein müsste.«

»Woran erkennst du das?«, fragte Emilie.

»Bei den früheren Modellen war das Gestell außen. Hier wurde es ins Innere verlegt und außerdem aus Bambusstäben gefertigt. Soweit ich weiß, bestehen nur die Verbindungsteile und Scharniere aus Metall. Die kann man wie bei einem Schirm zusammenklappen.«

»Sehr praktisch«, sagte Emilie.

»Genau! Sie lassen sich einfach und kompakt zusammenfalten. Außerdem kann man sie leichter reparieren. Beides ist sehr nützlich, wenn man sie auf Expeditionen einsetzen will.«

»Faszinierend«, sagte Emilie und verfolgte das langsame Aufsteigen des Drachens.

»Wie es wohl wäre, wenn man mit so einem Ding fliegen könnte? Ich stelle es mir herrlich vor!«

William sah sie mit leuchtenden Augen an. »Oh, das geht mir ganz genauso!«

»Am schönsten wäre es natürlich, sich wie ein Vogel ohne Hilfsmittel in die Lüfte schwingen zu können«, sagte Emilie und deutete auf eine Möwe, die über ihnen kreiste.

»Gewiss. Aber solange uns keine Flügel wachsen …« William zuckte die Achseln. »Deshalb bin ich sehr froh, in einer Zeit zu leben, in der endlich Geräte erfunden werden, mit denen das Fliegen möglich ist.«

»Du denkst an Fesselballone oder Zeppeline?«, fragte Emilie.

William nickte. »Auch. Flugzeuge finde ich aber noch reizvoller. Ich bin fest entschlossen, demnächst selbst ein solches Gefährt auszuprobieren.«

»Wie willst du das anstellen?«, erkundigte sich Emilie.

»Mal sehen. Einen genauen Plan hab ich noch nicht. Alliott Roe, ein Landsmann von mir, baut gerade einen motorisierten Dreidecker. Und auch die Gebrüder Wright in Amerika sind schon ziemlich weit mit der Entwicklung ihrer Aeroplane. Es ist nur eine Frage der Zeit, bis man richtig damit fliegen kann.«

»Und das würdest du dich trauen?«, fragte Emilie. »Die Dinger sind mir doch ziemlich suspekt.«

»Oh, vermutlich werde ich ordentlich Bammel haben. Aber ich würde es mir nie verzeihen, wenn ich es nicht versuche. Ich hab schon als kleiner Junge davon geträumt«, antwortete William.

»Interessierst du dich deshalb so für Vögel?«

William nickte.

»Ich hoffe sehr, dass sich dein Traum erfüllt!«, sagte Emilie.

»Danke«, sagte William. »Und was ist mit dir? Wovon träumst du?«

Emilie dachte kurz nach. »Ach, mir würde es schon genügen, wenn ich selbst entscheiden dürfte, wie ich leben will.«

William schaute ihr in die Augen. »Schon genügen? Nichts für ungut, aber dieser Wunsch bleibt doch für die meisten Menschen unerfüllt.«

Emilie zog die Stirn kraus. »Tatsächlich?«

»Kommt sicher darauf an, was für Ansprüche man hat«, antwortete William. »Ich kann aber sehr gut verstehen, was du meinst.« Seine Stimme klang jetzt ernst. »Ich muss häufig an ein Zitat von Rousseau denken. Der hat mal gesagt: Die Freiheit des Menschen liegt nicht darin, dass er tun kann, was er will, sondern dass er nicht tun muss, was er nicht will.«

»Ja, du hast schon ein paarmal angedeutet, dass du unter einem gewissen Erwartungsdruck stehst«, sagte Emilie.

William zog eine Grimasse. »Ich kann ein Lied davon singen. Wie so viele andere auch«

»Und du musst Rücksicht auf deine Familie nehmen und fürchtest, es dir mit ihnen zu verscherzen, wenn du zu dir stehst?«, fragte Emilie.

William nickte. »Nicht auszudenken! Allein der Gedanke macht mir Angst. Ich fürchte, dazu bin ich viel zu feige.«

»Ich leider auch«, sagte Emilie. »Aber es wäre ohnehin nicht möglich, weil ich anders als ...« Sie brach ab und biss sich auf die Zunge. Verdammt, fast hätte sie sich verplappert. Sie musste besser achtgeben!

William hatte nichts bemerkt. Er lächelte zerknirscht und sagte: »Da sagt man immer, wir wären das starke Geschlecht. Ich weiß nicht, wie es dir geht. Aber manchmal kommt es mir so vor, als ob Frauen es leichter haben. Sie müssen weniger Verantwortung tragen. Natürlich müssen sie auch gewissen Ansprüchen genügen und dürfen sich keine Fehltritte erlauben. Aber insgesamt wird nicht so viel von ihnen verlangt.«

»Na, ich weiß nicht«, entgegnete Emilie. »Ich finde schon, dass sehr viel von mi...«, sie hustete, räusperte sich und fuhr fort: »von Emilie, meiner Schwester, verlangt wird.«

»Vermutlich stimmt das«, sagte William. »Man bildet sich ja gern ein, dass andere ein einfacheres Schicksal haben.«

Ein paar Atemzüge lang standen sie schweigend nebeneinander. Die Wärme der Sonne, die ihnen ins Gesicht schien, stand im Kontrast zu der kühlen Luft, deren Temperatur trotz der ununterbrochenen Helligkeit und des fortgeschrittenen Sommers kaum über dem Gefrierpunkt lag.

»Was meintest du eigentlich damit, dass du anders bist?«, hakte William nach und sah sie forschend an.

Emilie versteifte sich. Hatte er doch Verdacht geschöpft? Wie würde er wohl reagieren, wenn er erfuhr, dass sie eine Frau war? Sie konnte es nicht einschätzen.

»Ach, nichts weiter«, sagte Emilie und wandte sich rasch zum Gehen. »Wir sollten zurückkehren. Sonst gibt es Ärger mit unserem gestrengen Leutnant.«

William schien etwas sagen zu wollen, überlegte es sich anders und folgte ihr schweigend zurück an den Strand.

»Hörst du das?«, fragte Emilie, als sie nur noch wenige Schritte von ihrem Boot entfernt waren. Sie hielt inne und lauschte. William tat es ihr nach.

»Da ist es wieder«, sagte sie.

»Stimmt, da jault etwas«, meinte William. »Klingt wie der Hund meines Vaters, wenn er zu lange allein gelassen wird.«

»Hm, aber wie sollte ein Hund hierherkommen?«

William zuckte die Achseln. »Sehen wir nach.«

Vorsichtig gingen sie weiter. Das Jaulen wurde lauter. Ein weiß-schwarzer Kopf erschien über dem Rand der Bootswand.

»Tatsächlich, ein Hund!«, rief Emilie.

»Eher das Gespenst von einem Hund«, sagte William. »Er ist total abgemagert.«

Emilie kauerte sich neben das Boot und besah sich das Häuflein Elend, das darin lag. Das Tier mochte ungefähr einen halben Meter hoch sein und hatte einen kompakten Körper. Brust und Bauch waren weiß, der Rücken dunkelgrau gefärbt, ebenso die sichelförmige Rute. Die buschigen Ohren standen eng beieinander und hatten die Form von Dreiecken. Emilie streckte vorsichtig eine Hand aus und murmelte beruhigende Worte. Der Hund öffnete eines seiner mandelförmigen, leicht schräg stehenden Augen und blinzelte. Sie berührte sein Fell, das aus zwei Lagen bestand. Unter dem robusten Deckhaar wuchs eine dichte Schicht aus feinen, weichen Haaren.

»Er ist verletzt«, sagte William, der sich ebenfalls über das Boot gebeugt hatte, und deutete auf einen Hinterlauf. Er war dick angeschwollen.

»Ich vermute, dass er ein Schlittenhund ist und zurückgelassen wurde, weil er wegen der Wunde nicht mehr mithalten konnte.«

»Wie grausam!«, sagte Emilie, richtete sich auf und runzelte die Stirn. »Aber wer ist denn wohl hier in der Gegend mit einem Schlitten unterwegs?«

»Gute Frage«, antwortete William. »Es gäbe einige Möglichkeiten. Wir sind ja nicht die Einzigen, die sich zurzeit auf Spitzbergen herumtreiben. In der Cross Bay zum Beispiel. Die liegt direkt neben der Kings Bay, also quasi um die Ecke. Ich weiß, dass Albert von Monaco letztes Jahr begonnen hat, diesen Fjord zu kartographieren, und vorhat, die Arbeit in diesem Sommer zu vollenden.«

»Jetzt, wo du es sagst!« Emilie nickte. »Ich habe davon gelesen und es mir gemerkt, weil ich diesen Fürsten so ungewöhnlich finde. Während seiner monatelangen Fahrten fern seines Landes erledigt er seine Regierungsgeschäfte mithilfe eines Telegraphenapparates.«

William schmunzelte. »Wirklich bemerkenswert fortschrittlich. Antonio sollte nach Monaco auswandern. Er würde sich sicher wohl unter einem Herrscher fühlen, der der neuen Technik so aufgeschlossen gegenübersteht.«

»Ja, der Fürst ist ein großer Förderer der Wissenschaft«, sagte Emilie. »Bei seinen Polarfahrten nimmt er stets verschiedene Forscher mit, um ihnen Gelegenheit für ihre Studien zu geben.

Gut möglich, dass dieses Mal jemand dabei ist, der mit einem Hundeschlitten über das vergletscherte Binnenland an die Ost- oder Nordküste vordringen will.«

Sie beugte sich wieder zu dem Hund, der regungslos dalag. Nur ein schwaches Heben und Senken seines Brustkorbs verriet, dass er noch lebte. Was für ein Martyrium er hinter sich haben muss, dachte Emilie. Erst verletzt er sich. Doch der Mensch, für den er schwere Lasten durch die Gegend gezogen und sich abgerackert hat, versorgt ihn nicht, sondern überlässt ihn sich selbst und fährt einfach weiter. Und dieser tapfere Bursche gibt nicht auf, sondern schleppt sich mit letzter Kraft weiter. Ob er unsere Witterung aufgenommen hat und deshalb hier gelandet ist? Sie streichelte über den Kopf des Hundes.

»Das war eine gute Entscheidung!«, sagte sie leise. »Ich werde mich um dich kümmern.«

40

Ny Ålesund – Spitzbergen, Juli 2013

Nachdem Hanna und Kåre nach Ny Ålesund zurückgekehrt waren, suchten sie das *Evenstad* Gebäude auf, das 2005 von der *Kings Bay AS* am Rand der Siedlung als Gästeunterkunft eröffnet worden war. Kåre hatte zwei Zimmer für sie ergattert – was Hanna mit tiefer Dankbarkeit erfüllte. Die Aussicht auf eine heiße Dusche und ein Bett hatten ihr die Kraft gegeben, den Rückweg durchzustehen. Sie war so erschöpft und müde, dass sie buchstäblich im Stehen hätte einschlafen können. Kåre hatte sie gestützt und vorsichtig über die Geröllhalden geleitet.

»Gleich haben wir's geschafft«, sagte er und deutete auf ein lang gestrecktes Holzhaus, das ockerfarben angestrichen war.

Hanna hob den Kopf und atmete erleichtert aus.

»Danke! Sehr viel länger hätte ich nicht mehr durchgehalten.«

»Du hast dich tapfer geschlagen«, sagte Kåre. »Erst recht, wenn man bedenkt, dass du in den letzten vierundzwanzig Stunden kaum geschlafen hast.«

»Wie spät ist es eigentlich?«, fragte Hanna. »Ich habe überhaupt kein Zeitgefühl mehr.«

»Kein Wunder, wir haben ja die Nacht zum Tag gemacht«, sagte Kåre und sah auf seine Armbanduhr. »Ein Uhr mittags.«

Hanna gähnte herzhaft, hob schnell die Hand vor den Mund und verzog das Gesicht zu einem verlegenen Lächeln.

»Du gehörst sofort ins Bett!«, sagte Kåre.

»Nein, nein, geht schon«, sagte Hanna.

Kåre schüttelte den Kopf. »Keine Widerrede! Nach einer schlaflosen Nacht und der ganzen Aufregung!«

»Du hast Recht. Bist du denn gar nicht müde?«

»Und wie!«, antwortete Kåre. »Ich muss allerdings noch rasch ein paar Formalitäten erledigen. Sollen wir uns später zum Abendessen treffen? So gegen sieben?«

»Gute Idee! Klopfst du bitte, falls ich meinen Wecker nicht höre?«

Kåre nickte. »Bis später. Träum was Schönes.«

Sobald Hanna sich unter die Decke des schmalen Betts gekuschelt hatte, das in ihrem schlicht und funktional eingerichteten Zimmerchen im ersten Stock des *Evenstad* stand, schlief sie ein. Als sie die Augen wieder aufschlug, fühlte sie sich ausgeruht und fit. So tief und fest hatte sie lange nicht mehr geschlafen. Ein Blick auf das Display ihres Smartphones verriet ihr, dass sie fast sechs Stunden geschlafen hatte. Es war kurz vor sieben, höchste Zeit also, sich für das Abendessen mit Kåre anzuziehen.

Als sie zehn Minuten später die Tür ihres Zimmers öffnete, trat er im selben Augenblick auf den Gang. Sein Anblick ließ Hannas Herz schneller schlagen. Es kam ihr so vor, als sähe sie ihn zum ersten Mal. Das Hungergefühl, das sie eben noch empfunden hatte, verschwand und machte einem Verlangen Platz, das ihren gesamten Körper durchpulste.

Kåres Gesicht verzog sich zu einem Strahlen, als er sie bemerkte.

»Hast du gut geschlafen?«

Hanna nickte stumm und ging auf ihn zu. Mit einem Mal fühlte sie sich befangen und gleichzeitig so aufgeregt, als stünde ihr eine Prüfung bevor. Sie vergaß auszuatmen. Kåre schaute sie an, lange und unverwandt. In seinen Augen sah sie den feierlichen Ernst und die Aufgewühltheit gespiegelt, die sie selbst erfüllten. Und eine Frage, die sie wortlos mit einem Senken ihrer Lider bejahte. Er griff nach ihrer Hand und zog sie in sein Zimmer.

Als er vor dem Bett stehenblieb, trat Hanna ihm aus Versehen auf den Fuß. Sie spürte, wie ihr das Blut ins Gesicht schoss, und murmelte eine Entschuldigung. Sie kam sich linkisch vor. Tausend Fragen und Ängste stürmten auf sie ein. Kann ich das überhaupt noch? Mich einem Fremden öffnen und hingeben? Was, wenn ihn mein nackter Körper abstößt? Die Schwangerschaftsstreifen und die kleinen Pölsterchen? Mein Busen ist auch nicht mehr der straffeste ... Wenn er enttäuscht ist von meinen Liebeskünsten? Ich werde mich sicher furchtbar ungeschickt anstellen. Viel Übung hatte ich ja nicht in den letzten Jahren.

Kåre hob eine Hand und strich ihr eine Haarsträhne hinters Ohr. Er ließ seine Fingerspitzen ihren Hals hinuntergleiten, legte seine Hand um ihren Nacken und begann, ihr Gesicht mit zarten Küssen zu bedecken. Es war Hanna, als pflückten seine Lippen ihre Zweifel weg wie welke Blüten, machten Platz für die Knospen, die in ihr geschlummert hatten und nun zu Leben erwachten. Eine tiefe Ruhe breitete sich in ihr aus. Wie von selbst fassten ihre Hände an den Reißverschluss seiner Jacke, öffneten ihn und legten sich auf seinen Brustkorb. Sie spürte das Klopfen seines Herzens, schmiegte sich enger an ihn und suchte mit ihren Lippen seinen Mund. Er erwiderte ihren Kuss vorsichtig, als fürchte er, etwas zu zerbrechen.

Er ist genauso unsicher wie ich, schoss es Hanna durch den Kopf. Die Erkenntnis rührte sie und vertrieb endgültig die bangen Fragen, ob sie genügen und ›es‹ richtig machen würde. Sie presste sich an ihn und überließ sich vertrauensvoll ihrem inneren Regisseur, den sie so lange Jahre in die Verbannung geschickt hatte: ihrem Herzen. Sie hörte auf zu denken. Eine Strophe von Ingeborg Bachmanns Gedicht *Erklär mir, Liebe* kam ihr in den Sinn. Sie hätte nicht gedacht, dass ihr die Verse, die sie als junge Frau auswendig gelernt und häufig wie ein Mantra beschworen hatte, noch geläufig waren:

»Erklär mir, Liebe, was ich nicht erklären kann:
sollt ich die kurze schauerliche Zeit
nur mit Gedanken Umgang haben und allein
nichts Liebes kennen und nichts Liebes tun?
Muss einer denken? Wird er nicht vermisst?«

Die Welt bestand nur noch aus Kåres Duft, der Wärme seines Körpers, den Muskeln, die sie unter seiner Haut spürte, den Härchen auf seiner Brust, dem wohligen Brummen, das seine wachsende Erregung anzeigte, dem Geschmack seiner Küsse, die immer fordernder wurden und Hannas Lust entfachten. Es war wie ein Rausch, der die Sinne nicht benebelte, sondern schärfte. Als sie Kåre in sich spürte, schloss sie die Augen und gab sich ihrem gemeinsamen Rhythmus hin, in den sie verfielen, als würden sich ihre Körper schon lange kennen.

»So fühlt sich das also an«, flüsterte Kåre atemlos, als sie sich nach einer Weile voneinander lösten.

Er sah sie an, verwundert, glücklich, zufrieden – wie ein Kind, das gerade die ersten Schritte gemacht hat.

»Wenn man ankommt«, fuhr er fort. »Wenn man endlich weiß, wohin man gehört.«

Hanna lächelte. Er sprach ihr aus der Seele. Auch sie hätte es nicht für möglich gehalten, was hier gerade mit ihr passierte. Mit ihnen passierte! Wie selbstverständlich aus dem Ich und Du ein Wir wurde – ohne nach einer Erklärung suchen zu müssen. Das ist das höchste Glück, dachte sie. Das Geschenk der Liebe ohne Vorbehalte annehmen zu können – und dabei ganz man selbst zu bleiben. Grenzenlose Freiheit zu empfinden in dem Augenblick, in dem man sich mit dem anderen verbindet.

41

Kings Bay – Svalbard, Juni 1907

Behutsam hob Emilie den Hund aus dem Boot, trug ihn zur Hütte und bettete ihn in einer Ecke auf einen leeren Kartoffelsack. William brachte das Boot zurück in den Schuppen. Die anderen waren noch mit den Wetterdrachen beschäftigt. Auf dem Weg vom Ufer hatte Emilie gesehen, dass sie mittlerweile mehrere der leinwandbespannten Kästen miteinander verbunden hatten und sie als Kette in die Höhe steigen ließen. Emilie flößte dem Hund etwas Wasser ein und untersuchte seinen geschwollenen Hinterlauf. Eine tiefe Schnittwunde hatte sich entzündet.

»Du Armer«, flüsterte sie. »Das tut sicher furchtbar weh.«

Der Hund winselte leise. Er hatte die Augen geschlossen und atmete flach. Emilie stand auf und begann, nach einem Verbandskasten zu suchen. William kam herein.

»Kann ich dir helfen?«

»Ja, ich brauche was zum Desinfizieren und Verbinden. Hast du eine Ahnung, wo die Medikamente verstaut sind?«

»Leider nicht. Aber zum Reinigen der Wunde könntest du Schnaps nehmen.«

Emilie schüttelte den Kopf. »Eigentlich eine gute Idee. Aber wir haben keinen mehr. Wie es scheint, hat der Russe auf der Überfahrt den Vorräten den Garaus gemacht. Jedenfalls hat das der Kapitän gesagt, als Leutnant Poske ihn danach fragte.«

William grinste. »Ja, Leonid hatte einen bemerkenswerten Durst. Dabei hat er nie betrunken gewirkt.« Er dachte kurz nach. »Wegen des Verbandskastens fragen wir am besten den Feldwebel. Der ist für die Ausrüstung der Expedition zuständig.«

»Gute Idee«, sagte Emilie.

In der Tür stieß sie beinahe mit Ottokar Poske zusammen. Hinter ihm drängten Antonio und der Feldwebel in die Hütte, die die zusammengefalteten Registrierdrachen und diverse Messgeräte hereinbrachten.

»Was ist eine gute Idee?«, fragte der Leutnant.

»Ich brauche Jod und Mullbinden und wollte Feldwebel Kuhn bitten, mir welche zu geben.«

Poske musterte sie alarmiert. »Haben Sie sich verletzt?«

»Nein, aber er«, antwortete Emilie, trat einen Schritt beiseite und deutete auf den Hund.

Die Miene des Leutnants verfinsterte sich. »Wo kommt der denn auf einmal her?«

»Wir haben ihn drüben auf der Halbinsel gefunden. Besser gesagt, er hat uns gefunden«, sagte Emilie. »Er hat sich mit letzter Kraft zu unserem Boot geschleppt.«

Ottokar Poske warf einen abfälligen Blick auf den Hund, drehte sich zu Feldwebel Kuhn und sagte knapp: »Bringen Sie ihn raus und geben Sie ihm den Gnadenschuss!«

Emilie erstarrte. Sie musste sich verhört haben. Als der Leutnant dem Befehl Folge leistete und sich ihrem Schützling näherte, stellte sie sich breitbeinig vor ihn, verschränkte die Arme vor der Brust und sagte:

»Keinen Schritt weiter! Niemand rührt ihn an!«

Poske zog die Augenbrauen hoch. »Lassen Sie gefälligst die Sentimentalitäten! Wo kämen wir hin, wenn wir wertvolle Medikamente an einen Hund verschwenden? Wollen Sie die Verantwortung übernehmen, wenn wir im Notfall einen Verletzten nicht mehr versorgen können? Außerdem ist das Tier mehr tot als lebendig. Es ist besser, es von seinen Leiden zu befreien.«

Vielleicht stimmt das, flüsterte ein Stimmchen in Emilie. Vielleicht verlängerst du die Qualen der armen Kreatur nur, anstatt sie zu lindern. Ich muss es versuchen, hielt sie dagegen. Er hat es verdient, dass jemand um sein Leben kämpft.

»Würden Sie so auch mit ihren Soldaten umspringen, wenn sie im Kampf verwundet werden?«, fragte sie. Ihre Stimme klang kalt und ruhig.

Der Leutnant funkelte sie an. »Wie können Sie es wagen, derartige Vergleiche zu ziehen! Als ob ein Hund auf der gleichen Stufe wie ein Mensch oder gar wie ein Soldat stünde!«

Emilie hielt seinem Blick stand. »Nun, da es auf Spitzbergen keine wilden Hunde gibt, wurde er zweifellos ausgesetzt, als er wegen seiner Verletzung zum Schlittenziehen oder Lastentragen untauglich wurde. Er hat seinem Besitzer mit Sicherheit treu gedient. So, wie Sie es auch von ihren Männern erwarten. Ich bin der Auffassung, dass Loyalität immer in zwei Richtungen geht, dass also auch der Vorgesetzte seinen Untergebenen gegenüber zur Treue verpflichtet ist.«

»Der Hund gehört aber nicht Ihnen.«

»Ich fühle mich dennoch verantwortlich für ihn. Er hat Hilfe bei mir gesucht. Ich werde ihn unter keinen Umständen im Stich lassen!«

»Gut gebrüllt, Löwe«, sagte William leise.

Die Zornesfalte auf der Stirn des Leutnants vertiefte sich. Bevor er etwas entgegnen konnte, wandte sich Emilie an den Feldwebel:

»Ich werde auch ohne Ihre Arznei auskommen.« Sie drehte sich zu William. »Pass bitte auf, dass ihm niemand etwas zuleide tut. Ich mache mich auf die Suche nach Heilkräutern, mit denen ich die Wunde behandeln kann. In der morastigen Tundra hier müsste blutstillendes Sumpfblutauge wachsen, und bestimmt gibt es auch Torfmoose, die eine antiseptische Eigenschaft haben.«

Im Stillen dankte Emilie ihrer Großmutter väterlicherseits, die über ein profundes Kräuterwissen verfügt hatte. Für jedes

Leiden wusste sie die geeignete Pflanze und stellte viele der alten Hausmittelchen selber her. Emilie hatte diese Kenntnisse bewundert – in den Augen von Irmhild Berghoff waren diese allerdings suspekt gewesen und hätten die alte Frau in früheren Zeiten als Hexe auf den Scheiterhaufen gebracht. Emilie hatte immer den Verdacht gehabt, dass ihre Mutter diesen Zeiten hinterhertrauerte. Die Mutter ihres Mannes war Irmhild peinlich gewesen wegen ihrer schlichten Herkunft und ehrgeizlosen Haltung und zugleich ein wenig unheimlich wegen ihrer tiefen Weisheit, die nicht durch die Lektüre kluger Bücher erworben werden konnte.

Emilie schulterte ihren Rucksack und ging mit erhobenem Kopf an Ottokar Poske vorbei. Er hob die Hand. Emilie versteifte sich. Würde er sie festhalten und ihr verbieten, die Hütte zu verlassen? Sie biss die Zähne aufeinander. Das würde sie sich nicht gefallen lassen. Schließlich gehörte sie nicht zu der Exkursionsgruppe und war seinem Kommando nicht unterstellt.

»Bleiben Sie. Hat doch keinen Sinn, stundenlang in der Gegend herumzulaufen, am Ende nichts zu finden, sich zu verirren oder einem Eisbären in die Quere zu kommen«, knurrte er und nickte dem Feldwebel zu. »Geben Sie ihm, was er braucht.«

Emilie entspannte sich und unterdrückte ein triumphierendes Lächeln. Es hatte gutgetan, so direkt und klar ihre Meinung an den Mann zu bringen. Und damit auch noch Erfolg zu haben.

»Ich danke Ihnen«, sagte sie und folgte Feldwebel Kuhn, der bereits zur Tür ging, um aus einer der Kisten, die draußen gestapelt waren, den Verbandskasten zu holen. Anschließend half er ihr, die Schnittwunde zu reinigen und zu verbinden. Emilie war ihm sehr dankbar dafür. Theoretisch wusste sie zwar, was zu tun war – eine so schwere Verletzung hatte sie aber noch nie versorgen müssen. Die Schrammen und Schürfwunden, die sie und ihr Bruder Max sich als Kind beim Klettern und Rennen zugezogen hatten, waren ihre einzige Erfahrung auf dem Gebiet. Der Hund schien zu spüren, dass sie ihm helfen wollten, denn er ließ die schmerzhafte Prozedur klaglos über sich ergehen. Vielleicht war er aber auch nur zu erschöpft, um aufzustehen oder ihre Hände abzuschütteln.

Während sie sein Bein verarzteten, kam Beat Späni herein, der sich – diesmal mit der Erlaubnis des Leutnants – für ein paar Stunden abgemeldet hatte, um die geologischen Eigenheiten der Umgebung zu erkunden. Er war offenbar fest entschlossen, die kurze Zeit seines Aufenthalts in der Bucht so gut wie möglich zu nutzen.

»Und, hatten Sie einen interessanten Ausflug?«, fragte William und reichte ihm einen Becher mit heißem Pfefferminztee.

Der Schweizer nickte. Er war staubbedeckt und bester Laune.

»*Jä, s isch guet gsi!* Es ist ein Jammer, dass wir so bald schon weiterziehen.« Er verbeugte sich gegen Ottokar Poske. »Nicht, dass Sie mich falsch verstehen. Ich brenne darauf, die Gesteinsformationen zu inspizieren, die uns auf unserem Weg erwarten. Aber hier gäbe es auch noch so viel zu entdecken.«

»Was genau suchen Sie denn?«, fragte der Leutnant.

»Ach, nichts Bestimmtes«, antwortete Beat Späni. »Mich interessiert ganz allgemein die geologische Entwicklung dieses Archipels, die sich vom frühen Proterozoikum bis ins Tertiär erstreckt. Und weil hier die Vegetationsdecke so spärlich ist, liegt quasi die gesamte Erdgeschichte wie ein Buch aufgeschlagen vor einem. Die Berge hinter uns zum Beispiel bestehen aus einem Mosaik aus Grundgebirgsgestein, Permokarbon und alttertiären Sandsteinen. Eine einzigartige Situation!«

Er ließ sich schwer auf einen Hocker fallen, zog ein großes rot-weiß kariertes Tuch aus einer Jackentasche und wischte sich über das Gesicht. Emilie warf ihm einen Blick zu. Sie konnte sich des Eindrucks nicht erwehren, dass er der Frage des Leutnants ausgewichen war. Ihr wurde bewusst, dass sie keine Ahnung hatte, in wessen Auftrag und mit welchem Ziel er an der Expedition teilnahm oder ob er wie William auf eigene Faust seinem wissenschaftlichen Steckenpferd frönte. Beat Späni sah zu ihr und bemerkte den Hund.

»*Jä naai!* Wo kommt der denn her? Das ist ja sehr ungewöhnlich!«

»Was genau meinen Sie damit?«, fragte Emilie.

»Nun, wenn mich nicht alles täuscht, handelt es sich um einen Husky«, antwortete er. »Ich habe bislang nur einmal ein paar Exemplare dieser Rasse gesehen. Und zwar in Alaska. Eigentlich stammen diese Hunde aus Sibirien, wo sie seit Jahrtausenden den Nomadenvölkern als Jagd- und Schlittenhunde dienen.«

»Sie waren in Alaska? Etwa bei den Goldgräbern?«, fragte Emilie und versuchte sich vorzustellen, wie der Schweizer in einem dieser primitiven Camps hauste und schuftete, die in den unwegsamen Weiten von Nordamerika aus dem Boden schossen und Hunderte von Glückssuchern, Abenteuerlustigen und zwielichtigen Gaunern aus aller Welt anlockten, die vom großen Reichtum träumten. Auch zwei junge Burschen, die in der Fabrik ihres Vaters gearbeitet hatten, waren vor einigen Jahren dem Ruf des Goldes gefolgt und nach Alaska ausgewandert. Wie es ihnen wohl ergangen war?

»Nein, nein, das wäre nichts für mich«, antwortete Beat Späni mit einem Lachen. »Ich war dort, um meine Erkenntnisse über die Entwicklung der Erdgeschichte zu vertiefen. Aus geologischer Sicht ist Alaska ein junges Land, das noch in der letzten Eiszeit mit Sibirien verbunden war. Es ist aus über fünfzig verschiedenen Erdkrustenblöcken entstanden, die ursprünglich aus weit entfernten Gegenden der Welt stammten. Auf meiner Reise bin ich auch nach Nome gekommen, einer Goldgräberstadt an der Küste der Beringsee. Dort herrscht ein ähnliches Klima wie hier, und Hundeschlitten sind das wichtigste Transportmittel.

»Sie sagten, dieser Hund sei ein Husky?«, hakte William nach. »Wissen Sie, woher der Name kommt? Im Englischen hat das Wort ja mehrere Bedeutungen: erstens: ausgedörrt, zweitens: rau und drittens: kräftig.«

»Ja, das Wort kommt aus Ihrer Heimat. Ich habe gehört, dass die Hunde wegen ihrer rauen Stimme so genannt wurden«, antwortete der Schweizer. »Da sie aber auch sehr ausdauernd und stark sind, würde das ebenfalls passen. Ein gut trainiertes Tier kann das Neunfache seines Gewichts stundenlang durch die Gegend ziehen.«

Er betrachtete den Hund. »Nun, auf diesen hier trifft die erste Bedeutung im Augenblick wohl am ehesten zu. Er ist ja nur noch der Schatten seiner selbst.«

»Und wenn schon«, sagte Emilie, die nach wie vor neben dem Husky kniete und ihn am Hals kraulte. In Erwartung einer weiteren Ermahnung, ihre Zeit nicht länger zu verschwenden, schob sie kämpferisch ihr Kinn vor. »Ich werde ihn wieder aufpäppeln.«

Beat Späni nickte. »Huskys sind zäh. Sie sind zwar kleiner und zierlicher als die meisten anderen Schlittenhunde. Aber man sollte sie nicht unterschätzen.«

Am nächsten Mittag hieß es Abschiednehmen. Nachdem ein stabiler Unterstand für Antonios Telegraphierapparat auf einer kleinen Anhöhe errichtet worden war, gab es in der Kings Bay für die Teilnehmer der Expedition nichts weiter zu erledigen. Ottokar Poske drängte zum Aufbruch. Emilie vermutete, dass er sich lieber die Zunge abgebissen hätte, als zuzugeben, dass ihn Arnes Warnung vor schlechtem Wetter zur Eile antrieb.

Sowohl William als auch Beat Späni hätten es durchaus begrüßt, noch ein paar Tage an diesem Fjord zu verweilen und ihren jeweiligen Forschungsinteressen nachzugehen – zumal die Sonne ununterbrochen von einem fast wolkenlosen Himmel schien und Arnes Prognose Lügen strafte. Nur Antonio brannte darauf, sich auf den Weg zu machen und sein mobiles Morsegerät auszuprobieren. Sein Ziel war es, künftigen Exkursionen die Möglichkeit zu eröffnen, auch fernab von festen Standorten oder menschlichen Siedlungen Nachrichten zu senden und zu erhalten. Das Observatorium in Lindenberg beabsichtigte, in der Kings Bay eine dauerhafte Wetterstation einzurichten und außerdem entlang der Westküste ein oder zwei weitere Standpunkte zu etablieren, die sich zum Steigenlassen der Drachen und zur Übermittlung der gesammelten Daten über Funk eigneten. Der Italiener sollte nach dafür geeigneten Orten suchen.

»Was ist mit Leonid?«, fragte Emilie, als sich die Gruppe nach dem Mittagessen vor der Hütte versammelte, das Gepäck auf die Rucksäcke verteilte und ein letztes Mal die Ausrüstung überprüfte.

Der Leutnant zuckte mit den Schultern. »Er hat offenbar beschlossen, seiner Wege zu gehen und damit den Vertrag gebrochen, den seine Agentur mit uns geschlossen hatte. Ich sehe keinen Grund, mir über sein Schicksal den Kopf zu zerbrechen. Er kann froh sein, wenn sein Verhalten kein gerichtliches Nachspiel für ihn haben wird.«

»Aber was, wenn er sich verlaufen hat oder verletzt irgendwo liegt und Hilfe braucht?«

»Nicht mein Problem«, antwortete Ottokar Poske. »Er hätte einfach hierbleiben sollen.«

Emilie runzelte die Stirn und setzte zu einer Erwiderung an.

Der Leutnant hob eine Hand und sagte in weniger strengem Ton: »Es spricht für Ihr ausgeprägtes Verantwortungsgefühl, dass Sie sich Gedanken um ihn machen. Man sollte es damit aber nicht übertreiben. Der Mann ist schließlich erwachsen und sollte wissen, was er tut. Er kann nicht erwarten, dass wir seinetwegen unsere Mission vernachlässigen.«

Beat Späni trat zu ihnen und legte Emilie eine Hand auf die Schulter.

»Mein junger Freund, sorgen Sie sich nicht allzu sehr. Unser melancholischer Russe war schwer zu durchschauen. Wer weiß, was ihn eigentlich hierhergetrieben hat.«

»Vielleicht ist er zur Cross Bay gelaufen in der Hoffnung, dass Fürst Albert ihn mit geistigen Getränken bewirtet«, flüsterte William in Emilies Ohr, während der Leutnant dem Schweizer antwortete:

»Sie haben vollkommen Recht. Als Fotograf war er jedenfalls nicht zu gebrauchen.« Er nickte zu Antonio hin. »Zum Glück haben wir in Herrn Lancetta einen vollwertigen Ersatz gefunden. Ich bin außerordentlich dankbar, dass er unsere Tour dokumentieren wird.«

Ottokar Poske hielt Emilie die Hand hin. »Ich wünsche Ihnen eine gute Heimfahrt. Das Schiff, das Sie nach Tromsø bringt, müsste binnen der nächsten vierundzwanzig Stunden hier eintreffen. Richten Sie bitte Ihrem Vater meine besten Grüße aus. Ich werde ihm und Ihrer Familie meine Aufwartung machen, sobald ich wieder in Deutschland bin. Ich hoffe sehr, dass ich dann auch Ihre Schwester kennenlerne.« Er senkte die Stimme. »Ich bin zuversichtlich, dass uns demnächst familiäre Bande verknüpfen werden.«

Emilie schluckte und verkniff sich eine bissige Bemerkung, die ihr auf der Zunge lag. Zu gern hätte sie dem strotzenden Selbstbewusstsein des Leutnants einen Dämpfer verpasst. Es empörte sie, wie selbstverständlich er davon ausging, dass man seinen Antrag annehmen würde. Gleichzeitig war sie froh über diesen unverblümten Einblick in die Denkweise dieses Mannes, mit der er sich ohne Zweifel in bester Gesellschaft befand. Es war von unschätzbarem Wert, aus erster Hand über Poskes Gesinnung informiert zu sein. Sollte er ruhig glauben, beim Berghoffschen Töchterlein leichtes Spiel zu haben. Sie konnte es ihm nicht einmal verdenken – nachdem ihr Vater ihm bereits sein Einverständnis signalisiert hatte. Nun, die beiden würden sich noch umschauen. Sie gedachte nicht, sich widerspruchslos in die Ehe mit einem Mann drängen zu lassen, zu dem sie sich nicht im Geringsten hingezogen fühlte.

Sie drückte kräftig seine Hand.

»Ich danke Ihnen. Es war mir eine Ehre, Sie kennenzulernen, und ich freue mich, wenn wir uns in der Heimat wiedersehen.«

Sie nickte ihm zu und drehte sich rasch zu Beat Späni. Mehr Heuchelei hätte sie nicht über die Lippen gebracht. Nachdem sie sich von dem Schweizer verabschiedet hatte, der ein letztes Mal mit einem seiner jovialen Wortschwalle ihre Selbstbeherrschung strapazierte, ging sie zu William, der etwas beiseitegetreten war und die Szene mit sichtlicher Belustigung verfolgte.

»Du solltest deine Schwester warnen«, sagte er leise mit Blick auf Ottokar Poske. »Wenn sie dir auch nur ein wenig ähnlich ist, wird sie als Frau dieses selbstgefälligen Schnösels kreuzunglücklich.«

»Das denke ich auch«, sagte Emilie. »Es wird aber nicht leicht für sie, diese Partie auszuschlagen. Mein Vater hält nämlich große Stücke auf den Leutnant.«

William verzog das Gesicht.

»Nun, hoffen wir, dass dieser Kelch an ihr vorübergeht und sich eine Partie für sie findet, die ihr besser taugt *und* euren Vater zufriedenstellt.«

»Dein Wort in Gottes Ohr!«, sagte Emilie.

Sie hielt William die Hand hin.

»Es hat mich ehrlich gefreut, mit dir zu reisen!«

William erwiderte ihren Händedruck lang und fest.

»Mich ebenso! Ich sage nicht Lebwohl oder *good bye*, sondern Auf Wiedersehen! Es hat mir schon immer gut gefallen, dass man im Deutschen beim Abschied diese Hoffnung oder diesen Wunsch äußert.«

Emilie lächelte. »Ja, die Franzosen halten es mit ihrem *au revoir* genauso. Ein schöner Gedanke.«

»In diesem Sinne: Ich hoffe sehr, dass wir uns wiederbegegnen und dann viellei…«, William verstummte, wurde rot, drehte sich abrupt um und lief den anderen hinterher, die sich bereits in Marsch gesetzt hatten. Emilie schaute ihm verwundert nach. Was hatte er noch sagen wollen? Warum hatte er sich nicht getraut, seinen Satz zu beenden? Und wie stellte er sich ein Wiedersehen vor, wenn sie noch nicht einmal ihre Heimatadressen ausgetauscht hatten? Nun, für sie war es besser so. An eine Reise nach England als Max war nicht zu denken. Und auch ein Briefwechsel mit William würde nach ihrer Rückkehr in ihr altes Dasein nur zu riskanten Situationen führen. Sosehr sie es auch bedauerte, diesen sympathischen Menschen aus den Augen zu verlieren – er war Bestandteil eines Abenteuers, das nach seinem Ende keine verräterischen Spuren hinterlassen durfte.

Emilie warf einen letzten Blick auf die kleine Gruppe, die auf die Hänge der Berge zuhielt, bevor sie in die Hütte ging und nach ihrem Patienten sah. Der Hund schlief. Seine Atemzüge waren nicht mehr so flach, sondern tief und gleichmäßig. Emilie legte ein paar Holzstücke in den kleinen gusseisernen Ofen nach und setzte einen Topf mit Wasser auf. Sie hatte vor, einen Brei aus Haferflocken und Fleischstückchen zu kochen, mit dem sie den Husky füttern wollte, wenn er aufwachte. Anschließend wollte sie die Pflanzen pressen, die sie auf der Halbinsel gesammelt hatte. Sie öffnete ihren Rucksack, der neben dem Herd stand, und holte die Blechdose heraus. An dem Behälter klebten harte Brösel. Emilie runzelte die Stirn und leerte den Rucksack vollständig aus. Der Marmorbrocken war verschwunden. Er hatte sich in einen Haufen groben Sandes verwandelt.

Emilie starrte fassungslos auf die buchstäblich zerbröckelte Geschäftsidee ihres älteren Bruders. Offenbar war der vermeintlich harte Stein nur durch den Permafrost zusammengehalten worden. Die Wärme des Ofens hatte ihn aufgetaut und zerfallen lassen. Friedrich wird sehr enttäuscht sein, dachte Emilie. Nun wird es wohl nichts mit »nordischem Marmor für deutsche Denkmäler«. Letztlich sollte er aber dankbar sein, dass er frühzeitig von der minderen Qualität des Gesteins erfährt und nicht in ein Unternehmen investiert, das zum Scheitern verurteilt ist. Obwohl es ihm ganz recht geschähe, wenn er mal auf die Nase fällt. Emilie kicherte, als sie sich Friedrichs verdutztes Gesicht vorstellte, wenn er eine Ladung roter Bröckchen in Empfang nehmen würde. Die Vorstellung war verlockend. Sei nicht kindisch, wies sie sich zurecht. Es ist viel besser, wenn Max seine Kompetenz und Voraussicht unter Beweis stellen kann. Emilie schaufelte den Marmorsand in die leere Pflanzendose und steckte sie zurück in den Rucksack.

42

Ny Ålesund – Spitzbergen, Juli 2013

Hanna wachte auf und öffnete die Augen. Sie lag dicht an Kåre gekuschelt in dessen schmalem Bett. Ihr Kopf ruhte an seiner Brust, einen Arm hatte sie um seinen Oberkörper geschlungen, der sich sacht hob und senkte. Behutsam löste sie sich von ihm, stützte den rechten Ellbogen auf, legte die Wange in die Hand und betrachtete den Schlafenden. Seine blonden Haare waren verwuschelt und von der Sonne mit gebleichten Strähnchen durchsetzt. Um seine Augenhöhlen und die Mundwinkel zogen sich feine Fältchen, auf den gebräunten Backen und dem Kinn sprossen helle Barthärchen. Selbst im Schlaf strahlte Kåre diese Mischung aus Ruhe, Spitzbübigkeit und Klarheit aus, die sie vom ersten Moment an so an ihm gemocht hatte.

Wann war sie das letzte Mal in den Armen eines Mannes eingeschlummert? Und auch wieder darin erwacht? Wann hatte sie das letzte Mal zu zweit auf derart engem Raum die Nacht verbracht – ohne sich anschließend zerschlagen und müde zu fühlen? Hanna konnte sich nicht erinnern. Thorsten brauchte für eine erquickliche Nachtruhe viel Platz und Bewegungsfreiheit, er hatte es allenfalls ausgehalten, wenn Hanna ihm beim Einschlafen eine Hand auf den Bauch oder Rücken legte. Er hielt auch nichts von einer gemeinsamen Bettdecke – egal, wie groß sie war. Er befürchtete nächtliche Verteilungskämpfe, Verkühlungen und andere störende Nebenwirkungen. Als die Kinder klein gewesen waren und ab und zu nach Albträumen oder aus Angst vor Monstern ins elterliche Bett gekrochen kamen, war Thorsten murrend auf das Sofa in seinem Arbeitszimmer umgezogen. Hanna dagegen hatte sich insgeheim über die Besuche von Mia und Lukas gefreut und diese Nächte – eingehüllt vom Duft und der Wärme ihrer Kinder – immer genossen.

Bei Kåres Anblick durchströmte Hanna eine Welle der Zärtlichkeit, gemischt mit der Erinnerung an die lustvollen Momente, die ihr seine Berührungen einige Stunden zuvor beschert hatten. Vorsichtig drehte sie sich zum Nachttisch und sah auf die Uhr. Es war kurz nach vier Uhr morgens. Durch die Ritzen des Rollladens fielen helle Lichtpunkte. Das schöne Wetter dauerte an. Hanna hielt es nicht länger im Bett. Leise stand sie auf, zog sich an und verließ das Zimmer.

Eine halbe Stunde später kehrte sie mit einem großen Tablett zurück, das sie am Buffet in der Kantine, die rund um die Uhr geöffnet war, mit einer Auswahl an Brötchen und süßen Gebäckstücken, Käse, Schinken und Räucherfisch, gekochten Eiern, frischem Joghurt mit Beeren und einer Thermoskanne Kaffee beladen hatte. Kåre war mittlerweile aufgewacht und saß mit dem Rücken an die Wand gelehnt im Bett. Als Hanna in der Tür stand, leuchteten seine Augen auf.

»Ich hatte schon Angst, dass ich alles nur geträumt habe.«

Hanna lächelte, stellte das Tablett auf den Tisch neben dem Bett vor dem Fenster und reichte Kåre einen Becher mit Kaffee.

»Und nun bekomme ich ein herrliches Frühstück ans Bett gebracht!«, sagte er. »Jetzt weiß ich sicher, dass ich träume.«

Hanna setzte sich ihm gegenüber und lächelte schelmisch. »Dann kann ich ja das Tablett wieder wegbringen.«

»Oh nein!«, rief Kåre und flehte sie spielerisch mit ausgestreckten Armen an. »Mein Magen fühlt sich so leer an wie ein ausgetrocknetes Flussbett.«

»Kein Wunder, nachdem wir gestern das Abendessen haben ausfallen lassen«, sagte Hanna und sah ihm tief in die Augen. Kåre stellte den Kaffee beiseite, beugte sich zu ihr und küsste sie auf den Mund. Als sie sich wieder voneinander lösten, verzog er entschuldigend das Gesicht.

»Also, mir ist schleierhaft, wieso immer behauptet wird, Verliebte könnten sich von Luft und Liebe ernähren. Ich fürchte, ich bin da anders gestrickt.«

Hanna lachte und hielt ihm den Korb mit den Brötchen hin. »Da bin ich froh, es geht mir nämlich ganz genauso. Ich könnte das sprichwörtliche Pferd verschlingen.«

Nachdem sie sich gestärkt hatten, brachen sie mit dem Zodiac, den sie von Leif und Line geliehen hatten, zu einer Rundfahrt durch den Kongsfjord auf. Ihr erstes Ziel war die Abbruchkante des Kongsbreen, zu dem sich die benachbarten Gletscher Kronebreen und Kongsvegen am östlichen Ende des Meeresarmes vereinigten. Kåre deutete auf drei Berggipfel, die sich dahinter erhoben. Ihre dreieckigen Formen ließen Hanna an Pyramiden denken.

»Darf ich vorstellen: Svea, Dana und Nora – was für Schweden, Dänemark und Norwegen steht.«

»Die sind mir schon auf unserem Ausflug gestern mehrfach ins Auge gestochen«, sagte Hanna. »Wieder mal so ein Anblick, bei dem sich das Wort majestätisch aufdrängt.«

Kåre zwinkerte ihr zu. »Deshalb heißen sie auch Tre Kroner, also Drei Kronen.«

Seine Prophezeiung, dass Hanna noch viele Gelegenheiten bekommen würde, um Bilder und Videos von kalbenden Gletschern zu machen, bewahrheitete sich zu ihrer vollsten Zufriedenheit. Kåre tuckerte in gebührendem Abstand an der etwa fünfzig Meter hohen Front entlang, deren Eiskanten in der Sonne wie Edelsteine in den unterschiedlichsten Blautönen funkelten. Ein fortwährendes Knistern und Knacken war zu hören, ab und zu unterbrochen von donnerndem Getöse, wenn ein großes Eisstück abbrach und ins Wasser rutschte. Auch mit geschlossenen Augen und Ohren hätte man die Nähe des Gletschers wahrgenommen. Die Luft war spürbar kälter und vermittelte Hanna eine Ahnung davon, wie es sich anfühlte, wenn der kurze Sommer auf Svalbard endete und Schnee und Frost wieder das Regiment übernahmen.

»Pass auf, dass du noch ein paar Bytes auf deiner Speicherkarte übrig lässt«, sagte Kåre mit liebevollem Spott, als Hanna mit leuchtenden Augen das vierte Mal das atemberaubende Spektakel einer Eisberggeburt verfolgte und dabei unablässig den Auslöser betätigte. »Es warten noch einige andere Motive auf dich, die es wert sind, fotografiert zu werden.«

Hanna strich sich eine Haarsträhne hinters Ohr, die ihr im auffrischenden Wind ins Gesicht wehte, und lachte ihn an. »Ich glaube, ich bin gletschersüchtig. Ich könnte dieses Schauspiel stundenlang ansehen, ohne mich zu langweilen.«

Sie steckte ihre Kamera in die Tasche und umarmte Kåre. »Aber ich weiß ein Gegenmittel.«

Kåre zog sie an sich und küsste sie. »Meinst du dieses?«

Hanna nickte und suchte erneut seine Lippen. Das wohlige Kribbeln, das sich in ihren Lenden ausbreitete, beschwor die Erinnerung an die vergangene Nacht herauf. Die Gewissheit, dass ihr noch viele folgen würden, erfüllte Hanna mit freudiger Dankbarkeit.

Die weitere Fahrt ging an der Inselgruppe Lovénøyane vorbei, die – wie einige andere Gegenden im Fjord – ein Naturreservat war, das in der Brutzeit von Mitte Mai bis Mitte August nicht betreten werden durfte. Kåre hatte ein Fernrohr mitgenommen, mit dem Hanna die Klippen der Inselchen betrachtete, in denen Eis- und Elfenbeinmöwen, Eiderenten, Kurzschnabelgänse und andere Vogelarten nisteten. Aus den Felsspalten und auf den Vorsprüngen wucherten Büschel und Kissen verschiedener Kräuter und Blumen.

»Ich bin überrascht, wie üppig hier die Vegetation ist«, sagte Hanna.

»Dafür sorgen die Vögel«, erklärte Kåre. »Seit Jahrhunderten düngen sie die Felsen. Im Zusammenspiel mit der relativ geschützten Lage der Inseln und der atlantischen Wärmepumpe, dem Golfstrom, entstehen so optimale Voraussetzungen für die Pflanzen.«

»Und ich dachte, hier oben gäbe es nur Schnee und Eis.«

»Oh, das kannst du auch haben. Komm in ein paar Monaten wieder, wenn hier die Schneestürme toben. Da erinnert dann wenig an diese idyllische Szenerie.« Er lächelte und fuhr fort: »Aber genug von den Wundern der Natur. Ich möchte dir noch einen weiteren Einblick in die Geschichte dieses Fjords geben. Aus der Zeit, in der sich hier Pioniere und Abenteurer jeglicher Couleur herumgetrieben haben.«

»Spielst du auf die Versuche an, von hier aus zum Nordpol zu fliegen? Den Ankermast von Amundsens Luftschiff habe ich bereits aus der Ferne gesehen.«

»Nein, und auch die Kohlengruben meine ich nicht«, antwortete Kåre. Er deutete auf die Blomstrandhalvøya, der sie sich näherten. »Es gab da noch ein sehr viel skurrileres Kapitel.«

»Vielleicht stammt unser unbekannter Toter ja auch aus jener Zeit«, sagte Hanna nachdenklich. »Seine Kleidung war recht altmodisch.«

»Gut möglich. Aber Genaueres werden wir erst erfahren, wenn die Polizei ihre Untersuchungen abgeschlossen hat. Vorher rücken sie keine Informationen raus.«

»Ich weiß. Das macht mich ganz hibbelig«, antwortete Hanna. »Es ist der reinste Krimi. Was meinst du, wie lange wir warten müssen?«

»Hm, schwer zu sagen. Da es sich um keinen aktuellen Fall handelt, wird man ihm in Tromsø sicher nicht höchste Priorität einräumen. Andererseits ist dieser Fund natürlich eine Sensation. Am besten, ich rufe morgen mal in der Pathologie an und frage nach.« Er lächelte und sagte: »So, da wären wir.«

Er ließ das Schlauchboot an den Strand gleiten und reichte Hanna eine Hand, um ihr beim Aussteigen zu helfen. Als sie danach greifen wollte, umfasste er ihre Taille und hob sie hoch.

Hanna kicherte und spürte, wie sie rot wurde.

»Du bist ja verrückt!«

Kåre strahlte sie an, drehte sich mit ihr einmal um sich selbst und setzte sie behutsam ab.

»Das musste sein. Ich wäre sonst zersprungen vor Glück!«

Hand in Hand liefen sie zu zwei windschiefen Holzhütten, die nicht weit von ihnen am ansteigenden Uferhang standen. Direkt am Wasser rosteten die Überreste eines Verladekrans und mehrerer umgestürzter Transportwagen vor sich hin.

»Jetzt bin ich aber wirklich neugierig, was hier abgebaut wurde«, sagte Hanna. »Ich hätte ja auf Kohle getippt ...«

Kåre blieb stehen, warf sich in die Brust und sagte im theatralischen Stil eines Jahrmarktschreiers:

»Geneigte Besucherin! Folgen Sie mir in die Jahre um 1900 – in die ›Klondike-Zeit‹ Spitzbergens – und lernen Sie einen ihrer schillerndsten Pioniere kennen: den Engländer Ernest Mansfield. Jahrelang war er im Auftrag einer Bergbaufirma an der Westküste Svalbards unterwegs, um nach Bodenschätzen zu suchen. Immer wieder steckte er Claims ab, in denen er Kohle und Mineralien wie Zink, Kupfer-Pyrit, Asbest und Eisen vermutete. Sein größter Traum blieb allerdings unerfüllt – er fand kein Gold.«

Kåre machte eine Kunstpause, hob den Zeigefinger, zog bedeutungsvoll die Augenbrauen hoch und sprach weiter:

»Doch 1911 wendet sich das Blatt. Als Mansfield diese Insel untersucht, stellt er fest, dass sie praktisch aus purem Marmor besteht! Begeistert eilt er zurück in die Heimat, gründet die *Marble Mining Company* und überzeugt zahlreiche Investoren, ihr Geld in sein ehrgeiziges Projekt zu stecken: den Abbau von arktischem Marmor.«

Kåre machte mit seinem Arm eine umfassende Kreisbewegung.

»Wir stehen hier in Ny London, wo einst siebzig Männer lebten und arbeiteten, um diese Vision in die Tat umzusetzen. Wenn Sie mir nun bitte zum Steinbruch folgen wollen.«

Hanna kicherte und lief ihm nach. Nach wenigen Metern hielt Kåre vor einer kleinen Mulde. Oberhalb befanden sich die Überreste der einstigen Werkstatthalle mit Kesseln einer gewaltigen Dampfmaschine, ringsum verstreut lagen Maschinenteile, eine hölzerne Schubkarre, Trinkbecher und andere Utensilien, die vom Alltag der Arbeiter zeugten.

Hanna sah sich kopfschüttelnd um.

»Äh, ich sag's nicht gern. Aber nach Marmorabbau in großem Stil sieht das hier nicht aus. Steinbrüche habe ich irgendwie anders in Erinnerung.«

Kåre verzog das Gesicht in komischer Verzweiflung.

»*Midt i blinken!* Wie der Norweger sagt, wenn jemand ins Schwarze getroffen hat. Mister Mansfield war alles Mögliche, aber gewiss kein kundiger Geologe. Und er hielt auch nichts davon, sich von einem Fachmann beraten zu lassen. Andernfalls hätte er sich und seinen Geldgebern viel erspart.«

»Was ist passiert?«, fragte Hanna.

»Nun, nachdem er mit seiner Begeisterung und Eloquenz genügend Leuten Geld entlockt hatte, ließ er Maschinen und Geräte hierherschaffen, baute Wohnhäuser und Werkstätten, legte einen kleinen Verladehafen an und machte sich voller Elan ans Werk. Schließlich verließ das erste Schiff mit Marmorplatten den Kongsfjord Richtung London. Doch je mehr die Temperatur anstieg, desto offensichtlicher wurde, dass der Stein von minderwertiger Qualität war. Er taute nämlich auf und zerbröckelte – und mit ihm Mansfields Traum von einer schier unerschöpflichen Marmorquelle.«

»Du meine Güte«, rief Hanna. »Der arme Mann! Er war

wohl sehr leichtsinnig. Wie kann man nur so ohne Sinn und Verstand drauflospreschen?«

»Tja, vielleicht wäre es nicht so weit gekommen, wenn seine Geldgeber kritischer gewesen wären und erst mal Probestücke hätten sehen wollen. Aber vermutlich waren sie ähnlich gestrickt wie die Leute, die auf die Versprechungen von Hochstaplern reinfallen, auch wenn die aus Sicht von skeptischeren Menschen völlig unrealistisch sind.«

»Ja, das ist gut möglich. Gier macht blind«, erwiderte Hanna. »Trotz allem tut mir dieser Mansfield leid. Er hat ja nicht leere Versprechungen verkauft, an die er selbst nicht glaubte, sondern war von seiner Sache überzeugt und hat sich selbst dafür ins Zeug gelegt.«

Kåre nickte. »In den Augen seiner Investoren war er ein windiger Betrüger, aber bei seinen Arbeitern und den Trappern, die die Anlagen im Winter bewachten, erfreute er sich wegen seiner Großzügigkeit und Güte großer Beliebtheit. Ich denke, er war ein Träumer, dem es weniger um das große Geld als vielmehr um aufsehenerregende Entdeckungen ging.«

Ein Klingelton unterbrach ihre Unterhaltung.

»Ist das dein Handy?«, fragte Hanna.

»Nein, meins klingt anders.«

Hanna zog ihr Smartphone aus der Jackentasche. Es klingelte.

»'tschuldige, ich hab es noch nie läuten hören«, erklärte sie und sah auf das Display. Mias Nummer wurde angezeigt. Hannas Herz begann schneller zu schlagen. Was konnte ein Anruf ihrer Tochter anderes bedeuten als eine schlimme Neuigkeit? Sie hob das Telefon ans Ohr und meldete sich.

»Mama!«, schluchzte Mia. »Gott sei Dank!«

»Mia, Kind, was ist passiert?«

»Papa ... er ist ... er liegt ... im Koma«, stammelte Mia.

43

Kings Bay – Svalbard, Juli 1907

Nachdem Emilie die Blumen, Kräuter und Gräser in die Pflanzenpresse gelegt hatte, die Max aus zwei Holzbrettchen und mehreren dicken Papierbögen gebastelt hatte, die an den Ecken mittels Schrauben verbunden waren, vertrieb sie sich die Zeit, indem sie den schlafenden Hund zeichnete. Nach einer Weile bewegte er sich, öffnete die Augen und hob matt seinen Kopf.

»Mein Guter, endlich!«, rief Emilie erleichtert. »Geht es dir besser?«

Sie legte den Skizzenblock beiseite und kniete sich vor sein Lager. Sie angelte nach dem Topf mit dem Brei, der mittlerweile abgekühlt war, steckte den Zeigefinger hinein und hielt ihn vor die Schnauze des Huskys. Er schnüffelte daran und leckte den Finger ab. Nach ein paar Happen, die sie ihm ins Maul schob, sank sein Kopf zurück. Emilie streichelte ihn und flüsterte:

»Du wirst sehen, bald bist du wieder bei Kräften. Schlaf dich gesund!«

Als der Hund wieder eingeschlummert war, verließ sie die Hütte und schaute nach Westen zum Ausgang des Fjords. Ob man sie heute noch abholen würde? Das Wasser lag verlassen vor ihr. Nur ein paar Eiderenten tummelten sich darauf und eine Schar Weißwangengänse, die auch Nonnengänse genannt wurden – wegen ihrer schwarzen Scheitel, Nacken und Hälse, die an die traditionelle Kleidung katholischer Ordensfrauen erinnerten. Emilie schloss die Augen und lauschte konzentriert. Nein, sie konnte auch kein Motorengeräusch hören, das das Nahen des Kutters angekündigt hätte. Nur das feine Sausen des

Windes und die Rufe der Vögel, die in den Felsen hinter ihr nisteten.

Mit einem Achselzucken wandte sie sich ab. Sie hatte nichts dagegen einzuwenden, wenn das Schiff sich Zeit ließ und ihr eine unverhoffte Verlängerung ihrer Reise bescherte. Und die Möglichkeit, selbst zu bestimmen, was sie tun wollte. Emilie stutzte. In diesem Moment wurde ihr klar, dass sie zum ersten Mal in ihrem Leben ganz allein war, dass buchstäblich niemand in der Nähe war. Zumindest kein menschliches Wesen. Wie um sich davon zu überzeugen, rief sie laut:

»Haaallooo!«

Der Schall wurde von den Berghängen zurückgeworfen, hing für ein paar Sekundenbruchteile in der Luft und verwehte. Emilie klatschte in die Hände und lachte auf. Übermütig rannte sie zum Wasser und ließ flache Steine über die Oberfläche flitzen. Wie lange war das her, seit sie sich mit ihrem jüngeren Bruder darin gemessen hatte, wessen Stein die meisten Hüpfer schaffte! Auch dieses harmlose Vergnügen fiel in den Augen ihrer Mutter unter die Kategorie »unschickliches Gebaren« und war ihr mit dem Hinweis, sie solle gefälligst aufhören, sich wie ein Gassenjunge aufzuführen, verboten worden.

Emilie war ein wenig aus der Übung, doch nach ein paar Versuchen sprangen die Kiesel vier- bis fünfmal, bevor sie versanken. Der Gedanke an die strengen Mienen ihrer Eltern und von Großmutter Hedwig, die ihre Ausgelassenheit zum Anlass »ernster Worte« genommen hätten, ließ Emilie ein Lied anstimmen, das ihr oft in den Sinn kam, wenn sie sich gemaßregelt oder eingeengt fühlte. Es tat gut, es laut herauszuschmettern:

»Die Gedanken sind frei
wer kann sie erraten?
Sie fliehen vorbei
wie nächtliche Schatten.

Kein Mensch kann sie wissen,
kein Jäger erschießen
mit Pulver und Blei:
Die Gedanken sind frei!

Ich denke, was ich will
und was mich beglücket,
doch alles in der Still'
und wie es sich schicket.
Mein Wunsch und Begehren
kann niemand verwehren,
es bleibet dabei:
Die Gedanken sind frei!

Und sperrt man mich ein
im finsteren Kerker,
das alles sind rein
vergebliche Werke.
Denn meine Gedanken
zerreißen die Schranken
und Mauern entzwei:
Die Gedanken sind frei!«

Atemlos hielt sie inne. Hier waren nicht nur ihre Gedanken frei. Sie sah sich um. Hier bin ich frei!, dachte sie und jauchzte. Was für ein berauschendes Gefühl! Ein ungewohnter Zustand – ein wenig beunruhigend, vor allem aber aufregend und beglückend. Sie musste nicht länger achtgeben, dass man ihre wahre Identität erkannte. Es gab niemanden, der ihr Verhalten beobachten und tadeln konnte, alle Maßstäbe und Wertvorstellungen, die ihr Leben sonst bestimmten, waren für den Moment außer Kraft gesetzt.

So muss sich Robinson Crusoe gefühlt haben, dachte Emilie. Naja, wohl nicht ganz. Im Gegensatz zu dir hatte er keine Gewissheit, sein Eiland jemals wieder zu verlassen, und lebte jahrzehntelang wie ein Eremit, bevor er seinen Freitag traf. Apropos, ich habe ja auch einen Freitag. Besser gesagt einen Samstag, denn da haben William und ich den Hund gefunden. Aber Samstag will ich ihn nicht nennen, er braucht einen nordischen Namen. Sie lächelte in sich hinein und kehrte in die Hütte zurück. Auf einem Regalbrett, das neben dem Fenster angeschraubt war, hatte sie neben ein paar Büchern, die vorige Besucher zurückgelassen hatten, einen *Almanakk for Norge* vom Vorjahr entdeckt. Neben meteorologischen und astrologischen Tabellen, Angaben zu Sonnenauf- und -untergangszeiten und Texten, deren Inhalte Emilie verschlossen blieben, gab es darin eine Kalenderübersicht. Sie schlug sie auf, sah nach, was Samstag auf Norwegisch hieß, und verkündete dem Hund, der müde blinzelte:

»Von heute an bist du Lørdag!«

Der Husky antwortete mit einem herzhaften Gähnen.

»Du hast Recht«, sagte Emilie. »Eine Mütze Schlaf könnte ich jetzt auch gebrauchen. Aber vorher gönne ich mir noch ein heißes Bad.«

Es dauerte eine Weile, bis sie in zwei Töpfen genügend Wasser erhitzt hatte, um damit einen Bottich, den sie im Vorratsschuppen fand, zur Hälfte zu füllen. Die Vorfreude auf eine gründliche Reinigung wuchs mit jedem Topf, den sie in den Zuber schüttete. In der Hütte waberte dichter Dampf, als Emilie sich schließlich entkleidete und mit einem wohligen »Ah!« ins Wasser sinken ließ. Bis zu diesem Augenblick war ihr nicht bewusst gewesen, wie sehr sie es vermisst hatte, sich ausgiebig waschen zu können. Ihr letztes Bad auf dem Passagierdampfer der *HAPAG* schien eine Ewigkeit zurückzuliegen. Seither hatte sie sich auf mehr oder weniger flüchtige Katzenwäschen beschränkt – immer ängstlich darauf bedacht, nicht in verfänglicher Situation überrascht und entlarvt zu werden. Sie seifte sich von Kopf bis Fuß ein und genoss den Duft nach Sauberkeit, der sie umhüllte.

Anschließend nutzte sie die Gelegenheit, um ihre Wäsche, Socken und die Stoffbinden, mit denen sie ihre Brüste abband, zu waschen. Dabei schmiedete sie Pläne für die Zeit, die sie noch hier verbringen würde. In ihrem Skizzenblock warteten noch viele leere Seiten darauf, mit Zeichnungen von arktischen Pflanzen, Versteinerungen, die zu groß zum Mitnehmen waren, und den Bewohnern der Vogelfelsen gefüllt zu werden. Außerdem würde es nicht schaden, ihre Sammlung von Muschelschalen und Schneckenhäusern, leeren Eierschalen, Federn und Gerippen toter Vögel zu erweitern. Es war ihr wichtig, dass Max seinem Professor eine reiche Ausbeute präsentieren konnte.

Bevor sich Emilie hinlegte, schloss sie den Fensterladen und steckte ein paar dicke Holzscheite in den Ofen. Behaglich rollte sie sich unter ihrer Decke zusammen und schlief auf der Stelle ein.

Lautes Geschepper riss sie aus einem Traum, der sie an Robinson Crusoes Strand geführt hatte, besser gesagt mitten in einen der kolorierten Stahlstiche, mit denen die Ausgabe des Romans von Daniel Defoe illustriert war, die bei ihren Eltern in der Bibliothek stand. Als Kind hatte sie die Darstellungen gern betrachtet, die ihre Fantasie beflügelten und sich nun als Szenerie in ihr schlafendes Unterbewusstsein geschlichen hatten. Emilie blinzelte und erkannte im Halbdunkel den Hund, der sein Lager verlassen und den Topf mit dem Hafer-Fleischbrei vom Tisch gestoßen hatte, um seinen Hunger zu stillen.

»Oh, Lørdag, wie schön!«, rief sie und setzte sich auf. »Du bist wieder auf den Beinen!«

Der Husky humpelte zu ihr, legte seinen Kopf auf ihren Schoß und sah zu ihr auf. Emilie kraulte ihn zwischen den Ohren. Sie war erleichtert und zutiefst dankbar, dass es ihrem Schützling besser ging und sich die Unkenrufe von Ottokar Poske, der ihm den sicheren Tod prophezeit hatte, nicht bestätigt hatten.

Sie stand auf, öffnete den Fensterladen und holte ihre Uhr hervor. Sie war stehengeblieben. Emilie hatte vollkommen vergessen, sie aufzuziehen. Wie spät es sein mochte? Wie lange hatte sie geschlafen? Die Wäsche, die sie über eine Schnur quer durch die Hütte aufgehängt hatte, war getrocknet. Im Ofen war das Feuer zu einem kleinen Glutnest geschrumpft, das sie mit neuen Holzstücken wiederbelebte. Anschließend ging sie nach draußen. Der Himmel war diesig. Es war schwer, den genauen Stand der Sonne auszumachen. Emilie war unsicher, ob es abendliches oder morgendliches Licht war. Wahrscheinlich Letzteres, dachte sie. Ich muss um die zehn Stunden geschlafen haben. Ich fühle mich gut ausgeruht, und die Genesungsfortschritte von Lørdag sprechen auch dafür.

Von dem Schiff, das sie abholen sollte, war nach wie vor nichts zu sehen. Emilie verfolgte eine Weile den Flug einer Sturmmöwe und wünschte, sie könnte sich wie der Vogel in die Lüfte schwingen. Ich würde nachsehen, wie weit William und die anderen auf ihrem Marsch zum Eisfjord gekommen sind, dachte sie. Und was Arne in seiner Bucht gerade macht. Vor allem würde ich nach Leonid Ausschau halten. Sein Verschwinden ließ Emilie keine Ruhe. Einem Impuls folgend, griff sie in ihre Jackentasche, zog das Telegramm hervor, das sie vor ein paar Tagen so beunruhigt hatte, und starrte auf den lückenhaften Text.

an alle schiffe! a??? ung! +++??? eifahndung! +++??? dring??? ges???! +++ ma???b??? +++ di??? ent? er??? +++??? sche???

dentit??? verda??? auf fl??? t +++ zuletzt ges??? am??? Juni in??? +++ hinw??? an??? lizei tromsø +++ belohnung!

Bezog sich die Fahndung auf den Russen? Diese Möglichkeit erschien ihr mit einem Mal sehr wahrscheinlich. Sein verschlossenes Wesen, seine offenkundige Unkenntnis, was das Fotografieren anging, und sein verstohlenes Davonschleichen machten ihn in Emilies Augen höchst verdächtig. Ihre Augen verengten sich. War er vielleicht ein Dissident? Mitte Mai hatten die Zeitungen von einer Soldatenverschwörung gegen Zar Nikolaus den Zweiten und seinen Thronfolger berichtet. Der Putsch war vereitelt, und viele der Beteiligten waren festgenommen worden. Einigen Verschwörern war es jedoch gelungen, unterzutauchen und sich der Verhaftung zu entziehen. War Leonid einer davon? Dann lautete der vollständige Text eventuell:

An alle Schiffe! A ***cht*** *ung! +++* ***Poliz*** *eifahndung! +++* ***Leonid Ladna*** *dring* ***end*** *ges* ***ucht*** *! +++* ***am*** *Ma* ***iputsch*** *b* ***eteiligt*** *+++ Di* ***ssid*** *ent v er* ***misst*** *+++* ***fal*** *sche* ***I*** *dentit* ***ät*** *+++ Verda* ***cht*** *auf Fl* ***uch*** *t +++ zuletzt ges* ***ehen*** *am??? Juni in* ***Tromsø*** *+++ Hinw* ***eise*** *an* ***Po*** *lizei tromsø +++ Belohnung!*

Emilie kehrte in die Hütte zurück und setzte Wasser zum Kaffeekochen auf. Ihre Gedanken wanderten zurück zu jenem Tag, an dem Beat Späni ihnen den Russen kurz vorm Auslaufen der *Isflak* vorgestellt hatte. Er hatte erzählt, dass er ihn am Hafen aufgegabelt und den Eindruck gehabt hatte, dass er nicht so recht wusste, wo er hinsollte. Sie war sich mittlerweile sicher, dass es ein Missverständnis gewesen war. Was wohl mit dem echten Fotografen geschehen war? Emilie glaubte nicht, dass Leonid sich mit Absicht für diesen ausgegeben hatte. Wie denn auch? Man hatte sich ja nur mittels Gesten mit ihm verständigen können. Vor ihrem geistigen Auge sah sie den Russen, wie er von Agenten des Zaren, die ihn in Norwegen aufgespürt hatten, durch Tromsø gejagt wurde und schließlich auf dem Pier landete – in der Sackgasse. Just in diesem Moment der höchsten Not war der Schweizer aufgetaucht, hatte ihn für den verspäteten Fotografen aus Sankt Petersburg gehalten und ohne Weiteres mit an Bord der *Isflak* genommen. Lebhaft malte sie sich die zornige Enttäuschung der Agenten aus, die sich in letzter Sekunde ihrer Beute beraubt sahen und daraufhin die norwegische Polizei einschalteten.

Aber warum hatte sich Leonid hier in der Kings Bay erneut aus dem Staub gemacht? Vielleicht lag William mit seiner Vermutung richtig. Vielleicht war der Russe tatsächlich auf dem Weg zur benachbarten Cross Bay, wo das Schiff von Albert von Monaco ankerte. Aber nicht, weil die Schnapsvorräte aufgebraucht waren und Leonid sich dort Nachschub erhoffte, sondern weil er den Fürsten um Asyl bitten wollte.

»Ich fürchte, das werden wir nie erfahren«, sagte Emilie zu dem Hund, der sie von seinem Lager aus aufmerksam beobachtete. Sie brühte sich einen Becher Kaffee auf, säbelte sich eine Scheibe Brot von dem letzten Laib ab, den man ihr dagelassen hatte, und öffnete eine Konservendose mit Corned Beef, deren Inhalt sie sich mit Lørdag teilte.

Das Versorgungsschiff kam auch in den nächsten Tagen nicht. Wobei Emilie nicht hätte angeben können, wie viele Tage seit dem Aufbruch der anderen verflossen waren. Waren es drei oder vier? Die andauernde Helligkeit und der verhangene Himmel, der eine Ortung der Sonne erschwerte, beraubte sie ihres Zeitgefühls. Ihre Uhr hatte sie ganz bewusst nicht mehr aufgezogen. Es versetzte sie in einen Zustand der Entrücktheit und nie gekannter Zufriedenheit, ohne Pläne vor sich hinzuleben und einzig ihren Bedürfnissen zu folgen. Sie aß, wenn sie hungrig war, ging zu Bett, wenn sie müde war und machte sich keine Gedanken um die Zukunft.

Lørdag wurde zusehends kräftiger. Seine Wunde verheilte gut, sein Fell begann zu glänzen, und die eingefallenen Flanken verschwanden. Er begleitete Emilie auf ihren langen Ausflügen am Strand, bei denen sie nach Fossilien suchte und versteinerte Muschelschalen und Korallenstücke sammelte, die aus den Zeiten stammten, als der Archipel unter einem tropischen Meer nahe dem Äquator gelegen hatte. Der Hund jagte den Enten hinterher oder lag zu Emilies Füßen, wenn sie – in eine Decke gehüllt – auf einem Felsbrocken saß und zeichnete. Es hätte sie sehr gereizt, auch die Berge zu erkunden – aus Furcht, ihre Mitfahrgelegenheit zu verpassen, traute sie sich jedoch nicht, außer Sichtweite des Fjords umherzustreifen.

Die paradiesische Idylle endete jäh mit der Ankunft des Eises. Emilie lag gerade gemütlich in ihrem Bett und las einen englischen Roman, den sie auf dem Bücherbrett gefunden hatte, als knirschende Geräusche sie aufhorchen ließen. Sie schlüpfte in ihre Stiefel, warf ihre Jacke über, lief hinaus und hielt den Atem an. Das dunkle Wasser des Fjords war mit weißen Schollen bedeckt, die vom offenen Meer hereintrieben und beim Aneinanderstoßen und -reiben das Knirschen verursachten. Die Luft war deutlich abgekühlt. Der frostige Wind roch nach Schnee.

Emilie kehrte in die Hütte zurück und ließ sich auf die Bank sinken. Ihr Magen krampfte sich zusammen. Arnes Wettervorhersage war also doch richtig gewesen: Der Winter hielt dieses Jahr besonders frühen Einzug auf Spitzbergen. Das Schiff hatte sich nicht einfach nur ein wenig verspätet, sondern keine Möglichkeit, zu ihr zu gelangen. Zumindest im Augenblick. War es dem frühen Packeis ausgewichen und an der Kings Bay vorbeigefahren? Oder steckte es weiter nördlich bei der Däneninsel fest, wo es ein paar Zeitungsreporter und Schaulustige abgesetzt hatte, die den zweiten Versuch des Amerikaners Walter Wellman, den Nordpol mit einem Luftschiff zu erreichen, verfolgen wollten? Dann bestand die Hoffnung, dass es doch noch hier vorbeikam, sobald es wieder wärmer wurde. Emilie griff in ihre Tasche, umklammerte den Hühnergott-Stein mit dem Loch und schickte ein Stoßgebet zum Himmel:

»Bitte, bitte, mach, dass es die zweite Möglichkeit ist! Bitte lass den Sommer noch nicht zu Ende sein!«

Um ihrer aufkeimenden Panik Herr zu werden, stand sie auf und sichtete die Vorräte. Auf Spitzbergen war es ein ungeschriebenes Gesetz, in einer Hütte Nahrung und andere überlebensnotwendige Dinge wie Brennholz, Zündhölzer und Tran für die Lampen bereitzustellen, um dem Nächsten, der dort Unterschlupf suchte, einen guten Empfang zu bereiten und mit dem Nötigsten zu versorgen. Leutnant Poske hatte darüber hinaus einen Vorrat haltbarer Lebensmittel wie Zucker, Honig, Mehl, Nudeln, Linsen, Haferflocken, getrocknete Zwiebeln, Salz, Tee und etliche Konservendosen mit Pökelfleisch und eingelegtem Gemüse zurückgelassen. Das Observatorium Lindenberg beabsichtigte, im kommenden Frühjahr ein paar Männer in die Kings Bay vorauszuschicken, die eine weitere Unterkunft für die Besatzung der Wetterstation bauen sollten, bevor die Forscher aus Deutschland eintrafen. Der Leutnant hatte den Auftrag, auf dem Rückweg in Tromsø Arbeiter anzuwerben.

Der Anblick der reich gefüllten Regale im Schuppen hinter der Hütte beruhigte Emilie ein wenig. Die nächsten Wochen würde sie nicht verhungern. Was ist mit Skorbut?, flüsterte die Stimme der Besorgnis. Besonders vitaminreich ist diese Kost nicht. Emilie atmete tief durch und schob diesen Gedanken beiseite. Es war gerade einmal Anfang Juli. Zu früh, um die Hoffnung auf das Schmelzen des Eises zu begraben. Viel zu früh, um zu resignieren und einer Überwinterung ins Auge zu sehen. Allein die Vorstellung, monatelang in eisiger Dunkelheit allein auszuharren, ließ Emilie erschauern. Denk gar nicht erst daran!, befahl sie sich. Energisch schloss sie die Tür zum Vorratsraum und zog los, um die Brennholzvorräte aufzustocken.

Die Bewegung an der frischen Luft und die körperliche Anstrengung vertrieben die ängstliche Anwandlung vollends. Als Emilie einige Stunden später vor einem Teller heißer Suppe saß, erschien ihr die Aussicht auf die unfreiwillige Verlängerung ihres Arktis-Abenteuers nicht mehr bedrohlich, sondern verlockend. Mit großem Appetit machte sie sich über ihre Mahlzeit her, die ihr umso besser mundete, als sie sie selbst zubereitet hatte. Mit Elses Kochkünsten konnte sich ihr Werk nicht messen. Vermutlich hätte die Köchin ihrer Eltern die Suppe mit den verkochten Nudeln naserümpfend weggeschüttet. Emilie erfüllte sie jedoch mit Stolz. Kochen hatte nicht auf dem Lehrplan der Schule für Höhere Töchter gestanden, von denen man annahm, dass sie dereinst in ihrem Haushalt allenfalls die Mahlzeiten für die einzelnen Wochentage bestimmten oder Menüfolgen für besondere Anlässe mit ihrer Köchin absprachen. Selber am Herd zu stehen, war dagegen nicht in ihrem Lebensplan vorgesehen. Im Unterricht hatten Fächer wie Deutsch und Religion im Vordergrund gestanden mit dem erklärten Ziel, die Mädchen sittlich und moralisch zu bilden. Gesang, Schönschreiben und Zeichnen hatten der Verfeinerung ihres ästhetischen Urteilsvermögens und Geschmacks dienen sollen.

Immerhin gab es neuerdings Bestrebungen, nicht mehr nur das Gefühl, sondern auch den Verstand bei Frauen zu fördern, wie der preußische Kultusminister Konrad von Studt erst im März angekündigt hatte. Zu diesem Zweck sollten Mädchen künftig auch in Mathematik statt nur in Rechnen unterrichtet und verstärkt mit der Grammatik vertraut gemacht werden. Großmutter Hedwig hatte dieses Vorhaben als neumodischen

Firlefanz abgetan, der zu nichts Gutem führen konnte. Und das, obwohl der Minister ausdrücklich betont hatte: »Die intellektuelle Bildung soll in keiner Weise dazu führen, dass der große Schatz, den unser deutsches Volk in der Herzensreinheit und Gemütstiefe deutscher Frauen und Mädchen allezeit hochgehalten hat, irgendwie noch eine Beeinträchtigung erfahre.«

Bei der Erinnerung an die Diskussion zu diesem Thema, die am sonntäglichen Familientisch geführt worden war, rollte Emilie mit den Augen. Sie hätte viel darum gegeben, wenn sie sich in ihrer Schulzeit mit nützlicheren Dingen hätte beschäftigen dürfen als mit dem Säumen und Besticken von Taschentüchern, dem Auswendiglernen von endlosen Balladen oder dem Abschreiben erbaulicher Traktate in Schönschrift. Nichts von alledem konnte sie hier gebrauchen. Wie hatte ihre ehemalige Mitschülerin Paula, die nach Beendigung der Töchterschule als Einzige noch das Abitur gemacht hatte, einmal ebenso ironisch wie treffend festgestellt: »Wir werden hier nicht über Gebühr mit Wissen belastet. Das hat immerhin den Vorteil, dass wir unseren solcherart geschonten Verstand nachher noch haben werden.«

Lørdag, der auf seinem Lager döste, hob unvermittelt den Kopf und lauschte aufmerksam. Emilie ließ ihren Löffel sinken.

»Was hast du denn?«, fragte sie. »Kommt jemand?«

Sie hatte schnell herausgefunden, dass der Husky kaum jemals bellte. Fühlte er sich einsam oder beunruhigt, heulte er. Ein Wachhund, der Laut gab, wenn sich ein Fremder oder ein gefährliches Tier näherte, war nicht an ihm verloren gegangen. Sein Verhalten deutete jedoch darauf hin, dass etwas Ungewöhnliches im Gange war. Emilie richtete sich auf und sah aus dem Fenster. Von den Bergen her näherte sich eine Gestalt. Ihr Herz begann schneller zu schlagen. War das Arne? Sei nicht töricht, wies sie sich zurecht. Warum sollte er hierherkommen? Leonid kann es auch nicht sein. Die Person dort ist viel kleiner als er. Emilie kniff die Augen zusammen, um den Mann besser zu sehen.

Es war ein Fremder. Er trug lederne Hosen, eine gefütterte Jacke und dicke Stiefel. Seine Fellmütze hatte er tief ins bärtige Gesicht gezogen. Vielleicht war er die Vorhut eines Suchtrupps, der sie in Sicherheit bringen sollte? Nein, dazu war noch zu wenig Zeit vergangen. Niemand würde sie jetzt schon vermissen oder sich Sorgen machen, ob das Schiff sie abholen konnte.

Ungefähr dreißig Meter von ihr entfernt – unweit des Telegraphenunterstands – hielt der Mann an. Er wirkte überrascht und trat unschlüssig von einem Fuß auf den anderen, bevor er begann, die Hütte in weitem Bogen zu umrunden. Dabei blieb er immer wieder stehen und starrte herüber.

»Warum kommt er denn nicht her?«, fragte Emilie. »Was meinst du Lørdag, sollen wir ihn hereinbitten? Ich glaube, das macht man in abgelegenen Landstrichen so.«

Erinnerungen an die Wildwestgeschichten, die sie als junges Mädchen so gern gelesen hatte, mischten sich mit Berichten von Reisenden aus fernen Ländern, die von der herzlichen Gastfreundschaft der Einheimischen erzählten – mochten diese auch noch so arm sein.

Emilie trat in die Tür und hielt nach dem Fremden Ausschau. Als er in ihrem Blickfeld erschien, ging sie ein paar Schritte in seine Richtung, hob die Hand und winkte ihm zu. Er erwiderte den Gruß nicht. Soweit sie es aus der Entfernung beurteilen konnte, machte er ein grimmiges, ja zorniges Gesicht. Eine Wange war von einer tiefen Narbe zerfurcht, die ihn noch wilder erscheinen ließ. Er drehte sich um und lief zurück zu den Bergen. Emilie sah ihm ratlos nach. Ihren ersten Impuls, ihm nachzulaufen, um ihn einzuladen und um Rat zu bitten, was sie in ihrer Situation tun sollte, verwarf sie auf der Stelle. Von dem Fremden ging etwas Unheimliches, ja Bedrohliches aus. Sie war froh, dass er seiner Wege ging.

Sie wandte sich um und wollte eben die Tür hinter sich schließen, als ein Knall die Stille zerriss. Der Hall brach sich an den Felsen und wurde mehrfach zurückgeworfen. Emilie zuckte zusammen. Der Hund rannte zu ihr und begann zu heulen. Das war ein Schuss gewesen! Emilie huschte zur Ecke der Hütte und lugte vorsichtig zu der Stelle, an der sie den Fremden zuletzt gesehen hatte. Sie war leer. Er musste weitergelaufen sein. Zwei weitere Schüsse schallten über den Fjord. Mit angehaltenem Atem lauschte Emilie. Das Geräusch von rutschenden und rollenden Steinen drang an ihr Ohr. Der Mann lief offenbar über ein Schotterfeld. Die Schritte entfernten sich. Ihre Befürchtung, der Fremde könnte es sich anders überlegen und zurückkommen, bewahrheitete sich nicht. Sie atmete aus und wischte sich die feuchten Handflächen an ihrer Hose ab.

»Bestimmt gibt es eine ganz harmlose Erklärung dafür, dass er geschossen hat«, sagte sie zu Lørdag, der mit schiefgelegtem Kopf vor ihr saß und zu ihr hochsah. »Vielleicht hatte er Lust auf einen Entenbraten.«

Der Hund kratzte sich mit einem Hinterlauf am Hals und lief zurück in die Hütte. Emilie folgte ihm. Das Unbehagen, das das Auftauchen des Vernarbten in ihr ausgelöst hatte, blieb. Was hatte ihn hierhergeführt? Und warum hatte er kurz vor seinem Ziel umgedreht? Weil ich hier bin, gab sie sich selbst zur Antwort. Damit hat er offensichtlich nicht gerechnet. Also wollte er die Hütte benutzen, aber allein. Warum? Die meisten würden sich doch über Gesellschaft freuen in dieser Einöde. Naja, nicht wenn sie Arne heißen, schoss es ihr durch den Kopf. Nun, der ist ein Sonderfall, das zählt nicht. Sie runzelte die Stirn und sah sich in dem kleinen Raum um. Also, was macht es so wichtig, allein in der Hütte zu sein? Vielleicht, um ungestört nach etwas zu suchen? Aber nach was?

»Finden wir es heraus«, sagte Emilie laut.

44

Ny Ålesund – Spitzbergen, Juli 2013

»Mia, bitte beruhige dich«, sagte Hanna und presste ihr Smartphone ans Ohr. »Was genau ist passiert?«

»Das weiß ich nicht«, rief Mia schluchzend. »Aber es ist … sehr ernst und … Mama, was, wenn er stirbt?«

Die Verzweiflung in ihrer Stimme schnürte Hannas Kehle zusammen. Sie konnte sich gut vorstellen, was in ihrer Tochter vorging. Abgesehen von der Angst, ihren Vater zu verlieren. Mia machte sich gewiss schreckliche Vorwürfe, weil sie seinem Ansinnen, ihn und seine Biggi im Urlaub zu besuchen, eine harsche Abfuhr erteilt hatte und im Bösen mit ihm verblieben war.

»Kannst du kommen?«, fragte Mia leise.

»Ja, natürlich«, antwortete Hanna automatisch. »Aber wohin überhaupt? Ist Thorsten noch in Südafrika? Von wo aus rufst du an?«

»Nein, sie haben ihn hergeflogen. Nach Murnau. In die Unfallklinik«, erklärte Mia stockend. »Ich fahr jetzt gleich los. Ich bin noch in Freising.« Sie begann wieder zu weinen.

»Gut«, sagte Hanna. »Ich sehe zu, dass ich so schnell wie möglich einen Flug bekomme. Und jetzt gib mir bitte die Telefonnummer des Krankenhauses und den Namen des zuständigen Arztes. Ich kümmere mich.«

Am anderen Ende der Leitung war ein erleichtertes Aufseufzen zu hören.

»Danke, Mama«, sagte Mia leise. »Es tut mir leid, dass ich so hysterisch … Aber ich …«

»Du brauchst dich doch nicht entschuldigen. Das muss ein

furchtbarer Schock für dich sein. Mir tut es leid, dass man dich als Erste informiert hat. Ich geb dir Bescheid, sobald ich weiß, wann ich in Murnau eintreffe.«

»Ich bin so froh, dass du kommst!«, flüsterte Mia und legte auf.

Hanna ließ die Hand mit dem Smartphone sinken und starrte mit gerunzelter Stirn darauf. Der Anruf erschien ihr surreal. Es fiel ihr schwer zu glauben, was sie soeben erfahren hatte. Mia hatte so nah geklungen. Und doch kam es Hanna so vor, als hätte sie eine Botschaft vom Mond oder einem anderen weit entfernten Gestirn erhalten.

»Schlimme Nachrichten?«, fragte Kåre und berührte sie leicht am Arm. Hanna drehte sich zu ihm um.

»Ich fürchte, ja. Das war meine Tochter. Offenbar ist ihr Vater schwer verletzt und liegt im Koma.«

»Oh, das ist wirklich schlimm. Weißt du, was er hat?«

»Nein. Mia konnte es mir nicht sagen. Ich nehme an, dass seine Wirbelsäule betroffen ist. Man hat ihn nämlich in ein Krankenhaus in der Nähe von München gebracht, das auf Rückenmarksverletzungen spezialisiert ist.«

Kåre sog scharf die Luft ein. »Das klingt nicht gut.«

Hanna nickte. »Ich muss sofort nach Deutschland zurück.«

»Natürlich«, sagte Kåre, sah auf die Uhr, zog sein Telefon aus der Jackentasche und führte zwei kurze Gespräche auf Norwegisch.

»Wir haben Glück. Bengt ist hier und kann dich nach Tromsø fliegen. Ich hab dich bei *SAS* auf die Nachmittagsmaschine nach Oslo gebucht, wo du direkten Anschluss nach Kopenhagen und von dort nach München hast. Heute Abend um halb zehn bist du da.«

Hanna sah ihn an und rang nach Worten. »Das ist ... ich weiß gar nicht, was ich ... Danke! Du bist großartig.«

Kåre machte eine abwinkende Handbewegung.

»Okay, dann nichts wie los. Bengt erwartet uns am Flugplatz.«

»Woher wusstest du, dass er in Ny Ålesund ist?«, fragte Hanna.

»Ich wusste es nicht hundertprozentig. Die Chancen standen aber gut, da er im Sommer öfter Forscher und Studenten herbringt.«

Keine Stunde später standen sie vor dem kleinen Wasserflugzeug auf der Start- und Landebahn von *Hamnerabben*, dem westlich von Ny Ålesund gelegenen Flughafen der *Kings Bay AS.* Bengt hatte eben Hannas Gepäck im Laderaum verstaut und war ins Cockpit geklettert. Er winkte Kåre grüßend zu.

»Wir sehen uns. Spätestens, wenn meine Eltern zurück in Tromsø sind.«

»Auf jeden Fall«, antwortete Kåre. »Ihr habt zumindest ein Abendessen bei mir gut.«

Er drehte sich zu Hanna und nahm ihre beiden Hände in seine. Erst in diesem Augenblick wurde ihr klar, dass er nicht mitflog. Dass dies ein Abschied war. Alles in ihr schrie: Ich will nicht fort von ihm. Ich will bei ihm bleiben. Am liebsten hätte sie sich an ihn geklammert und ihn nicht mehr losgelassen. Sie fühlte sich wieder wie das kleine Mädchen, das vorm Internat abgesetzt worden war. Mit ungeahnter Wucht wurde sie von einer Welle der Erinnerung samt der schmerzlichen Empfindungen überrollt.

»Ich hasse Abschiede«, sagte sie leise. Ihre Stimme war rau.

»Ich auch«, antwortete Kåre und sah ihr tief in die Augen. »Das ist neu für mich. Bisher hab ich es ganz gut hingekriegt, dass es nie besonders schwer war. Aber mit dir ist es anders.«

Die Traurigkeit in seiner Stimme gab Hanna einen Stich und tröstete sie gleichzeitig. Sie wurde nicht verlassen! Es war keine

Wiederholung vergangener Trennungsszenarien. Sie drückte seine Hände und sagte:

»Das ist kein Ende! Egal, was passiert. Du bist jetzt ein Teil meines Lebens.«

Kåres Augen wurden feucht. Er zog Hanna an sich und flüsterte in ihr Ohr:

»Das ist das Schönste, was jemals jemand zu mir gesagt hat.«

Als die Passagiermaschine zum Landeanflug auf den Franz-Josef-Strauß-Flughafen ansetzte, ging eben die Sonne unter und tauchte die Schleierwölkchen, die der Föhnwind von den Alpen her über den Himmel verteilte, in leuchtende Rottöne. Auf Spitzbergen ist es jetzt taghell, dachte Hanna und überlegte, was Kåre in diesem Moment wohl gerade tat. Vermutlich saß er mit Kollegen zusammen und besprach ein Projekt. Oder er ließ den Tag mit einem Bierchen ausklingen. Wie gern würde sie jetzt bei ihm sitzen, seine Stimme hören und in seine Augen schauen. Sie vermisste ihn mit einer Wucht, die sie selbst überraschte. Hanna wandte den Blick vom Fenster ab und richtete ihre Gedanken auf die bevorstehenden Stunden.

Noch in Tromsø hatte sie mit der Murnauer Klinik telefoniert und erfahren, dass Thorsten beim Segeln während eines schnellen Wendemanövers über Bord geschleudert und schwer an der Wirbelsäule verletzt worden war. Nach seiner Ankunft in Deutschland hatte man ihn in ein künstliches Koma versetzt, um ihn zu stabilisieren und die Schädigung des Rückgrats gründlich untersuchen zu können. Die exakte Diagnose würde im Laufe der nächsten Tage gestellt werden. Die Ärztin, mit der Hanna gesprochen hatte, machte keinen Hehl aus dem Ernst der Lage, betonte aber ausdrücklich, dass es zu früh war, vom Schlimmsten auszugehen – was auch immer das genau sein mochte.

Anschließend hatte Hanna ihre Tochter angerufen und sie davon abgehalten, Hals über Kopf nach Murnau zu fahren. Mia konnte dort nichts ausrichten und würde sich nur unnötig verrückt machen, wenn sie allein stundenlang im Wartebereich des Krankenhauses saß. Stattdessen hatte Hanna ihr vorgeschlagen, sie in München abzuholen und am nächsten Morgen gemeinsam mit ihr zu Thorsten zu fahren.

Wie ferngesteuert lief Hanna durch die verglasten Gänge des hell erleuchteten Ankunftsterminals zur Halle mit den Gepäcklaufbändern. Dass seit ihrem Aufbruch in den Norden keine ganze Woche vergangen war, konnte sie kaum glauben. Es war so viel passiert in den letzten Tagen. Hanna musste an die Wurmlöcher in den Science-Fiction-Serien und -Filmen denken, die ihr Sohn Lukas als Teenager gern gesehen hatte. Es kam ihr so vor, als wäre sie durch ein solches Loch gefallen und in einer parallelen Welt gelandet, in der ewiger Sonnenschein geherrscht hatte und sich die Ereignisse in einer verdichtet anmutenden Zeit überschlagen hatten – während auf der anderen Seite alles seinen gemächlichen Trott weitergegangen war.

Als sie Mia sah, verflog dieses unwirkliche Gefühl. Der vertraute Duft ihrer Tochter und die Berührung ihrer Arme, die sich fest um ihren Hals schlangen, brachten Hanna in die Gegenwart zurück.

»Mama, ich bin so froh, dass du da bist!«, rief Mia.

»Ich auch, mein Schatz«, erwiderte Hanna und streichelte Mia über den Kopf. Sie löste sich von ihr und griff nach ihrem Koffer. »So, jetzt lass uns zusehen, dass wir nach Hause kommen.«

Mia sah sie fragend an. »Wieso nach Hause? Wollen wir nicht gleich weiter nach Murnau?«

»Nein, ich denke, es ist sinnvoller, wenn wir erst morgen früh dorthin fahren«, sagte Hanna. »Heute kämen wir ja erst sehr spät dort an und müssten uns mitten in der Nacht ein Hotel suchen. Obendrein könnten wir mit keinem Arzt mehr sprechen und …«

Mia zog die Augenbrauen zusammen und öffnete den Mund zu einer Entgegnung. Hanna hob eine Hand und fuhr fort:

»Der Zustand deines Vaters ist Gott sei Dank momentan stabil. Und so haben wir die Möglichkeit, ihm Wäsche und andere Sachen von daheim mitzubringen, die er in nächster Zeit vielleicht benötigt.«

Mias Miene entspannte sich. »Stimmt, daran hab ich nicht gedacht. Und du brauchst sicher auch frische Kleidung.«

Hanna nickte. Sie war erleichtert, dass Mia nicht darauf bestand, sofort zur Klinik aufzubrechen. Sie hatte sich innerlich auf einen längeren Disput eingestellt.

»Ehrlich gesagt, bin ich ganz froh, dass wir erst morgen dorthin fahren«, sagte Mia leise. »Nach dem Tag heute sehne ich mich nach meinem Bett zu Hause.«

Mit einem verlegenen Lächeln hakte sie Hanna unter.

»Ein bisschen kindisch oder? Aber der Gedanke an mein altes Zimmer hat so was Tröstliches.« Sie drückte Hannas Arm. »Danke, dass du es immer noch so gelassen hast, wie es früher war.«

Am nächsten Morgen brachen sie nach einem zeitigen Frühstück mit dem Auto Richtung Süden ins Vorland der Bayerischen Alpen auf und kamen gegen zehn Uhr in Murnau an. Die weitläufige Anlage, in der Ende der sechziger Jahre die erste Spezialabteilung zur Behandlung von Rückenmarkverletzten in Deutschland eröffnet worden war, lag außerhalb des Ortes in einem Park. Im Lauf der Jahrzehnte war sie ständig erweitert und zu einem hochmodernen Traumazentrum ausgebaut worden. Der Komplex aus weißen Gebäuden mit großen Fenstern und Stahl-Glas-Konstruktionen erinnerte Hanna an eine futuristische Raumstation – ein Eindruck, der sich in der riesigen, sich über mehrere Stockwerke erstreckenden Eingangshalle fortsetzte.

Auf dem Weg zur Informationstheke blieb Mia abrupt stehen.

»Was ist?«, fragte Hanna.

»Wird diese Biggi da sein?«

Hanna stutzte. Diese Frage hatte sie vollkommen verdrängt. Sie hob die Schultern.

»Keine Ahnung. Die Ärztin, mit der ich gestern telefoniert habe, hat nicht erwähnt, ob Thorsten allein oder mit Begleitung hier eingetroffen ist.«

Die Vorstellung, auf die Geliebte ihres Mannes zu treffen, war Hanna unangenehm. Wie verhielt man sich in so einer Situation?

»Ich will die blöde Gans nicht sehen!«, sagte Mia und verzog grimmig das Gesicht. »Sie hat Papa das alles eingebrockt.«

»Na, na«, sagte Hanna. »Jetzt übertreib mal ni…«

»Ist doch wahr«, unterbrach Mia sie. »Ohne dieses Miststück wäre er nie auf die Idee gekommen, die Welt zu umsegeln.«

Hanna zwang sich, ruhig zu bleiben. »Mia, Liebes, ich kann dich ja verstehen. Aber bitte versprich mir, nicht ausfallend zu werden, wenn wir ihr begegnen. Ich denke, für sie ist das alles auch nicht leicht und …«

»Mama!«, rief Mia und stemmte die Hände in die Hüften. »Wie kannst du nur so abgeklärt sein? *Du* müsstest es doch sein, die einen totalen Hass auf die dumme Schlunze hat. Schon vergessen? Sie hat dir Papa ausgespannt!«

Hanna unterdrückte ein Seufzen. »Mag sein. Das konnte sie aber nur, weil Thorsten es wollte. Er hat sich entschieden, mich zu verlassen.«

Mia zog einen Schmollmund.

»Liebes, lass uns bitte nicht streiten«, sagte Hanna. »Nicht jetzt!«

Mia schluckte und nickte. »Entschuldige. Du hast Recht.«

Wenige Minuten später stellte sich heraus, dass sie sich umsonst Gedanken gemacht hatten. Als Hanna am Anmeldetresen der Intensivstation nach Birgit Schulz fragte, erntete sie verständnislose Blicke. Es war niemand bei Herrn Keller gewesen, als er eingeliefert wurde. Und seither hatte sich auch niemand nach ihm erkundigt. Hanna und Mia waren die Ersten, die ihn besuchten.

»Sind Sie Frau Keller?«

Hanna drehte sich um und sah sich einer hochgewachsenen Frau gegenüber, die einen weißen Kittel trug. Ein Namensschild wies sie als Dr. med. Ingrid Lange aus.

»Ja«, antwortete Hanna. »Ich wollte gerade zu meinem Mann.«

»Natürlich«, sagte die Ärztin und reichte ihr die Hand. »Wir hatten gestern miteinander gesprochen. Er ist bei mir in Behandlung und …«

Mia trat einen Schritt vor. »Wie geht es meinem Vater? Wissen Sie schon, ob er durchko…«

Hanna lächelte entschuldigend. »Das ist meine Tochter Mia.«

Doktor Lange schüttelte Mia die Hand und nickte Hanna zu.

»Ich bringe Sie zu ihm. Wir können leider noch nicht genau sagen, wie es um ihn steht«, sagte sie und ging ihnen voraus den Gang hinunter. Hanna legte einen Arm um Mia, die ganz blass geworden war. Sie folgten der Ärztin durch zwei automatische Türen in ein Vorzimmer. Hinter einer Glasscheibe stand ein Bett mit hohen Seitenrändern, in dem eine Gestalt lag, von der man kaum etwas sah.

Doktor Lange drehte sich zu Hanna und Mia und sagte:

»Wir haben ihn in eine stabile Lage gebettet, um weitere Erschütterungen des Rückgrats zu verhindern.«

Mia presste ihre Stirn an die Scheibe und schluchzte auf. Hanna trat zu ihr, legte den Arm um sie und suchte den Blick der Ärztin. »Was können Sie uns denn zu diesem Zeitpunkt sagen?«

»Wir gehen davon aus, dass im mittleren Bereich der Wirbelsäule ein oder zwei Wirbel gebrochen sind«, begann Doktor Lange. »Als Erstes prüfen wir, ob sich die Bruchstücke verschoben und das Rückenmark verletzt haben. Außerdem wurde die Wirbelsäule insgesamt stark gestaucht, was zu einer Quetschung des Rückenmarks geführt haben könnte.«

»Was bedeutet das?«, fiel Mia ihr ins Wort. »Wird er querschnittsgelähmt?«

»Es ist viel zu früh, um darüber zu spekulieren«, antwortete die Ärztin. »Generell können alle Rückenverletzungen mit Beteiligung des Rückenmarks dessen Funktion einschränken und nachfolgend Lähmungen verursachen.«

Mia begann zu weinen.

»Aber, wie gesagt, momentan können wir noch nichts Konkretes dazu sagen«, fuhr die Ärztin fort. »Wir müssen jetzt diverse Untersuchungen durchführen. Einen Überblick verschaffen wir uns durch weitere Röntgenaufnahmen und eine Computertomographie. Später folgen dann eine Magnetresonanztomographie sowie ausführliche neurologische Untersuchungen, damit eine genaue Diagnose mö…«

»Das klingt alles so technisch«, sagte Mia mit brüchiger Stimme. »Wann wird er wieder aufwachen?«

»Ich verstehe, dass das alles sehr schockierend und beängstigend für Sie ist«, sagte Doktor Lange und sah Mia in die Augen. »Sie müssen mir bitte glauben, dass Ihr Vater im Augenblick keine Schmerzen hat und dank seiner guten körperlichen Verfassung problemlos operiert werden kann. Anschließend können wir genauer feststellen, wie seine Chancen stehen, wieder ganz gesund zu werden.«

Sie wandte sich an Hanna. »Es tut mir leid, dass ich Ihnen nicht mehr sagen kann.«

»Wann wird er denn operiert?«, fragte Hanna.

»Heute Nachmittag«, antwortete die Ärztin und verabschiedete sich. »Wir geben Ihnen umgehend Bescheid, wenn die OP vorbei ist.«

»Kopf hoch, Liebes«, sagte Hanna, als Doktor Lange den Raum verlassen hatte. »Dein Vater ist robust. Er wird das durchstehen. Da bin ich mir sicher.«

»Wie kannst du so was sagen?«, sagte Mia. »Du hast doch keine Ahnung!«

»Natürlich nicht. Aber er ist hier in den besten Händen«, erwiderte Hanna. »Diese Klinik ist seit Jahrzehnten auf solche Fälle spezialisiert und ...«

»Solche Fälle?«, rief Mia. Ihre Stimme hatte einen schrillen Unterton. »Papa ist kein Fall! Jedenfalls für mich nicht. Aber du bist vielleicht sogar froh, wenn er gar nicht mehr aufwacht!«

Hanna starrte ihre Tochter an. Am liebsten hätte sie ihr eine Ohrfeige gegeben, um sie zur Vernunft zu bringen. Es erschreckte sie immer wieder, wie verletzend sie sein konnte. Bei allem Verständnis für Mias Angst um ihren Vater, machte sie es ihr manchmal schwer, gelassen und zugewandt zu bleiben.

45

Kings Bay – Svalbard, Juli 1907

Es dauerte nicht lange, bis Emilie alle Winkel der Hütte und der Vorratskammer systematisch durchsucht hatte. Weder unter den Betten, in den Regalen, den Kisten und Fässern noch in der Truhe unter der Bank oder in der Schublade des Tisches stieß sie auf etwas, das besonders wertvoll war oder eine interessante, geheime oder brisante Information enthielt, die erklären konnte, warum der Fremde deswegen einen weiten Fußmarsch auf sich genommen hatte. Emilie setzte sich auf einen Stuhl und sah Lørdag an, der in seiner Ecke lag.

»Wo würdest du etwas verstecken, das dir wichtig ist?«

Der Hund erhob sich, wedelte mit dem Schwanz und sah erwartungsvoll zur Tür.

»Nein, unser Spaziergang muss noch ein wenig warten«, sagte Emilie. »Hm, du würdest es wohl vergraben«, überlegte sie laut weiter. »Was aber im gefrorenen Erdreich schwierig ist.«

Sie schaute sich um. Wo hatte sie noch nicht gesucht? Am Boden! Emilie stand auf, holte einen Kochlöffel, kniete sich hin und begann, die Holzdielen abzuklopfen. Lørdag schien das für ein lustiges Spiel zu halten, denn er robbte neben ihr her und schnappte mehrfach nach dem Löffel. Emilie kicherte.

»Zum Glück sieht mich niemand. Man würde mich wahrscheinlich für gänzlich durchgedreht halten.«

Unter einem der beiden Betten klang eine Stelle hohl. Aufgeregt zerrte Emilie an dem Holzbrett. Es gab nach. Darunter war eine flache Mulde. Sie griff hinein und zog ein zusammengefaltetes Papier und ein Bündel Geldscheine hervor.

»Sieh mal an!«, rief sie und kehrte an den Tisch zurück. Die

Banknoten waren norwegische Kronen. Auf dem Papier war eine grobe Karte der Kings Bay gezeichnet. Mehrere Kreuze an der Südküste, an deren Ufer die Hütte stand, weckten Emilies Neugier. Was war hier gekennzeichnet worden? Das Vorkommen von Bodenschätzen?

»Auf geht's, Lørdag«, sagte sie, »Das schauen wir uns an.«

Mit einer kleinen Hacke bewaffnet, lief Emilie in die Richtung, auf die die nächstgelegene Markierung verwies. Auf halber Höhe eines Berghangs machte sie Halt und begann, das Geröll beiseitezuschieben. Sie musste nicht lange suchen, bis sie erkannte, was die Stelle für den Kartenzeichner so interessant gemacht hatte. Unter dem Schotter kam eine dunkle Schicht aus hartem Sedimentgestein zum Vorschein. Emilie hackte einen Brocken heraus und betrachtete ihn. Kein Zweifel, sie hielt Steinkohle in der Hand. Sie verstaute ein paar Stücke in ihrem Rucksack und machte sich auf den Rückweg.

»Ich denke mal, dass es hier ergiebige Flöze gibt«, teilte sie Lørdag ihre Vermutung mit. »Offenbar will sich jemand die Claims sichern und hat unseren unheimlichen Besucher beauftragt, sie zu bewachen. Das Geldbündel ist sicher die Bezahlung. Oder ein Teil davon.«

Lørdag sprang an ihr hoch und rannte dann voraus. Je mehr sich sein Bein erholte, umso größer wurde sein Bewegungsdrang. Emilie hatte Mühe, ihm auf dem unebenen Untergrund zu folgen. Immer wieder gaben die losen Steine unter ihren Schritten nach und brachten sie ins Rutschen. Die Augen fest auf den Boden geheftet, ging sie langsam weiter und dachte über ihren Fund nach. Sie war überzeugt, dass der Fremde zurückkehren würde. Es war unwahrscheinlich, dass er auf sein Geld verzichtete. Vielleicht holte er sich Verstärkung und hatte vor, sie gewaltsam zu vertreiben? Er nahm gewiss an, dass sie ein Konkurrent war, der ebenfalls ein Auge auf die Kohlevorkommen geworfen hatte.

Emilie blieb stehen. Sie musste weg von hier. So schnell wie möglich! Aber wohin? Zur Cross Bay war es nicht weit. Wenn das Eis sie trug und sie nicht gezwungen wäre, die gesamte Kings Bay zu umrunden. Aber würde sie Albert von Monaco und seine Leute dort noch antreffen, oder waren sie mittlerweile weitergesegelt? Wie konnte sie das herausfinden? Ihr Blick fiel auf den Unterstand mit der Funkanlage, die Antonio gebaut hatte. Das ist es!, dachte Emilie. Ich werde versuchen, Kontakt mit dem Fürsten aufzunehmen. Dass ich darauf nicht früher gekommen bin!

Beflügelt von ihrer Idee, beschleunigte sie ihre Schritte und erreichte kurz darauf ihr Ziel. Sie öffnete die Klappe, mit der der Kasten, der auf Stelzen stand, verschlossen war und sah zu ihrer Freude, dass Antonio an der Innenseite eine Emailtafel mit dem Morse-Alphabet angeschraubt hatte. Sie wandte sich dem Apparat zu und schrie entsetzt auf. Die Spule des Elektromagneten war zertrümmert, die Antenne verbogen und der bewegliche Anker, dessen Hebel auf einem durch ein Räderwerk vorübergeführten Papierstreifen Punkte und Striche erzeugen konnte, lag abgehackt daneben. Der Fremde hatte ganze Arbeit geleistet. Jedenfalls zweifelte Emilie keine Sekunde daran, dass diese Zerstörung sein Werk war. Sie griff sich an den Hals und rang nach Luft. Gerate nur nicht in Panik!, ermahnte sie sich. Du darfst jetzt nichts überstürzen.

Ihr Plan, sich in nördlicher Richtung zur benachbarten Cross Bay durchzuschlagen, erschien ihr nach wie vor die beste Lösung. Selbst wenn Fürst Albert sie mit seiner Jacht bereits verlassen haben sollte – die Wahrscheinlichkeit, dass ein anderes Schiff dort Halt machte, war groß. Laut ihrem Reiseführer galt die Kreuz Bai, wie der Meeresarm auf Deutsch genannt wurde, als eine der schönsten Buchten von Spitzbergen und wurde regelmäßig von den Touristendampfern angesteuert. Da es ausgezeichnete Ankerplätze gab, und die Mündung dank des Golfstroms meist eisfrei war, wurde der Fjord auch gern als Zufluchtsort von Schiffen genutzt, die vor Sturm und Unwettern Schutz suchten.

Emilie lief zum Strand hinunter und besah sich die Eisschollen, die das Wasser mittlerweile fast vollständig bedeckten. Vorsichtig setzte sie einen Fuß darauf. Es knackte. Nein, die Schicht war zu dünn. Es war zu riskant, den Fjord zu überqueren. Nachdenklich kehrte sie zur Hütte zurück. Konnte sie es wagen, noch einen Tag zu bleiben und abzuwarten, ob die sinkenden Temperaturen das Eis begehbar machten?

»Was meinst du, Lørdag?«, fragte sie den Hund, der neben ihr herlief. »Ich denke, es wäre das Vernünftigste. Außerdem ist es wichtig, dass wir vor unserer Wanderung Kraft schöpfen und uns noch einmal richtig ausschlafen. Wer weiß, wie lange wir unterwegs sind und das nächste Mal ein festes Dach über dem Kopf haben werden.«

Um dem Fremden keinen Anlass zu geben, sie zu verfolgen, beschloss Emilie, das Geld und die Karte zurück unter die Bodendiele zu legen. Zuvor fertigte sie eine Kopie der Skizze an. Es konnte ja nicht schaden, die Stellen von Kohlevorkommen zu kennen und ihrem Bruder Friedrich davon zu berichten. Auch wenn er vermutlich keine Gelegenheit haben würde, dieses Wissen zu nutzen – es würde ihn beeindrucken, dass Max die Flöze entdeckt hatte.

Emilie schloss den Fensterladen und legte sich ins Bett. Ihr Körper sehnte sich nach Schlaf, in ihrem Kopf rasten die Gedanken – beherrscht von der Angst vor dem möglicherweise gewalttätigen Fremden und der Ungewissheit, ob und wann er zurückkehren würde und wie sie ihm am besten aus dem Weg ging. Wo er sich wohl gerade befand? Sie hoffte, dass er zu seiner Hütte zurücklief und erst sehr viel später noch einmal nachsehen wollte, ob die Luft hier in der Kings Bay rein war. Aber wo stand seine Unterkunft? Da er aus Osten hergekommen war, ging Emilie davon aus, dass er die hinter den Bergen liegende Hochebene überquert hatte. Soweit sie wusste, gab es jenseits davon sowohl am Woodfjord als auch am Wijdefjord mehrere Hütten, die von Jägern genutzt wurden. Dorthin brauchte man gewiss zwei bis drei Tagesmärsche.

Emilie wälzte sich auf die andere Seite und grübelte weiter. Durfte sie sich an die Hoffnung klammern, dass der Fremde dorthin unterwegs war? Oder war das törichtes Wunschdenken? Emilie drehte sich erneut herum und warf einen neidischen Blick auf Lørdag, der auf seinem Lager döste. Irgendwann fiel sie in einen unruhigen Schlaf, aus dem sie einige Stunden später wie gerädert erwachte.

Erschrocken fuhr sie auf, verließ hastig das Bett und begann im spärlichen Licht, das durch die Ritzen des Fensterladens schien, Sachen in ihren Rucksack zu stopfen. Um keine Zeit zu verlieren, verzichtete sie darauf, die Verdunkelung zu entfernen. Ihre Hände zitterten und griffen wahllos zu Gegenständen, die herumlagen.

Emilie zwang sich, tief durchzuatmen. Ganz ruhig, redete sie sich zu. Verlier jetzt bloß nicht den Kopf! Denk nach, was du unterwegs brauchst. Sie durfte nur das Nötigste mitnehmen – in erster Linie Lebensmittel. Dazu zwei Garnituren Wäsche und Socken zum Wechseln. Außerdem ein Messer, Zündhölzer, eine gummierte Leinwandplane, um sich vor Nässe zu schützen, Verbandsmaterial, ein Seil, ein kleines Beil, einen Topf und einen Dosenöffner.

Mit Bedauern legte sie die Fundstücke, die sie auf der Bäreninsel und in den vergangenen Tagen hier am Fjord aufgelesen hatte, samt der Blumenpresse in eine leere Kiste. Anschließend unterzog sie ihre Sachen einer Inspektion. Die meisten ihrer Kleidungsstücke und alle Bücher mussten zurückbleiben – nur von ihrem Skizzenblock wollte sie sich nicht trennen.

Einen Augenblick lang vergaß sie ihre Furcht. Mit einem spitzbübischen Grinsen stellte sie Klothildes Geburtstagsgeschenk, »Der gute Ton« von Emma Kallmann, auf das Regalbrett und malte sich die ratlosen Gesichter künftiger Hüttenbesucher aus, die sich den Kopf darüber zerbrachen, wer um alles auf der Welt auf den Gedanken gekommen war, Regeln für gesellschaftliche Umgangsformen und Wohlverhalten mit in die Arktis zu nehmen.

Als sie sich anzog, dachte sie gerade noch rechtzeitig daran, ihren Busen zu bandagieren und sich wieder in eine überzeugende Männerfigur zu verwandeln – ein Prozedere, auf das sie in den vergangenen Tagen verzichtet hatte. Warm eingepackt schulterte Emilie schließlich den Rucksack, griff nach einem Skistock, den sie im Schuppen gefunden hatte, und sagte zu Lørdag, der erwartungsvoll mit dem Schwanz wedelte:

»Bereit? Na, dann kann's ja losgehen mit unserer Wanderung.«

Sie öffnete die Tür.

»Oh, nein!«

Mit weit aufgerissenen Augen starrte Emilie in das undurchsichtige Weiß, das die Hütte umwaberte. Während sie geschlafen hatte, war das Wetter umgeschlagen. Die Luft fühlte sich nicht mehr so frostig an, der Wind hatte sich gelegt, und dicker Nebel lag über dem Fjord. Emilie eilte zum Ufer. Noch bevor sie es erreichte, hörte sie das leise Plätschern von Wellen. Ihr Magen zog sich zusammen. Das Eis war bis auf ein paar dünne Schollen verschwunden. Ihre Hoffnung, über das gefrorene Wasser laufen und so den Weg zur Cross Bay erheblich abkürzen zu können, war zunichte.

Emilie schloss die Tür und ließ sich schwer auf einen Schemel sinken. Es hatte keinen Sinn, jetzt aufzubrechen. Sie würde schnell die Orientierung verlieren und sich verlaufen. Die Vorstellung, in unwegsamen Gelände im Nebel umherzuirren und dabei vielleicht einem hungrigen Eisbären in die Tatzen zu laufen, war alles andere als verlockend. Da verschanzte sie sich lieber in der Hütte und wartete ab, bis die Sicht wieder klar wurde. Und war es nicht unwahrscheinlich, dass der Fremde bei diesem Wetter hier auftauchte? Auch er würde doch das Risiko scheuen. Das hoffe ich jedenfalls, dachte Emilie und entledigte sich des Rucksacks. Sie stellte ihn griffbereit neben die Tür und zog nur die gefütterte Jacke, die Handschuhe und die Mütze aus. Die Stiefel behielt sie an – sie wollte jederzeit bereit sein, die Flucht zu ergreifen.

Um sich nicht mit Schreckensszenarien verrückt zu machen, zwang sie sich, den englischen Roman weiterzulesen. Sie setzte sich mit Blick zum Fenster auf einen Stuhl und unterbrach ihre Lektüre alle paar Seiten, um zu prüfen, ob der Nebel lichter wurde. Zwischendurch ließ sie den Hund hinaus, sorgte dafür, dass das Feuer im Ofen nicht erlosch, und kochte einen Eintopf aus Linsen und Dörrfisch, dem sie mit getrockneten Zwiebeln Würze verlieh.

Der Nebel machte keine Anstalten, sich wieder zu verziehen. Unverändert stand er wie die sprichwörtliche Wand vor dem Fenster und machte es Emilie unmöglich zu erkennen, wo die Sonne stand. Das Gefühl, aus der Zeit gefallen und ganz auf sich gestellt zu sein, das sie zu Beginn ihrer Robinsonade so prickelnd gefunden hatte, bekam nun eine bedrohliche Note. Es fiel ihr zunehmend schwer, die Ruhe zu bewahren und nicht in Panik zu geraten.

Nervös sprang sie auf und durchmaß mehrmals den winzigen Raum, der zwischen den Betten, dem Tisch und dem Ofen frei war. So mussten sich die bedauernswerten Raubtiere fühlen, die in den engen Käfigen der Zoologischen Gärten ihr Dasein fristeten und vor lauter Langeweile unaufhörlich hin- und hertigerten. Verfluchter Nebel!, dachte sie. Wenn er nicht wäre und das Eis vertrieben hätte … Emilie stutzte. Aber das war doch eigentlich gut. Nein, das war sogar wunderbar! Sie musste keinen langen Fußmarsch unternehmen, um zur Cross Bay zu gelangen. Sie konnte mit dem Ruderboot fahren! Sobald es klarer wurde und man weiter sah als bis zu den eigenen Schuhspitzen. Erleichtert setzte sich Emilie hin und nahm den Roman zur Hand.

Wieder war es Lørdag, der sie warnte. Er schreckte aus seinem Schlaf auf, in den er nach seinem Auslauf gesunken war, und lauschte aufmerksam. Emilie versteifte sich und legte das Buch beiseite. Sie stand auf, öffnete das Fenster und streckte den Kopf hinaus, um besser zu hören. Es war still. Sie hielt den Atem an. Das Pochen ihres Herzens dröhnte in ihren Ohren.

Da! Ein Knirschen! Rollten da nicht Steine? Kein Zweifel, sie hörte Schritte. Kam der Fremde zurück? Oder war es ein harmloser Wanderer? Es konnte auch ein Eisbär sein. In dem Fall war es besser, in der Hütte zu bleiben. Emilie zögerte. Wenn es aber der Fremde ist, überlegte sie, wird er dieses Mal nicht unverrichteter Dinge wieder kehrtmachen. Er muss ja damit rechnen, dass ich noch hier bin. Friedliche Absichten hat er sicher nicht im Gepäck. Und dann sitze ich in der Falle, wenn ich bleibe.

»Komm!«, sagte sie zu Lørdag, zog rasch Jacke, Mütze und Handschuhe an, nahm den Rucksack und verließ die Hütte. Vom Ufer her näherten sich Schritte. Emilie schluckte. Keine gute Idee, jetzt das Boot zu holen und zu versuchen, übers Wasser zu fliehen. Angestrengt spähte Emilie in den Nebel und fuhr erschrocken zurück. Eine schemenhafte Gestalt stapfte direkt auf sie zu. Ihre Knie begannen zu zittern. Los! Du musst weg hier!, befahl sie sich. Ihre Beine gehorchten nicht. Ein Lichtblitz gefolgt von einem lauten Knall ließen sie entsetzt aufschreien. Zwei Handbreit von ihrem Kopf entfernt schlug eine Kugel in die Hüttenwand ein.

Emilies Füße setzten sich wie von selbst in Bewegung und trugen sie davon. Ein weiterer Schuss jagte ihr einen Schwall Adrenalin durch die Adern und trieb sie in Todesfurcht auf die Berge zu. Schlingernd und stolpernd rannte sie den Hang hinauf, stürzte, krabbelte auf allen vieren weiter, richtete sich wieder auf und erreichte schließlich den Ausläufer eines Gletschers. Sie hielt kurz inne und sah sich um. Im Nebel konnte sie kaum zwei Meter weit sehen. Lørdag drängte sich gegen ihre Beine.

»Ist er noch hinter uns her?«, flüsterte sie und lauschte. Das Geräusch kullernden Schotters drang an ihr Ohr. Kam es näher? Emilie wartete nicht ab. Sie hastete an der Gletscherkante entlang weiter und machte erst Halt, als im milchigen Dunst schroffe Felsen vor ihr aufragten. Sie zwängte sich in einen Zwischenraum und rang keuchend und vor Angst schluchzend nach Luft. Lørdag legte sich hechelnd zu ihren Füßen. Als sie wieder ruhiger atmete, horchte sie konzentriert in die Richtung, aus der sie gekommen war. Ein Schmelzwasserbach gurgelte in der Nähe. Ein Vogel, den sie aufgeschreckt hatte, zeterte kurz. Dann herrschte Ruhe. Kein verräterisches Knirschen, keine rollenden Gesteinsbrocken, nichts, was darauf hindeutete, dass ihr der Fremde auf den Fersen war. Hatte er die Verfolgung abgebrochen? Oder war er in die falsche Richtung abgebogen?

Emilie getraute sich nicht, ihr Versteck zu verlassen. Sie hatte keine Ahnung, wo genau sie sich befand. Die Vorstellung, dem Mann, der sie töten wollte, in die Arme zu laufen, wenn sie weiterging, war zu grauenvoll. Wer war dieses Ungeheuer, das ohne zu zögern auf sie geschossen hatte? Emilie konnte sich nicht erinnern, sich jemals so gefürchtet zu haben. Sie nahm den Hühnergott in die Hand. Wie von selbst formten ihre Lippen ein Gebet, das ihre Großmutter väterlicherseits oft an »ihre« Nothelferin gerichtet hatte:

»Sankt Barbara, du edle Braut,
mein Leib und Seel' sei dir vertraut!
Sowohl im Leben als im Tod
komm' mir zu Hilf' in aller Not!«

Als Kind hatte Emilie geglaubt, die heilige Barbara wäre eine entfernte Verwandte – so familiär und lebendig hatte es geklungen, wenn ihre Oma von der Schutzpatronin der Bergleute erzählte, die im Bergischen Land sehr verehrt wurde. Die Standhaftigkeit, mit der Barbara sich ihrem Vater widersetzte, als er sie mit einem Heiden verheiraten wollte, und ihre Bereitschaft, für ihren Glauben einen schmerzhaften Foltertod zu erleiden, hatten Emilie imponiert. Sie kauerte sich auf den Boden und schlang ihre Arme um die Beine. Lørdag kuschelte sich an sie. Seine Wärme und Nähe spendeten ihr ein wenig Trost.

Emilie hätte nicht sagen können, wie lange sie zwischen den Felsen ausharrte. Ein paar Mal nickte sie ein – und fuhr im selben Moment panisch zusammen. Sie durfte nicht einschlafen. Die Gefahr, zu erfrieren oder von ihrem Verfolger überrumpelt zu werden, war zu groß. Ihr rechtes Bein wurde taub und kribbelte. Mühsam stand sie auf und wippte auf und ab, um den Blutkreislauf wieder in Schwung zu bekommen. Ihr war kalt. Ihre Kleidung fühlte sich klamm an. Wenn sie noch länger sitzen blieb, würde sie erfrieren. Sie musste weiter! Vorsichtig trat sie hinter den Felsen hervor. Nach wie vor war alles in Nebel gehüllt und still. Lørdag stand entspannt neben ihr.

»Was meinst du?«, fragte sie leise. »Sollen wir es wagen?«

Lørdag wedelte mit dem Schwanz.

»Zur Hütte können wir auf keinen Fall zurück, da lauert sicher dieser Wahnsinnige. Am besten, wir steigen auf den Bergrücken. Mit etwas Glück ist es oben klar, und wir können uns einen Überblick verschaffen.«

Zunächst bestand die Welt jedoch weiterhin aus wesenlosem Nebelnichts, das alle Geräusche dämpfte und Emilie in einen Zustand banger Vorahnungen versetzte. Was hätte sie darum gegeben, jetzt im behaglichen Salon ihres Elternhauses zu sitzen, über eine langweilige Stickarbeit gebeugt und den endlosen Sermonen ihres Bruders Friedrich über eine technische Erfindung oder Neuigkeiten von seinem verehrten Kaiser lauschend. Nie hätte sie es für möglich gehalten, dass sie sich eines Tages danach sehnen würde. Ob sie es jemals wieder erleben würde? Sie griff in ihre Jackentasche und umklammerte den durchlöcherten Stein. Ach, Fanny, dachte sie. Was würdest du mir jetzt wohl raten?

Gib nicht auf! Fast vermeinte Emilie, die Stimme ihrer Tante zu hören, die es nicht zugelassen hätte, die Flinte ins Korn zu werfen und die Hoffnung fahren zu lassen. Sie wischte sich eine Träne aus dem Auge, stapfte weiter und vermied es, in den Nebel zu sehen. Stattdessen heftete sie ihren Blick auf den Husky, der ihr unbeirrt vorauslief und ab und zu den Kopf zu ihr drehte, als wolle er sie anspornen.

Nach einer gefühlten Ewigkeit wurde es heller. Emilie hob den Kopf und blieb stehen. Der Nebel vor ihr war dünner geworden, und hinter zarten Dunstschleiern schimmerte in der Ferne eine schneebedeckte Spitze über einer dunklen Felsenwand. Sie wandte den Kopf. Hinter ihr waberte der düstere Nebelwust, der an den Rändern silbrig aufglänzte. Über ihr wölbte sich ein blassblauer Himmel. Sie atmete tief durch und ließ die überirdisch anmutende Schönheit auf sich wirken. So hatte sie sich als Kind das Paradies vorgestellt: ein Ort bestehend aus Licht, fluffigen Wölkchen und majestätischer Stille.

Langsam setzte sie ihren Weg fort. Im Osten erstreckte sich eine weite, hügelige Hochebene, die mit Moosen und Flechten bewachsen war und von Bächen und Tümpeln durchzogen wurde. Im Hintergrund erhob sich eine Gipfelkette, von der mehrere Gletscher in die Tundra mündeten. Emilie hielt sich am Hang des Berges, auf dessen anderer Seite sich die Küste befand. Auf diese Weise lief sie keine Gefahr, die Orientierung zu verlieren. Sie kam gut voran, bis sie vor einer kleinen Schlucht stand, die ein Schmelzwasserflüsschen ins Gestein gegraben hatte und sie zu einem Umweg landeinwärts zwang. Endlich fand sie eine Stelle, wo sie den Bach mit einem beherzten Sprung überqueren konnte. Erschöpft ließ sie sich auf einen Stein sinken und nahm den Rucksack ab.

»Lørdag, komm. Wir machen Rast.«

Der Hund, der bereits einige Meter vorausgerannt war, machte kehrt und stellte sich schwanzwedelnd vor sie.

»Du hast bestimmt auch Hunger«, sagte Emilie und kramte eine Dose eingemachtes Fleisch und einen Beutel mit Zwieback hervor. Mit dem Topf holte sie Wasser aus dem Bach.

»Ein heißer Tee wäre jetzt schön«, fuhr sie fort. »Aber hier oben gibt es kein Holz. Außerdem würde es ewig dauern, bis das Wasser kocht.«

Lørdag legte den Kopf schief und stupste mit seiner Schnauze gegen ihre Hand, die die Dose hielt.

»Ja, du bekommst ja gleich deinen Teil.«

Nachdem sie gegessen hatten, stand Emilie auf und sah sich um. Hatte der Umweg sie wieder zu weit nach Norden geführt? Um der Küstenlinie Richtung Eisfjord zu folgen, musste sie sich in südlicher Richtung bewegen.

»Du hast nicht zufällig einen Kompass bei dir?«, fragte Emilie.

Lørdag sprang an ihr hoch und leckte ihr die Wange.

Emilie wehrte ihn lachend ab. Dabei fiel ihr Blick auf ein großes Kissen von stängellosem Leimkraut. Im Botaniklehrbuch von Max hatte sie gelesen, dass dieses Nelkengewächs mit seiner Wurzel bis zu einem Meter tief in das Gestein eindringen und über hundert Jahre alt werden konnte. Da es seine blassvioletten Blüten vorwiegend an der Südseite des Polsters ausbildete, zählte es zu den sogenannten Kompasspflanzen, die kundigen Wanderern zur Orientierung dienten.

Erleichtert setzte Emilie ihren Weg fort und erklomm bald darauf den Rücken des Berges, auf dessen Grat sie der Küstenlinie nach Süden folgte. Rechterhand ging es steil hinab zum Meer. Sie beschattete ihre Augen und sah im Südwesten eine lang gezogene Insel: das Prins Karls Forland.

»Lørdag!«, rief sie freudig. »Ich weiß endlich, wo wir genau sind! Jetzt haben wir es nicht mehr weit! Wir haben die Brøggerhalbinsel fast umrundet. Da unten muss die English Bay sein.«

Lørdag blieb vor ihr stehen und sah sie an.

»Warum mich das so freut?«, fuhr Emilie fort. »Weil da Arnes Hütte steht. Dort finden wir fürs Erste Unterschlupf!«

Ein Kribbeln breitete sich in ihrem Bauch aus. War es die Befürchtung, dass Arne sie fortschicken könnte, weil er seine Ruhe haben und nichts von ungebetenen Gästen wissen wollte? Oder eher die Erinnerung an den Blick, den er ihr beim Abschied zugeworfen hatte? Es hatte etwas darin gelegen, das Emilie nicht einordnen konnte und das sie in eine ihr unbekannte Erregung versetzte. Das bildest du dir nur ein, wies sie sich zurecht. Und das gilt auch für deine Vermutung, Arne könnte uns seine Hilfe verweigern. Er mag ja ein grantiger Eigenbrötler sein. Aber unmenschlich ist er nicht.

Die Vorstellung, sich bald in einer gut geheizten Hütte aufzuwärmen, heißen Kaffee zu trinken und eine anständige Mahlzeit zu sich zu nehmen, drängte alle Bedenken beiseite. Mit neuer Kraft machte sich Emilie an den Abstieg. Ihr Durchhaltevermögen wurde auf eine harte Probe gestellt. Vom Gletscher am Ende der Bucht fegte ein eisiger Wind herüber, der ihr ungehindert durch die Kleider drang und sie auskühlte. Schlimmer noch waren die Staubwolken, die er aus den Schotterbetten der Schmelzwasserflüsse aufwirbelte. Emilie kämpfte sich mit halbgeschlossenen Lidern voran, bis sie endlich den Strand erreichte. Die steife Brise ließ die vom Meer hereinflutenden Wellen hoch aufschäumen. Die Gischt funkelte und strahlte im Sonnenlicht. Beeindruckt von diesem Schauspiel der Naturgewalten hielt Emilie inne und versuchte sich auszumalen, wie diese Küste während der Herbststürme von der Brandung gebeutelt wurde. Lørdag rannte voraus zu der kleinen Hütte, die einige hundert Meter entfernt von ihnen am Ufer stand. Emilie holte tief Luft und folgte ihm mit klopfendem Herzen.

46

Murnau, Juli 2013

»Ach, Heiko«, sagte Hanna. »Was soll ich nur mit diesem Kind machen?«

Es tat ihr gut, sich ihrem besten Freund anzuvertrauen und seine Stimme zu hören. Sie hielt ihr Smartphone ans Ohr und wich einem Fahrradfahrer aus, der ihr auf einem Spazierweg entgegenkam. Nachdem Mia wutentbrannt davongestürmt war, hatte Hanna den Impuls unterdrückt, ihr umgehend zu folgen und sie zur Rede zu stellen. Sie war es leid, immer aufs Neue als Spielball von Mias Launen herzuhalten. Zumal ihre Tochter erfahrungsgemäß eine Weile brauchte, bis sie nach einem solchen Ausbruch ansprechbar und vernünftigen Argumenten zugänglich war. Stattdessen war Hanna zu dem in der Nähe des Klinikums gelegenen Seidlpark aufgebrochen und hatte Heiko in Berlin angerufen, um ihn auf den neuesten Stand ihrer Erlebnisse zu bringen und um ihn um Rat zu fragen.

»Ich fürchte, *du* kannst im Augenblick nicht viel tun«, antwortete Heiko. »Soll ich mal mit ihr reden?«

»Das ist lieb von dir«, sagte Hanna. »Aber ich finde, Mia ist jetzt langsam alt genug, selber zu erkennen, wann sie zu weit geht. Sie wird auf Dauer echt Probleme bekommen, wenn sie Leute so ungerecht beschuldigt. Sie läuft Gefahr, sich damit viel zu verscherzen.«

»Stimmt. Zumal die wenigsten so nachgiebig sein dürften wie du.«

»Naja, ich bin nun mal ihre Mutter«, meinte Hanna und stockte. »Hab ich bei ihr was falsch gemacht?«, hakte sie leise nach. »Lukas ist ganz anders und …«

»Nein, hast du nicht!«, fiel Heiko ihr ins Wort. »Mia war von klein auf so. Ich kann mich jedenfalls gut an deine hilflose Verzweiflung erinnern, mit der du von ihren Trotzanfällen erzählt hast, in die sie sich immer wieder hineinsteigerte.«

»Stimmt. Irgendwie hatte ich wohl gehofft, dass sich das auswächst.«

Heiko räusperte sich. »Nun, es ist doch schon viel besser geworden. Immerhin wirft sie sich nicht mehr auf den Boden und trommelt mit den Fäusten.«

Hanna prustete. Mit seinem trockenen Humor gelang es Heiko zuverlässig, sie auch in düsteren Momenten aufzuheitern und die Dinge nicht mehr ganz so schwarz aussehen zu lassen.

»Aber im Ernst«, sagte Heiko. »Ich bin mir ziemlich sicher, dass Mia selber am meisten unter ihrem Jähzorn leidet. Bestimmt tut es ihr jetzt schon schrecklich leid, dass sie dir so dummes Zeug unterstellt hat, und könnte sich selbst dafür ohrfeigen.« Bevor Hanna etwas antworten konnte, fuhr er fort: »Apropos Lukas. Wie geht es ihm? Wie kommt er mit den schlechten Neuigkeiten klar?«

»Da sprichst du direkt mein nächstes Problem an«, antwortete Hanna und ließ sich mit einem leisen Seufzen auf einer Bank nieder. Sie stand vor einem Rondell, an dessen Rändern steinerne Hirsche lagerten, denen ein Fell aus Moos gewachsen war.

»Ich kann Lukas seit zwei Tagen nicht erreichen. Und auf meine letzte E-Mail hat er nicht geantwortet. Ich nehme an, dass er gerade mit ein paar seiner kleinen Schützlinge einen mehrtägigen Ausflug in die Pampa unternimmt. Er hat nämlich letztens geschrieben, dass er als Begleiter für ein Zeltlager eingeteilt wurde.«

»Also weiß er noch gar nichts?«, fragte Heiko.

»Doch, ich denke schon. Mia hat ihn sofort informiert, nachdem man sie angerufen hatte. Obwohl ... ich weiß natürlich nicht, ob Lukas ihre Nachricht gelesen hat. Per Skype hatte sie ihn nicht erreicht.«

»Das ist wirklich eine blöde Situation«, sagte Heiko. »Aber er könnte jetzt ohnehin nichts tun. Vielleicht ist es sogar besser, wenn er erst vom Unfall seines Vaters erfährt, wenn ihr wisst, wie es konkret um Thorsten steht und wie es weitergeht.«

»Das hatte ich auch schon überlegt«, sagte Hanna. »Ich bin sehr froh, dass du das genauso siehst.«

Nachdem sie Heiko versprochen hatte, ihn sofort zu informieren, wenn es Neuigkeiten gab, und ihn unabhängig davon jederzeit anzurufen, wenn sie ein offenes Ohr brauchte und sich aussprechen wollte, beendeten sie das Telefonat.

Hanna stand auf und lief weiter. Heiko hatte sich auch nach Kåre erkundigt und sich aufrichtig für Hanna gefreut, in ihm einen Mann gefunden zu haben, der sie glücklich machte. Mehr hatte ihn nicht interessiert. Sie hätte erwartet, dass er wissen wollte, wie sie sich eine Beziehung zu dem Norweger vorstellte, der weit über zweitausend Kilometer Luftlinie von ihr entfernt lebte. Oder ob sie sich angesichts von Thorstens Zustand überhaupt auf eine neue Liebe einlassen konnte und durfte. Lächelnd schüttelte sie den Kopf. Nein, das waren keine Fragen, die Heiko stellen würde. Das waren ihre eigenen. Für Heiko zählte nur, dass sie auf ihr innerstes Gefühl hörte und sich so die Möglichkeit gab, ein zufriedenes Leben zu führen. Wenn es nur immer so einfach wäre, dachte Hanna. Allein die Frage, wie Mia und auch Lukas darauf reagieren würden, dass es einen neuen Mann im Leben ihrer Mutter gab, löste ein flaues Gefühl in ihrem Magen aus.

Hannas Gedanken flogen gen Norden zu Kåre, der an diesem Tag wieder nach Tromsø zurückkehren wollte. Sie sehnte sich so sehr nach ihm! Wie schön wäre es, Hand in Hand mit ihm durch diesen hochsommerlichen Garten zu laufen. Der Kontrast zu der kargen, urtümlichen Landschaft Spitzbergens hätte nicht größer sein können. In dem Anfang des vorigen Jahrhunderts vom Münchner Architekten Emanuel von Seidl gestalteten Park spendeten hochgewachsene Bäume Schatten. Hanna blieb vor einer mächtigen Buche stehen und sah in ihre dicht belaubte Krone hinauf.

Sie hatte geglaubt, Kåre wolle sie auf den Arm nehmen, als er auf einer ihrer Spaziergänge verkündet hatte, auch auf Svalbard gäbe es Bäume. Als sie sich suchend nach etwas umgeschaut hatte, das auch nur annähernd wie ein Baum aussah, hatte er schelmisch gelacht und auf einen Teppich aus dunkelgrünen Blättern gezeigt, der sich zu ihren Füßen ausbreitete.

»Ich gebe zu, dass sie sich – was ihre Größe angeht – nicht mit ihren stolzen Verwandten in südlicheren Gefilden messen kann«, hatte er gesagt. »Aber dennoch handelt es sich bei der Polarweide um einen Baum.«

Hanna schmunzelte bei der Erinnerung und setzte ihren Weg fort. Lange Zeit hatte die Anlage in einem Dornröschenschlaf verbracht. Die freien Rasenflächen und Teichufer waren zugewuchert, und die Skulpturen, Denkmäler und Bauten vom Zahn der Zeit angenagt oder verfallen. Seit einigen Jahren bemühte sich ein Förderverein darum, den einstigen Charme wieder sichtbar zu machen, und ließ Wildwuchs entfernen, morsche Bäume fällen und Hecken stutzen. Darüber hinaus gab es Pläne, das *Gloriettl*, ein Gartenhäuschen, wieder aufzubauen und den Grundriss der in den siebziger Jahren abgerissenen Villa, in der Seidl gelebt hatte, nachzuzeichnen. Als Hanna zum Freundschaftshügel kam – einem der Lieblingsplätze des Architekten –, waren gerade Arbeiter dabei, die Treppen zu erneuern und die alten zerborstenen Betonplatten gegen Natursteinstufen auszutauschen.

Sie lief hinauf und betrachtete ein paar Atemzüge lang das Panorama der Gebirgszüge, die sich im Süden hinter einer in der Sonne flirrenden Dunstschicht über dem welligen Voralpengebiet erhoben. Sie zog ihr Smartphone aus der Tasche und wollte eben eine *SMS* an Kåre eintippen, als eine Kurzbotschaft von ihm auf dem Display aufploppte.

Liebe Hanna, denke gerade sehr an Dich (das tue ich eigentlich die ganze Zeit ☺). Wie geht es Dir? Wünschte, ich könnte Dir jetzt beistehen. Viel Kraft und Zuversicht! Ich vermisse Dich. Fühle Dich auf Deinen wundervollen Mund geküsst, Dein Kåre

Hanna presste das Gerät an ihre Brust und schloss die Augen. Kåres schlichte Worte berührten sie mehr, als es ein romantischer Liebesbrief voller Komplimente und Beteuerungen vermocht hätte. Er schien ihr so präsent, dass sie seinen Duft in der Nase zu haben und seine Wärme zu spüren glaubte.

»Ich liebe dich«, flüsterte sie und sprach zum ersten Mal aus, was ihr Herz wusste, seit sie Kåre das erste Mal gesehen hatte.

47

English Bay – Svalbard, Juli 1907

Die Hütte war leer. Bereits von außen hatte der Laden vor dem Fenster diesen Verdacht nahegelegt. Vorsichtig hatte Emilie an die Tür geklopft – falls Arne schlief. Nachdem von innen kein Laut zu hören war und sich nichts rührte, ging sie hinein. Weder im winzigen Eingangsbereich noch im Wohn-Schlaf-Raum dahinter war etwas von Arne zu sehen. Emilies Aufregung, mit der sie der Begegnung mit ihm entgegengefiebert hatte, schlug in eine diffuse Enttäuschung um. Sie hatte sich so sehr auf ein vertrautes Gesicht gefreut nach all den Ängsten und Strapazen, die sie in den zurückliegenden Stunden durchgestanden hatte. Wenn sie Pech hatte, war Arne zu einer längeren Wanderung aufgebrochen, um Fallen zu kontrollieren und zu jagen. Müde streifte sie den Rucksack ab, zog sich einen Hocker heran, der aus einem ausgebleichten Wurzelstock zurechtgesägt worden war, und ließ sich darauf plumpsen.

Mit einem Mal war alle Kraft aus ihr herausgesogen. Die Anstrengung des langen Marsches steckte ihr buchstäblich in den Knochen. Erschöpft lehnte sie sich an die Wand neben der Tür. Lørdag lagerte sich zu ihren Füßen, legte den Kopf auf die Vorderläufe und schloss die Augen. Emilie warf einen sehnsüchtigen Blick auf das Bett, das an der Wand gegenüber stand. Sie bezweifelte, dass sie sich jemals wieder erheben und einen Schritt tun konnte. Ihre Beine fühlten sich taub an, an der Ferse des linken Fußes hatte sich eine große Blase gebildet, und ihre Augen brannten von dem ewigen Tageslicht und dem Geröllstaub.

Müde ließ sie ihren Blick durch die Hütte wandern. Sie war

kleiner als die in der Kings Bay und wirkte älter. Das Holz war dunkel geräuchert und bildete einen reizvollen Kontrast zu den hellen Rentierfellen, die auf dem Kastenbett und einer Pritsche lagen, die hinter dem Tisch unterm Fenster als Sitzbank diente. Über dem Bett hing ein Rentiergeweih, an dem eine Mütze, eine lederne Patronentasche, ein Tabakbeutel und andere Utensilien baumelten. Der Sitzecke gegenüber stand ein kleiner Ofenherd, über dem Pfannen, Töpfe und Schöpfkellen mit Nägeln an der Wand befestigt waren. Auf einem schmalen Bord waren ein paar Becher, Schüsselchen und Teller aus Blech untergebracht nebst einer Zigarrenkiste ohne Deckel, die Löffel und Gabeln beherbergte. Mehrere Messer unterschiedlicher Größe staken in einem Stützpfeiler, der mit geschnitzten Reliefs verschiedener Tierköpfe verziert war. Neben dem Bett befand sich eine umgedrehte Obstkiste, auf der sich einige Bücher stapelten.

Ein Knacken ließ Emilie zusammenfahren. Nach einer Schrecksekunde wurde ihr klar, dass es nicht von draußen gekommen war. Es rührte von einem aufplatzenden Holzscheit im Ofen, das sich während des Brennens verzogen hatte. Deshalb war es so mollig warm in dem Raum! In ihrer Enttäuschung über Arnes Abwesenheit hatte sie das gar nicht bewusst wahrgenommen. Sie sah zum Herd. Was wohl in dem Topf sein mochte, der darauf stand? Ein schmerzhaftes Rumoren in ihrem Magen erinnerte Emilie daran, dass ihre letzte richtige Mahlzeit, die diesen Namen verdiente, eine halbe Ewigkeit zurücklag. Mühsam stemmte sie sich hoch, taumelte zum Ofen und hob den Topfdeckel an. Ein würziger Duft stieg ihr in die Nase. Ohne nachzudenken, griff sie nach einer Schöpfkelle, schaufelte einen Teller voll und schlang das Gericht im Stehen hinunter.

Mit jedem Bissen kehrte Emilies Zuversicht zurück. Arne würde bald zurückkehren. Sonst hätte er das Feuer sorgfältig gelöscht und nicht einen Topf mit Essen darauf köcheln lassen. Die zweite Portion trug sie zum Tisch und genoss den Eintopf langsam kauend. Die Fleischbrocken darin hatten einen kräftigen Geschmack, bei dem sie nicht entscheiden konnte, ob er sie mehr an Ente oder Kalbsleber erinnerte. Sie waren mager und sehr dunkel, fast schwarz. Während Emilie noch darüber rätselte, welches Tier sie gerade verspeiste, erregte eine Schachtel ihre Aufmerksamkeit, die unter dem Bett hervorlugte. Mit der Belebung ihrer Lebensgeister erwachte auch ihre Neugier.

Untersteh dich, rügte ihr innerer Zensor, als sie sich nach der flachen Kiste bückte. Du kannst doch nicht einfach in seinen Sachen stöbern. Ach, sei still, brachte sie die mahnende Stimme zum Schweigen. Ich will endlich wissen, was es mit diesem verschlossenen Wikinger auf sich hat.

Emilie schob den Teller beiseite, stellte die Schachtel vor sich auf den Tisch und öffnete sie. Sie enthielt mehrere ausgeschnittene Zeitungsartikel, ein paar Briefe und amtlich aussehende Dokumente mit Stempeln. Alles auf Norwegisch. Emilie fluchte. In ihrer Begeisterung über den Fund, der ihr mehr über Arne verraten konnte, hatte sie nicht daran gedacht, dass sie seiner Sprache nicht mächtig war.

Die Beiträge aus den Zeitungen *Nybrot: organ for fisker- og arbeiderbefolkningen i Romsdals Amt* und *Søndmørsposten* stammten aus den vergangenen drei Jahren. Die ersten Artikel waren im Januar 1904 erschienen und berichteten offenbar von einem verheerenden Stadtbrand, denn sie waren mit Fotografien von verkohlten Häuserruinen und verwüsteten Straßen versehen. Meldungen aus späteren Jahren schienen den fortschreitenden Wiederaufbau des Ortes zu thematisieren. Den Bildunterschriften entnahm Emilie, dass es sich um Ålesund handelte. Sie zog die Augenbrauen hoch. Stammte Arne etwa aus dieser Stadt an der Westküste Norwegens, die nach ihrer Zerstörung unter anderem dank der Hilfe des deutschen Kaisers zügig wieder aufgebaut worden war?

Nachdenklich starrte sie auf die Fotos. Vor ihrem inneren

Auge entstanden Szenen, in denen Arne unermüdlich gegen das Feuer kämpfte, das sein Haus erfasst hatte – bis er sich schließlich geschlagen geben musste und vor den rauchenden Trümmern seiner Existenz stand. Sie sah ihn todesmutig in ein brennendes Gebäude stürmen, um Menschen zu retten (und stellte sich für einen kurzen Moment vor, er trüge sie auf seinen starken Armen in Sicherheit) oder durch ein glühendes Inferno irren – verzweifelt die Namen seiner Lieben rufend, bis er erfuhr, dass sie ein Opfer der Flammen geworden waren und er sie alle verloren ... Übertreib nicht immer so, schalt sich Emilie und legte die Zeitungsausschnitte zurück in die Schachtel. Soweit sie sich an die Berichte über den Brand in Ålesund erinnerte, der auch in Deutschland Schlagzeilen gemacht hatte, war dabei wie durch ein Wunder nur eine alte Frau ums Leben gekommen.

Sie griff nach den Briefen, die in ihren Umschlägen steckten und laut den Poststempeln ebenfalls aus den letzten drei Jahren stammten. Sie waren alle an Arne Koldvik adressiert und postlagernd nach Tromsø geschickt worden. Emilie wurde bewusst, dass sie bis zu diesem Tage den Nachnamen ihres Wikingers nicht gekannt hatte. Der Absender hieß ebenfalls Koldvik. Der Vorname war abgekürzt. Wofür stand S.? Die Schrift war zierlich und ließ nach Emilies Dafürhalten auf eine Frau als Verfasserin schließen. War es Arnes Mutter, Schwester, Verlobte oder Ehefrau? Der Möglichkeiten waren viele. Emilie hätte einiges darum gegeben, das Geheimnis zu lüften. Ihre Neugier focht kurz mit ihrer Gewissenhaftigkeit, die den Sieg errang. Emilie verstaute die Umschläge wieder in der Kiste – wobei sie sich eingestand, dass sie der Versuchung nicht so leicht widerstanden hätte, wenn es sich um deutschsprachige Briefe gehandelt hätte.

Zuletzt blätterte sie flüchtig durch die Dokumente und blieb bei einem Papier hängen, auf dem Zahlen aufgelistet waren. Überschrieben war es mit dem Wort *Gjeldbevis.* Ein gewisser

Peter Brandal wurde als *kreditor* genannt, ein paar Zeilen darunter stand: *skyldner:* Arne Koldvik.

Emilie sog scharf die Luft ein. Wenn sie nicht alles täuschte, handelte es sich um einen Schuldschein. Der Betrag, den Arne geliehen hatte, belief sich auf achttausend Norwegische Kronen, was in etwa zehntausend Mark entsprach. Eine stattliche Summe. In der Fabrik ihres Vaters verdiente ein gelernter Arbeiter ungefähr eintausendzweihundert bis eintausendfünfhundert Mark im Jahr.

Wofür hatte Arne so viel Geld gebraucht? Auch hier waren der Fantasie keine Grenzen gesetzt. Es war aber nicht völlig abwegig anzunehmen, dass er seine Existenzgrundlage durch den Brand verloren hatte und nun andere Wege suchen musste, seine Schulden zu begleichen. Mit ihrer Vermutung, Arne könnte aus Geldnot auf Spitzbergen jagen, hatte sie also richtig gelegen. Sie warf einen Blick auf das Datum des Schuldscheins. Er war ein gutes Jahr vor der Feuersbrunst ausgestellt worden. Wie hatte Arne das Geld investiert? Hatte er ein Haus gebaut? Für sich und seine frisch angetraute S.? Emilie besah sich die anderen Dokumente, um zu prüfen, ob darunter etwas war, das ein Trauschein sein konnte.

Das Geräusch sich nähernder Schritte unterbrach ihre Suche. Rasch stülpte sie den Deckel auf die Schachtel, schob sie unter das Bett und setzte sich zurück an den Tisch. Lørdag, der die ganze Zeit tief geschlafen hatte, wurde munter und lief zur Tür, die einen Augenblick später geöffnet wurde.

»Hva i helvete!« Verblüfft starrte Arne den Hund an. »Was zum Teufel machst du hier?«

Lørdag schnupperte kurz an ihm, wedelte mit dem Schwanz und lief zu Emilie. Arne sah ihm nach. Seine Augen weiteten sich.

»Du?«

Emilie erhob sich. In die Freude über Arnes Erscheinen mischte sich Verunsicherung. Sie versuchte, seinen Gesichtsausdruck zu ergründen. Der Vollbart erschwerte es, seine Miene zu deuten. War er böse, dass sie seine Ruhe störte? Würde er sie fortschicken? Arne mochte ein übellauniger Einzelgänger sein, den das Schicksal gebeutelt und verbittert hatte. Aber ein Unmensch? Bist du dir da sicher, oder willst du das nur gern glauben?, meldete sich Emilies innerer Zweifler zu Wort.

Arne stellte das Gewehr, das er geschultert hatte, in eine Ecke des Vorraums, warf die Bälge mehrerer Polarfüchse in einen Korb und trat in die Wohnstube.

»Entschuldige, dass ich hier einfach so eingedrung…«, begann Emilie.

Arne schüttelte den Kopf, wie um sich zur Besinnung zu bringen. »Solltest du nicht längst auf einem Dampfer Richtung Süden sein?«

»Ja, eigentlich schon. Aber das Versorgungsschiff ist nicht aufgetaucht und …«

»Soll das heißen, du hast tagelang mutterseelenallein in der Kings Bay ausgeharrt?«

Nein, das klang nicht böse. Eher besorgt. Emilie spürte ein Kribbeln im Bauch. Ich bin ihm nicht gleichgültig!, jubilierte ein Stimmchen in ihr.

»Ja, ich war allein. Naja, nicht ganz. Lørdag war ja bei mir.«

»Lørdag?«, echote Arne.

Emilie deutete auf den Hund.

»Aha, und wo kommt dieser Samstag auf einmal her? Ist ja ein merkwürdiges Tier. Sieht aus wie ein zu klein geratener Wolf.«

»Das ist ein Husky aus Sibirien. Er war schwer verletzt, als ich ihn gefunden habe. Wo genau er herkam, weiß ich nicht. Vermutlich hat ihn irgendeine Expedition zurückgelassen, als er nicht mehr mithalten konnte.«

»Und du hast ihn wieder aufgepäppelt und gesund gepflegt«, stellte Arne fest.

Er beugte sich zu dem Hund hinunter, der freundlich mit dem Schwanz wedelte.

»Scheint ja ein sehr vertrauensseliger Geselle zu sein. Als Wachhund taugt er jedenfalls nicht«, stellte er fest. »Er hat keinen Mucks getan, als ich zur Hütte kam.«

»Dafür ist er ein guter Schlittenhund, hat einen prima Orientierungssinn und ist unglaublich ausdauernd und zäh«, sagte Emilie.

Zu ihrer eigenen Überraschung klang ihre Stimme kämpferisch. Sie würde nichts auf Lørdag kommen lassen.

Um Arnes Mundwinkel zuckte es.

»Sei's drum.«

Er entledigte sich seiner Felljacke, fuhr sich mit beiden Händen durch seine Haare, die danach nach allen Seiten abstanden, und setzte sich auf einen Schemel an den Tisch. Er fixierte Emilie mit seinen graublauen Augen und runzelte die Stirn.

»Was war das übrigens für eine Knallerei? Wenn ich nicht völlig danebenliege, habe ich mehrfach Schüsse aus der Richtung gehört«, sagte er und machte eine Handbewegung nach Norden. »Der Schall trägt weit in dieser Gegend.«

Emilie nahm ihm gegenüber auf der Pritsche Platz. »Also, ich war das nicht, ehrlich! Ich habe gar kein Gewehr, leider.«

»Leider?«

Die Sorge in seinem Blick stand im Widerspruch zur Strenge, die er in seine Stimme legte. Emilie biss sich auf die Zunge. Sie war unentschlossen, ob sie ihm von den unheimlichen Besuchern erzählen sollte. Vielleicht hielt er sie für überspannt und überängstlich? Oder für feige, weil sie einfach davongerannt war und sich nicht wie ein Mann dem Angreifer entgegengestellt und gekämpft hatte.

»Wäre ganz nützlich gewesen, um an frisches Fleisch zu kommen. Die ganze Zeit Gepökeltes ist auf Dauer etwas öde«, antwortete sie betont lässig, um sich keine Blöße zu geben.

Arne deutete auf den Teller vor Emilie, in dem noch ein kleiner Rest des Eintopfs lag.

»Na, dann hoffe ich mal, dass dir die Robbe gemundet hat.«

Emilie versteifte sich und hoffte, dass Arne ihr nicht anmerkte, wie entsetzt sie über diese Information war. Jetzt bloß nicht an diese possierlichen Tiere denken, deren fröhliche Gesichter den Eindruck machten, als hätten sie stets gute Laune. Sie schluckte.

»Oh, ja, du kochst wirklich gut. Ist mir schon auf der *Isflak* aufgefallen.«

Arne streifte sie mit einem seiner unergründlichen Blicke, stand auf, ging zum Herd und nahm sich einen Teller.

»Du hast ja ganz schön zugelangt«, stellte er fest, als er den Deckel anhob und die Kelle in den Topf tauchte. »Erstaunlich.«

Emilies unbehagliches Gefühl, das sie während der vergangenen Minuten unter seinen intensiven Blicken beschlichen hatte, verstärkte sich. Sie verzichtete darauf, ihn zu fragen, warum ihr Appetit ihn erstaunte. Sie verschränkte die Arme vor der Brust, lehnte sich zurück und streckte die Beine aus. Lümmel dich nicht so hin, hörte sie die strenge Stimme von Großmutter Hedwig. Emilie stellte ihre Beine noch ein wenig weiter auseinander. Ihr schlechtes Gewissen, sich ungefragt an Arnes Essen bedient zu haben, schlug in Trotz um. Sollte er sie doch für ungezogen und unverschämt halten.

»Noch einen Nachschlag?«, fragte Arne.

Überrascht sah sie ihn an. Warum war es so verdammt schwer, aus diesem Mann schlau zu werden? Und warum war ihr das so wichtig?

»Nein danke, ich bin satt. Aber hast du vielleicht was für Lørdag zum Fressen?«

Arne stellte seinen Teller auf den Tisch, ging in den Vorraum und kehrte mit einem großen Stück Fleisch zurück, das er dem

Hund hinhielt. Lørdag schnappte danach und verzog sich in seine Ecke, wo er sich schmatzend darüber hermachte.

»Vielen Dank«, sagte Emilie. »Der Arme hatte auch länger nichts Anständiges mehr zwischen den Zähnen.«

»Du musst die Schüsse doch auch gehört haben«, sagte Arne und setzte sich.

Emilie gab sich einen Ruck. Ihre Gründe, ihm die Vorfälle in der Kings Bay zu verschweigen, kamen ihr nun kindisch vor. Sie richtete sich auf und sah ihm direkt in die Augen.

»Ja, habe ich«, sagte sie. »Und nicht nur das. Ich habe auch die Schützen gesehen.«

»Es waren mehrere?«, fragte er.

Emilie nickte. »Beim ersten dachte ich noch, es wäre ein Trapper.« Sie nickte zum Vorraum hin. »Zum Beispiel einer, der Polarfüchsen nachstellt.«

»Füchse schießt man nicht«, brummte Arne. »Löcher im Pelz schmälern den Wert.«

Emilie trat sich innerlich gegen das Schienbein. Sie musste aufhören, so unüberlegt draufloszuplappern und sich als völlig unbedarft bloßzustellen.

»Und der andere?«, hakte Arne nach.

»Den konnte ich nicht richtig sehen, weil so dicker Nebel herrschte. Ich glaube aber, dass er mit einem Boot gekommen ist. Er hat sich der Hütte nämlich vom Ufer her genähert.«

»Und auf was hat er geschossen?«, fragte Arne. »Noch dazu im Nebel?« Er zog die Brauen hoch. »Das ist doch sehr merkwürdig.«

»Nun, äh, ich fürchte, er wollte mich töten«, sagte Emilie leise.

»Was? Er hat auf dich geschossen?«

»Ja, eindeutig. Das bilde ich mir nicht ein. Als der erste Schuss danebenging, hat er mich sogar eine Weile verfolgt. Ich nehme an, der Nebel hat mir das Leben gerettet.«

Arne starrte sie an. »Aber wieso?«

»Keine Ahnung. Ich denke nicht, dass er es auf mich persönlich abgesehen hatte.«

»Ach, wie beruhigend«, kam es sarkastisch von Arne. »Und was hat ihn deiner Meinung nach dazu getrieben?«

»Ich vermute, es hat ihn gestört, dass jemand in der Hütte ist.«

Emilie verspürte ein diebisches Vergnügen, Arne so fassungslos zu erleben. Sie genoss es, derart kühl von den schrecklichsten Momenten ihres Lebens zu berichten und zu merken, dass sie ihn damit irritierte. Geschah ihm ganz recht, einmal am eigenen Leib zu erfahren, wie es war, aus einem Menschen nicht schlau zu werden.

Arne setzte zu einer Bemerkung an, überlegte es sich anders, löffelte schweigend ein paar Bissen, bevor er fragte:

»Verrätst du mir, was du nun vorhast?«

Emilie zuckte mit den Schultern und meinte leichthin. »Ich bin auf dem Weg zum Eisfjord und zur *Isflak*. Oder einem anderen Schiff, mit dem ich nach Tromsø zurückfahren kann.«

Arne zog eine Augenbraue hoch. »Du willst dich allein zum Eisfjord durchschlagen? Gerade hatte ich angefangen, dich für sehr abgeklärt zu halten. Aber das ist nun wirklich keine kluge Idee!«

»Hast du einen besseren Vorschlag? Irgendwie muss ich ja dorthin gelangen«, konterte Emilie.

»Du wirst nicht allein dorthin laufen. Das ist viel zu gefährlich!« Arne sah sie ernst an.

»Na, hierbleiben kann ich ja wohl kaum«, sagte Emilie.

»Nein, natürlich nicht.«, erwiderte Arne. »Ich werde dich hinbringen«, fuhr er fort und hob die Hand, als Emilie zu einer Erwiderung ansetzte. »Nein, keine Widerrede.« Er zeigte auf die Pritsche. »Und jetzt leg dich hin. Du siehst aus, als würdest du jeden Moment umkippen.«

Emilie schob die Unterlippe vor.

»Erste Regel in der Wildnis: Kenne deine Grenzen und respektiere sie. Alles andere wäre tödlicher Leichtsinn«, sagte Arne.

Emilie wich seinem Blick aus und schluckte. Nun hielt er sie vermutlich doch wieder für einen dummen Jungen, der ohne Sinn und Verstand handelte. Arne stand auf.

»Ich kümmere mich in der Zwischenzeit um das Boot. Es hat ein kleines Leck.«

»Wir fahren mit einem Boot?«, fragte Emilie.

Sie spürte eine Welle der Erleichterung in sich aufsteigen und gestand sich ein, wie sehr ihr die Aussicht auf einen tagelangen Fußmarsch zugesetzt hatte.

»Ja, das geht viel schneller. Und je eher ich wieder hier bin und meiner Arbeit nachgehen kann, umso besser.«

Da ist er wieder, der altbekannte Grantler, dachte Emilie. Die spöttische Bemerkung, die ihr auf der Zunge lag, verflüchtigte sich. Wie von schweren Gewichten gezogen sank sie auf das Lager und schloss die Augen. Ein Gefühl tiefer Geborgenheit durchströmte sie. Sie spürte noch, wie ihr die Stiefel ausgezogen und eine warme Decke über ihr ausgebreitet wurde – dann fiel sie in einen traumlosen Schlaf.

48

Murnau, Juli 2013

Die Stunden des Wartens dehnten sich und stellten Hannas Geduld auf eine harte Probe. Mia hatte sich schmollend in irgendeinen Winkel des verzweigten Krankenhauses zurückgezogen. Hanna hatte sie seit ihrem zornigen Abgang nicht mehr gesehen. Nach ihrer Rückkehr aus dem Seidlpark hatte sie im Wartebereich der Intensivstation vergeblich nach Mia geschaut, bevor sie ins Bistro gegangen war, das sich ebenfalls auf der dritten Ebene des Gebäudes befand. Mit einem Sandwich und einer Apfelschorle hatte sie sich vor eine der großen Glasfronten an einen Tisch gesetzt und Manuela Kastner zurückgerufen, die ihr auf die Mobilbox gesprochen hatte.

Die Chefredakteurin des Frauenmagazins hatte Hannas anschaulichen Spitzbergen-Artikel samt den eindrucksvollen Fotos gelobt und ihr für die nahe Zukunft weitere Aufträge in Aussicht gestellt. Als Hanna sie mit Hinweis auf ihre aktuelle Lage auf unbestimmte Zeit vertrösten musste, schien Frau Kastner ehrlich enttäuscht und bat sie, sich zu melden, sobald sie wieder einsatzbereit war. Es tat Hanna gut zu wissen, dass sie nach den langen Jahren ihrer beruflichen Abstinenz ihr Handwerk nicht verlernt hatte und sich damit wieder eine neue Existenz aufbauen konnte.

Nachdem sie sich gestärkt hatte, kehrte Hanna zur Intensivstation zurück und erfuhr, dass Thorsten soeben in den Operationssaal gebracht wurde. Die Krankenschwester konnte ihr nicht sagen, wie lange der Eingriff dauern würde, ging aber von mehreren Stunden aus. Hanna dankte ihr und überlegte, wie sie diese Zeit verbringen sollte. Ihr Smartphone vibrierte in ihrer Jackentasche. Rasch verließ sie den Intensivbereich und nahm das Gespräch an.

»Hallo Mama!«

»Lukas?«, rief Hanna ungläubig.

»Ja. Ich bin eben gelandet und komme jetzt zu euch.«

»Was? Gelandet? Ich verstehe nicht ... wo bist du?«

»In München. Am Flughafen.«

»Aber ... das kann doch nicht sein ... ich meine ...«

»Als ich Mias Nachricht bekam, hab ich mich sofort auf den Weg gemacht«, erklärte Lukas.

»Ohne Bescheid zu geben? Ich hab versucht, dich zu erreichen! Warum hast du dich denn nicht gemeldet?«

»Weil du versucht hättest, es mir auszureden«, antwortete Lukas. »Ich wollte nicht mit dir streiten. Ich weiß, dass du es gut meinst. Du willst nicht, dass ich mir Sorgen mache, und hast Angst, ich würde nicht mit schmerzlichen Veränderungen zurechtkommen. Aber ich bin kein kleines Kind mehr. Außerdem wäre es für mich unerträglich, ausgerechnet jetzt tausende Kilometer von euch entfernt zu sein.«

»Das verstehe ich. Aber der Flug muss ein Vermögen geko...«

»Billig war er natürlich nicht«, fiel Lukas ihr ins Wort. »Aber ich hatte Glück und konnte ein zurückgegebenes Ticket ergattern. Das war deutlich günstiger als ein Linienflug.«

»Und was ist mit deiner Arbeit?«, hakte Hanna nach. »Können sie dich da so kurzfristig entbehren?«

»Sie müssen es eben. Abgesehen davon haben sie sehr verständnisvoll reagiert. Es hätte sie wohl eher erstaunt, wenn ich in dieser Situation nicht nach Hause gewollt hätte.«

»Und wie soll es weiter ... ich meine ... hast du vor, deinen Aufenthalt dort fortzusetzen?«, fragte Hanna.

»Bitte, Mama! Mach dir nicht so viele Gedanken. Ich hab alles im Griff!«

»Entschuldige«, murmelte Hanna.

Lukas hatte Recht. Sie musste schleunigst lernen, dass er für sich selbst verantwortlich war – selbst wenn er ihrer Meinung nach ab und zu Fehler machen würde. Das gehörte nun mal dazu. Und bei näherer Betrachtung konnte sie seine Argumente gut nachvollziehen. Sie waren vernünftig und durchdacht.

»Musst dich nicht entschuldigen«, sagte Lukas und fuhr nach einer winzigen Pause stockend fort. »Wie geht es Papa?«

»Das wissen wir noch nicht wirklich. Er wird gerade operiert. Aber sein Zustand ist stabil.«

»Aha, verstehe. Wobei, nein, eigentlich nicht wirklich. Hab noch nie kapiert, was dieses stabil genau bedeuten soll. Ist irgendwie genauso schwammig wie ›den Umständen entsprechend‹.«

»Ich weiß, was du meinst«, sagte Hanna. »Eins steht jedenfalls fest: Dein Vater schwebt nicht in Lebensgefahr. Und das ist das Wichtigste.«

»Danke, Mama. Das ist doch mal ein Wort.« Seine Stimme klang erleichtert. »Also, ich schwing mich jetzt in die S-Bahn zum Hauptbahnhof und müsste ungefähr in zwei Stunden bei euch sein. Mia ist doch bei dir, oder?«

»Ja, das heißt, im Mo...«, Hanna hielt inne und verzichtete darauf, Lukas von ihrem Zerwürfnis zu erzählen. »Wir freuen uns riesig auf dich!«, fuhr sie rasch fort. »Ich kann es immer noch nicht glauben, dass du wieder in Deutschland bist.«

Nachdem Hanna aufgelegt hatte, schrieb sie eine *SMS* an Mia, in der sie ihr die Ankunft ihres Bruders mitteilte und sie aufforderte, aus ihrem Schmollwinkel hervorzukommen. Ihr Appell: *Wir müssen jetzt zusammenhalten!* verfehlte seine Wirkung nicht. Zwei Minuten, nachdem sie die Botschaft versendet hatte, erschien Mia im großzügig geschnittenen Eingangsbereich der dritten Etage, wo Hanna auf sie wartete. Ihre Augen waren gerötet und ein wenig geschwollen. Mit einem zerknirschten Gesichtsausdruck blieb sie vor Hanna stehen. Heiko hat ganz richtig gelegen, dachte diese. Mia straft sich mit ihrem Verhalten selbst am meisten.

»Schwamm drüber«, sagte sie, bevor ihre Tochter den Mund aufmachen konnte.

Mia sah sie überrascht an.

»Keine Predigt?«

»Nein, ich denke, die hast du dir schon selbst gehalten.«

»Ach Mama!«, rief Mia und warf sich in ihre Arme. »Wie schaffst du es nur, mich immer noch lieb zu haben?«

»Mein kleines Dummerchen«, murmelte Hanna in die Haare ihrer Tochter. »Wie könnte ich je damit aufhören?«

Fünf Stunden später saßen Hanna, Mia und Lukas im Sprechzimmer von Doktor Ingrid Lange an einem runden Tischchen. Hanna betrachtete ihre Kinder. Die Geschwister ähnelten einander kaum. Während Mia mit ihren langen Gliedern, den dunklen Locken und den braunen Augen ganz nach ihrem Vater kam, hatte ihr Bruder die etwas untersetzte Statur und die Neigung zu Sommersprossen von Hanna geerbt. Seine Haare spielten allerdings mehr ins Rotblonde, und seine Augen waren dunkelgrün.

Mia zupfte nervös an ihren Ohrläppchen, Lukas rutschte unruhig auf seinem Sitz hin und her, und Hanna umklammerte die Armlehnen ihres Stuhls, als die Ärztin, die noch kurz einer Schwester eine Anweisung gegeben hatte, zu ihnen trat und ebenfalls Platz nahm.

»Das ist mein Sohn Lukas«, ergriff Hanna das Wort. »Sie kennen ihn noch nicht, er ist erst vor Kurzem eingetroffen.«

Lukas erhob sich halb von seinem Stuhl und schüttelte Doktor Lange die Hand. Er war braun gebrannt und wirkte muskulöser, als Hanna ihn in Erinnerung hatte. Vor allem aber reifer, wobei sie nicht hätte sagen können, was diesen Eindruck hervorrief. Waren es der entschlossene Zug um seinen Mund und seine Augen, die wach und aufmerksam die Umgebung musterten? Oder bildete sie sich das nur ein? Schließlich war er erst seit wenigen Wochen in Bolivien. Andererseits konnten eine gänzlich neue Erfahrung und ein ungewohntes Umfeld große Veränderungen bewirken – da musste sie nur an ihre Tage auf Spitzbergen denken.

Die Worte der Ärztin, die begonnen hatte, ihnen von der Operation zu berichten, rissen Hanna aus ihren Gedanken.

»... haben meine Kollegen und ich festgestellt, dass einige Nervenstränge im Brustbereich der Wirbelsäule schwer verletzt worden sind. Wir haben sie zusammengefügt. Es bleibt aber abzuwarten, ob sie wieder zusammenwachsen.«

Mia, Lukas und Hanna sahen sich betroffen an.

»Unser Vater könnte also gelähmt bleiben?«, fragte Mia und sprach damit die Befürchtung aus, die sie alle teilten.

»Diese Gefahr besteht durchaus, da will ich gar nichts beschönigen«, antwortete Doktor Lange. »Die Chance auf eine vollständige Heilung ist aber groß. Allerdings wird es wohl ein langwieriger Prozess.«

»Was meinen Sie mit groß und mit langwierig?«, wollte Lukas wissen.

»Bitte erwarten Sie keine Prozentangaben von mir, wie sie so gern in Filmen gemacht werden«, sagte die Ärztin und verzog den Mund. »Ich halte nichts von solchen Zahlen. Sobald Ihr Vater aufwacht, können wir mit weiteren Tests beginnen und feststellen, wie umfassend die Lähmung ist beziehungsweise wie stark die Beeinträchtigungen sind. Dann können wir über Maßnahmen sprechen, die in der nächsten Zeit sinnvoll und notwendig sind.«

»Wann ist denn damit zu rechnen, dass er aufwacht?«, fragte Hanna.

»Ganz genau kann ich das nicht sagen. Frühestens im Laufe

des morgigen Tages. Ich würde also vorschlagen, dass Sie nach Hause fahren. Sobald Ihr Mann ansprechbar ist, geben wir Ihnen Bescheid«, sagte Doktor Lange.

»Wäre es nicht sinnvoller, wenn wir in Freising übernachten?«, fragte Mia, sobald sie das Zimmer verlassen hatten. »Das ist doch sehr viel näher als Sulzbach. Und morgen wären wir dann auch schneller wieder hier.«

»Hm, klingt vernünftig, aber ...«, begann Hanna.

Mia fuhr eifrig fort: »Lukas könnte bei mir schlafen. Und du könntest ein Zimmer nehmen. Bei mir ums Eck gibt es eine nette Pension, wo man günstig unterkommt.«

»Das ist im Prinzip eine gute Idee«, sagte Lukas. »Aber es wäre mir ehrlich gesagt sehr recht, wenn wir nach Hause fahren. Ich hab kaum Klamotten dabei.«

Hanna nickte. »Ich schlage vor, dass wir heute zu uns fahren. Es ist ja noch ungewiss, ob und wann Thorsten morgen aufwacht. Für die nächsten Tage werden wir uns dann hier in der Gegend eine Bleibe suchen, damit wir nicht ewig hin- und herfahren müssen. Denn auch nach Freising kann es lange dauern, wenn die Autobahn mal wieder verstopft ist.«

Als Hanna am Abend mit ihren beiden Kindern auf der Terrasse ihres Hauses saß, beschlich sie das eigenartige Gefühl, das Geschehen wie durch eine Glasscheibe zu erleben. Nein, das stimmte nicht ganz. Ihre Sinne waren geschärft und registrierten alles sehr intensiv. Sie roch den Duft frisch gemähten Heus, den ein laues Lüftchen von den Feldern herüberwehte, hörte das Zwitschern der Schwalben, die auf der Jagd nach Mücken durch die Luft sausten, und spürte die Wärme der tief stehenden Sonne auf der nackten Haut ihrer Oberarme. Gleichzeitig nahm sie die Szenerie aus einer Art Beobachterperspektive wahr, wie eine Fremde, die fälschlich für ein Mitglied der Familie gehalten wurde und wie durch ein Wunder, ohne aufzufallen, ihre Rolle spielte. Es war alles so vertraut und wirkte doch so fern, wie ein Rückblick in eine lang vergangene Zeit.

Sie schaute auf Thorstens leeren Platz ihr gegenüber. Wie oft hatte sie mit Mia und Lukas im Sommer hier gesessen und mit dem Abendessen auf ihn gewartet, wenn er wieder einmal Überstunden schob. Vor allem ihrer Tochter war es wichtig, dass sie alle vier um den Tisch versammelt waren, bevor sie mit der Mahlzeit begannen. Hanna horchte unwillkürlich zum Haus hin und erwartete fast, von dort seine Stimme das typische »Hallo, meine drei. Na, was gibt es denn heute Gutes?« rufen zu hören, bevor er – sich im Gehen der Anzugjacke entledigend und die Krawatte lösend – auf die Veranda trat. Während er den Tisch umrundete, würde er Lukas kurz durchs Haar wuscheln, Mia an sich drücken und Hanna einen flüchtigen Kuss auf den Mund geben, bevor er sich setzte und launige Anekdoten von den Vorkommnissen des Tages in der Firma oder bei Kunden zum Besten gab.

»Mama? Magst du auch von dem Chutney?«

Mias Frage holte Hanna in die Gegenwart zurück. Sie nickte und nahm das Glas mit der säuerlich-pikanten Apfel-Zwiebel-Soße entgegen, die sie vor ein paar Wochen nach einem neuen Rezept gekocht und eingemacht hatte. Auf der Fahrt nach Sulzbach-Rosenberg hatten sie bei einem Straßenimbiss Halt gemacht und gegrillte Hähnchen gekauft, die sie nun zusammen mit einem frischen Salat verspeisten. Dazu gab es naturtrübes Zoiglbier der ortsansässigen Sperber-Brauerei.

»Ah, das habe ich vermisst«, sagte Lukas nach dem ersten Schluck und wischte sich den Schaum vom Mund. »Das macht uns so leicht keiner nach.«

»Du könntest dich glatt für einen Sperber-Werbefilm casten lassen«, meinte Mia und grinste. »Du kommst sehr überzeugend rüber.«

»Na, wenn's doch wahr ist«, erwiderte Lukas und biss mit sichtlichem Appetit in einen Hähnchenschenkel.

Mia musterte ihren Bruder.

»Mama, findest du nicht auch, dass Lukas richtig fesch geworden ist?«

Lukas schlug mit gespielter Empörung nach ihr. »Soll das etwa heißen, ich war vorher nicht fesch?«

»Bubifesch, das schon. Aber jetzt ... Ich könnte mir vorstellen, dass du so einigen Mädels den Kopf verdrehst.«

Lukas rollte mit der Augen und aß kommentarlos weiter.

»Komm, sag schon«, drang Mia weiter in ihn. »Gibt es da jemand Besonderen?«

Lukas sah sie einen Moment schweigend an, nickte und sagte:

»Es sind sogar drei. Savina, Yolanda und Josefa.«

»Nee, echt jetzt?« Mia sah ihn skeptisch an.

»Du glaubst mir nicht?« Lukas zuckte mit den Achseln. »Hier, sieh selbst!«

Er fischte mit der freien Hand sein Smartphone aus der Tasche, tippte ein paar Mal auf den Touchscreen und hielt ihn seiner Schwester hin. Neugierig beugte sich Hanna über den Tisch, um einen Blick darauf zu erhaschen. Sie begann zu kichern. Auf dem Display lächelten ihr drei kleine Mädchen mit Zahnlücken und bunten Haarspangen entgegen, die sie auf höchstens acht Jahre schätzte.

»Kindskopf«, schnaubte Mia und ließ sich in ihren Stuhl zurückfallen.

Hanna war froh über diesen flüchtigen Moment der Unbeschwertheit, in dem die beiden die Angst um ihren Vater beiseiteschieben konnten und die Frage, wie es mit ihnen als Familie weiterging. Als habe er ihren Gedanken erraten, wandte sich Lukas an sie und fragte:

»Für dich muss das alles doch besonders schwierig sein, nicht wahr?«

Hanna sah ihn an und setzte zu einer Beschwichtigung an. Lukas kam ihr zuvor.

»Wenn ich das richtig mitbekommen habe, hat Papa dich einfach sitzenlassen und ist mit dieser Biggi auf und davon. Und das Nächste, was du von ihm hörst, ist, dass er im Krankenhaus liegt. Wo man natürlich davon ausgeht, dass du dich um ihn kümmerst. Schließlich bist du seine Frau. Und diese Biggi hat sich ja offensichtlich verdünnisiert.« Lukas sah ihr nachdenklich in die Augen. »Also, ich an deiner Stelle fände das ziemlich ätzend.«

Hanna erwiderte seinen Blick. Er ist wirklich erwachsener geworden in der kurzen Zeit, dachte sie und legte ihre Hand auf seinen Unterarm.

»Danke. Natürlich ist das alles nicht einfach. Hm ... aber ehrlich gesagt ... Ich glaube, ich hab mir noch gar nicht so viele Gedanken darüber gemacht, wie ich mich damit fühle.«

»Dachte ich mir«, meinte Lukas. »Ist das so ein Mutter-Dings, oder tickst nur du so?«

»Von was redet ihr?«, fragte Mia und schaute ratlos zwischen ihnen hin und her.

»Davon, dass Mama ihre eigenen Gefühle zurückdrängt, sobald jemand, der ihr nahesteht, emotional ihre Unterstützung braucht.« Lukas sah seine Schwester an. »Ist dir das noch nie aufgefallen?«

Hanna bemerkte, dass Mia sich auf die Lippe biss und ihre Wangen sich röteten.

»Eins weiß ich aber ganz sicher«, sagte Hanna rasch. »Ich bin sehr, sehr froh, dass wir drei gerade hier sitzen und zusammen sind.«

Lukas musterte sie und sagte mit liebevollem Spott. »Siehst du, jetzt hast du's schon wieder getan.«

49

Westküste – Svalbard, Juli 1907

Der Duft frisch gebrühten Kaffees stieg in Emilies Nase und weckte sie auf. Sie drehte sich auf den Rücken, rieb sich die Augen und dehnte ihre Glieder. Ein Ziehen in den Unterschenkeln erinnerte sie an ihren Fußmarsch, der ihr einen kräftigen Muskelkater beschert hatte. Etwas Feuchtes bohrte sich in ihre Wange. Lørdag stand neben der Pritsche und stupste sie mit seiner Schnauze. Emilie streichelte ihn und setzte sich auf. Vor ihr auf dem Tisch stand ein dampfender Becher. Sie nahm ihn, trank einen Schluck und verzog das Gesicht zu einem Lächeln. Genau richtig, so wie sie es mochte. Zufrieden leckte sie sich über die Lippen und lehnte sich, den Becher mit beiden Händen umfassend, zurück.

»Etwas Milch und einen Löffel Zucker, richtig?«

Arne stand mit einem Arm voll Treibholz in der Tür. Ohne eine Antwort abzuwarten, ging er zum Ofen und schob ein paar Scheite ins Feuer. Anschließend griff er nach einer verbeulten Pfanne, die an der Wand hing, gab einen Löffel Schmalz aus einem Steinguttopf hinein, ließ geschrotetes Getreide darin anrösten, löschte es mit Wasser und Kondensmilch ab und köchelte es zu einer sämigen Masse. Emilie beobachtete seine gemessenen Bewegungen, denen man anmerkte, dass sie häufig ausgeführt wurden. Arne strahlte Ruhe und zugleich eine Energie aus, die so präsent war, dass Emilie sie körperlich zu spüren glaubte.

»Süß oder salzig?«, fragte er nach einer Weile, ohne sich zu ihr umzudrehen.

»Süß«, antwortete sie und erstarrte.

War das wieder so ein verräterischer weiblicher Zug? Hätte sie eine deftige Mahlzeit verlangen sollen? Emilie kannte viele Männer, die ausgesprochene Schleckermäuler waren. Allen voran ihr Bruder Friedrich, der nicht müde wurde, gegen Verweichlichung und weibisches Verhalten seiner Geschlechtsgenossen im Allgemeinen und seines jüngeren Bruders Max im Besonderen zu wettern. Bei den Familienessen pflegte er den Nachspeisen, Kuchen und Torten, die die Köchin seiner Eltern zubereitete, mit preußischer Gründlichkeit den Garaus zu machen. Auch vergriff er sich regelmäßig am Konfekt seiner Frau – was ans Licht gekommen war, nachdem diese fälschlich ihre Zofe des Mundraubs bezichtigt hatte und daraufhin von ihrer Schwiegermutter über den süßen Geschmack ihres Gatten aufgeklärt worden war, der von Kindesbeinen an Naschwerk aller Art nicht widerstehen konnte.

»Gut, ist mir nach dem Aufwachen auch lieber«, antwortete Arne, öffnete einen Leinenbeutel und streute eine Hand voll Rosinen über den Brei. Nachdem er ihn mit einer Prise Salz und etwas Honig abgeschmeckt hatte, trug er die Pfanne zum Tisch und verteilte die Speise auf zwei Teller.

»Wo hast du so gut kochen gelernt?«, fragte Emilie, nachdem sie den ersten Bissen gekostet hatte. »Das schmeckt fabelhaft! Hat dir das deine Mutter beigebracht?«

»Nein, mein Vater«, antwortete Arne. »Bin schon mit vierzehn mit ihm ins Eismeer zum Fischen und Robbenjagen gefahren. Da ist man oft wochenlang unterwegs und sollte sich selbst versorgen können.«

Emilie nickte. Sie war überrascht über seine Antwort. Sie hatte mit brummigem Schweigen gerechnet. Stattdessen hatte er zum ersten Mal etwas Persönliches von sich erzählt.

»Wir sollten so bald wie möglich aufbrechen«, sagte Arne, bevor Emilie weitere Fragen stellen konnte. »Der Wind dreht.«

»Aha. Und das bedeutet?«

»Dass es wieder kälter wird. Vielleicht schneit es sogar.«

»Schnee im Juli?«, fragte Emilie und zog die Augenbrauen hoch.

Arne zuckte die Schultern und aß weiter.

Eine halbe Stunde später hisste er ein kleines Segel und steuerte das schmale Boot, das er repariert hatte, während Emilie schlief, aus der Bucht in den Forlandsund. Emilie kauerte an Lørdag geschmiegt im Bug und kniff die Augen zusammen, die in der scharfen Brise tränten. Sie hatte erwartet, dass Arne sich weigern würde, den Hund mit an Bord zu nehmen, und sich auf eine hitzige Debatte eingestellt. Doch als Lørdag ihnen ans Ufer voraussprang, hatte Arne beiläufig gemeint: »Keine Sorge, in dem Boot ist Platz für uns alle. Wird zwar etwas eng, aber es wird gehen.« Ihre Überraschung musste ihr ins Gesicht geschrieben gewesen sein, denn er hatte sie von der Seite angesehen und gesagt:

»Hältst du mich wirklich für so ein Scheusal, das von dir verlangen würde, einen Freund zurückzulassen?«

Emilie hatte sich ertappt gefühlt und war im selben Moment zutiefst gerührt gewesen. Sie konnte kaum glauben, dass er es selbstverständlich fand, einen Hund als Freund zu betrachten. Es machte sie sehr glücklich. Eher unheimlich war ihr dagegen seine Fähigkeit, in ihr zu lesen wie in einem offenen Buch. Um nicht weiter darüber nachzugrübeln, drehte sie sich zu Arne um und fragte:

»Fährt dein Vater immer noch zur See?«

Arne schüttelte den Kopf. »Ist ertrunken. Genau wie mein Bruder.«

»Oh, wie schrecklich«, entfuhr es Emilie.

Verdammt, da wollte sie eine harmlose Unterhaltung beginnen und schnitt prompt ein Thema an, das schmerzlich für ihn sein musste.

»Trifft viele. In dem Ort, aus dem ich komme, gibt es kaum eine Familie, in der nicht jemand im Meer geblieben ist«, sagte Arne.

»Verstehe. Deshalb jagst du jetzt an Land als Trapp …«

Emilie unterbrach sich. Sie spürte, wie ihr das Blut ins Gesicht schoss. Das durfte doch nicht wahr sein! Das klang ja so, als hielte sie ihn für eine Memme. Was war nur los mit ihr. Zielsicher trat sie von einem Fettnäpfchen ins nächste.

»Äh, nicht dass du jetzt denkst … Ich wollte dir nicht unterstel… damit meine ich natürlich nicht, dass du … äh, also … Ich wollte sagen … so ein Leben in der Eiswüste ist ja mindestens genauso gefährlich und …«, stammelte sie und drehte sich rasch nach vorn. Ihre Stimme versagte ihr vor Scham und Wut über sich selber.

Ein Geräusch, das sie noch nie gehört hatte, ertönte in ihrem Rücken. Arne lachte. Es war ein herzliches, offenes Gelächter. Ohne Häme oder Bitterkeit. Emilie sah ihn unsicher an. Lørdag hob seinen Kopf und begann zu heulen. Was Arnes Heiterkeit verstärkte. Emilie fühlte ein Glucksen in sich hochsteigen, das in einem befreienden Lachanfall mündete.

Arne hielt sich die Seite und japste: »Du bist das seltsamste Wesen, das mir je begegnet ist.«

Emilie prustete und erwiderte: »Na, dann haben sich ja die Richtigen getroffen.«

Arne deutete auf Lørdag. »Und dann noch dieser verrückte Hund. Er scheint uns für sein Rudel zu halten. Heulen Wölfe nicht, um den Zusammenhalt der Gruppe zu bestärken?«

Eine Bö erfasste das Segel und entriss Arne um ein Haar die Ruderpinne. Er umfasste sie mit beiden Händen und stemmte sich gegen den Wind, um das Boot auf Kurs zu halten. Als es wieder gleichmäßig dahinglitt, räusperte sich Emilie und sagte:

»Darf ich dich was fragen?«

»Hätte es Aussicht auf Erfolg, dich daran hindern zu wollen?«

Emilie grinste und hob vage die Schultern.

»Frag ruhig. Liegt ja bei mir, ob ich drauf antworte«, sagte Arne.

Der warme Glanz in seinen Augen strafte den brummigen Ton seiner Stimme Lügen.

»Wie ist das, einen Winter hier zu verbringen? So ganz allein in monatelanger Dunkelheit und Eiseskälte?«, begann Emilie und schob nach. »Ich nehme doch an, dass das nicht deine erste Überwinterung auf Spitzbergen sein wird, oder?«

»Ja, es wird meine dritte«, antwortete Arne.

Nachdenklich sah er sie an. »Hm, wie ist so eine Polarnacht? Schwer zu beschreiben. Vermutlich für jeden anders.«

Er hielt inne. Emilie glaubte schon, er wolle sie mit diesem nichtssagenden Allgemeinplatz abspeisen, als er weitersprach:

»Ich denke, es ist mit einem langen Aufenthalt in einer Wüste vergleichbar. Ich meine damit nicht die Gefahren, die lebensfeindliche Umgebung und die extremen Bedingungen. Sondern das Auf-sich-selbst-Geworfen-Sein, die schonungslose Begegnung mit dem Ich, mit den eigenen Dämonen. Aber auch die einmalige Gelegenheit, in sich ungeahnte Fähigkeiten und Eigenschaften zu entdecken. Und Klarheit darüber, was einem wirklich wichtig ist.«

»Ich könnte mir vorstellen, dass es einige Leute gibt, die daran zerbrechen und verrückt werden«, sagte Emilie.

Arne nickte ihr mit einem anerkennenden Lächeln zu. »Ja, das kommt vor. Und es sind nicht unbedingt die vermeintlich Schwachen oder unsicher Wirkenden, die durchdrehen.«

»Oh, ja, das glaube ich sofort. Stell dir nur mal unseren strammen Leutnant Poske vor. Der käme keine drei Wochen damit klar.« Emilie grinste. »Es gäbe niemanden weit und breit, den er herumkommandieren könnte. Niemanden, dem er mit seinem militärischen Gehabe und seiner vaterländischen Gesinnung imponieren und auf die Nerven gehen könnte.«

»Vermutlich würde er aus lauter Verzweiflung anfangen, Seehunde zu drillen und Sturmmöwen in Formation fliegen zu lassen«, sagte Arne.

»Und morgens und abends müssten sie alle zum Appell antreten«, spann Emilie die Fantasie weiter.

Sie sahen sich an und brachen erneut in Gelächter aus.

Arne stutzte, beschattete seine Augen und spähte zur Küste. Emilie folgte seinem Blick. Über den breiten Strand verteilt stand ein Dutzend Männer und machte sich an unförmigen großen Haufen zu schaffen.

»Ist der kleine Schwarzhaarige da vorn nicht der Italiener?«, fragte Arne und deutete auf einen Mann, der etwas abseits von den anderen auf einem Baumstamm auf einer in den Sund ragenden Landzunge saß.

»Stimmt, das ist Antonio!«, rief Emilie. »Was macht der denn hier? Und wo sind William, Beat Späni und die anderen? Bei den Männern kann ich sie nicht entdecken. Was sind das überhaupt für Leute?«

»Walrossjäger. Vermutlich aus Norwegen. Zumindest gehe ich davon aus, weil schon letzten Sommer norwegische Seeleute hier waren«, antwortete Arne.

Emilie verengte ihre Augen. Tatsächlich waren es Tierkörper, die leblos am Ufer lagen.

»Am besten, wir fragen sie, wo der Leutnant und die anderen sind«, schlug Arne vor. »Wenn Poske noch einen Funken Verstand hat, wird er die Expedition hier beenden und mit einem Boot zum Eisfjord weiterfahren. Dann könntest du dich ihnen anschließen.«

Emilie nickte und drehte rasch ihr Gesicht weg. Es gab ihr einen Stich, dass Arne sie so offensichtlich loswerden wollte.

Was erwartest du denn?, meldete sich ihr innerer Kritiker zu Wort. Natürlich will er so schnell wie möglich zu seiner Hütte zurückkehren, bevor es anfängt zu schneien oder Packeis den

Eingang zu seiner Bucht versperrt. Und warum sollte er gern länger als nötig mit einem Grünschnabel zusammen sein wollen, den er allenfalls belustigend findet? Verrenn dich nicht in romantische Träumereien, die niemals wahr werden können. Denk an Fräulein Bühring!, ermahnte sie sich.

Die Erinnerung an das junge Mädchen, das mit seinen Eltern auf dem Kreuzfahrtschiff eine Nordlandreise unternommen und seinen Tischgenossen, den vermeintlichen Studenten Max, angehimmelt hatte, ernüchterte Emilie. Ihre damalige Erkenntnis, dass es für das Seelenheil ihrer Verehrerin das Beste war, wenn ihre Wege sich trennten, traf nun für sie selber zu. Es war gut, dass der endgültige Abschied von Arne unmittelbar bevorstand und sie keine weiteren Gelegenheiten haben würde, sich zum Narren zu machen.

Je näher sie dem Strand kamen, desto penetranter wurde ein beißender Gestank. Es war eine Mischung aus dem süßlichen Geruch von Blut, Verwesung, ranzigem Öl und verbranntem Fett. Emilie kämpfte mit einem Würgereiz, hielt sich die Nase zu und versuchte, möglichst flach Luft zu holen.

»Was zum Teufel ist das?«, keuchte sie.

»Hier wird Tran gekocht«, antwortete Arne. »Dahinten stehen zwei Öfen.«

Emilie ließ ihre Augen über die Bucht schweifen und entdeckte zwei gemauerte kugelförmige Feuerstellen, über denen mächtige Kessel hingen. Ihnen entströmten dicke Rauchschwaden, die den infernalischen Gestank verbreiteten.

»Wie halten die Arbeiter das nur aus?«

»So unglaublich es klingt, sie gewöhnen sich daran«, antwortete Arne. »Zumindest die meisten.« Er verzog das Gesicht. »Ich glaube allerdings nicht, dass ich es könnte.«

»Ich auch nicht«, sagte Emilie. »Und dabei haben wir vermutlich noch Glück, weil so ein starker Wind weht. Ich will mir lieber nicht vorstellen, wie es hier bei einer Flaute riecht.«

Arne ließ das Boot auf dem Kies auflaufen, sprang hinaus und zog es ans Ufer, nachdem Emilie und Lørdag ihm gefolgt waren. Er ging zu drei Männern, die wenige Schritte entfernt von ihnen einem Walross die Haut abzogen, die darunter liegende Speckschicht herausschnitten und die Brocken in große Bottiche warfen. Sie waren von oben bis unten mit Blut und Fett bespritzt und beschworen in Emilie die Darstellungen von Ungeheuern aus der Hölle herauf, die sie von mittelalterlichen Gemälden kannte. Mit Schaudern hatte sie als Kind die Furcht erregenden Gehilfen des Teufels betrachtet, die am Tage des Jüngsten Gerichts die Sünder ins Fegefeuer zerrten. Die wie schmale Spaten geformten Geräte, mit denen die Arbeiter dem Walross zu Leibe rückten, hätten ebenso gut als Folterwerkzeuge der satanischen Knechte dienen können.

Emilie beeilte sich, Abstand zu der Schlachtstelle zu gewinnen, und lief zu Antonio, der weiter zum Forlandsund hin über ein Buch gebeugt auf seinem Baumstamm saß. Der Platz war gut gewählt. Der Qualm der Öfen und der Verwesungsgeruch waren durch den Wind, der hier kräftiger blies, weniger intensiv. Erst als Emilie dicht vor ihm stand, hob der Italiener den Kopf und schrie überrascht auf. Sein Gesicht verzog sich zu einem Strahlen. Er legte sein Buch beiseite, erhob sich und schüttelte Emilie kräftig die Hand. Dabei rief er ein ums andre Mal:

»*Che sorpresa! Sono contento di vederti!*«

Emilie lächelte ihn an. Seine aufrichtige Freude, sie zu sehen, tat ihr gut. Umso bedauerlicher war es, dass sie keine Möglichkeit hatte, sich mit ihm zu unterhalten und zu erfahren, was er und die anderen in den vergangenen Tagen erlebt hatten.

»William? Leutnant Poske? Beat Späni?«, fragte sie und sah sich suchend um.

»*No, gli altri non sono qui.*«

Antonio schüttelte heftig den Kopf und zeigte auf die Berge, die die Bucht umgaben. Emilie nickte. Fürs Erste musste sie sich mit der Auskunft zufriedengeben, dass die anderen Expeditionsteilnehmer offenbar im Hinterland unterwegs waren. Was sie dort vorhatten, wann sie zurückkommen wollten und warum Antonio nicht mit ihnen gegangen war, blieb zu ihrem Leidwesen offen. Dieser nahm wieder Platz und versank in seine Lektüre.

Emilie setzte sich auf einen Felsbrocken, schaute Lørdag zu, der die Möwen jagte, die sich um die Schlachtabfälle balgten, und schielte immer wieder zu Arne, der sich angeregt mit den Arbeitern unterhielt. Nach einer Weile kam er zu ihr.

»Ich habe die Intelligenz des Leutnants wohl überschätzt«, knurrte er.

»Antonio hat mir schon zu verstehen gegeben, dass er mit den anderen in den Bergen unterwegs ist«, sagte Emilie.

»Ganz genau. Und das, obwohl ihm die Jäger gesagt haben, dass er Gefahr läuft, in einen Schneesturm zu geraten. Man kann nur hoffen, dass die Gruppe in den nächsten Stunden zurückkommt.«

»Wann sind sie denn aufgebrochen? Und was hat sie zuvor hierher verschlagen? Ich bin davon ausgegangen, dass sie den ganzen Weg zum Eisfjord auf der Hochebene oder entlang der Bergkämme zurücklegen wollten.«

»Wenn die Männer es richtig verstanden haben, hat Antonio darauf gedrungen. Er hat wohl schnell eingesehen, dass es dort oben schwer ist, dauerhafte Funkstationen einzurichten, die man das ganze Jahr über betreiben kann. Deshalb wollten sie diese Bucht, die relativ gut geschützt ist, als möglichen Standort prüfen.«

»Und weshalb sind die anderen dann nicht hier?«

»Weil es dieser Soldatensturschädel für seine Pflicht hält, seine sogenannte Mission fortzusetzen – koste es, was es wolle.«

»Er empfindet es vermutlich als Scheitern, wenn er nicht

genau nach dem einmal gefassten Plan vorgeht«, meinte Emilie. »Egal, wie hirnrissig der auch sein mag.«

»Ich hätte es nicht besser ausdrücken können«, sagte Arne.

»Und wie geht es jetzt weiter?«, fragte Emilie. »Ich meine, wie komme ich von hier zum Eisfjord?«

»Die Jäger erwarten spätestens morgen das Fangschiff zurück, das ihnen weitere Beute bringt. Mit dem kannst du dann fahren. Zusammen mit Antonio. Und den anderen, wenn sie bis dahin von ihrem Ausflug zurück sind«, antwortete er.

Emilie nickte und sah zu den Arbeitern. Zum ersten Mal seit ihrer Abreise aus Deutschland beschlich sie ein mulmiges Gefühl bei dem Gedanken, allein unter Männern zu sein. Was, wenn diese rauen Kerle herausfanden, dass sie eine Frau war? Was, wenn Max' Befürchtung berechtigt gewesen war? Hör sofort auf damit, befahl sie sich. Nur weil diese Jäger so garstig aussehen, sind sie noch lange keine ungesitteten Barbaren. Und warum sollten ausgerechnet sie deine Verkleidung durchschauen? Was, wenn ihnen auch ein junger Bursche gelegen kommt?, flüsterte die Zweiflerin in ihr. Geraunte Andeutungen hinter vorgehaltenem Fächer über abartige Vorfälle unter Soldaten, Häftlingen, Seeleuten und anderen Männergruppen, die lange Zeit ohne weibliche Gesellschaft waren, kamen Emilie in den Sinn.

Sie stand auf. »Vielen Dank, dass du mich hergebracht hast.« Sie hielt ihm ihre Rechte hin. »Waidmanns Heil! Das sagt man bei uns, wenn man einem Jäger Glück und reiche Beute wünscht.«

»Danke«, antwortete Arne. »Aber mit dem Verabschieden hat es noch ein wenig Zeit.«

Emilie zog fragend die Augenbrauen hoch. »Wolltest du nicht so schnell wie möglich zurück?«

Arne zuckte die Schultern.

»Hab's mir anders überlegt. Kann dich doch hier nicht

allein … ich meine, ich will sichergehen, dass du dieses Mal wirklich abgeholt wirst und endlich deine Heimreise antreten kannst. Könnte mir vorstellen, dass deine Eltern allmählich beunruhigt sind, weil sie so lange nichts von dir gehört haben«, sagte er und stapfte davon.

Emilie runzelte die Stirn. Hatte er ihre Angst gespürt? Warum fühlte er sich auf einmal verantwortlich für sie? Hielt er sie für ein hilfloses Jüngelchen? Schwankend zwischen der Freude über Arnes Fürsorglichkeit und dem Verdacht, dass er sie nicht für voll nahm, sah sie ihm nach.

50

Murnau, Juli 2013

Gegen zehn Uhr abends lag Hanna mit ausgestreckten Beinen auf einem der beiden Sofas im Wohnbereich, das sie sich zum Schlafen ausgewählt hatte. Das gemeinsame Ehebett von Thorsten und ihr war für sie nach wie vor vermintes Gelände. Es fühlte sich falsch an, darin zu nächtigen. Lukas und Mia hatten sich in ihre Zimmer zurückgezogen. Draußen war es dämmrig. Die Sonne war eine gute halbe Stunde zuvor untergegangen, der Garten und die Veranda vor dem Fenster lagen im Schatten. Die einzige Lichtquelle im Raum war der Monitor von Hannas Laptop, den sie auf ihren Oberschenkeln abgestellt hatte.

»Du siehst ein bisschen erschöpft aus«, sagte Kåre, nachdem sie sich via Skype begrüßt hatten.

Hanna lächelte und rückte das Gerät so, dass sie ungefähr in seine Augen schaute.

»Ja, es war ein langer Tag«, antwortete sie und lächelte. »Sag mal, ist das nicht der Prestvannet?«, fragte sie und beugte sich vor, um den Hintergrund, vor dem Kåres Kopf körperlos schwebte, genauer zu betrachten.

Der Kopf tauchte weg und gab den Blick frei auf den flachen See, um den Hanna und Kåre an ihrem ersten Abend in Tromsø spaziert waren. Ein paar bordeauxrot gefärbte Wölkchen spiegelten sich im dunklen Wasser, und Mücken tanzten in den Strahlen der tief stehenden Sonne, die gegen Mitternacht für zwei Stunden untergehen würde. Auf Spitzbergen dagegen verschwand sie nach wie vor nicht hinterm Horizont. Erst Mitte August konnte man dort wieder Dunkelheit erleben.

»Stimmt. Ich sitze auf unserem Holzsteg«, sagte Kåre und

erschien wieder im Bild. »So habe ich das Gefühl, dir ein wenig näher zu sein.«

»Ach, was würde ich drum geben, jetzt neben dir zu sitzen«, seufzte Hanna.

»Ich weiß. Wenn ich zaubern könnte ...« Kåre hob mit einem bedauernden Lächeln die Schultern.

Hanna schluckte trocken. Die Sehnsucht nach ihm packte sie mit einer Wucht, die ihr die Kehle zusammenschnürte. Noch ein liebes Wort von ihm, und sie würde weinen.

»Du, ich hab Neuigkeiten von unserem Toten im Eis«, sagte Kåre betont munter. »Heute nachmittag hab ich mit der Pathologie telefoniert.«

»Und, was hast du erfahren?«, fragte Hanna, froh über den Themenwechsel. »Weiß man schon, seit wann er da gelegen hat?«

»Noch nicht exakt. Sicher ist aber, dass es mindestens hundert Jahre waren.«

»Unglaublich, dass er so lange unentdeckt geblieben ist.«

»Der Gletscher, unter dem er begraben war, ist ja erst in den letzten Jahren so weit zurückgewichen, dass seine Spalte freigelegt wurde«, sagte Kåre.

»Ich weiß. Aber man hat doch bestimmt nach ihm gesucht, als er seinerzeit verschwunden ist.«

»Naja, oder auch nicht. Falls deine Theorie von einem Verbrechen zutrifft«, wandte Kåre ein. »In dem Fall war es geradezu ein ideales Versteck, wenn man eine Leiche verschwinden lassen wollte.« Er grinste. »Mysteriös ist unsere Mumie allemal. Er hatte nämlich einen Haufen Geld bei sich.«

»Geld? Was wollte er denn wohl damit? Ich kann mir nicht vorstellen, was man vor hundert Jahren im Kongsfjord hätte kaufen können.«

»Nein, zum Shoppen sind die Leute eher nicht dorthin gefahren«, sagte Kåre trocken.

Hanna kicherte bei der Vorstellung.

»Kann man denn schon sagen, woher der Mann kam? War er ein Norweger?«, fragte sie.

Kåre schüttelte den Kopf. »Ich fürchte, wir müssen uns noch ein bisschen gedulden, bis die Untersuchungen abgeschlossen sind und die Pathologen mehr Details rausrücken. Apropos Untersuchungen. Gibt es etwas Neues aus dem Krankenhaus?«

Hanna schüttelte den Kopf. »Auch da müssen wir abwarten.« Sie räusperte sich. »Aber lass uns nicht davon sprechen. Das gehört nicht hierher.«

»Ich denke doch«, widersprach Kåre. »Thorsten ist ein Teil deines Lebens. Allein schon wegen eurer gemeinsamen Kinder. Es wäre schlichtweg dumm, das auszuklammern und so zu tun, als gäbe es diesen Aspekt von dir nicht.«

»Aber stört dich das nicht? Ich meine ...«

»Nein«, sagte Kåre schlicht. »Ich weiß, was ich für dich empfinde. Daran ändert sich nichts, auch wenn du jetzt vielleicht Entscheidungen treffen musst, die für mich und uns beide schmerzlich sind.«

Hanna zwinkerte eine Träne weg. »Ich weiß nicht, was ich sagen ...«

»Sag nichts. Vertrau auf dein Herz. Dann wird alles gut.«

Die Vorhersage von Doktor Lange erwies sich als präzise. Am Mittag des folgenden Tages kam der Anruf aus Murnau, dass Thorsten bei Bewusstsein und ansprechbar sei. Hanna, Mia und Lukas fuhren unmittelbar danach los und trafen knapp drei Stunden später im Krankenhaus ein. Thorsten war in einem Aufwachraum untergebracht und lächelte ihnen matt entgegen. Auf den ersten Blick sah er mit seiner sonnengebräunten Haut und den ausgebleichten Haaren gesund aus. Die Schläuche, mit denen er an einen Katheder und einen Tropf angeschlossen war, straften diesen Eindruck Lügen. Auch die tiefen Ringe unter seinen Augen und die Kraftlosigkeit, die sein bewegungslos daliegender Körper ausstrahlte, verrieten sein angeschlagenes Befinden.

»Papa!«, rief Mia, rannte zu ihm, ließ sich neben seinem Bett auf die Knie fallen und schluchzte: »Ich hatte so schreckliche Angst um dich!«

Hanna registrierte aus den Augenwinkeln, dass Lukas sich versteifte. Er tat sich von jeher schwer mit den theatralischen Auftritten seiner Schwester, die ihn wiederum der Gefühlskälte zu bezichtigen pflegte, wenn er in ihren Augen zu verhalten auf aufwühlende Ereignisse reagierte.

»Ihr seid ja alle da«, flüsterte Thorsten und sah Lukas ungläubig an.

»Natürlich«, sagte dieser und trat ans Bett. Mia erhob sich und ließ sich auf einen Stuhl sinken.

Thorsten suchte Hannas Blick und setzte zu einer Bemerkung an. Zu ihrer Erleichterung betrat in diesem Moment die Ärztin das Zimmer. Sie hielt ein Klemmbrett im Arm.

»Ah, Frau Keller, Sie sind schon da«, sagte sie und schüttelte Hanna die Hand. »Das trifft sich gut, ich wollte Ihrem Mann eben kurz erläutern, was ihn in den nächsten Tagen erwartet.«

»Wie geht es mir denn?«, fragte Thorsten.

Doktor Lange lächelte. »Besser, als wir es erwarten durften. Es freut mich sehr, Ihnen mitzuteilen, dass Sie relativ glimpflich davongekommen sind. Ihr Rückenmark ist zwar verletzt, aber eine komplette Querschnittslähmung können wir ausschließen.«

Mia richtete sich auf. »Was meinen Sie denn damit? Ich finde nicht, dass das beruhigend klingt.«

»Ihr Vater ist teilweise gelähmt. Das heißt, unterhalb der Läsion kann es zu verschiedenen Beeinträchtigungen der motorischen und sensiblen Funktionen kommen, also Gangstörungen, Gliederschwäche oder halbseitige Lähmungen«, antwortete die Ärztin.

Mia sprang auf und riss die Augen erschrocken auf.

»Aber das ist ja furchtbar. Wie können Sie behaupten, er sei glimpflich davongekommen?«

»Mia, bitte, reiß dich ein wenig zusammen«, sagte Hanna. Sie ging zu ihr und legte einen Arm um sie.

Doktor Lange nickte Hanna mit einem winzigen Lächeln zu und fuhr an Thorsten gewandt fort:

»Die Operation hat den Druck auf das Rückenmark entlastet. Jetzt beginnt die Stabilisierungsphase. In den nächsten Tagen bekommen Sie ein hoch dosiertes Cortisonpräparat, das die Entzündungsreaktion mindern wird, und ein Mittel, das das Risiko einer Thrombose, also der Bildung von Blutgerinnseln, reduzieren soll. Außerdem werden wir frühzeitig mit einem behutsamen Bewegungsprogramm starten, um der Versteifung der gelähmten Gliedmaßen und Gelenke vorzubeugen. Später folgt dann die eigentliche Rehabilitation.«

»Wann werde ich wieder laufen können?«, fragte Thorsten. Er klang ungeduldig.

Hanna verdrehte innerlich die Augen. Glaubte er, sich in einer Werkstatt zu befinden, in der man wie bei einem Auto ruckzuck das defekte Teil entweder reparierte oder durch ein neues ersetzte?

Die Ärztin ließ sich nicht aus der Ruhe bringen.

»Ihr Bewegungsprogramm wird zunächst darauf abzielen, Ihre körperliche Kraft zu stärken, damit Sie so selbstständig wie möglich werden und Tätigkeiten, wie beispielsweise Rollstuhlfahren, sich Umsetzen und Zubettgehen ohne fremde Hilfe ausüben können. Wie gesagt, mit den physiotherapeutischen Maßnahmen beginnen wir so bald wie möglich. Und wenn die Stablisierungsphase abgeschlossen ist ...«

Thorsten öffnete den Mund. Doktor Lange hob beide Hände.

»Bitte, versuchen Sie nicht, mich auf ein Datum festzunageln. Zum jetzigen Zeitpunkt kann man unmöglich sagen, wie lange diese Phase dauern wird.«

Thorsten nickte und verzichtete auf einen Kommentar.

»Was geschieht während der Reha?«, fragte Lukas und kam damit Hanna zuvor.

Die Ärztin drehte sich zu ihm. »Auf lange Sicht zielt sie auf die Wiederherstellung der vollständigen Funktionsfähigkeit des Bewegungsapparates. Unser Haus bietet ein breites Spektrum an Behandlungsformen – von der Physio- und Ergotherapie über medizinische Bäder und Massagen bis hin zu sportlichem Training auf dem Laufband, am Barren oder mit dem Rollator.«

Sie wandte sich erneut an Thorsten. »Aber jetzt ruhen Sie sich erst einmal aus. Morgen besprechen wir dann die nächsten Schritte.«

Sie nickte allen Anwesenden zu und ging. In der Tür hielt sie inne und sagte: »Ich weiß, dass Sie alle eine schwierige Zeit durchmachen. Aber Sie sind nicht allein. Wenn Sie Fragen haben, können Sie sich jederzeit an uns wenden. Wir haben auch einen guten psychologischen Dienst in unserem Haus.«

Nachdem sie das Zimmer verlassen hatte, sagte Mia aufgebracht:

»Papa braucht doch keinen Psychofritzen.«

»Nein, mein Liebes«, sagte Thorsten und lächelte sie an. »Solange ich euch an meiner Seite weiß, habe ich alle Kraft, die nötig ist, um das hier durchzustehen.«

Er suchte erneut Hannas Blick. Sie senkte die Augen. Lukas zog sich einen zweiten Stuhl neben das Bett.

»Sag mal, Papa, was ist eigentlich mit dieser Biggi? Warum ist sie nicht hier?«

Mia funkelte ihn empört an. »Was soll das denn jetzt? Wen

interessiert schon diese Biggi? Hauptsache ist doch, dass Papa wieder bei uns ist!«

»Manchmal bist du echt schräg drauf«, konterte Lukas. »Wegen dieser Frau hat Papa alles stehen und liegen gelassen, schon vergessen? Da wird man doch mal fragen dürfen, was ...«

»Wäre es dir etwa lieber, wenn sie hier wäre?«, rief Mia.

»Bitte, streitet euch nicht«, bat Thorsten mit schwacher Stimme. »Und seid so gut und lasst mich kurz allein mit eurer Mutter.«

Bereitwillig standen die beiden auf. Lukas drückte im Vorbeigehen Hannas Arm. Sie seufzte innerlich. Sie hätte das Gespräch, das nun folgen würde, gern noch ein wenig verschoben. Nun denn, bringen wir es hinter uns, ermunterte sie sich und trat ans Fußende des Bettes.

»Hanna, ich möchte mich bei dir ...«, begann Thorsten.

Sie hob eine Hand. »Nein, warte. Es würde mich auch brennend interessieren, was mit dieser Biggi ist. Warum hat sie dich nicht begleitet?«

»Ach, das wäre zu kompliziert gewesen.«

»Kompliziert? Was, bitte schön, ist daran kompliziert?«

»Äh ... es musste ja alles so schnell gehen und ... es hat sich halt nicht ergeben«, druckste er.

Hanna zog die Augenbrauen hoch. »Du hattest einen Unfall, bei dem du fast ums Leben gekommen wärst – und die neue Liebe deines Lebens hat nicht alles darangesetzt, an deiner Seite zu sein?«

»*Ich* wollte das gar nicht. Was hätte sie schon tun kö...«

Hanna verengte ihre Augen. »Bemüh dich nicht. Ich verstehe schon. Sie hat dir den Laufpass gegeben.«

Thorsten setzte zu einer Erwiderung an.

»Nein, versuch's erst gar nicht. Mir kannst du nämlich nichts vormachen«, sagte Hanna. »Ganz offensichtlich wollte sich diese Biggi nicht an einen Mann binden, der vielleicht den Rest seines Lebens im Rollstuhl verbringt. Vermutlich fühlt sie sich dafür noch zu jung.«

Thorsten nickte.

»Ja, du hast es mal wieder auf den Punkt gebracht. Das habe ich schon immer so an dir bewundert. Wie du die Leute durchschaust. Und dein Einfühlungsvermögen.«

Hanna schluckte die ironische Bemerkung herunter, dass sie in diesem Moment zum ersten Mal von dieser angeblichen Bewunderung erfuhr.

Thorsten sah ihr in die Augen und setzte eine reumütige Miene auf. »Du siehst, ich habe meine Abreibung für mein idiotisches Benehmen bekommen. Ich denke, ich kann gut nachvollziehen, was du durchgemacht hast, als ich gegangen bin.«

Hanna runzelte die Stirn. Meinte er das wirklich ernst? Glaubte er tatsächlich, der Korb dieser jungen Frau, mit der er eine flüchtige Affäre gehabt hatte, wäre auch nur im Entferntesten mit seinem Verhalten zu vergleichen?

»Ich muss total verblendet gewesen sein«, fuhr Thorsten fort.

»Zu glauben, du könntest mit Biggi neu anfangen?«, sagte Hanna.

Thorsten verzog den Mund. »Sie ... sie hat mir deutlich zu verstehen gegeben, wo der Spaß für sie aufhört.« Er sah sie mit einem resignierten Lächeln an.

Hanna verschlug es den Atem, als ihr klar wurde, dass er offensichtlich Mitleid von ihr erwartete.

»Ich habe diesen Denkzettel natürlich mehr als verdient«, schob er rasch nach. »Ich weiß, dass ich dich sehr verletzt habe.«

Er hob mühsam die Hand und streckte sie Hanna entgegen. Sie machte keine Anstalten, sie zu nehmen, sondern starrte Thorsten mit angehaltenem Atem an. Was kam als Nächstes? Es hätte sie nicht erstaunt, wenn der Assistent einer Filmproduktion den Kopf durch die Tür stecken und ihr mitteilen würde, dass sie sich im Zimmer geirrt und aus Versehen auf dem Set einer Daily Soap gelandet war. Sah die Regie vor, dass sie sich mit einem gerührten »Ich vergebe dir« an Thorstens Brust warf und ihn ihrer unverbrüchlichen Liebe versicherte? Und dabei die berühmte Formel von »in guten wie in schlechten Tagen« zitierte?

»Umso glücklicher bin ich, dass du hier bist«, fuhr Thorsten fort. »Ich gebe zu, dass mich Biggis Abfuhr sehr verletzt hat. Aber im Nachhinein bin ich ihr dankbar. Denn so habe ich noch rechtzeitig erkannt, wo ich wirklich hingehöre. Nämlich zu dir. Und den Kindern.«

Erschöpft sank er zurück in sein Kissen, schloss die Augen und schlief ein. Hanna betrachtete ihn fassungslos. Für ihn schien nicht der geringste Zweifel zu existieren, dass sie ihm verzeihen und sich um ihn kümmern würde. Dazu hat er ja auch allen Grund, meldete sich ihr innerer Analytiker. Noch vor drei Wochen hättest du genau das ohne Wenn und Aber getan und dir eingeredet, dass Thorsten tatsächlich meint, was er da faselt. Auch wenn du geahnt hättest, dass er wohl nie von selber auf den Trichter gekommen wäre, seine Ehe und Familie einem Abenteurerdasein an der Seite einer attraktiven, jungen Frau vorzuziehen.

51

Westküste – Svalbard, Juli 1907

Emilie vertrieb sich die Wartezeit damit, den Strand und die Schotterhalden der Berghänge nach Versteinerungen und Pflanzen abzusuchen, um den Verlust der Sammlung, die sie bei ihrer Flucht aus der Kings Bay in der Hütte zurückgelassen hatte, ein wenig auszugleichen. Sie wollte nicht, dass Max seinem Professor mit leeren Händen entgegentreten musste.

Das Wetter verschlechterte sich zusehends. Ein steifer Nordostwind wehte von der Hochebene und schob graue Wolkenmassen vor sich her, die die Sonne verdeckten und der Landschaft die Anmutung einer düsteren Tuschezeichnung verliehen.

Die Jäger hatten die Walrosse mittlerweile abgespeckt und die Fettbrocken zu den Öfen geschleppt, wo sie von vier Männern eingekocht wurden. Die übrigen hatten sich in eine windschiefe Hütte zurückgezogen, die in der Nähe der beiden Trankessel stand. Im Unterschied zu den Behausungen, die Emilie bislang auf Spitzbergen gesehen hatte, besaß diese einen gemauerten Kamin – was darauf hindeutete, dass sie einst von Pomoren errichtet worden war, den Angehörigen eines Jägervolkes aus dem russischen Norden. Neben der Hütte hatten sich die Arbeiter einen provisorischen Unterstand zusammengezimmert, manche von ihnen schliefen auch unter drei umgedrehten Ruderbooten, die aufgereiht am Ufer lagen.

Emilie blieb dem Lager der Transieder fern. Nicht so sehr aus Scheu vor den wilden Gesellen, sondern vor allem wegen des Gestanks. Arne schien doch unempfindlicher zu sein als behauptet, denn er war der Einladung der Männer gefolgt und aß mit ihnen gebratenes Walrossfleisch. Allein beim Gedanken daran, diese fragwürdige Spezialität in drangvoller Enge in der Gesellschaft übel riechender Kerle zu essen, drehte sich Emilies Magen um.

Sie schämte sich ein wenig für ihre Vorbehalte. Irgendjemand musste schließlich diese Arbeit verrichten. Von ihrem Bruder Friedrich wusste sie, dass ohne den Tran aus Wal- oder Robbenblubber nicht nur die Maschinen in der Fabrik ihres Vaters stillstehen würden. Er war aus der gesamten rasant expandierenden Industrie des Kaiserreichs nicht wegzudenken. Die modernen Maschinen, die nicht mehr wie früher aus Holz, sondern weitgehend aus Metall gefertigt waren, benötigten hochwertige Schmierstoffe, um ein Heißlaufen und die rasche Abnutzung zu verhindern. Pflanzliche Fette konnten – was Qualität und Kosten betraf – nicht mit dem Tran mithalten. Ein neuartiges Verfahren ermöglichte es zudem, ihn zu härten, geruchlos zu machen und zu Seife zu verarbeiten. Das dabei anfallende Nebenprodukt Glycerin wurde zur Farben- und Lackherstellung benötigt. Außerdem bildete es die Grundlage für einen hochexplosiven Sprengstoff – was Friedrich in Hinblick auf künftige Waffengänge sehr begrüßte.

Emilie untersuchte eben einen Gesteinsbrocken, in dem ein lurchartiges Tier eingeschlossen war. Es war perfekt erhalten, mit deutlich sichtbaren Knochen und Zahnreihen. Das Peitschen eines Schusses riss sie aus ihrer Betrachtung. Ein zweiter Knall lockte Arne und die Trankocher aus ihrer Hütte. Antonio, der sich mit seinem Fellschlafsack in Arnes Boot gelegt hatte, streckte verschlafen seinen Kopf über die Bordwand. Alle sahen zu den Bergen, wo die Schüsse abgefeuert worden waren. Emilie lief zu Arne hinüber.

»Das kommt doch sicher von unseren Leuten, oder?«

»Gut möglich. Die Richtung stimmt.« Arne zog die Stirn kraus. »Aber was ballern die da herum? Die sollen gefälligst zusehen, dass sie herkommen. Zum Jagen ist jetzt nicht der richtige Zeitpunkt.«

»Sieh mal, da!«, rief Emilie und deutete auf eine rote Leuchtkugel, die über der Steilküste aufstieg.

»Verdammt!«, knurrte Arne. »Das hat uns gerade noch gefehlt.«

»Wieso, was bedeutet das?«

»Das ist ein Notsignal.«

Emilie sog scharf die Luft ein. »Du meinst, William und den anderen ist etwas zugestoßen?«

Täuschte sie sich, oder war er tatsächlich leicht zusammengezuckt, als sie Williams Namen erwähnte?

Arne hob vage die Schultern. »Wahrscheinlich haben sie sich nur verlaufen.«

»Aber was, wenn jemand verletzt ist? Wir müssen auf jeden Fall sofort los und nach ihnen suchen!«

Emilie rechnete damit, dass Arne sich weigern würde. Schließlich hatte er nie einen Hehl aus seiner Abneigung gegen den Leutnant gemacht und sah gewiss nicht ein, weshalb er ihm helfen sollte – zumal Ottokar Poske allen guten Ratschlägen und Warnungen zum Trotz aufgebrochen war. Und auf William schien er ebenfalls nicht gut zu sprechen zu sein. Während sie fieberhaft nach einem Argument suchte, mit dem sie Arne überzeugen konnte, sagte er:

»Ja, das müssen wir.«

»Oh«, machte Emilie.

»Sieh mich nicht so überrascht an«, brummte Arne. »Es ist hier ein ungeschriebenes Gesetz, dass man andere aus Notlagen befreit. Egal, wie man zu ihnen steht und was man persönlich von ihnen hält.«

Erleichtert atmete sie aus.

»Sollen wir ein paar von den Arbeitern bitten, uns zu begleiten?«, fragte sie.

Arne schüttelte den Kopf. »Sie kennen das Gelände nicht und sind auch nicht für längere Märsche ausgerüstet. Sie wären uns keine Hilfe, eher im Gegenteil.« Er nickte zu Antonio hin. »Das Gleiche gilt für ihn. Die Jäger haben mir erzählt, dass er vollkommen erschöpft war, als er hier ankam. Deshalb ist er wohl auch hiergeblieben.«

»Gut, aber Lørdag nehmen wir mit«, sagte Emilie. »Er war mir auf dem Weg zu dir eine große Hilfe.«

»Ja, das glaub ich sofort. Wenn Huskys, wie du sagst, Schlittenhunde sind, können sie sich besonders gut orientieren und sind sehr selbstständig. Sie wissen oft besser, wo es langgeht, als wir Menschen.«

Es wurde ein beschwerlicher Marsch. Der Aufstieg durch das weitgehend trockene Bett eines Schmelzwasserbachs war zwar anstrengend, aber gut zu bewältigen. Doch oben auf der Hochebene stürmte es so stark, dass sie sich mit aller Kraft nach vorn stemmen und Schritt für Schritt vorankämpfen mussten. Einsetzendes Schneetreiben nahm ihnen noch dazu die Sicht. Emilie konnte bald nachvollziehen, dass man hier Gefahr lief, sich gründlich zu verirren. Mit halb geschlossenen Lidern folgte sie Arne und hätte es nicht bemerkt, wenn sie im Kreis gelaufen wären. Er schien seiner Sache sicher. Unbeirrt stapfte er vor ihr her, als folge er einer gespannten Schnur, die ihn ohne Umschweife ans Ziel führen würde.

Lørdag trottete neben Emilie her. Auf einmal blieb er unvermittelt stehen und wuffte kurz. Mit erhobenem Kopf lauschte er aufmerksam nach vorn. Während sich Emilie noch über das ungewöhnliche Verhalten des Hundes wunderte, den sie noch nie zuvor hatte bellen hören, drehte sich Arne zu ihnen um.

»Was hat er?«, rief er.

Emilie hob den Kopf, sah zu ihm und schnappte nach Luft.

Ungefähr zehn Meter von ihnen entfernt stand ein riesiger Eisbär. Sein Fell war an Brust und Bauch rot gefärbt. Er ist verletzt, schoss es Emilie durch den Kopf. Sicher von den beiden Schüssen, die wir vorhin gehört haben. Das Tier riss sein Maul auf und entblößte ein furchteinflößendes Gebiss. Wie gelähmt stand Emilie da. Bevor sie Arnes Frage beantworten und ihn warnen konnte, ließ sich der Bär auf seine Vorderpfoten fallen und sprang in wuchtigen Sätzen auf sie zu. Emilie sah, wie Arne sich umdrehte. Er gurgelte entsetzt. Es gelang ihm gerade noch, die Arme hochzureißen, bevor der weiße Koloss sich auf ihn stürzte und unter sich begrub. Die beiden verloren das Gleichgewicht und kugelten ein Stück den Abhang hinunter.

»Arne!«

Ihr eigener Schrei gellte in Emilies Ohren und löste ihre Erstarrung. Ohne nachzudenken, sprang sie ihnen nach und griff nach Arnes Gewehr, das er beim Sturz verloren hatte. Arne lag reglos auf dem Bauch. Der Bär überschlug sich ein weiteres Mal, schüttelte sich, drehte sich zu ihr um und ließ ein schauerliches Gebrüll ertönen.

Emilie riss das Gewehr hoch. Ihre Hände zitterten. Der Anblick des wütenden Raubtiers, das offenbar halb wahnsinnig vor Schmerzen war, versetzte sie in Furcht und Schrecken. Am liebsten hätte sie das Gewehr weggeworfen und wäre geflohen. Doch die Angst um Arne, der dem Bären hilflos ausgeliefert war, gewann die Oberhand. Die Angst um den Mann, für den sie so viel mehr empfand, als sie es sich bis zu dieser Sekunde eingestanden hatte. Das wurde ihr mit einer Klarheit gewahr, die alles andere in den Hintergrund drängte.

Du musst ruhig bleiben, befahl sie sich. Bruchstücke von Arnes Ratschlägen, die er ihr und den anderen bei den Schießübungen auf der Bäreninsel gegeben hatte, stürmten auf sie ein: Der erste Schuss muss tödlich sein! Unbedingt in den Kopf treffen! Schwierig, weil das Gehirn eines Bären nur Apfelgröße hat. So lange wie möglich warten, bis man feuert!

Der Bär schüttelte sich, schnaubte und ging erneut zum Angriff über. Emilie atmete tief ein und aus. Sie entsicherte die Flinte. Die Panik machte kaltem Zorn Platz. Sie legte an. Du nimmst ihn mir nicht!, dachte sie und feuerte, als der Bär über Arne stand und die Pranke hob, um sein Opfer zu zerfetzen. Wie eingefroren blieb er stehen und wandte langsam den Kopf zu ihr. Emilies Herz hämmerte gegen ihre Rippen. Hatte sie ihn verfehlt? Würde er jetzt auf sie losgehen? Auf seiner Stirn sah sie ein schwarzes Loch. Lautlos brach das Tier zusammen und rührte sich nicht mehr.

Im nächsten Moment kniete Emilie an Arnes Seite. Sie zog das Messer, das er an seinem Gürtel trug, aus der Scheide, durchtrennte die Riemen seines Rucksacks, nahm ihn ab und drehte Arne vorsichtig auf den Rücken. Seine Augen waren geschlossen. Der Bär hatte an der linken Schulter seine Jacke aufgeschlitzt. Sie troff vor Blut.

»Arne, kannst du mich hören?«, rief Emilie heiser und beugte sich tief über sein Gesicht. Sie hielt ihr Ohr an seinen Mund. Atmete er noch? Unmöglich, das festzustellen. Die Windböen, die über sie hinwegfegten, waren zu stark. Emilie zog einen Handschuh aus und legte ihre Finger an Arnes Hals. Ein schwaches Pulsieren verriet ihr, dass sein Herz noch schlug. Tränen der Erleichterung rannen ihre Wangen hinunter.

Jetzt ist keine Zeit für Rührseligkeit, ermahnte sie sich. Du musst die Blutung stoppen und dafür sorgen, dass Arne nicht auskühlt. Sie richtete sich auf und sah sich um. Der Bär lag einen Meter von ihnen entfernt neben einem Felsblock. Als würden sie selbsttätig der Gebrauchsanweisung für Situationen wie dieser folgen, nahmen Emilies Hände ihren eigenen Rucksack ab und schnürten die gummierte Leinwandplane los, die sie zum Schutz gegen Nässe mitgenommen hatte. Ein Ende befestigte sie mit mehreren schweren Steinen oben auf dem Felsen und breitete den Stoff über dem Bären aus. Anschließend packte sie Arne unter den Achseln, schleifte ihn unter Aufbietung all ihrer

Kräfte zu dem Koloss, bettete ihn in halb sitzender Position an dessen Flanke und sicherte das untere Ende der Plane am Boden. Es war ein im wahrsten Sinne des Wortes windiger Unterstand, der aber immerhin ein wenig Wärme und Schutz vor dem Sturm bot. Lørdag steckte seine Schnauze herein und leckte Emilie über die Wange.

»Ach, Lørdag, bist du vielleicht ein verzauberter Arzt? Soll ich dich küssen, um dich zurückzuverwandeln?«

Der Hund wedelte mit dem Schwanz.

»Du kannst dich aber auch so nützlich machen«, sagte Emilie und klopfte leicht auf Arnes Beine. »Komm, leg dich hier hin. Dann kannst du ihn ein wenig wärmen.«

Gehorsam rollte sich Lørdag auf Arnes Unterschenkeln zusammen und beobachtete Emilie aufmerksam.

»So, als Erstes müssen wir die verletzte Schulter freilegen«, erklärte sie ihm.

Sie nahm das Messer und schnitt Arnes linken Jackenärmel ab. Der Anblick des vielen Blutes und des zerfetzten Fleisches, unter dem ein Stück Knochen weißlich schimmerte, verursachte ihr Übelkeit.

»Reiß dich zusammen!«, sagte sie halblaut zu sich selbst. »Tu was! Sonst verblutet er.«

Die strengen Worte verfehlten ihre Wirkung nicht. Das flaue Gefühl im Magen verschwand. Emilie wühlte in ihrem Rucksack und förderte Unterwäsche, das Seil, Socken und eine Blechschachtel zutage, in der ein Fläschchen mit Jodtinktur, zwei Mullbinden und eine mit Watte gefütterte Kompresse verstaut waren. Enttäuscht verzog sie den Mund.

»Damit kommen wir nicht weit«, sagte sie zu Lørdag. »Die Wunde ist zu tief. Sie muss unbedingt genäht werden.«

Emilie untersuchte den Inhalt von Arnes Rucksack und entdeckte zwischen Kleidungsstücken, einem Flachmann mit Schnaps, Patronen und einem Beutel mit dünn gehobeltem, getrocknetem Fleisch ein Döschen mit einer Garnrolle und einem Nadelheftchen.

»Na, wer sagt's denn!«

Sie desinfizierte eine Nadel und ein Stück Faden mit dem Alkohol und tupfte mit einem Unterhemd das Blut weg, so gut es ging. Erleichtert stellte sie fest, dass der größte Teil der Schulter nur oberflächlich zerschunden war. Die schlimmste Verletzung war ein zwar tiefer, aber recht glatter Schnitt am Oberarm, den vermutlich eine Kralle des Bären aufgerissen hatte. Nachdem sie ein wenig von dem Jod um die Wunde geträufelt hatte, fädelte sie das Garn ein und atmete tief durch.

Ihre Gedanken flogen zu ihrer Handarbeitslehrerin. Ob die sich wohl jemals hätte träumen lassen, wie ihr gern zitierter Spruch – *Non scholae, sed vitae discimus* – nicht für die Schule, sondern für das Leben lernen wir – sich in diesem Moment bewahrheiten würde?

»Ich denke, hier ist eine Kopfnaht sinnvoll«, sagte sie zu Lørdag und murmelte beschwörend: »Heilige Barbara, steh mir bei!«

Sie stach senkrecht in einen Wundrand und führte den Faden über die Wundlinie zur Einstichstelle zurück, wo sie ihn mit dem dort heraushängenden Ende verknotete. Arne stöhnte auf und bewegte sich. Emilie hielt inne und streichelte seine Stirn.

»Halt aus, gleich ist es überstanden.«

So schnell wie möglich fertigte sie drei weitere Knoten an. Arne fiel in seine Bewusstlosigkeit zurück. Emilie mochte sich nicht vorstellen, was für grausame Schmerzen sie ihm bereitete. Jeder Stich verlangte ihr äußerste Überwindung ab. Nur die Erkenntnis, dass es ihn das Leben kosten konnte, wenn sie ihm die Tortur ersparte, ließ sie ihr Werk zu Ende bringen. Sie war schweißnass, als sie die Nadel endlich beiseitelegte und nach dem Verbandszeug griff.

Arnes Augenlider flatterten. Er kam zu sich. Emilie strich

ihm über die Stirn. Er murmelte etwas. Sie beugte sich tiefer zu ihm, um seine Worte zu verstehen.

»Tapferes Mädchen.«

Die Mullbinde entglitt Emilies Hand. Sie sah auf. Seine Augen ruhten auf ihr – mit einem Ausdruck voller Dankbarkeit. Und etwas, das weit darüber hinausging.

Ihr Herz machte einen Sprung. Der Impuls, Verständnislosigkeit vorzutäuschen und seine Entdeckung zu leugnen, verpuffte.

»Wie lange weißt du es schon?«

»Geahnt habe ich es schon früh.«

»Was hat mich verraten?«

»Als ich auf der *Isflak* deine Hände verarztet habe«, antwortete er. »So zarte Haut ...«

Er fasste nach Emilies Hand und drückte sie schwach. Die Berührung durchfuhr sie wie ein innerer Blitzschlag. Mit der anderen Hand strich sie über seine Wange.

»Aber warum hast du dir nie etwas anmerken lassen?«, fragte sie.

»Wollte dir nicht zu nahetreten«, murmelte er. »Und mich nicht zwischen dich und William ...«

Seine Stimme schwankte, wurde immer leiser und war kaum noch zu verstehen.

»Sprich nicht weiter. Du musst deine Kräfte schonen«, sagte Emilie.

Sie beeilte sich, seinen Arm zu verbinden und mit sauberen Wäschestücken abzudecken. Arnes Kopf sank zur Seite. Sie setzte sich so, dass sie ihn auf ihren Schoß betten konnte.

»Mein Geliebter, halte durch«, flehte sie leise. »Du darfst mich nicht verlassen. Nicht jetzt, wo ich endlich weiß, dass du es bist, auf den ich immer gewartet habe.«

Arne rührte sich nicht. Seine Augen waren geschlossen. Nichts verriet, dass er ihre Worte gehört hatte. Besorgt musterte

Emilie sein fahles Gesicht, auf dem sich ein feiner Schweißfilm bildete. Die Angst um ihn ergriff erneut Besitz von ihr. Lange würde er in dieser zugigen Notunterkunft nicht aushalten. Sie ebenso wenig. Nur Lørdag schien der eisige Wind nichts anhaben zu können.

Welche Möglichkeiten hatte sie, Arne in Sicherheit zu bringen? Sie konnte ihn unmöglich kilometerweit tragen. Sollte sie versuchen, ihn auf der Plane hinter sich herzuziehen? Wenn genug Schnee liegen würde, könnte es klappen, dachte sie. Aber auf dem scharfkantigen Geröll kämen wir keine zehn Meter weit.

Stimmen und das Geräusch sich nähernder Schritte unterbrachen Emilies Überlegungen. Sie spähte unter der Leinwand hervor und sah drei Gestalten oberhalb von ihrem Unterstand vorbeistapfen. Sie blinzelte. Nein, das war keine Fata Morgana. Rasch stand sie auf, winkte mit ausgestreckten Armen und schrie, so laut sie konnte:

»Hallo!«

Die drei Männer blieben stehen, und einen Augenblick später war sie von William, Leutnant Poske und Feldwebel Kuhn umringt, die sie überrascht ansahen. Bevor sie die Fragen stellen konnten, die ihnen sichtlich auf der Zunge lagen, sagte Emilie:

»Wir haben die Signalrakete gesehen und nach euch gesucht. Irgendein Trottel hat einen Eisbären angeschossen. Er hat uns angegriffen und Arne schwer verwundet. Wir müssen ihn so schnell wie möglich zurück in die Bucht zu den Walrossjägern bringen. Sonst stirbt er.«

52

Murnau, Juli 2013

»Habt ihr euch versöhnt?«, fragte Mia, als Hanna den Aufwachraum verließ und zu ihren Kindern trat, die vor der Tür auf sie warteten.

»Versöhnt? Wir haben nie gestritten«, antwortete Hanna. Sie hob eine Hand, als Mia den Mund öffnete. »Ich weiß natürlich, was du meinst.«

Sie zeigte Richtung Eingangsbereich. »Lasst uns irgendwohin gehen, wo wir in Ruhe reden können.«

»Wir könnten zum Staffelsee fahren. Da gibt es einen netten Biergarten«, schlug Lukas vor.

»Au ja, ich hab ’nen Riesenhunger«, sagte Mia.

»Gute Idee, eine Brotzeit könnte ich jetzt auch gut vertragen«, sagte Hanna.

Der Biergarten entpuppte sich als die Terrasse eines Lokals, das 1911 nach den Plänen des Architekten Emanuel von Seidl direkt neben einer kleinen Dampferanlegestelle und einem Strandbad auf einem Ufergrundstück erbaut worden war. Seinem Namen *Alpenblick* machte es alle Ehre. Das Wettersteingebirge erhob sich über dem See und bot eine grandiose Kulisse, die zahlreiche Ausflügler an diesem warmen Sommerabend angelockt hatte. Während im Restaurant eine gehobenere Küche angeboten wurde, konnte man sich draußen selbst bedienen und mit typisch bayerischen Speisen versorgen. Mia hielt an einem der langen Tische drei Plätze frei, Lukas stellte sich bei der Getränkeausgabe an, und Hanna holte bei der Grillstation eine große Portion Ripperl und einen Steckerlfisch, als Beilagen Gurken-Kartoffelsalat und ofenfrische Brezn.

»Was hat Papa denn nun gesagt?«, fragte Lukas, nachdem der erste Hunger gestillt war. »Warum hat diese Biggi ihn nicht begleitet?«

»Sie setzt die Weltumsegelung ohne ihn fort«, antwortete Hanna.

»Dachte ich mir schon. Das heißt also, sie hat ihn sitzenlassen«, stellte er fest.

Hanna nickte.

»Und wie geht es jetzt weiter?«, wollte Mia wissen. »Ich meine, mit dir und Papa?«

»Nun, eurem Vater wäre es am liebsten, wenn wir die vergangenen Monate einfach ausblenden und so tun, als wäre er nie fremdgegangen. Er ist der Ansicht, dass er für seinen Seitensprung bereits ausreichend gebüßt hat, weil er ja diesen schlimmen Unfall hatte und obendrein von Biggi verlassen worden ist. Er geht davon aus, dass wir nun wieder eine glückliche Familie sind.«

»Aber du siehst das anders?«, fragte Mia.

Hanna schaute ihrer Tochter in die Augen. »Wie würdest du das denn an meiner Stelle sehen?«

Mia setzte zu einer raschen Erwiderung an, hielt inne, senkte die Augen und dachte nach. Hanna bemerkte, dass Lukas seine Schwester angespannt beobachtete. Vermutlich fürchtete er einen von Mias temperamentvollen Ausbrüchen; dass sie wie gewohnt Partei für ihren Vater ergreifen und ihre Mutter mit theatralischem Pathos auffordern würde, ihm zu verzeihen und eine zweite Chance zu geben. Auch Hanna rechnete damit und wappnete sich innerlich gegen moralische Keulen à la »Du musst jetzt für Papa da sein und darfst ihn in seiner schwierigen Situation nicht im Stich lassen«.

»Ich an deiner Stelle fände das ganz schön dreist«, sagte Mia leise. »Es fällt mir nicht leicht, das zu sagen, aber Papa hat richtig Mist gebaut. Und wenn er jetzt ernsthaft glaubt, einfach so weitermachen zu können wie bisher ...«, Mia unterbrach sich und schüttelte fassungslos den Kopf. »Also ehrlich, das ist erbärmlich. Wie kann er nur so egoistisch sein?«

Hanna tauschte einen kurzen Blick mit Lukas. In seinen Augen spiegelte sich ihre eigene Überraschung über Mias Antwort. Diese zog die Stirn kraus und fuhr fort:

»Ich weiß, was ihr denkt. Aber ganz so verblendet und parteiisch bin ich nicht. Natürlich würde ich mir wünschen, dass alles wieder gut wird. Aber wenn Papa wirklich so ignorant drauf ist, kann ich gut verstehen, wenn Mama nichts mehr mit ihm zu tun haben will.«

»Es bedeutet mir sehr, sehr viel, dass du das so siehst«, sagte Hanna und drückte Mias Hand. »Ich würde nie behaupten, dass euer Vater im Alleingang unsere Beziehung in den Sand gesetzt hat. Dazu gehören immer zwei. Ich habe viel zu lange nicht wahrhaben wollen, dass wir schon seit Jahren nebeneinanderher lebten. Aus Bequemlichkeit oder auch aus Furcht vor den Konsequenzen habe ich meine Unzufriedenheit verdrängt und meine Wünsche und Vorstellungen von einem erfüllten Leben unterdrückt.«

»Also könnte man sagen, dass diese Biggi eine Art Katalysator war, der einen längst überfälligen Prozess in Gang gesetzt hat?«, fragte Lukas.

Hanna stutzte. »So hab ich das noch gar nicht gesehen. Aber es trifft es sehr gut.«

Sie nahm ihr Weißbierglas und prostete Mia und Lukas zu.

»Was habe ich nur für zwei wundervolle Kinder. Allein dafür werde ich eurem Vater immer dankbar sein!«

Sie stießen miteinander an.

»Was hast du nun vor?«, fragte Mia.

»Erst mal ist es mir wichtig, dass Thorsten die bestmögliche Behandlung bekommt«, begann Hanna. »Hier im Klinikum ist er auf jeden Fall in guten Händen, aber später, wenn er nicht mehr stationär behandelt werden muss, braucht er wohl eine aufwendige Reha, wenn ich Doktor Lange richtig verstanden habe. Da müssen wir noch sehen, wie wir das finanzieren.«

»Übernimmt das nicht die Krankenkasse?«, fragte Lukas.

»Ich hoffe es. Einen Teil auf jeden Fall. Ich habe aber keine Ahnung, wie umfangreich die Leistungen sind, die sie bezahlen.«

»Das kann sehr teuer werden«, stellte Mia fest. »Aber ihr habt doch was gespart?«

»Schon. Allerdings hat Thorsten die Hälfte davon in seine Weltreise gesteckt.«

»Was?«, rief Mia. »Das wird ja immer besser.«

Gleichzeitig fragte Lukas: »Gibt es eine Möglichkeit, wenigstens einen Teil der Summe zurückzubekommen?«

Hanna schüttelte den Kopf. »Ich fürchte, nicht. Prüfen werde ich es natürlich. Allzu große Hoffnungen mache ich mir aber nicht.«

»Papa kann doch unmöglich verlangen, dass Mamas Hälfte des Gesparten für seine Behandlung draufgeht«, sagte Mia.

Hanna zuckte mit den Schultern. »Ich glaube nicht, dass er sich darüber schon Gedanken gemacht hat.«

Und er wird es auch nicht tun, fügte sie im Stillen hinzu. In seinen Augen ist es sein Geld, da es – abgesehen von den Anfangsjahren unserer Ehe – weitgehend aus seinen Einkünften stammt. Den Haushalt und die Erziehung der Kinder hat er ja nie als gleichwertige Arbeit angesehen. Er wird es also für legitim halten, wenn es für ihn ausgegeben wird.

»Zur Not könntet ihr das Haus verkaufen«, sagte Lukas.

Hanna zog die Augenbrauen hoch. Mia sah ihn entgeistert an.

»Du willst unser Zuhause verscherbeln? Bedeutet es dir denn gar nichts?«

»Doch, natürlich. Sehr viel sogar. Aber es ist nur ein Haus.

Die Erinnerungen an die Jahre, die wir darin verbracht haben, bleiben doch, die kann uns niemand nehmen.«

Hanna musterte ihn. Es erschreckte sie fast ein wenig, wie abgeklärt und besonnen Lukas war. Er grinste.

»Ihr solltet eure Gesichter sehen! Als hätte ich mich plötzlich in einen Zombie verwandelt. Dabei habe ich nur an meine Kids in Bolivien gedacht. Die sind froh, wenn sie ein einigermaßen regendichtes Dach überm Kopf haben.«

Mia verdrehte die Augen. »Jetzt komm mir nicht mit solchen Vergleichen!«

»Ich meinte ja nur, dass mir da drüben klar geworden ist, wie wenig man braucht, um glücklich zu sein«, sagte Lukas. »Ich behaupte gar nicht, dass mir das ebenfalls gelingen würde. Woher sollte ich das auch wissen? Ich hab's ja nie ausprobiert.«

»Ihr Lieben«, mischte sich Hanna ein. »Lasst uns nicht über Dinge streiten, die noch überhaupt nicht spruchreif sind.«

»Du hast Recht«, sagte Mia. »Außerdem hast du uns noch nicht verraten, was du als Nächstes planst. Hast du einen neuen Auftrag von der Zeitschrift?«

»Die Chefredakteurin hat mich tatsächlich angefragt. Ich hab sie erst mal vertröstet, weil ich abwarten wollte, wie Thorstens Prognose ausfällt. Aber ich möchte auf jeden Fall weiter für sie oder auch andere Verlage arbeiten. Ich hatte ganz vergessen, wie viel Spaß mir das macht.«

»Das hat man deinen Blog-Einträgen angemerkt«, sagte Lukas. »Ich muss gestehen, dass ich davor keine Ahnung hatte, wie toll du schreibst.«

»Geht mir ähnlich«, meinte Mia.

Hanna spürte, dass sie rot wurde. »Ihr macht mich ganz verlegen«, murmelte sie.

»Welches Land würde dich denn für deine nächste Reportage reizen, wenn du die freie Auswahl hättest?«, fragte Mia.

»Komm doch nach Bolivien«, schlug Lukas vor. »Da gibt es noch viele Geheimtipps zu entdecken.«

»Klingt verlockend«, antwortete Hanna. »Zumal es mich wirklich sehr interessieren würde zu sehen, wie du dort lebst. Aber wenn ich frei entscheiden könnte, würde ich noch mal nach Norwegen fahren.«

Mia und Lukas sahen sie verblüfft an.

»In dem ganzen Tohuwabohu habe ich noch gar nicht von meinem spektakulären Fund erzählt«, fuhr Hanna fort. »Stellt euch vor, ich habe in einer Gletscherspalte die mumifizierte Leiche eines Mannes gefunden, der dort seit gut hundert Jahren gelegen hat.«

»Wow, das ist ja irre!«, rief Mia.

»Genau. Und es würde mich sehr reizen, seinem Geheimnis auf den Grund zu gehen.«

»Mensch, das solltest du auf jeden Fall«, sagte Lukas. »Wenn das keine Story ist, dann weiß ich auch nicht!« Er deutete auf die Spareribs, die übrig geblieben waren. »Wollt ihr noch?«

Mia und Hanna schüttelten die Köpfe. Er zog den Teller zu sich und knabberte das Fleisch von den Rippchen.

Nach kurzem Schweigen wandte sich Mia an Hanna. »Wann wirst du es Papa sagen? Ich meine, dass du nicht …«

»Bald«, sagte Hanna. »Ich finde es falsch, ihn glauben zu lassen, dass alles wieder beim Alten ist.«

»Aber was ist, wenn ihn das zurückwirft?«, fragte Mia und sprach damit Bedenken aus, die Hanna ebenfalls umtrieben.

»Es wird doch immer betont, wie wichtig die emotionale Unterstützung von Familie und Freunden bei so langwierigen Genesungsprozessen ist«, fuhr sie fort.

Lukas legte die abgenagten Knochen beiseite, wischte sich die Finger mit einer Papierserviette ab und sah seine Schwester an.

»Das mag ja sein. Aber soll Mama jetzt wochen- oder gar

monatelang so tun, als sei alles in Butter? Das kannst du unmöglich von ihr verlangen!«

»Tu ich ja gar nicht«, fauchte Mia. »Ich wollte nur darauf hinweisen, dass die unverblümte Wahrheit sich nega…«

»Wie sähe denn die verblümte Wahrheit aus?«, fiel Lukas ihr ins Wort. »Häppchenweise? Oder als ominöse Andeutungen? Was soll das bringen? Außer Missverständnisse?«

Mia stützte ihren Kopf auf eine Hand und seufzte. »Ach, warum muss alles so kompliziert sein!«

»Ist es eigentlich gar nicht«, sagte Lukas. »Abgesehen davon: Papa hat sich einen Dreck darum geschert, wie Mama und auch wir beide damit zurechtkommen, als er von jetzt auf gleich aus unserem Leben verschwunden ist. Und das hat Mama ja gar nicht vor.«

»Nein, ganz sicher nicht!«, bestätigte Hanna. »Ich werde euch nicht mit dem Schlamassel allein lassen, das verspreche ich. Aber ich werde auch nicht lügen und Thorsten etwas vorgaukeln. Das würde ich auch gar nicht durchhalten. Wir brauchen jetzt all unsere Kraft, um mit der Situation klarzukommen, um euren Vater so gut es geht zu unterstützen. Und um unsere eigenen Leben weiterzuführen.«

53

Barentssee, Juli 1907

Der Rückweg zur Bucht der Transieder erschien Emilie kürzer als der Hinweg – beflügelt von der Sorge um Arne und dem starken Wind, der ihnen nun in den Rücken blies. Zusammen mit Lørdag bildete sie die Vorhut, Ottokar Poske und Feldwebel Kuhn folgten mit Arne, den sie auf der Plane trugen. William schleppte als Schlusslicht das Fell des Eisbären, den er waidgerecht gehäutet hatte, während die anderen die provisorische Trage bauten.

Emilies Ansinnen, den riesigen Kadaver liegenzulassen und sich nicht damit abzumühen, hatte er verständnislos, ja empört, abgelehnt. Für ihn als leidenschaftlichen Jäger war es undenkbar, eine solche Trophäe nicht zu bergen. Zumal Emilie in seinen Augen ein wahrer Meisterschuss gelungen war, den sich manch anderer zum Vorbild nehmen sollte – wie er mit einem vielsagenden Seitenblick zum Leutnant hinzugefügt hatte. Dieser war rot angelaufen – was ihn als den Schützen entlarvte, der den Bären zweimal angeschossen hatte, ohne ihn zu erlegen. Ungewohnt kleinlaut befolgte er Emilies Anweisungen, die fraglos das Kommando übernommen hatte und die kleine Gruppe sicher zum Strand hinunterdirigierte.

»Wo ist eigentlich Beat Späni?«, fragte sie William, als sie Arne in eines der Boote gebettet hatten. »Ich dachte, er sei bei euch.«

»Nein, unser Schweizer hat sich kurz nach unserer Ankunft hier bei den Walrossjägern wieder einmal auf einen seiner Streifzüge begeben. Ohne sich bei Poske abzumelden. Wir sind dann ohne ihn aufgebrochen.« Er sah sich um. »Eigentlich war ich davon ausgegangen, dass er längst wieder hier ist.«

»Vielleicht ist er mit einem Boot unterwegs«, sagte Feldwebel Kuhn, der zu ihnen getreten war. »Die Trankocher haben gesagt, dass ihnen eines abhandengekommen ist. Sie dachten, dass sie es nicht sicher genug vertäut hätten und es von der Flut weggespült wurde. Aber es ist auch durchaus möglich, dass der Schweizer es genommen hat.«

»Nun, wie dem auch sei«, meinte William mit einem Achselzucken, »wir sollten jetzt so schnell wie möglich zum Eisfjord aufbrechen.«

»Ja, unbedingt!«, sagte Emilie und folgte ihm zu dem Boot, in dem Arne lag. Er war nach wie vor ohne Bewusstsein. Voller Sorge stellte sie fest, dass er fieberte. Sie zog das Plaid, das der Feldwebel über ihn ausgebreitet hatte, fester um seinen Körper und wies Lørdag an, sich dicht neben ihn zu legen.

Der Leutnant stieß mit Antonio, den er von seinem abgelegenen Baumstamm geholt hatte, zu ihnen und half, das Boot ins Wasser zu schieben. Nachdem sie alle darin Platz genommen und den Walrossjägern für ihre Hilfe gedankt hatten, legten sich Poske und Feldwebel Kuhn in die Riemen und ruderten hinaus zum Forlandsund.

Wenige Stunden später erreichten sie den Eisfjord, wo die *Isflak* sie an Bord nahm. Von der Fahrt nach Tromsø bekam Emilie kaum etwas mit. Sie verbrachte sie weitgehend unter Deck, wo sie unermüdlich an Arnes Lager wachte, dem der Kapitän seine Kajüte und sein Bett abgetreten hatte. Der Anblick des geliebten Mannes, der so blass und kraftlos dalag, schnitt ihr ins Herz. Es fiel ihr schwer, das Bedürfnis, seine Hand zu halten oder ihn zu streicheln, zu unterdrücken. So sehr sie sich auch danach sehnte – sie durfte es nicht riskieren, aus ihrer Rolle zu fallen.

Lørdag sah sie kaum. Da er im Bauch des Schiffes unentwegt jaulte, hatte sie ihn nach oben gebracht, wo er sichtlich erleichtert die Schnauze in den Fahrtwind hielt. Sich längere Zeit in geschlossenen Räumen aufhalten zu müssen, war seine Sache nicht.

William dagegen leistete ihr oft Gesellschaft, wofür sie ihm sehr dankbar war. Es gelang ihm immer wieder, sie mit seinem Optimismus anzustecken und sie von ihren bangen Gedanken abzulenken.

Seiner Meinung nach war es gänzlich undenkbar, dass ein Nachfahre der zähen Wikinger von einer einfachen – wenn auch tiefen – Fleischwunde dahingerafft wurde.

»Stell dir nur das Hohngelächter an Odins Tafel vor, das dem Unglücksraben entgegenschallen würde«, hatte er Emilie mit einem Augenzwinkern zu Bedenken gegeben, als sie sich einmal mehr besorgt über Arnes andauernde Bewusstlosigkeit geäußert hatte. »Allein schon aus diesem Grund würde er es sich nie gestatten, jetzt schon dort zu erscheinen.«

Feldwebel Kuhn, der Arnes Wunde regelmäßig begutachtete und neu verband, war zufrieden mit den Fortschritten der Heilung. Er zeigte sich beeindruckt von Emilies Nähkünsten und ihrer Umsicht, mit der sie alles gründlich desinfiziert hatte. So war es bislang zu keiner Entzündung oder gar einer Blutvergiftung gekommen. Warum der Patient, der nach zwei Tagen fieberfrei war, dennoch nicht aufwachte, blieb dem Soldaten, der schon einige Verwundete gesehen und gepflegt hatte, ein Rätsel.

Kurz vor der Einfahrt in den Sund von Tromsø wachte Arne endlich auf. Emilie hatte die Kajüte für eine hastige Mahlzeit verlassen. Als sie zurückkam, saß Arne von Kissen gestützt auf seiner Pritsche und aß mit sichtlichem Appetit einen Haferbrei. Sein Gesicht wirkte nicht länger fahl, sondern hatte wieder etwas Farbe. Feldwebel Kuhn, der Emilie am Krankenlager abgelöst hatte, nickte ihr zu.

»Unserem Patienten geht es viel besser. Man sagt ja immer, dass Schlaf die beste Medizin ist. In seinem Fall scheint das tatsächlich zuzutreffen.«

»Gott sei Dank!«, rief Emilie und konnte sich gerade noch zurückhalten, sich vor Arnes Pritsche auf die Knie fallen zu lassen und ihn zu umarmen.

»Wie geht es dir?«, fragte sie stattdessen und suchte seinen Blick.

»Gut, danke«, antwortete er und sah sie flüchtig an.

In die Enttäuschung über sein Ausweichen mischte sich Rührung. Er ist besorgt, dass ich mich verrate, dachte Emilie. Wie fürsorglich von ihm. Sicher wartet er genauso sehnlich auf einen Moment, in dem wir ungestört miteinander reden können. Spätestens in Tromsø werden wir die Gelegenheit dazu haben. Um ihn nicht weiter in Verlegenheit zu bringen, verließ sie die Kajüte und stieg an Deck, um die Einfahrt der *Isflak* in den Hafen zu verfolgen.

Nachdem der Anker geworfen und die Beiboote zu Wasser gelassen worden waren, halfen William und Feldwebel Kuhn dem Italiener, hinunterzuklettern und sicher an Bord des Nachens zu gelangen. Leutnant Poske folgte ihnen und ermahnte Emilie, die nach Arne Ausschau hielt, nicht zu trödeln. Nervös rief sie schließlich nach Lørdag, hob ihn sich auf die Schultern, hielt ihn mit einer Hand an seinen Läufen fest und kletterte nach unten. Wo blieb Arne? Sobald sie im Boot Platz genommen hatte, legte der Matrose ab.

»Was ist mit Arne?«, fragte sie. »Kommt er nicht mit uns?«

»Nein, der Kapitän lässt ihn zu seinem Haus bringen«, antwortete der Matrose und nickte zu dem anderen Boot hin, in das Arne soeben mit der Seilwinde hinabgelassen wurde. Unwillkürlich hob Emilie den Arm und winkte ihm zu. Ihre Augen trafen sich. Emilies Magen zog sich zusammen. Bildete sie sich das nur ein, oder war Arnes Blick wirklich so abweisend? Sie schickte eine stumme Frage zu ihm, flehte ihn wortlos um ein Zeichen an, dass sie sich täuschte. Mit unbeteiligter Miene wandte er sich ab und setzte sich mit dem Rücken zu ihr ins Heck des Bootes.

»Wo wohnt denn der Kapitän?«, fragte Emilie.

Der Matrose zuckte mit den Schultern und machte eine vage Handbewegung zum Stadtrand hin.

»Man könnte fast den Eindruck gewinnen, dass man Arne nicht finden soll«, raunte William, der neben ihr saß.

»Ja, nicht wahr?«, sagte Emilie.

Sie war froh, nicht die Einzige zu sein, die die verstohlen anmutende Aktion des Kapitäns und die unerklärliche Verweigerung einer konkreten Auskunft seitens des Matrosen befremdlich fand. Dass ihr vor allem Arnes unerklärlicher Rückfall in seine abweisende Haltung, die er ihr zu Anfang entgegengebracht hatte, zu schaffen machte, behielt sie für sich.

»Nun, unser Wikinger ist und bleibt eben ein Mysterium«, stellte William fest und grinste schelmisch.

Emilie zwang sich zu einem Lächeln und wandte den Kopf ab. Die schlaflosen Nächte, die ständige Sorge um Arne und die Angst, ihn nie wiederzusehen, hatten sie zermürbt. Sie kämpfte mit den Tränen und tat so, als sei sie vom Anblick der Stadtsilhouette gefesselt, die mit jedem Ruderschlag näher kam. Am liebsten hätte sie sich in Williams Arme geworfen, ihm ihr Geheimnis offenbart und ihn gebeten, ihr dabei zu helfen, Arne wiederzufinden.

»Eigentlich ist mir auch nicht zum Lachen«, sagte William leise. »Unser Abenteuer neigt sich nun unwiederbringlich seinem Ende zu. Wobei ich sehr froh bin, dass wir uns noch einmal getroffen haben. Doch morgen, spätestens übermorgen heißt es dann endgültig Abschiednehmen.«

Das ehrliche Bedauern in seiner Stimme berührte Emilie. William war ihr ein echter Freund geworden – das wurde ihr in diesem Moment erst so richtig bewusst.

»Ich habe auch noch gar keine Lust, wieder nach Hause zu fahren«, sagte sie.

Er suchte ihren Blick. »Lass uns durchbrennen. Wir könnten

uns als blinde Passagiere auf einen Dampfer schmuggeln und nach Amerika fahren. Oder auf einem russischen Frachter anheuern. Ich war noch nie im Zarenreich. Und wer weiß, wie lange es das noch gibt.«

Emilie lachte auf bei der Vorstellung, wie sie hinter Fässern und Säcken verborgen den Atlantik überquerten oder als Hilfsmatrosen rackerten.

»Du schaffst es immer wieder, mich aufzuheitern. Das mag ich so an dir.«

William zog die Stirn kraus und setzte zu einer Erwiderung an.

»So, da wären wir«, rief der Matrose, ließ das Boot seitlich an die Kaimauer gleiten und zurrte es mit einem Tau an einem Pfosten fest. Nachdem seine Passagiere ausgestiegen waren, legte er umgehend wieder ab.

»Euer Gepäck bringe ich später«, rief er. »Ihr habt wieder Zimmer im *Grand Hôtel*, richtig?«

William nickte und sagte zu Emilie: »Es dürfte hoffentlich kein Problem sein, dich ebenfalls dort einzumieten.«

Sie sah an sich herunter. Ihre Hose und Jacke waren zerknittert und starrten vor Dreck – bestehend aus Geröllstaub, Ruß und rostbraunen Flecken, die von Arnes Blut stammten. Zusammen mit ihren von der salzhaltigen Seeluft verfilzten Haaren, der sonnenverbrannten Haut und den schwieligen Händen mit Nägeln, die dringend einer Reinigung bedurften, bot sie gewiss einen Anblick, bei dem ihre Mutter mit indigniertem Gesicht ihr Riechfläschlein gezückt hätte.

»Nach *Grand Hôtel* sehe ich nicht gerade aus. Eher nach Räuberhöhle. Und da meine Sachen alle auf Spitzbergen geblieben sind ...«

»Kann ich dir gern etwas ausleihen«, beendete William ihren Satz. »Ich habe einen Koffer mit Kleidung im Hotel zurückgelassen und mehr als genug Anzüge und Hemden dabei. Sie werden dir ein bisschen zu groß sein, aber es wird schon gehen.«

»Danke!«, sagte Emilie.

»Und wenn du Geld brauchst … bitte scheue dich nicht, mich darum zu bitten«, fuhr William fort. »Ich borge dir gern etwas.«

»Ich fürchte, ich muss dein Angebot annehmen«, antwortete sie. »Ich habe nämlich keine Øre bei mir.«

Ein Klacken in ihrem Rücken veranlasste Emilie, sich umzudrehen.

»Erlauben Sie, dass ich Ihre Unkosten begleiche«, sagte Leutnant Poske, der die Hacken zusammengeschlagen hatte und in strammer Haltung vor ihr stand.

»Aber nein, auf keinen Fall. Wieso denn? Das könnte ich unmöglich annehmen«, erwiderte sie und sah ihn verdutzt an.

»Ich bitte darum«, beharrte er. »Gestatten Sie mir, mich mit dieser kleinen Geste bei Ihnen zu bedanken. Sie haben Ihre Kameraden nicht im Stich gelassen und ihnen das Leben gerettet – wobei Sie sich selbst in höchste Gefahr begaben.«

Er salutierte vor ihr und schritt Richtung Stadtzentrum davon. Feldwebel Kuhn, der einen Schritt hinter dem Leutnant stand, nickte Emilie mit einem anerkennenden Blick zu und folgte ihm. Antonio war bereits vorausgegangen.

»Es muss Poske große Überwindung gekostet haben, das zuzugeben«, sagte William.

»Wieso habe ich euch das Leben gerettet?«

»Der Schuss, mit dem du den Bären erledigt hast, hat uns auf den richtigen Weg zurückgelotst«, erklärte William. »Wir hatten ihn verlassen, weil der Leutnant unbedingt einen Eisbären jagen wollte. Dabei haben wir auf der Hochebene vollkommen die Orientierung verloren.«

»Deshalb die Signalrakete«, sagte Emilie.

»Genau. Ich bin ebenfalls sehr dankbar, dass ihr, du und

Arne, so schnell reagiert habt. Wirklich ein Jammer, dass ich dem Mann nicht persönlich danken kann.«

Emilies Magen zog sich zusammen. Wo war Arne? Wie ging es ihm? Die Vorstellung, die Stadt verlassen zu müssen, ohne ihn noch einmal zu sehen oder wenigstens zu erfahren, dass er wohlauf war, schien ihr unerträglich.

Auf dem Weg zum Hotel in der Storgata 44 machten sie einen Abstecher zum Postamt, wo Emilie einen Brief ihrer Tante vorfand. Der Anblick der vertrauten Handschrift versetzte ihr einen Stich. In die Freude über Fannys Schreiben mischte sich Wehmut – kam es doch aus einer Welt, in die sie in wenigen Tagen zurückkehren würde. Während sie auf William wartete, der ein Telegramm nach Hause aufgeben wollte, las sie den Brief.

Breslau, 22. Juni 1907

Lieber Max,

entschuldige, dass ich Dir heute nur wenige Zeilen schicke. Ich habe ein ausführliches Reisetagebuch geführt, das ich Dir gern zur Lektüre überlasse, damit Du einen Eindruck von den Erlebnissen bekommst, die Deine Schwester und ich in den vergangenen Wochen hatten.

Emilie schmunzelte. Fanny dachte wirklich an alles. Dank dieser Aufzeichnungen würde es ihr möglich sein, den Eltern und anderen Interessierten anschaulich und detailreich von ihrer Städtetour zu berichten, die sie angeblich mit ihrer Tante unternommen hatte.

In Kürze brechen Emilie und ich nach Hamburg auf, wo wir ungefähr gleichzeitig mit Dir Ende des Monats eintreffen wer-

den. Wir werden im selben Hotel Zimmer nehmen wie vor Deiner Abfahrt. Bitte gib mir so bald wie möglich Bescheid, wann und mit welchem Schiff Du ankommst. Emilie und ich sind schon schrecklich neugierig, wie es Dir in der Arktis ergangen ist, und freuen uns sehr, Dich bald wieder (hoffentlich gesund und munter) in die Arme zu schließen.

Sei herzlich gegrüßt von
Deiner Fanny

Emilie faltete das Papier zusammen und wollte es in die Tasche stecken, als ein heißer Schrecken sie durchfuhr. Was meinte ihre Tante mit ›Ende des Monats‹? Der Blick auf das Datum ließ keinen Zweifel: Fanny hatte sie Ende Juni in Hamburg erwartet! Bang schaute sie auf den Kalender, der im Postamt neben einer Wanduhr hing. Sie war seit fast zwei Wochen überfällig! Sie stürzte zum Telegraphenschalter und ließ den Angestellten nach Hamburg kabeln:

Wintereinbruch hat Abfahrt von Spitzbergen verzögert +++ bin wohlauf +++ buche nächstmögliche Passage +++ melde mich vom Schiff +++ Gruß, Max.

Williams Vermutung, dass Emilie ohne Probleme ein Zimmer im *Grand Hôtel* bekommen würde, erwies sich als zutreffend. Zu ihrer Erleichterung hatte man auch nichts dagegen einzuwenden, dass Lørdag sie begleitete. Als der Portier ihr und William ihre Schlüssel überreichte, kam Feldwebel Kuhn die Treppe herunter.

»Gut, dass ich Sie treffe«, sagte er. »Ich wollte gerade eine Nachricht für Sie hinterlassen. Leutnant Poske hat für heute Abend einen Tisch hier im Restaurant reserviert. Er hofft, dass

Sie ihm die Ehre erweisen, zur Feier des glücklichen Ausgangs unserer Spitzbergenfahrt und des bevorstehenden Abschieds mit uns und Herrn Lancetta zu speisen.«

»Die Ehre ist ganz unsererseits«, antwortete William betont förmlich.

»Gut, ich werde also ausrichten, dass Sie kommen«, sagte der Feldwebel. »Wenn Sie mich jetzt bitte entschuldigen wollen. Ich muss noch mal zum Hafen und mich darum kümmern, dass die Kameras wieder zur *Fotoagentur Carl Oswald Bulla* nach Sankt Petersburg transportiert werden.« Er verbeugte sich vor Emilie. »Außerdem hat mich der Leutnant beauftragt, Ihr Eisbärenfell zu einem Präparator zu bringen, der es bearbeiten und später zu Ihnen nach Hause schicken soll.«

»Oh, das ist wirklich sehr aufmerksam«, sagte Emilie. »Warten Sie kurz, ich schreibe Ihnen die Adresse meiner Schwägerin auf. Für sie ist es nämlich bestimmt.«

Nachdem der Feldwebel die Hotelhalle verlassen hatte, verdrehte Emilie die Augen und sagte:

»Na, das Abendessen nachher wird wohl eine recht steife Angelegenheit.«.

»Ja, aber wir können schlecht ablehnen«, sagte William.

»Da hast du leider Recht, er wäre tödlich beleidigt, wenn wir ihn versetzen«, antwortete Emilie.

»Und vielleicht Satisfaktion verlangen?«, fragte William, zog einen imaginären Degen und machte einen Ausfallschritt.

Emilie grinste. »Zuzutrauen wär's ihm.«

»Wir sollten ihn nicht verärgern«, sagte William wieder ernster. »Schon deiner Schwester zuliebe.«

Emilie schluckte. Sie hatte Ottokar Poskes Absicht, um ihre Hand anzuhalten, vollkommen verdrängt.

»Was hältst du davon, wenn wir beide anschließend noch ein wenig um die Häuser ziehen und Tromsøs Nachtleben erkunden?«, schlug William vor.

Emilie hob die Achseln. Ihr stand der Sinn viel mehr danach, die ihr noch verbleibende Zeit damit zu verbringen, Arne zu suchen. Sie wollte und konnte sich nicht damit abfinden, ihn vor ihrer Rückfahrt nach Deutschland nicht mehr zu sehen. Und sei es, um zu erfahren, dass er nichts mit ihr zu tun haben wollte. Wenn dem so war, wollte sie es aus seinem Munde hören.

»Ich war noch nie in einer echten Hafenkneipe. Das wäre doch ein würdiger Abschluss für unser Abenteuer«, fuhr William fort.

»Ich weiß nicht recht«, erwiderte Emilie zögernd.

Sie sah sich in finsteren Spelunken, bedrängt von leicht bekleideten Dirnen, die ihre Dienste feilboten, in der Gesellschaft von ungehobelten, betrunkenen Gesellen mit locker sitzenden Fäusten, denen jeder Vorwand für eine Schlägerei gelegen kam.

William grinste. »Ich kann deine Gedanken förmlich hören. Keine Angst, ich habe nicht die Absicht, irgendwelche dubiosen Etablissements aufzusuchen. Und in diesen hellen Nächten laufen wir auch nicht Gefahr, in dunklen Gassen überfallen und ausgeraubt zu werden.«

Emilie sah verlegen zur Seite. Es war ihr peinlich, dass er ihre Befürchtungen durchschaut hatte.

»Bitte, gib dir einen Ruck«, sagte William.

Was konnte schon passieren?, dachte Emilie. Viel größer war die Gefahr, dass sie sich ewig Vorwürfe machen würde, wenn sie Williams Vorschlag ablehnte. Sie durfte diese einmalige Gelegenheit nicht versäumen, einen Einblick in Orte zu erhaschen, die eine anständige Frau niemals betrat. Es war in der Tat ein würdiger Abschluss ihres persönlichen Abenteuers.

»Ich bin dabei!«, sagte Emilie und kam sich sehr verwegen vor.

54

Tromsø, August 2013

Anfang August saß Hanna wieder im Flugzeug nach Norwegen. Sobald sie sich nach dem Boarding in die Polster ihres Sitzplatzes lehnte, fielen die Hektik und Anspannung von ihr ab, die sie in den vergangenen Tagen im Griff gehabt hatten. So vieles hatte es zu organisieren gegeben, um sicherzustellen, dass Thorsten – was die Reha-Maßnahmen anging – in den nächsten Wochen gut versorgt war. Als man bereits wenige Tage nach der Operation eine dauerhafte Lähmung seiner Beine hatte ausschließen können, war Hanna ein Stein vom Herzen gefallen. Er würde wieder vollständig genesen und ins Berufsleben zurückkehren – wenn auch erst in einigen Monaten.

Sie hatte Lukas überzeugt, dass er guten Gewissens zu seinem bolivianischen Hilfsprojekt zurückkehren konnte. Dank Skype und E-Mails war er ja auch von dort aus in der Lage, mit seinem Vater in engem Kontakt zu bleiben. Mia, deren Zorn auf Thorsten erwartungsgemäß rasch verraucht war, versprach, diesen regelmäßig zu besuchen. Und Hanna hatte sich voller Elan in die Erledigung der Formalitäten und Klärung der finanziellen Situation gestürzt, um so bald wie möglich ihr Vorhaben, dem Geheimnis der Gletschermumie auf den Grund zu gehen, verwirklichen und nach Tromsø fliegen zu können. Dass sie dort von einem Mann erwartet wurde, verschwieg sie. Vorerst. Es war ihre Angelegenheit. Sie musste niemandem Rechenschaft darüber ablegen und konnte erst einmal in Ruhe für sich selbst herausfinden, was das mit ihr und Kåre war.

Hannas Vorschlag, das Haus in Sulzbach-Rosenberg zu verkaufen, um den Eigenanteil der Kosten für die notwendigen

Behandlungen und teuren Tagessätze der Kurklinik zu bezahlen, hatte Thorsten entrüstet von sich gewiesen. Er war allenfalls mit einer zeitweiligen Vermietung einverstanden. Selbst wenn er es künftig weitgehend allein bewohnen würde – sein Heim aufzugeben, war für ihn keine Option. Schon aus Liebe zu seinem Garten. Die Aussicht, diesen zu verlieren, schien ihm weitaus schmerzlicher als das Aus seiner Ehe. Es hatte Hanna erstaunt, erleichtert, aber auch ein wenig pikiert, wie rasch er ihrer Bitte um die Scheidung nachgegeben hatte. Einerseits war sie froh, keine melodramatischen Szenen geboten zu bekommen, andererseits nagte es ein klein wenig an ihr, dass er ihre Entscheidung einfach akzeptierte – ohne einen ernst gemeinten Versuch zu unternehmen, sie umzustimmen. Nach ihren Gründen fragte er nicht.

Als sie Heiko am Telefon davon berichtete, hatte er gelacht.

»Wieso sollte er sich am Ende eurer Ehe anders verhalten als währenddessen? Hand aufs Herz: Hattest du jemals das Gefühl, dass sich Thorsten wahrhaftig für deine Bedürfnisse, Träume und Vorstellungen vom Leben interessiert?«

Sie hatte nicht lange überlegen müssen, um seine Frage zu verneinen – ein Umstand, der ihre letzten Zweifel beseitigte.

Hanna sah aus dem Fenster der Passagiermaschine und atmete tief ein und aus. Es war bemerkenswert, wie geräuschlos und beiläufig eine so lange Beziehung endete. Als würde man ein fadenscheiniges Kleidungsstück, das man schon länger nicht mehr angezogen, aus nostalgischen Gründen aber weiterhin im Schrank belassen hatte, eines Tages ausmustern – und sich dabei wundern, warum man das nicht schon viel früher getan hatte. Mit einem Mal fühlte sie sich so leicht und frei, als habe sie den sprichwörtlichen Ballast abgeworfen und könnte sich auch ohne Flugzeug in die Luft erheben.

Sieben Stunden später winkte sie Kåre zu, der in der Ankunftshalle des *Langnes Lufthavn* auf sie wartete. Sie ließ ihren Rollkoffer stehen und rannte in seine ausgebreiteten Arme, die sich fest um sie schlossen.

»Wie hab ich mich nach diesem Moment gesehnt!«, sagte er leise.

»Und ich erst«, erwiderte Hanna, löste sich ein Stück von ihm und küsste ihn auf den Mund.

»Du hast gutes Wetter mitgebracht«, sagte Kåre, als sie zum Parkplatz hinübergingen.

Hanna sah zum Himmel, über den dunkle Wolken zogen, die sich in den Pfützen auf dem Asphalt spiegelten. Ab und zu spitzten ein paar Sonnenstrahlen durch kleine Lücken. Ein kühler Wind ließ sie fröstelnd den Reißverschluss ihres Anoraks hochziehen. Es waren höchstens zwölf Grad Celsius. In Murnau war es tags zuvor um diese nachmittägliche Stunde gut fünfzehn Grad wärmer gewesen.

»Du bist wahrlich ein bescheidener Mensch«, sagte sie. »Ich möchte nicht wissen, wie du schlechtes oder gar scheußliches Wetter definierst.«

Kåre lachte. »Es hat die letzten Tage sehr viel geregnet. Da ist man über jede Pause froh.«

Er lud ihr Gepäck in den Kofferraum seines Wagens.

»Und weil es laut Wetterbericht schon morgen mit dem Regen weitergehen soll, wollte ich dich fragen, ob du jetzt gleich Lust auf einen kleinen Ausflug hättest. Oder möchtest du lieber erst …«

»Nein«, unterbrach Hanna ihn. »Das ist eine wunderbare Idee. Nach der ganzen Sitzerei tut ein bisschen Bewegung gut. Und frische Luft allemal. Die letzten Tage bin ich kaum vor die Tür gekommen.«

»Gut«, sagte Kåre. »Dann zeige ich dir meine Stadt jetzt mal von oben.«

Vom Flughafen, der im Westen von Tromsøya lag, fuhren sie quer über die Insel am Prestvannet vorbei zum Ostufer mit dem Zentrum Tromsøs. Von dort ging es über eine bogenförmige Brücke mit schlanken Säulen über den Sund hinüber nach Tromsdalen auf dem Festland. Über der Eismeerkathedrale, deren an in einandergeschobene Eisschollen erinnernde Architektur Hanna bereits bei ihrem ersten Besuch fasziniert hatte, erhob sich der Hausberg der Stadt. Kåre parkte den Wagen vor der Talstation der Fjellheisen-Gondelbahn und lief mit Hanna zum Solivegen, der in weitem Bogen auf den Storsteinen führte. Zunächst ging es durch einen lichten Birkenwald, der bald von niedrigen Sträuchern und robusten Büschen abgelöst wurde, die dem rauen Klima auf der Hochebene trotzen konnten.

Oben angekommen breitete Kåre eine kleine Decke, die er zusammengerollt unterm Arm getragen hatte, über einen flachen Felsbrocken. Aneinandergeschmiegt saßen sie mit Blick auf den Fjord da und genossen ein paar Minuten schweigend die Aussicht auf die Stadt mit ihren zahlreichen Grünflächen und die im Hintergrund aufragenden Gebirgszüge. Die Wolkendecke war aufgerissen, ein Regenbogen leuchtete in der Ferne, und Sonnenstrahlen glitzerten auf dem Wasser.

»Ich komme mir vor, als säße ich mitten in einer idyllischen Postkarte«, sagte Hanna nach einer Weile. »Es ist so unwirklich schön.«

»Du müsstest das eigentlich gewohnt sein«, meinte Kåre. »In Bayern wimmelt es doch von lauter malerischen Orten.«

»Stimmt. Aber das hier ist einzigartig. Ich war noch nie in einer Stadt, die auf einer Insel im Meer liegt und gleichzeitig komplett von schneebedeckten Bergen umgeben ist«, antwortete Hanna.

Sie lehnte sich enger in seine Arme. »Hier bist du also aufgewachsen und hast nie woanders gewohnt?«

»Nein, und ich hatte auch nie das Bedürfnis, in eine andere

Stadt zu ziehen. In den letzten Jahren war ich ja oft monatelang auf Expeditionen unterwegs, aber ich konnte mir nie vorstellen, an einem anderen Ort zu Hause zu sein.«

Er drehte den Kopf, um Hanna in die Augen zu sehen. »Findest du das merkwürdig?«

»Nein, gar nicht. Wenn man einen Ort hat, an dem man sich wohlfühlt – warum sollte man ihn verlassen?«

Kåre lächelte. »Und jedes Mal, wenn ich von einer Reise zurückkomme, zieht es mich als Erstes hier hinauf.«

Hanna lächelte. »Da fühle ich mich aber geehrt, dass du mich auch gleich hergebracht hast. Das macht mich sehr glücklich.«

»Es war mir ein großes Bedürfnis«, antwortete Kåre. »Und jetzt bin ich gespannt, wie dir mein Haus gefällt.«

Es lag oberhalb des Stadtzentrums im Møllenborg, einer ruhigen Wohnstraße, und entsprach dem Bild, das Hanna von skandinavischen Häusern hatte: Weiß getünchtes Holz, Schindeldach, grüne Läden an den Fenstern, in die man mangels Gardinen hineinschauen konnte – was dem Ganzen einen einladenden Touch verlieh, der gut zu seinem Besitzer passte.

Kåre ging Hanna durch den kleinen Vorgarten voraus und schloss die Haustür auf. Im Flur führte linker Hand direkt neben der Garderobe eine Treppe in den ersten Stock. Auf einem Schuhschränkchen stand ein Telefon, dessen Anrufbeantworter blinkte. Kåre warf einen Blick darauf.

»Entschuldige, aber da muss ich kurz zurückrufen. Sieh dich doch einfach schon mal ein bisschen um.«

Er nahm das Mobilteil aus der Basisstation und verzog sich damit in sein Arbeitszimmer, das dem Wohnzimmer gegenüber am Gang lag. Hanna zog ihre Jacke und ihre Schuhe aus und folgte Kåres Aufforderung.

Das Wohnzimmer war dank einer großen Fensterfront, die

zum hinteren Garten zeigte, lichtdurchflutet. Die hellen Tapeten und die Möbel aus feingemasertem Eschenholz verstärkten diesen Eindruck. Alles wirkte neu und wenig benutzt. An der Kopfseite des Raums standen ein Sofa und ein Sessel vor einem gemauerten Kamin, an der gegenüberliegenden Wand ein Regal, in dem außer zahlreichen Büchern und Musik-CDs einige gerahmte Fotografien aufgestellt waren. Und ein mit dem Cover nach vorn zeigender großer Bildband, der wegen seines deutschen Titels Hannas Aufmerksamkeit erregte: *Alte Gehöfte in Fjordnorwegen*. Dem Klappentext entnahm sie, dass die Fotografin Lisa Wagner aus Frankfurt stammte, mittlerweile aber in Nordfjordeid lebte.

»Ah, du hast die Familienecke entdeckt«, sagte Kåre, der sein Telefonat beendet hatte und in der Wohnzimmertür stand.

Hanna drehte sich zu ihm. »Lisa Wagner ist verwandt mit dir? Wie das? … Hilf mir bitte auf die Sprünge.«

Kåre kam zu ihr und nahm ein gerahmtes Foto in die Hand, auf dem eine kleine Menschentraube vor einem Bauernhaus um eine alte Frau gruppiert war, die aufrecht und mit lebendig leuchtenden Augen in der Mitte stand. Er tippte mit dem Zeigefinger auf die Gestalt.

»Das ist meine Mutter Mari. Neben ihr steht meine Schwester Bente.«

Hanna beugte sich über das Bild. »Ihr beide seht euch sehr ähnlich.«

Kåre nickte und fuhr fort: »Die zierliche Dunkelhaarige vor ihr ist ihre Tochter Nora.«

»Die immer zwischen Oslo und Lappland hin- und herpendelt?«, fragte Hanna.

»Genau. Und die schlaksige Blondine, die den Arm um sie gelegt hat, ist ihre Cousine Lisa, die seit drei Jahren auf dem Karlssenhof lebt. Ihre Mutter war auch ein Kind von Mari, die in erster Ehe mit einem Deutschen verheiratet war.«

»Das ist ja interessant!«, sagte Hanna. »Wann war das denn?«

»Im Krieg. Meine Großmutter hatte sich in einen jungen Wehrmachtssoldaten verliebt, der in Nordfjordeid stationiert war.«

»Oh, da hatte sie es bestimmt nicht leicht«, meinte Hanna. »Ich meine, ihre Familie war darüber sicher nicht erfreut, oder?«

»Das kann man wohl sagen! Dieses Kapitel wurde absolut totgeschwiegen. Deshalb wissen wir auch erst davon, seit Lisa sich auf die Suche nach ihren norwegischen Wurzeln gemacht hat. Ihre Mutter war nach dem Krieg adoptiert worden, hatte das aber zeitlebens vor Lisa verheimlicht. Erst nach ihrem Tod hat diese davon erfahren.«

»Eure Familiengeschichte hat es wirklich in sich«, sagte Hanna. »Und wie hat Lisa ihre norwegischen Verwandten gefunden?«

Kåre schmunzelte und deutete auf den Fotoband. »Das war ihr Alibi, um unauffällig Erkundigungen bei den Bauern der Gegend einziehen zu können.«

»Alibi?«, hakte Hanna nach.

»Lisa ist sehr behutsam vorgegangen. Sie wollte niemandem zu nahetreten und alte Wunden aufreißen. Deshalb hat sie vorgegeben, sie wolle alte Gehöfte fotografieren.«

»Ganz schön clever«, sagte Hanna. »Zumal sich das Ergebnis wirklich sehen lassen kann. Die Bilder sind großartig.«

»Ja, ich mag Lisas Arbeiten auch sehr. Das Bild überm Kamin ist auch von ihr.«

Hanna wandte den Kopf und betrachtete die großformatige Fotografie von zerklüfteten Klippen, an denen sich meterhohe Wellen brachen. Das Licht einer tief stehenden Sonne brach sich in den tausenden Wasserperlen der Gischt und verlieh der Szenerie etwas Magisches.

»Beeindruckend«, sagte Hanna. Sie zögerte kurz, bevor sie

fragte: »Es wirkt alles so neu hier drin. Das ist doch dein Elternhaus, oder? Hast du gar keine Erbstücke?«

Kåre lachte. »Du hättest es vor zwei Jahren sehen sollen. Meine Nichte Nora hat damals geglaubt, ich wäre gerade erst eingezogen. Tatsächlich hab ich nach dem Tod meines Vaters alles renoviert und einige Möbel, die total runtergekommen waren, weggeworfen. Seinen Schreibtisch habe ich übrigens noch, der steht im Arbeitszimmer. Und eine schöne alte Kommode von meiner Mutter oben im Schlafzimmer.« Er sah sich nachdenklich um. »Schon verrückt, mir ist lange gar nicht aufgefallen, wie unbehaust ich im Grunde war. Wichtig war mir im Grunde nur meine Küche, in der ich quasi gelebt habe. Das lag sicher daran, dass ich sehr viel unterwegs gewesen bin.« Er zuckte mit den Schultern. »Vermutlich hab ich mich aber einfach davor gedrückt, mich gemütlich einzurichten. Weil mir dann bewusst geworden wäre, wie einsam ich war.«

»Aber das hat sich geändert, seit du wieder Kontakt zu deiner Schwester und dem Rest der Familie hast?«

»Ganz genau. Jetzt ist es mir ein Bedürfnis, ein schönes Heim zu haben, in das ich sie einladen kann.« Er nahm ihre Hand. »Und in dem *du* dich wohlfühlst. Komm, ich zeige dir den Rest.«

Am Ende des Hausflurs lagen, durch eine Durchreiche miteinander verbunden, Küche und Esszimmer. Letzteres war mit einem Tisch für sechs bis acht Personen und einem geräumigen Geschirrschrank möbliert. Beim Blick in die Küche lächelte Hanna.

»Man sieht sofort, dass hier ein begeisterter Koch wohnt. Du bist hervorragend ausgestattet. Und gemütlich ist es obendrein.«

»Kochst du auch gern?«, fragte er.

»Oh, ja, sehr!«, antwortete sie.

»Wie schön! Wenn du Lust hast, könnten wir morgen zusammen ein Abendessen für Leif und Line zubereiten. Und für Bengt, wenn er gerade in der Stadt ist.«

»Ich erinnere mich, dass du sie eingeladen hast«, sagte Hanna.

»Ja, als kleines Dankeschön für ihre Gastfreundschaft in ihrem Camp auf Spitzbergen.«

»Ja, das war sehr nett. Ich freue mich, dass wir uns gemeinsam dafür revanchieren können«, sagte Hanna.

Kåre verließ die Küche und führte Hanna in den ersten Stock.

»Es gibt noch einen weiteren Grund für die Einladung. Und der hat mit unserem Toten aus dem Gletscher zu tun.«

Hanna hielt auf der Treppe inne. »Wie das?«

»Mittlerweile sind die forensischen Untersuchungen abgeschlossen. Der Mann starb durch einen Genickbruch, den er sich beim Sturz in die Spalte zugezogen hat. Ein Fremdverschulden kann wohl ausgeschlossen werden. Der genaue Todeszeitpunkt ist nicht so ohne Weiteres zu ermitteln, zumindest nicht mit bezahlbaren Methoden. Man geht davon aus, dass er im Zeitraum von 1900 bis 1910 gestorben ist.«

»Aha«, sagte Hanna. »Und wie können uns Leif und Line da weiterhelfen?«

»Ein Vorfahre von Leif war in jener Zeit häufig in der Gegend unterwegs. Als ich erzählt habe, dass du eine Reportage über die Mumie planst und versuchen willst, die Hintergründe zu erforschen, hat er versprochen, ein wenig in den alten Familienpapieren zu kramen. Vielleicht findet er ja was, das dir weiterhelfen kann.«

»Das wäre natürlich großartig. Vielen Dank!«, sagte Hanna.

Kåre öffnete eine Tür, machte eine einladende Handbewegung und sagte übertrieben amtlich:

»Und hier sehen Sie die Arbeitszentrale der Taskforce *Der Tote im Eis.*«

Hanna kicherte. »Klingt super. Wie ein Krimititel.«

Sie sah sich um und schluckte. Das Zimmer sah so aus, als hätte sie es selbst nach ihrem Geschmack gestaltet. Es war quadratisch und hatte einen dunkel gebeizten Dielenboden. Links von der Tür lag vor einem gepolsterten Sofa, das zu gemütlichen Lesestündchen einlud, ein helles Rentierfell. Über der Couch sah Hanna ein gerahmtes Poster, auf dem sie die Gletscher des Kongsfjords und die Gipfel der Tre Kroner erkannte. Vor dem Fenster gegenüber der Tür standen ein Schreibtisch und ein bequem aussehender Drehstuhl. An der Wand daneben befand sich ein weiterer, größerer Tisch. Darüber hingen ein schmales Bücherregal und eine Karte von Spitzbergen.

»Ich weiß nicht, was ich … ich hatte noch nie so ein …«, stotterte Hanna und spürte ein Kratzen im Hals.

Kåre deutete auf den großen Tisch. »Ich dachte mir, der wäre ganz praktisch, um Recherchematerial auszubreiten. Aber wenn er dich stört … oder du vielleicht ein anderes Bild …«

»Nein, es ist absolut perfekt!«

Sie schlang ihre Arme um Kåre und drückte ihn fest an sich.

55

Tromsø, Juli 1907

Wie von Emilie befürchtet, gestaltete sich das Abendessen, zu dem Ottokar Poske die geschrumpfte Expeditionsgesellschaft geladen hatte, zu einer äußerst steifen Angelegenheit. Der Leutnant ließ es sich nicht nehmen, in gewohnt pathetischer Manier eine Rede zu halten, die in einen Toast auf Kaiser und Vaterland mündete. Dass sich Antonio und William dadurch brüskiert fühlen könnten, schien ihn nicht anzufechten. Emilie war sein anmaßendes Verhalten peinlich. Beim Anblick von Williams amüsiertem Grinsen entspannte sie sich. Wenn er nicht beleidigt war, brauchte sie sich nicht allzu sehr zu schämen. Und Antonio verstand ohnehin kein Wort. Abwesend lächelte der Italiener vor sich hin und tüftelte in Gedanken vermutlich an einer technischen Erfindung. Einzig Feldwebel Kuhn verfolgte die Tiraden Poskes mit konzentrierter Miene und tat an manchen Stellen seine Zustimmung durch ein zufriedenes Nicken kund.

Emilie dagegen musste mehrfach an sich halten, um nicht herzhaft zu gähnen. Was zumindest den Vorteil hatte, ihrer Entschuldigung, mit der sie sich unmittelbar nach dem Dessert auf ihr Zimmer verabschiedete, einen glaubwürdigen Anstrich zu geben: dass sie furchtbar müde sei und sich nach all den Strapazen endlich wieder einmal ordentlich ausschlafen wolle. Kurz darauf schlichen sie und William durch die Hintertür des Hotels und machten sich wie Kinder, die die Schule schwänzten oder der Aufsicht einer gestrengen Gouvernante glücklich entkommen waren, übermütig lachend aus dem Staub. Lørdag umsprang sie schwanzwedelnd und erkundete neugierig schnuppernd die neue Umgebung.

Sobald sie außer Sichtweite des Hotels waren, schlugen sie ein gemächlicheres Tempo ein und schlenderten durch die Stadt. Emilie ertappte sich dabei, wie sie nach Arne Ausschau hielt, und fragte sich, warum er nicht versuchte, sie zu treffen. Im Gegensatz zu ihr wusste er, wo sie zu finden war. Was hatte der letzte Blick auf dem Boot bedeutet? Sollte sie sich so in ihm getäuscht haben? Oder waren die zärtlichen Gefühle für sie, die er nach dem Angriff des Eisbären eindeutig gezeigt hatte, mit seiner Gesundung verschwunden? Es quälte sie, keine Gewissheit zu haben.

Immer wieder blieben William und Emilie stehen und begutachteten die Auslagen der Kaufläden, die ihre Waren nicht nur in Schaufenstern, sondern häufig auch auf Tischen vor ihren Häusern ausstellten. Staunend betrachtete Emilie die schier unermessliche Fülle an Fellen und Pelzen, Walrosszähnen, Elch- und Rentiergeweihen, Walfischohren- und -barten, Kieferfortsätzen von Schwertfischen, Fossilien und Edelsteinen sowie geschnitzten Holztassen, Messern mit Horngriffen, bestickten Ledertaschen und filigranen Silberschmuckstücken, die von den Lappen der Gegend gefertigt worden waren.

Sie deutete auf eine runde Brosche, die aus Dutzenden Plättchen geschmiedet war.

»Die könnte mir ge… äh, ich meine, das wäre etwas für meine Schwester.«

William zückte seine Geldbörse. »Dann kauf sie ihr doch als Mitbringsel. Wie gesagt, ich borge dir gern etwas.«

»Das ist sehr nett von dir. Aber ich wüsste nicht, wie ich es jemals zurückzahlen sollte«, sagte Emilie und lief rasch weiter, bevor William auf seinem Angebot bestehen konnte.

Auf der Storgata, die sich von Norden nach Süden zog, und auch auf den größeren Plätzen herrschte reges Treiben – zumindest kam es Emilie nach der Einsamkeit und Stille auf Spitzbergen so vor. Dennoch ging es vor dem aus Holz erbauten Dom und am Markt mit dem Rathaus und einer kleinen katholischen Kirche im Vergleich zu dem Trubel auf Berlins großen Avenuen beschaulich zu: Herausgeputzte Damen flanierten an der Seite ihrer Männer auf und ab, junge Mädchen liefen zu zweit oder dritt untergehakt und tuschelten, kleine Kinder spielten Fangen oder trieben Reifen mit Stöcken vor sich her, und Hunde umsprangen bellend Radfahrer und jagten Möwen. Vor einem Wirtshaus am Hafenkai blieb William stehen.

»Das hat mir einer der Matrosen von der *Isflak* empfohlen. Es soll eine typische Seemannskneipe sein, gern besucht von Einheimischen und Polarfahrern.«

Emilie bemühte sich um einen entspannten Gesichtsausdruck, während ihr Herz schneller zu schlagen begann.

Mit einem verschmitzten Augenzwinkern fügte William hinzu: »Und absolut ehrbar. Dafür sorgt anscheinend die Wirtin, eine resolute Witwe, die es nach dem Tod ihres Mannes übernommen hat.«

»Na denn, nischt wie rin ins Vagnüjen, wie wir in Berlin zu sagen pflegen«, sagte Emilie, stieß die Tür auf und überließ William mit einer übertriebenen Verbeugung den Vortritt.

Mit zwei Krügen Bier, die sie sich am Ausschank geholt hatten, setzten sie sich an einen kleinen Tisch in einer Nische, von der aus sie einen guten Überblick über den Raum samt Tresen hatten. Lørdag legte sich zu ihren Füßen hin und machte ein Nickerchen. Emilie, die trotz Williams Beteuerung mit Bierlachen, schmierigen Gläsern, zwielichtigen Figuren, lautem Getöse, betrunkenem Lallen und Pöbeleien gerechnet hatte, war fast ein wenig enttäuscht, wie sauber Boden und Mobiliar waren und wie unauffällig sich die ausschließlich männlichen Gäste benahmen. Abgesehen von vereinzelten Rufen und Gelächter war die Lautstärke gedämpft und der Umgangston friedlich. Wegen der Zigarren und Pfeifen, die sich großer Beliebtheit erfreuten, war es zwar ziemlich verraucht, ein wenig verruchter hätte die Atmosphäre aber für Emilies Geschmack schon sein dürfen.

»Das Bier stammt übrigens von der Brauerei Mack, die ein Landsmann von dir vor genau dreißig Jahren in Tromsø gegründet hat«, sagte William, nachdem sie miteinander angestoßen hatten.

»Dann sollten wir später noch irgendetwas Englisches zu uns nehmen, einen Brandy zum Beispiel, um unsere Freundschaft gebührend zu begießen«, sagte Emilie und lächelte William an.

Überrascht stellte sie fest, dass er errötete und sie verlegen, ja fast schüchtern ansah.

»Hab ich was Falsches gesagt?«, fragte sie.

»Nein, im Gegenteil. Ich freue mich, dass du mich als Freund betrachtest«, sagte William leise.

Er schien mit sich zu ringen, ob er weitersprechen sollte, und schaute ihr tief in die Augen.

»Ich fühle mich sehr geschmeichelt, dass …«, begann Emilie, der es ein wenig unbehaglich war, William so feierlich und ernst zu erleben.

Er legte wie beiläufig seine Hand auf ihren Unterarm und platzte flüsternd heraus: »Ich empfinde mehr als nur Freundschaft für dich.«

Emilie erstarrte. Ihre Verkleidung und ihr Auftreten als Mann war offenbar doch sehr viel schlechter gewesen, als sie gehofft hatte. William war nun schon der Zweite, der sie durchschaut hatte.

»Seit wann weißt du, dass ich kein …«

Wieder fiel William ihr ins Wort. »Oh, ich habe es bald geahnt. Es waren unter anderem deine Sensibilität und dein Einfühlungsvermögen.«

Er beugte sich näher zu ihr.

»Darf ich hoffen, dass du meine Gefühle erwiderst?«

»Du meinst ... äh ... soll das heißen ... du hast dich in mich ver...« stammelte Emilie.

»Ist das nicht offensichtlich?«, fragte William. »Ja, ich habe mich verliebt.«

»Oh ... also ... ich fürchte ... ich ...« Emilie gab sich einen Ruck. »Es tut mir leid, aber mein Herz gehört schon einem anderen.«

William zog die Augenbrauen hoch.

»Ich habe es lange nicht wahrhaben wollen. Aber ich liebe Arne«, fuhr sie fort.

»Arne?«, rief William.

»Pst, nicht so laut!«, bat Emilie.

»Du meinst Arne, den Wikinger?«, hakte William mit gesenkter Stimme nach.

»Ja, wen sonst?«, fragte Emilie – etwas befremdet von Williams Fassungslosigkeit.

»Aber der interessiert sich doch nicht für Männer!«

»Na, das will ich doch hoffen«, antwortete Emilie, riss die Augen auf und starrte William an.

»Wieso hoffst du das?«, fragte er irritiert.

Gleichzeitig sagte sie: »Soll das heißen, du hast gar nicht gemerkt, dass ich eine Frau bin?«

»Du, eine Frau? Das wird ja immer ...« William musterte Emilie. »Nein, das kann nicht sein, das hätte ich doch ...«

Mit einem Kopfschütteln ließ er sich gegen die Lehne seines Stuhls fallen.

Emilie griff nach ihrem Bierkrug und nahm einen tiefen Zug. Du liebe Güte, dachte sie. Wo bin ich da nur hineingeraten? William ist homosexuell! Und er hat sich ausgerechnet in mich als Mann verliebt! In ihrem Kopf stürmten die unterschiedlichsten Erinnerungen auf sie ein.

Als Kind hatte sie fraglos die Überzeugung ihrer katholischen Großmutter väterlicherseits übernommen, die die gleichgeschlechtliche Liebe als Sünde und widernatürliches Teufelswerk verdammte. Wobei sich Emilie zu jener Zeit darunter genauso wenig hatte vorstellen können wie unter der gottgefälligen Liebe zwischen Eheleuten.

Auch ihre Eltern – und allen voran ihr Bruder Friedrich – teilten diese Ablehnung, wenn auch aus anderen Gründen. Sie waren der weitverbreiteten Ansicht, dass zur Homosexualität neigende Männer verweichlichte, degenerierte Charaktere hätten und vom Gros der Gesellschaft zu Recht geächtet wurden.

Im Pensionat war Emilie zum ersten Mal mit einer anderen Meinung konfrontiert worden. Eine der jüngeren Lehrerinnen hatte sie auf die Forschungen des Juristen Karl Heinrich Ulrichs aufmerksam gemacht, der von einer natürlichen und nicht krankhaften Veranlagung ausging, die er als »weibliche Seele im männlichen Körper« definierte. Außerdem hatte sie ihnen die Herkunft der Bezeichnung homosexuell erläutert, die ein österreichischer Schriftsteller erst vor wenigen Jahrzehnten kreiert hatte – basierend auf dem griechischen Wort *homós* für gleich und dem lateinischen *sexus* für Geschlecht. Dabei hatte die Lehrerin keinen Hehl aus ihrer toleranten Gesinnung gemacht – was ihr einen strengen Verweis seitens der Direktorin eingebracht hatte, die solche Themen nicht vor den Ohren ihrer Schützlinge verhandelt wissen wollte.

Doch Emilies Interesse an diesem Tabu war damals unwiderruflich geweckt worden. Immer häufiger stieß sie auf Hinweise, dass diese »abartigen Schwächlinge«, wie Friedrich sie nannte, in vielen Bereichen der Gesellschaft eine bedeutende Rolle spielten. Nicht zuletzt im engsten Umfeld des Kaisers. Gesprächsfetzen von diversen Familienessen in der jüngeren Vergangenheit, die sich um den Fürsten Eulenburg gedreht hatten, kamen ihr in den Sinn.

Bereits 1906 hatte ein Journalist wiederholt dem engsten Vertrauten des Kaisers und seinem Freundeskreis vorgeworfen,

Wilhelm II. mit ihrer pazifistischen Gesinnung vom männlichen Kurs Bismarcks abgebracht und ihn dazu bewogen zu haben, vor dem Risiko eines Krieges zurückzuscheuen und damit Deutschlands Macht und Ansehen international aufs Spiel zu setzen – ein Unding in den Augen des strammen Nationalisten. Daher startete er eine Kampagne gegen Wilhelms Vertraute, indem er einigen ihre Homosexualität vorwarf – was laut Gesetz als Unzucht galt und mit Gefängnisstrafen zu ahnden war.

Auch auf Tante Fannys Abendgesellschaft war der Fall diskutiert worden. Während sich die Diplomaten aus Onkel Addys Umfeld um die Reputation des Kaisers sorgten, die beim drohenden Skandal unweigerlich in Mitleidenschaft gezogen werden würde, waren andere Stimmen laut geworden, die eine Abschaffung des berüchtigten Paragraphen 175 forderten. Fanny selbst hatte den sozialdemokratischen Abgeordneten Bebel zitiert, der im Reichstag eine Petition gegen dieses Gesetz eingebracht und darauf hingewiesen hatte, dass man allein in Berlin zwei weitere Gefängnisse benötigen würde, wollten die Gerichte sämtliche gemäß Paragraph 175 begangenen Verbrechen sühnen.

»Max, sag doch etwas. Bitte!«

Williams Stimme drang in Emilies Gedankenwirbel. Sie sah auf und blickte in zwei Augen, die ängstlich auf ihr ruhten. William war bleich und wirkte so verletzlich, dass es ihr einen Stich gab. Dachte er etwa, sie würde ihn verraten oder gar bei der Polizei melden? Fürchtete er, ein ähnliches Schicksal zu erleiden wie sein Lieblingsdichter Oscar Wilde? Der war wegen gleichgeschlechtlicher Unzucht angeklagt und verurteilt worden. Nach zwei Jahren Kerker und der Ächtung seiner literarischen Werke war er als gebrochener Mann, mittellos und vereinsamt, fern seiner Heimat gestorben.

»Entschuldige bitte, ich war so überrumpelt, dass ich …«, Emilie unterbrach sich und legte ihre Hand auf seine. »Mach dir bitte keine Gedanken! Ich stehe keinen Deut anders zu dir als noch vor fünf Minuten!«

»Du ... du bist nicht von mir angewidert ...?«, begann William.

Emilie hob eine Hand. »Aber nein! Hör sofort auf! Nie im Leben! Das meine ich ernst!« Sie lächelte ihn an und sagte nach einer winzigen Pause. »Die gleiche Frage könnte ich dir übrigens auch stellen.«

William atmete aus und entspannte sich. »Du bist wirklich wunderbar, Max!« Er runzelte die Stirn und fragte leise: »Verrätst du mir deinen richtigen Namen?«

»Emilie. Ich bin sozusagen als Vertretung für meinen Bruder Max hier.«

»Klingt nach einer spannenden Geschichte«, sagte William.

Er reichte ihr die Hand. »Ich denke, es ist an der Zeit und fair, dir meinen vollen Namen zu verraten. Ich heiße William Lewis, Earl of Shropshire.«

»Oh, du bist ein Graf?«, rief Emilie. »Warum hast du das verheimlicht?«

»Ich wollte einmal unbeschwert von dem ganzen Adelsgedöns einfach nur als William unterwegs sein.«

Emilie nickte. »Das kann ich sehr gut verstehen! Du hast ja auch öfter mal angedeutet, dass deine Eltern hohe Erwartungen an dich haben.«

Und keinerlei Verständnis für seine Neigungen aufbringen würden, fügte sie im Stillen hinzu. Zumal von ihm als einzigem Sohn gewiss eine standesgemäße Ehe und ein Stammhalter erwartet wurden.

William nickte und stand auf.

»Auf den Schreck brauche ich erst mal etwas Stärkeres als Bier. Hoffentlich haben die hier einen genießbaren Korn oder Weinbrand.«

Emilie nickte und sah ihm nach, wie er zum Tresen ging. Eine massige Gestalt, die dort mit dem Rücken zu ihr auf einem der hohen Hocker saß, ließ sie stutzen. Sie kam ihr vertraut vor. Nein, das konnte nicht sein, oder? Emilie hielt es nicht länger auf ihrem Platz. Sie musste sich Gewissheit verschaffen. Sie folgte William, der sich eben zwei Gläser mit goldbraunem Cognac füllen ließ.

»Sieh mal, wer da sitzt«, flüsterte sie und lenkte seinen Blick auf den Mann.

»Aber das ist ja Leonid!«, sagte William. »Wo kommt der denn plötzlich her?«

»Also, plötzlich würde ich nicht sagen«, mischte sich der Barkellner ein. »Der kommt schon seit gut zwei Wochen jeden Abend zu uns.«

Emilie ging zu dem Russen.

»Guten Abend, Herr Ladna!«

Leonid drehte sich langsam zu ihr und sah sie einen Moment lang aus seinen traurigen Augen verständnislos an, bevor er rief: »Max!«

Er hieb Emilie seine Pranke auf die Schulter und strahlte sie an. Sie knickte ein wenig ein und unterdrückte einen Schmerzenslaut.

»Wieso nennen Sie ihn Ladna?«, fragte der Barmann.

»Weil er sich so vorgestellt hatte«, antwortete Emilie. »Heißt er denn nicht so?«

»Nein, sein Name ist Leonid Aronski.«

»Merkwürdig.« Emilie wandte sich an William. »Du hattest ihn doch damals nach seinem Namen gefragt.«

»Ja, und ich habe auch gehört, wie er Ladna sagte.«

»Das war wohl ein Missverständnis«, sagte der Barmann. »*Ladna* bedeutet einverstanden auf Russisch.«

William schlug sich mit der flachen Hand vor die Stirn und grinste. »Und ich weiß auch, wie es zustande kam. Ich denke, Leonid wollte gerade seinen Nachnamen sagen, als unser

Schweizer vorschlug, dass wir uns alle nur beim Vornamen nennen. Und da hat er eben einverstanden gesagt.«

»Aber das würde ja bedeuten, dass er doch Deutsch versteht«, meinte Emilie und sah Leonid überrascht an.

»Hmmm«, brummte dieser und nickte.

Er griff nach seinem Glas, in dem eine farblose Flüssigkeit schwappte, prostete Emilie zu und versank wieder in Schweigen.

Der Barmann grinste. »Nein, gesprächig ist er nicht gerade. Ich habe bis heute nicht aus ihm herausgebracht, warum er hier ist. Ich weiß nur, dass er irgendwie nach Spitzbergen geraten ist. Was wohl eher ein Zufall war, wenn ich es mir richtig zusammengereimt habe« Er zuckte mit den Achseln.

»Sie können Russisch?«, fragte Emilie.

»Ja, leidlich. Wir haben oft russische Seeleute und Händler zu Gast.«

»Könnten Sie Herrn Aronski bitte sagen, dass wir in großer Sorge waren, als er auf einmal verschwunden war?«

Der Barmann nickte und redete kurz mit Leonid. Nachdem er zwei neue Gäste mit Bier versorgt hatte, kehrte er zu Emilie und William zurück.

»Es tut ihm leid, dass sie sich Sorgen gemacht haben. Er ist in der Kings Bay gar nicht erst von Bord gegangen, sondern als blinder Passagier auf der *Isflak* geblieben und im Eisfjord auf einen Dampfer umgestiegen, mit dem er nach Tromsø zurückgefahren ist.«

»Aber warum?«, fragte Emilie.

»Weil es nichts mehr zu trinken gab«, antwortete der Barmann mit einem Grinsen und entfernte sich, um Gläser zu spülen.

»Du hast also mit deinem Verdacht gar nicht so falsch gelegen«, sagte Emilie zu William, als sie an ihren Tisch zurückgekehrt waren.

»Was meinst du?«

»Na, du hattest nach Leonids Verschwinden vermutet, dass er sich auf die Suche nach Alkohol gemacht haben könnte.«

»Ich erinnere mich. Nur dass ich dachte, er sei auf dem Weg zur Cross Bay, um den Fürsten von Monaco um flüssige Verpflegung zu bitten.«

Er sah zu Leonid und schüttelte den Kopf. »Ob wir wohl je herausfinden, was es mit ihm auf sich hat? Er ist kein Fotograf. Und wohl auch kein Forscher.«

»Ich hatte ihn in Verdacht, ein Putschist auf der Flucht zu sein«, gestand Emilie.

William zog eine Augenbraue hoch. »Interessanter Gedanke. Nun, ich fürchte, wir werden seine wahre Identität nicht ergründen.«

»Da ist er ja in bester Gesellschaft«, sagte Emilie. »Ist eigentlich irgendwer in unserem verrückten Haufen das, was er zu sein vorgibt?«

William schmunzelte. »Nun, ich denke Antonio ist tatsächlich nichts weiter als ein technikbegeisterter Wetterfrosch. Und auch bei unserem zackigen Leutnant und seinem wackren Feldwebel würde es mich wundern, wenn sich da noch unbekannte Abgründe auftäten.«

»Du vergisst den Schweizer«, sagte Emilie. »Wo der wohl abgeblieben ist?«

»Stimmt, der gibt auch Rätsel auf und …« William unterbrach sich und rief: »Max! Was hast du?«

Emilie fühlte, wie alles Blut aus ihrem Gesicht wich. Schwarze Punkte tanzten vor ihren Augen. Sie umklammerte die Tischplatte und starrte zur Tür. Gerade eben hatte Arne das Lokal betreten – ins Gespräch vertieft mit dem vernarbten, unheimlichen Mann, der in der Kings Bay um die Hütte herumgeschlichen war und die Funkanlage zerstört hatte.

56

Tromsø, August 2013

Den Tag nach Hannas Ankunft hatte sich Kåre freigenommen, um sie bei ihren Recherchen zu unterstützen. Nach einem ausgiebigen Frühstück fuhren sie auf den nördlich des Stadtzentrums gelegenen Campus zur Universitätsklinik, wo Kåre einen Termin mit dem zuständigen Mitarbeiter in der Pathologie vereinbart hatte. Dieser führte sie in einen Kellerraum, in dem man die Eismumie in einem Glaskasten aufbewahrte. Der Anblick des Toten, der sie bei ihrem Sturz in die Gletscherspalte so furchtbar erschreckt hatte, löste in Hanna eine Mischung aus Mitleid und Scheu aus. In der sterilen Umgebung des weiß gekachelten Raums mit den kalt leuchtenden Neonröhren wirkte er mit seiner altertümlichen Kleidung fremd und verloren.

»Wird er nach Abschluss der Untersuchungen beerdigt?«, sprach sie die Frage laut aus, die sich ihr spontan aufdrängte.

Der Pathologe sah sie verdutzt an. Von einer Reporterin, die einer spannenden Geschichte auf der Spur war, hatte er vermutlich andere Erkundigungen erwartet.

»Ehrlich gesagt, ich weiß es nicht. Ich glaube aber nicht, zumindest nicht in absehbarer Zeit. Ich könnte mir eher vorstellen, dass man ihn im Rahmen von Ausstellungen zeigt. Außerdem ist ein derart gut erhaltener Leichnam für Arktisforscher, Mediziner, Historiker und andere Wissenschaftler von unschätzbarem Wert.«

Hanna nickte und presste die Lippen aufeinander. Es kam ihr mit einem Mal pietätlos vor, diesen Toten als reines Sensations- und Forschungsobjekt zu betrachten. Andererseits hatte sie das Gefühl, es ihm schuldig zu sein, seinen einsamen Tod, der ihn so plötzlich ereilt hatte, aufzuklären und ihm – wenn möglich – seine Identität zurückzugeben.

»Der *Sysselmann* von Spitzbergen hat den Fundort noch einmal gründlich untersuchen lassen«, fuhr der Pathologe fort. »Dabei hat man weiter unten im Geröll ein altes Gewehr gefunden. Die Patronen, die der Tote an seinem Gürtel trug, passen vom Kaliber her. Wir können also davon ausgehen, dass es ihm gehört hat. Leider haben sie es uns noch nicht hergeschickt. Es ist wohl sehr zerkratzt von den Gesteinsbewegungen, deshalb konnten sie das Fabrikat nicht angeben.«

»Ist es ein Jagdgewehr?«, wollte Kåre wissen.

»Ja, soweit ich weiß.«

»Ein Trapper?«, fragte Hanna.

»Hm, wohl eher nicht«, antwortete der Pathologe. »Auf jeden Fall kein norwegischer oder russischer, die ihren Lebensunterhalt mit der Jagd auf Robben, Füchse und Bären verdient haben und oft monatelang in der Wildnis verbrachten. Seine Hände waren sehr gepflegt, er war recht beleibt und nicht sonderlich trainiert. Außerdem ist seine Kleidung von ausgesprochen guter Qualität. Und die Jacke stammt aus den *USA*.«

Der Pathologe ging zu einem Tisch, auf dem ein Laptop stand. Er fuhr es hoch und klickte auf einen Ordner mit Detailaufnahmen von dem Toten und dem, was er am Leibe trug.

»Hier, seht ihr? Das ist das Etikett in der Jacke.«

Er zeigte auf ein Schild mit einem Schaf, das in einer Schleife hing, die um seinen Bauch gebunden war.

»Das ist das Logo von Brooks Brothers«, sagte Kåre. »Die gibt's noch heute. Ein Herrenausstattergeschäft in New York.«

»Vielleicht war der Tote ein betuchter amerikanischer Tourist«, überlegte Hanna. »Dann hätte die Presse darüber berichtet. Und eine Vermisstenanzeige gab es dann sicher auch.«

Kåre rieb sich die Hände. »Ich verstehe immer mehr, was

dich an deinem Beruf so reizt. Komm, ich weiß, wo wir mit unserer Suche ansetzen.«

»Warte«, bat Hanna und fragte den Pathologen: »Wäre es möglich, Kopien von den Fotos zu bekommen? Dann könnten wir sie später in Ruhe sichten, ohne dir noch länger die Zeit zu stehlen. Vielleicht fällt uns ja noch etwas auf, das uns weiterhilft.«

»Ja, ich kann sie dir gern rüberspielen«, antwortete er.

»Großartig, vielen Dank!«, sagte Hanna und kramte ein *USB*-Kabel aus ihrer Umhängetasche, um die Daten direkt von seinem Computer auf ihr Smartphone zu übertragen.

Vom Universitätsgelände fuhren sie und Kåre in die Stadt hinunter zum Polarinstitut. Auf dem Weg klickte sich Hanna auf ihrem Smartphone durch die Bilder von den Kleidungsstücken und dem Inhalt der Jacken- und Hosentaschen des Toten. Außer dem Geldbündel hatte er nichts besonders Auffälliges bei sich getragen: Streichhölzer, einen Zettel, auf den ein paar Linien und Kreuze gekritzelt waren, ein einfaches Klappmesser, zwei Stofftaschentücher, eine Taschenuhr und ein Päckchen Patronen – nichts, was Rückschlüsse auf seine Nationalität oder gar seine Identität zugelassen hätte.

Kåres Arbeitsstelle befand sich in der Nähe des Erlebnismuseums *Polaria* auf dem Gelände des *Framsenter*, eines siebenstöckigen Gebäudes, das neben dem Polarinstitut fast zwanzig weitere Forschungseinrichtungen beherbergte. Dort begaben sie sich ins Archiv, wo eine umfangreiche Akten- und Dokumentensammlung zur Geschichte der Arktisforschung im Allgemeinen und der Spitzbergens im Besonderen lagerte.

»Herrje, das ist aber viel!«, entfuhr es Hanna, die beim Anblick der unzähligen Bücher, Ordner, Schuber und Schachteln ein mulmiges Gefühl beschlich. Ihre Bestürzung war ihr wohl ins Gesicht geschrieben, denn Kåre sagte:

»Keine Angst, wir müssen ja nur einen Bruchteil von diesen Sachen durchforsten.«

Hanna entspannte sich. »Stimmt, zum Glück. Wenn die Forensiker sich nicht gründlich irren, geht es um einen Zeitraum von zehn Jahren.«

»Genau. Wobei wir das Jahr 1910 getrost ausklammern können. Damals hat Graf Zeppelin eine große Erkundungsfahrt in den Kongsfjord unternommen, um einen geeigneten Startpunkt für künftige Flüge mit Luftschiffen zum Nordpol zu finden. Wenn unser Toter ein Teilnehmer dieser Expedition war, hätte man sein Verschwinden auf jeden Fall bemerkt und gemeldet. Ich hab das schon geprüft.«

»Wenn du dich weiter so ins Zeug legst, muss ich dich leider bei deinem Arbeitgeber abwerben«, sagte Hanna. »Du bist auf dem besten Wege, dich unentbehrlich zu machen.«

»Das ist der geheime Plan«, erwiderte Kåre. Das übermütige Funkeln seiner Augen strafte den betont trockenen Ton seiner Stimme Lügen.

Hanna schlug spielerisch nach ihm und sagte:

»Dann weißt du natürlich auch, wie wir herausfinden, wer sich in den Jahren vor 1910 so alles in der Gegend herumgetrieben hat. Wenn meine Vermutung zutrifft und der Tote ein amerikanischer Tourist war, müsste es ja seinen Mitreisenden oder der Besatzung aufgefallen sein, wenn er von einem Landausflug nicht zurückgekehrt ist.«

Kåre wiegte nachdenklich den Kopf. »Ich fürchte, Passagierlisten und andere Dokumente von ausländischen Schiffen sind in diesem Archiv eher Mangelware. Spitzbergen war ja damals noch Niemandsland, und es gibt nicht viele offizielle Schriftstücke, die sich mit dem Archipel befassen.«

»Was meinst du mit offiziell?«

»Polizeiprotokolle, Grundbucheintragungen, Vermerke zu Einwohnerzahlen und so weiter.«

»Verstehe«, sagte Hanna. »Aber vielleicht hat doch jemand in Tromsø eine Vermisstenanzeige aufgegeben oder einen Suchtrupp organisiert. Schließlich sind die meisten Forschungsexpeditionen, Trapper, Eismeerfischer und andere Spitzbergenreisende von hier gestartet, oder?«

Kåre strahlte sie an, machte ein Daumen-hoch-Zeichen und lief suchend an einer Regalreihe entlang, bis er schließlich nach einem Aktenordner griff und ihn zu einem Tisch trug, der unter einer Lampe vor den Regalen stand.

»Hier sind Zeitungsausschnitte drin, die über Expeditionen und andere Unternehmungen in der Arktis berichten. Aber auch über wichtige oder kuriose Ereignisse in Tromsø.«

Er ging zu einem anderen Schrank und kehrte mit einem Kasten zurück, der mit *1900–1909* beschriftet war. Darin steckten nach Jahren sortierte Karteikarten, die Hinweise auf amtliche Meldungen der Polizei und anderer Behörden enthielten, die in mehreren Schubern in dem Schrank verstaut waren.

»Ich schlage vor, ich schaue die Zeitungsartikel durch, da die meisten auf Norwegisch sein dürften«, sagte Kåre. »Und du sichtest die Karten und konzentrierst dich auf bestimmte Schlagworte.«

Er nahm einen Notizblock und einen Kugelschreiber, die auf dem Tisch lagen, und schrieb eine kurze Liste:

etterlysning – Vermisstenanzeige
savne – vermissen
søk/leting – Suche
søke/lete (etter) – suchen (nach)
forsvinne – verschwinden
spaning oder ettersøkning – Fahndung
politi – Polizei
politidistrikt – Polizeirevier

Sie setzten sich einander gegenüber an den Tisch und verbrachten die nächste Stunde weitgehend schweigend über den Ordner und den Zettelkasten gebeugt. Die Stille wurde nur vom leisen Sirren der Leuchtstoffröhren, dem Rascheln beim Seitenumblättern und dem leisen Klacken der Karteikarten unterbrochen.

»Oh, sieh mal!«, sagte Hanna schließlich und reichte Kåre eine Karte. Sie stammte aus dem Jahr 1907 und enthielt die Worte *politidistrikt Tromsø* und *etterlysning.*

Kåre sprang auf, lief zu dem Schrank und holte den entsprechenden Schuber. Nach kurzer Suche zog er ein angegilbtes Formular hervor und hielt es mit einem triumphierenden Lächeln hoch.

»Es ist ein Telegramm«, sagte er und legte es vor Hanna auf den Tisch.

»Das ist ja auf Deutsch!«, rief sie verblüfft, als sie die ersten Worte *An alle Schiffe* las.

»So erstaunlich ist das nicht«, sagte Kåre, »Deutsch war damals die erste Fremdsprache an norwegischen Schulen. Und sehr viele Touristendampfer kamen aus deiner Heimat. Die Leidenschaft von Kaiser Wilhelm dem Zweiten für Skandinavien und vor allem für Norwegen war wohl ansteckend und sorgte für eine regelrechte Reisewelle der Deutschen in den Norden.« Er schmunzelte. »Aber was steht denn nun drin?«

Gemeinsam beugten sie sich über das Telegramm.

An alle Schiffe +++Achtung! +++ Polizeifahndung! +++ Leonid Aronski dringend gesucht! +++ Mariinski-Ballett Sankt Petersburg bittet um Hilfe +++ Dirigent vermisst +++ falsche Identität möglich +++Verdacht auf Flucht +++ zuletzt gesehen am 15 Juni in Tromsø +++ Hinweise an Polizei Tromsø +++ Belohnung!

Hanna lehnte sich in ihren Stuhl zurück und verzog enttäuscht das Gesicht.

»Schade, zu früh gefreut. Das kann unmöglich unser Mann sein.«

Kåre setzte sich auf die Tischkante und lächelte bedauernd. »Tut mir leid.«

»Ach was, ist ja trotzdem hochinteressant«, sagte Hanna und fuhr mit neu erwachtem Jagdeifer fort: »Ein flüchtiger Dirigent? Was sich dahinter wohl für eine Geschichte verbirgt?«

Kåre überflog den Text erneut. »Ich glaube, dazu hab ich gerade was gelesen.«

Er zog den Aktenordner zu sich, blätterte darin und zeigte Hanna einen Zeitungsartikel. Auf dem Bild darüber war eine Gruppe Tänzer und Tänzerinnen abgebildet, die in typischen Ballettposen Aufstellung genommen hatten. Der Unterschrift entnahm sie, dass es sich um das Mariinski-Ballett aus Sankt Petersburg handelte.

»Im Juni 1907 war dieses russische Ballett auf einer Tournee durch Europa und gab auch in Tromsø eine Vorstellung – ein großes Event, wie wir heute sagen würden, das die Stadt tagelang in Atem gehalten hat«, sagte Kåre. »Als die Truppe weiterreisen wollte, bemerkte man das Fehlen des Dirigenten, der nebenbei Stücke für das Ensemble komponierte. Die wildesten Spekulationen über die Gründe seines Verschwindens machten damals die Runde.«

Kåre blätterte zu einem anderen Artikel. »Hier ist ein kurzes Interview mit dem Impresario, der sich einerseits Sorgen um seinen Komponisten machte, der wohl zu Schwermut neigte ...«

»Also depressiv war und vielleicht sogar suizidgefährdet?«, unterbrach Hanna ihn.

»Gut möglich. Andererseits war er auch ungehalten über den Vertragsbruch des Künstlers.«

»Verständlich«, sagte Hanna. »Aber ein bisschen seltsam ist das alles schon, findest du nicht?«

»Was genau meinst du?«

»Es passt irgendwie nicht recht zusammen. Ein deprimierter Komponist, um den man sich angeblich sorgt, setzt sich unter falschem Namen auf irgendein Schiff ab und wird daraufhin von der Polizei wie ein Verbrecher unter Auslobung einer Belohnung gesucht. Das ist schon heftig.«

»So gesehen schon ... aber offenbar gab es da noch eine Beschuldigung«, sagte Kåre. »Einem Fotografen, der für eine Spitzbergen-Expedition gebucht war, war just am Tag von Aronskis Verschwinden eine große Kiste mit zwei wertvollen Kameras samt Zubehör abhandengekommen. Da hat dann wohl jemand zwei und zwei zusammengezählt und schwupps ... war aus dem davongelaufenen Dirigenten ein flüchtiger Dieb geworden. Was sein Impresario übrigens immer entschieden als vollkommen absurde und unhaltbare Unterstellung zurückgewiesen hat.«

»Aronski«, murmelte Hanna. »Irgendwas läutet da bei mir. Leider hab ich es nicht so mit Namen.« Sie verzog den Mund und zuckte mit den Schultern. »Na, ist ja nicht weiter wichtig, vielleicht fällt es mir noch ein. Oder ich verwechsle da was. Lass uns weitersuchen.«

»Eigentlich sehr gern«, sagte Kåre. »Aber wenn wir noch einkaufen und das Essen für unsere kleine Einladung kochen wollen ...« Er hob mit einer entschuldigenden Geste die Hände. »Du weißt ja, wir Norweger nehmen unsere Hauptmahlzeit am späten Nachmittag ein.«

Hanna sah auf ihre Armbanduhr. Es war zwei Uhr.

»Du meine Güte, wie die Zeit verfliegt! Ich hab gar nicht mitgekriegt, dass es schon so spät ist.«

Sie stand auf. »Ich mach morgen hier weiter. Jetzt weiß ich ja, wo ich suchen muss.«

»Und wenn du Hilfe brauchst, bei norwegischen Texten zum Beispiel«, sagte Kåre und zeigte zur Decke. »Mein Büro ist nur zwei Etagen über dir.«

Hanna lächelte ihn an. »Das musst du mir morgen unbedingt zeigen. Ich weiß noch so wenig über dein Leben hier.«

»Wenn es nach mir geht, wirst du noch oft Gelegenheit haben, es kennenzulernen«, sagte Kåre und zog sie an sich. »Und umgekehrt hoffentlich auch. Ich würde mich sehr freuen, wenn du mir demnächst deine Heimat zeigst.«

Hanna schlang ihre Arme um ihn und verlieh dem Glück, das sie durchströmte, durch einen langen Kuss Ausdruck. Dabei kam ihr ein Zitat von Ernst Bloch in den Sinn: »Die Liebe ist eine Reise in ein gänzlich neues Leben.« Was sie früher lediglich als gelungenen Aphorismus wahrgenommen hatte, wurde in diesem Augenblick zum Motto ihrer eigenen Erfahrung.

57

Tromsø, Juli 1907

Bevor Emilie es verhindern konnte, sprang William auf und versuchte winkend, Arnes Blicke auf ihren Tisch zu lenken. Sie zupfte an seinem Ärmel und flüsterte:

»Lass doch, ich glaube nicht, dass er uns sehen will.«

Verstohlen musterte sie Arne, der sich erstaunlich schnell erholt hatte. Zwar trug er den verletzten Arm in einer Schlinge vor der Brust und hatte etwas eingefallene Wangen, doch für einen Mann, der noch tags zuvor ohne Bewusstsein auf dem Krankenbett gelegen hatte, sah er wohlauf und vital aus. Am liebsten wäre sie unter den Tisch gekrochen und hätte sich versteckt. In die Aufregung, in die sie sein unverhofftes Erscheinen versetzte, mischte sich Angst. Was hatte Arne mit dem Vernarbten zu schaffen? Steckte er am Ende mit ihm unter einer Decke?

»Aber warum denn nicht?«, fragte William. »Außerdem möchte ich die Gelegenheit nutzen und ihm danken.«

Es war Lørdag, der Arnes Aufmerksamkeit erregte. Der Hund, der dösend zu Emilies Füßen gelegen hatte, rannte zur Tür und begrüßte Arne mit einem Schwanzwedeln. Dieser beugte sich zu ihm, kraulte ihn zwischen den Ohren und schaute sich suchend um. Der Narbige entdeckte Emilie vor ihm. Sein Gesicht wurde noch finsterer. Mit einem wütenden Aufschrei stürzte er zu ihrem Tisch.

»Der er tyven! Gi meg pengene mine!«

Emilie fuhr zurück und starrte den Mann aus geweiteten Augen an. William verzog ratlos das Gesicht. Arne eilte herbei und fragte Emilie:

»Warum hält er dich für einen Dieb? Und von was für Geld spricht er?«

»Keine Ahnung, ich ...«

Der Vernarbte beugte sich über den Tisch, schüttelte drohend seine Faust vor Emilies Nase und überschüttete sie mit einem norwegischen Wortschwall. Arne packte ihn mit der Hand seines unverletzten Armes an der Schulter, zog ihn zurück und stellte ihm eine Frage. Aufgebracht gestikulierend antwortete ihm der Mann, wobei er immer wieder anklagend auf Emilie zeigte. Arne redete beschwichtigend auf ihn ein. Nach einer Weile sagte er zu William:

»Gib ihm ein Bier am Tresen aus, damit ich kurz mit Max klären kann, was los ist.«

William öffnete den Mund zu einer Entgegnung.

Arne schüttelte den Kopf. »Tu's einfach!«

William nickte, fasste den Narbigen am Arm und führte ihn zur Bar, an der Leonid nach wie vor regungslos auf seinem Hocker saß und melancholisch vor sich hin starrte. Er warf den beiden Neuankömmlingen einen kurzen Blick zu und schob sein Glas zum Nachfüllen dem Schankkellner hin.

Arne setzte sich an den Tisch zu Emilie. Seine Nähe jagte ihr einen Schauer über den Rücken. Ihre Hände sehnten sich danach, ihn zu berühren, ihr Kopf mahnte, auf der Hut zu sein.

»Also?«, fragte Arne schroff.

Emilie ging nicht auf seine Frage ein. Vor Anspannung zitternd saß sie auf ihrem Stuhl und bemühte sich, ihre Stimme nicht zu schrill klingen zu lassen:

»Was hat das alles zu bedeuten? Woher kennst du diesen Kerl?«

»Ich kenne ihn so gut wie gar nicht. Bin ihm ein paar Mal über den Weg gelaufen. Er ist ein Trapper, der auch auf Spitzbergen jagt. Und es ist reiner Zufall, dass wir gerade gleichzeitig hier reingekommen sind.«

Arne musterte Emilie prüfend. Seine abweisende Miene wurde weicher.

»Bitte, erklär mir …«, begann er.

»Er ist eines Tages in der Kings Bay aufgetaucht, als ich dort allein auf das Schiff gewartet habe, das mich abholen sollte. Das hatte ich dir doch erzählt. Er schien sehr verärgert, dass ich in der Hütte war, und ist gleich wieder verschwunden. Vorher hat er aber noch die Funkanlage zerstört, die Antonio gebaut hatte. Und er hat drei Mal geschossen«, sprudelte Emilie hervor.

»Hm, und das Geld?«, hakte Arne nach. »Was ist damit?«

»Ich hab mich natürlich gefragt, was er so dringend in der Hütte wollte«, antwortete Emilie. »Also hab ich sie gründlich durchsucht und ein Versteck gefunden, in dem ein dickes Geldbündel lag.«

Arne zog die Augenbrauen hoch.

»Aber ich habe es nicht genommen, ehrlich!«, fügte Emilie rasch hinzu. »Das schwöre ich!«

Unsicher sah sie ihn an und wappnete sich innerlich gegen misstrauische Rückfragen.

»Das weiß ich doch«, sagte Arne.

Er streifte sie mit einem Blick, in dem sie zum ersten Mal seit jenem Tag auf der eisigen Hochebene etwas Warmes aufblitzen sah. Emilie wurde schwindelig vor Erleichterung. Arne war auf ihrer Seite. Und sie war ihm nicht gleichgültig!

»Langsam fügt sich alles zu einem Bild zusammen«, sagte er.

»Was hat er denn erzählt?«, fragte Emilie mit einer Kopfbewegung zu dem Trapper, der mit grimmigem Gesicht am Tresen lehnte und zu ihnen herüberstierte.

»Dass er vor ein paar Wochen von einem Mann in Tromsø beauftragt worden ist, in der Kings Bay zu überwintern und darauf zu achten, dass niemand irgendwelche Areale absteckt«, antwortete Arne.

»Aber warum hat er sich so feindselig verhalten? Was hat er gegen mich? Was hab ich ihm denn getan?«

»Er glaubt, dass du ihm seinen Auftrag weggeschnappt hast. Und das hat ihn verständlicherweise sehr zornig gemacht.«

»Er hätte mich doch einfach nur fragen brauchen, warum ich in der Hütte bin. Dann hätte er sofort erfahren, dass ich nicht die Absicht hatte ...«

Arne schüttelte den Kopf. »So weit hat er offensichtlich nicht gedacht. Als er sah, dass du in der Hütte bist, die angeblich leer stand, bekam er es mit der Angst. Der Mutigste scheint er ja nicht gerade zu sein«, sagte er und verzog den Mund zu einem winzigen Lächeln. »Mit den drei Schüssen hat er seinem Auftraggeber, der nur wenige Kilometer entfernt war, das Zeichen gegeben, dass etwas nicht stimmt, und ihn so zu Hilfe gerufen. Für den Fall, dass alles in Ordnung war, hätte er nur einen Schuss abfeuern sollen. Als er ein paar Tage später wieder zur Hütte kam, warst du verschwunden – und mit dir das Geld, die erste Hälfte seiner Entlohnung. Die zweite sollte er am Ende des Winters erhalten. Auch von seinem Auftraggeber fehlte jede Spur. Da der Trapper Schüsse gehört hat, glaubt er nun, du hättest ihn getötet und dich mit dem Geld aus dem Staub gemacht.«

»Und wer ist dieser geheimnisvolle Auftraggeber?«, fragte Emilie.

»Seinen Namen kennt er nicht. Er hat aber gesagt, dass der Mann sehr beleibt war, teure Kleidung trug, mit einem seltsamen Akzent sprach und oft *Jä naai* rief, wenn er sich aufregte oder verwundert war und ...«

»Jä naai?«, fiel Emilie ihm ins Wort. »Das kommt mir sehr bekannt vor ... Ist es am Ende Beat Späni? Der hielt sich ja mit Poske und den anderen nicht allzu weit von der Kings Bay an der Westküste auf und könnte die Signalschüsse gut gehört haben.«

»Stimmt, ich hatte sie ja auch mitbekommen«, sagte Arne.

»Die Transieder haben doch erzählt, dass eines ihrer Boote verschwunden ist. Damit könnte er zurückgerudert sein«, setzte Emilie ihre Überlegungen fort.

Arne nickte. »Außerdem passt die Beschreibung gut auf den Schweizer.«

»Das gibt's doch nicht!«, stieß Emilie hervor. »Das würde ja bedeuten ... nein, ich fasse es nicht, sollte wirklich Beat Späni versucht haben, mich zu töten? Nur um mich aus seinem Revier zu vertreiben? Das ist furchtbar!« Sie sank in sich zusammen und murmelte: »Und ich habe ihn wochenlang für einen sympathischen, wenn auch etwas verschrobenen Reisegefährten gehalten. Dabei ist er ein Mann, der ohne zu zögern über Leichen geht, wenn jemand seine Pläne durchkreuzt.«

»Wer auch immer er in Wahrheit ist und was er im Schilde führt, es ist nicht gegen dich persönlich gerichtet«, gab Arne zu bedenken.

»Schöner Trost«, sagte Emilie.

»Du hast es damals, als du mir davon erzählt hast, selber festgestellt: Der Schütze wusste gar nicht, auf wen er da schießt. Schließlich herrschte so dichter Nebel, dass du ihn auch nicht erkannt hast. Außerdem glaubte er ja – wie wir alle –, dass du längst auf dem Rückweg nach Deutschland bist.«

»Trotzdem. Ich finde es erschreckend, wie man sich in einem Menschen täuschen kann«, sagte Emilie und schüttelte sich. Dabei fiel ihr Blick auf den Tresen.

»Oh nein«, rief sie. »Da kommt der Trapper. Und es sieht nicht so aus, als hätte er sich beruhigt.«

Arne drehte sich um. Der Vernarbte schüttelte gerade Williams Hand ab, der ihn zurückhalten wollte, und stapfte auf sie zu.

»Penger eller politi!«, knurrte er.

»Tut mir leid, ich konnte ihn nicht länger ...«, sagte William, der ihm auf dem Fuße folgte.

»Was hat er gesagt?«, wollte Emilie von Arne wissen und stand auf.

»Geld oder Polizei«, antwortete Arne.

»Um Himmels willen, was soll ich nur tun?«, rief Emilie.

Bevor Arne antworten konnte, drängte sich der Trapper an diesem vorbei, packte Emilie mit der einen Hand am Revers ihrer Jacke, ballte die andere und holte zu einem Schlag aus. Arne fing mit seinem gesunden Arm seine Faust ab und stemmte sich gegen ihn. Außer sich vor Wut zog der Narbige ein Messer. Entsetzt schrie Emilie auf. Arne stellte sich schützend vor sie.

»Arne, nein!«, rief sie.

Der Trapper ging auf ihn los. Emilie kniff unwillkürlich die Augen zu. Ein zorniger Fluch ertönte. Sie blinzelte und sah, wie der Angreifer in der Luft baumelte und mit den Beinen strampelte. Hinter ihm ragte der Russe auf, der ihn unter den Achseln gepackt und hochgehoben hatte.

Arne griff nach Emilies Hand und rief William zu: »Wir müssen Max hier rausschaffen.«

Leonid nickte ihnen zu und trug den wild protestierenden Trapper quer durch den Raum – unter dem tobenden Applaus und Gejohle der anderen Gäste, die das Geschehen gebannt verfolgt hatten. Aus den Augenwinkeln nahm Emilie eine rüstige Frau wahr, die aus der Küche hinter dem Tresen stürzte und mit resoluter Stimme etwas rief. Wie gescholtene Kinder verstummten die Männer und setzten sich wieder an ihre Tische. Im nächsten Moment zog Arne sie ins Freie. Zu dritt eilten sie durch die Gassen hinauf zur Hauptstraße. Lørdag rannte ihnen voraus – sichtlich froh, sich wieder nach Herzenslust austoben zu können.

»Was mach ich, wenn mir dieser Verrückte tatsächlich die Polizei auf den Hals hetzt?«, keuchte Emilie.

»Das wäre dein geringstes Problem«, antwortete Arne. »Erstens hat er keine Beweise. Es gibt ja nicht einmal eine Leiche. Zweitens ist die Polizei von Tromsø nicht für Verbrechen auf Svalbard zuständig. Und drittens ist der angeblich Ermordete kein Norweger.«

»Ich fürchte auch, dass die eigentliche Gefahr von dem Trapper selbst ausgeht«, sagte William.

»Dann ist es jetzt wohl an der Zeit, Max verschwinden zu lassen«, meinte Arne.

»Das sehe ich genauso«, sagte William.

»Ihr denkt, ich soll mich bis zur Abfahrt meines Dampfers verstecken?«, fragte Emilie.

»Zu gefährlich. Der Trapper könnte dich aufspüren oder dir am Hafen auflauern«, antwortete William.

»Er hat Recht«, sagte Arne. »Nein, ich meinte das wörtlich. Max verschwindet – und Maxine oder wie auch immer du wirklich heißt – erscheint.«

William pfiff durch die Zähne. »Genial!« Er stutzte. »Woher weißt du, dass sie …?«

»Er hat mich schnell durchschaut«, antwortete Emilie an Arnes Stelle.

William schluckte trocken, kratzte sich am Kopf und sagte zu Arne: »Ich kümmere mich sofort um ein Kleid und was Emilie sonst noch so braucht. Die Geschäfte haben hier ja zum Glück lange geöffnet. Und du bringst sie zum Hotel.«

Er eilte davon, ohne eine Antwort abzuwarten. Emilie war dankbar, dass er ihr die Gelegenheit verschaffte, wenigstens kurz allein mit Arne zu sprechen. Flüchtig fragte sie sich, warum dieser nicht im Geringsten überrascht war, dass William ebenfalls von ihrer Verkleidung wusste.

»Emilie heißt du also«, stellte Arne sachlich fest.

Sie nickte und sah ihn verunsichert an. Wieder wirkte er so unnahbar und kalt. Sie blieb stehen.

»Was ist?«, fragte er. »Wir dürfen unseren Vorsprung nicht

aufs Spiel setzen. Wer weiß, wie lange unser russischer Freund den Trapper aufhalten kann.«

»Mir egal«, stieß Emilie trotzig hervor und verschränkte die Arme vor der Brust. »Ich gehe keinen Schritt weiter, bis du mir sagst, was ich dir getan hab, dass du mich so garstig behandelst. Oder so tust, als sei ich Luft. Ich finde nicht, dass ich das verdient habe.«

So, nun war es heraus. Emilies Herz schlug hart gegen ihre Rippen. Sie zwang sich, ruhig zu atmen, und schaute Arne direkt in die Augen.

»Nein, das hast du nicht«, sagte er leise. »Aber du hast es auch nicht verdient, wenn ...« Er räusperte sich. »Glaube mir, mit William wirst du viel glücklicher. Ihr passt sehr gut zusammen.«

»Was? Wie kommst du denn darauf, dass ich ihn ...«

»Ich hatte ja mehr als genug Gelegenheiten, euch zu beobachten und euch zuzuhören«, antwortete er. In seiner Stimme schwang ein Hauch Bitterkeit.

»Ich verstehe nicht, wann soll das ...«

Wieder fiel Arne ihr ins Wort. »Zuletzt auf der Fahrt von Spitzbergen hierher.«

»Aber da warst du doch ohne Bewusstsein ...«, sagte Emilie und erstarrte. »Soll das etwa heißen, du hast nur so getan?«

Arne sah betreten zur Seite. Emilie rang entrüstet nach Luft.

»Ich bin fast durchgedreht vor Sorge ... und du ... nein, ich kann das nicht glauben!«

»Ich gebe zu, dass ich nicht stolz auf mein Verhalten bin«, sagte Arne. »Aber es schien mir das Beste zu sein.«

»Das Beste? Für wen?«

»Nun, im Zweifel für mich. Ich tauge nicht mehr für die Liebe. Abgesehen davon habe ich nicht das Recht, dich an mich zu binden und irgendwelche Hoffnungen in dir zu wecken, die ich niemals einlösen kann. Ich kann einer Frau wie dir kein angemessenes Leben bieten.«

Emilie öffnete den Mund. Arne hob die Hand.

»Nein, sag jetzt nichts, was du später bereuen würdest. Ich bin mir sicher, dass du nur aufgrund unseres gemeinsamen Abenteuers glaubst, tiefere Gefühle für mich zu hegen. Es erzeugt eine starke Bindung, wenn man jemandem das Leben rettet. Aber wenn du ehrlich in dich hineinhorchst, wirst du feststellen, dass dem nicht so ist und dein Herz William gehört.«

»Aber nein!«, rief Emilie. »Du hast rein gar nichts begriffen! Ich mag William, ja, das stimmt. Aber es ist überhaupt nicht so, wie du ...«

Arne schüttelte den Kopf, schob sie sanft aber bestimmt in Richtung *Grand Hôtel*, vor dem sie mittlerweile angekommen waren, drehte sich um und lief davon.

»Arne! Warte!«, rief Emilie und wollte ihm hinterherrennen.

»Mein Herr, entschuldigen Sie, wenn ich Sie anspreche. Aber zu meiner Erleichterung höre ich, dass Sie Deutscher sind«, sagte eine tiefe Stimme in Emilies Rücken. Nicht irgendeine Stimme. Es war die Stimme ihres Vaters. Ihr wurde kalt. Langsam drehte sie sich um. Gustav Berghoff griff grüßend an seinen Hut.

»Erlauben Sie mir, Sie um Hilfe zu bitten«, fuhr er fort. »Ich wollte einen Bekannten aufsuchen, der hier im Hotel logiert, habe ihn aber knapp verpasst. Offenbar ist er mit einem Freund zu einem Ausflugslokal etwas außerhalb aufgebrochen, wenn ich den Portier richtig verstanden habe. Der gute Mann beherrscht leider nur wenige Brocken Deutsch.«

Emilie bekam kaum mit, was ihr Vater sagte. Seine Worte wurden von einem lauten Rauschen in ihren Ohren geschluckt. Sie fühlte sich einer Ohnmacht nahe. Stocksteif stand sie vor ihm, wagte kaum, ihn anzusehen, und erwartete jede Sekunde, dass er sie erkannte. Lørdag schnupperte kurz an ihm, wedelte mit dem Schwanz und setzte sich dicht neben Emilie.

Die Wärme seines Körpers an ihrem Bein gab ihr ein wenig Halt.

»Kennen Sie sich in der Stadt aus und können mir sagen, wo sich eine solche Wirtschaft befindet?«, sprach ihr Vater weiter.

»Es gibt meines Wissens zwei Lokale, die sich im Sommer bei Einheimischen wie Touristen großer Beliebtheit erfreuen«, hörte Emilie sich sagen und sah die Seite des Reiseführers vor sich, den sie vor ihrer ersten Ankunft in Tromsø aufmerksam studiert hatte.

»Das *Alfheim* im Südwesten der Stadt in einem schönen Birkenwald. Und die Wirtschaft *Charlottenlund,* die in nördlicher Richtung auf einer Anhöhe liegt. Von dort hat man einen wunderbaren Blick über den Fjord und die Umgebung. Beide Lokale können Sie binnen einer halben Stunde bequem zu Fuß erreichen.«

Gustav Berghoff deutete eine Verbeugung an.

»Mein Herr, ich danke Ihnen sehr und wünsche Ihnen noch einen angenehmen Abend. Wenn man bei dieser Helligkeit von Abend sprechen kann.«

Emilie erwiderte den Gruß und lüftete ihren Hut. Allmählich sickerte die Erkenntnis in sie ein, dass ihr Vater nicht den geringsten Verdacht geschöpft hatte. Keine Sekunde lang hatte er sie forschend betrachtet oder auf andere Weise gezeigt, dass ihr Anblick oder ihre Stimme ihn stutzig machten.

Er nickte ihr zu. »Ich denke, ich werde mir eine Droschke nehmen, dann gelange ich schneller zum Ziel und kann binnen kurzer Zeit an beiden Orten nach meinem Bekannten suchen.« Er zögerte. »Vielleicht kennen Sie ihn ja sogar? Leutnant Ottokar Poske ist sein Name.«

Emilie unterdrückte ein hysterisches Kichern. Sie tat so, als dächte sie kurz nach, bevor sie mit einem bedauernden Gesichtsausdruck die Achseln zuckte und sagte:

»Nein, leider ist mir dieser Herr nicht bekannt. Ich wünsche

Ihnen viel Erfolg bei Ihrer Suche und einen angenehmen Aufenthalt in Tromsø.«

»Vielen Dank«, erwiderte ihr Vater, drehte sich um und lief die Storgata hinunter.

Emilie sah ihm nach und zwickte sich kräftig in den Unterarm. Nein, das war kein wahnwitziger Traum. Dort ging ihr Vater. Der Anblick der vertrauten Gestalt rief zu ihrer eigenen Überraschung eine Rührung in ihr hervor, wie sie sie noch nie zuvor ihm gegenüber empfunden hatte. Zum ersten Mal hatte er sie um Rat gefragt – auch wenn er das natürlich nicht ahnte. Sie hatte ihn immer nur als resolut und zielstrebig erlebt. Dass er auch einmal nicht weiterwusste und jemanden um Hilfe bat – und sei es bloß in Form einer Frage nach dem Weg – warf ein ganz neues Licht auf ihn.

Es war nicht allzu schwer, nachzuvollziehen, warum er hier war. Nachdem sie Ende Juni nicht in Hamburg eingetroffen war und ihrer Tante erst vor wenigen Stunden ein Lebenszeichen hatte schicken können, war der Rollentausch in der Zwischenzeit aufgeflogen. Emilie vermied es, sich auszumalen, wie ihre Eltern reagiert hatten, als Fanny und Max ihnen beichten mussten, dass Emilie spurlos in der Arktis verschwunden war. Kein Wunder, dass sich ihr Vater unverzüglich auf die Reise nach Norden begeben hatte, um persönlich nach ihr zu fahnden. Verunsichert fragte sie sich, ob ihn in erster Linie liebende Sorge hergetrieben hatte oder der Zorn über das Ränkespiel seiner Kinder.

Was für ein Glück, dass William sie zu dem Kneipenbesuch überredet hatte und sie nun kurz durchatmen und sich auf die Konfrontation mit ihrem Vater einstellen konnte. Andernfalls hätte er sie in ihrem Hotelzimmer überrumpelt und sich durch ihre Maskerade nicht lange täuschen lassen. Schließlich hatte sie es unter dem Namen Max Berghoff gebucht. Da er sie gerade eben dort nicht angetroffen hatte, wollte er nun mit Ottokar

Poske sprechen, der offenbar den letzten Abend vor der Rückreise nach Deutschland mit Feldwebel Kuhn in einem netten Lokal ausklingen ließ. Vielleicht hoffte ihr Vater ja, dass sich auch seine Tochter dort aufhielt.

»Ein Sixpence für deine Gedanken.«

Emilie zuckte zusammen. Unbemerkt von ihr war William neben sie getreten. Über einem Arm lag ein in Seidenpapier eingeschlagenes weiches Paket, mit der anderen Hand trug er eine große Schachtel.

»Ist es nicht ein bisschen leichtsinnig, hier mitten auf der Straße zu stehen?«, fuhr er fort und musterte sie besorgt. »Du siehst aus, als hättest du den sprichwörtlichen Geist gesehen.«

»Leider keinen Geist. Sondern meinen höchst lebendigen Vater«, antwortete Emilie.

58

Tromsø, August 2013

Am frühen Abend saßen Hanna und Kåre mit ihren Gästen Leif und Line am Esstisch in Kåres Haus vor leer gegessenen Desserttellern, deren eierschalenfarbenes Porzellan im Schein mehrerer Kerzen schimmerte. Draußen prasselte der Regen, der nachmittags eingesetzt hatte, auf die Büsche und Sträucher im Garten. Bengt war noch auf Spitzbergen und hatte zu seinem großen Bedauern seine Eltern nicht zu der Einladung begleiten können.

Kåre hatte als Vorspeise Zucchini-Kartoffelpuffer mit kross angebratenen Lachswürfeln und einer Dill-Zitronensoße zubereitet. Anschließend hatte Hanna Kalbsschnitzel nach einem altbayerischen Rezept serviert, bei dem das Fleisch auf der einen Seite mit Senf und auf der anderen mit Meerrettich bestrichen wurde. Mit Ei und Semmelbröseln paniert hatte sie es anschließend in Butterschmalz goldbraun gebraten, bevor sie es mit Käse bestreut zum Überbacken in den Ofen geschoben hatte. Dazu gab es einen Blattsalat mit Tomaten und gelber Paprika. Den Nachtisch – eine leichte Buttermilchmousse mit frischen Früchten, die mit Honig beträufelt im Grill glasiert worden waren, hatten Kåre und Hanna gemeinsam angerichtet.

»Ihr beiden seid ein tolles Team«, sagte Line. »Euer Essen war köstlich.«

Ihr Mann wischte sich mit der Serviette den Mund ab und lehnte sich mit einem zufriedenen Grunzen in seinen Stuhl zurück.

»Mein Großvater hätte jetzt gesagt: Das war das beste Essen, seit Ålesund gebrannt hat.«

»Ihr solltet ein norwegisch-bayerisches Restaurant eröffnen«, sagte Line. »Die Leute würden euch die Bude einrennen.«

Hanna schaute Kåre an, der errötet war.

»Ich mach uns mal einen Kaffee«, murmelte er, erhob sich und verließ rasch das Speisezimmer.

Line lächelte Hanna zu. »Du tust ihm gut. Ich habe ihn noch nie so glücklich erlebt.«

»Oh, das Kompliment kannst du ihm umgekehrt ebenfalls machen«, antwortete Hanna leise. »Ich kann gar nicht fassen, dass das alles kein Traum ist.«

Line drückte kurz ihren Arm. »Ich freue mich sehr, dass ihr euch gefunden habt.«

Hanna erwiderte ihr Lächeln, das warm und herzlich war. Es war ungewohnt, so im Mittelpunkt zu stehen. Um ihre Verlegenheit zu überspielen, wandte sie sich an Leif und fragte: »Was war das für eine Redensart, die du gerade zitiert hast?«

»Die ist bei uns in Ålesund und auch andernorts in Norwegen noch sehr geläufig«, antwortete er. »Obwohl die Feuersbrunst, auf die da angespielt wird, schon über hundert Jahre zurückliegt. Sie hat 1904 fast die ganze Stadt zerstört und war ein so einschneidendes Ereignis, dass die Menschen sie seither als wichtigen Bezugspunkt wahrnehmen.«

»War deine Familie auch betroffen?«

»Oh ja, und wie!«, sagte Leif. »Die Existenzgrundlage meines Großvaters ist in wenigen Stunden in Flammen aufgegangen. Nicht nur das Haus, in dem er mit seiner Mutter und seinen jüngeren Geschwistern lebte, sondern vor allem die kleine Werft, die er kurz vor dem Brand aufgebaut hatte.«

»Wie furchtbar«, sagte Hanna. »Ich kenne solche Schicksale vor allem aus der Kriegsgeneration. Aber dass man mitten im Frieden alles verlieren kann ...« Sie verstummte.

»Ja, es hat ihn schwer getroffen.«

»War er Ingenieur?«, fragte Hanna.

»Du meinst, wegen der Werft?« Leif schüttelte den Kopf. »Nein, er stammte aus einer Fischerfamilie, war aber technisch sehr begabt. Nachdem sein Vater und sein älterer Bruder in der Arktis verschollen waren und ihr Boot höchstwahrscheinlich vom Packeis zerquetscht worden war, musste Großvater bereits als Halbwüchsiger für den Lebensunterhalt der Familie sorgen. Er heuerte bei Peter Brandal an, einem Ålesunder Unternehmer, der damals eine Flotte von Seehundjägern beschäftigte, die auf Spitzbergen und Grönland lukrative Beute machten. Das Schicksal seines Vaters, das viele Fischer mit ihren schwachen Holzbooten ereilte, ließ ihm jedoch keine Ruhe. Er wollte sich nicht damit abfinden, dass die Männer sich bei ihrer Arbeit ständig in Lebensgefahr begaben. Als er ungefähr Mitte zwanzig war, beschloss er, Schiffe zu konstruieren, die dem Treibeis trotzen konnten. Peter Brandal fand die Idee sehr überzeugend und unterstützte ihn, indem er ihm das Startkapital für die Werft lieh.«

»Die Geschichte kannte ich ja noch gar nicht«, sagte Kåre, der mit einem Tablett aus der Küche zurückkam und Tassen, Zuckerdose und Milchkännchen auf dem Tisch verteilte.

»Ich habe auch schon lange nicht mehr daran gedacht«, sagte Leif. »Hannas Nachforschungen haben meine Erinnerung wieder aus der Versenkung geholt.«

»Peter Brandal? Hat der nicht als Erster die Kohlenminen im Kongsfjord erschlossen?«, fragte Kåre.

Er schenkte allen Kaffee ein und nahm wieder Platz.

Leif nickte. »Er hatte sich die Claims schon vor dem Ersten Weltkrieg gesichert. Als dann durch den U-Boot-Krieg der Deutschen die britischen Kohlelieferungen ausblieben, die Brandal dringend für seine Dampfschiffe benötigte, gründete er 1916 die *Kings Bay Kull Company* und begann mit dem Abbau. Zunächst hieß die Bergarbeitersiedlung sogar Brandal City, bevor sie dann in Ny Ålesund umbenannt wurde.«

»Ich hatte mich schon die ganze Zeit gefragt, was für einen Bezug es zwischen deiner Heimatstadt und dem Örtchen auf Spitzbergen gibt«, sagte Hanna.

»Ja, die Namen auf Svalbard sind eine Wissenschaft für sich«, meinte Line.

Kåre nickte. »Und historisch sehr interessant, denn sie verraten oft viel über die Umstände, unter denen sie zustande kamen. Ich denke dabei an die Namen, die auf Entdecker, Forscher und andere Persönlichkeiten oder auffällige Landschaftsmerkmale zurückgehen, aber vor allem auch an Bezeichnungen wie Sorgenbucht, Verlegenhuk oder Bangenhuk, die doch sehr anschaulich beschreiben, wie hart das Leben dort war.«

»Manche Berge, Fjorde und Orte wurden mehrfach umbenannt, und zeitweise herrschte ein ziemliches Kuddelmuddel«, fügte Line hinzu.

»Kein Wunder, es war ja Niemandsland. Zu einheitlichen Ortsnamen kam es eigentlich erst, als der Archipel unter norwegische Verwaltung gestellt wurde«, erklärte ihr Mann. »Zumindest galten ab dann die norwegischen Namen als verbindlich. Was die anderen Nationen, die dort Bodenschätze abbauten, natürlich nicht daran hinderte, weiterhin ihre eigenen ...«

Hanna rutschte auf ihrem Stuhl nach vorn. »Bodenschätze!«, rief sie und sprang auf. »Das ist es!«

Die anderen sahen sie überrascht an.

»Entschuldigt bitte, ich zeige es euch«, sagte sie und rannte aus dem Zimmer, um ihr Smartphone aus ihrer Jacke zu holen, die an der Garderobe im Flur hing. Aufgeregt öffnete sie den Dateiordner mit den Bildern aus der Pathologie, legte das Gerät auf den Esstisch und deutete auf das Foto von dem Zettel, der sich in einer Tasche der Gletschermumie befunden hatte.

»Ich hab das für bedeutungsloses Gekritzel gehalten«, erklärte sie. »Aber es könnte doch eine Skizze vom Kongsfjord sein. Und die Kreuze markieren vielleicht Kohlevorkommen.«

Kåre, Leif und Line beugten sich über das Display.

»Du bist genial«, sagte Kåre mit leuchtenden Augen. »Wenn das keine Karte vom Kongsfjord ist, esse ich meinen Hut!« Er zwinkerte Hanna zu. »Ich glaube, die Deutschen fressen in solchen Fällen einen Besen.«

Line tippte auf das Smartphone. »Hanna hat Recht. Die Kreuze sind ziemlich genau an den Stellen, wo die Minen in die Flöze getrieben wurden.«

Leif runzelte die Stirn und kniff die Augen leicht zusammen.

»Bist du anderer Ansicht?«, fragte Kåre erstaunt.

»Nein, das ist es nicht. Aber ich habe diese Skizze schon mal gesehen. Oder zumindest eine sehr ähnliche.«

»Natürlich, jetzt wo du's sagst!«, rief Line. »Die war doch in der Schachtel, die wir vom Dachboden geholt haben.« Sie wandte sich an Hanna. »Sie gehörte Leifs Großvater und hat jahrzehntelang auf unserem Speicher vor sich hin gestaubt. Als wir von deinen Nachforschungen hörten, haben wir sie gesucht. Sehr viel war allerdings nicht darin. Ein Dutzend Fotos, ein paar Briefe und Dokumente. Und dann diese Skizze, auf die wir uns keinen Reim machen konnten.«

»Leider werden wir wohl nie erfahren, wie mein Großvater an sie gekommen ist«, sagte Leif. »Ich weiß nur, dass er ein paar Jahre auf Svalbard als Trapper gelebt hat. Dass er etwas mit der Suche nach Bodenschätzen zu tun hatte, ist mir neu.«

»Hast du deinen Großvater eigentlich noch selbst gekannt?«, fragte Kåre.

»Ja, wenn auch nicht sehr lange. Er starb, als ich sieben Jahre alt war. Aber meine Mutter hat viel von ihm und seinem abenteuerlichen Leben erzählt.«

»Wie ging es denn nach dem Brand für ihn weiter?«, wollte Hanna wissen.

»Nun, zunächst mal richtig bitter. Denn zu dem materiellen Verlust kam noch eine herbe menschliche Enttäuschung. Seine Verlobte, die Tochter eines Apothekers, verließ ihn, weil er ihr nun nichts mehr zu bieten hatte. Er war frustriert über diesen Verrat ihrer Liebe, brach mit seinem bisherigen Leben und zog sich in die Wildnis Spitzbergens zurück – fest entschlossen, sich nie wieder auf eine Beziehung einzulassen.«

»Der Arme, das ist wirklich schrecklich«, sagte Hanna. »Leider gibt es ja Menschen, die nach einer solchen Verletzung für immer mit der Liebe abschließen.«

59

Tromsø, Juli 1907

»Du solltest dich sputen«, sagte William, der am Fenster von Emilies Zimmer stand und auf die Storgata hinunterschaute. »Leutnant Poske nähert sich gerade in Begleitung eines älteren Herrn unserem Hotel.«

Emilie biss sich auf die Zunge. Die Suche ihres Vaters hatte schneller zum Erfolg geführt, als sie es gehofft hatte. Nur eine knappe Stunde war seit seinem Aufbruch vergangen – kaum Zeit genug, sich umzuziehen und einigermaßen weiblich herzurichten. Und um einen Brief zu schreiben. Sie überflog die wenigen Zeilen, die sie hastig auf ein Blatt ihres Zeichenblocks geworfen hatte:

Lieber Arne,

bitte komm so schnell wie möglich zu mir! Du befindest Dich in einem schrecklichen Irrtum! Du bist es, dem mein Herz gehört! Ich weiß, dass eine Dame, die auf sich hält, solche Dinge nicht derart unverblümt äußern darf. Aber ich pfeife auf Anstand und guten Ton, wenn sie mein Glück zu zerstören drohen. Jetzt ist es an Dir, in Dich hineinzuhorchen und ehrlich Deine Gefühle zu erforschen. Solltest Du tatsächlich überzeugt sein, dass Du nichts für mich empfindest oder nicht genug, um Dein Leben mit mir teilen zu wollen, dann sei wenigstens Manns genug, mir das ins Gesicht zu sagen!

Bis gleich, Deine Emilie

P.S. Auf der beiliegenden Skizze sind Kohlevorkommen in der Kings Bay eingezeichnet. Diese Information kannst Du sicher gewinnbringend an interessierte Unternehmer verkau-

fen – was Dich in die Lage versetzen würde, Deine Schulden bei Peter Brandal zu begleichen.

Emilie legte den Zettel mit den markierten Kohleflözen auf das Blatt, faltete es mehrfach zusammen und schrieb *Arne Koldvik* auf eine Außenseite.

»Schnell, du musst gehen!«, sagte sie zu William.

»Soll ich nicht bleiben und dir beistehen?«, fragte er.

»Nein. Der Schuss würde nach hinten losgehen und alles noch schlimmer machen. Wenn mein Vater mich allein mit einem Mann hier antrifft … du verstehst schon …« Sie hob die Schultern. »Wobei ich bezweifle, ob das noch eine Rolle spielt.«

William drückte ihren Arm. »Es ist auf jeden Fall vernünftig, deinem Vater nicht noch mehr Munition gegen dich zu liefern.«

Emilie stand auf und gab ihm den Brief.

»Aber du kannst mir einen großen Gefallen tun. Bitte such Arne und gib ihm das. Vielleicht ist er wieder in die Hafenkneipe gegangen. Und wenn nicht, kann man dir dort bestimmt sagen, wo sich das Haus des Kapitäns der *Isflak* befindet. Er hat Arne ja bei sich untergebracht.«

»Wird erledigt«, sagte William.

»Und könntest du Lørdag mitnehmen?«, bat sie. »Wer weiß, wie lange ich hier ausharren muss. Er ist es nicht gewohnt, so lange in geschlossenen Räumen zu sein.«

William nickte. Emilie beugte sich zu dem Husky, der in einer Ecke lag, und sagte:

»Lørdag, sei schön brav und geh mit William.«

Der Hund stand auf, streckte sich und trottete zur Tür. Er sah Emilie erwartungsvoll an.

»Nein, ich kann leider nicht mit.«

Emilie öffnete die Tür einen Spalt, vergewisserte sich, dass die Luft noch rein war, und ließ William und Lørdag hinausschlüpfen. Schon ertönten schwere, vertraut klingende Schritte auf der Treppe zur zweiten Etage, auf der ihr Zimmer lag.

»Bitte, finde ihn«, flüsterte sie, bevor sie die Tür wieder schloss.

Mit einem tiefen Atemzug drehte sie sich zum Spiegel der Waschkommode und verzog unwillkürlich das Gesicht zu einer Grimasse komischer Verzweiflung. Sie sah aus wie eine Vogelscheuche. Ihr Teint war gebräunt, ihre kurzen Haare waren von sonnengebleichten, helleren Strähnen durchzogenen und ihre Lippen vom Salzwasser und dem Wind ausgetrocknet und aufgesprungen. Der Puder, mit dem sie sich großzügig bestäubt hatte, konnte nur wenig ausrichten – ihr Gesicht entsprach weniger denn je dem damenhaften Ideal, das Frauen wie ihrer Mutter oder Großmutter Hedwig vorschwebte. Halsabwärts sah sie dagegen aus wie eine prüde Gouvernante.

William hatte in einem Geschäft, in dem man gebrauchte Kleidung erwerben konnte, einen knöchellangen dunkelblauen Rock, eine hochgeschlossene weiße Bluse mit gepufften Ärmeln und ein Umschlagtuch aus Wolle gekauft und dabei ein erstaunlich gutes Auge für Emilies Maße an den Tag gelegt. Dazu schwarze Schnürstiefeletten und einen schlichten Haubenhut. Die Schwielen und Narben an ihren Händen machten den seriösen Eindruck wieder zunichte. Auch die Tatsache, dass sie auf ein Korsett verzichtet hatte, trug nicht dazu bei, ihrer Erscheinung auch nur einen Hauch von Eleganz zu verleihen. Rasch streifte Emilie aus festem Garn gehäkelte Handschuhe über ihre Hände und setzte die Haube auf, die fast den gesamten Kopf bedeckte und ihre Haare verbarg. Zum Schluss holte sie ihren Talisman, den Hühnergott-Stein aus der Tasche von Max' gefütterter Jacke, zog ein Stück von der Schnur, mit der das Kleiderpaket zusammengebunden gewesen war, durch das Loch in seiner Mitte und hängte ihn sich als Kette um den Hals.

Mit einem Krachen flog die Tür auf. Emilie versteifte sich

und drehte sich so würdevoll wie möglich um. Ihr Vater trat mit einer steilen Zornesfalte auf der Stirn auf sie zu. Hinter ihm erspähte sie Leutnant Poske, der ihm mit unverhohlener Neugier über die Schulter schaute. Gustav Berghoff fixierte sie, riss die Augen auf und rang nach Luft.

»Du warst das?«, sagte er tonlos.

»Wenn Sie den jungen Mann meinen, den Sie vorhin nach dem Weg fragten«, antwortete Emilie. »Ja, das war ich.«

Die Tatsache, die eigene Tochter in ihrer Verkleidung nicht erkannt zu haben, hatte ihrem Vater den Wind aus den Segeln genommen. Schwer ließ er sich auf den Stuhl vor der Frisierkommode fallen. Er schien aus dem Konzept gebracht und nicht in der Lage, ihr die Strafpredigt zu halten, die er sich zweifellos zurechtgelegt hatte. Emilie nutzte die Gelegenheit und sagte:

»Ich weiß, dass Sie mein Verhalten zutiefst missbilligen. Aber ich habe es getan, um Max zu helfen. Und um Ihnen und Mutter großes Leid und Kummer zu ersparen. So ungern ich es sage, aber Max wäre mit dieser Reise überfordert gewesen. Allein der Gedanke an die unwägbaren Strapazen hat ihn in die höchste Verzweiflung getrieben.«

Sie unterbrach sich, sah ihm in die Augen und fügte bedeutungsschwanger hinzu: »Sie wissen schon, so wie damals in der Kadettenanstalt.«

Die Anspielung auf den Versuch seines Jüngsten, sich das Leben zu nehmen, weil er sich dem Drill und dem rauen Ton beim Militär nicht gewachsen gefühlt hatte, ließ ihren Vater zusammenzucken.

Er weiß nicht, dass Max sich in Saßnitz von den Felsen stürzen wollte. Sie haben es ihm nicht gesagt, wurde es Emilie klar. Einen Moment lang war sie unschlüssig, ob sie sich über ihren Bruder und Fanny ärgern sollte. Einerseits verstand sie, dass Max nicht erneut als lebensuntüchtiger Feigling hatte dastehen wollen, andererseits hatte es in den Augen ihrer Eltern wahrscheinlich so ausgesehen, als sei das Ganze ein tolldreister Einfall und leichtsinniger Jugendstreich.

Die Strenge wich aus Gustav Berghoffs Gesicht und machte Ratlosigkeit Platz.

»Wie komme ich bloß zu solch missratenen Kindern?«, murmelte er und rieb sich die Stirn. »Meine Tochter ruiniert ihren guten Ruf und riskiert ihr Leben, um ihren Bruder zu retten, der seiner Familie nur Schande bereitet. Womit habe ich das verdient? Und wie soll es nun weitergehen?«

Er sah auf und zuckte zusammen, als sein Blick auf Ottokar Poske fiel, der das Geschehen an die Wand neben der Tür gelehnt mit stoischer Miene verfolgt hatte.

Er hat ihn vollkommen vergessen, dachte Emilie. Es muss schrecklich für ihn sein, dass ein Fremder das alles hier mitbekommt. Abgesehen davon zeugt es nicht gerade von guter Erziehung, dass der Leutnant sich nicht diskret entfernt hat.

Als habe dieser ihre Gedanken gelesen, stieß sich Ottokar von der Wand ab, nahm vor Gustav Berghoff Haltung an und sagte:

»Mein Herr, verzeihen Sie, dass ich Zeuge dieses Gesprächs wurde. Ihre Lage lässt mich nicht kalt, ganz im Gegenteil, Sie haben mein größtes Mitgefühl.«

Emilies Vater stand auf und öffnete den Mund. Ottokar hob eine Hand und fuhr fort:

»Aber ich habe mehr zu bieten als das. Ich biete Ihrer Tochter meine Hand und ein ehrenvolles Dasein als meine Ehefrau.«

»Sie meinen, Sie wollen sie immer noch ... trotz allem, was vorgefa...«, stotterte Gustav Berghoff.

»Ich begebe mich sehenden Auges in diese ungewöhnliche Situation, die zweifelsohne gegen die Konventionen verstößt und Befremden auslösen könnte. Aber das nehme ich gern auf mich – schon aus Respekt vor Ihnen. Außerdem wird da, wo wir leben werden, niemand von dieser nordischen Episode im Leben Ihrer Tochter Kenntnis erhalten.«

Gustav Berghoff räusperte sich und fragte: »Was meinen Sie mit ›da, wo wir leben werden‹?«

»Ich gedenke, in den deutschen Schutzgebieten mein Glück zu suchen und dort meinem Kaiser zu dienen. Emilie hat in den vergangenen Wochen bewiesen, dass sie genau die richtige Frau an meiner Seite wäre. Sie ist nicht zimperlich und durchaus in der Lage anzupacken, wenn es erforderlich ist.«

»Verstehe«, sagte ihr Vater und sah den Leutnant nachdenklich an. »Aber es wäre doch möglich, dass ihre skandalöse Vergangenheit irgendwann ans Licht kommt und auch auf Sie einen Schatten wirft. Immerhin waren auch Sie ein Teilnehmer der Expedition. Wie würden Sie in diesem Fall verfahren?«

Emilie bemerkt, wie der Leutnant leicht zusammenzuckte, und fragte sich, ob er wohl an sein unrühmliches Versagen als Eisbärjäger dachte oder als Anführer der Forscher, die er in die Irre geführt hatte. Er straffte sich und verkündete:

»Ich darf wohl ohne falsche Bescheidenheit von mir behaupten, dass ich die nötige Größe besitze, über derartige Gerüchte erhaben zu sein.«

Durch Gustav Berghoff ging ein Ruck, und sein Gesicht nahm den Ausdruck an, den Emilie bei sich den »geschäftlichen« nannte.

»Da Sie so offen reden, gestatten Sie mir eine ebenso direkte Frage: Was erwarten Sie als Gegenleistung für Ihr Angebot?«

Emilie versteifte sich und sah zum Leutnant, der es ebenso wie ihr Vater bislang vermieden hatte, sie in das Gespräch einzubeziehen – und sei es durch Blicke.

»Nun, ich bin mir sicher, dass Ihr Schwager Adrian von Spilow mir bei meinen Bemühungen behilflich sein kann – zumal in seiner neuen Stellung im Reichskolonialamt. Wenn Sie bei ihm ein Wort für mich einlegen, wird er gewiss seine Beziehungen spielen lassen und einen angemessenen Posten für mich zur Verfügung stellen.«

Gustav Berghoffs Augen verengten sich. Er neigte den Kopf zur Seite, atmete tief ein und aus und streckte dem Leutnant die Hand hin.

»So soll es geschehen.«

Ottokar Poske schlug ein. Ein zufriedenes Lächeln umspielte seine Lippen. Emilie wurde flau.

»Vater!«, rief sie flehend. »Du kannst doch nicht … ich meine, werde ich denn gar nicht gefragt?«

»Mein Kind, du solltest dich überglücklich schätzen«, antwortete er und gebot ihr mit einer energischen Kopfbewegung Schweigen, als sie zu einer Erwiderung ansetzte: »Sag jetzt nichts, was du später bereuen wirst!«

Zum zweiten Mal an diesem Tag wurde ihr dieser Rat gegeben. Emilie musste an sich halten, um nicht laut loszuschreien.

»Ich werde mich unverzüglich zum Postamt begeben, um meiner Frau zu telegraphieren«, sagte ihr Vater zu Ottokar. »Es wird höchste Zeit, sie und den Rest der Familie aus der furchtbaren Ungewissheit und Sorge zu befreien, in die uns unsere Tochter versetzt hat«, fuhr er mit einem strengen Seitenblick auf Emilie fort. »Dass ich ihnen nun nicht nur den glücklichen Ausgang meiner Suche melden kann, sondern auch von Ihrem Antrag berichten darf, erfüllt mich mit großer Dankbarkeit.«

Der Leutnant verbeugte sich leicht und erwiderte: »Ich werde mich in der Zwischenzeit für Sie und Emilie um Reisebilletts und die Reservierung von Kabinen auf der *Fürst Bismarck* bemühen, die im Hafen liegt und in Kürze Richtung Heimat auslaufen wird.«

Emilies Gedanken rasten. Was, wenn William zu lange brauchte, um Arne zu finden, und sie nicht mehr im Hotel war, wenn er kam? Sie musste ihn selber suchen! Der Gedanke, Tromsø zu verlassen, ohne ihn vorher zu sehen, war unerträglich.

»Vater, darf ich Sie bitte begleiten?«, fragte Emilie und versuchte, unterwürfig zu klingen. »Ich würde gern ein paar Mitbringsel für Mutter und …«

»Nein, du bleibst hier. Ich gehe kein Risiko ein«, erwiderte er. »Nach allem, was du dir geleistet hast, traue ich dir nicht mehr über den Weg.«

Gustav Berghoff griff nach den Männerkleidern und der Schachtel mit den wenigen Sachen, die Emilie als Max bei sich getragen hatte.

»Damit du nicht auf dumme Gedanken kommst«, sagte er.

Er nickte Ottokar Poske zu, ging zur Tür, zog den Schlüssel ab und ließ dem Leutnant den Vortritt. Bevor er ihm folgte, drehte er sich noch einmal zu Emilie und zog ein Kuvert aus der Tasche, das er ihr reichte.

»Von deiner Tante Franziska«, sagte er, verließ das Zimmer und schloss von außen ab.

Mit einem Aufschrei warf sich Emilie gegen die Tür und hämmerte dagegen. Reiß dich zusammen!, ermahnte sie sich. Du musst jetzt einen kühlen Kopf bewahren. Sie trat zum Fenster, öffnete es und schaute hinunter. Nein, dieser Fluchtweg war ihr verwehrt, ein Sprung aus solcher Höhe tödlicher Leichtsinn, und die glatte Hausfassade bot keinen Halt zum Klettern. Doch selbst wenn sie ihrem Gefängnis entkam, was konnte sie ausrichten? Im besten Fall würde sie Arne finden, sich seiner Liebe vergewissern und mit ihm zusammen als frisch Verlobte ihrem Vater entgegentreten. Auch wenn dieser die Verbindung nicht gutheißen sollte und sie ohne seinen Segen heiraten müsste – es wäre die glücklichste Lösung. Was aber, wenn sie Arne nicht rechtzeitig oder gar nicht aufspürte? Oder schlimmer noch, von ihm zurückgewiesen wurde?

Emilie umklammerte ihren Glücksstein und schloss kurz die Augen. Im Moment hatte sie ohnehin keine andere Wahl, als auf William zu vertrauen und abzuwarten. Sie ging zur Tür, hob den Umschlag auf, den sie in ihrer ersten Panik hatte fallenlassen, und zog die Augenbrauen zusammen. Er war bereits geöffnet. Vermutlich hatte ihr Vater ihn gelesen, um sicherzugehen, dass keine weiteren Intrigen hinter seinem Rücken gesponnen wurden.

Hamburg, 5. Juli 1907

Liebe Emilie,

ich hoffe so sehr, dass Du diese Zeilen bald in Händen hältst und gesund und unversehrt aus der Arktis zurückgekehrt bist!!!

Wie Du dir sicher denken kannst, waren Dein Bruder und ich außer uns vor Sorge, als wir Dich Ende Juni nicht in Hamburg angetroffen haben. Dafür tauchte überraschend Euer Vater auf, der seine beiden Kinder persönlich nach ihrer langen Abwesenheit in Empfang nehmen wollte. Am liebsten hätten wir ihn begleitet, als er sich unverzüglich auf den Weg nach Tromsø machte, um nach Dir zu suchen. Doch er bestand darauf, dass ich Max nach Elberfeld bringe, wo später en famille über dessen weiteren Werdegang beraten werden soll. Angesichts der Verzweiflung, in der sich Dein Bruder wegen Deines ungewissen Schicksals befindet, gab ich dem Wunsch Deines Vaters gern nach – wenn auch aus anderen Beweggründen. Ich versichere Dir, gut auf Max achtzugeben!!

Meine liebe Emilie, meine Gedanken sind ganz bei Dir! Ich wünsche Dir viel Kraft, um die kritische Situation zu meistern, in der Du Dich befindest. Du musst mir glauben, dass ich Dir jetzt sehr gern persönlich zur Seite stehen würde. Du darfst Dir aber in Zukunft meiner und auch Addys Unterstützung jederzeit gewiss sein!!

Alles, alles Gute und herzliche Grüße von Deiner Fanny

Emilie seufzte tief auf, stellte sich ans Fenster, um nach Arne und William Ausschau zu halten, und dachte über Fannys Brief nach. Auch wenn ihre Tante darauf verzichtet hatte, das unverhoffte Erscheinen ihres Schwagers zu beschreiben, konnte sie sich die Begegnung lebhaft vorstellen. Die Andeutung, man werde später im Familienkreis über Max beraten, bereitete ihr Magengrummeln. Offenbar hatte ihr Vater nicht vor, seinen Jüngsten weiterhin in Berlin studieren zu lassen. Aber was sollte ihr Bruder stattdessen tun? Würde man ihn zwingen, in der Elberfelder Fabrik eine Ausbildung zu absolvieren, um jederzeit ein Auge auf ihn zu haben? Armer Max, dachte Emilie. Dein Traum vom Schriftstellerleben dürfte damit vorerst begraben sein.

Sie ließ ihre Augen über den Sund wandern. Von ihrem Fenster aus konnte sie den Hafen und den *HAPAG*-Dampfer, mit dem sie in wenigen Stunden Tromsø verlassen sollte, nicht sehen. Die Meeresenge zwischen der Stadtinsel und dem Festland war von Booten und Kuttern befahren, die vom Fischfang zurückkehrten oder Touristen zu Sehenswürdigkeiten schipperten. Ein größerer Segler schob sich vom Hafen kommend in ihr Sichtfeld. Es war die *Isflak*. Offenbar hatte der Kapitän nur eine kurze Pause eingelegt, bevor er wieder ins Polarmeer aufbrach, um den Rest des kurzen arktischen Sommers zu nutzen. Ob er wieder nach Spitzbergen fuhr? Oder zum Fischen in die Barentssee? Emilie ertappte sich dabei, wie sie die Hand hob und dem Schiff zuwinkte. Sie hätte viel darum gegeben, mit an Bord zu sein und zu einem neuen Abenteuer aufzubrechen – Seite an Seite mit Arne.

Ein Klopfen an der Tür riss sie aus ihren Träumereien. Ihr Herz machte einen wilden Sprung. Da war er! Sie rannte durchs Zimmer und rief:

»Arne, ich wusste, dass du …«

»Nein, ich bin es nur«, hörte sie Williams Stimme gedämpft sagen. »Und Lørdag.«

Die Klinke wurde heruntergedrückt.

»Lässt du uns rein?«

»Das würde ich sehr gern. Ich bin aber eingesperrt worden«, antwortete Emilie und fragte: »Wo ist Arne? Hast du ihn gefunden?«

»Nein, leider nicht«, sagte William. »Ich fürchte, er hat die Stadt verlassen und ist mit der *Isflak* auf dem Weg nach Spitzbergen.«

»Nein!«, schrie Emilie und stürzte zum Fenster. Sie lehnte sich weit hinaus und erhaschte einen letzten Blick auf das Heck der *Isflak*, die mit geblähten Segeln Kurs aufs offene Meer nahm.

»Arne! Arne!«

Auf dem Flur begann Lørdag zu heulen.

»Emilie!«, rief William und trommelte gegen die Tür. »Mach bitte keine Dummheiten! Geh vom Fenster weg, ich flehe dich an!«

Lørdags anschwellendes Jaulen und die Verzweiflung in Williams Stimme brachten Emilie zur Besinnung. Sie kehrte zur Tür zurück, kniete sich hin, lugte durchs Schlüsselloch und sah direkt in Williams Auge.

»Gott sei Dank!«, rief er. »Ich dachte schon, du würdest dich ...«

»Vielleicht wäre es das Beste«, murmelte Emilie.

Sie sackte in sich zusammen, barg ihren Kopf zwischen ihren Knien und brach in Tränen aus.

»Bitte, verzage nicht!«, bat William.

»Wie denn?«, schluchzte Emilie. »Mein Vater hat mich gerade an Poske verschachert. In ein paar Stunden bin ich auf dem Weg nach Deutschland und in eine Ehe mit diesem aufgeblasenen Schnösel. Und ich werde Arne nie wiedersehen!«

Verzweifelt krümmte sie sich zusammen und weinte bitterlich.

Nach einer Weile sagte William. »Ich kann dir Arne nicht

herbeizaubern. Aber ich habe eine Idee, wie du zumindest dem Leutnant entkommst.«

Müde lehnte Emilie ihren Kopf gegen die Tür. »Wie soll das möglich sein?«

»Werde meine Frau«, antwortete William.

»Deine Frau?«, fragte Emilie. »Das verstehe ich nicht. Ich meine, du willst doch lieber mit einem ... äh, also ...«

»Es wäre keine Ehe im klassischen Sinn. An unserem Verhältnis würde sich nichts ändern. Wir bleiben Freunde – mehr nicht. Wobei das unendlich wertvoll ist. Alles andere wäre für die Öffentlichkeit.«

»Ach so, verstehe«, murmelte Emilie.

»Emilie? Kannst du bitte ein wenig lauter sprechen. Ich höre dich kaum«, sagte William.

Emilie kniete sich hin und sprach ins Schlüsselloch: »Du meinst, wir sollten heiraten, um uns gegenseitig die Freiheit geben zu können, die andere uns verwehren?«

»Ich hätte es nicht besser ausdrücken können«, antwortete William. »Was meinst du?«

Emilie massierte sich die Schläfen. Williams Vorschlag, den er ihr aus heiterem Himmel gemacht hatte, war so verrückt, dass er ihr in ihrer momentanen Lage genau passend erschien. Mutter wäre entzückt, dachte sie. Ihre einzige Tochter als Gemahlin eines Grafen, eines englischen zwar, aber immerhin. Von altem Adel mit standesgemäßem *castle* – eine hervorragende Partie. Für Vater und Friedrich wäre Williams Nationalität eine bittere Pille, die sie jedoch schlucken würden, schließlich hatte die Großmutter ihres verehrten Kaisers bis 1901 als Queen Victoria über das britische Empire geherrscht.

»Emilie?«, fragte William und pochte leise gegen die Tür. »Bist du noch da?«

»Natürlich«, antwortete sie. »Ich kann ja leider nicht wegfliegen.«

»Diese verdammte Tür«, hörte sie William fluchen.

Emilie konnte sich lebhaft vorstellen, wie er auf dem Gang hockte und mit der Tür redete. Es sprach für seine innere Größe, dass er ihr nicht nur diesen Ausweg aus ihrer Zwangslage anbot, sondern bereit war, sich dabei der Lächerlichkeit preiszugeben, wenn jemand ihn in dieser Lage entdeckte.

Sie seufzte tief auf. Was sollte sie ihm antworten? Konnte sie seinen Antrag annehmen? Sie wäre rehabilitiert und vor einer unglücklichen Ehe mit dem Leutnant bewahrt. Andererseits würde sie in einem Land leben, in dem sie niemanden kannte, in einer Gesellschaft, die sie sich noch steifer und konventioneller vorstellte als die daheim. Es fiel ihr schwer, einen klaren Gedanken zu fassen. Es war alles zu viel, sie konnte jetzt nichts entscheiden. Am liebsten wäre sie tatsächlich weggeflogen.

»Unsere Ehe muss ja gar nicht lange dauern. Ich sehe sie eher als Übergangslösung, um uns ein wenig Luft zu verschaffen«, drang Williams Stimme gedämpft an ihr Ohr. »Du bräuchtest dir keine Sorgen um dein Auskommen zu machen und könntest nach Arne suchen. Du hast mein Wort, dass ich dich dabei nach Kräften unterstützen werde! Und ich könnte in Ruhe überlegen, wie meine Zukunft aussehen soll. Dank dir ist mir klar geworden, dass ich mich nicht mein Leben lang verstellen kann und will. Auch auf die Gefahr hin, von meiner Familie verstoßen zu werden. Aber ich bin nicht so mutig, das übers Knie zu brechen, und deshalb ...«

»Ich weiß dein Angebot zu schätzen«, sagte Emilie. »Du bist ein echter Freund.«

»Wir könnten auch irgendwohin auswandern«, fuhr William lebhafter fort. »Natürlich nur, wenn das mit Arne und dir nicht ... Oh, ich glaube, dein Vater kommt zurück«, unterbrach er sich und fügte hastig hinzu: »Also, überleg es dir.«

»Was soll sich meine Tochter überlegen?«, ertönte Gustav

Berghoffs Stimme. »Wer sind Sie, und was haben Sie hier zu suchen?«

Emilie hörte, wie der Schlüssel ins Schloss gesteckt wurde. Rasch stand sie auf, wischte sich die verweinten Augen trocken, richtete ihre verrutschte Haube und stellte sich kerzengerade mitten ins Zimmer. Die Tür öffnete sich. Lørdag sprang herein und leckte ihr die Hand. Im Gang standen sich William und ihr Vater gegenüber, den Leutnant erspähte sie zwei Schritte hinter diesem.

»Gestatten Sie, mich Ihnen vorzustellen«, sagte William und verbeugte sich vor Gustav Berghoff. »William Lewis Earl of Shropshire. Ich hatte das Vergnügen, an der von Leutnant Poske geleiteten Expedition teilzunehmen«, fuhr er mit einem sparsamen Lächeln in Richtung Ottokar Poskes fort.

»Sie, ein Earl?«, entfuhr es dem Leutnant. »Sie hatten sich nie als solcher zu erkennen gegeben.«

William zuckte mit den Achseln. »Mir schien es dem Anlass angemessen. Was zählen in der Wildnis schon Titel und Abstammung?«

»Nun, Emilie«, sagte Gustav Berghoff und trat zu ihr ins Zimmer. »Hast du die Bedenkzeit genutzt?«

»Ja, das habe ich«, antwortete sie und sah ihm in die Augen.

»Ich wusste, dass du Vernunft walten lassen und ...«

»Ich werde den Antrag von Leutnant Poske nicht annehmen!«

»Wie bitte? Ich habe mich wohl verhört?«

Emilie schüttelte den Kopf. »Ich kann diesen Mann unmöglich ehelichen.«

»Jetzt komm mir nicht damit, dass du nur aus Liebe heiraten wirst«, raunzte ihr Vater. »In deiner Lage ist kein Raum für romantische Sentimentalitäten.«

»Wenn es nur mangelnde Liebe wäre«, entgegnete Emilie. »Nein, ich kann es nicht, weil ich ihm nicht den nötigen Respekt entgegenbringe.«

»Wie kannst du es wagen!«, fuhr ihr Vater auf, während der Leutnant hörbar die Luft einsog und näher kam.

Emilie ging einen Schritt auf ihren Vater zu und sah ihn eindringlich an.

»Merken Sie denn nicht, um was es ihm eigentlich geht? Dass er nur an mir interessiert ist, weil er sich einen lukrativen Posten in den Kolonien erhofft? Und außerdem darauf baut, dass wir ihm ewig zu Dank verpflichtet sind, weil er mich vor einem Leben in Schande errettet hat? Ist das in Ihren Augen die Grundlage für eine solide Ehe, bei der sich die Gatten mit Achtung begegnen?«

Sie hörte, wie Poske empört schnaubte. Ihr Vater zog die Brauen zusammen und musterte sie finster.

»Es gibt nur eine Entschuldigung, die mir zu deinen Gunsten einfällt: Diese unselige Reise hat deine Nerven derart zerrüttet, dass du nicht mehr Herrin deiner Sinne bist.«

»Aber nein«, gab Emilie zurück. »Ganz im Gegenteil. Nie war ich mir einer Sache klarer bewusst! Und auch Sie werden mir beipflichten, wenn Sie in Ruhe darüber nachde...«

»Genug!«, herrschte er sie an. »Ich verbitte mir diesen anmaßenden Ton!«

Er drehte sich zu dem Leutnant.

»Mein Herr, entschuldigen Sie bitte dieses unbotmäßige Verhalten meiner Tochter. Wie gesagt, ich kann es mir nur damit erklären, dass sie unter einem Anfall geistiger Umnachtung leidet und ...«

»Das glaube ich ganz und gar nicht«, sagte William, der sich bis dahin im Hintergrund gehalten hatte. »Ihre Tochter verfügt über einen messerscharfen Verstand und hat in den Wochen, in denen ich sie kennenlernen durfte, mehr Schneid bewiesen, als all ihre Gefährten zusammen.« Er warf dem Leutnant einen vielsagenden Blick zu und verneigte sich vor Emilie:

»Es wäre mir eine große Ehre, wenn du mir nach England folgen und dort als Countess of Shropshire …«

»Max! Emilie!«, unterbrach eine tiefe Stimme seinen Antrag.

Die mächtige Gestalt des Russen erschien im Türrahmen. Emilie sah zu ihrem Vater, der William wie in Trance anstarrte. In seinem Gesicht spiegelte sich Fassungslosigkeit. Wahrscheinlich fragt er sich, ob er sich verhört hat, dachte sie. Ein englischer Earl bittet ihn um die Hand seiner missratenen Tochter – das übersteigt offensichtlich sein Vorstellungsvermögen.

Leonid schob Gustav Berghoff und Ottokar Poske wie Büsche beiseite, die ihm im Weg standen, nickte William zu, stapfte auf Emilie zu, drückte ihr einen schmatzenden Kuss auf die Stirn und rief:

»Ya blagodaryu vas! Ty spas menya!«

Emilie wich ein wenig zurück und sah ihn überrumpelt an.

»Wer ist das?«, rief ihr Vater. »Was will er von dir?«

»Was erlauben Sie sich?«, rief der Leutnant und packte Leonid am Arm, während sich Emilie an William wandte und fragte:

»Hast du verstanden, was er gesagt hat?«

»Ich glaube, er will dir danken. Weil du ihn gerettet hast.«

»Ich? Ihn gerettet?« Emilie schüttelte den Kopf. »Ich wüsste nicht wann und wie.«

»Er war schon vorhin so euphorisch«, sagte William. »Auf der Suche nach Arne bin ich ihm vor der Hafenkneipe in die Arme gelaufen. Er hatte gerade den Trapper in dessen Unterkunft verfrachtet, nachdem er ihn mit genügend Schnaps abgefüllt hat, um ihn für die nächsten vierundzwanzig Stunden außer Gefecht zu setzen. Als er mitbekam, warum ich Arne so dringend finden musste, begann er plötzlich zu jauchzen und zu lachen, dass mir ganz unheimlich wurde. Dann umarmte er mich und rannte davon.«

»Würdest du mir bitte erklären, wer dieser Herr ist?«, sagte Emilies Vater, sichtlich um Haltung bemüht.

»Das ist Leonid Aronski«, antwortete sie. »Er hat uns auf der Fahrt nach Spitzbergen begleitet und …«

»Und dort offenbar ebenfalls seinen Verstand verloren. Vielleicht liegt es ja an der ewigen Helligkeit?«, murmelte ihr Vater. Er rieb sich die Stirn und sah sich verunsichert um.

Es muss sein Selbstverständnis sehr erschüttern, nicht Herr der Lage zu sein, schoss es Emilie durch den Kopf. Sie ist aber in der Tat ein wenig unübersichtlich. Seine Tochter, die er für ein gefallenes Mädchen hält, bekommt binnen kürzester Zeit zwei Heiratsanträge von honorigen Männern. Er hat wohl mit allem Möglichen gerechnet, aber damit ganz sicher nicht.

Was wohl Großmutters Anstandsbuch in Fällen wie diesen vorsah? Emilie spürte ein albernes Kichern in sich aufsteigen. Sie suchte Williams Blick und wurde nicht enttäuscht. Seine Augen funkelten belustigt. Ottokar Poske dagegen sah aus, als würde er im nächsten Moment vor Wut platzen. Sein Gesicht war hochrot, er schnappte nach Luft und bebte am ganzen Körper. Emilie stellte es sich unerträglich anstrengend vor, sich selbst ständig ernst nehmen zu müssen und den Dingen nicht auch gelegentlich ihre komische Seite abgewinnen zu können.

»Warum küsst dich dieser Russe in aller Öffentlichkeit?«, fragte Gustav Berghoff halblaut. »Will er dich etwa auch heiraten?«

»Das würde ich nicht zulassen«, drang eine vertraute Stimme an Emilies Ohr.

Sie hob eine Hand vor den Mund und starrte zur Tür, durch die Arne eben trat. Lørdag rannte zu ihm, sprang an ihm hoch und wedelte mit dem Schwanz. Vor Emilies Augen tanzten schwarze Punkte, ihr wurde eiskalt, ihre Arme und Beine fühlten sich taub an. Vater hat Recht, ich drehe tatsächlich durch und sehe Trugbilder, dachte sie. Dann schwanden ihr die Sinne.

60

Tromsø, August 2013

Line legte eine Hand auf das Knie ihres Mannes, der neben ihr saß, und lächelte Hanna und Kåre über den Esstisch hinweg zu.

»Zum Glück wurde der Entschluss seines Großvaters ein paar Jahre später ins Wanken gebracht, sonst gäbe es ja meinen Leif nicht.«

Dieser schmunzelte und sagte: »Ja, er lernte Großmutter kennen und fand wieder neuen Lebensmut.«

»Sie war übrigens Deutsche«, sagte Line an Hanna gewandt.

Leif zog ein Lederband, das er um den Hals trug, unter seinem T-Shirt hervor. Daran baumelte ein runder, schwarzer Stein mit einem Loch in der Mitte.

»Dieser Feuerstein war ihr Talisman«, erklärte er. »Den hat sie mir kurz vor ihrem Tod geschenkt.«

»Wo und wann sind sich deine Großeltern denn begegnet?«, fragte Kåre.

»Hier in Tromsø. Im Sommer 1907.«

»Wie ungewöhnlich«, sagte Hanna. »Was hatte denn die Großmutter aus Deutschland hierher verschlagen?«

»Sie ist von zu Hause ausgebüxt, weil sie etwas von der Welt sehen wollte, nicht wahr?«, sagte Line und sah ihren Mann fragend an.

Leif nahm einen Schluck Kaffee und lehnte sich in seinem Stuhl zurück.

»Ja, so in etwa. Das war eine abenteuerliche Geschichte. Eigentlich sollte ihr jüngerer Bruder an einer Polarexpedition teilnehmen. Er hatte aber riesige Angst davor. Darum ist seine

Schwester als Mann verkleidet an seiner Stelle in den Norden gereist.«

»Wahnsinn, das ist ja der reinste Roman!«, rief Hanna.

»Und auf dieser Reise hat sie deinen Großvater kennengelernt?«, wollte Kåre wissen.

Leif nickte. »Um ein Haar wären sie nicht zusammengekommen. Mein Großvater war nämlich nicht der Einzige, der um ihre Hand angehalten hat. Da gab es noch einen deutschen Leutnant, den ihr Vater wohl für sie erwählt hatte, obwohl sie ihn verabscheute. Weswegen ihr ein junger Engländer, mit dem sie sich angefreundet hatte, eine Art Scheinehe anbot, um sie vor dieser Hochzeit zu bewahren. Und um selber den Erwartungen seiner Eltern zu entsprechen, indem er ihnen endlich eine Braut präsentierte. Er war nämlich homosexuell, was zu der Zeit nicht nur strafbar, sondern vor allem gesellschaftlich total verpönt war. Niemand wusste davon, nur meine Großmutter.«

»Du meine Güte, das klingt wirklich abenteuerlich!«, rief Hanna. »Und dein Großvater war der dritte Heiratskandidat?«

»Genau. Aber er glaubte die ganze Zeit, keine Chancen gegen den Engländer zu haben und wollte ...«, begann Leif.

»Doch dank des beherzten Eingreifens eines geheimnisvollen Russen gab es dann doch ein Happy End«, beendete Line seinen Satz und rollte mit den Augen. »Manchmal hast du schon eine sehr nervenaufreibende Art, einen auf die Folter zu spannen«, schalt sie ihren Mann.

»Du bist auch nicht viel besser«, gab Leif zurück und küsste Line auf die Nase.

»Geheimnisvoller Russe?«, wiederholte Hanna und sah Kåre an. »Denkst du, was ich denke?«

Kåre hob die Schultern. »Ich weiß nicht recht, es gab ja zu der Zeit viele russische Händler und Fischer in Tromsø.«

»Wovon redet ihr?«, fragte Line.

»Wir sind heute bei unseren Recherchen im Archiv des Polarinstituts auf eine skurrile Meldung gestoßen«, erklärte Hanna. »Da ging es um einen russischen Komponisten, der sich von seiner Ballett-Truppe abgesetzt hatte und polizeilich gesucht wurde.«

Leif richtete sich auf. »Hieß er Leonid Aronski?«

»Woher weißt du ... war er etwa derjenige ...?«, fragte Hanna.

Leif nickte. »Ja, auf jeden Fall! Besagter Russe war der Dirigent vom Mariinski-Ballett aus Sankt Petersburg. Was sich aber erst viel später herausstellte. Anscheinend litt er immer wieder unter schweren Schaffenskrisen, in denen er die Einsamkeit suchte und auf neue Ideen hoffte. Hier in Tromsø, wo seine Truppe gastierte, hatte er wohl einen absoluten Tiefpunkt erreicht. Als er von der Geschichte meiner Großmutter erfuhr, die sich als Mann verkleidet einer Forscherexpedition angeschlossen hatte und sich unsterblich in meinen Großvater verliebte, löste sich der Knoten und ließ den Quell seiner Inspiration wieder sprudeln. Er schuf eines seiner bedeutendsten Werke und widmete es meiner Großmutter.«

»Für Emilie«, rief Hanna und strahlte Kåre an. »Jetzt weiß ich wieder, warum mir der Name Aronski so bekannt vorkam. Ich habe dieses Ballettstück vor Jahren mal gesehen und mich gefragt, wer diese Emilie war, die im Programmheft als Muse des Komponisten erwähnt wurde.«

»Ja, Emilie, so hieß sie. Wir haben sie natürlich immer nur *mormor*, also Oma, genannt.«

»Sie muss eine bemerkenswerte Frau gewesen sein«, meinte Hanna.

Leif schmunzelte. »Man könnte wirklich ein Buch über sie schreiben. Wobei ich nicht ganz sicher bin, ob alle Anekdoten, die in unserer Familie über sie im Umlauf sind, wirklich wahr sind. Manches klingt doch sehr unglaubhaft. Zum Beispiel, dass sie des Mordes an einem Schweizer bezichtigt wurde, der auch an jener Expedition teilgenommen hat.«

»Hat sie nicht umgekehrt behauptet, er hätte versucht, sie zu töten?«, fragte Line.

Leif zuckte mit den Achseln. »Genau das meinte ich. Es ist schwer, nach all den Jahren noch herauszufinden, was tatsächlich passiert ist und was mit der Zeit dazugedichtet oder frei erfunden wurde.«

»Wohin genau ist denn diese Forschergruppe gefahren?«, fragte Hanna.

»Erst zur Bäreninsel und dann weiter an die Westküste von Spitzbergen.«

»Auch zum Kongsfjord?«

»Hm, lass mich überlegen«, antwortete Leif. »Doch, ja, wenn mich nicht alles täuscht, haben sie sich da absetzen lassen. Die Forscher wollten von dort zum Isfjord laufen.«

»Und dieser Schweizer ...«, begann Hanna.

»Ist wohl unter ungeklärten Umständen verschwunden«, sagte Leif.

Hanna drehte sich zu Kåre. »Könnte er nicht unser Toter im Eis sein? Überleg mal, die Zeit würde passen.«

»Stimmt, wir sollten diese Spur unbedingt verfolgen«, antwortete Kåre. »Lass uns morgen beim Polizeiarchiv nachfragen. Vielleicht haben die ja eine Akte oder irgendwelche Unterlagen, die uns weiterhelfen.«

Am nächsten Tag fuhren Hanna und Kåre in seiner Mittagspause zum zentralen Polizeirevier Tromsøs in der Grønnegata. Eine ältere Polizistin mit grauer Kurzhaarfrisur und einer Brille empfing sie mit einem herzlichen Lächeln und führte sie in einen Raum mit mehreren Schreibtischen.

»Euer Anruf heute früh hat uns sehr neugierig gemacht«, sagte sie. »Wir haben schon von dem Leichenfund auf Spitzbergen gehört, hatten aber bislang zu wenige Anhaltspunkte, um der Sache nachzugehen. Und auch noch keine Zeit, das Tagesgeschäft hat schließlich Vorrang.«

Sie nahm vor einem Tisch Platz, auf dem ein großer Monitor stand, und deutete auf zwei Stühle.

»Setzt euch am besten neben mich, dann können wir gemeinsam suchen. Wir haben die alten Akten eingescannt«, erklärte sie und öffnete einen Ordner auf dem Computer.

»Also, 1907 ist der Mann verschwunden?«

»Ja, im Juni oder Juli«, antwortete Hanna.

Die Polizistin scrollte eine Weile durch das Verzeichnis.

»Ah, das hier könnte was sein«, sagte sie und klickte auf eine Datei.

Auf dem Bildschirm erschien ein behördlich aussehendes Schreiben mit mehreren Stempeln. Gemeinsam lasen sie den Text. Es handelte sich um ein Ersuchen um Amtshilfe einer nordamerikanischen Polizeistelle in Alaska, die einen flüchtigen Mörder suchte, der außerdem wegen mehrfachen Raubes und illegaler Claimbeschlagnahme auf der Fahndungsliste stand. Viel war nicht über ihn bekannt, da er mehrere Namen benutzt hatte und anscheinend sehr geschickt darin gewesen war, sich in Luft aufzulösen. Aufgrund seines auffälligen Akzents ging man aber davon aus, dass er Schweizer war. Seine Spur verlor sich im Hafen von Vancouver. Man vermutete, dass er sich in den Süden der Vereinigten Staaten oder nach Europa abgesetzt hatte.

Die Beamtin öffnete in einem weiteren Fenster eine Datei, in der die Tromsøer Antwort gespeichert war. Darin bedauerte man, den werten Kollegen in Übersee nicht behilflich sein zu können. Es gäbe zwar Hinweise, dass der Gesuchte tatsächlich mit einem Passagierdampfer nach Tromsø gereist war. Allerdings sei er seitdem spurlos verschwunden – unter Zurücklassung eines Koffers in einem Hotel. Wegen seiner kriminellen Vergangenheit gehe man davon aus, dass er erneut untergetaucht sei. Dafür spräche auch, dass er nicht nur von der Polizei gesucht würde. Ein Unternehmen, das Kohle förderte, hatte sich ebenfalls nach seinem Verbleib erkundigt und den Verdacht geäußert, er habe den Vorschuss kassiert und sich aus dem Staub gemacht.

Hanna spürte ein Kribbeln im Bauch. »Dieser Koffer, hat man den aufbewahrt?«

»Mal sehen«, sagte die Polizistin und rief ein anderes Verzeichnis auf.

»Unser Mann war im *Grand Hôtel* abgestiegen. Heute steht dort das *Rica Hotel*. Das alte Gebäude war Ende der sechziger Jahre abgebrannt.«

Mit angehaltenem Atem verfolgte Hanna ihre Suche.

»Bingo! Da haben wir das gute Stück.« Sie drehte sich zu Hanna. »Ehrlich gesagt hatte ich nicht damit gerechnet. Aber unsere Asservatenkammer hält immer wieder Überraschung parat.«

Zehn Minuten später öffneten sie einen großen Schrankkoffer, der mehr als hundert Jahre unbeachtet sein Dasein im Archiv gefristet hatte. Neben Anzügen, Hemden, Krawatten, Socken, Unterwäsche, Toilettenartikeln und anderen Reiseutensilien fanden sie eine Schatulle, in der mehrere Reisepässe, Visa und Ausweise steckten, die auf diverse Namen und in verschiedenen Ländern ausgestellt worden waren.

»Schade, dass es damals noch keine Passfotos gab«, sagte die Polizistin. »Das wäre jetzt sehr hilfreich.«

Während sie und Kåre die Dokumente durchblätterten, sah sich Hanna die Anzüge genauer an.

»Schaut mal«, sagte sie und hielt ihnen eine Weste aus feinem Wollstoff hin. »Die ist vom selben Herrenausstatter wie die Jacke, die der Tote getragen hat.«

»Also, das kann kein Zufall sein«, sagte Kåre.

»Das hier passt auch gut ins Bild«, meinte die Polizistin und zeigte auf mehrere Papiere. »Das ist ein Vertrag mit einer Firma, die sich auf die Erschließung von Bodenschätzen spezialisiert hat.«

Sie sahen sich an.

»Ich denke, wir haben das Geheimnis der Gletschermumie gelüftet«, sagte Hanna. »Auch wenn wir wohl nie erfahren werden, wie der Mann tatsächlich hieß.«

»Wer weiß«, meinte Kåre. »Du könntest doch in Deutschland weitere Spuren suchen.«

»Aber natürlich!«, rief Hanna mit leuchtenden Augen. »Wenn ich die Familie von Leifs Großmutter finde ... Die haben vielleicht noch Briefe oder Postkarten, die sie von ihrer Reise geschickt hat. Oder es kursiert noch die ein oder andere Anekdote über diese ungewöhnliche Frau.«

Kåre nickte. »Das wäre doch ein wunderbarer Anlass, dich in deine Heimat zu begleiten. Ein paar Tage kann ich mir auf jeden Fall freinehmen.«

Hanna nahm seine Hand und drückte sie. Dabei sandte sie einen stummen Dank nach München an die Chefredakteurin, ohne deren Auftrag sie Kåre niemals kennengelernt hätte.

61

Tromsø, Juli 1907

»Sie ist wirklich das seltsamste Wesen, das mir je begegnet ist. Nichts hat sie umgehauen. Weder die stürmische Fahrt übers Meer oder der schießwütige Kerl, der sie gejagt hat, noch der Angriff eines riesigen Eisbären. Aber jetzt macht sie schlapp«, drang Arnes Stimme wie aus weiter Ferne an Emilies Ohr.

»So seltsam ist das gar nicht«, hörte sie William sagen. »Schließlich hat sie geglaubt, dass du auf dem Weg nach Spitzbergen bist und sie dich nie wiedersieht.«

»Fast wäre es ja auch so gekommen. Wenn mich Leonid nicht in letzter Minute am Hafen abgefangen und und mir die Augen geöffnet hätte. Zum Glück hat er gewusst, dass ich auf dem Weg zur *Isflak* war.«

Emilie versuchte, die Augen zu öffnen, etwas zu sagen oder wenigstens ein Handzeichen zu geben, um den beiden zu zeigen, dass sie wieder bei Bewusstsein war. Es gelang ihr nicht. So musste sich eine in einen Kokon versponnene Raupe fühlen: verdammt zu Bewegungslosigkeit, Schweigen und Blindheit.

»Hier, der ist für dich«, sagte William. »Den sollte ich dir überbringen.«

Emilie hörte Papier rascheln. Jetzt las Arne also ihren Brief. Zu gern hätte sie sein Gesicht gesehen, seine Reaktion auf ihre Zeilen. Doch die Schwere auf ihren Lidern wich nicht. Wie lange hatte ihre Ohnmacht wohl gedauert? Diese Hilflosigkeit, in die sie sie versetzt hatte, war ein scheußlicher Zustand. Emilie nahm all ihre Willenskraft zusammen, blinzelte und sah in zwei Augenpaare, die besorgt auf sie herabschauten.

Sie lag auf dem Boden. Rechts und links von ihr knieten Arne und William. Lørdag saß neben Arne, ihr Vater stand zu ihren Füßen und musterte sie verstört. Leonid und Ottokar Poske waren nicht mehr im Raum.

»Da bist du ja wieder«, sagte Arne und strich ihr zärtlich über die Stirn.

»Du bist wirklich hier?«, flüsterte Emilie und versuchte sich aufzurichten.

Arne schob ihr einen Arm unter den Rücken und half ihr auf einen Stuhl.

»Geht es?«, fragte er besorgt.

Emilie nickte. »Vielleicht ein Schluck Wasser ...«

»Schon unterwegs«, rief William und eilte aus dem Zimmer.

»Emilie, hättest du nun vielleicht die Güte, mir zu erklären ...«, begann ihr Vater.

Arne drehte sich zu ihm und machte eine formvollendete Verbeugung, die Emilie ihm gar nicht zugetraut hätte. Sie war überrascht und angenehm berührt von der Weltgewandtheit, die er so selbstverständlich an den Tag legte, und schämte sich im selben Moment für ihre Borniertheit, mit der sie ihn als ungehobelten Naturburschen abgestempelt hatte.

»Entschuldigen Sie bitte. In dem ganzen Trubel hatte ich noch gar keine Gelegenheit, mich vorzustellen. Ich bin Arne Koldvik aus Ålesund. Ich hatte die Forschergruppe um Leutnant Poske ausgerüstet und auf dem Weg nach Spitzbergen begleitet. Unterwegs habe ich mein Herz verloren – an Ihre Tochter. Erlauben Sie mir daher, um ihre Hand anzuhalten.«

Emilie fürchtete, erneut in Ohnmacht zu fallen. Oder war sie noch gar nicht bei sich und träumte? Sie trat sich selber kräftig auf den Fuß und stöhnte vor Schmerz auf. Arne drehte sich zu ihr.

»Ich weiß, mein Liebling, ich hätte dich zuerst fragen müssen. Aber die Umstände sind ein wenig ... nun ja, ungewöhnlich und ...«

»Ungewöhnlich? Vollkommen aus den Fugen geraten trifft es besser«, sagte Gustav Berghoff und ließ sich schwer auf einen Sessel fallen, der neben dem Fenster stand.

»Warum glauben Sie, ein geeigneter Mann für meine Tochter zu sein? Was haben Sie ihr zu bieten? Und verschonen Sie mich bitte mit Liebesgesäusel und ähnlichem Humbug!«

Arne zwinkerte Emilie kaum merklich zu und antwortete ihrem Vater:

»Ich habe in der Feuersbrunst, die meine Heimatstadt vor drei Jahren zerstörte, alles verloren. Dank ihrer Tochter bin ich nun aber in der Lage, meine Schulden zu begleichen und eine neue Werft aufzubauen, was mir – und damit auch ihr und der Familie, die wir gründen werden – ein gutes Auskommen sichern wird.«

»Wenn Sie darauf spekulieren, dass Sie mit Emilies Mitgift …«, brauste Gustav Berghoff auf.

Arne schüttelte den Kopf. »Verzeihen Sie, das war missverständlich ausgedrückt. Ich benötige kein Geld von Ihnen. Emilie hat mir ein sehr wertvolles Geschenk gemacht«, erklärte er und reichte ihm ihre Skizze.

»Das sind Kohlevorkommen in der Kings Bay auf Spitzbergen. Mein früherer Arbeitgeber wird einen guten Preis dafür zahlen.«

Er wandte sich an Emilie. »William hat mir vorhin deinen Brief gegeben, als du ohne Bewusstsein warst«, erklärte er. »Noch vor ein paar Wochen hätte ich dein Geschenk aus falsch verstandenem Stolz zurückgewiesen. Doch heute bin ich von Herzen dankbar.«

Er nahm ihre Hand und küsste sie. »Du bist die warmherzigste und mutigste Person, der ich je begegnet bin. Ich bin unendlich dankbar und glücklich, dass du dich von mir Griesgram nicht hast abschrecken lassen.«

Er machte Anstalten, vor ihr auf die Knie zu gehen. Emilie

sprang auf und sagte leise: »Halt mich bitte fest, ganz fest! Sonst zerspringe ich.«

Er legte seine Arme um sie. Mit einem Schluchzen presste sie sich an ihn. Lørdag lief zu ihnen, setzte sich auf seine Hinterläufe, reckte den Kopf nach oben und heulte. Emilie und Arne lösten sich ein wenig voneinander, schauten sich in die Augen und begannen zu lachen.

»Wie ich sehe, habe ich was Wichtiges verpasst.«

William stand mit einem Glas Wasser in der Hand in der Tür. Emilie sah, wie ihr Vater aufstand und ihn besorgt ansah. Sie konnte seine Gedanken förmlich lesen. Er fragte sich zweifellos, wie es der englische Graf aufnehmen würde, dass ihm ein norwegischer Trapper in die Parade gefahren und die Braut weggeschnappt hatte. Gewiss rechnete er mit einer brüskierten Reaktion. Emilie lief zu William.

»Entschuldigt uns bitte auf ein paar Worte unter vier Augen«, sagte sie zu Arne und ihrem Vater und zog William auf den Gang hinaus.

»Ach William, es ist alles so ... ich kann dir gar nicht sagen, wie glücklich ...«, begann sie.

»Das brauchst du nicht, du strahlst wie Sonne und Mond zusammen.«

Sie sah ihm in die Augen und fragte leise: »Du bist mir doch nicht gram?«

Er schüttelte den Kopf. »Aber nein, woher denn. Bei Lichte betrachtet war mein Vorschlag ja wirklich nur eine Notlösung. Im Grunde bin ich sogar dankbar, dass nichts daraus wird. Je eher ich meinen Eltern klarmache, dass ich nicht der Stammhalter bin, den sie sich wünschen, umso besser für alle.« Er zuckte mit den Achseln. »Wenn sie beschließen, sich deswegen von mir loszusagen – dann soll es eben so sein. Die Welt bietet so unendlich viele interessante Flecken, da wird schon einer dabei sein, an dem ich mein Glück finde.«

Emilie drückte seine Hand. »Das wünsche ich dir sehr. Und ich danke dir! Du hast wahrlich ein großes Herz! Es ist ein kostbares Geschenk für mich, dich als Freund zu haben!«

»Apropos Geschenk«, sagte William, zog einen kleinen Beutel aus seiner Jackentasche und hielt ihn ihr hin. »Eigentlich wollte ich es dir zu unserer Verlobung überreichen. Jetzt schenke ich es dir zur Hochzeit mit Arne.«

Emilie öffnete das Säckchen und holte die silberne Brosche hervor, die sie bei ihrem Bummel durch Tromsøs Straßen mit William entdeckt hatte.

»Oh, wie wunderschön«, rief sie und hielt sich das Schmuckstück an die Bluse. »Ich werde sie immer in besonderen Ehren halten.«

»Lass uns wieder zu den anderen gehen«, sagte William. »Und die Farce würdig zu Ende spielen«, fügte er mit einem Grinsen hinzu.

William ging Emilie voran und reichte ihrem Vater mit feierlichem Gesicht die Hand.

»Ich möchte Ihnen zur Verlobung Ihrer Tochter gratulieren.«

Gustav Berghoff drückte Williams Hand kräftig und nickte ihm respektvoll zu. Er war sichtlich beeindruckt von der gefassten Haltung, die dieser an den Tag legte und mit der er sich nun zu Arne drehte und sagte:

»Meinen aufrichtigsten Glückwunsch und alles Gute für euch beide!«

Sie schüttelten sich die Hände.

»Du bist uns immer willkommen!«, sagte Arne.

William neigte grüßend den Kopf vor Emilie, zwinkerte ihr zu und verließ das Zimmer.

»In was für ein Tollhaus bin ich hier nur geraten?«, brummte Gustav Berghoff und ließ sich wieder in den Sessel fallen.

Emilie lief zu ihm, kauerte sich neben ihn auf den Boden und sagte:

»Ich weiß, dass ich Ihnen sehr viel zumute und abverlange, aber …«

»Das kann man wohl sagen!«, grollte er. Nach kurzem Schweigen fuhr er fort: »Es ist aber wohl auch ein Stückweit mein Versagen, das zu diesem unfassbaren Tohuwabohu geführt hat. Ich hätte sehr viel mehr Augenmerk auf deine Erziehung legen müssen und sie nicht allein in die Hände deiner überforderten Mutter und von Lehrerinnen legen dürfen, die dir unverantwortlicherweise Flausen in den Kopf gesetzt haben.«

Emilie schluckte eine Erwiderung hinunter und zwang sich, mit gesenktem Kopf seine Predigt über sich ergehen zu lassen.

»Andererseits scheinst du dich während deiner Eskapade anständig verhalten zu haben. Nur so kann ich mir jedenfalls den Andrang von Bewerbern um deine Hand erklären.«

Emilie sah auf. Täuschte sie sich, oder hatte sich die Zornesfalte auf seiner Stirn ein wenig geglättet? Arne trat vor den Sessel.

»Verehrter Herr Berghoff. Ich gebe Ihnen mein Wort, dass sich Ihre Tochter nichts hat zuschulden kommen lassen, was auch nur annähernd ehrenrührig oder anstößig erscheinen könnte. Sie hat Ihren guten Namen nicht nur nicht befleckt, sondern ihm Ehre bereitet!«

Gustav Berghoff stand auf und fixierte Arne.

»Wenn Sie das so sehen, dann soll es in Gottes Namen so sein.«

Emilie griff nach seiner Hand und küsste sie.

»Liebster Vater, Sie werden es nicht bereuen, uns Ihren Segen zu geben. Bis ans Ende meiner Tage werde ich es Ihnen danken.«

Gustav Berghoff sah zu ihr hinunter. Er kämpfte sichtlich mit sich. Bitte, gib dir einen Ruck, flehte Emilie stumm. Laut sagte sie:

»Ich weiß, dass Sie nur das Beste für mich wollen. Bitte glauben Sie mir, dass ich selber in diesem Fall ganz sicher bin, was dieses Beste für mich ist. Arne ist der Mann, den ich liebe. Aber ich könnte es nicht ertragen, wenn Sie sich von mir abwenden.«

Gustav Berghoff nahm ihre Hand, zog sie zu sich hoch und sah ihr forschend ins Gesicht.

»Du bist dir wirklich sicher«, stellte er mehr fest, als dass er fragte.

Emilie nickte und spürte, wie ihr Hals eng wurde.

»Hast du aber auch bedacht, dass du dem Leben, wie du es bislang gewohnt bist, den Rücken kehrst? Wirst du es nicht vermissen? Die Villa? Den gesellschaftlichen Umgang? Den Komfort und all die Annehmlichkeiten?«

Emilie verkniff sich die Bemerkung, dass er vor Kurzem noch ohne Zögern bereit gewesen war, sie an der Seite von Ottokar Poske in eine Kolonie ziehen zu lassen, die all das höchstwahrscheinlich nicht bot. Es rührte sie, dass er sich um ihr Wohl sorgte und nicht der unnachgiebige Prinzipienreiter war, für den sie ihn oft gehalten hatte.

Sie schüttelte den Kopf. »Wenn Sie damit meinen, zur Untätigkeit verdonnert in rüschigen Boudoirs zu sitzen, nichtigen Klatsch auszutauschen, sich ständig darum zu sorgen, ob alles comme il faut ist und man auch ja nicht den neuesten Modetrend versäumt – nein, das alles brauche ich nicht und habe es auch noch nie gebraucht«, rief sie und hielt erschrocken inne.

War sie zu weit gegangen? Fühlte er sich beleidigt? Schließlich hatte er immer hart dafür gearbeitet, seiner Familie einen gehobenen Lebensstandard zu finanzieren und eine gesellschaftlich angesehene Position zu sichern.

In Gustav Berghoffs Augen blitzte ein Leuchten auf. Er legte ihr eine Hand auf die Schulter und sagte:

»Du bist wahrlich meine Tochter. Gehst deinen eigenen Weg und machst dir nichts aus dem ganzen Firlefanz.«

Er führte sie zu Arne und legte ihre Hand in seine.

»Fast beneide ich euch ein bisschen«, sagte er mit leiser Wehmut. »Ich erinnere mich noch gut, wie ich damals als junger Mann die Ärmel hochgekrempelt und mich hochgeschuftet habe. Es hat mir viel abverlangt, aber es war eine sehr gute Zeit.«

Er tätschelte Emilies Wange. »Wer weiß ... wenn ich eine Frau wie dich an meiner Seite gehabt hätte ...« Er räusperte sich, umschloss Emilies und Arnes Hände mit seinen und sagte:

»Werdet glücklich!«

ENDE

Danke

Dieses Manuskript wäre nicht vollständig ohne meinen Dank an alle, die mir während seiner Entstehung auf vielfältige Weise zur Seite gestanden haben:

Auf Verlagsseite ist das an erster Stelle meine Lektorin Gerke Haffner, der ich erneut für ihr Vertrauen in mich danke, mit dem sie mir die unverzichtbare Basis für meine Arbeit verschafft.

Dazu kommen all die Verlagsangestellten, die sich mit ihrem Engagement, Wissen und Können in den unterschiedlichsten Bereichen dafür einsetzen, dass das Buch erscheint und verkauft wird.

Sehr dankbar bin ich, dass ich wieder auf die abschließende Zusammenarbeit mit meiner Außenlektorin Dr. Ulrike Brandt-Schwarze zählen durfte, die meine Texte mit einfühlsamem und zugleich kritischem Blick liest und mit umsichtiger Genauigkeit poliert.

Ein großes Dankeschön an meine Agentin Lianne Kolf und ihr Team, die mir den Rücken freihalten und mich stets mit Rat und Tatkraft unterstützen.

Ich bedanke mich sehr für die Erlaubnis von Stephan Maus, aus seinem Reisebericht über Tromsø zitieren zu dürfen! (http://www.stephanmaus.de/serendipity/archives/162-Reisebericht-aus-Tromsoe,-Nordnorwegen.html)

Ein herzliches *Merci vielmal!* schicke ich in die Schweiz zu Tabea und Wolfgang, die sich auf die Suche nach alten Basler Redewendungen und Ausdrücken machten und so der Figur des Beat Späni zu einem authentischen Zungenschlag verhalfen.

Langsam gehen mir die Worte aus, die meine Dankbarkeit gegenüber Lilian Thoma ausdrücken können. Ihre stete Bereitschaft, auch dieses Mal wieder mein Schreiben sowohl mit fundierten Einwänden als auch begeisterten Rückmeldungen zu begleiten, war und ist mir von unschätzbarem Wert!

Das Gleiche gilt für die Unermüdlichkeit, mit der sich Stefan jeden Tag aufs Neue auf das Werden meiner Geschichten einlässt, als erster Testzuhörer fungiert und mich immer wieder mit aufrichtigem Lob und Zuspruch ermutigt und anspornt. Dafür danke ich Dir aus tiefstem Herzen!

Durch ein Jahrhundert getrennt, durch eine gemeinsame Geschichte vereint

Christine Kabus
TÖCHTER DES
NORDLICHTS
Norwegenroman
560 Seiten
ISBN 978-3-404-16884-2

Finnmark, 1915. Mit gerade einmal neun Jahren wird das Sami-Mädchen Áilu brutal ihren Eltern entrissen. Beinah verliert sie den Kontakt zur Sprache und Traditionen ihrer Familie, aber die Sehnsucht nach ihrer Heimat lässt sie nicht los …
Oslo, 2011. Nora ist schon lange erwachsen, als sie von ihren samischen Wurzeln erfährt. Instinktiv spürt sie, dass sie ihr Glück erst finden wird, wenn sie in das Land ihrer Urahnen reist. Dennoch erscheinen ihr die Sami und ihre Kultur lange fremd. Bis sie auf den charismatischen Hundezüchter Mielat trifft …
Die bewegende Familiengeschichte verbindet zwei Jahrhunderte und die faszinierenden Schicksale zweier ganz außergewöhnlicher Frauen.

Bastei Lübbe